16세기 경상도 文鄕 義城의 중흥을 일군 선비의 시문집

역주 譯註 회당선생문집 悔堂先生文集

역주자 신해진(申海鎭)

경북 의성 출생
고려대학교 국어국문학과 및 동대학원 석·박사과정 졸업(문학박사)
현재 전남대학교 인문대학 국어국문학과 교수

저역서 『장풍운전』(지만지, 2009)
　　　『소대성전』(지만지, 2009)
　　　『역주 성은선생일고』(역락, 2009)
　　　『역주 창의록』(역락, 2009)
　　　『한국고소설의 이해』(공저, 박이정, 2008)
　　　『조선후기 몽유록』(역락, 2008)
　　　『권칙과 한문소설』(보고사, 2008)
　　　『서류 송사형 우화소설』(보고사, 2008)
　　　『역주 내성지』(보고사, 2007)
　　　『조선중기 몽유록의 연구』(박이정, 1998)
이외 다수의 저역서와 논문

역주 譯註 회당선생문집 悔堂先生文集

초판 인쇄　2009년 9월 22일
초판 발행　2009년 9월 29일

원저자　신원록
역주자　신해진
펴낸이　이대현
편　집　권분옥·이소희·추다영·이태곤
펴낸곳　도서출판 역락
주　소　서울 서초구 반포4동 577-25 문창빌딩 2층
전　화　02-3409-2060(편집부), 2058(영업부)
팩　스　02-3409-2059
등　록　1999년 4월 19일 제303-2002-000014호
이메일　youkrack@hanmail.net

정　가　42,000원
ISBN　978-89-5556-730-4　93810

* 파본은 교환해 드립니다.
* 저자와의 협의에 의하여 인지는 생략합니다.

16세기 경상도 文鄕 義城의 중흥을 일군 선비의 시문집

역주 譯註 회당선생문집 悔堂先生文集

申 元 祿 원저
申 海 鎭 역주

도서출판 역락

머리말

선조에 좋은 것이 있는데 알지 못하면 밝지 못한 것이요,
알면서도 후세에 드러내어 전하지 못하면 어질지 못한 것이다.
先祖, 有善而弗知, 不明也 ; 知而弗傳, 不仁也.

이 말은 ≪예기(禮記)≫의 <제통(祭統)>에서 나온다. 선조가 살아온 삶, 그것이 어떠하든 제대로 읽어내지 못하여 기억하지 못하고 죽은 역사로 만드는 것은 그 후손이 책임을 통감하고 반성해야 함을 일컫는 말일 것이다. 그럼에도 과거의 것은 무조건 진부한 것으로 치부한다든지 또는 최첨단의 현대사회에 있어서 진정 소용되는 것인가 의문부호를 단다든지 하는 경우를 종종 보게 된다. 이는 자신의 소종래를 부정하는 것이자, 한문을 보아도 무슨 의미인지 알지 못하는 데서 비롯된 자신의 무지를 감추려는 한 방편이니 올바른 자세라고는 할 수 없다. 따라서 과거의 것이라 해서 아예 외면만 할 것이 아니라, 정녕 자신의 근원과 뿌리를 제대로 알고 난 후에 올바른 창조적 계승을 도모해야 할 것이다.

이제, 나의 선조인 회당공(悔堂公) 신원록(申元祿)의 ≪회당선생문집(悔堂先生文集)≫을 살피고자 한다. 신원록(1516~1576)의 자는 계수(季綏)이다. 경북 의성(義城) 출신이며, 신재(愼齋) 주세붕(周世鵬)·퇴계(退溪) 이황(李滉)·남명(南冥) 조식(曹植)의 문인이다. 11살 때 병환 중인 아버지를 위해 팔공산(八空山) 수백 리 길을 걸어 손수 약초를 찾아나서는 등 8년 동안 간호하였으며, 뒷날에 또한 장수(長水)·삼가(三嘉 : 현 합천)·청도(淸道) 등지에서 학관(學官 : 훈도)이 되어 연로한 모친을 봉양하였는데, 아이들처럼 색동옷을 입고서 연친곡(宴親曲) 8수를 지어 불러 편모를 즐겁도록 하였다는 일화도 있

다. 모친의 병 수발을 한 것은 공의 나이 60세로 어머니가 편히 누웠다가도 불편하시다 하면 자리를 새로 봐드리고, 피부가 썩어 문드러질까 직접 껴안고서 모셨으며, 대변을 맛보고 돌아가실 줄 알고는 하늘을 우러러 울부짖다가 막상 돌아가시자 어린 아이처럼 곡하였다고 한다. 모친상을 당하여 눈비를 가리지 않고 하루에 세 번씩 성묘를 하다가, 그로 인해 결국 삼년상을 마치지 못하고 여막(廬幕)에서 죽음을 맞이하였다. 이러한 그의 효행을 표창하기 위해 광해군 때인 1615년 정려(旌閭)가 내려졌고 《속삼강행실(續三綱行實)》에 실렸으며 호조참의(戶曹參議)가 추증되었다.

공은 훈도로 있으면서 후진 양성은 물론 모재(慕齋) 김안국(金安國)을 흠모하여 형과 더불어 시작한 지 14년 만에 장천서원(長川書院)을 세워 선현을 받들고 학문 진흥에도 이바지하였다. 이 서원은 사액서원(賜額書院)이었는데, 임진란 때 소실되자 이건(移建)되어 지금의 빙계서원(氷溪書院)으로 불리게 되었다. 이밖에도 공이 향내(鄉內)에 끼친 사업으로는 스승 퇴계에게 다니면서 필사해 와 실행케 한 향약(鄉約), 굶주리는 빈민을 구제하기 위해 설립 운영한 진휼장(賑恤場), 유생을 모아 수학시키기 위해 설립한 업유재(業儒齋), 향내 대소과(大小科) 출신 인사들을 모아 고장의 발전을 상의하고 친목을 도모하기 위해 설립한 연계소(蓮桂所) 등이 있다. 이로써 공은 1685년 의성의 장대서원(藏待書院)에 배향되었다.

그리고 1988년 4월 16일 '회당 아주 신원록 선생 사적비' 제막식이 있었던 바, 한국학 분야에서 원로 중의 원로로 꼽히는 벽사(碧史) 이우성(李佑成) 교수가 당시 찬한 사적비문(事蹟碑文)을 부록으로 첨부한다.

나의 가시밭길 삶을 가슴으로 보듬으며 키워주셨으나 이제는 나와 함께 하실 수 없는 어머니께 추모의 념을 보낸다. 우리가 지켜야 할 고유의 전통과 예의범절을 온몸으로 지키고 가신 어머니의 삶이 영원히 의미 있도록 하느라 나는 슬퍼해야 하는지도 몰랐다. 남들은 어머니를 잊고 있을 지금에 이르러 오히려 나는 더 뜨거운 피눈물을 삼키고 또 가슴이 에어온다. 생전에 어머니께 약속했던, 회당공 신원록, 성은공 신흘, 호계공 신적도 삼대(三代)의 문집에 대한 역주작업을 빠른 시일 내에 마무리하려고 한다. 이 세 분의 문집들은 돌아가신 할아버지께서 청상의 며느리에게 전수하고 다시 그 양자에게 전수한 것이라서, 나는 더욱 전수받은 문집들의 역주에 대한 책무를 느꼈다. 하여 나는 손수 입력하고 역주해왔다. 이제, 나의 파 조(派祖)이신 호계공 문집의 '창의록'을 제외한 남은 부분만 작업하면 어머 니와의 약속을 지키게 된다.

공교롭게도 1951년 5월 29일 전사하신 새신랑 곁에 음양만 달리하여 2009년 음력 5월 29일 찾아가셨으니, 불초자가 어찌 이 날짜를 잊을 수 있으랴. 내년에는 이 날짜를 기념하여 삼대의 문집을 완역하고자 한다. 돌 아가신 지 49일은 마침 팔순 생신날이기도 하여 제물로써 재를 올렸지만, 오는 29일에 100일을 기념하여서는 16세기 경상도 문향(文鄕) 의성(義城)의 중흥을 일군 회당공 문집의 역주서를 상재하여 어머니 영전에 바치면서 마음으로써 재를 올릴 따름이다. 6·25때 헤어진 후 60년에 새색시 할매 가 되어, 저 국립현충원에 묻힌 백골의 새신랑 곁으로 가셨으니, 고이 잠 드시기를 바랄 뿐이다. 어머니를 여의고 다른 일에는 관심조차 갖지 않은 채, 반실성한 사람처럼 밤낮으로 오로지 이 일에만 전념하는 남편을 그저 가슴 졸이며 마음 아프게 지켜봐준 아내가 눈물겹도록 고맙고 또 고맙다. 또 주저앉고만 싶어 하는 아빠를 그래도 곁에서 묵묵히 버팀목이 되어준 두 아들에게도 정녕 가슴 에인 사랑을 보낸다. 아! 언제쯤이면 이 먹먹함 이 없어질런가.

이 책이 나오기까지 은혜를 입은 분들이 있다. 우선, 『회당(悔堂) 신원록 (申元祿) 선생의 소주(韶州) 유훈(遺薰)』(1986)이라는 책자를 손수 출간한 바 있는 고(故) 신기훈(申基薰) 족숙(族叔)과, 1988년 '회당 아주 신원록 선생 사 적비 건립'에 공헌하신 신기효(申基孝) 족숙께 감사드린다. 신기훈 족숙은

민선 대전시장을 역임하였고, 신기효 족숙은 아주신가 대종회 부회장과 읍파 회장을 역임하였다. 또한 신대진(申大鎭), 신청길(申淸吉) 두 족형(族兄)께도 감사드리지 않을 수 없다. 『조선왕조실록』 49권을 보내주시며 격려를 아끼지 않으신 신대진 족형은 육군 소장으로 예편하여 육사 총동창회 회장을 역임하였고, 신청길 족형은 아주신가 대종회의 총무직을 수행하면서 구진 일을 도맡고 있다. 이런 분들의 음덕이야말로 이 책자를 출간하게 된 원동력이라 할 수 있다.

역주작업을 하면서 주세붕(周世鵬)의 시와 동일한 작품을 발견했다. 곧 <강상즉사(江上卽事)>인데, 주세붕의 <문경개경원루(聞慶開鏡院樓)>와 글자 한 자 다르지 않다. 이 시의 원작자 규명이야 이 방면의 연구자가 밝혀야 할 몫이다. 그러나 회당공이 그토록 사모해 마지않던 스승 주세붕과 이렇게도 인연이 닿아 있음에 나는 이유 모를 웃음을 짓는다. 또 다른 발견은 공의 부인 이씨는 본관이 벽진(碧珍)이지만 하나같이 성산(星山)으로 되어 있다는 것과, 부인의 나이가 공과 동갑이거나 공보다 한 살 적다는 문건이 함께 존재한다는 것이다.

지금까지 역주한 아주신가 삼대의 문집은 물론 한 집안의 문집으로서 의의가 있을 것이다. 그렇지만 이에서만 머무는 것이 아니라, 16세기와 17세기에 걸쳐 경상도 의성의 향촌사, 안동문화권의 지성사, 더 크게는 영남학 등의 연구에 기여할 수 있을 것으로 생각한다. 대방의 질정을 기다리면서 아울러 제현들의 다방면 연구에 밑거름이 되기를 바란다.

끝으로 이 책에 실린 사진을 보내주신 의성군청 박은진 학예사와, 편집을 맡아 수고해 주신 역락 가족들의 노고에도 심심한 고마움을 표한다.

2009년 9월
빛고을 용봉골에서
신해진 謹識

▌차 례

[권 2]

참고자료

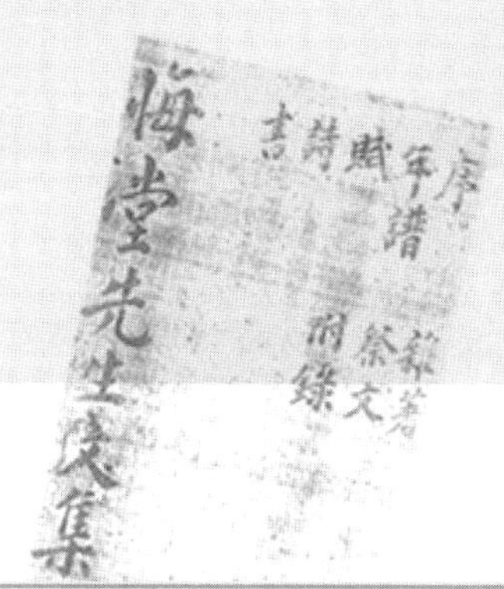

일러두기

이 책은 다음과 같은 요령으로 엮었다.

1. 역문은 직역을 원칙으로 하되, 가급적 원전의 뜻을 해치지 않는 범위 내에서 호흡을 간결히 하고, 더러는 의역을 통해 자연스럽게 풀고자 했다.

2. 원문은 저본을 충실히 옮기는 것을 위주로 하였으나, 활자로 옮길 수 없는 **古體字**는 **今體字**로 바꾸었다.

3. 원문표기는 띄어쓰기를 하고 **句讀**를 달되, 그 구두에는 쉼표(,), 마침표(.), 느낌표(!), 의문표(?), 홑따옴표(' '), 겹따옴표(" "), 가운데점(·) 등을 사용했다.

4. 주석은 원문에 번호를 붙이고 하단에 각주함을 원칙으로 했다. 독자들이 사전을 찾지 않고도 읽을 수 있도록 비교적 상세한 **註**를 달았다.

5. 주석 작업을 하면서 많은 문헌과 자료들을 참고하였으나 지면관계상 일일이 밝히지 않음을 양해바라며, 관계된 기관과 여러분들께 진심으로 감사드린다.

6. 이 책에 사용한 주요 **부호**는 다음과 같다.

   1) ( ) : **同音同義** 한자를 표기함.
   2) [ ] : **異音同義, 出典, 교**전 등을 표기함.
   3) " " : 직접적인 대화를 나타냄.
   4) ' ' : 간단한 인용이나 재인용, 또는 강조나 간접화법을 나타냄.
   5) < > : 편명, 작품명, 누락 부분의 보충 등을 나타냄.
   6) 「 」 : 시, 제문, 서간, 관문, 논문명 등을 나타냄.
   7) ≪ ≫ : 문집, 작품집 등을 나타냄.
   8) 『 』 : 단행본, 논문집 등을 나타냄.

번 역

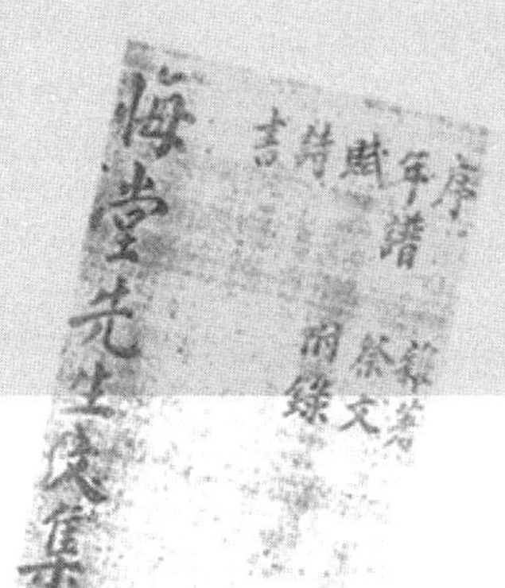

빙계서원 : 경북 의성군 춘산면 빙계리 산73-1

회당선생문집 서/悔堂先生文集 序

성현의 글을 읽으면 한 구절이라도 제대로 알기가 드물다. 공자(孔子)께서 일찍이 "자제들은 집에서 부모에게 효도하고 밖에서 어른에게 공손해야 하며, 언행을 삼가서 미덥게 하고, 널리 여러 사람을 사랑하되 어진 이를 가까이 할 것이며, 이를 행하고도 여력이 있으면 곧 글을 배울 것이다."라 말씀하셨는데, 이 문장의 말씀은 얼핏 보기에는 얕고 가까운 듯하지만, 궁구하여 논한다면 평생 동안 해야 할 일이 모두 그 안에 있다. 비록 세상에서 일컫는 학덕이 높은 선생이라 할지라도 그것을 완전히 실행할 수 있는 자는 역시 많이 볼 수가 없을 것이다. 이 못난 내가 근래에 회당(悔堂) 신(申) 선생의 유고, 선생의 형님 참봉공(參奉公)이 편한 ≪효우록(孝友錄)≫ 읽어 보니, 아! 선생은 그것을 완전히 실행한 분이셨도다. 선생의 지극한 행실은 비록 학력(學力)을 연마하여 확충한 것이기는 하나 대체로 타고난 성품이었다.

사람이 태어나 8세가 되면 소학(小學)에 입학시켜 가르치는데, 황향(黃香)이 아버지의 베개에 부채질하고 육적(陸績)이 어머니를 위해 귤을 품에 넣었던 것처럼 부모를 사랑하고 형을 공경하는 도리로써 가르치나니, 주자(朱子)가 <선행(善行)>에다 그와 같은 효행을 편입한 것도 영원토록 사람의 자식으로서 실천해야 할 행동으로 삼고자 한 것이다. 선생이 약을 캐고 의원을 찾은 것은 11살로 미처 성동(成童 : 15살 된 사내아이)이 되기 전의 일로서, 그때부터 8년간 옷의 띠를 제대로 풀지 않고 눈을 붙이지도 않으며 밤낮으로 약 시중을 들면서 천지신명이 감응하기를 바랐다. 비록 명이 길고 짧은 것은 타고나는 것이라 하늘도 되돌릴 수 없는 것이라고는 하지만, 황향과 육적 등에 비하면 그 어려움이 어떠했겠는가.

사람이 어려서는 부모를 사모하다가도 혈기가 쇠하면 뜻도 따라서 나태해지기 때문에, 맹자(孟子)가 위대한 순(舜)임금은 50이 되어서도 부모를 사모했다고 한 것이다. 선생이 모부인의 병 수발한 것은 60세 때로 밤낮으로 앉아 껴안고서 모시기도 하며, 대변을 맛보고 (돌아가실 줄 알고) 하늘을 우러러 울부짖더니, 돌아가시게 되자 어린 아이처럼 곡하였다. 이 못난 내가 ≪효우록≫을 읽다가 이 대목에 이르면 눈물이 나고 목이 메여 차마 다시 읽을 수가 없었는데, 맹자로 하여금 선생을 논하게 한다면 어찌 '이 사람도 위대한 순임금의 무리로다.'라고 말 안할 수 있으랴. 군자의 도리는 중용을 귀하게 여기나, 효자가 어버이를 섬김은 스스로 그 지나침을 알지 못하나니, 선생의 행실이 혹여 지나치다고 의심스러울 수도 있지만 그 모든 것이 스스로 그칠 수 없는 지극한 심정에서 나온 것이다. 공자가 안연(顔淵)의 죽음에 통곡을 하고는 오히려 "통곡을 했던가?" 했으니, 아마도 지나쳤다고 여기지 않은 것이리라.

효란 온갖 행실의 근원이라 사람이 큰일 하는 것에도 정성을 다할 수 있으니, 온갖 행실이 그로 말미암아서 나오는 것이기 때문이다. 선생은 형을 섬기는데 아우로서 할 일을 다하고, 집에서는 화기(和氣)롭게 하는데 극진하였고, 먼 일가붙이와 고을사람과도 돈독하였으니, 매사를 삼가고서 신의를 얻고 널리 사람들을 사랑하였음을 알 수가 있다.

또 능히 학업을 극력 궁구하며 도가 있는 이에게 가서 질정하였다. 향약(鄕約)을 세우고 업유재(業儒齋)를 설치하고 서원(書院)을 창건함은 사문(斯文)을 일으켜 세우는 것을 자신의 임무로 삼았던 것이니, 이것은 단지 천성에서 나온 것만이 아니라 학력(學力)에 힘입은 것이 큰 것인데, 학문을 좋아하고 행실이 돈독한 군자라고 이를 수 있을 것이다.

선생의 문장은 실천하고 난 여력(餘力)에서 얻어진 것으로 남아 있는 것이 매우 적어 몇 편뿐이지만, 한 마디 말이나 한 글자라도 성정(性情)에서 나오지 않은 것이 없고 마땅히 지켜야 할 도리와 법칙인지라, 이것만으로도 선생의 평생 행실을 알 수가 있거늘 어찌 많아야만 하리오.

선생의 7세손 용기(龍起)가 문중 어른의 명으로 선생의 유고를 받들고 와서 행장(行狀)을 부탁하고 또 서문(序文)을 청하였다. 이 못난 내가 어떤 사람인가? 다만 믿을 만한 것을 믿는 그대로 전하는 책임 정도나 감당할 수 있을 뿐이거늘, 부처 이마에 똥칠하듯 훌륭한 유고의 첫머리를 더럽힐 수 있으랴. 그렇지만 평소 선생의 지극한 행실을 경모하여서 소위 마부가 되어 말채찍을 잡는 일이라도 흔쾌히 할 사람이라, 감히 고루하다는 이유로는 도저히 사양하지 못하고 이미 경망되게도 편찬하고는, 이와 같이 그 느낌을 적어 회당선생 유고의 서문으로 삼는 바이다.

1739년 9월 26일 후학 평원(平原) 이광정(李光庭) 삼가 쓰다.

회당선생 연보/悔堂先生　年譜

1516년(병자, 중종 11)

선생은 12월 20일 유시(酉時)에 의성현(義城縣) 원흥동(元興洞) 자택에서 태어나다.

선생의 선세(先世)는 상주(尙州) 단밀현(丹密縣) 관동(官洞)에서 세거했는데, 증조부 생원공(生員公 : 申錫命) 대에 이르러 비로소 의성현 남쪽 원흥동으로 옮겨 거주함으로써 그의 자손들이 의성에 살게 되었다.

1521년(신사, 6세)

선생은 어려서 총명하고 의지가 굳었으며, 행실이 도타웠고 어질었다.

1522년(임오, 7세)

선생은 비로소 ≪소학(小學)≫을 배우다.

≪소학≫을 절반 정도 읽고 나서 "사람의 자식으로서 어버이를 섬기는 도리는 바로 이 책에 있도다!"라 탄복하고, 번거롭게 공부하라는 소리를 하지 않아도 날마다 더욱 정독하여 한마디의 말이나 하나의 행동이라도 모두 그대로 실행하려 했다.

1526년(병술, 11세)

부친 처사공(處士公 : 申壽)께서 병이 오래 낫지 않고 위중해지시자, 선생은 팔공산(八公山)에 올라가서 약초를 캐다.

처사공은 본디 중풍을 앓고 있어서 날씨가 추워지면 더욱 더 심해지셨는데, 사람들이 "팔공산에 영험한 약초가 있다."고들 했다. 어느 날, 선생이 홀연히 간 곳을 알지 못했더니, 직접 팔공산에 가서 약초를 캐어 돌아와서는 유능한 의원을 찾아 조제하여서 달여 올리자, 부친의 병세가 조금 호전되었다. 이를 본 사람은 감탄하지 않는 이가 없었다. ○ 선생은 밤낮으로 걱정하여 곁을 떠나지 아니하고 보살피며 받드는 것이 극진하지 않음이 없었다. 일찍이 화로에다 작은 솥을 걸어두고서 탕약과 미음을 올리는데, 손수 직접 끓였지 남에게 맡기지를 않았다.

1528년(무자, 13세)

부친 처사공께서 일찍이 선생에게 "내 병은 하루아침에 나을 병이 아니거늘, 공연히 너로 하여금 책 읽어야 할 시기를 잃게만 하는구나."라 말했다. 이에 선생은 온순한 말로 "어버이 약 시중을 돌보는 데는 진실로 독서할 겨를이 없어야 하옵니다. 또한 행한 다음 남은 힘이 있거든 글을 배우라는 옛사람의 가르침에도 부합하지 않사옵니다."고 대답했지만, 부친의 뜻을 어기지 않으려고 때때로 곁에서 책을 펼쳐 읽는데 소리를 내지 않았다.

1533년(계사, 18세)

2월, 처사공께서 돌아가시다.

처사공은 뜻이 크고 기개와 지조가 있었으니, 세상이 혼탁해지자 남모르게 덕을 베풀고 고요히 수양하며 후진들을 가르치는 것을 일삼았다. 1504년 경기전 참봉(慶基殿參奉)에 제수되었으나 나아가지 않았으며, 1506년에도 헌릉 침봉(獻陵參奉)에 제수되었으나 또한 나아가지 않았다. ○ 선생은 부친의 약탕 시중을 드는데 조금도 게으르지 않았으니, 밤에도 눈을 부치지 않고 옷의 띠를 제대로 풀지 않은 것이 무릇 8년이 되어 부친이 임종하였다. 이에, 선생은 물 한 모금도 입에 대지 않고 식음을 전폐하여 기절했다가 깨어나기를 서너 차례나 반복했다. (그러다가 정신을 가다듬고) 부친의 시신을 씻긴 뒤 수의를 갈아입히고 염포를 묶는 등의 절차는 한결같이 《문공가례(文公家禮)》 등을 좇아서 도리에 어긋남이 조금도 없도록 했다. 명정(銘旌)을 쓰기 위해 장례를 집전(執典)하는 사람이 부친의 직함(職銜)을 써달라고 하니, 선생이 울면서 "내가 듣건대, 이미 돌아가신 분 제사 모시기를 살아계신 분 섬기듯이 한다고 하였으니, 아버님께서 평소에 직함 쓰는 것을 원치 않으셨는데 차마 장사 치르는 즈음이라 해도 어찌 쓰리오?"라 하며 '처사(處士)'로 쓰게 하였다. 예(禮)를 아는 사람들이면 모두 잘하였다고 했을 것이다.

11월, 처사공을 팔지산(八智山) 건향(乾向)의 언덕에 안장하다.

안장한 후에 묘소 옆에서 여묘살이를 하다가 집에 들어와서는 어머니를 위로하고 나와서는 반드시 머리에 두르는 테와 허리에 두르는 띠를 풀지 않고 산소를 살피며 슬피 곡하는데, 비바람이 불거나 또는 춥거나 덥거나 간에 멈춘 적이 없었다. 이 추모하는 마음을 영원토록 깃들이는 곳으로서 묘소 아래에다 5칸의 재사(齋舍)를 지어 놓았다. ○ 산 아래에 예전부터 동네를 이루어 살던 많은 주민들은 선생께서 팔지산(八智山)에 장사지내려는 뜻이 있음을 알고 (탐탁하게 여기지 않았지만) 서로 이르기를, "우리들도 역시 사람일 뿐이거늘, 차마 효자의 바람을 들어주지 않을 수 있겠는가." 하고 장사지내도록 허락했다.

1534년(갑오, 19세)
선생은 돌아가신 부친이 학문에 힘쓰도록 권하신 말씀을 애통하게 사모하여 예서(禮書)를 읽는 겨를에 사서(四書)나 그 밖의 경전을 골라 차례차례 의리를 찾아내어서 탐구하고 음미하는 것을 주력하였다.

1535년(을미, 20세)
4월, 탈상(脫喪)하다.
탈상을 하고도 슬퍼하고 사모함이 여전히 간절하여 한 달을 넘긴 뒤에야 비로소 여묘살이를 했던 여막에서 집으로 돌아와 모친을 섬기는데, 매일 새벽에 일어나 문안드리고, 온화한 얼굴빛으로 순종하여 모친을 즐겁고 편안하게 지낼 수 있도록 하고, 여름엔 베옷 겨울엔 갖옷을 계절에 조금도 어긋남이 없도록 하고, 주무시는 방의 온기가 가시지 않도록 덥힐 때도 땔나무가 적당한지 몸소 살펴 행하였다.

1536년(병신, 21세)
가을, 향시(鄕試)에 합격하다.

선생은 어버이의 명을 받들기 위해 과거시험을 보기는 보았지만, 역시 합격하고 안 하는 데엔 마음을 둔 적이 없었다.

1538년(무술, 23세)
2월, 모친의 명을 받들어 태학(太學)에 유학하다.

모친께서 일찍이 선생에게 "너는 궁벽한 촌구석에서 늦게야 태어났으니 함께 지낼 만한 벗이 넓지 못할러라. 내가 전해 듣건대 '태학이란 곳은 어진 선비들이 모이는 곳이고, 예의를 서로 앞세우는 곳이라.' 하니, 어찌 가서 본받지 않을 수 있겠느냐?"고 일렀다. 선생은 그리하여 서책을 싸 짊어지고 태학으로 갔다. 태학의 재실(齋室)에 있던 여러 유생들은 선생의 언행에 법도가 있음을 보고 옷매무새를 여미며 선생을 높이 받들지 않음이 없었다.

이때 입암(立巖) 유중영(柳仲郢 : 서애 유성룡의 부친)이 선생과 같이 태학에 있으면서 동문수학(同門修學)했는데, 서로 사귄 정이 매우 도타웠다.

1539년(기해, 24세)
봄, 태학에서 고향으로 돌아와 어머니를 뵈다.

이로부터 출세보다는 개연히 사람으로서의 도리를 연마할 뜻을 품고서 정밀히 연구하고 깊이 생각하여 힘써 배우는 것에 게으르지 않았다.

가을, 형님 정은공(靜隱公 : 申元福)과 같이 한성(漢城)에 과거보러 가다.

돌아오는 길에 정은공이 학질에 걸리자, 선생은 정은공을 간신히 부축하여 천민천(天民川)에 이르니, 마침 가을비에 개울물이 불어나 있었다. 사람들은 "이 물엔 독충이 있어 맨발로 건너서는 아니 된다."고 했으나, 선생은 아무런 동요도 없이 정은공을 등에 업고 물을 건넜지만 어떤 일도 없었다.

1540년(경자, 25세)
부인 이씨에게 장가들다.

이씨는 병절교위(秉節校尉) 지원(智源)의 딸이자, 경은(耕隱) 선생 맹전(孟專)의 증손녀이다. 시어머님을 효성스럽게 모시는데 받들어 순종하고 공양하였으며, 다만 선생의 뜻만 못할까 걱정하였다. 시어머님이 나이가 들어 늙으시자 자신의 젖을 먹이기까지 하니, 사람들은 중국 당(唐)나라 최산남(崔山南) 집안의 수범(垂範)에 견주곤 했다 한다.

1541년(신축, 26세)
용암(龍巖) 박운(朴雲)을 찾아뵈다.

이때 용암은 경학(經學)으로서 한 세상의 중망을 받고 있었다. 선생이 왕래하며 질의(質疑)하지 않는 해가 거의 없으니, 용암은 늘 선생을 칭찬하여 "신군(申君)은 집에 있으면서도 의리를 행하니, 지금 세상에서는 보기가 힘들고 옛날 당(唐)나라의 동소남(董召南)이 바로 그 사람일러라."고 말했다.

1542년(임인, 27세)
이때 두 해에 걸쳐 잇달아 흉년이 들어 딸린 식구들이 종종 끼니를 걸렀다. 그러나 선생은 부인과 함께 부지런히 어떻게든 마련하여서 모친에게 맛있는 음식을 드렸고, 시렁에 달고도 부드러운 음식들만은 다하여 없어진 적이 없었다.

1543년(계묘, 28세)

10월, 신재((愼齋) 주세붕(周世鵬) 선생을 백운동서원(白雲洞書院)에서 뵈다.

우리나라는 예전부터 서원이 없었는데, 신재 선생이 마침 풍기(豊基) 군수로 있으면서 문성공(文成公) 안향(安珦)의 옛집이 있던 죽계(竹溪)에다 최초로 서원을 창건하고 인재를 교육하자, 멀고 가까운 곳을 막론하고 유생들이 모여들었다. 선생도 경의를 표하는 글을 가지고서 뵈오며 가르침을 구하니, 신재 선생이 빈객(賓客)을 맞이하는 예로 정중히 대우하였다. 며칠을 머문 어느 날, 논제(論題)를 내어서 여러 유생들에게 시험을 보였는데, 선생이 지은 바가 남달리 뛰어남을 보시고서 그 글 말미에 「우리 서원에 사람이 있으니, 그 마음이 옥처럼 아름답구나. 하늘이 장차 그대를 옥으로 여기시어, 그에 합당한 녹봉을 거듭 베풀어 주시리라.(我院有人, 其心如玉, 天將玉汝, 申其祿矣.)」고 써 주었다. 계속해서 말과 행동이 서로 맞아야 한다는 사실과 우리나라 도학의 계통 등을 말해 주니 부지런히 힘쓸 뿐 조금도 게으르지 않았다.

11월, 퇴계(退溪) 이황(李滉)을 계상(溪上)에서 뵈다.

선생은 퇴계 이황을 흠모하여 일찍이 그 앞에서 경전(經典)을 배우려는 바람이 있었다. 이때에 이르러 이황이 벼슬을 그만두고 고향인 계상으로 돌아와 계시다는 것을 듣고 백운동에서 즉시 찾아가 뵈었던 것이다.

계상에서 백운동으로 되돌아오다.

이때 지은 <월야유감(月夜有感)>이라는 시 2수가 있다.

1544년(갑진, 29세)

백운동에 계속하여 머물면서 동지들과 약속하고 독서하다.

월천(月川) 조목(趙穆), 약봉(藥峯) 김극일(金克一), 지산(芝山) 김팔원(金八元) 등과 이해관계를 따지지 않고 도의(道義)로 사귀는 친구가 되어 함께 밤을 지새우는 줄 모르며 마주 앉아 토론하니, 날마다 다시금 연구하고 서로 연마하는 실익(實益)이 있었다. 하여 선생이 동지들에게 지어준 시에 「도를 말하는데 마음은 지칠 줄 모르고, 시를 논하는데 생각은 전전긍긍 않네.(語道心無斁, 論詩思不回.)」라는 시구가 있다. ○ 선생의 손자인 만오(晩悟) 달도(達道)가 일찍이 월천 선생을 따르면서 그에게 배웠는데, 월천선생은 선생을 일컬으며 "회당옹(悔堂翁)이 일생 동안 공부한 것은 오직 본분(本分)에만 있었으니, 참으로 옛사람들이 말한 진정한 위기지학(爲己之學 : 스스로를 닦고 돌보는 학문)이었다."고 말하고, 또 "예전 신재 주세붕의 문하에서 따르던 학자들이 수백 명이었는데, 대부분은 과거시험을 위한 문장을 아름답게 꾸미어 짓는 것에만 힘썼으나, 회당옹만은 절실히 묻고 가까이서 생각하여 오로지 내면에 마음을 쓰니, 신재가 옹을 자주 추천하여 장려한 것은 이 때문이었던 것이다."고 말했다.

11월, 중종(中宗)이 승하(昇遐)하다. ○ 12월, 집으로 돌아와 어머니를 뵈다.

선생은 죽계에서 유학한 지 벌써 1주년이 되었는데, 나아가서는 스승에게 강의 받고, 물러나서는 같은 유생들과 변론하며 견실하고도 부지런히 도를 향하여 힘쓰고 힘쓰니, 신재 선생은 늘 '어질고 너그러운 도량을 지닌 사람[德器]'이라고 칭찬했다. 선생이 돌아오려 하자, 신재가 절구시(絕句詩) 한 수를 지어 주었는데, 「학문은 근원을 스승으로 삼아야 하고, 교분은 예의에 맞도록 하라. 서로 규계함에 오직 이 열 글자라, 무릇 모든 것이 백년의 마음이로세.(爲學師原水, 論交取兇虤. 相規惟十字, 庶悉百年情.)」고 하였으니, 신재가 선생을 끔찍이 여겼음은 이와 같았다. ○ 선생이 귀향하여 형님 정은공에게 "풍기(豐基)에는 서원이 세워졌으니, 이는 사문(斯文)의 매우 거룩한 일이옵니다. 우리 고을도 어찌 학문 닦을 곳을 만들지 않을 수 있겠사옵니까?" 말하고, 드디어 서원을 지으려는 뜻을 가졌다.

1545년(仁宗 원년, 30세)

3월, 신재(愼齋) 선생으로부터 처사공(處士公)의 묘지문(墓誌文)을 받다.

선생은 부친의 장사 때 지석(誌石)을 묻지 못한 것이 늘 한스럽게 여겼었는데, 이때에 이르러 신재 선생에게 묘지문(墓誌文)을 청하였던 것이다. 신재 선생이 묘지문을 지어주어서 찬양토록 하고 여한이 없도록 하니, 선생은 "제가 가장 원하는 것이 다 이루어졌습니다."라고 말했다.

7월, 인종(仁宗)이 승하(昇遐)하니 3년 동안 소찬(素饌)을 하다.

선생은 국상(國喪)의 변보(變報)를 듣고서 애통해하며, "세상에 나서 요순(堯舜) 같은 군주를 만났더니, 1년도 되지 않아서 이런 민망한 흉변(凶變)을 당하여서는 백성 된 자로서의 도리로 어찌 슬퍼하지 아니하랴?" 말하고는, 거친 밥을 먹고 육식을 하지 아니하며[素饌] 3년을 마쳤다. 사람들이 간혹 괴이하게 여겨서 그 까닭을 물으면, 선생은 다만 "나에게 바야흐로 공복(功服)이나 시마복(緦麻服)을 입어야 하는 비통함이 있었기 때문이지만, 우리 집에서도 이러한 은밀한 뜻이 있을 줄은 알지 못할 것이다." 대답했다.

10월, 신재 선생에게 편지를 올려서, 학자(學資)의 전말을 쓴 글의 기문(記文)을 청하다.

의성현에도 학자(學資)가 있으니, 모재(慕齋) 김안국(金安國) 선생으로부터 비롯되었다. 모재 선생은 의성 사람인데, 경상도 관찰사였을 때 곡식 80섬을 지급하여 의성현의 유생(儒生)들이 강학(講學)하는 자금으로 쓰게 했던 것이다. 그 후로 여러 해 동안 실행되지 않다가, 계묘년(癸卯年 : 1543)에 예궐성(芮厥成)이 훈도(訓導)가 되어 읍재(邑宰 : 현령) 장세심(張世沈)에게 아뢰니, 읍재가 다시 학자를 주어서 하나같이 모재의 전례(前例)대로 실행하였다. 그래서 선생은 그 전말을 갖추어 서술하여서 신재 선생에게 그 기문(記文)을 청했던 것이다.

11월, 신재 선생이 임기가 끝나서 조정으로 돌아가는데 전송하다.

이때 신재 선생이 돌아간 것은 조정의 부르는 명령이 있었기 때문이다.

1546년(명종 원년, 31세)
2월, 장인 이지원(李智源)의 상을 당하다.

이공(李公)이 후사 없이 죽자, 선생이 관곽(棺槨)을 갖추어서 장례를 치르며 도리와 예의를 다하였고, 또한 사람을 가려서 후사를 세워 이씨(李氏)의 제사가 끊어지지 않게 하였다.

1547년(정미, 32세)
4월, 적라현(赤羅縣 : 경북 군위군의 옛 명칭) 감옥에 갇혀 있는 매형 박계수(朴桂樹)를 찾아가서 문안하다.

이때 매형이 무고하게 화를 입고 감옥에 갇혀 있었는데, 사람들은 감히 그의 억울함을 호소하지 못했지만, 선생만은 혼자서 관찰사에게 나아가 호소하여 그 억울함을 바루었다. 3년이 지난 뒤에 매형이 죽으니 장례의 모든 절차를 분주히 치르고, 매형의 4남 1녀를 데려다가 교육시켜 적절한 때에 시집장가를 보내어서 마침내 그의 가문을 일으켜 세워 주었다.

8월, 아들 심(伈)이 태어나다.

1548년(무신, 33세)
봄, 경주(慶州)에서 학성(鶴城 : 울산)으로 향하며 바다를 구경하다.

정유(鄭瑜)와 함께 남헌(南軒)을 산보하면서 지은 율시(律詩) 1수가 있다.

여름, 팔공산(八公山)에서 병든 형님 정은공에게 달려가 병구완하다.

이때 형님 정은공은 전염성 열병을 피하려고 팔공산 산방(山房)에 있었는데도 전염병이 들어 거의 위태할 뻔 했던 것이다. 선생이 이를 듣고 곧장 달려가서 몸소 탕제(湯劑)를 달여 드리느라 먹는 것도 자는 것도 잊었

다. 곁에 있던 사람들이 열병의 기세가 한창 성한지라 선생에게 조금이라
도 쉬기를 권하자, 선생은 울면서 "아픔을 나누려는 마음이 절실하거늘 어
찌 내 생명만을 염려할 수 있단 말인가?" 하였다. 그리고 수십 일을 간호
하여 마침내 차도가 있어 함께 돌아왔다. ○ 선생은 평소에 형님 섬기기를
극진히 하였는데 사마온공(司馬溫公)이 그의 형 백강(伯康)을 섬기듯이 하였
다. 선생은 조상을 받들고 부모를 봉양하는 데 쓸 것과, 질녀를 시집보내
거나 질부를 보는 데 필요한 것들을 모두 몸소 마련하여 형님이 조금도
걱정하지 않도록 하였다.

가을, 업유재(業儒齋)를 창건하다.

선생이 죽계(竹溪)에 머무르고 있을 때 소고(嘯皐) 박승임(朴承任)에게서
영천(榮川 : 지금의 榮州)의 학제(學制)가 성함을 들었던 바, 이때에 이르러 고
을의 동지들과 업유재의 조목[齋規]을 의논하여 결정하는데 하나같이 영천
학제의 조목(條目)을 따랐다.

1549년(기유, 34세)

퇴도(退陶 : 퇴계 이황) 선생을 풍기(豐基) 관아에서 뵈다.

이때 퇴계 선생은 단양(丹陽)에서 임지를 옮겨 풍기 군수로 있었다. 선생
이 찾아가서 뵙고, 월천(月川) 조목(趙穆)·지산(芝山) 김팔원(金八元) 등과 백
운동서원에 유숙하면서 어렵고 의심나는 것을 물어가며 부지런히 힘쓰고
게으르지 아니하였다. 그러자 지산이 다음의 시를 지어 주었다.

공자께선 때때로 익히라 말씀히 셨고	孔訓稱時習
탕왕의 반명(盤銘)엔 일신하라 새겼으니,	湯銘頌日新
마음을 온통 쏟아 구도하려는 그대의 뜻은	孜孜求道志
타인에게 결코 뒤지지 않으리라 맹서한 것이네.	矢不讓他人

그는 동문생(同門生)으로서 서로 깊이 사귄 것이 이와 같았던 것이다.

1550년(경술, 35세)

9월, 아들 흘(仡)이 태어나다.

1551년(신해, 36세)

봄, 장수현(長水縣)의 훈도(訓導)에 임명되다.

선생은 이미 여러 차례 과거를 보았어도 급제하지 못하자, "옛 사람은 '어버이가 연로한데도 벼슬하여 녹을 받지 않음은 불효라.'고 했으니, 내가 장차 학관(學官 : 교육을 맡아 하던 벼슬아치)이라도 해서 어버이를 위해 쌀을 등에 지고 오는 효심을 이룰 수 있었으면 좋겠다."고 자탄하였다. 그리하여 매월 녹봉을 받아서 어머니를 봉양하였는데, 이때 자탄하는 율시(律詩) 1수가 있다.

현감(縣監)인 용문(龍門) 조욱(趙昱)과 함께 학규(學規)를 정하다.

이때 학규(學規)가 해이하였는데, 선생이 부임해서는 직무에 태만하지 않고 과정을 엄격히 세워서 날마다 여러 유생들과 함께 경서(經書)를 강론하였다. 단지 구두(句讀 : 읽기 편하게 하기 위하여 구절에 점을 찍는 일)나 전수하는 것이 아니라, 반드시 먼저 서로 읍양하고 겸손히 주선하는 절차와, 부모에게 효도하고 형제간에 우애 있게 지내고 나라에 충성하며 친구 간에 믿음으로 지내는 도리 등을 가르쳤다. 그리고 실속 없이 겉만 화려한 것을 억제하고 근본과 진실을 펴는데 오로지 힘쓰니, 근방의 젊은 선비들이 소문만 듣고도 일어났는데, 제자가 되려고 예물을 드려서라도 배우려는 자가 많았다. ○ 용문(龍門)은 정암(靜庵) 조광조(趙光祖)의 문인으로써, 이때 장수현감(長水縣監)이었는데, 학정(學政 : 교육에 관한 행정)에 관심이 있었다. 그래서 선생이 그와 더불어 학규를 새로 정하였다.

가을, 하서(河西) 김인후(金麟厚)를 방문하기 위해 장성(長城)으로 가다.

선생은 하서와 정신적으로 사귄 지가 몇 년이나 되었는데, 이때 이르러서야 용문 조욱과 함께 가서 직접 만나게 되었던 것이다. 하서는 일찍이 모재(慕齋) 김안국(金安國)을 좇아 배워서 학식이 순수하고 올발랐다. 선생이 한 번 보고는 경모하여 마치 평소부터 사귄 것처럼 반겼는데, 하서로부터 모재의 도학(道學) 연원이 성대함을 듣게 되자, 비로소 사당을 세워서 우러러 공경하며 받들 뜻을 가지게 되었다.

1552년(임자, 37세)
가을, 병으로 사직하고 고향으로 돌아오는 길에 함양(咸陽)의 옥계(玉溪) 노진(盧禛)을 방문하다.

1553년(계축, 38세)
4월, 고을 수령과 함께 경내의 굶주린 사람들을 진휼(賑恤)하다.

이 해는 엄청난 기근이 들어서 굶주려 죽는 사람이 연이어졌던 것이다. 선생이 이를 애통하게 여기고 상심함이 자기가 직접 당한 정도가 아닌지라, 고을 수령이 진휼하는 책임을 나누어 맡기니, 선생은 "동포들이 잇따라 겪는 기근이 하나같이 이 지경에 이르렀거늘, 어찌 그 죽어가는 것을 앉아서 지켜만 보고 구제하지 않을 수 있단 말인가?" 탄식하였다. 그리하여 형편 닿는 대로 계획을 세워서 성심을 다해 급식(給食)하여 온 고을을 모두 살리고, 이웃 고을의 사람들까지도 도와주었다.

겨울, 서울로 향하다가 백운동서원에 들어가서 약포(藥圃) 정탁(鄭琢)과 경전의 뜻을 강의하고 토론하다.

이 해 가을에노 흉년이 들어서 다시 진휼해야 했다. 선생은, 굶주린 사람들을 구휼하는 것도 군자가 사람들을 사랑하는 일의 하나로 여겼건마는, 굶주린 사람들을 돌아보면 우리들의 마음과 힘으로 어찌하기가 어려운 것이 있음을 모친께 아뢰고, 행장을 챙겨서 서울로 향하다가 다시 백운동으로 들어갔던 것이다. 때마침 약포(藥圃) 정탁(鄭琢) 등 여러 선비들이 서원에 있었는지라 서로 함께 그 의심났던 것을 토론하며 바로잡았다.

1554년(갑인, 39세)

2월, 서울에서 호서(湖西)를 거쳐 관동(關東)지방으로 들어가 대해(大海) 황응청(黃應淸)을 방문하고 돌아오다.

이 행차에서 관동 지방의 여러 명승지를 두루 구경하고 돌아오기까지 모두 7개월이 걸렸다. 기오정(寄傲亭)·풍천협(風川峽)·한거정(閑居亭) 등을 읊은 시들이 있다.

7월, 신재(愼齋) 선생의 부음(訃音)이 이르자 자리를 베풀고 곡하다.

선생은 학업을 마치지 못했음을 한스럽게 여겨서 3년 동안 심상(心喪 : 상복은 입지 아니하지만 상제와 같은 마음으로 상을 치르는 것)하였던 것이다.

9월, 월천(月川) 조목(趙穆)과 함께 신재 선생의 영위(靈位)에 배곡(拜哭)하기 위해 무릉(武陵)의 상차(喪次 : 상주들이 있는 곳)에 가다. ○ 덕산(德山) 별장에 있던 남명(南冥) 조식(曺植)을 찾아뵈다.

선생은 남명 조식의 문하에 가서 뵌 것이 한두 번이 아니었다. 일찍이 사람들에게 "조 선생은 평소에 학도(學徒)들에게 경서(經書)를 풀이해주기를 즐겨하지 않았지만, 강론하는 것이나 보여주는 기풍이 자연스레 사람을 감동케 하여서, 그를 대하면 그르고 편벽된 마음이 감히 싹트지 아니하여 그를 따라 배우는 자들이 공부가 열리는 일이 많았는데, 대개 보고 느끼는 사이에 저절로 깨닫는 것이 있기 때문이다."고 말했다.

12월, 사인(舍人) 이우민(李友閔)이 찾아오다.

이공(李公)은 지난해부터 있었던 기근을 조사하는 경차관(敬差官 : 곡식의 손실을 조사하고 민정을 살피던 임시 벼슬아치)으로서 찾아와 선생과 함께 진휼하고 구제하는 일을 상의하였다.

진장지(賑場志)를 초안잡다.

이 해에 또 크게 흉년이 들자, 고을 수령은 선생이 굶주린 사람들을 구휼하는데 공정할 줄 알고서 재차 그 책임을 애써 맡기니, 선생은 사양하였으나 받아들여지지 않았던 것이다. 구휼을 시행한 방법은 이전에 비해 더욱 더 찬찬하였다.

1555년(을묘, 40세)
금계(錦溪) 황준량(黃俊良)이 찾아오다.

이때 황준량은 신녕(新寧) 현감이었는데, 늘 고향에 갈 때면 반드시 찾아왔던 것이다. 때로는 고금의 역사를 토론하는데 고상한 담론이 맑고도 깨끗하였는지라, 옆에서 듣는 사람은 자기도 모르는 사이에 절로 상쾌해진다.

1556년(병진, 41세)
2월, 고을사람들과 장천(長川)에 서원을 세울 것을 의논하다.

장천은 의성현 남쪽 구성산(九成山) 아래에 있는데, 산과 물이 에워싸서 그윽하고 깊숙한지라 학문을 닦는 곳으로 합당하였던 것이다. 선생은 죽계(竹溪)에서 돌아온 후로 사문(斯文)을 일으킬 뜻이 있었으니, 이 해 봄에 장천에다 서원을 세우기로 동지들과 약속하고 계획하였다.

7월, 원흥동(元興洞)에서 도암(陶巖)으로 거처를 옮기다.

도암은 의성현의 동쪽에 있는 도당산(陶唐山) 아래에 있는데, 저자거리가 가까워도 산림의 풍취가 있었던 것이다. 선생은 노모를 봉양하기에 편리하다고 여겨 이곳으로 거처를 옮겼고, 이를 별호도 삼기도 했다.

1557년(정사, 42세)
8월, 도원(桃源)의 여관에 있던 용암(龍巖) 박운(朴雲)을 만나다.

용암은 이때 도산(陶山)으로 가다가 비에 막혀 도원에 있었던 것이다. 선

생은 도원의 여관에서 용암을 만나 수일 동안 강론하였는데, 용암이 돌아
간 뒤에 ‘게으르고 나약한 자신을 반성할 수 있었다.’는 말로 편지를 써
보내어 사례하였다.

가을, 서원의 몸채를 짓다.
먼저 10여 칸을 지으려 했으나, 시국이 좋지 않아서 다 짓지 못했다.

1558년(무오, 43세)
가을, 백운동서원 강회(講會)에 참가하다.
이때, 풍기(豐基) 군수로 있던 소고(嘯皐) 박승임(朴承任)이 여러 유생들을 모아
백운동서원에서 도를 강론하는 자리에 선생을 초청하는 서신을 보내니, 선생
이 가서 참석했던 것이다. 소고의 서신에는 「옥 같은 사람이 항상 꿈에 보이는
데다, 나의 산골 고을엔 할 일이 별로 없으니 유생들의 실력을 견주어 살피기
에 그야말로 좋네.(如玉其人, 常入夢中, 峽邑少事, 政好論量.)」라는 글귀 등이 있었다.

1559년(기미, 44세)
퇴계 선생을 도산(陶山)에서 뵈다.
이 행차에서 선생은 퇴계 선생이 손수 편한 향약(鄕約)을 받들어 구경하
였던 것이다(≪사우록(師友錄)≫을 보면 선생이 두 번 도산을 간 것은 계묘년
(1543)과 기유년(1549)이나, 선생이 직접 지은 <향약지(鄕約識)>에 ‘지난해에 도산
에서 손수 편찬한 향약을 보았다.’는 구절이 있는데, 대개 도산에서 퇴계 선생이 손
수 향약을 편찬한 것은 병진년(1556)이고 선생이 향약을 정한 것은 경신년(1560)인
즉, 이 해(1559년)에 또다시 도산에 가서 뵈었음이 의심의 여지가 없으므로 여기에
다 보충하여 넣는 바이다).

1560년(경신, 45세)
봄, 향약(鄕約)을 정하다.
의성현은 옛적에 향약이 있었으나 중도에 폐하고 말았다. 선생은 일찍

이 다시 일으켜 시행할 뜻이 있었고, 게다가 도산에서 돌아온 후로는 더욱 간절히 퇴계 선생의 향약을 흠모하게 되었는지라, 의흥 현감(義興縣監) 유희잠(柳希潛)과 규약을 의논하여 정하면서 여씨향약(呂氏鄕約)의 네 조목(德業相勸, 過失相規, 禮俗相交, 患難相恤)을 취하여 강령으로 삼고, 퇴계 선생이 정한 벌칙 사례를 첨부하였다. 매년 봄과 가을에 함께 계(契)를 같이한 사람들과 착한 일을 권장하고 악한 일을 징계하는 것을 의전(儀典)대로 실행하였으니, 소주(韶州 : 의성의 옛 명칭)의 풍속이 낙동강 좌편 지역에서 칭송된 것은 실로 이 한때의 앞장서서 이끈 공로에 힘입은 것이라 하겠다. 향약의 후지(後識)와 절구시(絶句詩) 1수가 있다.(유희잠은 한양 사람으로, 이때 의성현에 귀양살이를 하고 있었다.)

원근의 촌수가 아주 먼 일가붙이들과 매월 초하루에 만나기로 하다.

선생은 종족이 흩어져 살면서 희로애락(喜怒哀樂)을 같이 나누지 못함을 늘 한스럽게 여기더니, 계모임 운영하는 일을 의논하고 경조사 때 서로 돕는 규칙을 정하였던 것이다. 매월 초하룻날 종당(宗堂)에 모여서 조상의 사당을 참배함으로써 친애하는 도리를 보였고, 또한 친척과 돈독히 화목해야 하고 학문에 힘써야 하는 뜻을 강론하였다.

1563년(계해, 48세)
봄, 병이 나서 집으로 돌아가는 금계(錦溪) 황준량(黃俊良)을 문안하다.

금계가 성주(星州) 임지에서 병으로 사직하고 본가(本家)까지 돌아가지 못하고 죽으니, 선생은 매우 애통해하였다.

1564년(갑자, 49세)
청도군(淸道郡) 훈도(訓導)에 임명되다.

선생은 마지못해 취직하였으나, 1년도 아니 되어 모친이 연로하다는 이유로 사직하고 돌아왔다.

1566년(병인, 51세)

봄, 삼가현(三嘉縣 : 경남 합천의 옛 지명) 훈도에 임명되다.

선생은 일찍이 벽에다가 글을 써 부치기를, 「무거운 물건을 지고 먼 곳으로 갈 때면 땅의 좋고 나쁨을 가리지 않고 쉬게 되고, 집이 가난하고 부모님이 늙었을 때면 봉록의 많고 적음을 가리지 않고 관리가 된다.(負重涉遠, 不擇地而休, 家貧親老, 不擇祿而仕.)」고 하였는데, 이 자로(子路)의 말을 세 번이나 거듭 반복해 읽고 자신도 모르게 눈물을 흘렸다. 이를 보면, 선생이 전후에 훈도로 나아간 것은 모두 모친을 위해서 뜻을 굽힌 것임을 알 수 있다. ○ 선생이 가는 곳이면 학생들이 모여들어서 문 앞에는 신발들이 항상 가득하였지마는 간곡하게 가르치고 타이르는데 싫어하지도 게으르지도 아니하였으며, 일과(日課)로 경서를 읽고 외우게 하고 난 여가에도 학생들을 이끌고 고금(古今)의 역사에 나타나는 성공과 실패를 강론하여 그들의 마음과 뜻을 깨우쳐주었기 때문에 성취한 사람이 많았다.

가을, 매암(梅巖) 조식(曹湜)과 대은산(大隱山)을 유람하다.

선생은 일찍이 대은산 경치를 사랑하여 매암과 흥이 나면 자주 찾아서 술 마시고 시 읊조리는 것을 마음껏 즐겼으며, 또 갈천(葛川) 임훈(林薰)과 첨모당(瞻慕堂) 임운(林芸) 형제와 번갈아 부르고 따르며 학문을 강론하고 연마하였다.

1567년(정묘, 52세)

봄, 훈도(訓導)를 사직하고 돌아오다.

선생은 또 벽에다가 글을 써 부치기를, 「옛사람은 단 하루의 봉양을 삼정승의 자리와도 바꾸지 않았다.(古人一日養, 不以三公換.)」고 하고는 곧바로 훈도를 사직하고 돌아왔던 것이다.

6월, 명종(明宗)이 승하하다.

1568년(무진, 53세)

봄, 동쪽 언덕에다 양로당(養老堂)을 짓다.

이때 모친이 나이가 이미 80이 넘으셨는데, 따로 초가 3칸을 지어서 ‘양로(養老)’라고 편액(扁額)하였다. 주변에 여러 가지 기이한 화초들을 심고서 모친을 모시고 날마다 그곳에 거하며 아침저녁으로 문안하고, 따뜻하고 서늘함을 살펴드렸다. 좌우에 도서(圖書)를 비치하고 그것을 보며 즐기는데 한가로이 혼자서 깨닫는 맛이 있었다.

≪계문제자문답문의(溪門諸子問答文義)≫을 손수 엮다.

선생은 ≪심경(心經)≫·≪근사록(近思錄)≫·≪주자서(朱子書)≫ 등의 서적을 즐겨 읽고, 퇴계 선생이 문하생들과 문답한 문의(文義)을 수집하여 각 책의 첫머리에 손수 단락에 따라 차록(箚錄 : 메모)을 하여 참고하는 데에 편하도록 하였다.(필법 또한 기운이 생동하고 글씨체가 단정하니, 옛사람들이 나가버린 마음을 찾아 들이는 법을 깊이 체득한 것이다.)

1569년(기사, 54세)

가을, 서원이 완성되어 유생들을 모아서 재사(齋舍)에 들이다.

선생은 동지들과 의논하면서 “서원을 지으려 한 것은 학문을 일으켜서 인재를 육성하기 위함이었거늘 시공한 지 10여 년에 아직까지도 완성하지 못하고 있으니, 이것이 어찌 우리들이 계획한 본래의 뜻이었겠는가?”고 말하고는 고을 수령에게 이런 사정을 아뢰었고, 고을 수령이 다시 추진하고 관리한 지 2년 만에 준공하였던 것이다. 그리하여 백운동서원의 규칙에 의거해서 고을 내 재주와 학식을 갖춘 뛰어난 자를 뽑아서 재사(齋舍)에 기거케 하고 서로 경전의 본뜻을 강론하게 하니, 원근의 유생들이 앞다퉈 흠모하고 모여들었으나 다 수용할 수가 없었다.

1570년(경오, 55세)
봄, 유생들과 함께 서원에 모여 '장천(長川)'이란 원호(院號)를 달다.
원호(院號)는 순찰사(巡察使) 이양원(李陽元)이 명명한 것이었다.

12월, 퇴계 선생의 부음(訃音)을 듣고는 자리를 베풀고 곡하다.
가마(加麻 : 스승을 위해 두건과 행전을 쓰고 장사할 때까지 상복을 입음)를 행하였다.

1571년(신미, 56세)
3월, 퇴계 선생 장례식에 참여하다. ○ 갈천(葛川) 임훈(林薰)이 찾아오다.
갈천은 이때 비안(比安) 현감이었는데, 격의 없이 사이좋게 지냈다.

1572년(임신, 57세)
봄, 장천서원 내에 사당을 세우고 문경공(文敬公) 모재(慕齋) 김안국(金安國)과 문원공(文元公) 회재(晦齋) 이언적(李彦迪)을 제향(祭享)하다.
의성현은 바로 두 선생이 풍교(風敎)를 남긴 곳이다. 선생이 서원을 지은 것은 두 선생을 위함이었으니 마침내 사당을 세워 제사한 것이다.(≪효우록(孝友錄)≫ 등 여러 편에 실려 있는 제향사(祭享事)를 살펴 보건대는 모재 선생만 배향하였으나, <빙계서원중수기(氷溪書院重修記)>에는 가정(嘉靖) 병진년(1556)에 회당공(悔堂公)이 장천(長川)에 서원 짓기를 제의하고 모재와 회재 두 선생을 제향하였으며 만력(萬曆) 을해년(1575)에 사액(賜額)을 받았다고 일컬음은 곧 회재 선생을 받들어 모신 것이 거의 동시인 듯하기 때문에 함께 제향한 것으로 기록하였다.)

4월, 남명(南冥) 선생의 부음이 들려오자 자리를 베풀고 곡하다.

1573년(계유, 58세)
연친곡(宴親曲) 8수를 짓다.
선생은 모친이 늙음을 마음 아파서 모친의 마음을 위로하고 기쁘게 할 수 있는 것이면 온 힘을 다하여 마련하였다. 매양 좋은 계절이면 모친을 모시고 형님 정은공(靜隱公)과 함께 연친곡 8수를 부르며 술잔을 올렸으니, 부모를 오래 모시고 싶어 세월이 가는 것을 애석히 여기는 효성[愛日之誠]을 나타내고, 형제들끼리 천륜의 즐거움[天倫之樂]을 폈다(8수는 일실되어 전하지 않는다). 또 일찍이 생신을 축하드리는 자리에서 즉석으로 다음의 절구시(絶句詩) 한 수를 읊었다.

시름겨운 생애 원망도 탄식도 말자	愁裏生涯莫怨嗟
우리 집의 일락(一樂)*은 가장 자랑일러라.	吾門一樂最堪誇
칠순의 우리 형제가 색동옷을 입고서	七旬兄弟斑衣處
백세 어머니 기쁘게 하는 집 얼마나 될꼬.	百歲慈親有幾家

    * 어버이가 생존하고 형제들이 무고한 즐거움

매양 음식을 올릴 때면 반드시 두 품(品)을 갖추고, 모친께 주시고 싶은 곳이 있는가를 여쭈어서 주었으며, 모친을 한 번이라도 기쁘게 하는 자가 있으면 반드시 후하게 사례하였다. 모친께서 입으셨던 속옷은 나무통을 만들어 거기에 담아두게 하여 손수 애벌빨래를 하고난 다음에야 남에게 빨게 했고, 변기도 역시 손수 씻었지 남에게 시키지를 않았다.

1574년(갑술, 59세)
모친이 병으로 눕다.

선생은 밤낮으로 애쓰느라 어찌할 줄 모르면서 겹요까지 깔아드리고도 또 흰 솜이나 보드라운 털과 같은 보드랍고 부드러운 것으로 깔아드렸으며, 몸소 두꺼운 옷을 입고 모친을 안고서 모시기를 날로 더욱 정성껏 하였다. 모친이 그 노고를 안타깝게 여기자 선생이 깜짝 놀라며 "자식의 직분에 실로 당연한 일이거늘 무슨 수고로움이 있겠사옵니까?" 하였다.

1575년(을해, 60세)

3월, 모친의 병환이 조금 차도가 있자 선생이 동편 언덕에다 주연을 베풀다.

이보다 먼저 박씨에게 시집간 누님이 와서 모친을 보살피다가 이때에 이르러 돌아가려 하자, 선생이 "모친의 병환이 다소 편안하시고 누님도 돌아가려 하는데다 이같이 좋은 철이니, 어머님의 뜻을 위로하고 기쁘게 하리라." 하며 동쪽 언덕에다 주연을 베풀었다. 모친을 받들며 형님과 누님이 함께 이웃 할머니들을 맞아서 술과 음식을 갖추어 대접했다. 때마침 한 노파가 미친 듯 노래 부르며 호무(胡舞 : 오랑캐 춤)를 추며 배우놀음을 하였다. 모친이 그것을 보고 한 번 웃자, 선생은 마음속으로 기뻐하기를 마치 큰 소득이 있는 것처럼 하고는, 마침내 온종일의 즐거움을 이룬 듯했다.

관찰사에게 상서(上書)하여 서원을 국학(國學)으로 승격시키자고 청하다.

선생은 퇴계 선생이 백운동서원을 소수서원이라는 사액서원으로 승격시킨 것을 본받아서, 사림(士林)들과 함께 관찰사에게 편지글을 올려 조정에 아뢰어 줄 것을 청하니, 마침내 임금께서 직접 서원의 이름을 지어주는 명이 있었던 것이다.

모친의 영정을 모사하다.

영정에 대한 후지(後識)가 있다.

6월, 모친이 돌아가시다.

모친은 향년 93세로 숨 쉬는 것이 점점 나빠져 헐떡거리자, 선생은 모친의 대변을 맛보아 병세를 판단하였고, 밤이면 하늘을 우러러 기도하였다. 그러고도 모친상을 당하여 울부짖고 가슴을 두드리며 몸부림치는 것이 하나같이 부친이 돌아가셨을 때처럼 똑같이 하였다.

10월 20일(갑신), 모친을 부친의 묘에다가 합장하다.

선생은 모친의 장례를 치르는 일에 필요한 것을 극력 마련하여 정리(情

理)와 예법(禮法)을 모두 다함으로써 터럭만치의 여한도 없도록 하였다. 선친의 묘에다 합장하는데 선생이 몸소 그 일을 하려고 하자, 형님 정은공이 선생이 감당하지 못할까 염려하여 그만두도록 타일렀으나, "어버이의 상이야말로 스스로 극진히 해야 할 일이라고 했사오니, 조금도 피곤하지 않사옵니다." 하였다. 이때에 이르러 모친의 영정을, 영위(靈位)를 모시어 놓는 궤연(几筵)에 걸어놓고서 아침저녁으로 절하며 곡(哭)하는데, 마치 곁에서 모시듯이 정성을 다하였다.

1576년(병자, 61세)

선생은 아주 지나칠 정도로 정성껏 예를 행했는데, 하루 동안 보잘것없는 음식이나 미음만을 먹을 뿐 채소 국물조차 입에 가까이 하지 않기를 거의 1년이나 하였다. 이 때문에 수척해져 몸을 거의 가눌 수가 없을 지경이 되자 자제들이 채소와 양념으로 입맛을 돋우는 음식을 드리니, 선생은 "상중(喪中)의 슬픔으로 몸을 손상할지라도 목숨을 잃는 데까지는 이르지 않도록 하라는 옛사람의 경계가 있거늘, 내가 어찌 스스로 헤아리지 않고 하겠느냐?"고 하였다. 그래도 자제들이 울면서 간(諫)한즉, 선생은 "목숨은 태어날 즈음에 하늘로부터 부여받은 것이라 하였나니, 어찌 이렇게 한다고 해서 죽기야 하겠느냐?"고 했다.

3월 28일(신유), 토사곽란(吐瀉癨亂)을 만나다.

선생은 모친상을 당하여 너무나 슬퍼한 나머지 수척해진데다 토사곽란을 만나 증세가 매우 심각했으나, 아침저녁으로 드리는 곡전(哭奠)의 의식만은 오히려 조금도 폐하지 않았다.

4월 2일(을축), 병세가 점점 위독하다.

선생은 위독한 병세에도 거적자리에서 자고 흙덩이를 베었는지라 다른 사람의 도움이 있어야만 움직일 수 있었으나, 오히려 곡전(哭奠)의 의식에 참여하지 못함을 애통하게 여겼다. 4월 초파일 관등절(觀燈節)이 되자, 장미꽃으로 전을 부치게 하여 그것을 몸소 제전에 올리고자 부축을 받아 일어나서 세수하려는데 병세가 너무나 심한지라, 자제들이 집에 가서 몸조리 하시기를 청하니, 선생은 "상중에 있는 사람은 묘 옆에서 죽는 것이 마땅하거늘 집으로 돌아가서 무슨 일을 하겠느냐?" 하였다. 그리하여 부인이 여막으로 찾아오자, 선생은 눈살을 찌푸리며 "여묘살이 하는 곳은 부인이 오는 곳이 아니거늘 어찌하여 오셨단 말이오?" 했다. 뒷일에 대해 물어도 아무런 대답을 않더니, 다만 "내 평생 어머니를 섬김에 지극하지 못한 것이 있거늘 또 마지막 보내드리는 삼년상을 치르는 효조차 하지 못하니, 이 때문에 슬프고 가슴 아프다오." 하고는, 곡(哭)을 하려고 해도 울음소리를 낼 수가 없자 오열하며 "내가 죽거든 어머니의 영정을 내 관 옆에다 걸어두시오. 내 장차 지하에서라도 어머니를 받들어 모셔야겠소."라 하였다.

4월 8일(신미) 유시(酉時 : 오후 5~7시)에 여막에서 서거하다.

이날 선생은 종이와 붓을 가져오게 하여 '충효의 도에 힘쓰라.(勉以忠孝之道)'는 유훈(遺訓)을 썼으니, 정신에는 조금만치의 착오를 전혀 찾아볼 수가 없었다. 저물녘이 되자 형님 정은공(靜隱公)에게 청하여 영전(靈前)에 상식(上食)을 하는데, 미처 끝나기도 전에 서거하다.

6월, 팔지산(八智山) 부친 처사공(處士公)의 묘 아래에다 장사를 지내다.

이는 선생의 유명(遺命)에 따른 것이었다.

1590년(경인)
향인(鄕人 : 고을사람)이 선생의 고결한 행적을 모아서 읍재(邑宰 : 고을수령)에게 글월을 올려 조정에 상달(上達)되도록 하다.

얼마 후 병란(兵亂 : 임진왜란)을 만나 포창을 거행하지 못했다.

1603년(계묘)

고을 사람들 가운데 생원(生員) 구연(具淵) 등이 선생의 고결한 행적을 다시 모아서 관찰사에게 글월을 올리니, 관찰사가 곧바로 조정에 알려서 4월에 복호(復戶 : 부역이나 조세를 면제하는 일)하는 특전이 내려지다.

1615년(을묘)

10월, 정려문(旌閭門)이 내려지고 통정대부(通政大夫) 호조참의(戶曹參議)에 증직(贈職)되고 ≪속삼강행실(續三綱行實)≫에 실리다.

1656년(병신)

5월, 정려각(旌閭閣)을 원흥동(元興洞)에 짓고 비석을 세워서 표창하다.

원흥동에는 이때 선생의 구택(舊宅)이 있었다. 손자 사간(司諫) 열도(悅道)가 비석 뒷면에 적을 소지(小識)를 짓고, 증손자 위솔(衛率) 재(在)가 썼다.

9월, 고을수령 안응창(安應昌)이 글을 지어 묘에 제사 지내다.

그 글 가운데, '유검루(庾黔婁)처럼 대변을 맛보아 가며 어버이 병수발을 하고 고자고(高子皐)처럼 피눈물을 흘리며 모친상을 치렀고, 임금의 상(1545년 7월 仁宗의 喪)을 만나 부모의 상을 입는 복제로 다하고 소찬(素饌 : 거친 밥을 먹고 육식을 하지 아니하는 것)을 3년 동안이나 했다.(黔婁奉疾, 高子執喪, 方喪盡制, 食素三年.)' 등의 말이 있다.

1669년(기유)

유림(儒林)에서 이산(尼山)에다 서원을 세우기로 하다.

온 고을의 유림들이 합의하여 선생의 효우(孝友)와 학덕(學德)은 제례(祭禮)를 행할 곳이 없을 수가 없다고 여겨서 선생이 거주하던 이산(尼山)의 동쪽 아래에 터를 정해 서원을 세우기로 했던 것이고, 송은(松隱) 김광수(金光粹)를 함께 배향하기로 했다.

1670년(경술)

묘우(廟宇 : 신위를 모신 집)가 완성되다.

이때 공자를 모시는 사당인 성묘(聖廟)를 새로 짓고 남은 목재들이 있는
지라, 고을수령이 순찰사(巡察使)에게 고하여 그것을 모두 서원 짓는데 주
고 또한 백성들을 동원하여 돕도록 했다.

1685년(을축)

10월, 도내(道內)의 유림들이 장대서원(藏待書院) 경현사(景賢祠)에 위패를 봉
안하다.(장대는 旅軒 張顯光이 이름붙인 것이다.)

이보다 먼저 유림들은 오봉(梧峯) 신지제(申之悌)와 경정(敬亭) 이민성(李民
宬)을 위하여 장대에다 묘우(廟宇)를 짓게 되었다. 부학(副學) 이당규(李堂揆)
가 그때 의성 현령이었는데, 같은 고을의 선현을 사당(祠堂)을 달리하여 모
셔서는 아니 된다며 함께 받들어 모시도록 했다. 때문에 이산(尼山)의 묘우
가 이미 완성되고도 바로 봉안하지 못했던 것이다. 이때(1685년)에 이르러
서야 송은 김광수·오봉 신지제·경정 이민성 등과 함께 장대서원에 배향
되었다.

1708년(무자)

3월, 묘 남쪽에다 묘표(墓表)를 세우다.

5세 손자 진사(進士) 덕함(德涵)이 직접 글도 짓고 글씨도 썼다.

1740년(경신)

3월, 문집이 출간되다.

나의 선조이신 회당 선생이 효성과 우애는 조상의 가르침을 계승한 것
이고, 학문의 연원은 홀로 스승의 전통을 이은 것임을 당대 사람들은 이미
알았던 것이거니와 후대 학자들도 또한 그것을 존숭하여 제향(祭享)하였던

것이다. 그러나 후세에 모범이 될 만한 글을 남기는 데는 선생이 늘 겸허하여 자처하지 않으셨기 때문에 평생 동안 저술한 것이 드물었고, 이미 저술한 것도 버린 것이 또한 많아서 지금 떠돌다가 상자에 남아 있는 것은 태산 가운데 터럭 하나와 겨우 같을 뿐이다. 그런즉 보존된 것만이라도 삼가 읽으면 또한 선생이 몸소 실천한 바[躬行實踐]의 대강을 알 수 있을 것이다. 대개 그가 종신토록 다한 효심은 <영정지(影幀識)>에 갖추어져 있고, 구도(求道)하려는 참된 마음은 또한 <낙론(樂論)>에 상세하다. 그리고 도를 일으키고 학문을 제창한 공적은 서원과 업유재(業儒齋)를 세우려고 경영하신 데서 살필 수 있고, 백성을 사랑하고 만물을 아끼는 마음은 또한 계축년(1553)과 갑인년(1554) 진제장(賑濟場)에서 시행하고 조처한 것을 통해 알 수가 있다. 그 밖의 시부(詩賦)나 여러 저작(著作)들도 어버이를 사랑하고 형을 공경하거나, 절실하게 묻고 가까이서 생각하는 마음에서 나오지 않은 것이 없으니, 아! 이것만으로도 후세에 전할 만한데 또한 어찌 수다스럽게 말이 많아야 귀하겠는가.

기미년(己未年 : 1739)에 본원(本院)에서 선생의 유고(遺稿)를 간행하려 했을 때 나 정모(正模)는 충주(忠州)에 있었는지라, 친족들이 유고를 보내주면서 아울러 연보(年譜) 작성을 부탁하였다. 아! 보잘것없고 고루하며 몽매하니 그야말로 약속하기가 두려울 뿐이었다. 옛날에 들은 것과 새로 아는 것이 백에 하나 정도도 남아 있지 않았으니, 어찌 감히 이 일을 감당할 수 있다고 하랴. 그러나 돌아보건대 지금으로부터 선생이 돌아가신 지가 160여 년이나 되고, 종중(宗中)의 옛 노인들은 세상을 떠나 거의 다 살아있지 않은지라, 지금을 놓치고 하지 않게 되면 다시 수십 년 지나서 선생의 음성과 용모가 흐릿할 즈음에 그것을 구하려 해도 구할 수가 없을 것이니 지금보다 더 나을 수 있으랴. 마침내 감히 혼미한 것도 모르고 고증하여 연보(年譜)를 완성하였는데, <효우록(孝友錄)>·<행장(行狀)>·<사우록(師友錄)>·<묘도문자(墓道文字 : 비문)> 및 제문(祭文)·봉안문(奉安文)을 유별

(類別)로 차례를 정하여 후미에 첨부하였고, 더 나아가 또한 유고(遺稿)를 순서에 따라 편집하였으니 세상 군자들의 취사선택을 기다리는 바이나, 다만 견문이 매우 적어서 숨겨진 덕을 드러내어 밝히지 못한 것이 한스러울 뿐인데, ≪예기(禮記)≫에서 '선조에게 선행이 있는데도 밝히지 못하는 것은 불명(不明)이고, 듣고도 전하지 않는 것은 불인(不仁)이라.'고 한 것, 이것은 또 나 정모(正模)가 크게 두려워하는 바다. 보는 이들은 나의 분수에 넘침을 용서하시고 잘못된 것을 바로잡아 주시면 다행이겠나이다.

경신년(1740) 정월 상순에 6세손 정모가 삼가 짓다.

권 1

삼근부/三近賦

아! 나는 전대(前代)의 현인들을 본받아서	謇吾法夫前修兮
덕에 들어가는 단계를 궁구해보노라니	究入德之階級
비컨대 높이 오르려면 낮은 데서부터 해야 하듯	譬登高之自卑兮
인간사를 배우고 천리를 터득해야 할러라.	繇下學而上達
삼근(三近)의 은미한 뜻을 깨우치건대	攬三近之微旨兮
타이르고 이끌어줌이 참으로 간곡함을 깨달아	悟誘掖之諄懇
최선을 다하다가 그칠 것을 생각해야 하나니	是用力而思企兮
진실로 도(道)는 사람에게서 멀지 않은 것일러라.	信違道之不遠
하늘이 만물의 영장 우리네에게 덕을 내었으니	天生德於最靈兮
학문을 좋아함, 힘써 행함, 부끄러움을 앎이 덕 실현의 귀한 것	
	知仁勇爲良貴
오륜(五倫)을 합하여 포괄해 보면	合五倫而包括兮
온갖 선을 총괄하여 종횡으로 얽어놓은 것일러라.	該萬善而經緯
기질이 고르지 못함으로 말미암아	緣氣質之不齊兮
물욕이 다시 서로 교란 당하는지라	更物欲之交牿
그 본분을 다할 수 있는 이가 별로 없으니	人鮮能於盡性兮
달덕(達德)에는 미치지 못하는 것이라.	斯未及乎達德
그러나 공부는 내 마음에 달렸거늘	然工夫之在我兮
어찌 미칠 방법이 없으랴	豈企及之無術
진실로 있는 힘을 다해 쉬지 않고 하면	苟勉强而不息兮

아마도 가까운 데서부터 먼 데까지 이르리라.　　　庶自邇而行遠
격물치지(格物致知)를 내버려 두지 않고 배우면　　　學不措於窮格兮
어리석음에 가려진 것이 절로 사라질 것이고　　　蔽自祛於愚澒
독실하게 행하되 게으르지 않으면　　　行無怠於篤實兮
사욕(私慾)은 아주 짧은 시간에 극복될 것이리라.　　　私可克於分寸
부끄러움을 알고서 힘쓰듯 하면　　　如知恥而著力兮
나약함을 일으켜 용맹하게 나아갈 수 있을지라　　　可起懦而孟晉
이 덕을 진전시키는 데도 차례가 있으니　　　斯進德之有序兮
가까운 데서부터 행해야 함을 알아야 하리라.　　　認不遠而爲近
학문 좋아하는 것 만한 것이 없음을 안다면　　　知無如於好學兮
진실로 힘써 행한 것보다 더한 것은 없고　　　固莫尙於力行
누구인들 부끄럽지 않으랴만 그래도 전진하려면　　　孰非恥而能進兮
역시 용감히 나아가 공부하는 것이리라.　　　亦做勇底工程
끝내 인을 힘써 행함이 행하지 않음보다 낫고　　　終歸仁於不仁兮
그런 후엔 아는 것이 모르는 것보다 나을지니　　　後也知於非知
스스로 도를 향하는 데에 용감할 것이라　　　自能勇於向道兮
그 또한 부끄러움을 품고 있기보다는 위대하네.　　　其亦大於懷恥
마침내 도에 가까워지기만 바란다면　　　聿庶幾爲近之兮
어찌 멂이 있으랴만　　　夫何遠之有焉
그 앎에 미치는 데는 똑같이 돌아간다고 했으니　　　及其知則同歸兮
진실로 인(仁) 그것도 또한 그러할러라.　　　信仁得其亦然
기질은 절로 도의(道義)와 짝할 것이라　　　氣自配於道義兮
강하고 꿋꿋하는 데에 용감하여 무엇이 어려우랴　　　勇何難於强矯
이 때문에 삼근(三近)이라 이르나니　　　是以謂之三近兮
의당 이를 생각하고 매진해야 하리라.　　　宜念玆而克劭
그런데 제일 급선무로 해야 할 것은　　　然先務之最急兮

요컨대 부끄러움에서 벗어나려고 하지 않는 것이니	要不外於斯恥
의당 부끄러움이 없는 것을 부끄러워한다면	宜無恥之是恥兮
그 효험은 분비(憤悱)*에서 볼 수 있으리라.	效可見於憤悱
진실로 그러던 중 혹여 소홀히 하면	苟於焉而或忽兮
종국엔 반드시 스스로 포기하는 데로 빠질 것이니	終必歸於自棄
이 방법을 제대로 실행하여 힘쓴다면	果能此而著力兮
그 발전함을 어느 누가 막을 것이랴.	其進爲也孰禦
꿋꿋해야 하는데 유약하고도 도리어 강경함은	柔斯矯而反剛兮
어둠을 변하게 하여 새벽이 되라는 격이니	昏可變而之曙
어찌 저 몽매함을 생각지 않고	何彼蒙之罔念兮
분발해야 하는 데는 마음이 한결같지 않단 말인가.	昧一心於奮勵
아직 부끄럽고 부끄러워해야 할 곳 알지 못하고서	尙不知於恥恥兮
하물며 감히 독실할 곳만을 바라보는지라	矧敢望於慥慥
나는 슬퍼하며 이를 징계하노니	余創是而惕然兮
남보다 뒤짐을 부끄러워하고 다다를 것을 생각하라.	恥不若而思造
이 말을 실천하고 가슴에 새긴다면	踐斯言而服膺兮
진실로 덕을 이루는데 무슨 어려움이 있을 것이랴.	果何難於成德
허리띠에 이 말 써서 스스로 경계하노니	聊書紳而自詔兮
성현을 우러러보며 귀감으로 삼으라.	企聖賢而爲則

* 분비 : 분은 마음으로 통하여 해도 되지 않는다는 것이고, 비는 입으로 표현하려 해도 되지 않는다는 것으로, 공부하려는 열성이 표정과 말에 나타난다는 뜻이다.

안개 속에 숨어사는 표범에 관한 부/霧豹賦

깊은 산에 자리 잡아 발자취를 감추고 　宅深山而晦跡兮

위수(渭水)에 낚시질하고 신야(莘野)에 밭가는 마음으로 세월 보내느니

　樂渭莘之風月

시내와 골짜기를 마음대로 오르내리고 　任上下於溪谷兮

노루와 사슴들과 노닐며 뜻대로 살아가네. 　友麋鹿而得得

홀연 뒤돌아보려고 눈 돌리노라니 　忽反顧而騁目兮

저기 무슨 짐승이 안개 속에 숨어 있네. 　彼何獸兮霧隱

나는 진실로 숨어살던 것으로만 알다가 변할 것을 생각노라니

　吾固知晦養而思變兮

용인한다면 글을 지어서 훗날 보고자 하네. 　認成章而後見

그 표범의 태어날 때를 캐어보면 　原厥豹之禀生兮

보통 화육(化育)된 것과는 다르다네. 　異尋常之亭毒

삼백 짐승의 우두머리이고 　長毛蟲之三百兮

포효하는 사나운 기운을 지녔네. 　抱猛氣之咆㪍

한 입에 온갖 짐승들을 뜻대로 하고자 　志百獸於一吻兮

삼 일에 아홉 마리의 소를 엿보다가 　窺九牛於三日

원하는 만큼 때를 기다려서 신령함을 드러내니 　願竢時而著靈兮

쌓였던 것을 한 번 내지르자 바람이 서늘하네. 　蘊一嘯於風冽

이 특이한 성질을 이미 성대히 타고났으나 　紛旣有此異質兮

단지 기이한 무늬만은 드러내지 않으려고 　但未著於奇文

이처럼 걸터앉은 듯 웅크려서 자취를 감추며	爰蹲踞而晦跡兮
자욱하고도 자욱한 짙은 안개를 즐기네.	樂翠霧之氤氳
이레 동안이나 아무 것도 먹지 않고	浹七日而休養兮
모습을 마을에 드러내지 않더니	跡不外於洞府
오색구름 낀 날에 꼬리를 가볍게 흔들며	掉輕尾於彩雲兮
맑은 이슬에 기이한 터럭을 씻어대네.	刷奇毛於淸露
잠깐 사이에 점점 달라지더니 무늬가 선명해져	俄幻形而變態兮
털 벗긴 가죽이라도 개와 양과는 바로 구별되었고	鞹自別於犬羊
색채도 번지르르하게 찬란하며	章彬彬而燦爛兮
무늬도 얼룩얼룩 둥글고 모나네.	點斑斑而圓方
표표하게 산위에 홀로 섰노라면	表(表)獨立兮山上
의젓한 모습이 가히 두려우며	儼威儀之可畏
천 마리 짐승의 임금이고서 가장 신령스럽고	君千獸而最靈兮
한 골짜기를 차지하고서 높이 바라보네.	雄一壑而高視
앞의 큰 곰이며 작은 곰도 벌벌 떨며 엎드리고	前熊羆使慴伏兮
뒤의 여우며 살쾡이도 두려워서 피하거늘	後狐狸俾屛避
누가 남산의 짙은 안개 속에 있을 줄 알랴만	誰知南山之暗靄兮
이것이 표범의 무늬가 변하는 내력이라네.	乃豹變之所自
진실로 평소에 힘을 길러서 때를 기다리지 않으랴	苟非邃養之有素兮
또한 학문도 이와 같도다.	奚厥文之如是
사물을 가지고서 마음으로 관찰하여	援乎物而反觀兮
사람 가운데 군자에게 증험케 해야 하네.	證人中之君子
대상과 주체 간에 차이가 있을지라도	雖物我之有異兮
대체로 기르는 바는 하나의 이치일러니	蓋所養之一理
마땅히 칠팔 세 어릴 적부터	當髫齔之妙年兮
우뚝 드러낸 두각이 있을 것이라.	有嶄然之頭角

몽매한 이는 바름으로 기르는 것에 힘써서 　勤蒙養之以正兮

그 기질이 변화되기를 바라면 　要變化其氣質

서툴지만 덕을 속에 감추고 사물의 이치 통달하여 　謇黃中而通理兮

아, 안으로 쌓여서 겉으로 드러나리라. 　羌內積而外發

학문은 날로 덕을 밝히는 자리에 나아가야 하고 　學日造於緝熙兮

글은 덕을 빛나게 하는 데서 절로 이루어지네. 　章自成於輝光

엄숙히 덕스런 기운이 등 뒤까지 흘러넘치며 　儼睟面而盎背兮

그 예악과 법도가 찬란히 빛나네. 　煥乎其有文章

마침내 한 번 관직 나가 세상에 쓰여 　竟一出爲世用兮

평소 수양(修養)한 바를 펼쳐서 은택을 입히리니 　展素養而致澤

변한다는 관점에서 논하면 　自其變而論之兮

이것이야말로 표범이 안개 속에 숨은 것과 같네. 　同是豹之霧匿

어찌 물(物)을 가지고 물(物)을 관찰한다는 것이랴만 　豈以物而觀物兮

하나를 들면 남은 셋을 다 알아보는 것이네. 　可擧一而反三

혹 배우지 않고 관리가 되려는 것은 　倘不學而入官兮

노력은 하지 않고 기회를 엿보는 것과 같도다. 　等無文之眈眈

참으로 모습은 다르지만 하나의 이치만 섬기나니 　信乎殊類而事一兮

골고루 수양함이 있으면 그것을 알 수가 있네. 　均有養而斯得

무릇 어찌 온 세상이 다 그럴 것이랴만 　夫何擧世之滔滔兮

몸을 윤택하게 하는 지극한 덕을 모르네. 　昧潤身之至德

안개 속에 숨어사는 표범은 있으나 　豹有隱霧之豹兮

비단옷을 입고도 홑옷을 덧입는 사람은 없네. 　人無尙絅之人

그러나 사람들을 책망할 겨를이 없으니 　然不暇於責人兮

어찌 내 자신에게 돌이켜 구하지 않으랴. 　盍反求於吾身

어두운 가운데 날로 밝아지기를 기약하고 　期闇然而日章兮

표범의 무늬를 부러워 말기를 바라노라. 　庶無羨於豹文

이름이란 조물주가 꺼린다는 것에 대한 부
/名著造物之所忌賦

도잠(陶潛)의 오두막집과 같고서 조용히 살자니	潛衡宇而靖處兮
좋은 평판이 멀리 알려지기를 바라랴.	慕善名而邈矯
미인이 미움을 당하게 되면 슬퍼하지만	悲蛾眉之見妬兮
향그런 난초가 향기를 또 만나면 원망하니	懟芳蘭之遇燒
저 세도(世道)야 논할 것도 없지만	彼世道不足論兮
무슨 조물주가 또한 그렇단 말인가.	何造物之亦爾
진실로 아름다운 그릇엔 시기가 많으면서	固美器之多猜兮
천상의 길엔 같이 수레 타는 것을 참고,	認天路之同軌
그 이름이 극명히 드러나면 뒤를 캐다가도	原玆名之克著兮
이 좋은 것이 자신에게 있는 것이라면 웃네.	迨是善之在己
성품과 행실을 밝히어 실천하니	旌性行而製佩兮
도예(道藝)를 물려받으면서 법도로 여기고,	襲道藝而爲服
방향(芳香)과 악취가 뒤섞여 있으니	芳與澤其雜糅兮
닦으며 아름답길 좋아하여서 절로 깨끗해지네.	好修姱以自潔
날 적부터 듬뿍 이 고운 성품을 지녔으니	紛旣有此內美兮
충언(忠言)이 안에 쌓이면서 밖으로 드러나리라.	寔積中而外彰
옥이 묻혀 있는 데서 산이 빛을 머금었고	山含輝於玉蘊兮
진주가 잠겨 있는 데서 시내가 더욱 빛나네.	澗增彩於珠藏
먼 곳 가까운 곳에 올라도 발돋움하여 보고	騰邐邇而聳觀兮
나라에 있어도 반드시 얻지 못하는 것이 없네.	在邦國而必達

이름이 서고 나면 무엇을 닦을 것이며	何脩名之旣立兮
부리나케 뭇 비방들이 따라 모여들 것이네.	奄羣謗之隨集
뭇 의론들이 벌떼처럼 일어나면	衆囂囂而議論兮
아름다움을 가리고 악을 들추기를 좋아하네.	好蔽美而稱惡
하남(河南)에서 고매한 공론이 떠들썩했더라도	紛河南之責望兮
운대(雲臺)에서는 절욕(折辱)이 시끌벅적했네.	鬧雲臺之詆折
솜털구름이 일어나도 해가 흐려지고	微雲起而日翳兮
한 자락의 안개가 가려도 하늘은 캄캄하네.	尺霧障而天黑
아, 희디흰 것은 허물어지기 쉬우니	咨皛皛之易缺兮
어느 누가 아름다운 절의를 온전할 수 있으랴.	孰能全其媺節
세간에는 완전한 명예가 없으니	無完名於世間兮
나는 기필코 조물주에게 돌아가서	吾必歸於造物
선한 자 복주고 악한 자 벌주기를 일러	謂福善而禍淫兮
음기 떠받치고 양기 억제는 것을 바로잡으리라.	反扶陰而抑陽
하늘은 권계하는데 알기 어렵고	天難諶於勸戒兮
천리 또한 재앙과 상서(祥瑞)에는 어두우니	理亦昧於災祥
명성이 드러나면 비방이 따르고	名聲著而謗至兮
도덕이 고명하면 훼방이 생긴다.	道德高而毀生
나는 우주가 멀고 아득함을 알면서도	吾知太空之冥冥兮
또한 세상의 인심에서 벗어나지 못하고	亦不免於世情
벌써 하늘의 뜻에 달렸다 하고 아직도 그러하니	旣在天而猶然兮
사람들을 돌아보며 어찌 책망하랴.	顧於人而何責
마침내 고금을 거슬러 올라가보니	遂沿泝乎今古兮
어느 누구도 명성 아래 곤란을 겪지 않았으랴만	孰名下之無躓
주공이 관숙(管叔)과 채숙(蔡叔)에게 곤욕을 치르고	周公困於管蔡兮
공자가 숙손무숙(叔孫武叔)에게 비방을 받았네.	仲尼戹於武叔

저 성인(聖人)들도 이와 같거늘	彼聖者猶若兹兮
하물며 후인들이야 말할 것이랴만	矧後人之足說
굴원(屈原)의 회사부(懷沙賦)가 슬프고	悲屈子之懷沙兮
가의(賈誼)의 복조부(鵩鳥賦)가 애달프다.	哀賈生之賦鵩
태산북두(泰山北斗) 같은 한창려(韓昌黎)가	山斗望之昌黎兮
조주(潮州)와 양산(陽山)에 좌천됨을 한탄하고	歎朝陽之流落
백세의 선비 소동파(蘇東坡)가	百世士之東坡兮
혜주(惠州)에 유배됨을 슬퍼하네.	悵惠州之漂泊
아, 태고시대 질박한 대도(大道)가 날로 타락하니	于嗟乎大朴之日斲兮
어느 조화옹이 이러한 잘못을 본받으려고 하랴.	何化翁之效尤
옛날 무위(無爲)의 상고시대는	昔上古之無爲兮
모든 사람의 마음이 변치 않았네.	渾人心之不渝
사람은 선(善)이 있어서 기필코 이름이 있고	人有善而必名兮
이름은 스스로 보전해야 흠결이 없네.	名自全而無缺
옛 풍교에 읍하며 길이 흠모하나	揖古風而長欽兮
말세를 돌아보니 길이 애석도다.	顧末路而永惜
하지만 죽은 이후에 이름이 일컬어지지 않음은	然沒世而無稱兮
군자가 걱정할 바이라.	亦君子之所疾
바라노니, 비방 당할까 두려워하지 않고	願無懼於毀來兮
더욱 이름을 세우는데 실제로 힘쓸지어다.	益懋實於名立
이미 속으로 돌이켜보아 허물이 없다면	旣內省而無疚兮
저것이 밖에서 이른다한들 그것이 어찌 병됨이랴.	彼外至其奚病
이름을 보존하는 지극한 가르침을 새기고자	服葆名之至訓兮
부(賦)를 지어서 스스로 경계거리로 삼는다.	聊作賦而自警

삼산부/三山賦

천하의 산경(山經)을 펼쳐 보노라니　　　　　閱天下之山經兮

오악(五嶽)만은 아스라이 험난하고　　　　　惟五嶽爲崢嶸

우뚝한 언덕마루들은 졸망졸망　　　　　紛衆峀之培塿兮

모두가 눈 아래 비껴있네.　　　　　儘眼底之庚庚

금방 세상 밖까지 생각을 일으키니　　　　　欻起想於方外兮

뜻은 유유히 멈출 줄 모르고　　　　　意悠揚而莫停

어느새 놀랍게도 나비가 되어　　　　　俄蝴蝶之蘧蘧兮

속세의 발길을 이끌고 멀리도 가네.　　　　　導塵蹤以遐征

기이하게 솟은 삼신산(三神山)을 보노니　　　　　觀三山之奇挺兮

신명(神明)들이 떠받치고 있고　　　　　賴扶持於神明

거북 등에 업혀서 우뚝이 솟아　　　　　鎭鰲頭以穹崇兮

거센 파도의 아스라한 바다 굽어보네.　　　　　俯鯨波之縹緲

어리어리 비치는 오색구름 밖에는　　　　　隱映五雲之外兮

삼천의 옥경(玉京) 아득한 하늘가로 보이고　　　　　杳靄三天之表

상서로운 기운이 왕성하게 일어나더니　　　　　鬱佳氣之葱葱兮

상서로운 빛은 어느덧 어슴푸레해지네.　　　　　動瑞光之曖曖

봄바람은 경림(瓊林)에 머물러 화창하고　　　　　惠風暢於瓊林兮

맑은 샘물은 옥해(玉海)에서 솟아나네.　　　　　靈泉湧於玉海

울창한 팔계(八桂)는 서리조차 견디고　　　　　森八桂之凌霜兮

꽃망울 피운 오지(五芝)는 눈보라를 얕보네.　　　　　秀五芝兮傲雪

붉은 벼랑의 옥수(玉樹)엔 반짝반짝 빛나고　　　樹璀璨於丹崖兮
붉게 물든 골짜기엔 꽃들이 흐드러지네.　　　花爛熳於紫壑
상서로운 봉황이 춤추며 날아오르는데　　　瑞鳳翔兮交舞
삽살개 짖어대며 문에서 즐거워하네.　　　靈尨吠兮相嬉門
자석문(磁石門)에다 목란(木蘭) 대들보이고　　　磁石兮梁木蘭
운모(雲母) 장막에다 유리(琉璃) 주렴일러라.　　　帳雲母兮簾琉璃
풍진(風塵)도 이르지 못할 아득한 곳　　　杳風塵之不到兮
겹겹으로 가로막힌 온 천하.　　　隔幾重之寰區
이곳에 신선이 많기도 하나　　　多僊子於此中兮
세상과는 인연이 전혀 없네.　　　與世緣而全疎
석수(石髓) 복용코 신선이 되며　　　餌石髓而換胎兮
붉은 놀[紫霞]을 머금고서 몸 바꾸네.　　　營紫霞以蛻骨
항해(沆瀣)를 취하는 정영(精英)은　　　挹沆瀣之精英兮
경예(瓊蘂)를 뽑아서 진액을 만드네.　　　攬瓊蘂之瀝液
붉은 배꽃과 푸른 연꽃이 뒤섞여 있고　　　紛紅梨與碧藕兮
빙도(氷桃)와 화조(火棗)가 무르익어 있네.　　　爛氷桃與火棗
만년의 세월을 잠깐으로 삼고　　　指萬期於須臾兮
오래 오래 살자면서도 늙지 않기를 바라네.　　　享長年於不老
난새 타고 하늘에 솟구쳐 오르기도 하고　　　或乘鸞而沖天兮
석장(錫杖) 날려 하늘에 오르기도 하네.　　　或飛錫而凌空
때론 좋은 술에 마냥 취하여　　　時酣醉於醽醁兮
선악(仙樂)을 연주하니 맑기도 하네.　　　奏仙樂之鏗鍧
이것이 선산(仙山)의 경치이나,　　　是仙山之勝槩兮
말을 갖추어서 형용하기가 어렵도다.　　　羌難得以備說
아! 옥황상제가 임하시어　　　噫上帝之臨下兮
뭇 신선들이 마다한 속세를 돌아보더니　　　睠羣僊之脫俗

인간세상의 궁벽지고 누추함을 싫어하고 　　嫌人世之僻陋兮

속세의 더러움에 더럽혀질까 염려하네. 　　恐受汚於塵穢

이에 대양(大洋)에다 터를 닦고는 　　乃拓基於大洋兮

따로 진계(眞界)를 만들었네. 　　陶別有之眞界

기이한 봉우리들이 솥발처럼 솟아 있고 　　峙奇峯以鼎列兮

진인(眞人)들의 높은 자취가 감추어져 있네. 　　秘眞人之高躅

일찍이 악전(偓佺)을 노닐게 하고 　　曾偓佺之容與兮

또 정자진(鄭子眞)도 살게 했네. 　　又子眞之棲息

적송자(赤松子)가 노닐었던 심오한 발자취 　　遊赤松之玄蹤兮

왕자교(王子喬)가 숨어살았던 기이한 자취. 　　藏子喬之奇蹟

혹시 본래 묵은 인연이라도 있었던 것인가 　　倘宿緣之有契兮

뭇 신선들의 뒤를 밟기 원하네. 　　願躡蹤乎僊列

아, 속된 세상에 허물이라도 있었던 것인가 　　嗟塵世之有累兮

누가 참된 비결을 우리에게 전했었나. 　　孰眞訣之我傳

깨고 나니 누런 조밥이 고작 익을 시간일러니 　　俄黃粱之報熟兮

재빨리 말머리 돌려 돌아가려네. 　　倏廻駕以言旋

삼청(三淸)을 바랐던 혼령들은 누구던고 　　望三淸兮何許魂

망연자실 마냥 한숨짓노라. 　　倘怳其如失唶

신선(神仙)은 아득히 사라져 버리고 　　神僊之杳茫兮

삼악(三嶽)에 대한 이야기는 황당하여라. 　　說荒唐於三嶽

연(燕)과 제(齊) 나라의 괴탄한 방사(方士)들 비웃노니 　　嗤燕齊之鬼怪兮

떠들어도 모두가 전에 없던 허망한 말이라. 　　鼓無前之詭妄

저 진시황(秦始皇)과 한무제(漢武帝)는 　　彼呂兒與劉郎兮

바다 위에 있는 것으로 속아서 달려갔다네. 　　謾騁望於海上

사단은 이미 황당무계한 것에서 나온 것이니 　　事旣出於無稽兮

어찌 허위를 숭상할 것이랴. 　　豈虛僞之足尙

성인(聖人)의 격언(格言)을 보노라면 覽聖人之格言兮

군자는 산(山)을 보고 자신을 세우며 戒君子以山立

또 인(仁)을 두텁게 체득하라는 경계를 又體仁於厚重兮

우리는 장차 취하여서 본받아야 할 것이라. 吾將取以爲法

삼수(三壽)로 벗을 삼아 축원하노니 祝三壽之作朋兮

함께 끝없이 오래 오래 사는데 共遐齡於無極

이것이 지극한 즐거움의 경지이거늘 是至樂之所在兮

또 무슨 필요가 있어서 세상 밖의 영악(靈嶽)에 애써 마음 둘 것이랴.

  又何必勞心於世外之靈嶽也哉

백운동의 달 밝은 밤 / 棲白雲洞月夜有感二首

1543년 겨울

구름 걷히고 물안개 사라지자 하늘이 맑은데　　　雲斂煙消玉宇淸
달빛이 대낮같이 휘영청 밝기도 하구나.　　　　　月光如畫十分明
집 떠난 지 두 해에 돌아가길 생각하는 나그네　　離家兩載思歸客
새로 지은 시 한 편엔 만곡의 정이 담겼어라.　　　一句新詩萬斛情

냇물소리 달빛은 다 같이 맑기만 한데　　　　　　溪聲月色一般淸
들엔 눈, 산엔 구름이 짙더니 다시 걷히는구나.　　野雪山雲暗復明
인적 없는 깊숙한 서원은 천고의 정취 머금었으니　人靜院深千古趣
이 심정을 세상의 티끌이 더럽히도록 하랴.　　　　肯敎塵滓汚心情

동지에게 주다 / 贈同志

바람 그친 삼경 깊은 밤에	風定三更夜
구름 낀 창을 달 마주하러 열었네.	雲窓對月開
그윽한 회포 세상 밖으로 멀어지고	幽懷塵外逈
맑은 경치 눈앞에 들어오누나.	淸景眼前來
도를 말하는데 마음은 지칠 줄 모르고	語道心無斁
시를 논하는데 생각은 전전긍긍 않네.	論詩思不回
그 기상 어디에다 비할꼬	精神何所似
아마도 눈 속의 매화인 듯하네.	疑是雪中梅

 * 이때 조목, 김극일, 김팔원 등과 함께 있으면서 공부했다.

벗 강군을 기다리며 / 邀康友(明善)

1548년

들판에 단비가 밤낮으로 내리더니 田村好雨連朝晝

새잎 돋고 꽃은 스러져 시름겹네. 軟綠殘紅轉惱思

유람을 서슴지 말고 한 번 들르기를 莫惜遊笻煩一顧

난간 기대고 창연히 바라봄이 이미 오랠러라. 憑軒悵望已多時

벗 강군의 시에 차운하다 / 次康友韻

녹음 옆에서 베개 높이고 한가로이 잠드니 高枕閒眠傍綠陰

웬일인지 나비가 수많은 숲을 넘어오네. 無端蝴蝶越千林

비렴(바람 귀신)이 틀림없이 먹구름 걷어주려니 飛廉定得掃雲曀

우선 내일 아침 나막신 꾸려 찾아 나서야겠군. 且向明朝理屐尋

울산 남헌을 거닐며 / 往蔚山散步南軒

봄 구름이 하늘 가려 바다 어귀 어둑하니	春陰掩靄海門昏
천리 먼 길이라 나그네 홀로 애가 탄다네.	千里遊人獨斷魂
꿈에서인들 어머님께 그래도 안부 여쭈려고	夢入萱堂猶定省
이내 몸이 객사에 매였어도 애써 뛰어가네.	身羈旅舍苦馳奔
집에서의 편지는 어느 날 이 남쪽 끝에 오려는지	家書幾日來南極
나그네 그 언제나 고향에 돌아갈거나.	客子何時到故園
울산에 빼어난 경치 많다고 말하지 마라	休道鶴城多勝槩
가슴속 꽉 찬 수심 이루 말할 수 없도다.	愁懷稠疊不堪論

감회를 기술하다 / 自歎

1551년

서생의 타고난 운명엔 너무나 기구함이 많아　書生賦命太多奇

자벌레마냥 몸 굽힌 이래로 귀밑머리만 희어가네.　蠖屈年來兩鬢絲

예법을 배웠으니 어찌 머물고 물러남 모르랴만　學禮豈曾矇進退

가난으로 하는 벼슬에 굶주림 걱정함 옳지 않다네.　仕貧非是関寒飢

저 수양성(睢陽城)의 절의를 감개하던 이　睢陽千笶人誰惠

세 번이나 벼슬 구했음을 세상은 알지 못한다네.　光範三書世莫知

부모가 늙어서 사실 날이 얼마 남지 않았는지라　日暮途窮親已老

뻔뻔스레 벼슬자리 구했으니 눈물 하염없이 흐르네.　強顏干祿涕交垂

김경방의 주연에서 친구들과 시를 짓다

赴金景放(彦秭)酒席與諸共賦

반나절이나 퍼질러 앉아 정 넘치는 술잔에 취하여　　留連半日醉深盃

난간 밖 피어 있는 사계화 한가로이 바라보노라니　　軒外閒看四季開

천리 길 한양고을의 그리운 정이야 끝이 없겠지만　　千里洛城無限抱

석양 아래 서로 손잡고 돌며 큰 소리로 노래 불렀네.　　斜陽聯袂浩歌迴

중대사를 유람하며 / 遊中臺寺

해가 저물어 어두운 산속의 중대사(中臺寺)에서　　　蒼茫日暮中臺寺

시경의 <척기(陟屺)> 읊으니 부모 생각 절로 나네.　　陟屺吟詩愁思長

구름 걷히자 동남방의 하늘가 툭 트이는데　　　　雲盡東南天宇濶

손끝 가리키는 멀고 먼 저곳이 바로 나의 고향일세.　遙遙指點是吾鄉

겨울 한양에서 어머니 생각에 눈물 흘리며 짓다 / 癸丑冬在洛陽不禁思親之淚因占一絶

1553년

남쪽으로 의성을 바라보며 문안한 것이 몇 번이던고	南望聞韶問幾許
하늘가에서 고개 돌리니 객수(客愁)만 새삼 밀려오네.	回頭天際客愁新
상심하여 밤새도록 난간에 기대어서 눈물 흘리나	傷心一夜憑軒淚
백발의 어머니를 꿈속에서나 자주 뵐 수밖에.	白髮慈顔入夢頻

벗에게 주다/贈友人

산천과 숲엔 눈 가득하고 밤은 길기도 긴지라	雪滿川林夜正長
객지에서의 쓸쓸함과 시름 다시금 아득하도다.	客中愁思轉茫茫
호서는 머나먼 한양이 아니건마는	湖西不是秦京道
동으로 고향산천 바라보니 애간장 끊어지는 듯하다.	東望家山暗斷腸

이른 봄 달밤 누대에 올랐다가/早春月夜登樓有感

계단 끝에선 조매(早梅)의 꽃망울 볼 수가 없고	階頭未見早梅開
구름 너머론 외기러기 애달픈 울음만 들리누나.	雲外徒聞斷鴈哀
누대에 올라 추위에도 거문고 켜며 노래 부르다가	琴歌耐冷登樓久
달이 서쪽 봉우리로 기울 때에야 비로소 내려왔네.	落月西岑始下來

밤에 낙숫물 소리 들으며 / 夜聞簷雨

옥을 굴리듯 똑똑 낙숫물 소리	琮琤簷雨聲
그 소리 처량한데 나그네 심회로세.	悽斷遠遊情
정답게 얘기할 만한 친구도 없고	無朋可與晤
술잔을 기울일 만한 술도 없도다.	無酒可與傾
처량한 시름 애써서 억누르지 못하고	淸愁不自耐
거문고 타매 온 밤을 지새웠도다.	撫琴到五更

강변에서 한우경과 헤어지며/江上贈別韓虞卿

위수(渭水) 북쪽과 양자강 동쪽에 떨어져 산 지 몇 십 년이었던가
　　　　　　　　　　　　　　　　　　渭北江東幾十秋
강을 가운데 둔 상봉이라고 뱃사공을 급히 부르랴.　相逢隔岸急招舟
백사장 머리에서 잠시 얘기하고 다시 헤어져 가니　沙頭暫話還分去
이별의 슬픔은 낙동강 물 따라 유유히 흘러가겠지.　離恨長於洛水流

기오정에 부쳐/題寄傲亭

더없이 맑고 깨끗한 정자가 강가를 누르고 있는데　　一亭淸絶壓江湄
눈에 보이는 구름과 연기 온통 기이하기 그지없네.　　滿目雲煙色色奇
천 층의 흰 물결 속에 바람까지 세차게 부는 밤　　雪浪千層風緊夜
한없이 넓은 금물결에 달이 밝을 제　　金波萬頃月明時
아스라이 높이 솟은 산에 솔바람 소리 어지럽고　　山高西北松聲亂
포구가 먼 데다 일렁거려 돛배 마냥 더디어라.　　浦遠東南帆影遲
붓을 적셔 높이 올라본 감회 다 읊조리기도 전에　　泚筆登臨吟未了
갑작스레 긴 피리소리 숲 사이로 들려오네.　　無端長笛隔林吹

풍천협을 지나며/過風川峽

지신(地神)이 다정할사 이 교묘한 협곡을 만들었나 化嫗多情辦此巧
경치가 뛰어난 이곳은 이름을 오래도록 드날리리니 別區奇勝擅名長
하늘로 치솟은 견고한 절벽은 높이가 천 길쯤 凌虛鐵壁千尋許
푸른빛이 어린 신령한 못은 만 길도 넘치누나. 凝碧靈湫萬丈强
둥지의 학이 구름 속에서 우니 신선 골짜기 상쾌하고 巢鶴叫雲僊峽爽
물속의 용이 물안개 내뿜으니 선계 경치가 서늘쿠나. 潛龍噓霧洞天凉
덧없는 인생이 요행히 관동 유람 길을 떠나 浮生幸啓東遊路
말 가는 대로 맡긴 채 돌아오니 절승지에 이르렀네. 信馬歸來到上方

한백익의 한거정을 지나며 / 過韓伯益閒居亭

나는 도암(陶巖)이라고 하는 신(申) 처사인데　　　　　我是陶巖處士申
우연히 화동을 지나다 유인을 방문하였어라.　　　　偶經花洞訪幽人
솔과 잣나무, 골짝 어귀의 안개 노을과 어우러지고　松杉谷口煙霞趣
매화와 대나무, 정자 앞의 눈과 달 서로 조화롭다.　梅竹軒前雪月神
세속 일에 일찍이 취한 꿈 깨지 않았고　　　　　　塵事不曾驚醉夢
풍광은 길이 절로 화창한 봄과 어울리네.　　　　　風光長自逗和春
어떡하면 이곳에서 함께 깃들어 숨어 살며　　　　何當此地同棲息
종래의 불사신(不死身)을 기를 수 있을지.　　　　　養得從來不世身

권몽상이 술 가지고 와서 위로해줌에 감사하며 / 謝權夢祥佩酒來慰

봄 창가에서 적적함 누구와 함께할꼬	春窓牢落與誰伴
한 달이 다 되어도 웃음소리 말소리 들리지 않네.	月一殼來笑語稀
다행히도 정겨운 벗의 진중한 마음 덕에	賴有情朋珍重意
소나무 우거진 정자에서 대작하는데 해 저무는구나.	松軒對酌送西暉

강가에서 보이는 대로/江上卽事

뗏목은 푸른 물결에 멋대로 걸쳐 있고 　　　橫槎亂碧流
들판의 빛은 높은 누각에 드네. 　　　野色屬高樓
고갯마루 어둑하더니 시를 재촉하는 비가 오고 　　　嶺黑催詩雨
강물이 차가우니 소매 가득 가을이로구나. 　　　江寒滿袖秋
맑은 물 길어다 옥 같은 쌀밥 짓고 　　　汲淸炊玉稻
그물 거두어서는 은어 회 만들어 놓네. 　　　收網膾銀鰷
잠깐 취했다가 비로소 돌아가나니 　　　暫醉方歸去
이번 걸음도 좋은 놀이였구나. 　　　玆行亦勝遊

송은 김광수의 만년송을 읊으며

╱詠金松隱(光粹)萬年松

만년의 소나무 잎은 만년토록 푸르니	萬年松葉萬年靑
풍상을 겪은 지 몇 년이나 되었겠는가.	幾歲風霜幾歲經
늙도록 푸름이 변치 않음은 군자의 절조이려니	晩翠不渝君子節
우습구나, 저 복사꽃 오얏꽃이야 한때의 영화일레라.	笑他桃李一時榮

향약을 정하며 느낌이 있어 짓다 / 修定鄕約有感而作
1560년

남전여씨(藍田呂氏)가 남긴 향약 천 년을 비추니 　　藍田遺約映千春
후학들이 아직도 여씨의 어짊을 흠모하네. 　　末學猶欽呂氏仁
그것을 안 후세의 양자운을 지금 다행히 만났나니 　　後世子雲今幸見
경박한 풍속을 우리에게 만회케 해주네. 　　挽回薄俗惠吾人

환아정의 시에 차운하여 / 次換鵝亭韻

이 정자의 뛰어난 경치야 겨룰 짝이 전혀 없고   斯亭勝槩判無雙
한쪽은 연못에 접해 있고 한쪽은 강에 닿아 있네.   一面蓮池一面江
물 흘러감 탄식코 향내 맡노라니 속된 생각 적고야   歎逝嗅香塵慮少
새벽의 밝은 달 가득한 창가에서 시 읊조리네.   五更明月滿吟窓

회포를 서술하다/述懷

술값을 빌려준 소사업(蘇司業)은 누구란 말인가 　　與錢誰是蘇司業
정광문이 욕을 달게 얻어먹도록 만들다니. 　　遭罵甘爲鄭廣文
왕상이 얼음을 깨어 행한 효가 없음이 부끄러워라 　　扣冰愧乏王祥孝
오직 적인걸(狄仁傑)처럼 어버이 계신 고향 바라보기를 간절할 뿐이네.

　　只切懷英望白雲

누대에 오르고/_{登樓}

맑은 시름 보내려고 홀로 누대에 올라　　謀遣淸愁獨上樓
언 붓을 녹여서까지 시인의 눈동자 굴리네.　　間呵凍筆放詩眸
시인의 눈동자가 홀연 애써 구름을 우러르고는　　詩眸忽作瞻雲苦
붓을 멈추고 나니 도리어 온갖 시름이 더하네.　　閣筆還添萬斛愁

매촌 정복현에게 주다 / 贈寄梅村

3년을 괴롭게도 소식 끊겨 천 리나 멀어졌으나　　三年苦阻一千里
헤어져 있으니 서운하여 생각이 더욱 깊어지네.　　雲樹依依意轉深
문득 떠오르나니 봄바람에 복사꽃 살구꽃 핀 밤　　却憶春風桃李夜
술 단지 열고서 웃고 이야기하며 속마음 푼 것이라.　　開罇談笑吐幽襟

여관에서 회포를 쓰다 / 旅館書懷

외로이 쓸쓸한 등불과 짝하여 오경 새벽이 되었어도	孤伴寒燈到五更
어머님, 형님에 대한 깊은 정이 잠 못 이루게 하네.	萱闈棣萼惱深情
제비 새끼 서로 뒤따르며 즐거워함을 부러워하고	羨看乳燕相隨樂
가는 기러기 떼 서로 찾는 소리 듣기 시름겨워라.	愁聽征鴻獨叫聲
밝은 달빛 창문으로 스며드니 감회가 일어나고	明月入窓常起感
산들바람 불어와 잎사귀 부딪히니 절로 놀라네.	輕風打葉暗生驚
누가 역졸로 하여금 매화나무를 옮겨 심게 했나	誰敎驛使移梅樹
썰렁한 집으로 향해 맑은 향 가득 머금고 피었네.	開向寒齋滿意淸

객지에서/客中

괴로운 시름 가득 품고 먼 바닷가 나그네 되어　　飽喫酸辛客海陬
지는 해가 눈에 들어오니 두 줄기 눈물 흐르네.　　西暉入眼涕雙流
어느 집에 술 있은들 나와는 아무 상관없어　　誰家有酒身無事
어머님 얼굴 길이 뵐 수 있다면 웃음 그치지 않을걸.　　長對親顔笑未休

오어사의 시에 차운하며 / 次吾魚寺韻

진달래 지자마자 버들가지 드리우고 　鵑花初落柳條垂

구십 일 봄이 다 저물어가려는 즈음이라. 　九十春光欲暮時

골짝의 졸졸 흐르는 시냇물 소리 앉아 즐기는데 　坐愛潺流鳴澗谷

취한 눈으로 절벽에 감도는 자욱한 연기 보노라. 　醉看層壁起煙霏

시름 풀려 그저 오정주(烏程酒)만 마실 뿐 　消愁但飮烏程酒

세상 생각하여 어찌 묵자의 하얀 실을 슬퍼하랴. 　念世寧悲墨子絲

더구나 태평세월 되어 봉수가 꺼져 있음에랴 　况値昇平烽燧冷

주인과 객이 담소하는데 돌아갈 줄 잊는다. 　主賓談笑且忘歸

앞의 운을 사용하여 회포를 쓰다/再用前韻書懷

객지에 나간 자식이 부모 생각에 속 끓이는데　　思親遊子惱方寸
만 리 타향에서 한 해가 저물어가는구나.　　萬里天涯歲暮時
멀리 바라볼사 검은 구름이 내려와 덮고　　望裏陰雲沈羃羃
울적해라 차디찬 가랑비가 부슬부슬 내리누나.　　愁邊凍雨細霏霏
누대에 올라 볼 때마다 눈물이 옷깃을 적시고　　登樓每攬霑襟淚
등잔 아래 부질없이 빗질하노라니 흰머리만 가득.　　對燭空梳滿鬢絲
모르겠다만 그 누가 박한 녹봉에 매이게 하여　　不識誰敎縻斗祿
외로운 몸이 차가운 의자에서 돌아가지도 못하게 한단 말인가.

　　孤形冷榻未言歸

여관에서 회포를 쓰다 / 旅館書懷

어머님 위해 쌀 지고 가는 효성 이루기가 어려워 　負米情難遂

멀리 남쪽 땅으로 나와 노닐고 있는 몸이로다. 　天南作遠遊

미적미적 떠나지 못하다가 일 년이 지나가니 　留連經一歲

서글픈 눈물이 날마다 두 눈에 가득하여라. 　悲淚日雙流

집을 생각하며/思家

긴긴 밤에 고향 돌아가고픈 처량한 기분　　永夜思歸意緒悽
의성 도성 곁에 살던 두어 개 서까래의 작은 집.　　聞韶城畔數椽棲
성긴 백발의 어머님 지금 편히 잘 계시는지　　蕭蕭鶴髮今安否
맛있는 음식은 오직 형님과 아내에게 맡겼네.　　甘旨惟憑兄與妻

우금당의 시에 차운하며 / 次友琴堂韻

만 리 머나먼 서쪽 땅으로 나와 노닐더니	萬里天西作遠遊
청계와 화동 이곳에 눌러앉아 머물렀네.	淸溪花洞共淹留
어느 새 친밀한 교분이 활시위에 화살 얹듯 이별이니	居然密契成弦矢
오늘 나의 아득한 한스러움을 어찌 감당하라고.	此日那堪我恨悠

국재 전몽규와 헤어지며 차운한 2수

/次別全菊齋(夢奎)由行二首

이때 국재는 본현의 훈도였다.

거문고 달랑 들고 부임해와 두 사람의 정이 많았으니　留琴歸去兩情多
용성이 만 리나 멀다 하여 어찌 한스럽게 여기랴.　何恨龍城萬里賖
손으로 거문고를 어루만지면서 스스로 위로하나니　手撫朱絃聊自慰
저무는 숲의 쉴 만한 곳엔 까마귀만 날아드네.　暮林休感獨棲鴉

동쪽 울타리엔 여태까지 핀 국화 그림자 겹겹이 어려 있고

　東籬殘菊影重重
그 향기는 10월인데도 여전히 품고 있어라.　香氣猶存十月中
스스로 사람이 없음을 한하고 …(글자 결락)…　自恨無人(三字缺)
이끼 낀 섬돌은 적적만 하더니 저문 연기 에워싸네.　苔階寂寂暮煙籠

멀리서 유청 조식과 정중윤에게 보내다

/遙贈曹幼淸(湜)鄭仲尹

떠오르노라 옛날에 종유하던 곳	憶昔從遊處
서로들 깊이 알고 지낸 지 얼마였던가.	相知幾許深
화단에서 마주 앉아 술 마신 적 있었고	花壇曾對酌
단풍 물든 언덕에서 또한 옷섶 풀어헤쳤었지.	楓岸且披襟
아교와 옻처럼 친밀한 우정은 다함이 없고	膠漆情無極
나무와 구름처럼 서로 그리워하는 정 이길 수 없네.	樹雲思不任
어느 때에나 기약 없이 만나게 되어서	何時成邂逅
또다시 우리 함께 마음을 조용히 논해 볼꼬.	重與細論心

5월 9일 이경명(섬)과 그의 아우 이조와 함께 정금당에서 모여
술이 거나했을 때, 경명이 갑작스럽게 '한 가락 소리 속에 술잔
드니 쓸쓸하구나'라는 구절을 읊조려서 나에게 완성하기를 바
랐기 때문에 졸렬한 시를 지어 올리다/五月初九日李景明(暹)與其弟(晃)
會于淨襟堂酒半, 景明忽吟 '一聲歌裏擧盃輕'之句, 要我足成, 故搆拙以呈

이조는 호송관으로서 이곳을 지났는데, 정신적 교유가 있었던 사람이다.

10년이나 된 옛 친구들이 서로 만났으니	十年故舊相逢處
친구 만남이 기쁘거늘 말 몰고 의기양양 지나가려 하네.	喜遇神交策馹經
두 자루 촛불 앞에서 회포 서로 토로하여도	雙柄燭前開抱細
한 곡조 노래 소리 속에 술잔 드니 오히려 쓸쓸해라.	一聲歌裏擧盃輕
싸늘한 기운이 취기 어린 얼굴에 찾아들어 편한 잠 못 이루고	凉侵醉面眠難穩
시를 짓고픈 마음이 격동되어 붓을 멈출 수가 없네.	興激詩情筆不停
이 좋은 밤 이 좋은 모임에서 분부하시니	分付良宵成好會
삼경 깊은 밤 정담 나누느라 형식도 잊었어라.	三更話語便忘形

국재 전몽규에게 보내다 / 贈全菊齋

비 온 뒤의 높은 누각 위에서 보노라니　　　　雨後平臺上
청산이 묵은 물색을 바꾸었구나.　　　　　　　青山改舊容
누구와 함께 짝하여 청아한 시 읊조릴꼬　　　　清吟誰與伴
서글퍼라 그대의 고운 모습이 생각나네.　　　　惆悵憶丰容

찾아준 친구에게 병중에서 감사하며
/病中謝友人來訪

병들어 누워 있으니 찾아오는 이 없고	臥病無人問
이 외로운 심정 누구와 이야기할꼬.	情懷孰與論
신발이 먼지가 가득함을 시름겹게 보고	愁看塵滿履
문이 새그물 칠 정도임을 한탄스레 보노라.	恨見雀羅門
한 목숨이 위태로워 실낱같으니	一命危如縷
천 년 뒤의 걱정이야 부질없이 뜬구름 같네.	千憂劇似雲
다정할사 그대가 약 선물을 놓고 가니	多君來饋藥
무슨 말로 그대의 은근한 뜻에 보답할꼬.	何以答慇懃

손수 심은 황국과 수양버들 마주하며 창가에서 감상하여 읊다(2수)/手種黃菊垂楊相對軒窓愛而詠之(二首)

6월 동쪽 울타리 밑 국화가 온통 노랗고　六月東籬花正黃
꽃송이가 중양절의 국화보다 결코 못지않구나.　瓊英專不減重陽
비록 그렇더라도 맑은 서리의 절기를 지키지 않아　雖然自失淸霜節
유인으로 하여금 늦가을 향기 맡지 못하게 하네.　未使幽人嗅晚香

맑은 창가에 애써서 심은 수양버들　晴窓用意種垂柳
그림자가 연못을 덮으니 온통 푸른색일러라.　影拂蓮池翠色多
멋스러움에도 장안거리 헤매는 사람 붙잡지 못하나　風流未縶章臺客
때로는 꾀꼬리가 벗 부르며 날아가는 것을 보네.　時見啼鸎喚友過

우연히 읊다/偶吟

물가의 정자엔 봄이 반이나 지나갔고　　　　水亭春半老
뜰의 나무는 꽃잎이 떨어져 날리네.　　　　庭樹落花飛
비 온 뒤라 맑은 경치 좋기만 하니　　　　雨後多淸景
한가한 창가에선 시 읊을 만하누나.　　　　閒窓可詠詩

생신 축하하는 자리에서 즉석으로 읊은 절구시 한 수/晬席口占一絶

시름겨운 생애 원망도 탄식도 말자	愁裏生涯莫怨嗟
우리 집의 일락이야말로 가장 자랑일러라.	吾門一樂最堪誇
칠순의 우리 형제가 색동옷을 입고서	七旬兄弟斑衣處
백세 어머니 기쁘게 하는 집 얼마나 될꼬.	百歲慈親有幾家

사면되어 경성으로 돌아가는 의흥 유희잠을 환송하며 / 送柳義興(希潛)放還京城(二首)

멀고도 먼 본현에 보내져 산 지 24년에
사면되니 이제서야 하늘의 어진 은혜 입었도다.
이별의 정자에서 석별이야 그다지 중요치 않은 일
고을에 덕을 살필 사람이 없음이 매우 한스럽도다.

賦鵬居然卄四春
賜環今日荷天仁
離亭惜別猶餘事
深恨鄕無考德人

음이 다하고 양이 생기니 천지 만물의 봄이요
우리 임금님의 사면은 인애(仁愛)를 같이 베풂이라.
장사에 한 번 간 것이야 어찌 한탄할 것이라
치안책을 올렸으니 옛날에나 있었을 사람이로세.

陰盡陽生萬物春
吾王聖澤便同仁
長沙一着何須恨
獻策治安古有人

이릏 송상관에게 보내다/贈宋而栗

예전에는 장안(서울)으로 가는 길에도	疇昔長安道
서로 어울렸으니 인연이 있었던 모양일세.	相從也有緣
지금에야 매우 가까운 곳에 있거늘	如今咫尺地
약수 삼천리에 가로 막혀 있네.	弱水便三千

김내금의 정자에 제하다 / 題金內禁亭子

흰 구름 깊은 곳에 맑은 못이 있고　　　　　　　　白雲深處更淸潭

화려한 정자는 푸른 산 기운에 묻혀 있네.　　　　止有華亭隱翠嵐

주인의 유유자적한 뜻 생각해보니　　　　　　　　想得主人閒適意

속세의 동남에서 수고롭게 분주함 부끄럽기만 하네.　堪羞塵世役東南

이군진(산악)의 생원시 장원을 축하하며

/賀李君鎭(山岳)魁蓮榜

흔히 우리 고을이 문헌의 고장임을 일컫지만	吾鄕文獻世稱多
대마다 과거급제한 집안이 몇이나 되나.	聯代科名問幾家
생원시의 장원을 군이 또 차지하였으니	蓮榜壯元君又占
젊은 나이에 이룬 명성 가장 자랑할 만하도다.	少年聲價最堪誇

고향으로 돌아가는 국재 전몽규와 작별하면서 지어주다 / 贈別全菊齋還鄉

천리마가 달려보지 못한 채 귀밑머리 희어지려 하자 未展驥蹄鬢欲霜
의성에서 3년 동안 향교의 훈도를 맡았었도다. 聞韶三載坐膠庠
형주와 같은 얼굴 한 번 알았던 것으로도 만족한데 自多一識荊州面
어찌 굽이진 물에서 거듭 술잔 기울이기를 바라랴. 豈意重傾渭曲觴
송별 자리에서 손을 부여잡으니 끈끈한 정이 넘쳐 摻手離筵情繾綣
발걸음 멈추고서 돌아길 길을 서두르지 못하네. 停驂去路莫悤忙
이별 후에 서로 생각하는 한스러움까지 모두 합쳐 都將別後相思恨
한 줄기 긴 강물에다 부어주어 흘러가게 하세나. 付與江波一帶長

장천추 어머니에 대한 만시 / 張天樞母夫人輓

천성이 아름답고 곧은 덕을 지녔고	天賦貞嘉德
집안 화순케 하는 부도를 갖추었어라.	宜家婦道協
잘못하는 일도 없고 또 나서는 일도 없이	無非更無儀
마음씨가 얌전하고 정조가 발랐어라.	幽閒且靜淑
정성을 다해 제사를 받들고	殫誠奉蘋藻
그 마음을 헤아려 머슴아이들을 대하였어라.	推思待僮僕
아리땁고 향기로운 규중에서도 제일 빼어나니	嬌蕙閨中秀
향그런 난초가 뜰 가에서 돋은 듯했어라.	芳蘭庭際苗
아! 봉황이 먼저 이 세상을 떠나가니	于嗟鳳先逝
부군 잃은 슬픔에 얼마나 상심하였던가.	幾傷鏡裏哭
인간세상 70년	人間七十年
그 세월이 지나는 길손처럼 스쳐갔어라.	光陰如過客
뒤뜰은 봄이 이미 다 졌고	後院春已謝
허전한 빈방엔 차가운 달빛 스며드누나.	空閨照寒月
붉은 만장은 가는 곳이 어디메냐	丹旐向何處
무덤의 날씨가 처량하구나.	邱原風色洌

권 2

신재 주세붕 선생에게 올리다 / 上愼齋周先生
1545년

삼가 도를 닦으시는 몸께서 신명이 돌보듯 만복을 누리시기 바라나이다. 가만히 생각하건대, 모재(慕齋) 김안국(金安國) 상공(相公)은 본현(本縣 : 義城縣)의 사람으로 그 선조의 산소가 본현의 남쪽 오토산(五土山)에 있기 때문에 바야흐로 조정에 있을 때 무릇 우리 고을을 돌보시는 것이 지극하지 않은 바가 없었사옵니다. 정축년(丁丑年 : 1517)에 상공은 임금님의 명령으로 영남의 풍속을 살피시면서 인재 양성의 근본에 힘쓰고자 소학 보급을 우선하고, 백성들을 다스리는 방도에 힘쓰고자 예교(禮敎)를 으뜸으로 삼으셨습니다. 일찍이 순찰차 본현에 당도하시어 선성(先聖)을 배알하는 예를 마치자 명륜당(明倫堂)에 좌정하시고는 유생들을 불러서 훈계하셨습니다.

"학업은 부지런히 힘쓰면 정진되고 놀면 황폐해지며, 행실은 생각에 의해 이루어지고 마음대로 허물어진다고 하였으니, 너희 유생들은 나의 이 말을 명심하여 저버리지 말기를 바라노라."

그리고는 시를 지으셔서 벽에다 부치셨는데, 다음과 같았습니다.

「바른 길 바르지 못한 길을 분별하는데 착오가 생기기 쉬우니,
　경전을 암송하고 시문을 짓고 하는 데만 분분해야 하랴.
　부디 성자(程子)와 주자(朱子)의 가르침을 마음에 새기어
　≪소학(小學)≫ 공부가 나날이 더 발전이 있도록 하라.」

마침내 상공은 곡식 80섬을 베풀어 주시며 그 본전은 남겨두고 이자를 취하여 영구히 강학(講學)하는 자금으로 쓰게 하였으니, 시종일관 권유하시

는 뜻이 더할 수 없이 지극하셨습니다. 바로 이러한 때에 상공이 지은 시를 보고 강학자금의 혜택을 받아서 향교(鄉校)에 드나들던 자들은 감동하여 분발하지 않을 수 없어 서로 다음과 같이 경계하고 충고하였습니다.

“이는 우리 상공께서 우리 후학들에게 은혜를 베풀어 주신 것이니, 만일 이 강학자금으로 쓰이지 않는 경우가 생기면 장차 상공에게 죄인이 되는 것이라.”

그러나 불행히도 곡식을 관리하던 전수자(典守者)가 거두고 보관하는데 조심하지 않고, 내주고 받아들이는데 절제하지 않아서 계사년(癸巳年 : 1533)의 흉년에 이르러 아주 적은 양의 곡식조차도 전혀 남아 있지 않으니, 온 고을의 선비들이 분개하지 않은 이가 없었사옵니다. 계묘년(癸卯年 : 1543)에 청도인(淸道人) 예궐성(芮厥成) 군이 고을의 훈도(訓導)가 되어 와서 옛 모습대로 회복하는 것에 뜻을 두고 유생들의 소청을 현령 장세침(張世沈)에게 아뢰었습니다. 현령이 이를 듣고서 다시 학자(學資)를 베푸는데 하나같이 모재 상공의 전례대로 의거하여 시행하고, 또 유생들에게 영구히 준수하겠다는 뜻을 전달하였습니다.

아! 모재 상공께서 우리 고을에 은혜를 베푸심은 진실로 보통 사람의 생각보다 만 배나 뛰어난 것이었으니, 우리 고을이 그 혜택을 받음은 또한 어찌 학문을 일으킬 아주 굉장한 기회가 아니었겠습니까. 하물며 이미 거의 끊어지게 된 마당에서 이제 다시 이어준 예군(芮君)과 장후(張侯)의 뜻 또한 우연한 것이 아니었습니다. 어찌 그 전말을 기록하여 성대한 자취를 드러내고 후진을 경계하지 않을 수 있겠사옵니까? 유생들이 고루하여 들은 것이 적어서 비록 상공의 남긴 가르침을 좇지 못하더라도 격려하여 분발하도록 하는 것은 실로 상공의 은혜에 힘입었기 때문에 감히 기(記)를 지어달라고 청을 드리옵니다. 삼가 선생께서는 한 편을 지어서 행적을 선양하는 뜻을 후학들에게 무궁히 보여주시면 매우 다행이겠사옵니다.

주(周) 선생의 학자기(學資記)는 향교에 있다.

서원의 군자들에게 답하다/答院中諸君子

1570년

편지를 받을 때마다 글의 뜻이 진중했으니, 용렬하고 어리석은 저를 비루하다 여기지 않으시고 온 마음을 기울여 주신 것이라, 어찌 만년에 이처럼 지우(知遇)를 입을 줄 알았으랴만 얼마나 다행스럽고 고마운 일인지요.

원록(元祿)은 타고난 자질이 치밀하지도 못하고 학식도 얕아 변변한 곳이 하나도 없으나 한 가닥의 양심만은 겨우 없어지지 않고 있어서, 서원(書院)을 세우는 일에 부지런하고 성실하였던 것이 진실로 1,2년이 아니었습니다. 처음부터 모욕과 비방을 당한 것이 얼마나 되는지 알 수가 없을 정도지만, 어리석게도 스스로 헤아리지 못하고 애써 설득하기를 그만두지 않았었는데, 오늘날에 이르러서도 이 마음은 여전히 조금도 게을리하지 아니합니다. 학자(學資)를 다시 세우는 것, 업유재(業儒齋)를 새로 세우는 것, 서원을 운영하는 것 등은 비록 감히 제 자신의 공이라고 일컫는 것은 아니지만 구구하게 힘을 기울인 면으로 보면 역시 부지런하지 않음이 없었으니, 전후 기록을 살펴보면 또한 그 뜻하는 바를 알 수 있을 것입니다.

돌아보건대, 지금 서원이 비록 지어졌어도 여전히 묘우(廟宇 : 신위 모시는 집)와 장경실(藏經室 : 향교의 중요한 서책 및 문서 보관 서고)이 세워지지 않았으니, 이것은 유사(有司)의 허물입니다 어찌 감히 군자들에게 용서해주시기를 바라겠습니까. 단지 어러쿵저러쿵하는 공론(公論)들이 서로 어긋나고 다름이 이미 심한데다 경비까지 한없이 들어감이 또한 매우 심하니, 유사가 아무리 애쓴들 장차 어떻게 하겠습니까. 당초의 동지들이 다시 논의한다 해도 이 일에 대해 언급하는 자가 있겠습니까. 다만 덕이 크고 높은 사람이 헤아릴 때에만 이 점을 서로 노력할 수 있을 것입니다.

열엿샛날 편지에 보내오신 뜻을 모두 알았었는데, 그 후 3일째 되던 날 선생의 부르심을 받고 평온하게 지도를 받으니, 제 가슴 속은 그 때문에 한없이 넓어지고 커져서 구름과 안개를 헤치고 하늘의 해를 본 듯했을 뿐만 아니라 선생의 말씀을 듣고 난 뒤부터 저도 모르게 기뻐서 잠이 오지 않았었습니다. 정해지지 않던 공론도 이로부터 정해졌고, 마련되지 않던 경비도 이로부터 마련되었으며, 20년을 두고 도모하고 궁리했으나 미처 다 짓지 못하던 것도 이로부터 준공될 수 있었던 것입니다. 어찌 이때를 기다려서 그랬던 것이겠습니까. 삼가 힘과 성의를 다하여 우리들의 기대에 부응해주고, 모름지기 좋은 규정을 미리 준비하여 처음으로 향회(鄕會)를 열 때 의논하도록 대비하면 매우 다행일 것입니다. 허(許) 선생이 또 말씀하시기를, '선생의 집판(集板)은 마땅히 서원에 비치할 것이라.' 하니, 이는 더욱 다행 중의 다행인 것입니다.

단자(單子)를 외람되이 올리는 것도 과연 잘못이고, 편지를 보내어 잘못을 타일러 경계하는 것도 또한 너무 심한 듯합니다. 다만 이 두 가지 일은 선생님의 가르침이 아니었더라면 거의 실수할 뻔했습니다. 천 갈래 만 갈래의 생각을 다 쓰기가 어려우니, 다만 탁마(琢磨)하는 옥체(玉體)를 소중히 간직하기를 바랍니다.

'벗이 먼 곳에서 방금 왔으니 또한 기쁘지 아니한가'에 대해 논하다 / 有朋自遠方來不亦樂乎論

1543년

논하기를, "성인(聖人)의 좋아함은 또한 많다."고 한다. 인자(仁者)와 지자(智者)의 두 가지 좋아함이 있고, 유익한 것의 세 가지 좋아함(예악을 적당히 좋아하고, 남의 착함을 좋아하고, 착한 벗이 많음을 좋아하는 것)이 있다. 좋아한다면 생기는 것이니 천지만물의 오묘함을 좋아함이요, 좋아하여 시름을 잊는 것은 도를 제대로 맛보면서 좋아함이다. 이치를 따르는 데에 이르면 천명(天命)을 따라 분수를 지키게 되고, 좋아함이 넘쳐나면 평온하여 너그러워지게 되는데, 거친 밥을 먹으며 물을 마시고 팔을 굽혀 베더라도 즐거움이 또한 그 가운데에 있을지니, 성인의 좋아함은 또한 많다고 하는 것이다.

그러나 유독 '벗이 먼 곳에서 찾아온 것'을 가지고 '또한 기쁘지 아니한가'라 한 것은 무슨 까닭인가. 대개 사람의 성품은 누구나 다 선(善)하지만 깨달음에는 선후의 차이가 있으니, 나는 이미 본성의 선함을 밝혔으나 다른 사람은 밝히지 못하고, 나는 본래의 모습을 회복하나 다른 사람은 회복하지 못하면, 내 마음의 희열이 비록 지극하다 할지라도 남을 배려하는 즐거움에는 어찌 흠이 되지 않겠는가. 무릇 오행의 기운 중에서 가장 빼어난 것을 얻은 것이 사람이라 하고, 모든 선의 이치를 갖추고 내어난 것이 사람이라 하니, 사람은 이미 하늘이 내려준 본성을 사람들마다 똑같이 얻은 것이고 만물도 사람과 같이 나온 것이거늘, 어찌 한 개인이 사사로이 할 수 있단 말이며, 어찌 한 개인이 독단적으로 행할 바이겠는가. 지난날, 나는 홀로 이 선을 알고서 홀로 이 선을 행하니 그저 즐거울 뿐 참으로 즐겁지가 않았다. 무릇 남에게 말하고 남이 그것을 믿으며, 남을 가르치고 남이 그것을 좇으면, 같은 소리끼리 서로 응하고 같은 기운끼리 서로 찾는다. 또 가까이 있는 사람이 이미 믿고 멀리 있는 사람까지 또한 믿으며, 가까이 있는 사람이 이미 따르고 멀리 있는 사람까지 또한 따른다. 그러니 선으로써 남에게 미치게 하면 그 즐거움이 어떠하며, 믿고 따르는 사람이 많으면 그 즐거움이 어떠하겠는가.

대저 인의예지(仁義禮智)의 본성은 하늘에 근원하여 사람에게 부쳐졌으니, 부자지간은 인(仁)의 이치를 함께 부여받은 것이며, 군신지간은 의(義)의 이치를 함께 부여받은 것이라 하겠다. 심지어 부부도 서로 분별의 도리를 똑같이 지니고 있으며, 어른과 아이도 서로 질서의 도리를 똑같이 지니고 있다. 나 자신이 먼저 안 것이 사람들마다 똑같이 얻은 인의(仁義)이고, 나 자신이 홀로 얻은 것이 사람들마다 함께 가지고 있는 예지(禮智)라. 사람들마다 똑같이 얻은 인의가 내가 이미 자기에게서 먼저 얻었던 것이니, 어찌 그 얻은 바가 다른 사람에게 미치도록 펼치지 않을 수 있으랴. 사람들마다 함께 가지고 있는 예지가 내가 이미 자기에게 먼저 있었던 것이니, 어찌 그 있는 바가 다른 사람에게 넉넉해지도록 펼치지 않을 수 있으랴. 내가 얻은 바의 것은 다른 사람도 얻을 수 있고, 내가 가지고 있는 바의 것은 다른 사람도 가질 수 있다. 가까이 있는 사람으로부터 저 멀리 있는 사람까지 믿지 못함이 없고 적은 사람으로부터 많은 사람에 이르기까지 따르지 않음이 없을 것이다. 그러므로 예전에 홀로 그저 즐거웠던 것이 다른 사람과 함께 즐겁고, 내가 홀로 그저 즐거웠던 것이 많은 사람들과 함께 즐겁다면, 진실로 이른바 세우면 반드시 함께 세우고 이루면 홀로 이루지 않는다고 하는 것이니, 그 함께 즐거워하는 것보다 나을 것이 무엇이랴. 인의(仁義)에 흠뻑 빠지고 예지(禮智)에 물리도록 배불러서 부자와 군신 간의 도리를 즐기는 것 이것이야말로 좋아함이요, 부부 사이의 구별 및 어른과 아이 사이의 질서를 즐기는 것 이것이야말로 좋아함이다.

벗도 이러하니 일가(一家)도 알 만하고, 먼 자도 이러하니 가까운 자도 알 만하다. 궁상(宮商)의 음률이 서로 펼쳐지더라도 그 교통하여 기뻐하는 뜻을 비유하지 못할 것이고, 율려(律呂)의 가락이 서로 조화롭더라도 그 드러내어 세상에 널리 펴게 된 즐거움을 비교하지 못할 것이다. 그렇다면 이 즐거움은 어떤 즐거움인가. 선으로써 남에게 미치는 것을 즐기고 그 믿고 따르는 사람이 많음을 즐겨서, 선이 자기에게서 넉넉해져 남에게 미칠 수 있으면 이것이야말로 참으로 즐거운 일이며, 선이 남에게 미쳐 믿는 사람이 많으면 이것이야말로 더욱 즐거운 일이다. 자기의 선이 남에게 신임을 받을 수 있고 남의 선이 자기에게 보탬이 될 수 있어서, 강학(講學)으로 서로에게 유익하여 도(道)를 바탕으로 한 것이 날로 밝아지고, 교학(敎學)으로 서로를 성장케 하여 덕(德)을 바탕으로 한 것이 날로 진보하면, 천하에 교화할 수 없는 사람이 없고 또한 믿고 따르지 않는 사람이 없을 것이다.

그 이치를 캐면 내가 그 즐거움을 스스로 즐기고 저 또한 그 즐거움을 즐기며, 그 실상을 구명하면 나는 남에게 미침을 즐기고 저는 나에게 보탬을 즐긴다. 이것이 또한 인간세상에서 아주 쾌활하고 매우 기쁘고 알맞은 일이 아니랴. 이를 계기로 살펴보면, 락(樂)이라 락(樂)이라 이르는 것이 그 사람을 좋아해서 즐거워하는 것이 아니고 자기의 선이 남에게 미침을 즐거워하는 것이며, 그 벗을 좋아해서 즐거워하는 것이 아니고 그 믿고 따르는 사람이 많음을 즐거워하는 것이다. 성문(聖門)에 드나들던 자가 3천인데 직접 육예(六藝)에 능통한 자가 70명으로 자기 자신을 수양하여 타인의 본성을 계발하고 사물의 이치도 완성시켜 그 즐거움이 진진하고, 배우는데 싫증으커녕 부지런처 가르쳐 주이시 그 즐거움이 끝이 없으니, 오직 그 선이 남에게 미침을 즐거워하며 그 믿고 따르는 자가 많음을 즐거워한 사람이 우리 공부자(孔夫子) 말고 또 뉘 있으랴.

아! 지혜롭지 못한 이기적인 사람은 어찌 이러한 즐거움을 말할 수 있으리오. 자기에게 하나의 선이라도 있으면 경망스럽게 스스로 우쭐거리며 즐겨 남에게 알리지 않으며, 자기에게 하나의 재주라도 있으면 의기양양 뽐내며 즐겨 남에게 말하지 않는다. 군자의 마음가짐과 비교해보면, 넓고 큰 이 세상에서 물(物)과 아(我)의 간격이 없이 내가 기뻐하는 바의 것을 펼치고 남에게 선이 있으면 즐거워하는 자이니, 바로 수백, 수천, 수만 리나 서로 떨어져 있으면 자기의 선으로써 남에게 미치는 것이 즐거워할 만한 것임을 어찌 알며, 믿고 따르는 자가 많음이 더욱 즐거워할 만한 것임을 어찌 알랴. 오호라! 공부자 이후로 이러한 즐거움을 능히 즐길 만한 사람이 몇이나 되랴. 전국시대(戰國時代) 때 맹자(孟子)는 "천하의 뛰어난 인재를 얻어서 그를 교육하는 것이 한 즐거움이다."고 했고, 송(宋)나라 때 주돈이(周敦頤)에게 학문을 배우면서 정자(程子)는 "매번 중니(仲尼)와 안자(顔子)의 즐거워한 곳에 즐거워하던 것이 무슨 일인가?" 했으며, 남송(南宋) 때 주자(朱子)는 "다북쑥과 같은 인재를 길러 봤으면." 했다. 그 후로는 이러한 즐거움을 즐기려는 자가 매우 적고 드물다.

　나는 우리들이 지극정성으로 쉼이 없는 도에 힘쓰고 성현(聖賢)들이 실제로 즐거워하는 바를 탐문하여, 자기에게 선을 갖출 뿐만 아니라 반드시 남에게 펼치기를 생각하고, 자기에게 기뻐할 뿐만 아니라 반드시 남과 같이 즐거울 수 있도록 생각하기를 바라노라. 그리하여 이 즐거움이 쌓여서 넘쳐나고 기분 좋게 취한다면 성인의 즐거움이 또한 우리의 즐거움이리라. 생각만 한다면 어찌 멀다고 하겠는가. 비록 그러하나, 도(道)를 즐기고 인(仁)을 편안히 여기는 군자로서 자기에게 많이 있는 것을 남에게 넉넉히 미치게 하는 자가 아니라면 이 즐거움에 참여하기가 부족할지라. 삼가 논하다.

업유재에 대해 의논하고 합의한 문서/業儒齋完議
1548년

후에 이름이 삼일재(三一齋)로 바뀌었다.

우리 고을에 학자(學資) 곡식은 모재(慕齋) 김안국(金安國) 상공(相公)으로부터 비롯되었는데, 그 원래의 곡식이 80섬이라 그 이자가 40섬이 되었고, 그 이자 40섬을 방아 찧으면 10여 명이 서너 달의 생활을 지탱할 수 있었다. 온 경내의 선비들이 학문 익히기 위해 모여드는 거접(居接) 때면 유사(有司)된 자가 때로는 곡식이 민간에 흩어져 있다고 하거나 때로는 향교에 이용되었다고 하면서 온갖 핑계를 대며 제멋대로 써버려서 적은 양의 곡식조차도 전혀 남아 있지 않으니, 모재 상공이 후학을 장려하신 뜻에 우러러 답하는 방도가 매우 아닌 것이었다. 다행히 예군(芮君)이 소청을 드렸고 장후(張侯 : 당시 현령 張世沈)가 듣고서 학자를 베풀어서 전례(前例)대로 의거하여 다시 세운 것이 지금 5,6년이 되었는데, 학자를 맡아 책임진 자[典守者]가 남용하는 폐단은 아직도 혁파되지 않았다. 만약 이대로 가면서 그치지 않는다면 어찌 날로 달로 사라져 남는 것이 없지 않을 수 있겠는가. 조금 전에 어진 수령이 새로 부임해 와도 쇠하여 없어졌던 온갖 일이 다시 일어나니, 이때가 바로 학규(學規)를 고쳐 새롭게 해야 할 때인 것이다.

많은 선비들, 글방의 학생들, 유사가 합의하여 태수(太守)에게 나아가 이르며 영구히 보존할 방도를 상의하니, 태수가 말하기를 "무릇 향교에 학자가 있는 곳은 이곳만이 아니다. 학유(學由)니 자비(資備)니 하는 것은 모두 학생이 학문을 연마하는데 쓰이는 학비가 아닌 것이 없는데, 명색이 선비라는 자들이 그 본래의 뜻을 돌아보지 아니하고 제멋대로 낭비하는 고질

적인 폐단을 만들었으니 참으로 통탄할 일이로다. 하물며 이 학자(學資)는
모재 상공이 창시한 것임에랴. 보통의 학자에 견줄 것이 아니거늘 오래된
폐단이 이미 고질적이어서 거의 없어질 지경이니, 이것을 말하자니 한심
스럽도다. 지금은 모름지기 하나같이 영주(榮州)의 업유재(業儒齋) 규칙에 의
거하여 곡식을 분별케 하되, 제생(諸生) 가운데 입격자(入格者)를 뽑아서 맡
겨 영구히 인재를 양성하는 곳으로 삼으면, 상공이 하사하신 것에 대해 어
찌 길이 그 덕택을 힘입게 되는 것이 아니랴.” 하였다. 유사가 태수의 명
을 듣고 나와서 동지들에게 알렸다. 이에, 새로운 규칙을 정하고 업유재를
창설하였다.

구호소에 대한 기록/賑濟場志

1553년, 54년 연이어서 대흉년이 들어 읍재(邑宰)가
선생에게 구휼을 분담하는 책임을 맡겼기 때문에 이 지(志)가 있다.

내가 지난해 여름에 진휼(賑恤)을 분담하는 책임을 맡았다. 처음에는 동촌(東村)에서 다음은 북원(北院)에서 진휼하는데, 진휼을 관장하는 자는 한 사람이나 진휼받기를 원하는 사람은 적지 않은 숫자라, 형편상 사람마다 구제해볼 수가 없어서 측은한 생각이 마음에 간절하지 않은 적이 없었다. 그해 가을에 또 흉년이 들어 다시 진휼하려는데, 스스로 생각하니 굶주린 백성을 구휼하는 것은 또한 군자가 사람을 사랑하는 한 가지 일이거늘 어찌 감히 힘들고 천하다고 해서 그만두랴만, 제 자신을 돌아보니 내 마음과 힘으로는 어떻게 해보기가 어려운 것이 있었다. 남의 소나 양을 맡아놓고도 그저 죽어가는 것을 보고만 서있느니 차라리 도리어 그 주인에게 돌려주는 것밖에 나을 것이 없었다. 때문에 곧장 행장을 꾸려 한양(漢陽)으로 갔다가 호서(湖西)와 관동(關東)을 거쳐 7개월이 지난 뒤에야 집으로 돌아왔다.

올 가을의 굶주림은 전년보다도 더 심하였는데, 또 전년의 진휼하는 책임을 다시 맡는 것을 면할 수가 없었다. 비록 형편을 보고서 떠나려고 해도 연로하신 어머니가 집에 계시는지라, 매번 집 떠나가기도 어려움이 있었다. 기왕에 집 떠나가지 못한다면 정성을 다하고 노심초사하여 오로지 어려운 때 생각하기를 또 어찌 그만둘 수 있으랴. 그달 7일에 사인(舍人) 이우민(李友閔)이 경차관(敬差官 : 지방에 파견하여 주로 田穀의 손실을 조사하고

민정을 살피던 임시 벼슬)으로서 순시하다가 나를 찾아왔는데, 일찍부터 그와는 알던 사이라 만나자마자 굶주린 백성들이 절규하며 죽어가는 참상을 언급하니, 그는 “굶주린 백성들이 진휼하는 장소에 나오면 피아(彼我)의 경계를 따지지 않고 구제하는 것이 옳네.”라 하였다. 나는 곧 그가 지휘하는 대로 아침저녁으로 구휼하기를 오직 조심스럽게 한 지 9일이 지나서였다. 누군가가 읍재(邑宰 : 고을 수령)에게 고하면서 “설 쇠기 전에 진휼함은 본디 상사(上司)의 명이 아니니 잠시 중단하고 기다렸다가 다음해 봄에 시행함이 마땅하다.”고 하니, 읍재가 곧장 중단하라고 명하였다. 며칠이 지난 후에 곧바로 관찰사가 있는 감영(監營)에서 내려온 영칙(營飭)은 “진휼할 자가 있으면 진휼하여 굶어죽는 자가 없도록 하라.”고 했다. 그리하여 나는 다시 진휼하는 구호소에 갔더니 이미 주려서 죽은 자가 있었다. 참담함을 이기지 못하고 이날로 곧장 관아에 가서 아뢰고 다시 진휼했다.

오호라! 조정에서 진휼하라는 명령이 비록 이를지라도 받드는 자가 적고, 그나마 받들고자 하는 사람은 나 같이 능력과 민첩함이 없는 자들이라서 일을 잘하기가 어려웠다. 만약 이대로 가면서 그치지 않는다면 우리 임금이 하늘같이 여기던 백성들은, 목마른 물고기가 기다리다 결국 죽어갈 수밖에 없는 건어물 가게로 왜 아니 돌아가겠는가. 사인(舍人)의 마음은 비록 매우 부지런하고 지극하였을지라도 서(西)를 순시하려면 동(東)을 순시할 수 없어 포기해야 하고 남(南)을 가려면 북(北)을 갈 수 없어 역시 포기해야 하나니, 한 사람의 몸으로는 진실로 다 고르게 할 수는 없는 것이었다. 나 역시 일이 되어가는 형편과 마음이 서로 어긋났고 절로 견제 받은 바가 많아져서 사람을 구제하여 살리려는 뜻을 수행하지 못하니, 이것이 개탄스러울 따름이다.

1554년 12월 25일 진휼장에서 기록하다.

향약의 조목을 정한 후에 / 書鄕約後

문소(聞詔 : 의성의 옛 명칭)는 향약(鄕約)이 있은 지 오래이나 불행히도 중도에 폐한 지가 여러 해 되어 풍속이 날로 야박해지니, 고을의 동지들과 함께 향약의 조목(條目)을 다시 손보려고 했지만 고금의 숭상한 바가 달라서 정중히 하려고 해도 할 수가 없었다. 지난 해 도산(陶山)에 가서 퇴계 이황(李滉) 선생이 손수 만드신 향약의 조목을 보니, 근본이 되는 취지가 근엄하고 절도가 있어서 가르침을 기다리지 않아도 이미 그 속에 가르침이 있는지라, 참으로 세상을 면려(勉勵)하는 약석지언(藥石之言)이었다. 나는 간절히 마음으로 흠모하여 돌아와서 유희잠(柳希潛)에게 말하고, 향약의 조목을 의논하여 정하면서 여씨향약(呂氏鄕約)의 네 조목 곧 덕업상권(德業相勸 : 좋은 일을 서로 권장한다)·과실상규(過失相規 : 잘못을 서로 고쳐준다)·예속상교(禮俗相交 : 서로 사귐에 있어 예의를 지킨다)·환난상휼(患難相恤 : 환난을 당하면 서로 구제한다)을 강령으로 삼고 퇴계 선생이 정한 벌칙 세부조목을 첨가하였다. 벌칙은 3개의 등급이 있고, 각 등급은 하부조목이 있는데 총 30여 조로 된 향약을 완성하였다.

나는 고을사람들에게 알리기를, "이 규약은 엉성한 듯해도 사실은 치밀히여 우리가 지켜야 할 지극한 도리가 들어 있소이다. 우리와 계를 같이하는 모든 사람들이 신명(神明)처럼 받들고 철석(鐵石)같이 믿어서 영구히 행하기를 변치 않는다면, 풍속이 순박하고 아름다워져 삼대(三代 : 중국의 이상적인 정치가 행해진 시기)의 교화가 절로 이루어질 것이고 또한 죄줄 일이 없어질 것이외다. 각기 힘쓰십시다."고 말하니, 모두들 좋다고 했다. 마침내 이에 글을 써서 고을의 옛 사례로 갖추어 놓는 바이다.

어머니 영정에 붙인 글/慈母影幀識

　　이는 나의 어머님 박씨의 영정이다. 어머님은 1483년에 태어나셔서 올해로 93세이시다. 머리털이 없어진데다 등이 굽었고 허리아래가 불편하시나, 용모와 말소리는 아직도 여전히 강건하시다. 아들 원록(元祿)은 60년 세월 동안 서로 생명을 의탁한 처지이니, 한편으로는 기쁘고 한편으로는 두려운 마음을 스스로 주체할 수 없는지라, 내 아들 흘(仡)을 시켜 촛불 아래서 본뜨게 하고 색을 얹어 그림 족자를 만들었던 것이다. 눈으로 실체를 보고 마음속에 간직하여 깊이 존경하고 사모함이 장차 끝이 없으리라.

1575년 3월 어느 날 아들 원록이 삼가 쓰다.

장천서원 짓게 된 경위／長川書院營建顚末

　병진년(1556) 2월, 향교(鄕校)에서 향회(鄕會 : 고을의 일을 의논하기 위한 고을 사람들의 모임)를 열고 거기에 모인 사람들에게 제의하기를, "신재(愼齋) 주세붕(周世鵬) 선생이 소수서원(紹修書院)을 처음 세우신 이후로 영양(永陽 : 영천의 임고면)의 임고서원(臨皐書院)과 화산(華山 : 영천의 화남면)의 백학서원(白鶴書院)이 그 뒤를 이어서 세워졌으나, 우리 고을만은 고요합니다. 학생을 양성할 학자금은 있어도 학문을 강론할 장소가 없거늘, 계획만 껴안고 갈팡질팡하면서 한갓 유유범범(悠悠泛泛)만을 일삼고 있는데, 어찌 서원을 건립해서 학생들로 하여금 의욕이 솟도록 하지 않겠습니까?"고 했다. 그러자 모두들 좋다고 하여, 마침내 서원을 세우기로 결의했다. ○ 3월, 동지들과 지리를 살피니, 현(縣)의 남쪽에 있는 구성산(九成山) 밑, 장천(長川)의 위에 지금껏 버려둔 고성(古城)이 있는데 성가퀴는 완연히 남아있었다. 현(縣)과의 거리는 겨우 5리(五里)인데, 산과 물이 에워싸서 시전(市廛)이 범접하지 못할 곳이었다. 높아서 멀리 내다볼 수 있는 지세이고, 한적해서 속세를 벗어나는 그윽한 정취가 있으니, 참으로 학생들이 학문을 닦을 만한 곳이었다. 다만, 농부의 밭이 그 가운데 있어서 선뜻 건립을 시행할 수가 없었으므로 이윤한(李胤韓) 현령에게 이 사실을 아리니, 현령은 바로 공전(公田)으로서 바꾸어주고 또한 필요한 물자 등을 내놓아서 계획이 이루어질 수 있도록 하여, 대략 갖추어졌으나 바야흐로 농사철이라 바로 착공할 수가 없었다. (그 부지의 동쪽 언저리에는 장문우(蔣文友)의 밭이 있었는데 그가 스스로 주어서 터를 넓혔다. 문우는 고을의 뜻있는 선비이다.)

정사년(1557) 봄, 비로소 서원 짓는 일이 시작되었는데, 유생(儒生)으로 하여금 이 사실을 갖추어 관찰사(觀察使) 유공(兪公 : 兪絳)에게 고하게 하니, 유공이 정철(正鐵) 50근과 속목(贖木) 15단을 베풀고 또 인부를 보내는 공문서까지 내리며 도와주서서 드디어 대사(大事)가 시작된 것이다. 가운데 높은 곳은 깎아서 움푹 꺼진 곳을 메우고 단단한 바위는 깎아서 없애어 자리를 잡은 곳이 고르고 평평해서야 먼저 정당(正堂) 10여 칸을 세우려니, 그 규모가 워낙 크고도 넓은지라 착수한 지 반 년 만에 서까래만 걸고 중지하였다.

무오년(1558) 봄, 다시 서원 짓는 공사가 시작되었는데, 큰비를 만나서 그만 멈추어야 했다. 이로부터 해마다 흉년이 들어 토목공사를 할 겨를이 없었던 것이 거의 10여 년이나 되니, 세워 놓은 정당만이 잡초 속에 우뚝하게 서 있어 현(縣)의 동남으로 지나가는 자이면 손으로 가리키며 서글퍼하지 않는 이가 없었다.

무진년(1568), 안응균(安應鈞)이 이 고을 지키러 와서는 서원 짓는 공사가 중도에 멈춰 있음을 깊이 개탄하여 가마를 타고 빈번히 오가면서 온 마음을 다해 관리하는데, 중들을 모집하여 자재(資材)를 수송하고 노비들을 동원하여 사역(使役)케 하니, 백성들을 힘들거나 다치게 하지 않고도 공사의 실마리를 얻게 되었다. 또 품관(品官) 1인과 늙은 아전 2명을 선정해서 처리하도록 하였다. 그런데 공사 시작한 지 겨우 반 달 만에 현령이 갑자기 파면되어 돌아가게 되니, 서원 짓는 공사의 불행이 어찌 이 지경에 이른단 말인가.

기사년(1569) 2월, 박인호(朴仁豪)가 현령으로 왔다. 무릇 학교를 일으키고 선비를 권면하는 방도와 관계되는 것이면 극진히 하지 않음이 없었는데, 본원(本院)의 일에 더욱 돌보고 돌보았다. 재목이 썩은 것은 새것으로 바꾸고 기왓장이 깨진 것은 다시 구어 덮으며, 양식은 자신의 월급을 덜어 충당하고 인부(人夫)는 유민(遊民 : 직업이 없이 놀며 지내는 사람)으로 뽑아 쓰니, 그가 대책을 세워 행하는 방식은 이전 현령보다도 더욱 치밀하였다. 이때 상국(相國) 이양원(李陽元)이 본도(本道)의 관찰사였는데, 또한 정조(正租 : 벼) 15섬과 정철(正鐵) 30근을 베풀어 도와주니, 돌과 목재들이 다 갖추어지고 물자가 모두 풍부해지자 장인(匠人)과 인부들도 근면하였을 뿐 자신의 수고를 말하지 않았다. 이렇게 하기를 5개월이 되어서 끝내자, 정당 앞에는 고루(高樓)가 섰고, 동서 양편에는 재각(齋閣)이 있고, 푸줏간과 곳집이 세워졌고, 담장을 둘렀고 문이 달려 있다. 모두 기와로 덮었는데 총 30여 칸이었다. 이에, 마루에 올라서 보면 많은 산봉우리들이 둘러있고, 난간에 기대어 듣노라면 시냇물 흐르는 소리가 맑으니, 가슴이 상쾌하고 탁 트이는지라 바로 여러 학생들이 함께 학업을 익힐 곳으로 합당하였다. 부근의 학생들이 소문만 듣고도 일어나서 서책을 품고 오는 자가 날마다 끊이지 않고 잇달아, 그해 겨울부터 비로소 모여서 재각에 기숙하며 학문을 닦기 시작하였다.

경오년(1570) 봄, 이양원 관찰사가 순시하다가 본원에 찾아오니 여러 학생들이 원호(院號)를 청한데 "장천(長川)"이라 명명하였다. 그것은 동네 이름에 기인한 것이었다. 그리고는 해설(海雪 : 알 수 없음) 3섬을 하사하여 선비들을 양성하는 비용에 보태라고 하였다.

우리 고을의 서원이 병진년(1556)에 건립되기 시작하여 기사년(1569)에 이르러 공사를 마치기까지 모두 14년이나 걸렸는데, 헐었다가 다시 짓고, 짓기 시작했다가 다시 허는 등 반복되면서 모욕과 비방을 당한 것이 무릇 몇 번이나 되었다. 다행스럽게도 우리 인자한 현령이 온 미음을 디하여 애써서 관리해준 것과 어진 관찰사가 형편대로 베풀어서 권장해준 것에 힘입어 오랜 세월이 흐르는 동안 거의 짓지 못할 뻔했던 역사(役事)가 지금에 이르러 완성되었으니, 아! 성대하고 다행이러라. 우리 학생들은 이곳에서 밤낮으로 함께 지내며 단지 훈고(訓詁)나 사장(詞章)의 말예(末藝)만 힘쓸 것이 아니라, 오로지 위기지학(爲己之學 : 스스로를 닦고 돌보는 학문)에 온 마음을 쏟아 그 의리를 탐구하고 그 명성과 행실을 갈고 닦아서 우리 인자한 현령과 어진 관찰사의 학문을 일으켜 인재를 기르려는 거룩하신 뜻을 저버리지만 않으면 어찌 크나큰 다행이 아니랴. 이미 제생(諸生)들에게 말하고 나서 장천서원 짓게 된 경위를 기록하여 서원의 벽에다가 부쳐, 후세에 이 서원에 종사하는 자로 하여금 우리들이 당시에 근실하게 마음 쓴 것이 또한 이와 같았음을 알게 하고자 하는 바이다.

현령 김사걸에 대한 제문 / 祭金侯(士傑)文

살을 엘 듯이 춥고 서리 내린 새벽	凜烈霜晨
바람 처량하고 달빛 쓸쓸하여라.	風悲月苦
서(西)로 돌아가는 흰 상여	西歸素轜
우리 고장에서 출발하는데	發自東土
붉은 만장이 먼저 길을 열고	丹旐先啓
길 가득히 만가(輓歌) 소리	滿路薤歌
머나먼 길을 곡하며 보내노니	哭送長途
나의 비통한 심정이 어떠하겠나이까.	我慟如何
우리 현령 생각하매	言念我侯
타고난 바탕과 성품이 뛰어났으며	天姿超異
기상과 도량이 진실로 순진하니	眞醇氣度
온화하고 소탈하였을 뿐이고	和易而已
타고난 마음씨 정성스럽고 돈독하니	懇篤心性
효성과 우애가 독실하였을 뿐이라.	孝友而已
한 번의 평가 거치고	一經品題
이름이 관원 명부에 올랐다네.	名登仕籍
처음 정사를 보잘것없는 우역(郵驛)에서 펼치니	初試殘郵
병들고 곤한 사람들 은택을 입었고	疲瘵蒙澤
계속해서 이름 있는 고을에 제수되니	繼典名邑
뭇사람들이 은덕을 입었는지라	衆庶懷德

가는 곳마다 직분을 다하여	隨處盡職
빛난 이름 두루 떨치고 누렸도다.	名譽蔚藹
이에 우리 고을 맡아서	乃宰吾縣
다스림이 여유 만만하니	游刃恢恢
자그마한 고을의 백성들이	雷封民物
현령을 기쁘게 받들었나이다.	欣戴二天
장중하고 묵중하기는 산과 같으니	莊重如山
멀리서 바라보면 엄숙하였고	望之儼然
성내지 않아도 위엄스러우니	不怒而威
위엄은 형벌보다도 더하였고	威勝斧鑕
말하지 않아도 믿어지니	不言而信
믿음은 쇠나 돌보다 더 굳었으며	信逾金石
더구나 효도의 길 생각함에야	況是孝思
실로 백성들의 귀감이 되었으니	實維民則
세상에 사람의 자식 된 자들	凡爲人子
어느 누가 감복하지 않겠나이까.	孰不感服
백 리 온통 태곳적의 태평성세	百里太古
오늘날 다시 보게 되니	復覩今日
저 한나라 공수(龔遂)와 황패(黃覇)의 덕정과	龔黃德政
참으로 서로 견주었나이다.	展也相頡
한 번 병나시매 손쓸 수 없었나니	一疾難醫
저승이 아득하고 까마득하여	九原冥漠
어진 말과 온화한 기색	仁言和氣
앞으로 다시는 뵐 수 없겠는지라	已矣無復
백성들은 슬픔을 머금고	吏民含悲
길거리 메우며 울부짖나이다.	塡街號哭

백발의 노모가 집에 계신지라   鶴髮在堂

피눈물이 줄줄 흐르지만   血淚相續

외로운 봉황은 제 짝을 잃고   孤鳳失儷

머나먼 곳에서 마음 아프게 우짖나이다.   叫痛天末

영령이여 만일 지각이 있으시거든   靈若有知

어찌 눈을 감으실 수 있으랴   豈肯瞑目

혼령이여, 돌아오소서   魂兮其歸

용성(지금의 전북 남원)의 북쪽   龍城之北

선영의 곁에 터를 잡았으니   宅近先塋

소나무 가래나무 빽빽도 하여라.   松梓鬱鬱

천 년이 지나고 만 년이 지나도록   萬歲千秋

길이 그 길함을 보전하소서.   永保其吉

사군 조종돈에 대한 제문 / 祭趙使君(宗敦)文

공은 어릴 적부터	公自妙年
재주와 덕이 뭇사람보다 뛰어나니	才德超衆
옛것을 배움에 얻은 바가 있어	學古有獲
관직 나가 이 세상의 쓰임이 되매	出爲世用
일에 임하여 잘 처리하는지라	涖事恢恢
명성 크게 떨쳐서 자자하니	聲大名重
드디어 수령 자리를 맡아서	遂典專城
움직이며 임금님의 뜻을 받들었나이다.	動體上意
일곱 번이나 고을수령의 인끈을 매었거늘	七縮郡綬
오로지 인애가 미치기만을 생각하니	一念仁愛
백성을 아픈 사람처럼 보살피고	視民如傷
백성을 자식같이 어루만지는데	撫民若子
성내지 않아도 위엄스러워	不怒而威
간사한 자가 함부로 횡행하지 못하였는지라	奸不得肆
저 한나라 공수(龔遂), 황패(黃覇), 소신신(召信臣), 두시(杜詩)만이	
	龔黃召杜
어찌 홀로 칭찬을 독차지하겠나이까.	奚獨專美
그 일방만을 따져 보아도	相厥一方
지극한 은택 속에서 헤엄치고 있나이다.	游泳至澤
두 손 모아 빌기를	攢手所祝

오복의 첫째 오래 사시라고 했건만   五福之一
어진 사람은   謂言仁者
반드시 그에 맞는 수명을 얻는다더니   必得其壽
어찌 백 년을 사시지 못하고   何不百年
69세에 그치고 돌아가시네.   止六十九
하늘의 뜻은 절대로 실현되지 않는 것이런가   天不可必
천리는 도대체 알 수 없어라.   理不可詰
아! 이젠 떠나가셨으니   吁嗟已矣
어찌 통곡치 않으랴.   曷不痛哭
돌아보건대 변변찮은 제가   顧此無似
과분하게도 가까이서 모실 수 있었으니   過蒙容接
자신의 분수를 생각하면   撫躬揆分
감사함이 어찌 끝이 있으리까.   感荷何極
돌아가신 날   捐館當日
저는 먼 곳을 유람하고 있느라   我遊遠地
염(斂)에서부터 초빈(草殯)하기까지   自斂而殯
몸소 돕지를 못했으니   不躬相事
깊이 은혜를 저버린 바가 있어서   深有所負
거듭거듭 저는 눈물을 흘리나이다.   重我涕泗
평소의 모습을 그려보면   想象平日
완연히 잊을 수가 있으리이까.   宛其可忘
너그럽고 여유 있는 모습   寬綽之容
삼삼하게 눈에 선하고   森然在眶
충직하고 인정 많은 말씀   忠厚之言
성대하게 귀에 가득 차 있나이다.   盈耳洋洋
혼령이여, 돌아오소서   魂兮其歸

낙동강 북쪽 양원	洛北楊原
솔바람과 덩굴에 걸린 달빛의 묘소는	松風蘿月
만고의 황혼이나이다.	萬古黃昏

이씨에 대한 제문(대신 지음)/祭李氏文(代作)

아! 내 막내야 하시더니	嗟余季兮
어찌 갑자기 이리 되셨나이까.	胡遽至此
백 년 인생	百年生世
반도 되지 않아 돌아가시다니요.	未半而止
조용히 생각노라면	靜言思之
훌쩍거리며 우나이다.	啜其泣矣
옛날 침실을 같이 쓴 우리는	昔我同閨
형제가 넷이었는데	兄弟其四
다 같이 두루 길러주셨으니	均被顧復
동기간의 정이 사무치며	情切同氣
긴 베개 큰 이불을 두르기를	長枕大衾
20여 년이 되었나이다.	二十餘禩
아! 여자란	于嗟女子
각기 시집가면	亦各有行
이에 남북으로 갈라지니	玆分南北
아픔이 마음을 에이나이다.	慘割中情
서로 헤어져 있은 지 30년에	參商卅載
만나볼 수 있었던 것이 드문지라	得見者稀
친정집에 문안하는 것을 꾀하여	方謀歸寧
모습을 뵈려 하였더니	擬見容儀

이 계획을 이루기 전에 　　　　　　　茲計未諧

갑작스레 부음이 들려오나이다. 　　　　遽聞蓋棺

이 세상에 살면서 　　　　　　　　　此生天地

다시는 모이는 기쁨이 없을지니 　　　無復團歡

산에 올라 어머니 계신 곳 바라보면 　陟岵瞻望

더욱 마음만 아플 뿐이옵니다. 　　　益痛心肝

나의 슬픈 마음 　　　　　　　　　　余懷之悲

누가 다시 알겠는가마는 　　　　　　誰復知之

영령이라도 만일 지각이 있거든 　　　靈如有知

또한 이 슬픔에 감응해 주소서. 　　　亦應纏悲

정을 펼쳐 보일 길이 없어 　　　　　展情無路

멀리서 변변찮은 제전(祭奠)을 올리오니 　遙奠菲薄

영령은 어서 와서 흠향하시고 　　　　靈其降歆

나의 비통한 마음을 헤아리소서. 　　　諒我悲怛

권 3

효우록/孝友錄

군의 성(姓)은 신(申)이요, 이름은 원록(元祿)이고, 자는 계수(季綏)이며, 스스로 회당(悔堂)이라 불렀으며, 본관은 아주(鵝洲)인데, 고려 전라도(全羅道) 안렴사(按廉使) 우(祐)의 6세손이다. 안렴공은 혼탁한 세상에 처하여 청렴과 결백으로 힘썼고, 부친 판도판서(版圖判書) 윤유(允濡)의 상을 당하여 피눈물 흘리며 여묘살이 3년을 하자 여묘(廬墓) 앞에 쌍죽(雙竹)이 돋아나니, 당시 사람들은 지극한 효성에 감천(感天)한 것으로 여겼다. 이 일이 알려져 정려(旌閭)가 내려지고, ≪고려사(高麗史)≫ 및 ≪삼강행실(三綱行實)≫, ≪여지지(輿地誌)≫ 등에 실렸다. 안렴공의 아들 광부(光富)는 중현대부(中顯大夫) 내부령(內府令)이요, 그 아들 사렴(士廉)은 통덕랑(通德郎) 언양현감(彦陽縣監)으로 고조부이다. 증조부 석명(錫命)은 성균관 생원이요, 조부 준정(俊禎)은 종사랑(從仕郎) 교수(敎授)였다. 부친 수(壽)는 숨어 살며 뜻을 구하여 여러 차례 불러도 나아가지 않았고, 후진들을 가르쳐서 이끄니 사림들의 매우 두터운 신망을 받았다. 모친 의흥박씨(義興朴氏)의 증조부 간(艮)은 성균관 진사이요, 조부 유창(惟昌)은 통정대부(通政大夫) 함안군수(咸安郡守)요, 부친 자검(自儉)은 승의랑(承議郎) 주부(主簿)였다.

군은 어려서부터 총명하고 기개가 굳었으며, 돈후한 행실에나 효도와 우애도 억지로 힘써 하는 것이 아니고 절로 되는 것이었다. 예전부터 부친께서는 평소에도 풍질(風疾)이 있으셨는데, 병술년(1526)이 되어서 갑작스런 추위에 병세가 더 심해져 약을 드셔도 아무런 효과가 없었다. 이때 군의 나이 겨우 11세였거늘 팔공산(八公山)에 올라 손수 약초를 캐어 와서는 유능한 의원의 조제에 따라 달여서 올리니, 증세(證勢)가 그 덕택으로 조금 호전되었다. 그리고는 또다시 병세가 위중해지자 탕약을 올리는 것만으로 그치는 것이 아니라, 군은 밤낮으로 애를 태우며 눈을 부치지 않고 옷의 띠를 제대로 풀지 않은 것이 무릇 8년이었다. 계사년(1533) 2월, 갑작스럽게 부친상을 당하여 하늘에 외치고 땅을 치며 어쩔 줄 모르더니 기절했다가 다시 깨어나기도 했다. 집에 들어와서는 좋은 말로 어머니를 위로하고, 나와서는 반드시 영위(靈位)를 모시어 놓은 궤연(几筵)에서 호곡(號哭)하였다. 11월, 팔지산(八智山) 건향(乾向)의 언덕에 안장하였고, 여묘(廬墓)살이 3년을 하면서 예를 행하는데 지나치다 싶을 정도로 애썼으며, 산 아래에다 재사(齋舍)를 지어서 아비 잃은 아들이 아비를 사모하는 곳으로 삼았다. 을미년(1535) 봄, 탈상을 하였다.

무술년(1538), 모친의 명을 받들어 태학(太學)에 유학하였는데 1년을 보내다가 돌아왔다. 그 후로부터 개연히 출세보다는 도리를 연마할 뜻을 품고서 정밀히 연구하고 깊이 생각하여 힘써 배우는 것에 게으르지 않았다.

기해년(1539) 가을, 나와 함께 한성(漢城)에 과거보러 갔다가 돌아오는 길에, 내가 학질에 걸려 미처 낫기도 전, 군은 나를 간신히 부축하여 천민천(天民川)에 이르니, 마침 가을비에 개울물이 불어나 있었다. 사람들은 "이 물엔 독충이 있어 사람을 해치니, 맨발로 건너서는 아니 된다."고 했으나, 군은 아무런 동요도 없이 나를 등에 업고 건넜지만 그 어떤 일도 없었다.

경자년(1540) 봄, 군은 성산이씨(星山李氏)에게 장가들었으니, 병절교위(秉節校尉) 지원(智源)의 딸이자 경은(耕隱) 선생 정언(正言) 맹전(孟專)의 증손녀인데, 또한 지극한 성품을 지녀 군자에 짝할 만했다.

신축년(1541)과 임인년(1542)에 걸쳐 잇달아 흉년이 들어 딸린 식구들이 종종 끼니를 걸렀다. 그러나 군과 부인은 함께 부지런히 어떻게든 맛있는 음식을 마련하여서 모친에게 드렸고, 달고도 부드러운 음식만은 시렁에 없는 적이 없었다.

계묘년(1543) 겨울, 신재(愼齋) 주세붕(周世鵬) 선생이 풍기군수(豐基郡守)로 있으면서 처음으로 죽계(竹溪)에다 서원을 건립하였다. 유생들이 모여들자, 군도 경의를 표하는 글을 가지고 가서 뵈었더니, 선생은 빈객(賓客)을 맞이하는 예로 정중히 대우하였다. 며칠을 머문 어느 날, '벗이 먼 곳에서 방금 왔으니 또한 기쁘지 아니한가'에 대한 논제(論題)를 내어서 여러 유생들에게 시험을 보였는데, 군도 지어 올렸다. 선생이 보시고 남달리 뛰어나다고 여겨, 그 글 말미에, 「우리 서원에 사람이 있으니, 그 마음이 옥처럼 아름답구나. 하늘이 장차 그대를 옥으로 여기시어, 그에 합당한 녹봉을 거듭 베풀어 주시리라.(我院有人, 其心如玉, 天將玉汝, 申其祿矣.)」고 써 주었다. 무릇 풀기 어려운 문제에 대하여 논의할 것이 있으면 끝까지 논의하고 갔다. 그러자 선생은 늘 '어질고 너그러운 도량을 지닌 사람[德器]'이라고 칭찬하고, 또 말과 행동이 서로 맞아야함과 우리나라 도학의 계통을 이르니, 부지런할 뿐 조금도 게으르지 않았다. 군이 인사하고 집으로 돌아오려 한 날, 선생이 절구시(絶句詩) 한 수를 지어 주었는데, 「학문은 근원을 스승으로 삼아야 하고, 교분은 예의에 맞도록 하라. 서로 규계함에 오직 이 열 글자라, 무릇 모든 것이 백년의 마음이로세.(爲學師原水, 論交取兒虓. 相規惟十字, 庶悉百年情.)」고 하였으니, 선생이 군을 끔찍이 여겼음은 이와 같았다. 집에 돌아와서는 나에게, "풍기(豐基)에 서원이 세워졌으니 매우 거룩한 일이옵니다. 우리 고을도 어찌 학문 닦을 곳을 만들지 않을 수 있겠사옵니까?" 하였다. 그것을 흠모함이 그치지 아니하였다.

을사년(1545), 인송(仁宗)께서 승하하시니, 군은 몹시 애통해하였다. 당시 사람들은 군신(君臣)간의 복제(服制)인 의복(義服)을 입었으나, 군은 홀로 거친 밥을 먹고 육식을 하지 아니하며[素餐] 3년을 마쳤다. 사람들이 간혹 그 까닭을 물으면, 단지 "나에게 공복(功服)이나 시마복(緦麻服)을 입어야 하기 때문이지만, 다른 사람은 알지 못할 것이오." 대답하였다.

병오년(1546) 봄, 군은 장인 이지원(李智源)의 상을 당하여 관곽(棺槨)과 제전(奠)의 기구들을 분주히 갖추어서 장례를 치르는 도리와 예의를 다하였다.

정미년(1547) 봄, 매제 박계수(朴桂樹) 군이 무고하게 화를 입었는데, 군이 혼자서 달려가 관찰사에게 호소하여 그 억울함을 바루었다. 후에 박(朴) 군이 죽으니, 장례의 모든 절차를 몸소 담당하였고, 또 그의 4남1녀를 데려다가 기르고 교육시켜 적절한 때에 시집장가를 보내었다.

무신년(1548) 봄, 나는 전염성 열병을 피하려고 팔공산(八公山) 산방(山房)에 있었는데도 전염병이 들어 거의 죽을 뻔 했다. 군은 곧장 달려와서 나를 간호하는데 먹는 것도 자는 것도 잊기를 모두 수십 일 만에 나의 병은 차도가 있었고, 군도 또한 아무 탈이 없었다. 가을, 업유재(業儒齋)를 창건하기로 의논하여 결정하고 합의하였다.

군은 일찍부터 어버이를 현양(顯揚)하고자 하는 뜻을 가지고 있었는지라, 글을 읽고 도(道)를 강구하는 겨를에도 아울러 과거를 보기 위한 정문(程文)을 익혀서 향시(鄕試)에는 여러 번 뽑혔으나 회시(會試)에는 응할 때마다 번번이 낙방하자, 이때 탄식하기를 "세월은 자꾸만 흘러가는데 입신양명(立身揚名)할 기약은 없고, 어머님은 나이가 많아지시는데 좋아하시는 맛있는 음식을 마련해 드릴 수가 없구나. 옛사람은 '집이 가난하고 부모님이 늙었음에 벼슬하여 녹을 받지 않은 것도 불효라.'고 했으니, 내가 장차 웃음거리가 되더라도 아이들을 가르치는 훈도(訓導)로 나가 어버이를 위해 쌀을 등에 지고 오는 효심을 이룰 수 있었으면 좋겠다."고 하였다. 그리하여 신해년(1551) 봄, 호남 장수현(長水縣) 학관(學官)에 제수되었다. 군은 마지못해 취직하였으나 학문을 권장하고 인재를 양성한 공이 많이 있었다. 이때 그 봉급으로 어머니를 봉양할 수 있게 되었다.

계축년(1553), 엄청난 기근이 들어서 굶주려 죽은 사람이 연이어졌다. 군은 이를 애통하게 여기고 상심하니, 읍재(邑宰)가 진휼하는 책임을 나누어 맡겼다. 군이 말하기를, "동포들이 잇따라 겪는 기근이 하나같이 이 지경에 이르렀거늘, 어찌 마음을 다하지 않을 수 있으랴?” 하였다. 그리하여 형편 닿는 대로 계획을 세워서 성심을 다해 급식(給食)하여 온 고을을 모두 살리고, 이웃 고을의 사람들까지도 도와주었다.

갑인년(1554) 가을, 주세붕 선생의 부음을 듣고는 학업을 마치지 못했음을 깊이 한스럽게 여기고, 곧 좇아가서 애도하고 이어서 심상(心喪 : 상복은 입지 아니하지만 상제와 같은 마음으로 상을 치르는 것)하였다.

군은 죽계(竹溪)로부터 돌아온 후에 서원을 지으려는 뜻을 가지고 있었는데, 고을의 동지들과 그 계획을 시행하려 했던 것이 이미 여러 해가 되었다. 정사년(1557) 가을, 그 터를 장천(長川) 위에 잡고 먼저 정당(正堂) 10여 칸을 지으려 했으나 시국이 좋지 않아서 다 짓지 못했다.

경신년(1560), 의흥현감(義興縣監) 유희잠(柳希潛)과 향약의 규약을 의논하여 정하였는데, ≪춘추(春秋)≫의 권면하고 징계하는 바를 의전(儀典)대로 실행하였다. 또 원근의 촌수가 먼 일가붙이들과 희로애락을 같이 나누기 위해 계모임 운영하는 일을 의논하고 매월 초하룻날 종당(宗堂)에 모여서 조상의 사당을 참배함으로써 친애하는 도리를 보였고, 또한 친척과 돈독히 화목해야 하고 학문에 힘써야 하는 뜻을 강론했다.

갑자년(1564) 청도군(淸道縣)의 훈도에 임명되었고, 병인년(1566) 삼가현(三嘉縣) 훈도에 임명되었다. 무릇 전후에 훈도로 나아간 것은 모두 모친을 위해서 뜻을 굽힌 것이다. 일찍이 벽에다가 글을 써 부치기를, 「무거운 물건을 지고 먼 곳으로 갈 때면 땅의 좋고 나쁨을 가리지 않고 쉬게 되고, 집이 가난하고 부모님이 늙었을 때면 봉록의 많고 적음을 가리지 않고 관리가 된다(負重涉遠, 不擇地而休 ; 家貧親老, 不擇祿而仕.)」고 하였는데, 이 사로(子路)의 말을 세 번이나 거듭 반복해 읽고 자신도 모르게 눈물을 흘렸다. 나중에 사직하고 돌아올 때, 벽에다가 글을 써 부치기를, 「옛사람은 단 하루의 봉양을 삼정승의 자리와도 바꾸지 않았다.(古人一日養, 不以三公換.)」고 하고는 곧바로 훈도를 사직하고 돌아왔다. 그리고는 아침저녁으로 문안하며 따뜻하고 서늘함을 살펴드렸는데, 종신토록 멀리 떨어진 적이 없었다.

　무진년(1568) 가을, 동지들과 의논하면서 "서원을 지으려 한 것은 학문을 일으켜서 인재를 육성하기 위함이었거늘 시공한 지 10여 년에 아직까지도 완성하지 못하고 있으니, 이것이 어찌 우리들이 계획한 본래의 뜻이었겠는가?"고 말하고는 고을 수령에게 이런 사정을 아뢰었고, 고을 수령이 오로지 맡아서 관리하여 새벽부터 밤까지 부지런히 힘쓴 지 2년 만에 공사를 마쳤다. 그리하여 백운동서원의 규칙에 의거해서 고을 내 재주와 학식을 갖춘 뛰어난 자를 뽑아서 재사(齋舍)에 기거케 하고 학업을 익히며 날마다 경전의 본뜻을 강론하게 하니, 부지런히 공부하기를 게을리 하지 않았다. 후에 또 장천서원(長川書院) 내에 사당[廟宇]을 세우고 우리 고을의 선정(先正)이신 모재(慕齋) 김안국(金安國) 문경공(文敬公)을 제향(祭享)하였다. 관찰사에게 편지글을 올려 조정에 아뢰어 줄 것을 청하여, '장천(長川)'이라는 편액이 내려졌다. 사문(斯文)을 돕고 후학을 정진케 한 공적이 대부분 이와 같았다.

　모친의 연세가 이미 90이니, 군은 기쁘기도 하는 한편 (살아계실 날이 얼마 남지 않아) 두렵기도 하는 마음이 더욱 절실한지라, 무릇 어머니의 마음을 기쁘게 할 수 있는 것이면 지극하지 않는 바가 없었다. 일찍이 동쪽 언덕에다 양로당(養老堂)을 짓고서 여러 가지 기이한 화초들을 심었다. 매양 좋은 계절이면 연친곡(宴親曲) 8수를 지어서 부르며 술잔을 올렸으니, 부모를 오래 모시고 싶어 세월이 가는 것을 애석히 여기는 지극한 효성[愛日之至誠]을 나타내고, 형제들끼리 천륜의 즐거움[天倫之樂事]을 펴다가 절구시(絶句詩) 한 수를 지었다.

시름겨운 생애 원망도 탄식도 말자	愁裏生涯莫怨嗟
우리 집의 일락(一樂)은 가장 자랑일러라.	吾門一樂最堪誇
칠순의 우리 형제가 색동옷을 입고서	七旬兄弟斑衣處

백세 어머니 기쁘게 하는 집 얼마나 될꼬.　　　　　　百歲慈親有幾家

　무릇 어머니 섬김은 어머니의 뜻을 받드는 것을 제일 우선으로 하였는데, 언제나 그 곁에 있을 때면 온화한 모습이었으니 어머니의 뜻을 조금도 거스른 적이 없었다. 음식을 올릴 때면 반드시 2품(品)을 갖추는데 맛 좋은 것을 골라서 드리고, 남기시는 것이 있으면 모친께 주시고 싶은 곳이 있는가를 여쭈어서 주었다. 어머니가 입으셨던 속옷은 조그마한 나무통을 만들어 거기에 담아두었다가 반드시 손수 애벌빨래를 하고난 다음에 남에게 빨게 했으며, 변기도 또한 반드시 손수 씻었지 남에게 시키지 않았다. 이해 겨울, 어머니의 병환이 날로 깊어가니, 군은 밤낮으로 하늘을 향해 낫게 해달라고 호소했다. 병상의 요가 조금이라도 편안하지 않으면 흰 솜이나 보드라운 털과 같은 보드랍고 부드러운 것으로 더욱 두텁게 깔아드려서 앉거나 누울 때 편안케 해드리고, 또 어머니의 피부가 썩어 문드러질까 염려하여 몸소 두꺼운 옷을 입고 어머니를 안고서 모시기를 날로 더욱 정성껏 하니, 어머니께서 "내가 훌쩍 죽지를 않아 너를 힘들게 하는구나. 누가 너의 이러함을 알겠느냐?"고 말했다. 그러자 군은 걱정스런 말로 "이는 진실로 자식의 본분이거늘, 어머니께서는 어찌 이런 말씀을 하시나이까? 비록 천년만년 사신다 하여도 오히려 부족할 듯하온데 무슨 힘든 것이 있겠사옵니까?"고 했다. 을해년(1575) 봄, 어머니의 병환이 조금 덜하시자, 어머니의 병환을 돌보기 위해 왔던 누님이 시댁으로 돌아가려 하니, 군은 "어머니의 병환이 다소 차도가 있으시고 누님도 돌아가려 하고 또한 이같이 좋은 철이니 어머님의 마음을 위로하지 않을 수 있겠습니까?" 말했다. 그리하여 동쪽 언덕에다 자리를 마련하여 어머니를 받들고는 형님과 누님과 같이 이웃 할머니들을 맞아서 술과 음식을 갖추어 마음껏 즐겼다. 때마침 한 노파가 어디서 왔는지 모르겠지만 미친 듯 노래 부르며 호무(胡舞 : 오랑캐 춤)를 추며 배우놀음을 하였다. 어머니께서 그것을 보시고 한 번 웃자, 군은 마음속으로 기뻐하기를 마치 큰 소득이나 있는 것처럼 하고는, 마침내 온종일의 즐거움을 이룬 듯했다. 이때 명종(明宗)의 비(妃)였던 인순왕후(仁順王后)의 국상(國喪) 중이었던지라 사람들의 말들이 있자, 군은 그것을 듣고 "해가 서산에 이르러 그 남은 빛이 희미해지듯 하니, 이런 까닭으로 잘못을 알면서도 범하고 말았습니다."고 말했다. 얼마 되지 않아 어머니의 병환이 도로 위독해지자, 군은 어머니의 대변을 맛보고는 돌아가실 줄 짐작하고 하늘에 기도하여 대신 죽기를 청한 것이 여러 번이었다.

6월 11일 미시(未時)에 이르러 홀연히 돌아가셨으니, 오호라! 차마 말할 수 있으랴. 군은 이미 몸을 손상할 나이가 지났는데도 가슴을 두드리며 몸부림치고 울부짖는 것이 부친의 상을 당했을 때처럼 똑같이 하였다. 이때 장례를 치르는 범절을 평소에 마음속으로 익혀두었던 듯, 시신을 싸고 물건을 관(棺)에 넣는 것이 반드시 정성스럽게 하고 삼가서 정리(情理)와 예법(禮法)에 유감이 없게 했다. 10월 20일, 아버님의 묘에다가 합장하였다. 무덤 일을 하는데, 군이 몸소 그 일을 하려고 하였다. 나는 군이 상할까 염려하여 그만두도록 타이르기를, "무릇 사람의 자식 된 자이고서 이와 같은 큰일을 당하여 어느 누군들 있는 힘을 다하여 하려고 하지 않겠느냐만, 진실로 감당하지 못하는 바가 있고 또 일꾼이 있거늘 어찌하여 힘들여 수고하고 애쓰기를 이렇게 한단 말이냐?" 하니, 군이 "어버이의 상이야말로 스스로 극진히 해야 할 일이라고 했사오니, 조금도 피곤하지 않사옵니다."고 대답했다.

합장을 다 마친 후, 여막에 있으면서 매일 세 번씩 묘에 올라 주위를 살피며 슬프게 곡(哭)하기를 비가 오나 눈이 오나 그치지 아니하였다. 일찍이 그려둔 어머니의 영정을, 영위(靈位)를 모시어 놓는 궤연(几筵)에 걸어 놓고서 아침저녁으로 절하며 곡(哭)하는데, 마치 곁에서 모시듯이 정성을 다하였다. 제전(祭奠)에 올리는 것을 모두 몸소 장만하고 남에게 맡기지 아니하였다. 또 하루 동안 보잘것없는 음식이나 미음만을 먹을 뿐, 채소 국물조차 입에 가까이 하지 않기를 거의 1년이나 하였다. 이 때문에 수척해져 거의 서 있을 수가 없게 되자, 자식들이 채소와 양념으로 입맛을 돋우는 음식을 드리니, 군은 기뻐하지 않고 "상중(喪中)의 슬픔으로 몸을 손상할지라도 목숨을 잃는 데까지는 이르지 않도록 하라는 옛사람의 경계가 있거늘, 내가 어찌 스스로 헤아리지 않고 하겠느냐?"고 하였다. 그래도 자식들이 울면서 간(諫)한즉, 군은 "목숨은 태어날 즈음에 하늘로부터 부여받은 것이라 하였나니, 어찌 이렇게 한다고 해서 죽기야 하겠느냐?"고 했다.

다음해(1576) 3월, 거듭 학질(瘧疾)이 더해져서 날로 점점 심각했으나 오히려 어머니 영전에 절하고 제사하는 의식만은 조금도 폐하지 않았다. 4월 초부터는, 거적자리에서 자고 흙덩이를 베었기 때문에 다른 사람의 도움이 있어야만 움직일 수 있었으나, 오히려 제사에 참여할 수 없음을 애통하게 여겼다. 초 7일이 되자, "내일은 관등절(觀燈節)이니 별전(別奠 : 임시로 지내는 제사)이 없을 수가 없구나." 하며, 장미화(薔薇花)를 꺾어오도록 하고 그것을 몸소 제전에 올리고자 부축을 받아 일어나서 세수하려는데 정신이 혼미하여 땅바닥에 쓰러졌다. 자식들이 집에 가서 몸조리하기를 울며 청하니, 군은 "상중에 있는 사람은 묘 옆에서 죽는 것이 마땅하거늘 집으로 돌아가서 무슨 일을 하겠느냐?" 하였다. 그리하여 부인이 찾아뵈러 오자, 군은 손을 내저어 물리치며 말하기를, "여묘살이 하는 곳은 아낙네가 오는 곳이 아니거늘, 어찌하여 오셨단 말이오?" 했다. 뒷일에 대해 물어도 아무런 대답을 않더니, 다만 "내 평생 어머니를 섬김에 지극하지 못함이 있었거늘 또 마지막 보내드리는 삼년상을 치르는 효조차 하지 못하니, 이 때문에 슬프고 가슴 아프다오." 하고는, 곡(哭)을 하려고 해도 울음소리를 낼 수가 없자 오열하며 "내가 죽거든 어머니의 영정을 내 관 옆에다 걸어두시오. 내 장차 지하에서라도 어머니를 받들어 모셔야겠소."라 하였다. 8일 유시(酉時 : 오후 5~7시)에 죽고 말았다. 이날, 종이와 붓을 가져오게 하여 유훈(遺訓) 몇 조항을 썼으니, 세세한 것까지 정밀히 감당하는데 조금만치의 착오를 전혀 찾아볼 수가 없었던 것이라, 그의 정신이 어김이 없었음은 이와 같았다. 영전(靈前)에 저녁 상식(上食)을 하도록 재촉하는지라, 내가 그 뜻을 받아서 제사를 지내고 미처 철상(撤床)을 하기도 전, 집에서 슬피 우는 호곡(號哭) 소리에 달려가 보았지만 이미 아무런 소용이 없었다.

오호라! 애통하다. 전하기를, "어진 사람은 반드시 그에 맞는 수명을 얻는다." 하였고, 또 "착한 일을 한 사람에게는 하늘이 복을 주신다." 하였거늘, 내 동생의 어질고 착함으로도 더욱 장수를 누리지 못하고 큰 복을 받지 못하고, 또 어머니의 3년상도 다 치르지 못하여 천고에 눈을 감지 못하는 애통함을 안았으니, 하늘이 베풀고 보답하는 것이 어찌 이렇게도 극도에 이른단 말인가?

오호라! 사람이 이 세상에 태어나면서 어느 누군들 타고난 성질이 어질고 착하지 않으랴. 사람의 자식으로 부모를 섬김은 어느 누구라도 사람의 본분으로 당연히 해야 할 일이 아니랴. 그러나 그 고유의 성질을 온전히 하고, 그 마땅히 행해야 할 본분을 다할 수 있는 자는 거의 드물다. 그런데 군은 아이 때부터 이미 어버이를 사랑하는 도리를 알아서, 생전에 섬기는 일과 죽은 뒤에 장사하고 제사지내는 것이 인정과 예를 곡진하지 않은 것이 없었다. 60년을 하루같이 간절하게 어린아이가 어버이를 그리워하는 애통함이 숨을 거둘 때까지도 그지없었으니, 군은 참으로 이른바 하늘이 낸 효자[出天之孝]로서 사람의 자식 된 자로서의 본분을 다한 것이다.

평소에는 남달리 특별한 행동을 하지 않고, 다만 일상생활에서 행하는 도리를 취하여, 위로는 자신이 해야 할 일을 극진히 하였는데 형제와 남매 간에는 우애가 돈독히 지극하고, 일가친척을 대우하는 데는 의리를 생각함이 두루 미치도록 하고, 벗을 대하는 데는 반드시 성실과 믿음으로써 하고, 자식을 가르치는 데는 반드시 의리에 입각하여 했다. 아래로는 노비 및 하인들에 이르기까지 역시 모두 조금만 잘 해도 가상히 여기고 미세한 잘못에는 눈감아 주었다. 그래서 사람들을 대하는 것이 정성을 다하고 베푸는 것이었다. 또한 그 마음가짐과 행실의 방정(方正)함, 사람과 사물을 대하는 태도의 성실함, 빈궁한 사람들을 도와주려는 의로움 등 모두 혼연히 평탄하고 절실하지[平實] 않음이 없었다. 처음부터 억지로 애써서 닦기를 기다리지 않았던 것인데, 그 근원을 따진다면 모두가 효도와 공경으로부터 나온 것이니, 이것이 어찌 이른바 '근본이 서면 도가 생겨난 것'이 아니겠는가.

젊어서부터 전대(前代)의 여러 현인들의 문하에 출입하며 교유한 사람들이 모두 당대의 명사들이었는데 서로가 의심났던 것을 함께 바로잡았으며, 또 경서(經書)・근사록(近思錄)・주자서(朱子書) 등에 힘써서 깊이 생각하며 몸소 체득하였으나, 연구하여 마음에 터득한 바가 없는 구이지학(口耳之學)은 일삼지 않았으며, 몸과 마음을 다하여 애쓰고 머리 숙여 부지런히 하면서 너무 늦은 줄 알지 못하더니 끝내 어질고 너그러운 도량을 지닌 사람[德器]이 되었다.

또 윤리를 돈독히 하고 학문을 일으키는 것을 자기의 소임으로 삼았고, 향약을 세워서 풍속을 바로잡고, 서원을 창건해서 사문(斯文)을 도왔고, 공부하도록 장려한 공은 훈도(訓導) 시절에 이미 현저하였고, 인애(仁愛)하는 생각은 저 굶주린 사람들을 구제하기 위한 임시 구호소에서 지극히 나타났으니, 이것들은 천성적인 훌륭함에서 나왔을 뿐만 아니라 게다가 학문을 연마한 데서 얻은 것이 있다 하더라도 어떻다 하겠는가.

군의 부모에 대한 효도와 형제에 대한 우애 및 덕행(德行)은 사람들의 이목에 드러나 있고, 온 동네에서 칭송하며, 온 고을 사람들이 감복하였으니 진실로 기다릴 필요조차 없는지라 내가 사사로이 찬양한다. 집안에서의 미세한 행실은 타인이 미처 아는 바가 아니고, 글월이 아니면 징험할 수 없는 것도 있는 까닭에, 늙음과 졸렬함을 헤아리지 않고 평소에 집에서 일찍이 본 것들을 울면서 기록하여 조상들이 후손들에게 끼치는 교훈거리로 갖추나, 말이 뜻대로 되지 못한 것을 꺼리지 않고, 군의 지극한 행실과 거록한 모범을 취하여 영원히 세상의 본받을 만한 것으로 여긴다면 다행이 겠노라. 군은 정덕(正德) 병자년(1516) 12월 20일에 태어나 만력(萬曆) 병자 년(1576) 4월 8일에 죽었다. 군의 아내 이씨(李氏)는 군보다 1살이 적었고 1 개월 간격으로 태어났으며 시어머니를 35년 동안 모시는데 효성스런 마음 또한 지극히 순수하였다. 두 아들이 있는데 이름이 당세에 알려졌고 이미 자식을 낳아 기르며 빼어나고 사랑스러우니, 효자가 효자를 낳아 끊이지 않는 응험을 받으니 이것이야말로 위로가 된다.

1576년 5월 16일 형 원복이 팔지산 여소(廬所)에서 울면서 쓰다.

행장/行狀

아주계(鵝洲系) 신씨(申氏)는 고려조 때 판도판서(版圖判書) 윤유(允濡)와 전라도 안렴사(全羅道按廉使) 우(祐) 부자가 연이어 당시에 이름이 나니, 그 아주계가 드디어 명성을 크게 떨쳤다. 안렴공에게는 지극한 품행[至行]이 있으니, 부친상을 당하여 무덤 곁에서 여묘살이를 하며 배곡(拜哭)하던 곳에 쌍죽(雙竹)이 돋아난 것인데, 당시 사람들은 이를 효성에서 비롯된 것이라 여겼다. 지금까지도 상주(尙州) 단밀현(丹密縣)에는 효자비(孝子碑)와 배향하던 사당(祠堂)이 있고, 단밀은 지금도 효자가 많은 곳으로 불린다.

안렴공의 후손들도 대대로 지극한 행실로서 이름을 드날렸으니, ≪시경(詩經)≫에서 "효자의 효심은 끝이 없는지라, 영원히 그 다른 사람에게까지 끼치노라.(孝子不匱, 永錫爾類.)"고 일컬은 것이야말로 이 집안을 두고 이름일 것이리라. 안렴공의 6세손으로 회당(悔堂) 선생에 이르니, 공의 이름은 원록(元祿)이고 자는 계수(季綬)이며, 회당은 그의 호이다. 안렴공의 아들 광부(光富)는 중현대부(中顯大夫) 내부령(內府令)이요, 언양현감(彦陽縣監) 사렴(士廉), 성균생원(成均生員) 석명(錫命), 교수(敎授) 준정(俊禎) 세 분은 회당공의 고조, 증조, 조부이다. 부친 수(壽)는 두문불출하면서 여러 차례 관직에 불러도 나아가지 않고 후신들을 가르치니 사림들로부터 누터운 신망을 받았다. 모친 의흥박씨(義興朴氏)는 주부(主簿) 자검(自儉)의 딸이자, 군수 유창(惟昌)의 손녀이다.

회당공은 1516년(중종 11) 12월 20일에 태어나니, 어려서부터 총명하고 의지가 굳었으며 효도와 우애는 천성에서 나왔다. 부친께서 일찍이 어떤 병에 걸렸을 때, 회당공은 10여 세였지만 약초를 캐러 팔공산에 올라 높고 험한 수백 리 길을 헤맨 끝에 캐어 돌아와서는 의원을 찾아서 조제하여 날마다 탕약을 올렸다. 밤에도 눈을 부치지 않고 옷의 띠를 제대로 풀지 않은 것이 무릇 8년이었으나, 부친은 병이 낫지를 않고 돌아가셨다. 회당공이 통곡하며 갈팡질팡하는 것이 마치 구할 방도가 있었는데도 끝내 구하지 못한 것처럼 행동했다. 팔지산(八智山)에 묏자리를 잡아 장사지내려 하니 그 산 아래에 민가가 많아서 여러 말이 있는지라, 회당공이 지성으로 그들의 마음을 감동케 하여 장사를 지낼 수 있었다. 묘소 옆에서 여묘살이를 하는데 3년이나 눈물을 흘리며 슬프게 곡하니, 주(周)나라 때 거상(居喪)을 잘한 '소련(少連)'이라 칭해졌다.

25세 때, 성산이씨(星山李氏) 정언(正言) 경은선생(耕隱先生) 맹전(孟專)의 증손녀에게 장가들었더니 또한 지극한 성품이었다. 흉년이 들자 부부가 모친께 변변하지 못한 콩과 물이라도 극진히 드리는 일에 오직 열성이었다.

이미 여러 차례 과거를 보았어도 급제하지 못하여 자탄하기를, "세월은 자꾸만 흘러가는데 입신양명할 기약은 없구나! 옛사람이 '어버이가 연로한데도 벼슬하여 녹을 받지 않음은 불효라.'고 했으니, 내가 한 고을의 학관(學官 : 교육을 맡아 하던 벼슬아치)이라도 해서 쌀을 등에 지고 오는 바람을 이룰 수만 있다면, 비록 남의 빈정거림과 비웃음을 받더라도 사양하지 않으리라." 했다. 얼마 되지 않아, 장수현(長水縣) 학관을 제수 받아서 그 봉급으로 모친을 공양했다. 그 뒤에 삼가(三嘉 : 경남 합천)와 청도(清道)의 학관을 제수 받고는 벽에다가 글을 써 부치기를, 「무거운 물건을 지고 먼 곳으로 갈 때면 땅의 좋고 나쁨을 가리지 않고 쉬게 되고, 집이 가난하고 부모님을 모실 때면 봉록의 많고 적음을 가리지 않고 관리가 된다.」고 하였으니, 대개 둘째로서의 책임감이 있음일러라. 그러다가 모친의 병환으로 사퇴하고 떠나게 되자 다시 벽에다가 글을 써 부치기를, 「옛사람은 단 하루의 봉양을 삼정승의 자리와도 바꾸지 않았다.」고 하였다.

회당공의 모친 섬김은 모친의 뜻을 받드는 것을 제일 우선으로 하였으니, 음식을 올릴 때면 2품(品)을 갖추는데 맛 좋은 것을 골라서 드리고, 남기시는 것이 있으면 모친께 주시고 싶은 곳이 있는가를 여쭈어서 주었다. 조그마한 나무통을 만들어 거기에 담아두게 한 모친의 속옷을 가져다가 손수 애벌빨래를 하고난 다음에 남에게 빨게 했으나, 변기만은 손수 씻었지 남에게 시키지를 않았다. 무릇 모친의 마음을 위로하고 기쁘게 할 것은 온 힘을 다하여 마련하고, 모친을 한 번이라도 기쁘게 하는 자가 있으면 반드시 후하게 사례하였다. 진기한 꽃과 이상한 풀[奇花異草]을 섞어 심어 놓고 매양 좋은 계절이면 잔치를 벌여 연친곡(宴親曲) 8수를 지어 바치면서, 부모를 오래 모시고 싶어 세월이 가는 것을 애석히 여기는 효성[愛日之誠]을 나타냈다. 또 즉석에서 절구시(絶句詩) 1수를 지어서 읊은 것은 유고(遺稿)에 실려 있다.

갑술년(1574) 59세 때 겨울에 모부인께서 병환이 날로 깊어가니, 회당공은 밤낮으로 하늘을 향해 낫게 해달라고 호소했다. 병상에 앉고 누울 때 조금이라도 편안해 하지 않으시면 반드시 흰 솜이나 보드라운 털로 더욱 두텁게 깔아드리는데, 보드랍고 부드러운 것으로 깔아드렸는데도 다시 앉고 누울 때 불편해 하시면 몸소 두꺼운 옷을 입고 모부인을 안고서 모시기를 날로 더욱 정성껏 했다. 하여 모부인이 "내가 훌쩍 죽지를 않아 너를 힘들게 하는구나." 하자, 회당공이 깜짝 놀라서 "이 무슨 말씀이오니까? 비록 천년만년 사신다 하여도 오히려 부족할 듯하옵니다."라고 했다.

이듬해 봄에 병환이 조금 덜하시자, 모부인의 병환을 돌보던 누님이 시댁으로 돌아가려 하니, 회당공이 "모친의 병환이 다소 편안하시고 누님도 돌아가려 하고 또한 이같이 좋은 철이니 어머님의 뜻을 위로하고 기쁘게 하리라." 하며 조촐한 잔치를 열었다. 동쪽 언덕에다 자리를 마련하고 모부인을 받들어 형님과 누님과 같이 이웃 할머니들을 맞아서 마음껏 즐겼다. 때마침 명종(明宗)의 비(妃)였던 인순왕후(仁順王后)의 국상(國喪) 중이었던지라 사람들의 말들이 있자, 회당공은 "모친께서 이미 너무나도 늙으셨는지라, 내년에 오늘과 같은 날을 또다시 볼 수 없을 듯해서이옵니다."고 했다. 얼마 되지 않아 모부인의 병환이 도로 위독해지자, 회당공은 모부인의 대변을 맛보고는 돌아가실 줄 짐작하고 하늘을 우러러 울부짖었다. 모부인이 별세하신즉 애통히 곡하기를 부친이 돌아가셨을 때처럼 곡하니, 모부인이 백세의 고령인 줄을 알지 못할러라.

모부인을 염습(殮襲)하고 장례하는 모든 것이 마치 평소에 준비한 것 같아서 터럭만치의 어긋남도 없었다. 그리고 선친의 묘에다 합장하는데, 회당공이 몸소 그 일을 하려고 하자 형님이 "일꾼이 있다."라고 하니, "어버이의 상이야말로 스스로 극진히 해야 할 일이라고 했사오니, 조금도 고된 일이 아니옵니다."라 하고는 봉분(封墳)을 마치고 여막(廬幕)을 지었다. 일찍이 그려 두었던 모부인의 영정(影幀)을 영위(靈位)를 모시어 놓는 궤연(几筵)에 걸어 놓고서 아침저녁으로 슬프게 울고, 매일 세 번씩 묘를 살피며 슬프게 곡(哭)하기를 비가 오나 눈이 오나 그치지를 아니하고, 제전(祭奠)에 올리는 것을 몸소 장만하였다. 그러면서도 정작 본인은 하루 동안 보잘것 없는 음식이나 미음만을 먹지, 채소 국물조차 입에 대려 하지 않아 몸이 점점 삭정이처럼 야위었다. 이에, 자제들이 울며 간하니, 회당공은 "목숨은 태어날 즈음에 하늘로부터 부여받은 것이라 하였나니, 짧게 살고 길게 사는 것은 이렇게 한다고 해서 마음대로 되는 것이 아니니라." 했다.

병자년(1576) 61세 때 3월에 끝내 병이 들었는데도 모부인 영전에 절하고 제사하는 것을 그만두지 않더니, 아주 심해져서 제사에 참여할 수 없게 되자 이를 슬퍼했다. 그러다가 관등절(觀燈節 : 음력 사월 초파일)이 되자, 장미화(薔薇花)를 꺾어오도록 하고 그것을 몸소 제전에 올리고자 부축을 받아 일어나서 세수하려는데, 병환이 너무나 심한지라 자제들이 집에 가서 몸조리 하시기를 청하여도 듣지 아니하였다. 그래서 부인이 올라오자, 회당공은 찡그리며 "부인으로서 어찌 이곳에 온단 말이오?" 했다. 뒷일에 대해 물어도 아무런 대답을 않더니, 다만 "나는 어머니를 섬김에 지극하지 못한 것이 있었거늘 또 마지막 보내드리는 삼년상을 치르는 효조차 하지 못하는구려!" 말하고는, 곡(哭)을 하려고 해나 할 수가 없자 오열하며 "어머니의 영정을 내 관 옆에다 걸어 놓으시오. 내가 장차 지하에서라나 받들어 모셔야겠소."라고 했다. 가족들에게 상식(上食)을 하도록 재촉하더니, 상식이 채 마치기도 전에 운명하였다.

오호라! 효자가 어버이를 섬기는 것은 스스로 그 만족함을 알지 못하는지라, 비록 더러 예(禮)에 지나치는 일이 있어도 스스로는 과하게 여기지 않음은 그 마음이 무궁함일러라. 회당공이 유년 때부터 부친의 병을 시중들다가, 약관의 나이에 부친상을 당하여 혈기가 정연하지 못한 때인데도 애통하여 허둥지둥 구명하려다가 장사를 지낸 것은 완악(頑惡)한 자식들로 하여금 감동케 하리라. 그리고 예순의 늘그막에 이르러서 혈기가 이미 쇠한 뒤인데도, 즐거운 얼굴빛으로 어머님을 봉양함과 어린 아이가 어머니를 대하듯이 사모함이 종신토록 더욱 간절하였으니, 맹자(孟子)가 "오십이 되어서도 사모한 사람을 나는 위대한 순(舜)임금에게서 볼 수 있다."고 말한 바, 회당공 같은 분은 그야말로 지극한 것일러라. 그러니 삼년상을 마치지 못한 것을 견주어 논하는 것은 옳지 못한 것이다.

회당공은 정은공(靜隱公 : 申元福) 형님이 한 분이 있었는데, 사마온공(司馬溫公)이 그의 형 백강(伯康)에게 밥 먹고 나면 "배고프지 않으십니까?"고 하고, 날씨가 조금만 추우면 "옷이 얇지 않으십니까?" 하였듯이 그 형님을 잘 모셨다. 일찍이 형님과 함께 한성(漢城)에 과거보러 갔다가 돌아오는 길에 형님이 병이 났는데, 천민천(天民川)에 이르렀너니 가을비에 개울물이 불어나 있었다. 사람들은 "이 물엔 독충이 있어 사람을 해치기 때문에 건너는 것은 불가하다."고 했으나, 선생은 아무런 동요도 없이 형님을 등에 없고 물을 건넜지만 아무런 일도 없었다.

형님이 일찍이 전염성 열병 때문에 팔공산(八公山)으로 피하였는데도 전염이 되어 거의 위태할 뻔 했으나, 회당공이 달려가서 정성을 다하여 병구완을 하니 차도가 있어 함께 돌아왔다. 형님의 딸아이가 시집갈 때, 회당공이 질녀가 필요한 자재(資材)와 기구를 마련하여 형님이 걱정하지 않도록 했다. 매형이 뜻밖의 재앙을 만나 옥중에 갇혔는데 회당공이 분주히 돌아다니며 하소연하여 매형의 원통함을 바루었으며, 그 매형이 죽으니 장례 및 삼년상까지 모두 치러주었고, 매형의 아들딸을 장가가고 시집가는데도 때를 놓치지 않도록 보살폈다. 장인이 돌아가셨을 때도 관곽(棺槨)을 갖추어서 장사를 지냈다. 친척을 위하여 봉양하고 장사지내는 비용과 의리상 마땅히 해야 할 것은 반드시 스스로 정성을 다했으며, 자기의 힘이 미치지 못함을 생각지 않고 했다. 임금과 스승의 상을 당하여서도 상제와 같은 마음으로 말과 행동을 삼가고 고기반찬이 없는 밥 먹기를 3년이나 했으니, 을사년(1545) 인종(仁宗)이 승하했을 때와 신재(愼齋) 주세붕(周世鵬) 선생이 돌아가셨을 때에 다 그렇게 했다. 무릇 회당공은 사람들과의 관계에 대한 독실함이 이와 같았다.

처음에는 모부인의 명으로 태학(太學)에 유학하였지만, 뜻이 굳고 정밀히 연구하고 힘써 배우되 조금도 게으르지 않았다. 신재 주세붕이 풍기(豊基) 군수로 있으면서 최초로 백운동서원(白雲洞書院)을 세워 인재를 교육하니, 두건 쓰고 도포 입은 선비들이 많이 모여들었다. 회당공도 스승을 처음 뵐 때 바치는 글인 지문(贄文)을 올려 가르침을 청하니, 신재가 빈객(賓客)을 맞이하는 예로써 정중히 대우했다. 며칠을 머문 어느 날, 신재가 논제(論題)를 내어서 여러 유생들에게 시험을 보였는데, 회당공이 지은 바가 남달리 뛰어남을 보고서 그 말미에 「우리 서원에 사람이 있으니, 그 마음이 옥처럼 아름답구나. 하늘이 장차 그대를 옥으로 여기시어, 그에 합당한 녹봉을 거듭 베풀어 주시리라.」고 써 주었다. 그리고 계속해서 우리나라 도학의 계통을 말해 주고, 말과 행동이 서로 맞아야 하는데 쉬지 않고 부지런해야 함을 일렀다. 1년이 지난 뒤 회당공이 집으로 돌아오려니, 신재가 절구시

(絶句詩) 한 수를 지어 주었는데, 「학문은 근원을 스승으로 삼아야 하고, 교분은 예의에 맞도록 하라. 서로 규계함에 오직 이 열 글자라, 무릇 모든 것이 백년의 마음이로세.(爲學師原水, 論交取兒舵. 相規惟十字, 庶悉百年情.)」라 한 바, 신재의 간곡한 심정이 몹시도 깊었다.

회당공이 돌아와서 형님께 말하기를, "우리나라 서원이 죽계(竹溪)에서 시작된 것은 매우 거룩한 일이옵니다. 우리 고을도 어찌 이것을 모방하여 학문 닦을 곳을 만들지 않을 수 있겠사옵니까?" 하였다. 이에, 장천(長川) 위에 터를 잡아서 서원을 창건하려는데, 때가 좋지 않아 완성하지를 못했다. 무진년(1568)에 동지들과 함께 읍재(邑宰 : 현령)에게 그 사유를 아뢰었더니 서원을 준공할 수 있었는데, 수년이 지나서야 완성된 것이다. 묘우(廟宇)를 짓고 의성 고을의 선정(先正 : 선대의 현인) 모재(慕齋) 김안국(金安國) 선생을 봉향(奉享)하니, 이 일이 알려져 조정에서 '장천서원(長川書院)'이라고 사액(賜額)하였다. 회당공이 학문을 일으키고 인재를 육성하여 사문(斯文)을 도운 것은 평소에 가슴에 품었던 것이다. 심지어 업유재(業儒齋)의 설립, 향약(鄕約)의 규약, 족계(族稧)의 친목 등도 윤리를 돈독히 하고 풍속을 바로잡고 후학들을 성취시키지 않는 것이 없었다. 저 굶주린 사람들을 구제하기 위한 임시 구호소에 마음을 쓴 것도 또 회당공이 하찮은 일 떠맡는 것을 번거롭다 여기지 않고 그들을 어루만지며 먹이는 데에 온 정성을 쏟아 부은 것이니, 백성을 사랑하고 만물을 동일하게 대하는 본심이었다.

회당공이 평소 학문에 각고의 노력을 하였으니 경서(經書)·정주서(程朱書)·가어(家語) 등을 깊이 연구하여 널리 통달하고 온 마음을 기울여서 체득하여 일상생활 속에서 보였다. 어버이를 섬기고 형을 공경하는 것, 마음을 바르게 세우고 몸가짐을 단정히 하는 것, 남을 대접하는 것, 자식 가르치고 사람 훈계하는 것이 하나같이 일상적인 규범에 따랐다. 처음부터 억지로 애써서 닦기를 기다리지 않아도 저절로 암암리에 도리에 맞았던 것이다. 심지어 예사로운 편지에도 다 단정하고 엄숙하여 법도가 있었으니,

회당공이 지닌 성정(性情)의 일 단면을 볼 수 있다.

오호라! 효가 모든 행실의 근원인지라, 유약(有若)이 효도와 공경이야말로 인(仁)을 실천하는 근본으로 삼아야 한다면서 '근본이 서면 도가 생겨날 것이라.' 했는데, 회당공이 평소에 행한 바를 보면 어찌 믿어지지 않겠는가. 세상에서 전하기를, 회당공의 효행은 안렴공(按廉公)의 효행에 부끄러울 것이 없다고 한다. ≪시경(詩經)≫에 '하늘은 밝으신지라 그대가 어딜 나가든 함께하신다.'고 했으니, 회당공의 자손들은 의당 번창하리로다. 회당공은 만력(萬曆) 병자년(丙子年 : 1576) 4월 8일에 돌아가셨으니, 향년 61세일러라.

회당공 부인 이씨(李氏)의 부친은 지원(智源)이니 병절교위(秉節校尉)요, 조부는 서(瑞)이니 통례문 통찬(通禮門通贊)이다. 부인은 유순하고 삼가며 순응하고 어김이 없으니, 시어머니 섬기는 35년 동안 회당공과 뜻이 같았다. 집이 가난해도 슬퍼하는 표정이라곤 없고, 남에게 베풀 때에도 꺼리는 기색이 없었다. 만력 계사년(癸巳年 : 1593)에 돌아가셔서 회당공과 합장하였는데, 팔지산(八智山) 회당공 선친 묘소 아래 손좌(巽坐)의 언덕이다.

아들이 둘인데, 장자는 심(忱)이니 사헌부 감찰(司憲府監察)이요, 차자는 흘(仡)이니 좌승지(左承旨)에 증직되었다. 감찰은 5남1녀를 두었으니 아들로 판관(判官) 상도(尙道), 영도(泳道), 지도(志道), 민도(敏道), 사도(師道)이며, 딸은 찰방(察訪) 이정남(李挺南)에게 시집갔다. 승지는 3남3녀를 두었으니 아들로 상운도 찰방(祥雲道察訪) 적도(適道), 홍문관 수찬(弘文館修撰) 달도(達道), 사간원 사간(司諫院司諫) 열도(悅道)이며, 딸로는 사인(士人) 김유엽(金有曄), 봉사(奉事) 임내중(任乃重), 첨정(僉正) 박종경(朴宗敬)에게 각각 시집갔다. 증손(曾孫) 이하는 이루 다 기록하지 않는다.

계묘년(癸卯年 : 1603)에 고을 사람들이 회당공의 효행을 방백(方伯 : 관찰사)에게 알리니, 방백이 조정에 계(啓)를 올려서 부역(賦役)을 면제하는 특전인 복호(復戶)의 명이 내려졌다. 을묘년(乙卯年 : 1615)에 정려(旌閭)가 내려지고 통정대부(通政大夫) 호조참의(戶曹參議)의 증직이 내려졌으며 ≪삼강행실(三綱行實)≫에 등재되었다. 숙종(肅宗) 을축년(乙丑年 : 1685)에 유림들이 장대서원(藏待書院) 경현사(景賢祠)에다 합향(合享)하였다.

회당공의 뜻과 행실은, 회당공의 형님 참봉(參奉) 원복(元福)이 찬한 ≪효우록(孝友錄)≫에 제(題)한 학봉(鶴峯) 김성일(金誠一) 선생의 시에 "종유한지 삼십 년이 되었건마는, 증삼(曾參)이 있는 줄을 내 몰랐었네. 지금 와서 어진 형이 한 일을 보니, 뜻과 행실은 형과 같은 사람 다시없네."라고 했으니, 이에 다시 더할 말이 없다.

금년(1739)에 유림들이 회당공의 유고(遺稿)를 출간하려고 하면서, 공의 지극한 행실과 뛰어난 덕행에 행장(行狀)이 없을 수가 없다고 하여 공의 7세손 용기(龍起)가 여러 사람들의 뜻을 받들어 나 광정(光庭)에게 와서 부탁했다. 나 광정은 늙고 아는 것이 없는데다 또 회당공의 시대로부터 백여 년이나 후세대의 사람이니 그 평생을 자세히 알지 못할 바이거니와, 예전에 용기의 조부 상사(上舍) 염씨(濂氏)와 함께 지낸 터라 회당공의 지극한 행실과 남긴 규범이 아직까지도 자손들에게 미치고 있음은 알고 있었다. 또 편성된 ≪효우록≫은 말을 아꼈으면서도 전말이 갖추어져 있고, 인재공(訒齋公) 최현(崔晛)이 묘지(墓誌)를 지으면서 "사람들은 그의 말에 이의를 달지 못하였도다."라고 하였으니, 최공은 회당공의 평생을 본 분으로써 이렇게 말한 것인즉 그 말은 진실로 후세사람들이 믿을 바이라. 그리하여 또 어찌 행장을 지으려 하느냐며 사양을 하여도 받아들여지지 않아서, 그러한 기록들을 보고 모두 그 말대로 쓰고 장사(葬事)와 묘지(墓地)와 자손록(子孫錄)을 덧보태어서 자손들이 널리 사모하는 뜻에 부응할 뿐이지, 감히 이 글이 장래의 채택에 충분히 갖추어졌다고 여기지는 않는다. 후세의 군자들은 이에 사정을 헤아려 용서하기를 바라노라.

　　　　　기미년(1739) 10월 초하루 후학 평원 이광정이 삼가 짓다.

전해들은 이야기/拾遺

선생은 어머니를 섬김이 지극히 효성스러웠다. 일찍이 들에서 땔나무를 하여 부모님 부엌에 가져다 드리려는데, 어떤 노인이 땔나무를 져 와서 풀어놓으니, 선생은 자신이 한 것이 아니라면서 사양하고 마침내 억지로 주려고 하자 홀연 사라져버렸다.

선생의 부인 이씨(李氏)도 또한 시어머니를 섬김이 효성스러웠다. 시어머니가 연세도 많으시고 이빨도 없으시니, 이씨는 날마다 그 시어머니께 자신의 젖을 먹이기까지 했다. 일찍이 실을 짜서 요를 만들고자 하는데, 어떤 아름다운 여인이 어디서 왔는지 1단(段)을 다 짜고는 가버렸다.

위의 두 이야기는 외예손(外裔孫) 이상정(李象靖) 집안에서 나온 것인데, 이상정의 할머니가 곧 선생의 현손이다. 그 할머니가 이와 같이 전해들은 이야기를 지금 이곳에다 부기하여 보이노라.

* 대산 이상정 선생이 손수 기록한 것이다.

공의 성은 신(申)이요, 이름은 원록(元錄)이고, 자는 계수(季綏)이고, 호는 회당(悔堂)이며, 본관은 아주(鵝洲)이다. 공의 6대 할아버지 우(祐)는 고려 말에 벼슬을 하였으니 전라도(全羅道) 안렴사(按廉使)였다. 이때는 혼탁한 세상이었는데 홀로 청렴과 결백을 지녔고, 효행으로써 정려(旌閭)가 내려졌다. 내부령(內府令)을 지낸 광부(光富), 언양현감(彦陽縣監) 사렴(士廉), 성균관 생원(成均館生員) 석명(錫命)은 공의 증조부요, 조부 준정(俊禎)은 승사랑(承仕郞) 교수(敎授)였다. 아버지 수(壽)는 숨어 살며 벼슬하지 않았지만, 사림들의 매우 두터운 신망을 받았다. 어머니 의흥 박씨(義興朴氏)는 함안군수(咸安郡守) 유창(惟昌)의 손녀요, 승의랑 주부(承議郞主簿) 자검(自儉)의 딸이다.

공은 어려서부터 총명하고 기개가 굳었으며, 돈후한 행실에다 효도와 우애도 억지로 힘써서 하는 것이 아니었다. 공의 부친께서 일찍이 풍질이 있으셨는데 치료하여도 효력이 없었다. 이에 공의 나이가 10여 세였지만 팔공산(八公山)에 올라 손수 약초를 캐어 와서는 유능한 의원의 조제에 따라 달여 올렸다. 밤낮으로 애를 태우며 눈을 부치지 않고 옷의 띠를 제대로 풀지 않은 것이 8년이었다. 기사년(1533) 봄, 공의 나이 18세 때 부친상을 당하여 슬퍼함이 지나치면서도 예를 넘지 않았고, 빈(殯 : 시신을 쌈)에서 장(葬 : 관을 묻음)에 이르기까지 모든 장례 절차를 마음속으로 익혀두었던 듯 그 정성을 다하였으며, 묘 옆에서 여묘살이를 피눈물 흘리며 3년 하니, 사람들은 주(周)나라 때 거상(居喪)을 잘한 '소련(少連)'이라 칭했다.

무술년(1538), 모친의 가르침을 받아 태학(太學)에 유학하고, 그 후로부터 정밀히 연구하려는 뜻을 돈독히 하고, 힘써 익히려는 것에 게으르지 아니 하였다. 일찍이 공의 형님과 함께 한양에서 실시되는 회시(會試)에 과거보러 갔다가 돌아오는 길에, 공의 형님이 학질에 걸려 미처 낫지 않은 채로 길을 나서 천민천(天民川)에 이르니, 마침 가을비에 개울물이 불어나 있었다. 사람들은 "이 물엔 독충이 있어 사람을 해치니, 맨발로 건너서는 아니된다."고 했으나, 공은 형님을 업고 무사히 건넜다.

계묘년(1543) 겨울, 풍기 군수(豐基郡守) 신재(愼齋) 주세붕(周世鵬)이 처음으로 죽계(竹溪)에다 서원을 건립했다. 유생들이 모여들자, 공도 경의를 표하는 글인 지문(贄文)을 가지고 가서 뵈었더니, 신재가 논제(論題)를 내어서 원생(院生)들에게 시험을 보였는데, 공이 지은 글에 비답(批答)하기를, 「우리 서원에 사람이 있으니, 그 마음이 옥처럼 아름답구나. 하늘이 장차 그대를 옥으로 여기시어, 그에 합당한 녹봉을 거듭 베풀어 주시리라.」고 하였다. 이후로는 '어질고 너그러운 도량을 지닌 사람[德器]'이라 칭했고, 계속해서 말과 행동이 서로 맞아야함과 우리나라 도학의 계통을 말하니 부지런할 뿐 조금도 게으르지 않았다. 공이 인사하고 집으로 돌아오려는 날, 신재가 절구시(絶句詩) 한 수를 지었는데, 「학문은 근원을 스승으로 삼아야 하고, 교분은 예의에 맞도록 하라. 서로 규계함에 오직 이 열 글자라, 무릇 모든 것이 백년의 마음이로세.」고 하였으니, 신재가 공을 끔찍이 여겼음은 이와 같았고, 공도 또한 종신토록 마음에 새기고 잊지 않았다.

을사년(1545), 인종(仁宗)의 국상(國喪)을 당하니, 당시 사람들은 군신(君臣)간의 복제(服制)인 의복(義服)을 입었으나, 공은 홀로 거친 밥을 먹고 육식을 하지 아니하며 3년을 마쳤다. 사람들이 간혹 그 까닭을 물으면, 단지 "나에게 공복(功服)이나 시마복(緦麻服)을 입어야 하기 때문이지만, 남들은 알지 못할 것이다."고 대답하였다.

신해년(1551) 봄, 공이 탄식하기를 "세월은 자꾸만 흘러가는데 입신양명(立身揚名)할 기약은 없고, 어머님은 나이가 많아지시는데 좋아하시는 맛있는 음식을 마련해 드릴 수가 없구나. 옛사람은 '집이 가난하고 부모님이 늙었음에 벼슬하여 녹을 받지 않은 것도 불효라.'고 했으니, 내가 장차 웃음거리가 되더라도 아이들을 가르치는 훈도(訓導)로 나가 어버이를 위해 쌀을 등에 지고 오는 효심을 이룰 수 있었으면 좋겠다."고 하였다. 얼마 있지 않아 호남 장수현(長水縣) 학관(學官)에 제수되어서 어머니를 봉양하였다.

계축년(1553), 흉년을 구제하는 정책이 급박하자, 고을 수령인 읍재(邑宰)가 공에게 진휼하는 책임을 나누어 맡기니, 공은 "이는 곧 사람을 구제하는 일이라 어찌 감히 피하려고만 하랴?" 말하고는, 성심을 다해 조치하여 백성들을 살려냈다.

갑인년(1554), 신재 주세붕 선생의 부음을 듣고는 좇아가서 애도하고 이어서 심상(心喪 : 상복은 입지 아니하지만 상제와 같은 마음으로 상을 치르는 것)을 3년 했다. 공은 죽계(竹溪)로부터 돌아와서 형님께 이르기를, "풍천(豐川)에 서원이 세워진 것은 매우 거룩한 일이온데, 우리 고을도 학문 닦을 곳을 만들지 않을 수 있겠사옵니까?" 하고는, 고을의 동지들과 서원을 세우기로 하고, 장천(長川) 위에 터를 잡고 정당(正堂) 10여 칸을 지으려 했으나 시국이 좋지 않아서 다 짓지 못했다. 무진년(1568) 가을에 이르러서 이런 사정을 고을 수령 읍재(邑宰)에게 아뢰니, 고을 수령이 그 일을 오로지 맡아서 새벽부터 밤까지 있는 힘을 다한 지 2년 만에 공사를 마치고 사당[祠廟]을 세워서 고을의 선정(先正)이신 모재(慕齋) 김안국(金安國)을 봉안하였다. 관찰사가 이 사실을 조정에 알려 '장천(長川)'이라는 편액이 내려졌다. 서원 짓는 일에 성실하고 후학을 정신케 하여 사문(斯文)을 호위한 것은 공의 평소 뜻이었다.

경신년(1560), 원근의 촌수가 먼 일가붙이들과 계모임을 조직하여 신의와 친족 간의 화목에 대해서 강론했으며, 또 의흥 현감(義興縣監) 유희잠(柳希潛)과 향약의 규약을 의논하여 정하였는데 봄과 가을이면 예법(禮法)를 강론하였고, 형님의 딸아이가 시집갈 때 필요한 혼수품을 부지런히 갖추어

형님 댁에서 수고를 하지 않도록 했으며, 매형의 장례를 홀로 준비하여 치
렀고 친히 사람을 골라서 매형의 4남1녀를 시집보내는데 때를 놓치지 않
았으니, 무릇 먼 친족의 혼인이나 상례를 치르는데도 이와 같았다.

　일찍이 벽에다 글을 써 부치기를, 「무거운 물건을 지고 먼 곳으로 갈 때
면 땅의 좋고 나쁨을 가리지 않고 쉬게 되고, 집이 가난하고 부모님이 늙
었을 때면 봉록의 많고 적음을 가리지 않고 관리가 된다.」고 하였으니, 공
이 전후로 학관(學官)에 제수되어 나아간 것은 모두 어머니를 위해 공의 뜻
을 굽힌 것이었다. 그 어머니가 나이가 들어 노쇠해지자 오로지 아침저녁
으로 문안하기 위해서 멀리 출입한 적이 없었다. 어머니 마음을 기쁘게 할
수 있는 것이면 마음을 쓰지 않음이 없었는데, 여러 가지 기이한 화초들을
심어놓고 매양 좋은 계절이면 어머니를 모시고 형님을 모셔와 연친곡(宴親
曲) 8수를 지어서 부르며 술잔을 올렸으니, 부모를 오래 모시고 싶어 세월
이 가는 것을 애석히 여기는 지극한 효성[愛日之誠]을 나타내고, 형제들끼
리 천륜의 즐거움[天倫之樂]을 펴다가 절구시(絶句詩) 한 수를 지었다. 「시름
겨운 생애 원망도 탄식도 말자, 우리 집의 일락(一樂)은 가장 자랑일러라.
칠순의 우리 형제가 색동옷을 입고서, 백세 어머니 기쁘게 하는 집 얼마나
될꼬.」 하였는데, 이때 어머니의 연세가 90여 세이었다. 어머니를 후하게
한 사람은 반드시 후하게 대했으며, 음식을 올릴 때면 반드시 2품(品)을 갖
추는데 맛 좋은 것을 골라서 드렸고, 남기는 것이 있으면 모친께 주시고
싶은 곳이 있는가를 여쭈어서 주었으며, 어머니가 입으셨던 속옷은 조그
만 나무통을 만들어 거기에 담아두었다가 반드시 손수 애벌빨래를 하고난
다음에야 남에게 빨게 했으며, 변기도 또한 반드시 손수 씻었지 남에게 시
키지 않았다. 어머니의 병이 깊어가니 밤낮으로 허둥지둥 어쩔 줄 몰랐지
만 병상의 요가 조금이라도 편안하지 않으면 더욱 두텁게 깔아드렸는데
간혹 흰 솜이나 보드라운 털로 깔아드리기도 하여 편안케 모시는데 힘썼
다. 어머니의 피부가 썩어 문드러질까 염려하여 몸소 두꺼운 옷을 입고 어

머니를 안고서 모시기를 날로 더욱 정성껏 하니, 그 어머니께서 "내가 훌쩍 죽지를 않아 너를 힘들게 하는구나. 누가 너의 이러함을 알겠느냐?"고 말했다. 그러자 공은 걱정스런 말로 "진실로 자식의 본분이거늘 이 어인 말씀이옵니까? 비록 천년만년 사신다 하여도 오히려 부족하온데 무슨 힘든 것이 있겠사옵니까?"고 했다. 을해년(1575), 어머니의 병세가 날로 위독해지자, 대변을 맛보고는 돌아가실 줄 알고 울음을 삼키며 하늘에 기도하였으며, 음식이 목구멍으로 넘어가지 않았다.

모친상을 당해서는 백세까지 장수하지 못하고 갑작스럽게 돌아가심이 끝없는 슬픔인지라, 장례를 치르는 일을 평소에 마음속으로 익혀두었던 대로 집이 가난하여 아무것도 없었지만 미리 다 갖추어놓고는, 형님과 누이에게 미치지 않도록 하고 예법에 맞도록 힘써서 유감이 없게 했다. 제전(祭奠)에 올리는 것을 몸소 장만하였고, 채소 국물조차 입에 가까이 하지 않으며 오직 미음이나 보잘것없는 음식만 먹을 뿐이었다. 일찍이 그려둔 어머니 영정을 이때 영위(靈位)를 모시어 놓는 궤연(几筵)에 걸어 놓고서 아침저녁으로 절하며 곡(哭)하는데, 마치 곁에서 모시듯이 정성을 다하였다. 매일 세 번씩 묘를 살피는데 주위를 돌며 슬프게 곡(哭)하기를 비가 오나 눈이 오나 그치지를 아니하였다. 자제들이 울며 간하니, 공은 "목숨은 태어날 즈음에 하늘로부터 부여받은 것이라 하였나니, 어찌 이렇게 한다고 해서 죽기야 하겠느냐?"고 했다.

병자년(1576) 3월, 공은 병을 얻어 위중해졌지만 어머니 영전에 곡하고 제시히는 의식만은 조금도 폐하지 않다가 4월 7일에 이르러서 말하기를, "내일은 관등절(觀燈節)이니 별전(別奠 : 임시로 지내는 제사)을 차려야겠다."고 하면서, 장미화(薔薇花)를 꺾어오도록 하고 그것을 몸소 제전에 올리고자 부축을 받아 일어나서 세수하려는데 병이 갑자기 크게 악화되어서 이미 어떻게 해볼 수가 없었다. 부인이 살피려 찾아오자 "여묘살이 하는 곳은 아낙네가 오는 곳이 아니거늘, 어찌하여 오셨단 말이오?" 했다. 뒷일에 대해 물어도 아무런 대답을 않더니, 다만 "어머니의 영정을 내 관 옆에다 걸어두시오. 내 장차 지하에서라도 받들어 모셔야겠소."라 하였다. 8일 유시(酉時 : 오후 5~7시)에 죽고 말았다.

오호라! 사람이 이 세상에 태어나면서 어느 누군들 타고난 성질이 어질고 착하지 않으랴. 어느 누구라도 사람의 본분으로 당연히 해야 할 일이 아니랴만, 부모에 대한 효도와 형제에 대한 우애를 온전히 행하는 자는 거의 드물다. 공은 타고난 자질이 이미 남들과 달라서 일찍부터 실천하는 학문을 알았으며, 효도하고 또 우애하는데 나이가 들어서도 더욱 독실하였다. 남달리 특별한 행동을 하지 않고 일상생활에서 행하는 도리만을 취하여도 그 마음가짐과 행실은 방정(方正)하였고, 사람과 사물을 대하는 태도가 성실하였다. 자식을 가르치는 데는 의리에 입각하고 사람을 훈계하는 데는 공손과 공경으로써 하였으니, 마음속에 지녔던 것은 어짊[仁]이고 겉으로 드러난 것은 관대함[恕]이었다. 견고(堅苦 : 전일하게 하여 애써 노력함)하고 독실한 뜻은 부지런히 힘쓰느라 세월 가는 줄 몰랐다. 이런 것들은 타고난 자질이 참으로 아름다워 자연히 도리에 합당한 것이지, 처음부터 어찌 억지로 애써서 닦기를 기다려서 된 것이랴.

돌아보건대, 오늘날 덕 있는 자를 알아주는 자가 드물어서 이름이 세상에 드러나지 않았으나, 사람들이 알아주건 알아주지 않건 공에게야 무슨 손상이 되겠는가. 하물며 부모에 대한 효도와 형제에 대한 우애가 모든 행실의 근원임에랴. 공은 사람들이 알아주지 않는 곳에서도 힘써 행하여 능히 안렴공(按廉公)의 훌륭한 자취를 이어서 가풍을 세웠으니, 군자가 재주가 많아야 하랴. 이야말로 후세에 모범이 될 만한 것이다.

공은 정덕 병자년(1516) 12월 20일에 태어나 만력 병자년(1576) 4월 8일에 죽었으니 향년 61세였다. 6월 어느 날, 팔지산(八智山)의 부친 묘소 아래 손좌(巽坐)의 자리에 장사를 지냈다. 부인 성산이씨(星山李氏)는 대제학 견간(堅幹)의 후손이요, 사간원 정언 맹전(孟專) 증손녀이다. 할아버지는 통덕랑

(通德郎) 통례문 통찬(通禮門通贊) 서(瑞)이고, 아버지는 병절교위(秉節校尉) 지원(智源)이다. 공과 함께 같은 해에 태어났고, 유순하고 착하여 삼가며 공의 뜻을 잘 받들었다. 집이 가난해도 슬퍼하는 표정이라곤 없고, 남에게 베풀 때에도 꺼리는 기색이 없었다. 시어머니 섬기는 35년 동안 효성스런 마음 또한 지극히 순수하였다. 만력 계사년(1593)에 죽어서 공의 묘에 합장하였다. 후에 공은 통정대부 호조참의(戶曹參議)에 증직되었으며, 부인도 또한 숙부인(淑夫人)에 증직되었다.

두 아들을 낳았는데, 장자는 심(伈)이니 사헌부 감찰(司憲府監察)이요, 차자는 흘(仡)이니 통정대부(通政大夫) 승정원 좌승지(承政院左承旨)에 증직되었다. 감찰은 5남1녀를 두었으니, 장남 상도(尙道)는 판관(判官)이고, 장녀는 찰방(察訪) 이정남(李挺南)에게 시집갔으며, 그 다음으로 영도(泳道), 지도(志道), 민도(敏道), 사도(師道)이다. 승지는 3남 3녀를 두었으니, 장남 적도(適道)는 상운도 찰방(祥雲道察訪)이고, 차남 달도(達道)는 홍문관 수찬(弘文館修撰)이고, 삼남 열도(悅道)는 병조 정랑(兵曹正郎)이었는데 진사시와 생원시에 연속적으로 합격하여 조상들의 가르침을 이었고, 장녀는 사인(士人) 김유엽(金有曄)에게 시집갔고, 차녀는 봉사(奉事) 임내중(任乃重)에게 시집갔고, 삼녀는 첨정(僉正) 박종경(朴宗敬)에게 시집갔다. 증손은 40여 명이나 되었다. 아! 하늘이 장차 이로써 갚으려는 것인가. 이씨는 곧 나의 이모이시다. 공의 아름다운 행실이야 이미 자상히 알고 있었다. 또 공의 형님이 찬한 가장(家狀)을 보니 한 글자라도 넘치게 찬미한 것이 없는지라, 이른바 부모나 형제의 말이라도 사람들이 흠잡아 비난할 것이 없었다. 마침내 대강 덧보태거나 삭제를 가해서 묘지(墓誌)로 삼는 바이다.

1635년 11월 통정대부 전 강원도관찰사 병마수군절도사 겸 순찰사
최현 삼가 짓다.

묘표/墓表

  공의 이름은 원록(元祿)이고, 자는 계수(季綏)이며, 호는 회당(悔堂)으로, 본관은 아주(鵝洲)이다. 고려 때 판도판서(版圖判書) 윤유(允濡)는 청렴하고 직간하는 선비로 이름이 났다. 그 아들 안렴사(按廉使) 우(祐)는 효로써 정려(旌閭)가 내려졌으니 공과는 7세 사이이다. 증조부 석명(錫命)은 성균관 생원이고, 조부 준정(俊禎)은 종사랑 교수(從仕郞敎授)이다. 부친 수(壽)는 숨어 살며 뜻을 구하여 여러 차례 불러도 나아가지 않았는데, 신재(愼齋) 주세붕(周世鵬) 선생이 그의 묘지(墓誌)를 썼다. 모친 의흥 박씨(義興朴氏)는 군수(郡守) 유창(惟昌)의 손녀요, 주부(主簿) 자검(自儉)의 딸이다.

  공은 어려서부터 총명하고 의지가 굳었으며 효도와 우애는 천성에서 나왔다. 부친이 병에 걸렸을 때, 공은 나이가 11세였지만 팔공산(八公山)에 올라 손수 약초를 캐어 와서는 유능한 의원의 조제에 따라 달여서 올렸다. 옷의 띠를 제대로 풀지 않고, 약 달이는 화로를 껴안고 밤을 새운 것이 8년이나 되었다. 부친상을 당해서는 상례(喪禮)의 합당한 예법과 애통해 하는 마음 등이 모두 갖추어졌으며, 여묘살이 3년을 하였다.

  모친을 섬기는데 곁에서 어머니의 뜻을 조금도 어기지 않았다. 일찍이 양로당(養老堂)을 지어 놓고는 날마다 아침저녁으로 문안하고, 따뜻하고 서늘한가를 살펴드렸다. 연친곡(宴親曲) 8수를 지어서 매양 좋은 계절이면 노래를 부르며 술잔을 올렸는데, 이때 모친의 나이가 90여 세였다. 순종하며 받들어 모시는 것이 극진하지 않음이 없었으니, 모친의 속옷은 반드시 손수 애벌빨래를 하였고, 변기도 또한 친히 씻었지 남에게 맡기지를 않았다.

모친이 병으로 자리에 눕자, 공은 밤낮으로 허둥지둥 어쩔 줄 몰랐지만 흰 솜이나 보드라운 털로 두텁게 깔아드려서 앉거나 누울 때면 편안케 하였으면서도 오히려 불편할까 염려하였다. 몸소 두꺼운 옷을 입고 어머니를 안아서 모시기를 날로 더욱 정성껏 하니 어머니가 그 수고로움을 안타까워하자, 공은 몸 둘 바를 모르면서 "자식의 본분으로 정녕 그리해야 하옵니다." 하였다. 일찍이 대변을 맛보고는 돌아가실 줄 알고 밤마다 하늘을 우러르며 기도하였으나 끝내 돌아가셨다. 공은 이미 몸을 손상할 나이가 지났는데도 가슴을 두드리며 몸부림치고 울부짖는 것이 부친의 상을 당했을 때처럼 똑같이 하였다. 이때 일찍이 그려둔 모친의 영정을 궤연(几筵)에 걸어 놓고서 아침저녁으로 곡(哭)하며 절하였다. 오직 보잘것없는 음식이나 미음만을 먹을 뿐, 채소 국물조차 입에 대지 않기를 거의 1년이나 하였기 때문에 수척한 채로 서 있었다. 자제들이 채소와 양념으로 입맛을 돋우는 음식을 드리니, 이에 공은 "몸을 손상할지라도 목숨을 잃는 데까지는 이르지 않도록 하라는 옛사람의 경계가 있거늘, 내가 어찌 스스로 헤아리지 않고 하겠느냐?"고 하였다. 이때에 이르러 병이 더욱 심해지자 부인이 찾아뵈러 오니, 손을 내저어 물리치며 "부인이 어찌 여묘살이 하는 곳에 가까이 온단 말이오?" 했다. 집안일에 대해 물어도 아무런 대답을 않더니, 다만 "내가 불효를 한 데다 마지막 보내드리는 삼년상조차 치르지 못하니, 어머니의 영정을 내 관 옆에다 걸어두시오. 내 장차 지하에서라도 받들어 모셔야겠소."라 하였다.

공은 젊어서부터 신재(愼齋) 주세붕(周世鵬), 퇴도(退陶) 이황(李滉), 남명(南冥) 조식(曹植), 세 선생의 문하에 출입하며 학문하는 큰 방도를 들었다. 또 월천(月川) 조목(趙穆), 소고(嘯皐) 박승임(朴承任), 금계(錦溪) 황준량(黃俊良) 등 제현(諸賢)과 이해관계를 따지지 않고 도의(道義)로 사귀는 친구가 되어 절차탁마(切磋琢磨)하는 것을 서로 도왔다. 신재 선생이 일찍이 풍기 군수(豐基郡守)로 있으면서 소수서원(紹修書院)을 창건하자, 공도 경의를 표하는 글인

지문(贄文)을 가지고 가서 알현하였다. 신재 선생은 공이 지은 글을 보고서 비답(批答)하기를, 「우리 서원에 사람이 있으니, 그 마음이 옥처럼 아름답구나. 하늘이 장차 그대를 옥으로 여기시어, 그에 합당한 녹봉을 거듭 베풀어 주시리라.」고 하고는, 계속해서 말과 행동이 서로 맞아야함과 우리나라 도학의 계통을 말했고, 서로 헤어질 때는 시를 지어주며 권면하였으니, 신재가 공을 끔찍이 여겼음은 이와 같았다.

공은 이미 도를 품었지만 세상에 쓰이지 못하자, 개연히 윤리를 돈독히 하고 학문을 일으키는 뜻을 품더니, 향약(鄕約)을 세우되 도산(陶山)의 규칙을 좇았으며, 서원(書院)을 창건하되 소수서원(紹修書院)의 제도를 모방하였다. 또 일가붙이들과 계모임을 조직하여 달마다 여는 모임에서 신의와 친족 간의 화목에 대해서 강론하니, 옛날 당(唐)나라의 위장(韋莊) 집안이 남긴 뜻이 그대로 있었다. 일찍이 세 번이나 훈도(訓導)로 나간 것은 어머니를 위해 공의 뜻을 굽힌 것이었으나 성취케 한 사람이 많았다.

대체로 공은 나면서부터 아름다운 자질을 지녔고 친히 도(道)를 지녔으면서도, 뜻을 독실하게 갖고 힘써 배워 덕을 이루었다. 평소에 남달리 특별한 행동을 하지 않고 다만 일상생활에서 행하는 도리만을 취하여도 자기 분수를 지극히 다하는지라, 형제와 남매간에는 우애가 지극히 돈독하였다. 공의 형님이 팔공산에 피하여 있었음에도 전염병이 들자, 공은 달려가서 병구완을 하였고 차도가 있어서 함께 돌아왔으며, 누이가 일찍 과부가 되어 의지할 데가 없었는데 그 자녀들을 거두어 가르쳐서 시집보내고 장가들이며 때를 놓치지 않았다. 장인이 돌아가셨을 때도 관곽(棺槨)을 갖추어 도리와 예의를 다하였다. 무릇 어려운 처지에 있는 이들을 구제하기 위해 의리상 마땅히 해야 할 것과 관계되는 것이면 궤짝을 기울일지라도 상관하지 않았던 것이다. 자제들을 가르치는 데는 규모가 근엄하였고, 일가친척을 대우하는 데는 의리를 생각함이 두루 미치도록 하였고, 집안사람들을 거느리고 이웃을 대하는 데는 성실과 믿음으로써 하였다. 한 마디의 말과 한 가지의 행동에 이르기까지 혼연히 평탄하고 절실하여[平實] 억지로 애써서 닦으려는 뜻이 없었다. 학문의 힘은 비록 속일 수 없지만 그 근원을 따져 보면 어버이 섬기기를 정성으로써 하는데 근본한 것이니, 이 어찌 '근본이 서면 도가 생겨날 것이라.'고 일컫은 것이 아니랴. 을사년 (1545) 인종(仁宗)의 국상(國喪) 때 거친 밥을 먹고 육식을 하지 아니하며 3년을 마쳤고, 스승들의 상(喪)을 당했을 때도 심상(心喪)하면서 가마(加麻: 두건에 가는 삼끈으로 테두리를 두르거나 허리에도 띠를 두르는 것)를 했다.

공은 정덕 병자년(1516) 12월 20일에 태어나 만력 병자년 4월 8일에 죽었다. 부인 성산이씨(星山李氏)는 정언(正言) 경은(耕隱) 선생 맹전(孟專) 증손녀요, 병절교위(秉節校尉) 지원(智源)의 딸이다. 공보다 한 살이 적은데, 만력 계사년(1593) 3월 18일에 죽어서 의성 팔지산(八智山) 선영 아래 있는 공의 묘에 합장하였다. 고을 사람들이 공의 부모에 대한 효도와 형제에 대한 우애 및 도덕과 학문을 조정에 아뢰어 줄 것을 청하니, 정려(旌閭)가 내려지고 호조참의(戶曹參議)에 증직되고 장대서원(藏待書院)에 봉안되었다.

두 아들을 낳았는데, 장자는 심(伈)이니 감찰(監察)이요, 차자는 흘(伦)이니 좌승지(左承旨)에 증직되었다. 감찰은 5남1녀를 두었으니, 장남 상도(尙道)는 판관(判官)이고, 장녀는 찰방(察訪) 이정남(李挺南)에게 시집갔으며, 그 다음으로 영도(泳道), 지도(志道), 민도(敏道), 사도(師道)이다. 승지는 3남3녀를 두었으니, 장남 적도(適道)는 찰방(察訪)이고, 차남 달도(達道)는 수찬(修撰)이고 도승지(都承旨)에 증직되었으니 곧 나의 증조부라, 삼남 열도(悅道)는 사간(司諫)이었다. 장녀는 김유엽(金有曄)에게 시집갔고, 차녀는 봉사(奉事) 임내중(任乃重)에게 시집갔고, 삼녀는 첨정(僉正) 박종경(朴宗敬)에게 시집갔다. 내외의 증손 이하는 다 기록하지 않는다.

연대가 차츰 멀어짐에 따라 집안이 대대로 빈한하여 아름다운 덕이 끝내 없어질까 몹시 두렵고 또 무덤자리를 분별하지 못할까 염려하였다. 그리하여 여러 후손들이 비석을 세우서 무덤을 표지(表識)하기로 합의하여서 인재(訒齋) 최현(崔晛)이 지은 묘지문(墓誌文) 및 집안에서 소장하고 있던 <효우록(孝友錄)>과 <사우록(師友錄)> 등을 삼가 참고하고 그 대강을 모아 새기노라.

1705년 3월 5대손 진사 덕함(德涵) 삼가 기록하고 아울러 쓰다.

속삼강행실 / 續三綱行實

훈도(訓導) 신원록(申元祿)은 의성현(義城縣) 사람으로 고려조의 효자 신우(申祐)의 후손이라. 11살 때 아버지가 병이 나자 산[八公山]에 올라 몸소 약을 캐어 와서는 의원의 조제에 따라 달여 올렸다. 눈을 제대로 부치지 않고 옷의 띠를 제대로 풀지 않은 것이 8년이나 되도록 게으르지 않았다. 부친상을 당하여 여묘살이를 하고 홀어머니를 40년 동안 조양하는데, 어머니의 마음을 기쁘게 해드리는 것에 힘써서 연친곡(宴親曲) 8수를 지었다. 어머니가 병이 들자 대변까지 맛보았고, 돌아가시자 슬퍼하고 가슴 아파했다. 계절을 가리지 않고 하루에 세 번씩 묘에 올랐으며, 일찍이 그려둔 어머니의 영정을 궤연(几筵)에 걸어두고서 아침저녁으로 곡(哭)하며 절하였다. 그리고 "내가 죽은 후에 어머니의 영정을 내 관 옆에다 걸어두어라. 내 마땅히 지하에서라도 어머니를 받들어 모셔야겠다."고 말했다. 인종(仁宗)의 국상(國喪) 때는 거친 밥을 먹고 육식을 하지 않기를 3년 동안 했다. 그의 스승 주세붕이 죽자, 또한 심상(心喪)을 3년 동안 했다. 지금의 임금 때에 와서 정려(旌閭)가 내려졌다.

신원록(申元祿)은 고려조의 효자 우(祐)의 후손으로 호는 회당(悔堂)이다. 이황(李滉)과 주세붕(周世鵬)의 문하에 출입하며 위기지학(爲己之學)을 터득했다. 천성이 지극히 효성스러웠는지라, 겨우 11살 때 아버지가 병이 나자 산에 올라 약초를 캐어 와서는 의원의 조제에 따라 달여 올렸고, 돌아가시자 여묘살이 3년을 했다. 어머니를 섬김에는 마음을 기쁘게 해드리는 데 힘써서 일찍이 연친곡(宴親曲) 8수를 지어, 부모를 오래 모시고 싶어 세월이 가는 것을 애석히 여기는 지극한 효성을 나타냈으며, 돌아가시자 또한 여묘살이를 하면서 슬퍼하여 몸이 몹시 여윈 것이 병이 되어 죽었다. 가정(嘉靖) 을사년(1545) 인종(仁宗)의 국상(國喪)을 당하여 홀로 거친 밥을 먹고 육식을 하지 아니하면서 3년을 마쳤으며, 스승들의 상을 당하여서도 또한 3년 동안 심상(心喪)하면서 가마(加麻 : 두건에 가는 삼끈으로 테두리를 두르거나 허리에도 띠를 두르는 것)를 했다. 이러한 일들이 《속삼강행실(續三綱行實)》에 실렸으며, 조정의 명으로 정려(旌閭)가 내려졌고, 호조참의(戶曹參議)에 증직되었다. 유집(遺集 : 죽은 사람이 생전에 써서 남긴 원고를 모아 묶은 책)이 세상에 간행되었고, 장대서원(藏待書院)에 배향되었다.

제묘문/祭墓文

지현 안응창

※ 역자주 : 1656년(효종 7) 9월 회당공의 묘에 제사지낸 글이다.

안렴공(按廉公)의 아득한 핏줄이시자	按廉遠冑
처사공(處士公)의 아름다운 아들로서	處士胤子
어려서부터 가훈을 마음속에 간직하시고	夙佩庭訓
젊어서부터 선조의 남긴 뜻을 이어나가심에	早述先志
온갖 행실의 근원인 효를 돈독히 하시니	敦百行源
그 집안의 아름다움을 이어받으셨도다.	趾乃家美
유검루(庾黔婁)처럼 대변을 맛보며 병수발 하시다	黔婁奉疾
고자고(高子皐)처럼 피눈물 흘리며 모친상 치르셨고,	高子執喪
죽으실 때까지 모친의 영정을 걸어놓고	晚揭慈眞
마치 곁에 계시는 듯이 그리는 정성을 붙이셨도다.	寓如在誠
물가에 이르렀을 때 독충이 있다 하여도	臨水遇毒
형님을 업으시고 냇물을 건너셨도다.	負伯涉川
효도와 우애에서 근본하셨을 뿐	本孝以悌
공이 어찌 힘써서 하신 것이리오.	公何勉焉
임금의 상(喪)에 부모의 상처럼 복제를 입으시고	方喪盡制
육식 하지 않고 거친 밥 먹기를 3년 하셨음은	食素三年
부모에 대한 효심으로 임금에게 충성하신 것이니	移孝爲忠
공에게는 자연스러운 바이셨도다.	公所自然
관혼상제(冠昏喪祭)에 꼭 써야할 물품은	昏喪需用

먼 일가붙이의 것이라도 다 갖추어 주셨으니　　　　宗族咸資

다 효심을 미루어 미치신 것으로　　　　皆孝之推

공에게는 익숙하신 것이셨도다.　　　　公則安之

풍모를 듣고 존경심이 절로 일어나　　　　聞風起敬

변변치 못한 제물을 드리노니　　　　庸奠菲薄

혼령이여 만약 계신다면　　　　不昧者存

부디 오셔서 올리는 잔 흠향하소서.　　　　庶幾歆格

장대서원 봉안문/藏待書院奉安文

이현일

※ 역자 주 : 항재(恒齋) 이숭일(李嵩逸)은 〈문소향사봉안문(聞韶鄕社奉安文)〉에서 갈암 이현일을 대신하여 〈장대서원 봉안문〉을 자신이 지었음[代葛庵兄作]을 밝히고 있다. (≪항재선생문집(恒齋先生文集)≫ 권5 제문)

지극한 성품은 하늘이 준 것이라	至性天全
억지로 힘써 기다리지 아니해도	不待勉强
부모가 살아계실 때나	事生之節
정성껏 장례를 치를 때	送終之誠
사람들이 조금도 흠잡을 수 없었고	人無間然
증삼(曾參)의 효에 견줄 만하였도다.	可也參孝
근본이 이미 섰으니	本旣立矣
일마다 근원을 만나며	隨事逢源
집안에서 도탑게 행한 효가	行惇于家
남에게까지 미쳤도다.	善推於外
잠깐일지언정 한미한 벼슬에 응하여	乍就微祿
쌀을 짊어지고 오려는 뜻 이루고	負米之心
온 정성 다하여 굶주린 이 구휼하니	竭誠賑飢
사람 구제하려는 뜻 이루었도다	濟人之惠
처음 공경하는 글 들고서	贄文往謁
신재(愼齋) 선생 찾아가 뵈옴에	愼齋之門
여러 차례 격려와 칭찬 받았고	屢蒙賞嗟
덕 있는 그릇이라 인정받았으니	許以德器

정밀히 연구하고 힘써 배워야 하며 研精篤學
말과 행동이 서로 맞아야 한다고 하자 言行相符
은덕을 흠씬 입고 돌아와서는 飽德來歸
종신토록 마음에 새겼도다. 佩服終始
민망히 여겼어라, 우리 후학들이 閔我後學
학문 닦을 곳이 없음을. 無處藏修
이에 드러나지 않게 慇斯勤斯
서원을 끝내 세우셔서 庠塾之事
후진들을 권면하였으니 勉勗後進
사문을 호위하였도다. 以衛斯文
끼친 은택이 인간 세상에 남아 遺澤在人
100년이 어제인 듯 百歲如昨
고인이 되셨어도 더욱 더 沒世愈久
덕을 우러름이 깊어지나이다. 仰德滋深
저 언덕에 올라 돌아봄에 睠彼崇阿
엄연한 사당의 모습 있는지라 有儼廟貌
길한 날짜를 택하여 日辰之吉
영령을 편안히 모시었도다. 于以安靈
젊은 서생들이 모여들어 靑衿鼎來
나란히 제기 차려 놓나니 籩豆有楚
천년 세월 변함없이 千秋無替
우리들의 향기로운 제물 흠향하소서. 歆我馨香

상향축문 / 常享祝文

이유장

마음에 효도와 우애를 품고	心存孝弟
배우고 실천함에 힘썼도다.	學務踐實
겉과 속이 일치하였으니	表裏相符
사나 죽으나 유감이 없도다.	無憾存歿

풍영루 상량문/風詠樓上樑文

홍만조

온 우리 고을사람들에게 공경하고 본받을 분들이 있어 제수(祭需)를 이미 차려놓고 의식을 거행하였다. 많은 선비들이 의지할 스승을 만나서는 이에 새 누각의 건물을 지었으니, 도는 실추되지 않을 것이고 우러러볼수록 더욱 높아질 것이다. 돌아보건대, 이 사당에 영령들을 모신 것은 진실로 현인을 본받고자 하는 아름다운 뜻에서 나온 것이다. 회당(悔堂) 신원록(申元祿 : 1516~1576)과 오봉(梧峯) 신지제(申之悌 : 1562~1624) 같은 분은 학문과 효우가 모두 이름깨나 날린 사람들[名家]보다 뛰어났으며, 또한 송은(松隱) 김광수(金光粹 : 1468~1563)와 경정(敬亭) 이민성(李民宬 : 1570~1629) 같은 분은 실천과 문장이 나란히 앞 시대에서 칭송되었다. 전해오는 풍도가 아직도 완연히 그대로 남아 있어서 우리 고향의 음덕(陰德)으로 이어지는지라, 후학들이 오래도록 추모하여 향기로운 제사를 다 함께 올린다.

풍속을 가다듬는 방도는 여기에 힘입음이 있었을 것이고, 아마도 학업을 익히는 선비들은 이에 제 자리를 얻었을 것이다. 다만 유림(儒林)들이 애쓰지 않은 연유로 아직까지 서루(書樓)가 뒤이어 완성되지 않았다. 이 누각에 올라 멀리 바라보나니 이전에는 관물(觀物)할 곳이 갖추어져 있지 않았었는지라, 선비들이 이곳에 들어오게 되면 어찌 머물려는 기쁨을 얻었으랴.

그리하여 선비와 벼슬아치들이 계책을 합하고 한 목소리를 내자, 그 옛날 유명했던 노반(魯般)과 공수(工倕) 같은 뛰어난 장인(匠人)들이 일을 맡아 온갖 재주를 다 쏟았다. 그러자 산허리에 가파른 곳의 반을 파낸 데에는 풀이 무성히 우거질 조용한 뜰이 생겼고, 높게 매달려 있는 현판을 맘껏 볼 수 있는 덴 단청(丹靑)이 찬란한, 나는 듯한 누각이 있도다. 산봉우리는 빙 둘러 있어 마치 머리 숙여 읍(揖)한 듯하고, 난간과 마루는 높고 탁 트여서 실로 바르고 큰 모습을 드러내었다. 상상노니, 백년 이후에도 문득 지금의 시내와 언덕이 더욱 빛남을 깨닫게 되면, 손가락으로 가리키는 곳마다 짚신에 죽장을 짚고 머무르지 않은 곳이 없으리라.

이른바 땅은 사람으로 인해서 명승(名勝)을 떨친다고 하거늘, 하물며 이름과 뜻이 서로 부합하는 곳임에랴. 학문을 닦고 때를 기다리는[藏而待之] 이곳은 바로 우리 모두가 스스로 힘써 몸과 마음을 가다듬어야 할 곳이요, 도가 있는 곳으로 곧 스승이 있는 곳이다. 어찌 다만 문인(門人)들이 스승에게 친히 배울 때만, 높은 곳에 오르려면 낮은 곳에서 출발해야 함을 쌓아가야 할 가르침으로 마땅히 생각할 것이며, 남과 비교하려면 똑같은 기준에서 해야 함은 어찌 그 경중(輕重)의 구분을 살피지 않아도 될 것이랴. 비단 읍인(邑人)들만 우러러볼 뿐이 아닌지라, 문풍(文風)을 진작하고자 하여 이에 좋은 날을 가려서 장차 긴 대들보를 올리려 하였다.

재주는 실로 영인(郢人)에게 부끄럽고, 뛰어난 소리가 부족하다 할지라도 송(頌)은 적이 진(晉)나라의 장로(張老)를 본받고자 하였지만 훗날의 기롱이나 면할 수 있었으면 좋겠다.

<table>
<tr><td>들보 저 동쪽에 떡을 던지노라.</td><td>抛樑東</td></tr>
<tr><td>망망한 들판에 사방이 훤히 트였네.</td><td>茫茫原野四望通</td></tr>
<tr><td>좌우엔 서책 비치하였으나 도무지 일이 없으니</td><td>圖書左右渾無事</td></tr>
<tr><td>때마침 책상머리엔 한 줄기 바람소리일러라.</td><td>時有床頭一陣風</td></tr>
<tr><td>들보 저 서쪽에 떡을 던지노라.</td><td>抛樑西</td></tr>
<tr><td>앉아서 석양빛이 산자락으로 지는 양을 보네.</td><td>坐看殘照下山低</td></tr>
<tr><td>사람들아 황혼이 다가옴을 말하지 말라</td><td>傍人莫道黃昏近</td></tr>
</table>

현관을 깨치면 길을 헤매지 않으리라. 　　透得玄關路不迷

들보 저 남쪽에 떡을 던지노라. 　　抛樑南

온화한 기운이 잡목 무성한 솔 삼나무에 성대하네. 　　藹然和氣蒲松杉

원룡의 백척루(百尺樓)처럼 공중에 솟았으니 　　元龍百尺空中起

월굴과 천근을 앉아서도 살펴볼 수 있네. 　　月窟天根坐可探

들보 저 북쪽에 떡을 던지노라. 　　抛樑北

성인 우(禹)임금께선 짧은 시간조차 아끼셨네. 　　聖人猶有寸陰惜

젊은 시절은 훌쩍 지나니 모름지기 책을 읽어야지 　　少壯幾時須讀書

오두막집에서 산다고 탄식한들 무슨 이익 있으랴. 　　窮廬歎息亦何益

들보 저 위쪽에 떡을 던지노라. 　　抛樑上

녹수와 청산에서 기상을 보는 듯하네. 　　綠水靑山看氣像

사계절 제사를 받듦에 우러러 절하는데 　　香火四時瞻拜地

훌륭한 젊은 선비들이 빽빽하게 서로 마주보네. 　　靑衿濟濟森相向

들보 저 아래쪽에 떡을 던지노라. 　　抛樑下

시서 배우고 익히는 데는 여름 겨울 따로 없네. 　　詩書講習無冬夏

생생한 물을 보니 근원에 흘러들어오기 때문이라 　　試看活水源頭來

끊임없이 흘러 언제 그친 적이 있던가. 　　混混何曾晝夜舍

삼가 바라건대, 대들보를 올린 다음에는 유교가 크게 융성하여 선비들의 추세가 더욱 단정하고, 옷차림을 바르게 하고 나아와 스승을 받드는 예를 옆에 계시는 듯이 하며, 시를 읊고서 돌아올 때는 저 증점(曾點)이 하겠다고 한 무우(舞雩)의 바람을 쐴 수 있게 하소서. 제사 드리는 일 대단히 밝아 봄가을의 제향(祭享)을 길이 올리나니, 어진 선비가 번갈아 나와서 우뚝이 국가의 동량이 되게 하소서.

이산구원 묘우 상량문/尼山舊院廟宇上樑文

남몽뢰

그 덕을 높이고 착한 것을 드러내어 주는 데는 하늘로부터 부여받은 사람으로서 지켜야 할 도리가 이미 있는 법이니, 토지의 신(神)인 사(社)에 제사 모실 수 있는 사람이 있으면 그 영령을 봉안할 곳이 없을 수 있으랴. 두어 칸 되는 고요한 묘우(廟宇 : 신위를 모신 집)를 짓고, 이에 사방의 이목을 새롭게 하였다.

멀리 서라벌(徐羅伐) 옛 나라 때부터 이 의성부(義城府)가 새로 생길 때까지, 물길은 앞뒤 둘로 나뉘어 흐르다가 낙동강(洛東江)에서 만나 바다로 들어가며, 산들은 동서에서 진(鎭)을 둘러싸듯 하는데 금성(金城 : 의성군 금성면)에서 시작하여 오토산(五土山)에서 끝난다. 신령스럽고 맑은 정기(精氣)가 천지에 충만하여 걸출한 재주를 지닌 자들을 길러 냈으니, 고려(高麗) 태조(太祖)가 창업할 때는 홍술(洪術 : 洪儒의 초명)과 같은 무장(武將)이 있었고, 우리 조선을 건국하여 중흥하고 태평하던 시절에는 김순(金淳)과 김말(金末) 같은 문신(文臣)이 칭송받았다. 공(功)을 세워서 이름을 드러낸 사람을 말하려면 진실로 이루 다 열거하기가 어렵지만, 참 선비[眞儒]를 말하는데 있어서는 잠시 예외로 하자.

삼가 생각건대, 송은(松隱) 김광수(金光粹) 선생은 뜻이 세속을 떠나 높이 뛰어났으며 행동이 자연스럽고 학문이 성숙하였다. 등용되면 세상에 나아가 도를 실천하고 등용되지 않으면 숨어살며 덕을 수양하는지라 부귀를 뜬구름으로 여겼다. 집에 들어와서는 효도하고 나가서는 공손하는 가운데서도 여사(餘事)로 익힌 문장이 있었다. 열 장(章)으로 된 경심잠(警心箴)은 대개 삼강령 팔조목(三綱領八條目)에서 얻은 것들로 되어 있고, 붉은 기운이 뻗쳤다고 하는 풍성(豐城)에서 나는 한 조각의 보검이라 해도 또한 <이조부(二鳥賦)>와 <구변가(九辯歌)>에야 무엇이 해로웠으랴. 당시에 모범이 되었고 후세에까지 풍교를 세운 지 지금 어언 백 년이 지났으나 아직도 추모의 정이 간절하다. 구천(九泉)으로 가시기 전에는 어느 누가 그의 집안을 엿볼 수 있었으랴. 아! 뒤좇으려 하나 미칠 수가 없으니, 이런 까닭에 오래도록 잊지 못한다.

또 생각건대, 회당(悔堂) 신원록(申元祿) 선생은 효도와 우애가 천성에서 나왔고, 실천은 현장에서 이행하였다. 일상생활에 있어서 마땅히 행해야 하는 길이 있으면 오직 효도하고 오직 충성을 다하였으며, 젊어서 의지할 스승을 만나서는 기뻐하고 즐거워하였다. 자신을 낳아준 세 가지(부모, 임금, 선생)를 하나같이 섬기는 데에 치상(致喪)·방상(方喪)·심상(心喪)을 극진히 하였고, 아는 것이 있으면 곧바로 실행하는데 있어 마음에 간직한 가르침을 잠시도 잊지 아니하였다. 선대(先代)의 유학자들이 지닌 조예 깊은 견해들을 체득하여 평생 동안 확실하게 믿는 마음을 증험하였으니, 사람들은 조금도 흠잡을 수가 없었으며 또한 강직한 아들 형제를 두었다. '나는 반드시 그를 배웠다고 이르리라.'고 한 자하(子夏 : 본명 卜商)의 말이 없었다 할지라도, 가문에서는 이미 효칙(效則)으로 삼았겠지만 이 세상에다 법도로 삼아야 한다고 해야겠다.

이 두 분과 같은 현인(賢人)의 출현은 5백년을 기약해야만 하거늘, 한 고을에 모두 모여들었고 또한 이삼십 리 안에 계시었다. 무릇 하늘의 뜻이 아니고서야 아, 찬란했던 사이에 정기(精氣)가 모여 태어나서는 한 때의 곤괘(困卦)와 둔괘(屯卦)를 어찌 논했으며, 기나긴 밤에도 해와 별처럼 밝게 빛났으랴. 온 세상이라 해도 어긋나지 않을 것이니 온 나라의 스승으로 삼을 수 있는 분들이고, 같은 마을에 나시고도 이름이 났으니 우리 고을로서야 더욱 친절해지는 것이 마땅하리라. 상상컨대, 흠모한 지 이미 오래여서 그림자, 음성과 체취조차 찾을 수 있었으니 더 돈독히 숭상하고 보답하려는 정성으로 제향(祭享)하는 의전(儀典)을 논의했으리라. 이렇게 아름다운 덕을 좋아함은 사람들의 마음이 똑같음을 보여주는 것이며, 안락한 이 언덕의 무덤은 하늘의 조화가 결코 우연이 아님을 깨닫게 한다.

방백(方伯 : 관찰사)이 성심을 다하여 기율을 잡고 특별히 성묘(聖廟 : 공자의 사당)를 짓다 남은 묵은 재목을 내어주었으며, 지주(地主 : 고을 원님)는 관리하는데 온 힘을 기울이고 현인들의 사우(祠宇)를 새로 짓는 것에 대해 맨 먼저 거론하였다. 그러자 경서를 보고 학업을 닦던 많은 서생(書生)들이 의기투합하여 나오고, 풍속을 따라 역사(役事)에 모여든 백발의 노인까지 다 함께 권하며 스스로 나왔다. 삼대(三代)의 법궁(法宮 : 천지의 상서로운 기운을 모으는 곳) 체제를 징구하여 처마가 쳐들지 않은 크나큰 하옥(廈屋)의 규모를 짓는다 하여도 이미 장인(匠人)의 솜씨가 좋은데다 재목(材木)까지 좋고 또한 관리가 근면하고 인력도 풍부하니, 우거진 잡목을 처음으로 거두어내자 산천의 모습이 바뀌고 세월이 얼마 지나지 않아서 우뚝하게 집채가 발돋움한 듯 드높았다. 방과 마루, 출입문과 창문, 섬돌과 글방 등이 질펀히 흐르는 물가에 있고, 처마, 기둥, 네 귀퉁이 등이며 밝고 밝은 그 남향이로다. 기이하고 빼어난 산봉우리들이 머리 숙여 읍(揖)하듯 마주보지만 세워놓고 보면 높고 높으며, 잔잔히 흘러가는 장천(長川)은 요해처 금대(襟帶)이니 근본이 용솟음치는 곳임을 알겠도다. 송(宋)나라 백록동서원(白鹿洞書院)에서 그 전범을 모방하고 하늘이 아끼고 땅이 감춘 이름난 곳이 되었으며, 문묘(文廟)에 배향하여 세상은 나르나 합하는 지극한 즐거움을 얻었다.

거룩도다, 온 고을의 성대한 일이어라. 아름답도다, 백세토록 훌륭한 모범이어라. 옛날에 선현(先賢)에게 알려진 적이 있으니 어찌 혼몽하다 말할 것이며, 청하노니 이제 동지들에게 널리 간(諫)하여 떠들지 않고 듣게 해주소서. 하늘이 우리에게 부여한 것은 바라는 바대로 되는 것이니 어떻게 할 것이며, 우물을 파 내려갔다 하더라도 샘물에 이르지 못할 것 같으면 학문을 포기한 이후에 능해질 수 있으랴. 더러 높은 산과 큰 길처럼 훌륭한 인품의 사람에 미칠 수 있으려면 조금씩 느리게 쌓아가되 게으르지 말아야 하니, 자신에게 달렸을 뿐이거늘 남을 기다려야 하겠는가. 이어서 노래 부르기를 청하노니 부르는 것을 허락한다면 감히 '어기영차' 노래를 부르겠노라.

들보 저 동쪽에 떡을 던지노라.	抛樑東
훌륭한 마을에 정려가 내려졌네.	仁里旌閭這箇中
이로부터 만일 자식의 본분을 알고자 한다면	從此儻知人子職
그대에게만 친히 회당옹을 뵙게 하겠네.	許君親見悔堂翁
들보 저 서쪽에 떡을 던지노라.	抛樑西
치악산 후봉이 눈 아래 보이네.	雉岳堠峰眼下低
운암산에 비가 어둑하여도 전혀 상관치 않으니	雲暗雨昏渾不管
우뚝이 천년 세월 숨어사는 곳을 보호해야겠네.	屹然千劫護幽棲
들보 저 남쪽에 떡을 던지노라.	抛樑南
위로는 동제가 있고 아래로는 벽담이 있네.	上有銅堤下碧潭
서리 내리고 안개 자욱한 것 원래 싫어하지 않으나	霜落霧凝元不惡
거센 비바람이 살짝 낀 이내 걷는 것은 싫어하네.	却嫌狂雨打晴嵐
들보 저 북쪽에 떡을 던지노라.	抛樑北
공부자(孔夫子)의 궁장 높이가 백 척이네.	夫子宮墻高百尺
뭇 제자들 73인이 긴 고리처럼 둘러쌌으니	羣弟長環七十三
응당 때가 오면 참석케 해주소서.	也應時來許參席
들보 저 위쪽에 떡을 던지노라.	抛樑上
비갠 날의 달, 맑은 날의 바람은 무진장한 보배러라.	霽月光風無盡藏
경물이 은은하니 도가 이곳에 있거늘	景物依依道在斯

아름다운 광간자(狂簡者)들, 아! 우리 고향 사람일세.　　　斐然狂簡嗟吾黨

들보 저 아래쪽에 떡을 던지노라.　　　拋樑下

버들 파릇파릇한데 현사(縣舍)가 연이어 있네.　　　柳色靑靑連縣舍

영각에선 때로 복자천(宓子賤) 거문고 소리 들리니　　　鈴閣時聞宓子琴

태평세월 한가한 겨를이 많아라.　　　太平煙月閒多暇

삼가 바라건대, 대들보를 올린 다음에는 지령(地靈)은 빼어난 자를 잉태하고 귀신은 상서롭지 못함을 금하소서. 우리에게 광명의 빛을 내려주시되 한 시대를 새롭게 하는 교화가 사람들의 모범이 되고 온갖 행실의 근원으로 공경하게 하소서. 사람들은 스승이 달리 있는 것이 아니니, 옛 성현들을 본받고 현인들을 본받기 바라는 마음을 펼치게 하소서. 왕에게 현인이 많아서 나라 일을 경륜하고 세도(世道)를 바로잡는 계책을 올리도록 하게 하소서.

권 4

사우록/師友錄

퇴계 이황(1501~1570)

퇴계(退溪) 이(李) 선생은 이름이 황(滉)이고, 자는 경호(景浩)이요, 예안(禮安) 출생으로 신유년(1501)에 태어났다. 무자년(1528) 진사가 되고 갑오년(1534) 문과에 급제하였다. 관직은 판중추부사(判中樞府事)에 이르렀으며, 영의정(領議政)에 추증되고 시호는 문순공(文純公)이다. 도덕과 문장은 백대의 사표(師表)이다.

○ 선생은 퇴계 선생보다 15세 적다. 계묘년(1543) 겨울, 죽계(竹溪)에 있다가 계상(溪上)으로 찾아가서 뵈었다. 기유년(1549) 여름, 또 풍기군(豊基郡) 관아에서 뵙고, 월천(月川) 조목(趙穆) 등 어진 선비들과 함께 백운동서원에 유숙하면서 책을 읽으며 조용히 묻고 배우는 사이에 정녕코 주고받은 가르침이 후세에 전할 만한 것이 많았을 것이다. 하지만 집안에서 보관하던 문서 등이 전란 중에 모조리 없어져서 지금은 짤막한 문구나 한 마디 말도 남아있지 않아 그 나머지를 상고할 수가 없다. 선생은 일찍이 유희잠(柳希潛)과 향약(鄕約)을 의논하며 조목(條目)을 세워 교화(敎化)를 베풀 때 하나같이 도산(陶山 : 이황의 호)이 손수 편수한 것을 그대로 따랐다. 또 평소에 심경(心經), 근사록(近思錄), 주자서(朱子書) 등의 서석을 즐겨 읽으며, 퇴계 선생이 문답한 문의(文義)를 수집하여 단락에 따라 주석을 달았는데 그 손때가 아직도 새롭다. 이 몇 가지는 평소 퇴계의 가르침을 독실하게 믿었던 마음을 알 수 있다. 대체로 선생의 학문은 신재(愼齋) 주세붕(周世鵬) 선생이 그 들어가는 문을 처음으로 열어주었다. 그러나 몸으로 행하는 바가 성실

함은 사물의 이치를 궁구하는데 근본을 두어야 하고, 위로 천리(天理)를 통달하는 길은 아래로 인간의 일을 배우는데 말미암아야 함을 알고는, 일상 생활에서 행하는 도리에 마음과 힘을 다하는 사이에도 머리 숙여 부지런히 할 뿐 너무 늦은 줄 알지 못함은 실로 퇴계의 문하에 드나들면서 훈도(薰陶)받은 힘이다.

신재 주세붕(1495~1554)

신재(愼齋) 주(周) 선생은 이름이 세붕(世鵬)이고 자는 경유(景游)요, 칠원(漆原) 출생으로 을묘년(1495)에 태어났다. 임오년(1522) 생원시에 합격하고 같은 해 문과에 급제하였으며, 관직은 참의(參議)에 이르렀다. 학문이 순정(醇正)하고 실천이 독실하여 당대의 유종(儒宗)이 되었다.

○ 신축년(1541), 주 선생이 풍기(豐基) 군수로 있으면서 최초로 죽계(竹溪)에 서원을 건립하여 많은 선비들을 길렀다. 계묘년(1543) 겨울, 선생이 경의를 표하는 글인 지문(贄文)을 가지고 가서 뵈오니, 주 선생은 빈객(賓客)을 맞이하는 예로 정중히 대우하였다. 며칠을 머문 어느 날, 논제(論題)를 내어서 여러 유생들에게 시험을 보였는데, 선생이 지은 바가 남달리 뛰어남을 보고서 그 글 마미에 다음과 같이 비답(批答)하였다.

우리 서원에 사람이 있으니,	我院有人
그 마음이 옥처럼 아름답구나.	其心如玉
하늘이 장차 그대를 옥으로 여기시어,	天將玉汝
그에 합당한 녹봉을 거듭 베풀어 주시리라.	申其祿矣

이어서 우리나라 도학(道學)의 계통과, 말과 행동이 서로 맞아야 하는데 쉬지 않고 부지런해야 함을 말해 주었다. 선생은 이로부터 도를 구하는 뜻이 더욱 절실해져 유숙하면서 가르침을 청하는데, 어렵고 의심나는 것을

물어가며 마음을 오로지 힘써 공부하는데만 쏟기를 1년여를 하였다. 주 선생은 유생들을 대할 때면 반드시 선생을 어질고 너그러운 도량을 지닌 사람[德器]이라고 칭찬했다. 선생이 귀향하려 할 때, 주 선생은 또 절구시 한 수를 지어주며 시종일관 힘쓰라고 하였으니 총애함이 이와 같았고, 선생도 종신토록 그것을 마음에 새겼다.

신재 선생이 지어준 시

학문은 근원을 스승으로 삼아야 하고,	爲學師原水
교분은 예의에 맞도록 하라.	論交取兜觥
서로 규계함에 오직 이 열 글자라,	相規惟十字
무릇 모든 것이 백년의 마음이로세.	庶悉百年情

남명 조식(1501~1572)

남명(南冥) 조(曹) 선생은 이름이 식(植)이고 자는 건중(楗仲)이요, 삼가현(三嘉縣 : 지금의 합천) 출생으로 신유년(1501)에 태어났다. 유일(遺逸)이 되었고, 관직은 종친부 전첨(宗親府典籤)에 이르렀다. 조정이 벼슬자리를 비워놓고 기다린 지가 몇 해가 되었지만 끝내 나아가지 않았다. 영의정에 추증되고 시호는 문정공(文貞公)이다. 국량(局量)이 엄정하고, 재기(才氣)가 영특하였으며, 공부하는 데[用功]는 친절하고 분명하나 처음부터 확실히 해 오도록 요구하였다. 항상 금방울을 차고 다니며 스스로 경계하면서 성성자(惺惺子)라고 하였다.

◯ 선생은 조 선생을 좇아서 배운 지가 몇 년이 되었다. 갑인년(1554) 가을, 월천(月川) 조목(趙穆)과 함께 무릉(武陵)의 신재 주세붕 선생 상차(喪次 : 상주들이 있는 곳)에 가서 배곡(拜曲)하고, 계속해서 덕산(德山) 별장에 있던 남명 선생을 찾아뵈었다. 선생은 일찍이 사람들에게 말하기를, "조 선생은 사람들에게 경서(經書)를 풀이해주기를 즐겨하지 않았지만, 강론하는 것이

나 보여주는 기풍이 자연스레 사람을 송연하게 하거나 감동케 하여서, 그를 대하면 그르고 편벽된 마음이 감히 싹트지 아니하여 그를 따라 배우는 자들이 공부가 열리는 일이 많았는데, 대개 보고 느끼는 사이에 저절로 깨닫는 것이 있기 때문이다."고 하였다.

용암 박운(1493~1562)

용암(龍巖) 박운(朴雲)은 자가 택지(澤之)요, 선산(善山) 출생으로 계축년(1493)에 태어났다. 기묘년(1519)에 진사가 되고, 효행으로 정문(旌門)이 세워졌다. 일찍이 송당(松堂) 박영(朴英) 선생을 좇아서 학문하는 큰 방도를 배웠다. 퇴계 선생과는 이해관계 따지지 않고 도의(道義)로 사귀는 친구가 되어 논변(論辨)을 주고받으며 많이 인정받았다. ≪격몽편(擊蒙編)≫·≪자양심학지론(紫陽心學至論)≫ 등의 저서가 있다.

○ 선생은 어려서부터 왕래하며 질의(質疑)하지 않는 해가 거의 없었다. 박공은 선생을 칭찬하여 말하기를, "신군(申君)은 집에 있으면서도 의리를 행하니, 지금 세상에서는 보기가 힘들고 옛날 당(唐)나라의 동소남(董召南)이 바로 그 사람일러라." 하였다. 정사년(1557) 가을, 용암이 퇴계 선생을 방문하기 위해 선성(宣城 : 안동 예안의 별칭)을 향하여 가다가 선생을 도원(桃源)의 여관에서 만났는데, 비에 막혀 이틀 밤을 묵으면서 경전의 뜻에 대해 강론하였다. 용암이 돌아간 뒤에 '게으르고 나약한 자신을 반성할 수 있었다.'는 말로 편지를 써 보내어 사례하였으니, 추앙하는 바가 깊었음을 알 수 있다.

용암께 드리는 편지

중양절(重陽節)이 가까운 날, 그간 부모님 모시고 배우는 이력이 어떠하시나이까? 여관에서 궂은비가 오는 중에서도 얼굴을 뵈오며 가르침을 듣기도 하고 남김없이 소회를 말하기도 하였는데, 게으르고 나약한 저 자신을 반성할 수 있었던 것이 많았습니다. 감사하고 감사드립니다.

저는 지난번 걸음에 묵은 소원을 다 이루지 못하고 돌아오는 곳마다 홍수에 막혀서 6일만에야 돌아왔습니다. 비로소 사람이 살면서 한 번 만나는 것도 하늘이 정해준 것이 있어야함을 알고 한(恨)해 봤자 어떻게 할 수 있겠습니까?

부족하지만 두 편을 지어서 계상(溪上 : 퇴계 선생이 사는 곳)으로 보냈으나 돌아오지 않아 우선 바로잡아주기를 기다리고 있으니, 욕되더라도 한 번 보아주시기 바라나이다. 최태원(崔太源 : 訒齋 崔晛 부친)이 어르신께 간다고 해서 황망히 쓰나이다. 이만 줄입니다.

진락당 김취성(1492~1551)

진락당(眞樂堂) 김취성(金就成)은 자가 성지(成之)요, 본관은 선산으로 임자년(1492)에 태어났다. 숨어 살며 도를 즐길 뿐 명예와 영달을 구하지 아니하였다. 정학(正學)을 밝히고 이단을 물리치는 것을 자기의 소임으로 삼았는데, 용암 박운과 명성이 거의 비등하였다. 여헌(旅軒) 장현광(張顯光) 선생이 일찍이 참된 선비[眞儒]로 칭송하였다.

○ 선생은 어려서부터 종유(從遊)하였다. 무릇 아무리 어려운 것을 물어도 깊은 식견으로서 공경하고 소중히 여겼다.

갈천 임훈(1500~1584)

갈천(葛川) 임훈(林薰)은 자가 중성(仲成)이요, 안음(安陰) 출생으로 경신년(1500)에 대이났디. 경자년(1540)에 생원이 되고, 성균관의 처거를 입기도 했으며 관직은 판결사(判決事)에 이르렀다. 타고난 자질이 정수하고 아름다웠으며, 덕기(德器 : 덕과 도량)가 일찍부터 뛰어났다. 퇴계 이황, 남명 조식, 옥계(玉溪) 노진(盧稙) 등과 교유하였다. 효행으로 정문(旌門)이 세워졌다.

○ 공과 선생은 본디부터 서로 잘 아는 사이이다. 선생이 천령(天嶺 : 경

남 함양의 옛 명칭)의 학관(學官)이었을 때, 공은 비안(比安) 현령이었다. 가끔 씩 서로 만났으니, 마침내 나이를 잊은 벗이 되었다.

송은 김광수(1468~1563)

송은(松隱) 김광수(金光粹)는 자가 국화(國華)요, 의성(義城) 출생으로 무자년(1468)에 태어났다. 신유년(1501) 사마시(司馬試)에 합격하였다. 후중한 기질에다 덕과 도량을 지녔다. 일찍이 태학(太學)에 유학하였는데, 시대의 분위기가 어긋나고 어지러운 것을 보고는 유생들에게 인사하고 돌아왔다. 두문불출하며 도를 즐기고 장수를 누렸다.

○ 선생은 어려서부터 종유했는데 가장 친밀하였다. 만년송(萬年松)을 읊은 절구시(絶句詩) 한 수가 있다.

하서 김인후(1510~1560)

하서(河西) 김인후(金麟厚)는 자가 후지(厚之)요, 장성(長城) 출생으로 경오년(1510)에 태어났다. 신묘년(1531)에 진사가 되고, 경자년(1540)에 문과에 급제하였다. 인종조(仁宗朝) 때 관직이 교리(校理)에 이른 후에 마침내 벼슬에 나아가지 않았다. 영의정에 추증되고 시호는 문정공(文靖公)이다. 일찍이 모재(慕齋) 김안국(金安國) 선생의 문하에서 수학했는데 유술(儒術)과 문장으로서 이름을 날리고 또한 초서(草書)를 잘 썼다.

○ 선생과 공은 일찍부터 지기(知己)로서의 감정이 있었다. 신해년(1551)에 장수현(長水縣) 학관으로 부임하였는데, 고을 원님인 용문(龍門) 조욱(趙昱)과 함께 장성으로 공을 방문하여 한 번 보고는 경모하여 마치 평소부터 사귄 것처럼 반겼다. 이때에 모재의 도학(道學) 연원이 바름을 듣게 되자, 비로소 사당을 세워서 우러러 공경하며 받들 뜻을 가지게 되었다.

월천 조목(1524~1606)

월천(月川) 조목(趙穆)은 자가 사경(士敬)이요, 예안 출생으로 갑신년(1524)

에 태어났다. 임자년(1552) 생원이 되고, 이조 전랑(吏曹銓郎)의 추천을 받았으며 관직은 참판(參判)에 이르렀다. 일찍 스승의 문하에 들어가서 스승의 지결(旨訣 : 깊은 요지)을 전수받았으며, 도산서원(陶山書院)의 상덕사(尙德祠)에 배향되었다.

○ 갑진년(1544) 겨울, 공은 신재 주세붕 선생을 백운동서원에 배향하기 위해 선생과 함께 갔다. 그 옛날 함께 밤을 지새우는 줄 모르며 마주 앉아 토론하니, 날마다 다시금 연구하고 서로 연마하는 실익(實益)이 있었다. 주 선생이 문학으로는 공을 칭찬하고, 덕기(德器 : 덕과 도량)로는 선생을 칭송하며 대우하는 것이 다른 유생들과는 달랐다. 기유년(1549) 여름, 퇴계 선생이 단양(丹陽)에서 임지를 풍기(豐基) 군수로 옮겨서 있었다. 공이 가서 뵙는데 선생과 함께 가서 백운동서원에 함께 유숙하였다. 갑인년(1554) 가을, 선생과 함께 주 선생의 영위(靈位)에 배곡(拜哭)하기 위해 무릉(武陵)에 갔다. 대체로 선생과 함께 종유(從遊)한 것이 거의 30년이고 이해관계를 따지지 않는 도의(道義)로 사귀는 벗이 되어 가장 친밀하였다. 선생이 죽계(竹溪)에서 유숙하고 있을 때 공에게 지어준 율시(律詩) 한 수가 있다.

○ 선생의 손자인 만오(晩悟) 달도(達道)가 일찍이 월천 선생을 따르면서 그에게 배웠다. 월천 선생은 매양 선생을 칭송하며 말하기를, "회당옹(悔堂翁)이 일생 동안 공부한 것은 오직 본분(本分)에만 있었으니, 참으로 옛사람들이 말한 진정한 위기지학(爲己之學 : 스스로 닦고 돌보는 학문)이었다."고 하고, 또 "예전 신재 주세붕의 문하에서 따르던 학자들이 수백 명이었는데, 대부분은 과거시험을 위한 문장을 아름답게 꾸미어 짓는 것에만 힘썼으나, 회당옹만은 절실히 묻고 가까이서 생각하여 오로지 내면에 마음을 쓰니, 신재가 옹을 자주 추천하여 장려한 것은 이 때문이었던 것이다."고 말했다 한다.

칠봉 김희삼(1507~1560)

칠봉(七峯) 김희삼(金希參 : 동강 김우옹의 부친)은 자가 사노(師魯)요, 성주(星

州) 출생으로 정묘년(1507)에 태어났다. 신묘년(1531)에 생원이 되고, 경자년(1540)에 문과에 급제했으며, 관직은 목사(牧使)에 이르렀다. 일찍이 남명 조식 선생을 종유하였으며, 문사(文辭)와 경술(經術 : 유교의 經義를 토대로 한 통치력)이 당세 사람들로부터 신망을 받았다. 조 선생은 공이 고향으로 돌아가고자 하는 것을 알고서 '허둥대며 달리는 자로(子路), 머리에 단 구슬은 어찌 그리 높은고?(馳馳之子路, 頭玉何亭亭.)'라는 구절이 있는 시를 지어 주었다.

○ 공과 선생은 덕산(德山)에 종유할 때 사귄 정이 매우 깊었다.

후조당 김부필(1516~1577)

후조당(後凋堂) 김부필(金富弼 : 金垓의 백부)은 자가 언우(彦遇)요, 예안(禮安) 출생으로 병자년(1516)에 태어났다. 정유년(1537) 사마시에 합격하였다. 일찌 감치 퇴계의 문하에 들어가서 매우 공경하여 소중히 여겨졌다. 을사년(1545) 인종(仁宗)의 국상(國喪) 후, 침랑(寢郎)에 제수되었으나 나아가지 않았다. 퇴계 선생이 '후조당 주인은 본래 절개 굳어, 벼슬이 내려와도 즐거워하지 않네.(後凋主人堅素節, 除書到門心不悅.)'라는 구절이 있는 시를 지어 주었다.

○ 공과 선생은 동갑내기로 마음이나 뜻이 서로 맞았다.

소고 박승임(1517~1586)

소고(嘯皐) 박승임(朴承任)은 자가 중보(重甫)요, 영천(榮川 : 영주의 옛 지명) 출생으로 정축년(1517)에 태어났다. 경자년(1540) 소과(小科)와 대과(大科)에 연이어 급제하였다. 홍문관 정자(弘文館正字)로 동호(東湖)에서 사가독서(賜暇讀書)하였으며, 관직은 대사간(大司諫)에 이르렀다. 과묵하고 말이 없었으며, 자신의 감정을 드러내지 않았다. 문장 짓는 재능이 뛰어나 붓대를 잡는 즉시 이루어 놓았다. 일찍이 퇴계 선생을 좇으면서 ≪논어(論語)≫, ≪예경(禮經)≫, ≪주자서(朱子書)≫ 등 의문 나는 곳을 궁리하거나 질의하였다.

○ 공은 선생보다 한 살 적은데, 어려서부터 사귄 교분이 매우 두터웠다. 무오년(1558), 풍기(豐基) 군수로 있으면서 일찍이 선생을 초청하는 서신을 보내어 백운동서원에서 강론하게 하였다.

소고에게 보내는 시와 편지

작은 상자가 불더위 속에 왔는지라	小箏冒炎至
열어 보니 자두가 가득하네.	開看李果盈
노랗거나 붉은 동글동글한 자두를	團圓黃赤具
물어 씹자 치아엔 청신한 맛이라.	咀嚼齒牙淸
과일 보노니 그대의 뜻 알겠고	見物知君意
서신 보나니 내 시름 달래주누나.	看書慰我情
선들바람 부는 강가의 누각 저무니	凉生江閣晚
어느 날에나 다시 경서를 논할꼬.	何日更論經

관아에 돌아와서 누우니 옥 같은 사람이 항상 꿈에 보였지만, 돌아와야 했기에 끝내 천천히 올 수가 없었네. 속물(俗物 : 속된 사람)들이 사람을 잡아두려는 자리에 다시 가지 않고, 헤어지는 것이야 슬프네만 봄이 오면 날이 길어질 것이네. 산골 고을엔 할 일이 별로 없다고 했지만, 유생들을 상대하여 강론하고 살펴본 것은 그야말로 좋았네. 형(兄)도 군옥봉(羣玉峯 : 보통 산을 미화한 말) 정상에서 술잔 잡았을 때 한 약속을 저버리지 않도록 유념하라는 말, 어떻게 그것을 잊겠는가. 이만 줄이네. (무오년, 선생이 백운동서원에서 돌아왔을 때)

금계 황준량(1517~1563)

금계(錦溪) 황준량(黃俊良)은 자가 중거(仲擧)요, 순흥(順興) 출생으로 정축년(1517)에 태어났다. 정유년(1537)에 생원이 되고, 경자년(1540)에 문과에 급제하였으며, 관직은 지평(持平)에 이르렀다. 명민(明敏)하고 풍채가 좋았으며, 재주가 많고 영특하였다. 처음에는 문사(文辭)로서만 이름이 났으나, 나중에는 퇴도(退陶 : 이황) 선생을 좇아서 성리연원(性理淵源)의 설을 듣고 깨달아서 위기지학(爲己之學)에 힘썼다.

○ 을사년(1545), 공이 상주 교수(尙州敎授)가 되어 죽령(竹嶺)을 넘다가 신재 주세붕 선생을 방문하기 위해 풍기(豊基)에 갔는데, 그로 인하여 선생과 이해관계를 따지지 않는 도의(道義)로 사귀는 벗이 되었다. 신해년(1551) 신령(新寧) 현감이었다가 병으로 사직하고 돌아갔다. 그 사이에 늘 고향에 갈 때면 선생을 찾아오니 서로 사귄 정이 매우 도타웠다. 때로는 고금의 역사를 토론하는데 고상한 담론이 맑고도 깨끗하였는지라, 옆에서 듣는 사람은 자기도 모르는 사이에 절로 상쾌해졌다. 계해년(1563) 봄, 금계가 성주(星州)에서 병으로 사직하고 돌아가게 되자, 선생이 중도에 찾아가서 위문하였다. 얼마 되지 않아 끝내 일어나지 못하고 죽으니, 선생은 매우 애통해하였다.

약봉 김극일(1522~1585)
약봉(藥峯) 김극일(金克一)은 자가 백순(伯純)이요, 안동(安東) 출생으로 임오년(1522)에 태어났다. 관직은 내자시정(內資寺正)을 지냈다. 풍채가 뛰어났고, 시문(詩文)이 화려하고 풍부했다.

○ 갑진년(1544) 겨울, 공이 신재 선생을 좇아서 백운동에 있을 때, 선생과 학업을 같이하면서 교분이 깊었다.

학봉 김성일(1538~1593)
학봉(鶴峯) 김성일(金誠一)은 자가 사순(士純)이요, 약봉(藥峯)의 동생으로 무술년(1538)에 태어났다. 갑자년(1564)에 진사가 되고, 무진년(1568)에 문과에 급제하였으며, 관직은 감사(監司)를 지냈다. 이조판서(吏曹判書)에 추증되고, 시호는 문충공(文忠公)이다. 일찌감치 퇴계 선생의 문하에 들어가서 심학(心學)의 요체를 얻어 들었다. 덕행과 공업은 백대토록 빛을 발하였다.

○ 공은 선생보다 22살이나 적었지만, 일찍 선생의 ≪효우록(孝友錄)≫에 제한 시에 '종유한 지 삼십 년'이란 구절이 있다.

학봉선생이 효우록에 제한 시

종유한지 삼십 년이 되었건마는,	從遊三十載
증삼(曾參)이 있는 줄을 내 몰랐었네.	不識有參乎
지금 와서 어진 형이 한 일을 보니,	今見難兄狀
뜻과 행실은 형과 같은 사람 다시없네.	如公志行無

구암 이정(1512~1571)

구암(龜巖) 이정(李楨)은 자가 강이(剛而)요, 사천(泗川) 출생으로 임신년(1512)에 태어났다. 병신년(1536) 문과에 급제하고, 관직은 부제학(副提學)에 이르렀다. 규암(圭菴) 송인수(宋麟壽)에게 학문을 배웠다. 일찍이 성균 사성(成均司成)이었을 때 퇴계 선생과 함께 대사성, 사성이 되어 성균관 유생들에게 학문을 권장하는 일에 많이 힘썼다. ≪성리유편(性理遺編)≫과 ≪경현록(景賢錄)≫이 세상에 전한다.

○ 임인년(1542), 공이 영천(榮川 : 지금의 永川) 군수였을 때 늘 신재 선생을 좇으며 학문을 닦았는데, 선생과 백운동서원에서 만나 도의(道義)의 교분이 매우 깊었다.

매암 조식(1526~1572)

매암(梅菴) 조식(曺湜)은 자가 유청(幼淸)이요, 삼가(三嘉 : 지금의 합천) 출생으로 무진년(1508 : 다른 문건의 기록과는 상이함)에 태어났다. 시문(詩文)과 행실로써 세상의 두터운 신망을 받았다.

○ 선생은 삼가현 학관(學官)이었을 때 날마다 그와 더불어 경서와 역사에 관해 강론하였으니 교분이 매우 깊었다. 선생이 돌아오게 되자, 매암이 선생을 전송하는 시와 병서(幷序)가 있다.

매암의 시(병서)

회당 신 선생은 신재 주세붕 선생의 문인이다. 내가 오래 전에 듣건대, 신재의 도덕과 문장이 국가에 기둥과 주춧돌이고 사림(士林)의 사표(師表)라고 하는지라, 책 보따리를 싸 들고 가르침을 청하는 뜻을 지녔지만 둘러보아도 적당한 방법이 없어 그 원을 이루지 못했다. 불행히도 근자에 신재께서 갑자기 돌아가셨다. 아! 신재를 이제는 뵐 수가 없다. 그러나 나는 신재가 세상에 살아 계시지 않은 때에 신재의 문인을 뵈오니 그 기쁘고 다행함이 마땅히 어떠하였겠는가. 지난 날 신재를 사모하고 친히 가르침을 받기 바라서 급급했던 마음이 회당에게로 옮겨간즉 자신도 모르게 공경하고 중히 여겼다. 공경하고 중히 여기게 된 것은 어찌 공연히 그런 것이랴. 회당은 어머니 봉양 위해 뜻을 굽히고 우리 향교(鄕校)에 오신 것이니, 이는 하늘이 준 것이라고 사람들은 말할 것이로다. 몇 년 사이에 손을 잡고 대은산(大隱山)을 오르내리며 항아리 술 마신 뒤에 바람 쐬고 목욕한 것이 몇 번이었으며, <사설(師說)>을 거듭 말하며 경계하고 권면한 것이 몇 번이었던가. 그러던 그가 동쪽으로 가려고 하니, 마침내 시 한 수를 지어 송별하노라.

서쪽으로 와서 교분 맺은 이 몇이런가?	西來結交問幾人
나는 가난한 훈장의 속마음 아는 친구라.	我是廣文知己者
향교의 강론이 끝나도 해가 아직 남아 있으면	黌堂講罷白日長
가난한 훈장 정다운 눈길로 찾아와 함께 앉았네.	廣文眼靑來共坐
반가워서 손잡고 곧장 술을 찾았으며	欣然攜手卽呼酒
서로 시를 짓고 화답하니 불가함이 없었네.	唱余和汝無不可
취하면 호기로운 기가 우주에 가득하고	醉來浩氣塞宇宙
눈앞엔 태산도 참으로 하찮았어라.	眼前泰山眞么麽
가련토다, 화씨가 박옥을 안고 피눈물 흘린 것은	可憐和氏泣璞玉

박옥의 진면목을 알아보는 자가 드물었음이라.	璞玉由來知者寡
서생은 처자식을 돌볼 수가 없으니	書生不得育妻子
무엇 때문에 부질없이 천하를 애써 걱정하랴만.	何事謾自憂天下
가난한 훈장은 대답 않으니 마음 한가롭기만 하고	廣文不答意悠然
덕기가 순수만 하니 하늘이 붉은 표식 한 것이라.	德宇粹□天所赭
두어 해 동안 대은산을 얼마나 찾았던가	數載幾訪大隱山
막걸리에 산과일이 있으면 다행이었어라.	幸有白酒與山菓
덕을 숭상하는 이가 없음은 예나 지금이나 같거늘	尚德無人同今古
가난한 훈장만은 오히려 세상 밖의 사람이라.	廣文翻爲物外墮
어찌 조물주가 사람 놀릴 줄 알았으랴	何圖遽被造物戲
지난날의 즐거움 거둬가고 들에서 송별하게 하네.	卷却前歡送于野
앞으론 삼성과 상성처럼 서로 떨어져야 하나니	他年定作參與商
나는 영남의 우측에 있고 그대는 좌측에 있을지라.	我在嶺右君嶺左
멀고 먼 귀향길 이별의 한스러움으로 잃을세라	茫茫歸路別恨迷
저녁 햇빛 뉘엿뉘엿 여윈 말이 터덕터덕 걷누나.	夕陽凌競駄羸馬
그대 떠나는데 힘쓰고 힘쓰라는 말 한 마디 하나니	寄語君歸須勉旃
한 평생 부질없이 불우했다고 마오시라.	莫敎平生徒坎坷
그대는 보지 못 하는가	君不見
성스런 조정이 인심도 얻고 인재를 모으니	聖朝方鳩棟樑材
천하의 추위에 떠는 사람들을 감싸주며	爲庇天下寒士
천만 칸 넓은 집을 경영할 것이네.	經營千萬間廣厦

옥계 노진(1518~1578)

옥계(玉溪) 노진(盧禛)은 자가 자응(子膺)이요, 함양(咸陽) 출생으로 무인년(1518)에 태어났다. 정유년(1537) 생원이 되고, 병오년(1546) 문과에 급제하였으며, 관직은 판서(判書)에 이르렀다. 청백리(淸白吏)로 올랐다. 동강(東岡)

김우옹(金宇顒)과 덕계(德溪) 오건(吳健)의 제문에 '옥계는 성품이 너그럽고 공평하여 시대의 스승이었다.(玉溪寬平, 時臨函丈.)'고 하였다.

○ 선생은 장수현(長水縣) 학관(學官)이었을 때, 서로 왕래하며 사귄 정이 매우 깊었다.

덕계 오건(1521~1574)

덕계(德溪) 오건(吳健)은 자가 자강(子强)이요, 산음(山陰) 출생으로 신사년(1521)에 태어났다. 임자년(1552)에 진사가 되고, 무오년(1558) 문과에 급제하였으며 관직은 사인(舍人)에 이르렀다. 퇴계와 남명 두 선생의 문하에서 수학하였다. 학문은 철저히 힘쓰고 몸가짐과 행실이 빛나는데다 충성과 효도의 큰 절개가 있었다.

○ 신유년(1561), 공이 성주 교수(星州敎授)이었을 때 선생과 당시 서로 종유하였는데 교분이 매우 깊었다.

구촌 유경심(1516~1571)

구촌(龜村) 유경심(柳景深)은 자가 태호(太浩)요, 안동(安東) 출생으로 병자년(1516)에 태어났다. 정유년(1537) 생원과 진사에 모두 합격하고, 갑진년(1544) 문과에 급제하였으며 병오년(1546) 중시(重試)에 발탁되어 관직은 대사헌(大司憲)에 이르렀다. 성품은 원래 강직하여 권신(權臣)을 두려워하지 않았고, 여러 번 주군(州郡)을 맡아 다스렸는데 그때마다 명성과 업적이 높았다. 그리하여 세상 사람들은 경세제민(經世濟民)의 재주를 지녔다고 칭송했다.

○ 공과 선생은 동갑내기에다 가까이 살고 있어서 교분이 매우 깊었다. 정유년(1537) 봄, 선생과 김부필(金富弼) 공과 함께 예위(禮闈 : 과거 會試)에 응시하였는데, 선생만이 낙방하였다. 두 분께서 선생과 이별하는 준 글[別章]과 선생도 화답한 글이 있었으나 모두 잃어버리고 전하지 않는다.

입암 유중영(1515~1573)

입암(立巖) 유중영(柳仲郢 : 유성룡의 부친)은 자가 언우(彦遇)요, 안동(安東) 출생으로 을해년(1515)에 태어났다. 경자년(1540) 문과에 급제하고, 관직은 관찰사에 이르렀다. 천진스러웠으나 강직하였고, 마음과 행실의 안팎이 꼭 같았으며, 당대에 중요하게 다루어야 할 일[時務]을 환히 알아 옳고 그름을 가리는데 뛰어났다.

○ 무술년(1538), 공이 선생과 함께 태학(太學)에서 수학하며 서로 학문을 연마하는데 격려하는 막역한 벗이 되어 1년을 지내다가 돌아왔다.

약포 정탁(1526~1605)

약포(藥圃) 정탁(鄭琢)은 자가 자정(子靖)이요, 안동 출생으로 나중에는 예천(醴泉)에 살았는데 병술년(1526)에 태어났다. 임자년(1552) 생원이 되고 무오년(1558) 문과에 급제하였으며, 관직은 좌의정(左議政)에 이르렀고 시호는 정간공(貞簡公)이다. 일찌감치 퇴계와 남명 두 선생에게 수학하여 자신을 수양하는 학문[爲己之學]이 있음을 알았다. 임진란 동안 중흥을 이룬 공적이 있다.

○ 계축년(1553) 겨울, 공이 백운동서원에서 책을 읽고 있었는데, 선생이 서울로 향하여 지나가다가 들어가서 서로 함께 토론하며 며칠을 보냈다.

첨모당 임운(1517~1602)

첨모당(瞻慕堂) 임운(林芸)은 자가 언성(彦成)이요, 갈천(葛川) 임훈(林薰)의 동생으로 정축년(1517)에 태어났다. 이조 전랑(吏曹銓郎)의 추천을 받았고, 관직은 참봉(參奉)에 이르렀다. 효행으로 정려문(旌閭門)이 세워졌다. 인륜에 독실하였고, 여러 방면에 아는 것이 많았다.

○ 선생이 천령(天嶺 : 경남 함양의 옛 명칭)의 학관(學官)이었을 때, 공과 백중지간(伯仲之間)이 되어 서로 학문하는 데 권면하는 바가 많았다.

유일재 김언기(1520~1588)

유일재(惟一齋) 김언기(金彦璣)는 자가 중온(仲昷)이요, 안동 출생으로 경진년에 태어났다. 정묘년(1567) 생원이 되었다. 마음을 오로지 학문에만 힘써서 후진들을 교육하여 당시의 이름난 제자들이 그의 문하에서 배출되었다.

○ 선생과 교분이 깊었다.

지산 김팔원(1524~1589)

지산(芝山) 김팔원(金八元)은 자가 순경(舜卿)이요, 안동 출생으로 갑신년(1524)에 태어났다. 을묘년(1555) 생원시와 진사시에 모두 급제하였고, 곧바로 문과에도 급제하였으며, 관직은 현감(縣監)에 이르렀다. 일찌감치 신재 주세붕에게 수학하였고, 또 퇴계 선생의 문학에서도 수학하였다. 퇴계선생은 공이 시를 잘 짓자 그의 훌륭한 문장을 칭찬하였다.

○ 갑진년(1544) 겨울, 공과 선생 및 월천(月川) 조목(趙穆) 등이 함께 백운동서원에 유숙하면서 몇 달 동안 수학한지라 사귄 교분이 더욱 돈독하였다. 기유년(1549), 또 공은 선생과 월천과 함께 퇴계 선생에게 수학하면서 백운동에 유숙하였다. 선생은 매양 김순경(金舜卿)을 칭찬하며 “안빈낙도(安貧樂道)하는 사람은 지금의 세상에 있어서 오직 한 사람뿐이라.” 하였다. 그러자 공이 선생에게 지어준 절구시(絶句詩) 한 수가 있다.

지산의 시

공자께선 때때로 익히라 말씀하셨고	孔訓稱時習
탕왕의 반명(盤銘)엔 일신하라 새겼으니,	湯銘頌日新
마음을 온통 쏟아 구도하려는 그대의 뜻은	孜孜求道志
타인에게 결코 뒤지지 않으리라 맹서한 것이네.	矢不讓他人

국재 전몽규(1524~1593)

국재(菊齋) 전몽규(全夢奎)는 자가 문응(文應)이요, 본관은 용궁(龍宮)이다.

일찍이 의성현(義城縣)의 훈도(訓導)가 되었다.

○ 선생과는 교분이 매우 친밀했는데, 서로 주고받은 시가 있다.

국재의 시

창가의 비낀 노을에 생각이 어찌 그리 많은지	牛惚斜日意何多
돌아보나니 용성으로 가는 길은 멀어져만 가네.	回首龍城路更賒
그 속의 풍류와 고아함을 사람들은 모르고	箇裏閒情人不識
보이느니 뜰의 나무엔 어지러이 돌아가는 까마귀라.	但看庭樹亂歸鴉

눈 멎은 남쪽 시내, 크고 작은 겹겹의 봉우리들	雪晴南澗亂峯重
나그네 눈엔 시의 소재가 그 얼마이랴.	多少詩材客眼中
지팡이 짚고 도암 아래의 사관(舍館)에 찾아오셨고	村屨來尋巖底舍
수풀 너머 울타리엔 묽은 연기 감싸고 있어라.	隔林籬落澹烟籠

학동 이광준(1531~1609)

학동(鶴洞) 이광준(李光俊)은 자가 준수(俊秀)요, 의성(義城) 출생으로 신묘년(1531)에 태어났다. 임술년(1562) 문과에 급제하고, 관직은 관찰사(觀察使)에 이르렀으며, 예조참판(禮曹參判)에 추증되었다. 강직하고 방정한데다 강건한 지조가 있어서 권문세가(權門勢家)와는 교제를 끊었다. 임진란 때는 공적이 있다.

○ 공은 선생보디 15살이 적었으나 서로 사귄 교분이 매우 친밀했다. 중년에 군위(軍威)에서 의성현의 남쪽 금학동(金鶴洞)으로 이주하여 살았고, 또한 선생의 만년에 서로 따르며 친하게 지냈다.

권심행(1517~1579)

권심행(權審行)은 자가 가립(可立)이요, 충재(冲齋 : 權橃의 호)의 조카로 정축년(1517)에 태어났다. 임자년(1552) 사마시에 합격하였다. 어진 이를 좋아

하고 선함을 좋아하였다. 항상 남을 사랑하고 남들을 구제해 주는 것을 일
삼았다.

○ 선생과는 사이가 좋았다.

박승간(1512~?)

박승간(朴承侃)은 자가 자열(子悅)이요, 소고(嘯皐 : 朴承任의 호)의 형으로
임신년(1512)에 태어났다. 신묘년(1531) 사마시에 합격하고, 경자년(1540) 동
생 소고와 함께 문과에 급제하였으며, 관직은 부사(府使)에 이르렀다.

주단(1531~?)

주단(周博)은 자가 약지(約之)요, 신재 선생의 아들로 신묘년(1531)에 태어
났다. 무오년(1558) 진사가 되고, 무진년(1568) 문과에 급제하였으며, 관직
은 교리(校理)에 이르렀다.

> * 역자 주 : 주단은 원래 주세붕이 후사가 없었으므로 형의 아들 곧 조카를 입적한 아
> 들이다.

○ 갑진년(1544), 공이 신재 선생을 모시면서 풍기(豐基) 관아에 있을 때
학업이 일찍 성취되었다. 선생이 그와 더불어 친하게 지냈다.

이국주(1487~1525)

이국주(李國柱)는 자가 탁경(卓卿)이요, 한양(漢陽) 출생이다. 음관(蔭官)으로
군수에 이르렀다. 오봉(五峯) 호민(好閔)이 그의 아들이다.

졸재 이우민(1514~1574)

졸재(拙齋) 이우민(李友閔)은 자가 효숙(孝叔)이요, 국주의 아들이다. 병오
년(1546) 문과에 급제하였고, 관직은 우윤(右尹)에 이르렀다.

○ 갑인년(1554) 겨울, 공이 경차관(敬差官)으로서 의성현(義城縣)을 순행
하였는데, 선생과 함께 진휼하고 구제하는 일을 상의하였다.

김충(1513~1572)

김충(金冲)은 자가 화길(和吉)이요, 상주(尙州) 출생으로 계유년(1513)에 태어났다. 신유년(1561) 문과에 급제하고, 관직은 사성(司成)에 이르렀다. 시문과 덕행으로 알려진 바가 있어, 우복(愚伏) 정경세(鄭經世) 선생이 묘갈문(墓碣文)을 지었다.

○ 선생과 사이가 좋았다.

이섬(생몰 미상)

이섬(李暹)은 자가 경명(景明)이요, 단성(丹城) 출생이다.

○ 공은 선생과 교분이 두터웠는데, 정금당(淨襟堂) 술자리에서 갑작스레 '한 가락 소리 속에 술잔 드니 쓸쓸하구나.'라는 구절을 읊조리고는 선생에게 완성하기를 바라니, 선생이 사운시(四韻詩) 한 편을 지었다.

이조(1530~1580)

이조(李晁)는 자가 □□(景升)이요, 섬(暹)의 동생으로 경인년(1530)에 태어났다. 정묘년(1567) 문과에 급제하였고, 관직은 전적(典籍)에 이르렀다.

○ 공은 일찍이 호송관(護送官)으로서 두루 순방하다가 정금당(淨襟堂) 술자리에 참석하였는데, 선생이 지은 시서(詩序)에 '정신적 교유한 지가 꽤 되었다.'는 구절이 있다.

송호 최해(1508~?)

송호(松湖) 최해(崔海)는 자가 태함(太涵)이요, 선산(善山) 출생으로 무진년(1508)에 태어났다. 병오년(1546) 사마시(司馬試)에 합격하였다. 일찌감치 송당(松堂) 박영(朴英) 선생의 문하에서 수학하였다. 위엄이 엄하고 강직하며 가르치는데 힘썼다.

○ 선생과 사이가 좋았으며, 함께 어울려 놀만큼 매우 친밀했다.

송암 최심(1512~1589)

송암(松菴) 최심(崔深)은 자가 태원(太源)이요, 송호(松湖)의 아우로 임신년(1512)에 태어났다. 송당(松堂) 박영(朴英) 선생의 문하에서 학문하는 방법을 들었다. 아들 현(晛)이 귀하게 되어서 좌참찬(左參贊)에 추증되었으며, 여헌(旅軒) 장현광(張顯光) 선생이 묘갈명(墓碣銘)을 썼다.

○ 공과 선생은 같은 문하에 드나들면서 사귄 교분이 매우 돈독하였다.

박호(?~1561)

박호(朴灝)는 자가 형중(泂仲)이요, 용암(龍巖) 박운(朴雲)의 아들로 생원(生員)을 지냈다. 시문과 덕행으로 알려졌다. 불행히도 일찍 죽으니, 선생은 이를 매우 애통하게 여겼다.

박연(1529~1591)

박연(朴演)은 자가 제중(濟仲)이요, 호(灝)의 동생으로 기축년(1529)에 태어났다. 집안의 학문에 마음과 힘을 다하여 힘썼다. 여러 친구들로부터 추앙을 받았고, 스스로 환성당(喚醒堂)이라 호를 하였다.

○ 선생이 늘 용암에게 말할 때마다 공은 하루 종일 모시고 서 있으면서도 조금도 싫어하는 빛이 없었다. 선생은 이를 매우 기특하게 여겼다.

용문 조욱(1498~1557)

용문(龍門) 조욱(趙昱)은 자가 경양(景陽)이요, 한양 출생으로 □□(무오년, 1498)에 태어났다. 성균관의 천거를 받았고, 관직은 군수에 이르렀다. 일찍 감치 정암(靜菴) 조광조(趙光祖)의 문하에서 수학하여 가르침을 받았고, 그의 학문이 널리 알려지는 성취가 있었다. 필법 또한 뛰어났다.

○ 선생이 장수현(長水縣)의 학관(學官)이었을 때, 마침 공이 고을 현감이었다. 선생과 함께 학규(學規)를 새로 정하고, 경서의 뜻을 강론하기도 했다. 하서(河西) 김인후(金麟厚)를 뵈러 장성(長城)으로 같이 가는 등 교분이

매우 깊었다. 이 당시에 화답한 시편들이 있다.

용문의 시

봄날은 삼월 삼짇날이 가까워오고	春色三三近
타향은 하루하루가 시름겨워라.	他鄉日日愁
병이 들어 술조차 끊으려는 터에	病來方制酒
한스럽노니 함께 노닐지 못함이라.	恨不與同遊

　* 술자리를 베풀어 주신 것에 깊이 감사하고 깊이 감사하자, 즉석에서 단구(短句)를 지
　어 아의(雅意)에 보답하고 서생들에게 보였다.

함께 연못가 정자에서 술 마시고도	共作池亭飮
도리어 호남과 영남 간의 이별을 슬퍼하여라.	還悲湖嶺別
그저 청안이 예 있으면 그만인 것을	但憑靑眼在
나머지 일이야 말해 무엇하랴.	餘事何須說

　* 교관 신계수(申季綏)는 사임하고 의성으로 돌아가다.

대해 황응청(1524~1605)

대해(大海) 황응청(黃應淸)은 자가 청지(淸之)요, 본관이 평해(平海)로 갑신년(1524)에 태어났다. 임자년(1552) 사마시에 합격하고, 유일(遺逸)이 되었으며, 관직은 현감에 이르렀다. 효행으로 정려문(旌閭門)이 세워졌다. 학문과 행실에 힘써서 후진들을 양성하였으니, 해곡(海曲 : 경북 울진의 옛 지명)이 예의(禮義)의 고을로 되게 하였다.

○ 갑인년(1554) 봄, 선생이 기호(畿湖)를 거쳐 관동(關東)을 다녀왔는데, 공과 함께 명승지를 두루 구경하고 돌아왔다.

유희잠(생몰 미상)

유희잠(柳希潛)은 본관이 한양(漢陽)으로 관직은 의흥 현감(義興縣監)에 이

르렀다.

○ 공은 본현(本縣 : 의성)에서 24년 동안 유배생활을 하였는데, 선생과 함께 한 마을의 교유가 깊었다. 경신년(1560)에 향약을 정하였다. 유배가 풀리어 돌아갈 때, 선생이 정표로 지어준 시가 있다.

후재 노극신(1524~?)

후재(厚齋) 노극신(盧克愼)은 자가 무회(無悔)요, 상주(尙州) 출생인데 소재(蘇齋) 수신(守愼)의 동생으로 갑신년(1524)에 태어났다. 음관(蔭官)으로 첨정(僉正)에 이르렀다. 타고난 자질이 어질고 후덕하고, 부모에 대한 효도와 형제에 대한 우애가 돈독하였다.

○ 선생과 서로 사이가 좋았다.

정죽헌(생몰 미상)

정죽헌(鄭竹軒)은 자가 중윤(仲尹)이요, 삼가현(三嘉縣) 출생이다.

○ 공과 선생은 교분이 매우 깊었다. 선생이 지어준 시에 '떠오르노라 옛날에 종유하던 곳, 서로들 깊이 알고 지낸 지 얼마였던가.(憶昔從遊處, 相知幾許深.)'는 구절이 있다.

조숙(1504~?)

조숙(曹淑)은 자가 선경(善卿)이요, 호는 죽헌(竹軒)인데, 안음(安陰) 출생으로 갑자년(1504)에 태어났다. 생원시(生員試), 진사시(進士試), 문과, 중시(重試)에 모두 급제하였으며, 관직은 부사(府使)에 이르렀다.

은약재(생몰 미상)

은약재(隱約齋)는 (성명 및 행적이 미상이다.)

○ 선생이 천령(天嶺 : 경남 함양의 옛 명칭)의 학관(學官)이었을 때, 그와 더불어 종유하였다. 기증받은 장률시(長律詩) 한 편이 있다.

은약재의 시

덕이 빼어난 거유(巨儒)의 표상이요　　德秀鴻儒表

명망이 있는 길사(吉士)의 으뜸이니　　名居吉士先

연원은 스승으로 모서 전할 만하고　　淵源傳立雪

견식은 흐르는 냇물에서 깨칠 만하여라.　　見識悟流川

인을 살피려고 애쓰는 뜻이 그윽하고　　著意窺仁奧

도를 맛보려고 애쓰는 마음이 현묘하니　　潛心味道玄

행신함에는 공자를 스승으로 삼고　　行身師孔子

학문함에는 안연을 흠모하네.　　好學慕顔淵

하나같이 섬기나니 임금과 부모가 똑같고　　事一同君父

삼재(三才)에 참예하여 하늘과 땅을 세우니　　參三建地天

학문은 후진을 훈도할 만하고　　學堪陶後進

도덕도 또한 전현(前賢)보다 뛰어났어라.　　道亦邁前賢

하늘이 주신 귀물은 바야흐로 즐기는 듯하고　　良貴方醧若

뜬구름 같은 영화는 안중에도 없는 듯하니　　浮榮自藐然

추위와 굶주림이야 원래 걱정도 하지 않고　　飢寒元不閱

콩죽에 물 마신다 한들 어찌 연명하기 어려울꼬.　　菽水奈難延

훈장이 어찌 지금에만 누추하랴　　訓士今何陋

가난함이야 옛적에도 전해 오나니　　爲貧古亦傳

감옥 밑에 묻힌 보검처럼 내버려 두고　　任同埋圄劍

내를 건너려는데 배 되기가 어려워라.　　難作濟川船

백록동(白鹿洞) 서원에 현가 소리가 성하고　　鹿洞絃歌盛

용호엔 예악의 교화가 널리 펼쳐지니　　龍湖敎化宣

오랜 시간 훈도로서 교육에 힘쓰고　　長時勤導育

앞으론 답답한 마음 툭 트일 것이네.　　餘日暢幽悁

성률(聲律) 좋아지는 것이야 나중에 해도 되나　　聲病工居後

학문 닦는 것은 반드시 먼저 해야 할 것이니　　　進修業必前
필봉이야 어느 때고 밟을 수 있지만　　　筆峯時屐到
냇물 건너는데 언제 바지를 걷어야 하리오.　　　濡澗幾裳褰
드넓은 들은 그윽할수록 멀어지고　　　野曠幽還逈
뻗은 숲은 끊일락 다시 이어지며　　　林脩斷復連
꽃 핀 아침 빛깔이 배나 아름답고　　　花朝光倍麗
달 뜬 저녁 모양이 더욱 고와라.　　　月夕態增硏
경물 구경함은 애오라지 흥을 풀기 위함이니　　　玩物聊遣興
시를 지을 때마다 번번이 종이깨나 버릴지라도　　　吟詩輒掃牋
새로 지은 시편을 아마 번갈아 주고받으면　　　新篇怕迭唱
묵은 병이 절로 나을 것이리라.　　　舊病自能痊
지우는 옛 자취를 못내 잊지 못하고　　　芝宇深懷古
속된 말이라도 혹 실수했을까 염려하니　　　塵談或失旋
애달파라, 기이한 버릇이 고질이 되어　　　自憐畸習痼
세상 사람들로부터 버려짐을 분수로 여기네.　　　分作俗人捐
맑은 시내 가에 집 지어 놓고　　　結屋淸溪側
푸른 산 언저리에 황량한 밭을 일구며　　　開荒碧岫邊
뭇 군자들의 집은 바닷가로 향하지만　　　衆芋趨渤海
혼자 거문고 켜고 늙어 감을 견디네.　　　獨瑟任華顚
준마가 엎드려 있어도 뜻은 천리 밖이고　　　驥伏猶千里
달팽이가 숨은 덴 두어 개의 서까래뿐인데　　　蝸藏但數椽
누가 깨끗한 물을 삼킬 수 있을 것이라고　　　誰能呑井渫
오래도록 스스로 표주박 만들어 걸어두네.　　　長自作匏縣
군평을 은거케 한 백전(百錢)도 이미 끊기고　　　已絶君平杖
자경의 모포와 같은 가업을 보전하기 어려워　　　難存子敬氈
지금에 바닷가를 살피고 있나니　　　今辰看海令

말세에도 어진 장건(張騫)이 있음이로세.　　　　末俗有賢騫

마침 아교와 칠 같은 돈독한 우정 논할 뜻 있었건만　適意論膠漆

그 마음 위로하려는데 한 해나 그냥 보냈나니　　　寬心度歲年

붉은 살구꽃 핀 마을에서 적삼을 전당잡고　　　　典衫紅杏里

푸른 버들 드리운 밭둑길에 자리를 폈네.　　　　　陳席綠楊阡

술병 들고 올 유익한 벗이야 서넛 되지만　　　　　益友攜三四

좋은 술은 한 말에 만 전(萬錢)이나 하니　　　　　芳醪貯十千

뭐니 뭐니 해도 글 지으며 술 마시는 것이라　　　最宜文字飮

글공부하여 구름과 안개를 맘껏 희롱하세.　　　　遊翰弄雲煙

노촌 정구량(1515~1580)

    * 역자 주 : <陶山弟子錄抄>에 卒年 五十八이라 했으나, <迎日鄭氏世譜>에는
　　享年 六十六으로 되어 있어 후자를 따랐다.

　노촌(魯村) 정구량(鄭久良)은 자가 원좌(元佐)요, 영천(永川) 출생이다. 일찌
감치 퇴계 선생의 문하에 들어가 경서의 뜻을 물어가며 배웠다. 자양서당
(紫陽書堂)을 창건하여 독서하며 후진을 양성하였으니, 문학하는 선비들이
많이 배출된 것은 공으로부터 비롯되었다. 일찍이 침랑(寢郎)에 제수되었으
나 나아가지 않았다.

　○ 공과 선생은 서로 교유하면서 강론하고 연마하는 보탬이 있었다.

정거(생몰 미상)

정거(鄭琚)는 자가 공로(公璐)요, 영천(永川) 출생이다.

정유(1522~1607)

정유(鄭瑜)는 자가 공근(公瑾)이요, 영천(永川) 출생으로 후에 흥해(興海 : 포
항의 옛 지명)로 이사했는데 임오년(1522)에 태어났다. 마음가짐이 올발랐고,
몸가짐이 청렴하고 검소하여 고을 사람들로부터 두터운 신망을 받았다.

○ 무신년(1548), 선생은 공과 함께 울산으로 유람하였는데 바다를 구경하고 돌아왔다.

소암(小菴) 노수(생몰 미상)

노수(盧邃)는 자가 여성(汝成)이요, 영천(永川)이다. 진사(進士)였으며, 시문(詩文)으로 이름이 있었다.

○ 선생과 서로 사이가 좋았다.

손진충(생몰 미상)

손진충(孫盡忠)은 자가 자경(子敬)이요, 경주(慶州) 출생이다. 진사(進士)였다.

성남(星南) 장문보(1516~1566) / 장문좌

장문보(張文輔)는 자가 백훈(伯勳)이다. 병오년(1546) 문과에 급제하였으며, 관직은 목사(牧使)에 이르렀다. 장문좌(張文佐)는 자가 숙훈(叔勳)이다. 두 사람 모두 안동 출생이다.

이계(伊溪) 김우홍(1522~?)

김우홍(金宇宏)은 자가 면부(勉夫)요, 칠봉(七峯) 김희삼(金希參)의 아들로, 임오년(1522)에 태어났다. 병오년(1546) 생원시(生員試)와 진사시(進士試)에 급제하고, 계축년(1553) 문과에 급제하였으며, 관직은 부사(府使)에 이르렀다.

○ 선생과 교분이 깊었다.

구졸암(九拙菴) 양희(1515~1580) / 양흔(생몰 미상) / 양담(생몰 미상)

양희(梁喜)는 자가 구이(懼而)요, 을해년(1515)에 태어났다. 병오년(1546) 문과에 급제하였으며, 관직은 참판(參判)에 이르렀다. 양흔(梁欣)은 자가 구부(懼夫)이다. 양담(梁澹)은 자가 사염(士恬)이다. 세 사람 모두 함양(咸陽) 출생이다.

이경명(1517~?)

이경명(李景明)은 자가 여회(如晦)요, 성주(星州) 출생이다. 임술년(1562) 문과에 급제하였으며, 관직은 승지(承旨)에 이르렀다.

○ 선생은 가장 밀접히 사귀었다.

이극첨(생몰 미상)

이극첨(李克恭)은 자□□이다.

김건(생몰 미상)

김건(金騫)은 자가 효백(孝伯)이다.

연정(蓮亭) 서형(1524~1575)

서형(徐泂)은 자가 청원(淸源)이다. 진사(進士)였으며, 시문(詩文)으로 이름이 있었다.

채무구(생몰 미상)

채무구(蔡无咎)는 자가 여회(汝悔)이다.

곽익(생몰 미상) / 예곡(禮谷) 곽율(1531~1593) / 탁청헌(濯淸軒) 곽황(1530~1569)

곽익(郭䙗)은 자가 군정(君靜)이다. 임자년(1552) 문과에 급제하였으며, 관직은 군수(郡守)에 이르렀다. 곽율(郭赿)은 자가 태정(泰靜)이요, 호는 예곡(禮谷)으로 신묘년(1531)에 태어났다. 무오년(1558) 사마시(司馬試)에 합격하고 성균관의 추천을 받아서 관직은 군수(郡守)에 이르렀다. 일찌감치 남명(南冥) 조식(曺植) 선생의 문하에서 수학하였으며, 한강(寒岡) 정구(鄭逑)와 동강(東岡) 김우옹(金宇顒)과 이해관계를 따지지 않는 도의(道義)로 사귀는 벗이 되어 서로 학문을 강마(講磨)함으로써 보탬이 되었다. 곽황(郭趪)은 자가 경야(景野)이다. 병진년(1556) 문과에 급제하였으며, 관직은 현감(縣監)에 이르렀다. 세 사람은 모두 본관이 현풍(玄風)이다.

○ 선생과 교분이 매우 두터웠다.

이산악(생몰 미상)

이산악(李山岳)은 자가 군진(君鎭)이요, 의성(義城) 출생으로 무신년(1548)에 태어났다. 계유년(1573) 생원시(生員試)에 합격하였다. 구원(邱園)에 은거하고 벼슬길에 나서려는 뜻이 없었다.

○ 선생이 이산악의 생원시 급제에 축하하는 시가 있다.

이급(생몰 미상) / 이현(생몰 미상)

이급(李伋)은 자가 사경(思卿)이다. 이현(李俔)은 자가 경숙(磬叔)이다.

이담룡(생몰 미상) / 이덕룡(생몰 미상)

이담룡(李聃龍)은 자가 성언(聖言)이요, 밀양(密陽) 출생이다. 경오년(1570) 문과에 급제하였다. 이덕룡(李德龍)은 자가 응운(應雲)이요, 밀양 출생이다. 문과에 급제하였다.

우금당(생몰 미상)

우금당(友琴堂)은 (성명 및 행적이 미상이다.)

우금당의 시

물외의 맑은 흥취 즐기려고 손잡고들 찾아왔더니	相攜物外作淸遊
그대는 돌아가고 나만 남겨둘 줄 어찌 생각했으랴.	豈料君還我獨留
우리 모임이 명년엔 어느 곳에서 함께할는지	此會明年何處共
갈 것이냐 말 것이냐 심사가 그지없도다.	去留心事兩悠悠

김언충(생몰 미상)

김언충(金彦冲)은 자가 경방(景放)이요, 선산(善山) 출생이다. 관직은 감찰

(監察)에 이르렀다. 선생이 한양에 있을 때, 공이 베푼 주연 자리에서 읊은 선생의 시에 '천리 길 한양고을의 그리운 정이야 끝이 없겠지만, 석양 아래 서로 손잡고 돌며 큰 소리로 노래 불렀다.(千里洛城無限抱, 斜陽聯袂浩歌廻.)'는 구절이 있다.

강명선(생몰 미상)
강명선(康明善)은 자가 □□이요, 주천(舟川) 강유선(康惟善)의 동생이다.
○ 선생이 지어준 시가 있다.

원개(생몰 미상)
원개(元凱)는 자가 덕좌(德佐)이다. 생원(生員)이었다.

선생을 살피자니, ≪회당선생사우록(悔堂先生師友錄)≫에 모두 74명을 수록할 수 있었다. 가만히 생각해보면, 당시의 교유가 의당 이에서 그치지 않았을 것이다. 또한 오가며 학문을 연마한 실제에 착착 들어맞아 근거할 만한 것이 있었을 것이나, 중간에 전란으로 말미암아 문적(文籍)들이 모조리 없어져 남아 있지 않았다. 돌아가신 아버지께서 일찍이 흩어진 것들을 거두어 정리할 뜻을 가지고 계셨지만 끝내 이루지 못하셨다. 못난 나는 오래 되면 될수록 전해오는 것조차 잃어버릴까 몹시 두려웠다. 이에, 감히 가정에서 얻을 수 있는 것들을 벌여서 기록할 수 있었다. 그런데 여러 책에서 모아 기록함에 있어서 증거가 없으면 취하지 않았으나, 들을 만한 것이 있으면 곧바로 기록하여 빠진 것을 채워 넣어서 거칠게나마 한 통의 기록을 만들었다. 대체로 일생 동안 정력을 기울인 것이라 후세에 증거로 내세울 수 있겠지만 여전히 삼분의 일도 채우지 못하였으니, 이것이야말로 거듭거듭 한스러울 뿐이다. 그러나 이 기록으로 말미암아 그 세대를 논하면 또한 선생의 성대한 연원과 교유를 충분히 알 수 있을 것이다.

    1656년 4월 하순 손자 열도(悅道)가 공경히 쓰다.

■사우록 발문

위 ≪사우록(師友錄)≫은 선생의 손자 난재공(懶齋公)이 편한 것이다. 처음에 선생의 형님 정은공(靜隱公)께서 선생의 ≪효우록(孝友錄)≫을 찬하고, 인재(訒齋) 최현(崔晛) 공이 그 ≪효우록≫을 참고해서 묘지문(墓誌文)을 지었다. 까닭에 선생이 연원의 정통을 주고받은 취지 및 금란(金蘭) 같은 사람들과 사귀면서 학문을 연마한 사실 등이 상세하지 않았다. 이것이 ≪사우록≫을 짓게 된 이유이다.

삼가 살펴보건대, 계묘년(1543)에 선생은 경의를 표하는 글을 지니고 신재(愼齋) 선생을 뵈러 죽계(竹溪)로 갔으며, 그해 겨울 죽계에서 퇴도(退陶 : 李滉) 선생을 뵈러 계상(溪上)으로 갔으며, 6년 뒤인 기유년(1549)에 다시 퇴도 선생을 뵈러 풍기(豊基) 군수 관아로 갔으며, 갑인년(1554)에 무릉(武陵)에서 남명(南冥) 선생을 뵈러 덕산(德山) 별장으로 갔다. 선생은 대체로 일찍이 세 분 선생의 문하에 출입하였는데, 퇴도 선생의 문하에 출입하였으니 문적(文蹟)은 상고(詳考)하면 그만이지만, 당시에 혼자에게만 전하여 은밀히 부탁한 뜻은 증험할 수가 없다. 그렇지만 시험 삼아 선생의 원고를 가지고서 평소의 언행을 돌아보면, 선생의 학문은 신재 선생으로부터 발단한 것이고 남명 선생에게서 눈으로 보고 마음으로 느낀 것[觀感]이며, 만년에 도덕을 증진시킨 것은 퇴계의 문하에서 훈도 받은 바가 실로 깊었다고 하겠다.

또한 당시의 명사(名士)들, 가령 금계(錦溪) 황준량(黃俊良), 소고(嘯皐) 박승임(朴承任), 월천(月川) 조목(趙穆), 지산(芝山) 김팔원(金八元) 같은 선배들과는 도의(道義)로 서로 높이 받들어 귀하게 여기기도 하고, 문장을 서로 주고받기도 하였다.

무릇 누군들 동문수학하던 벗들이 아니랴만, 하서(河西) 김인후(金麟厚)

같은 이는 특별히 서로 뜻이 통하는 지기(知己)로서의 감회가 있었다. (인종이 승하하자) 선생이 3년 동안 육식을 하지 않고 거친 밥을 먹은 것과 하서가 7개월 동안 통곡한 것은 지극한 정성으로 측은하게 여기는 감정[至誠惻怛]에서 똑같이 나온 것이다. 선생이 장수현(長水縣) 학관(學官)이 되었을 때 용문(龍門) 조욱(趙昱)과 함께 곧바로 찾아갔다. 곧, ≪주역(周易)≫에서 일컫은 '같은 소리끼리 서로 응하고 같은 기운끼리 서로 찾는다.'는 것을 선생이 취한 것이다. 이것이야말로 또 선생의 대절(大節)이 없어지지 않은 것이니, 이 ≪사우록≫을 짓지 않을 수 없었을 것이다.

중간에 여러 후손들이 난재공(懶齋公)의 상자 속에서 이 사우록을 찾게 되자 장차 붙여서 간행하기로 도모하고, 원고 아래에다 비천한 나의 말을 기록하기를 청하였다. 삼가 생각건대, 난재공은 선생의 친손자로서 지식이 얕아도 자기가 좋아하는 분이라 하여 아첨하지는 않았을 것이고, 찬술한 연보(年譜) 등 모두가 고증(考證)이 되어 있어서 후세에 증거로 내세울 수 있는데, 어찌 비천한 내가 여러 말을 할 필요가 있으랴. 다만, 어루만지며 흠모한 나머지 소감이 없을 수가 없는지라, 중간에다 몇 마디의 말을 지어서 행장이나 묘지문에 빠진 부분에 보충이라도 하고, 아울러 은미한 것을 드러내고 숨겨진 것을 밝히려는 뜻을 붙일 따름이노라.

1750년 동짓날 후학 안동(安東) 권상일(權相一) 삼가 짓다.

회당선생 분산도/悔堂先生墳山圖

같은 구릉에 세 무덤이 있다. 맨 위쪽의 무덤은 곧 선생의 부친 처사공(處士公)의 무덤이고, 다음의 무덤은 선생의 무덤이며, 그 다음의 무덤은 선생의 형님 참봉공(參奉公) 무덤이다. 세 무덤엔 모두 비석이 있는데, 외계(外階)의 남쪽에 세워져 있고 가로세로가 북으로 향하고 있다.

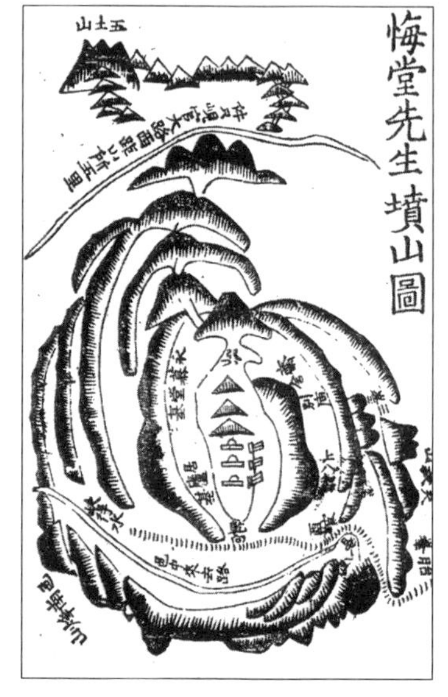

우측의 분산도(墳山圖)를 새겨서 문집 말미에 붙인 것은 세대가 아득히 멀어지면 세상일이란 변화가 끝이 없는데다 눈까지 내려서 혹 무덤을 찾지 못하는 일이 생겨 동서남북 사방 사람들의 탄식이 있을까 두려워해서이다. 무덤을 찾지 못하는 잘못을 거듭 범하는 자는 반드시 장차 무덤이 있는 곳을 알지 못하게 되어 어쩔 줄 모르며 두려움에 떨고 있을지라. 이에, 선조의 유고(遺稿)를 간행하면서 아울러 분산도(墳山圖)를 본떠 문집의 말미에 붙인다. 세월이 아무리 흐르고 거리가 아무리 멀어졌다 하여도, 문적(文籍)에 징표가 있으니 조상의 옷과 신이 이곳에 묻혀 있음을 분명하게 알기 바라노라.

1739년 정월 6세손 언모(彦模)가 삼가 짓다.

신재 주선생 유묵/愼齋周先生遺墨

우리 서원에 사람이 있으니,	我院有人
그 마음이 옥처럼 아름답구나.	其心如玉
하늘이 장차 그대를 옥으로 여기시어,	天將玉汝
그에 합당한 녹봉을 거듭 베풀어 주시리라.	申其祿矣

위의 16글자는 신재(愼齋) 주세붕(周世鵬) 선생이 손수 써서 회당(悔堂) 신(申) 선생에게 준 글이다. 주 선생이 백운동서원을 창건하고 많은 인재를 교육하자, 멀고 가까운 곳을 막론하고 훌륭한 인물이 구름 모이듯 모여들었다. 그런데 선생이 특별히 총애와 대우를 받았으니, 타고난 바탕이 온화하되 윤택하여 도에 가까웠음을 주 선생의 글에서 역시 상상할 만하다. 스승의 가르침을 차분하게 받을 즈음에 부지런히 학문과 덕행을 닦아서 어질고 너그러운 도량을 지닌 사람이 된 것은 반드시 그 방법이 있었을 것이나 지금으로서는 증험할 수가 없다. 그렇지만 선생은 끝내 효성과 우애로써 덕을 이루어 그 명성이 자자하더니, 이미 돌아가셨는데도 정려(旌閭)가 세워져 찬란하고, 백세토록 사당에 모셔져 제사를 받는다.

'하늘이 그대를 옥으로 여기시어 그에 합당한 녹봉을 거듭 베풀어 주시리라.' 한 것은 좌계(左契 : 약속의 증거)를 지녔다가 서로 주고받음과 같으니 어찌 위대한 것이 아니겠는가. 증손 현손에 이르러서 많이도 어질고 효성스러움으로 알려진 바, 선생의 빛나는 인품과 훌륭한 자취를 대대로 이어받은 것이니, 이것이야말로 하늘이 그 녹봉을 거듭 베풀어진 것으로 선생

자신만 아니라 그 후손에게까지 베풀어졌던 것이다.

　명망 있는 손자 홍교(弘敎)가 그 부친의 명을 받들어 비단으로 서첩(書帖)을 만들어서는 나에게 한 마디를 써달라고 부탁하는데, 그 마음 씀이 너무 간절하였다. 그러나 이로 인해서 선조의 공적을 충분히 물려받을 만하다고 할 수 있는 것은 아니다. 모름지기 옛사람이 말한 '인(仁)을 행하는 근본'이란 것에 힘써야 하나니, 몸과 마음을 닦음은 옥처럼 온윤(溫潤)하되 흠이 없도록 해야 하고, 마음가짐은 옥을 잡고서 떨어뜨릴까 염려하듯 하여 선생의 자손으로서 욕되지 않게 하면, 하늘이 신씨가(申氏家)에 복록을 내려줌이 아마도 정중할 것이로다. 짐짓 써서 책의 첫머리에 붙이고 기다리노라.

1769년 10월 하순

선생의 외후손 한산(韓山) 이상정(李象靖) 절을 하고 쓰노라.

원문과 주석

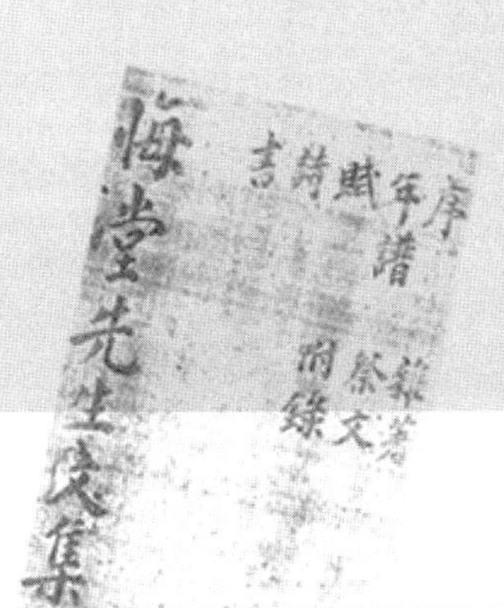

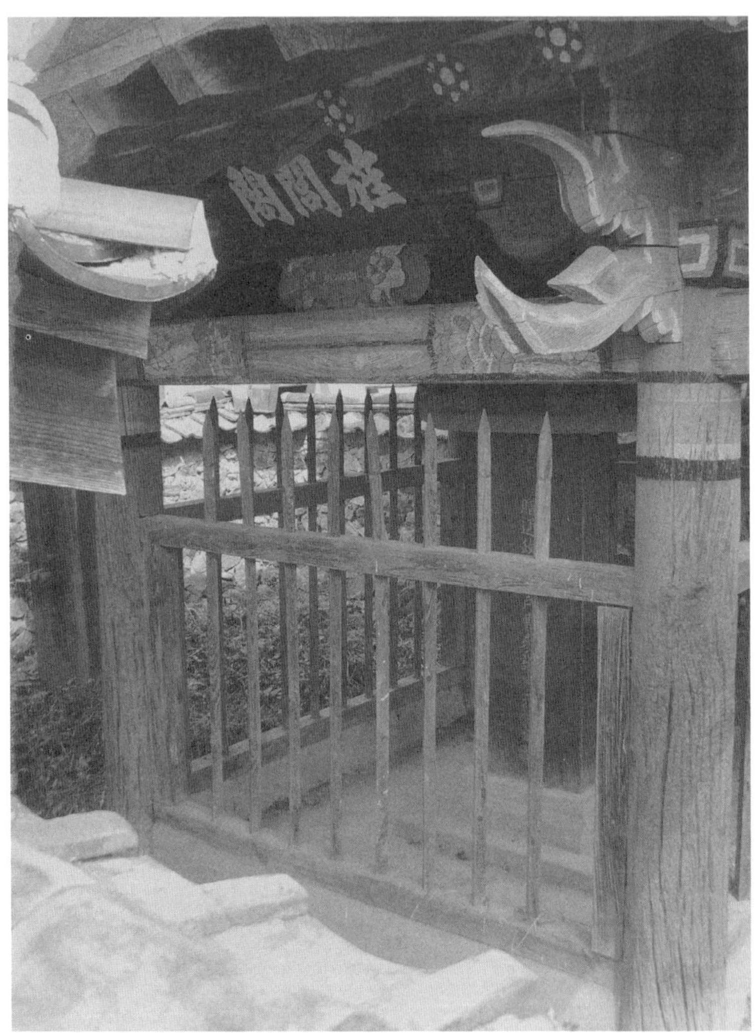

정려각 : 경북 의성군 의성읍 도동리

悔堂先生文集 序

讀聖賢書, 能了一句語, 鮮矣。吾夫子嘗言：“弟子入則孝, 出則弟, 謹而信, 汎愛衆而親仁, 行有餘力, 則以學文.[1]” 此一章語, 泛看若淺近, 然究而論之, 終身事業, 俱在其中。雖世所稱宿德先生, 能盡其行者, 亦不多見之。不佞近讀申悔堂先生遺稿及伯氏參奉公所編≪孝友錄≫, 噫! 先生其能盡其行者歟。盖先生之至行, 雖用學力以充之, 大抵其天性也。

人生八歲, 入于小學敎之[2], 以愛親敬兄之道, 如黃香扇枕[3]・陸績懷橘[4]等事[5], 朱夫子編諸善行[6], 以爲千古人子之動。若先生之采藥求醫, 在十一歲未

---

1) 이 글은 ≪論語≫<學而篇>의 “자제들은 집에서 부모에게 효도하고 밖에서 어른에게 공손해야 하며, 언행을 삼가서 미덥게 하고, 널리 여러 사람을 사랑하되 어진 이를 친히 할 것이며, 이를 행하고도 여력이 있으면 곧 글을 배울 것이다.(弟子入則孝, 出則弟, 謹而信, 汎愛衆, 而親仁, 行有餘力, 則以學文).”는 구절임.

2) 人生八歲, 入于小學敎之(인생팔세, 입우소학교지) : 朱熹의 <大學章句序>에 있는 “사람이 태어나 8세가 되면, 왕공 이하로부터 서인의 자제에 이르기까지 모두 소학에 입학시켰다. 그리고는 물 뿌리고 쓸며 응하고 답하며 나아가고 물러나는 예절과 예・악・사・어・서・수에 관한 글을 그들에게 가르쳤다.(人生八歲, 則自王公以下, 至於庶人之子弟, 皆入小學而敎之以灑掃應對進退之節, 禮樂射御書數之文.)”는 구절에서 인용함.

3) 黃香扇枕(황향선침) : 황향은 後漢 때 효자로, 9세 때 어머니를 여익고 아버지를 섬기면서 여름이면 아버지의 베개에 부채질하여 서늘하게 하고, 겨울이면 자기가 아버지의 자리에 먼저 들이기서 자리를 따뜻하게 해 드렸다는 고사를 일컬음.(≪後漢書≫<黃香列傳>)

4) 陸績懷橘(육적회귤) : 삼국시대 吳나라의 陸績이 여섯 살 때 袁術을 만났는데, 그가 귤을 주자 이를 먹지 않고 품에 넣어 가지고 가 어머니에게 드렸다는 고사를 일컬음.(≪三國志≫ 권12, <吳書・陸績傳>)

5) 黃香扇枕陸績懷橘等事(황향선침묵적회귤등사) : ≪小學≫<外篇・嘉言・廣立敎>의 “楊文公家訓에 말하기를 ‘어린이의 배움은 暗記하고 외우는 데 그치지 않고, 그 良知와 良能을 길러주어야 하니, 먼저 들려주는 말을 爲主해야 한다. 날마다 故事를 기억하게 하되, 옛 시대와 지금 시대에 구애받지 말고 반드시 먼저 孝悌, 忠信, 禮義, 廉恥 등의 일을 들려주고, 黃香이 枕席에 부채질한 일과 陸績이 귤을 품은 일과 孫叔敖의 陰德과 子路가 쌀을

及成童[7]之時, 自是八年之間, 衣不解帶, 目不交睫, 晝夜侍湯, 冀得神明之感。雖脩短有命, 天莫之回, 而其視黃香·陸續輩, 其難易何如哉?

人少則慕父母, 血氣衰則志隨而倦, 故孟子以大舜爲能五十而慕[8]。公之侍疾母夫人也, 以六十之年, 日夜坐而抱侍, 嘗糞而籲天, 及其喪之, 哭之如孺子。不佞讀《孝友錄》, 至此涕咽, 不忍復讀, 使孟子而論公, 豈不可曰'是亦大舜之徒也'乎? 君子之道, 貴乎中庸, 而孝子之事親, 不自知其過, 公之所行, 或似疑於過, 而皆出於至情之不能自已。夫子之哭顔淵, 猶曰: "有慟乎?"[9] 抑非所以爲過也。

孝者百行之源, 人能於大者盡焉, 百行由此而推出故。公之事兄盡其弟, 居家極其和, 睦乎族而敦乎鄕, 其謹信而汎愛者[10], 可知已。又能力學究業, 就有道而正焉[11]。立鄕約, 設儒齋, 創書院, 以興起斯文爲己任, 此則不徒出於天性

등에 지고 나른 일 같은 것들을 世俗의 이야기처럼 해서 들려준다면, 곧 그 도리를 깨닫게 되며, 이것이 오래되어 마음에 젖으면 德性이 자연적으로 우러나는 것 같은 것이다.' 하였다.(楊文公家訓曰: '童稺之學, 不止記誦, 養其良知良能, 當以先入之言爲主. 日記故事, 不拘今古, 必先以孝弟忠信禮義廉恥等事, 如黃香扇枕·陸續懷橘·叔敖陰德·子路負米之類, 只如俗說, 便曉此道理, 久久成熟, 德性若自然矣.')"는 구절을 염두에 둔 표현임.

6) 朱夫子編諸善行(주부자편저선행): 《小學》은 宋나라 朱子가 짓고 그의 제자 劉子澄이 이어서 편찬한 초학 교재로서, 內篇·外篇 모두 6편으로 되어 있으며, 내편은 立敎·明倫·敬身·稽古로 나뉘고, 외편은 嘉言·善行으로 나뉘어 孝·弟·忠·信 등 사람의 도리와 수신의 절차가 기록되어 있는데, 내편은 유교의 윤리사상의 요강을 논한 반면, 외편은 漢나라 이후 송나라까지의 賢哲의 언행을 기록하여 내편과 대조시킨 것을 일컬음.

7) 成童(성동): 열다섯 살 된 사내아이를 이르는 말.

8) 孟子以大舜爲能五十而慕(맹자이대순위능오십이모): 《孟子》<萬章章句 上>의 "진정한 효자는 종신토록 부모를 사모하는 법이다. 나이 오십이 되어서도 사모했던 경우를 나는 위대한 순 임금에게서 볼 수 있다.(大孝終身慕父母, 五十而慕者, 予於大舜見之矣.)"라는 구절을 일컬음.

9) 夫子之哭顔淵, 猶曰有慟乎(부자지곡안연, 유왈유통호): 《論語》<先進篇>의 "안연이 죽자 공자가 비통하게 곡을 하였다. 따라간 제자가 '선생님 너무 통곡하시는 것 같습니다.' 하자, 공자가 '통곡했던가?'고 했다.(顔淵死, 子哭之慟. 從者曰: '子慟矣.' 曰: '有慟乎?')"는 구절을 염두에 둔 표현임.

10) 謹信而汎愛(근신이범애): 《論語》<學而篇>의 "들어와서는 효도하고 나가서는 공손하며, 삼가고서 미쁘게 하며, 널리 뭇사람을 사랑하되 어진 이를 가까이할지니, 행함에 남은 힘이 있거는 글을 배울지니라.(弟子入則孝 出則弟 謹而信 汎愛衆 而親仁 行有餘力 則以學文.)"는 구절에서 인용함.

而資於學力者深矣, 可謂好學篤行之君子也。

公之文章, 得於餘力, 而存者甚尠, 今若干篇, 然其一言一字之發, 無非出於性情, 而民彝物則之所當然, 就此亦可以得公之平生矣, 奚多乎哉?

公之七世孫龍起12), 以門老之命, 奉公遺稿, 見屬以狀行者而又責以弁卷首焉。不佞何人哉? 顧可以當傳信13)之責, 而爲佛頭之穢14)哉? 第其平日景公之至行, 所謂執鞭15)而所欣慕者, 不敢以固陋終辭, 旣妄加編定, 書其所感慨者如是, 以爲悔堂先生遺稿序。

上之十五年16)己未 季秋 庚午17) 後學 平原 李光庭18) 謹叙

---

11) 就有道而正焉(취유도이정언) : ≪論語≫<學而篇>의 "군자가 먹는 것은 배부름을 구하지 않고, 거처는 편안함을 구하지 않으며, 일에는 민첩하고 말은 삼가서 하며, 도가 있는 이에게 가서 질정한다면 배우기를 좋아한다고 이를 것이다.(君子食無求飽, 居無求安, 敏於事而愼於言, 就有道而正焉, 可謂好學也己.)"는 구절에서 인용함.

12) 龍起(용기) : 申煌(1705~1774)의 初名. 아주신씨 19세손으로 晚悟派이다. 자는 君晦이고, 호는 升窩이다.

13) 傳信(전신) : 분명한 기록. "공자가 ≪春秋≫를 지을 때, 진상이 확실하게 밝혀진 사건은 분명히 기록하고, 의심스럽거나 확인이 안 된 경우에는 의문을 남겨둔 채 그대로 기록하였다.(春秋之義, 信以傳信, 疑以傳疑.)"(≪春秋穀梁傳≫ 桓公 5년)는 구절에 나온다.

14) 佛頭之穢(불두지예) : 부처의 머리에 똥을 묻힌다는 뜻으로, 깨끗하고 성스러운 것을 더럽힐 때 비유하는 말. 宋나라 道源이 지은 ≪景德傳燈錄≫에 "崔相公이 절에 들어가서 '새들이 부처의 머리 위에 똥을 싸는 것(鳥雀, 於佛頭上放糞.)'을 보고 승려에게 새들도 佛性이 있는지 물었더니, 승려가 '있다.'고 대답하였다. 그러자 그가 '불성이 있으면 왜 부처의 머리에다 똥을 싸지요?' 물으니, 승려는 '그 까닭은 자비로운 부처는 살생을 하지 않기 때문인데, 새들이 새매 머리 위에는 싸지 않지 않소.' 하였다."는 일화가 있다.

15) 執鞭(집편) : 너무도 사모하여 아무리 천한 일이라도 마다하지 않겠다는 뜻. "晏子가 지금 살아 있다면 그의 마부가 되어 말채찍을 잡는 일이라도 흔쾌히 할 것이다.(假令晏子而在, 余雖爲之執鞭, 所忻慕焉.)"는 司馬遷의 말에서 비롯된 것이다(≪史記≫<管晏列傳論>)

16) 上之十五年(상지십오년) : 영조 15년.

17) 季秋庚午(계추경오) : 9월 26일.

18) 李光庭(이광정, 1674~1756) : 본관은 原州이고, 자는 天祥이며, 호는 訥隱이다. 59세 때, 趙顯命이 경상도관찰사로 있으면서 지방에 학문과 교화를 일으키고자 이광정을 安東府都訓長으로 삼았다. 62세 때, 조현명이 入對하여 文學과 行誼가 영남 제일이라 칭송하고, 경상 감사에서 막 돌아온 金在魯도 영남 제일의 인물로 일컬어 厚陵 參奉에 제수되다. 부임하였다가 成守琛과 徐敬德이 제수의 명에 응하지 않았던 사실을 알고 병을 이유로 사직하다. 80세 때, 이조판서 趙榮國은 그가 문장과 학술에 중망이 있었음에도 여러 차례의 관직 제수를 사양하고 산림에 묻혀 후학을 교수한 점을 높이 평가하여 6품직 하사를 건의하여 왕의 허락을 얻었다. 영남 文苑의 모범이며 世教를 떨쳤던 인물로 전해온다.

悔堂先生 年譜

皇明武宗正德十一年(中宗大王十一年)丙子

十二月二十日癸亥(酉時), 先生生于義城縣元興洞里第。

先生之先世, 居尙州丹密縣官洞, 至曾祖生員公[1], 始移居義城縣南元興洞, 子孫因居焉。

十二年丁丑(先生二歲)

十三年戊寅(先生三歲)

十四年己卯(先生四歲)

十五年庚辰(先生五歲)

十六年辛巳(先生六歲)

自幼, 聰穎耿介, 惇行孝弟。

世宗嘉靖元年壬午(先生七歲)

---

1) 生員公(생원공) : 아주신가 9세손 '申錫命'을 가리킴. 그는 司馬試에서 '有月中桂' 科題에 대해, "누가 영롱한 달에다 / 계수나무 옮겨 심었나. / 토끼 궁전에 그림자 드리우고 / 천리 밖까지 향기가 그윽하네. / 달을 꿰뚫어야 / 잎이라도 딸 수 있을런가. / 가지라도 잡아야 할 듯한데 / 어느 때나 잡을 수 있을꼬 / 먼저 꺾고 술잔 기울여야만 / 일산을 푸른 하늘로 추어올리리라.(誰把玲瓏, 樹移來種. 冤宮影分, 千里外香. 透一輪中, 採葉知無. 價攀枝似, 有功何時. 先折得傾, 蓋拂靑空.)"라고 차운한 시로 급제하였다.

始受≪小學≫。

讀至半卷, 乃歎曰：“人子事親之道, 其在是書乎!” 不煩程督, 日漸開益, 一
言一動, 皆做而行之。

二年癸未(先生八歲)

三年甲申(先生九歲)

四年乙酉(先生十歲)

五年丙戌(先生十一歲)
處士公2), 有疾彌留, 先生上八公山3)採藥。

處士公, 素患風, 當寒添劇, 人言：“八公山有靈藥.” 一日, 先生忽不知去處,
旣而自八公山, 採藥而還, 求良醫劑進, 證遂少愈, 見者莫不感歎。○ 先生夙
夜憂遑, 不離左右, 所以扶護將順者, 靡不用極, 嘗置小鍋于鑪, 所進藥餌粥飮,
手自烹脹, 不委之人。

六年丁亥(先生十二歲)

七年戊子(先生十三歲)
處士公, 嘗謂先生曰：“吾病, 非朝夕可已, 空使汝失讀書時.” 先生溫辭對
曰：“湯憂中, 讀書誠有所未遑。且非古人餘力學文4)之義也.” 猶重違親意, 時

---

2) 處士公(처사공) : 아주신가 11세손 ‘申壽’를 가리킴. 그는 慶基殿參奉에 제수되었으나 나아
　가지 않았으며, 文敏公 周世鵬이 그의 묘지문을 지었다.

3) 八公山(팔공산) : 행정구역상으로는 대구광역시 동구에 속하지만, 영천시·경산시·칠곡
　군·군위군 등 4개 시·군이 맞닿는 경계를 이룬 산이다. 신라시대 김유신 장군이 통일
　구상을 수행했던 곳이며, 고려를 세운 왕건이 견훤과 전투를 벌인 곳이기도 하다. 원래
　산의 명칭은 공산이라고 불렀는데 신숭겸을 포함한 고려의 개국공신 8명을 기리기 위해
　‘팔공산’이라고 불렀다.

4) 餘力學文(여력학문) : ≪論語≫<學而篇>의 “들어와서는 효도하고 나가서는 공손하며, 삼

或在傍披閱，亦不成聲朗讀。

八年己丑(先生十四歲)

九年庚寅(先生十五歲)

十年辛卯(先生十六歲)

十一年壬辰(先生十七歲)

十二年癸巳(先生十八歲)
二月，丁處士公憂。

處士公，倜儻有氣節，值世昏濁，隱德潛修，以訓誨後進爲事。弘治甲子，除慶基殿參奉，不就，丙寅後，除獻陵參奉，又不起。○ 先生，侍湯不少懈，目不交睫，衣不解帶者，凡八年，旣屬纊[5]。勺水不入口，絶而甦者數四。斂襲等節，一遵≪文公家禮[6]≫，無少餘憾。當題銘旌，執禮者，請書職銜，先生泣曰："吾聞事亡如事存[7]，大人平日，所不願者，其忍施之於送終[8]之際乎?" 遂以處士[9]書之。當時知禮家，皆許之。

가고서 미쁘게 하며, 널리 뭇사람을 사랑하되 어진 이를 가까이할지니, 행함에 남은 힘이 있거든 글을 배울지니라.(弟子入則孝 出則弟 謹而信 汎愛衆 而親仁 行有餘力 則以學文.)"는 구절에서 인용함.

5) 屬纊(속광) : 사람이 죽어 갈 무렵에 숨이 끊어졌는지 확인하기 위하여 코에 솜을 대어 호흡하고 있는가를 징험하는 것. '임종'을 달리 일컫는 말이다.

6) 文公家禮(문공가례) : 宋나라 朱熹가 지은 것으로 전 5권에 부록 1권으로 되어 있음. 주로 冠婚喪祭에 관한 禮制이다.

7) 事亡如事存(사망여사존) : ≪中庸≫ 제19장의 "죽은 이 초상 치르기를 산 사람 섬기듯이 하고, 이미 돌아간 이 제사 모시기를 생존한 이 섬기듯 하는 것이 지극한 효도이다.(事死如事生, 事亡如事存, 孝之至也.)"라는 구절에서 인용한 말.

8) 送終(송종) : 장례를 치르는 모든 일.

9) 處士(처사) : 죽은 사람의 이름 뒤에 붙는 銘旌名의 하나. 學生, 處士, 先生으로 구분되는데, 학생은 이렇다 할 관직이나 수학을 하지 못한 일반인들에게 쓰며, 처사는 관직에 나아가지 않으면서 후학을 양성하는데 진력을 했던 분들에게 쓰며, 선생은 儒林 중에 가장

十一月, 葬處士公於八智山乾向之原。

旣葬, 廬于墓側, 入則善辭慰母夫人, 出必具絰帶[10]繞墓哀號, 不以風雨凍暑
或廢, 仍構齋舍五架於墓下, 以爲永世寓慕之所。○ 山下舊多居民, 知先生有
入葬意, 相謂曰：“吾等亦人耳, 不忍違孝子之願?” 遂許入葬焉。

十三年甲午(先生十九歲)
先生, 痛慕先公勸學之語, 讀禮之暇日, 取四子諸經, 次第尋究以涵泳義理爲
主。

十四年乙未(先生二十歲)
四月服闋[11]。

服旣闋, 哀慕猶切, 踰月後, 始自廬所還, 事母夫人, 日晨興, 省起居, 怡愉[12]
承順, 以樂其心 · 安其體, 葛裘無或違節, 寢房柴樵, 亦自量多少以爇。

十五年丙申(先生二十一歲)
秋中鄕解。

先生, 以親命, 從事場屋之間, 而亦不以得失經心。

十六年丁酉(先生二十二歲)

十七年戊戌(先生二十三歲)
二月, 承母夫人命, 遊泮中[13]。

母夫人, 嘗語先生曰：“汝生晚窮鄕, 朋遊未廣, 吾聞‘太學賢士所關, 禮義相

先之地[14].' 盍往取則焉?" 先生於是, 拘墳策[15], 往赴之。齋居諸儒, 見先生, 言行有度, 莫不歛袵推重。時柳立巖仲郢[16], 在泮中, 同榻研業, 情好彌篤。

十八年己亥(先生二十四歲)

春還鄉省親。

自是慨然, 有求道之志, 研精覃思, 力學不怠。

秋與伯氏靜隱[17]公, 赴漢城試。

及還, 靜隱公, 中途遘瘧, 先生扶護艱關, 至天民灘[18], 秋水正漲。人言："此水有毒蟒, 不可徒涉." 先生不爲動, 背負以濟, 卒無事。

十九年庚子(先生二十五歲)

聘夫人李氏。

秉節校尉[19]智源[20]之女, 耕隱先生孟專[21]之曾孫。事姑孝, 承順供奉, 惟恐不如先生志。及姑年老, 養之以乳, 人比之崔山南家範[22]云。

---

14) 禮義相先之地(예의상선지지) : ≪小學≫<立教·善行>의 "학교는 예의를 서로 앞세우는 곳이거늘 달마다 시험을 보아 서로 다투게 하는 것은 결코 교양하는 도리가 아니다.(以爲學校, 禮義相先之地, 而月使之爭, 殊非教養之道.)"는 구절에서 인용한 말.

15) 墳策(분책) : 典籍. 書冊.

16) 立巖(입암) : 柳仲郢(1515~1573)의 호. 字는 彦遇. 황해도 관찰사를 지낸 인물로 西厓 柳成龍의 부친이다. 그는 집에 있을 때면 일이 없더라도 손을 모아 쥐고 단정하게 앉아 있었으며, 중문 안에 있는 서재에 나갈 때면 항상 衣冠을 갖추었다고 한다. 세 번이나 절도사를 지냈건만 마구간에는 좋은 말이라고는 없었으며, 옷에서 향내를 풍기는 일도 없었다. 그는 일을 마치고 오면 반드시 독서를 했는데 손에서 책을 놓는 일이 없었던 것으로 전해진다.

17) 靜隱(정은) : 申元福(1509~1584)의 호. 자는 仲綏. 參奉 申壽의 아들이자, 悔堂公의 兄이다. 지극한 孝行으로 將仕郎 獻陵參奉에 除授되었다.

18) 天民灘(천민탄) : 天民川. 경기도 驪州 陰竹縣 앞을 흐르는 강으로 남한강의 지류이다.

19) 秉節校尉(병절교위) : 조선시대 從六品 西班 武官에게 주던 品階.

20) 智源(지원) : 李智源. 자는 秉紀, 호는 大隱. 端宗 때 吏曹參判을 지냈으며, 단종이 폐위되자 延鳳山에 들어가 은거했다.

21) 孟專(맹전) : 李孟專(1392~1480). 조선초 생육신의 한 사람. 자는 伯純. 호는 耕隱. 벼슬은 居昌 縣監에 이르렀는데, 청백리로 이름이 높았다. 세조가 즉위하자 눈멀고 귀먹었다는 핑계를 대고 고향인 선산에서 학문을 닦으며 살다가 죽었다.

二十年辛丑(先生二十六歲)

往拜龍巖朴公雲23)。

時龍巖, 以經學, 重一世。先生, 往來質疑, 殆無虛歲, 龍巖常稱先生曰：
"申君, 家居行義, 今世罕見, 在古董召南24), 其人也."

二十一年壬寅(先生二十七歲)

時連歲荒饉, 家累25)往往觖食。而先生與夫人, 服勤營辦, 以供親旨, 庋
閣26)瀡瀡之味, 未嘗匱乏。

二十二年癸卯(先生二十八歲)

十月, 贄謁愼齋27)周先生于白雲洞書院。

---

22) 崔山南家範(최산남가범) : ≪唐書≫<柳玭列傳>에 나오는 唐氏乳姑 고사를 일컬음. 崔山南
의 증조할머니 長孫부인은 나이가 많아 치아가 없었는데, 할머니 唐부인이 시어머니를
효성스럽게 모셨다. 아침마다 머리 빗고, 검은 비단으로 머리를 묶고, 비녀를 꽂은 다음
시어머니의 처소에 나아가 섬돌아래서 절하고는 곧바로 마루에 올라 시어머니에게 젖을
먹였다. 장손부인은 수년 동안 곡식을 먹지 않았지만, 건강하고 편안할 수 있었다. 하루
는, 장손 부인의 병이 위독하자 어른과 아이들이 모두 모였다. 장손부인은 "나는 며느리
의 은혜를 갚을 길이 없구나, 며느리의 자식과 손자들이 모두 며느리처럼 효도하고 공
경했으면 좋겠구나. 이렇게 된다면 최씨의 집안이 어찌 번창하고 커지지 않겠는가?"라
고 말했다는 고사이다.
23) 朴公雲(박공운) : 朴雲(1493~1562). 조선 중기의 학자. 자는 澤之. 호는 龍巖·雲巖. 善山
출생. 1519년 진사가 되고 명종 때 副司勇을 지냈다. 만년에 李滉과 서신으로 연락하였
고, 이황에게 저서인 ≪擊夢編≫ 등을 보내 訂正을 구했다. 죽은 뒤 이황은 碣文을 지어
그의 학문과 덕행을 찬양하였다. 孝行으로 선조 때 고향에 旌門이 세워졌다. 구미의 月巖
書院에 배향되었다.
24) 董召南(동소남) : 唐나라 때 安豊 사람으로 隱士. ≪小學≫<善行>에 의하면, 韓愈가 <董
牛行>이라는 노래를 지어, 동소남이 晝耕夜讀하며 부모에게 효도하고 처자식을 사랑하
는 것을 읊었으니, "수주 속현에 안풍이 있으니, 당나라 정원 연간에 이 고을 사람 동소
남이 그곳에 은거하여 의를 행했다.(壽州屬縣有安豊, 唐貞元年時, 縣人董生召南, 隱居行義於
其中.)"고 하였다.
25) 家累(가루) : 딸린 식구.
26) 庋閣(기각) : 음식을 놓아두는 시렁.
27) 愼齋(신재) : 周世鵬(1495~1554)의 호. 본관은 尙州. 자는 景遊. 호는 巽翁·南皐도 있다.
시호가 文敏이며, 경남 함안군 漆原에서 태어났다. 사림 자제들의 교육기관으로 백운동
서원을 세워 서원의 시초를 이루었다. 서원을 사림의 중심기구로 삼아 향촌의 풍속을

東方舊無書院, 愼齋先生, 時爲豐基守, 始創建于安文成公[28]故居竹溪之上, 敎育人材, 遠邇坌集。先生, 因贄文求敎, 愼齋先生, 以客禮待之, 留數日。出論題以試諸生, 及見先生所製異之, 批其尾曰:「我院有人, 其心如玉, 天將玉汝[29], 申其祿矣.」[30] 因告以言行相顧之實, 東方道學之緖, 亹亹忘倦焉。

十一月, 謁退陶[31]李先生于溪上。

先生欽慕李先生, 嘗有執經之願。至是, 聞李先生, 解職還鄕, 自白雲洞, 卽往拜之。

自溪上, 還棲白雲洞。

有月夜有感詩二絶。

교화하려는 목적이었다. 이후 이황의 건의로 소수서원의 사액을 받아 공인된 교육기관이 된 뒤 풍기 지역 사림의 중심기구로 자리를 잡았다.

28) 文成公(문성공) : 고려 때 유학자로 우리나라 성리학의 시조라 불리는 安珦(1243~1306)의 諡號. 자는 士蘊, 호는 晦軒인데, 이는 그가 만년에 宋나라의 朱子를 추모하여 그의 호인 晦庵을 모방한 것이다. 조선 중종 때 豐基 군수 周世鵬이 白雲洞에 그의 祠廟를 세우고 서원을 만들었는데, 1549년 풍기군수 李滉의 요청에 따라 紹修書院이라는 명종 친필의 賜額이 내려졌다.

29) 天將玉汝(천장옥여) : 北宋 張載(1020~1077)의 <西銘>에 "가난하고 천함과 근심 걱정은 너를 옥처럼 갈고 닦아서 훌륭하게 만들기 위한 것이다.(貧賤憂戚, 庸玉汝於成也.)"라고 한 데서 온 말. 온갖 역경을 겪고 훌륭한 인격을 이루게 됨을 비유한 말이다.

30) 이 16자로 된 문장은 ≪中庸≫ 제17장구의 "크나큰 덕을 가진 사람은 반드시 그에 맞는 지위에 이르게 되고, 반드시 그에 맞는 녹봉을 받게 되며, 반드시 그에 맞는 명성을 얻으며, 반드시 그에 맞는 수명을 누린다. ≪詩經≫에 이르기를, '훌륭하고 풍류를 즐기는 군자여, 밝게 빛나는 위대한 덕을 지니셨구나! 백성과 관리들을 잘 다스리니 하늘로부터 복록을 받고, 하늘은 그를 보호하고 도와 천자로 명하니 하늘로부터 거듭하여 부여받는구나.' 하였다.(大德必得其位, 必得其祿, 必得其名, 必得其壽. 詩曰 : '嘉樂君子, 顯顯令德, 宜民宜人, 受祿于天, 保佑命之, 自天申之.')"는 구절을 염두에 둔 글.

31) 退陶(퇴도) : 퇴계 李滉(1501~1570)의 또 다른 호. 본관이 眞城이고, 초명이 瑞鴻이며, 자가 景浩이고, 초자가 季浩이며, 호는 陶翁·淸凉山人도 있다. 李彦迪의 主理說을 계승, 朱子의 주장을 따라 우주의 현상을 理와 氣 二元으로 설명, 이와 기는 서로 다르면서 동시에 상호 의존관계에 있어서, 이는 기를 움직이게 하는 근본 법칙을 의미하고 기는 형질을 갖춘 形而下的 존재로서 이의 법칙을 따라 具象化되는 것이라 하였다. 理氣互發說이 사상의 핵심이다. 그의 학풍은 뒤에 그의 문하생인 柳成龍·金誠一·鄭逑 등에게 계승되어 嶺南學派를 이루었고, 李珥의 제자들로 이루어진 畿湖學派와 대립, 동서 당쟁과도 관련되었다. 일본 유학계에 큰 영향을 끼쳤다. 도산서원을 설립하여 후진양성과 학문연구에 힘썼다.

二十三年甲辰(先生二十九歲)

仍留白雲洞, 約同志讀書。

與趙月川[32]穆·金藥峯[33]克一·金芝山[34]八元諸賢, 結道義交, 連牀對討, 日有更攻互磨之益, 先生贈詩, 有'語道心無斁·論詩思不回'之句。○ 先生之孫, 晩悟[35]達道, 嘗從月川先生, 學月川先生, 每稱先生曰：“悔翁, 一生用工, 惟在本分上, 眞古人爲已之學也.” 又曰：“昔在愼齋之門, 從學者常數百人, 多以詞章製述爲務, 而公能切問近思[36], 專用心於內, 愼齋之屢加推獎, 蓋以此也.”

十一月, 中宗昇遐。○ 十二月, 還家省親。

先生, 留竹溪已周年, 進而講之於師, 退而辨之於友, 堅固刻厲, 孜孜向道, 愼齋先生, 每以德器[37]稱之。臨歸, 贈一絶曰：「爲學師原水, 論交取兕觥[38].

---

32) 月川(월천)：趙穆(1524~1606)의 호. 본관은 橫城이고, 자는 士敬이며, 호는 東皋도 있다. 李滉의 문인이다. 집안이 가난했으나 평생을 학문 연구에만 뜻을 두어 대학자로 존경받았다. 醴泉의 鼎山書院, 禮安의 陶山書院, 봉화의 文巖書院 등에 배향되었다.

33) 藥峯(약봉)：金克一(1522~1585)의 호. 본관은 義城이고, 자는 伯純이다. 靑溪 金璡의 맏아들인데, 네 동생이 龜峯 金守一, 雲巖 金明一, 鶴峰 金誠一, 南嶽 金復一이다. 李滉의 문인이다. 일찍이 居敬窮理하니 스승이 “道의 適重함이다.”고 칭찬하였다. 1546년 文科에 급제하여 承文院正字, 博士가 되었고, 司憲府 監察을 거쳐 성주목사로 재직시 ≪啓蒙翼傳≫을 퇴계의 서문으로 간행하였다. 한결같이 주민 교화에 힘써 善政을 남겼다. 泗濱書院에 배향되었다.

34) 芝山(지산)：金八元(1524~1589)의 호. 본관은 江陵이고, 자는 舜擧·秀卿이다. 周世鵬·李滉의 문인이다. 趙穆·具鳳齡 등과 학문을 닦았고, 조목과 <人心道心圖>를 만들었다.

35) 晩悟(만오)：申達道(1576~1631)의 호. 본관은 鵝洲이고, 자가 亨甫이다. 月川 趙穆과 旅軒 張顯光의 문인이다. 1610년 사마시에 입격하였으나, 정계가 혼란하여 광해군 때는 벼슬에 나아가지 않았다. 1623년 명나라 熹宗의 등극을 기념하여 치러진 儒生庭試에 갑과로 장원급제하여, 文翰官을 거쳐 1627년 사간원 정언에 이어 곧 持平으로 승진하였다. 이해 6월 병조판서 李貴의 전횡을 배척하는 상소를 올려 이귀의 미움을 사서 부사직으로 선보되었다. 1627년 정묘호란 때 尹煌과 함께 斥和論을 적극적으로 주장하다가 파직되었다. 또 1629년 사헌부장령이 되었을 때, 內需司가 進上을 과다하게 강요하는 폐단을 없애라는 상소를 올렸다. 도승지에 추증되었고, 시문집에 ≪만오문집≫이 있다.

36) 切問近思(절문근사)：자기 자신에 관한 근본적인 문제를 절실히 묻고 현실에 가깝게 생각하는 것. ≪論語≫<子張篇>의 “널리 배우고 뜻을 돈독히 하며 절실하게 묻고 가까이서 생각하면 仁이 그 가운데 있다.(博學而篤志, 切問而近思, 仁在其中矣.)”는 구절에서 인용하였다.

37) 德器(덕기)：어질고 너그러운 도량을 지닌 사람.

38) 取兕觥(취시굉)：≪詩經≫<豳風·七月篇> 제8장의 “섣달이면 얼음을 꽝꽝 깨어다가, 정

相規惟十字, 庶悉百年情.」 其眷重也如是。 ○ 先生, 旣還謂靜隱公曰 :"豊
川39)之有書院, 乃是斯文盛事. 吾鄕, 獨無藏修之地乎?" 遂有營建書院之志。

二十四年 仁宗大王元年 乙巳(先生三十歲)
三月, 受處士公墓誌文於愼齋先生。

先生, 常以葬未及埋誌爲恨, 至是, 請于愼齋先生。 愼齋先生, 爲之揄揚, 無
餘憾, 先生曰 :"吾之至願, 畢矣."

七月, 仁宗昇遐, 素饌40)三年。

先生聞變, 哀慟曰 :"生逢堯舜, 年未及周, 而遭此閔凶, 臣民情理, 寧不悲
絶乎?" 遂以素饌, 終三年。 人或怪而問之, 先生但曰 :"余方有功緦之慽, 雖家
庭間, 亦莫知其微意之所在也."41)

十月, 上愼齋先生書, 請記學資42)顚末。

本縣之有學資, 始於慕齋43)金先生。 慕齋本義城人, 爲本道方伯時, 給粟八

월이면 얼음 창고에 쟁이나니, 이월 초하루 이른 아침엔, 양 잡고 부추나물로 제사하느
니라. 구월에 찬 서리가 내리거든, 시월에는 마당을 깨끗이 쓸고, 두 항아리 가득 술 걸
러놓고, 새끼 양을 잡아서, 저 공당으로 올라가 저 뿔잔 들어 축수 드리니, 우리님 만수
무강하리로다.(二之日鑿氷沖沖, 三之日納于凌陰, 四日其蚤. 獻羔祭韭九月肅霜, 十月滌場, 朋酒
斯饗, 曰殺羔羊, 祭彼公堂, 稱彼兕觥, 萬壽無疆.)"는 구절을 참고하면, 취시광은 벌주를 취
한다기보다는 예의에 맞게 한다는 뜻인 것으로 판단됨.
39) 豊川(풍천) : 豊其의 竹溪를 일컫는 듯.
40) 素饌(소찬) : 고기나 생선이 들어 있지 아니한 반찬.
41) 회당공의 대답은 ≪家禮≫<喪禮·成服條>의 附註에 "여여숙의 문집 중 한 부인의 묘지
에 '功服이나 緦麻服을 입어야 하는 상을 당할 때마다 모두 거친 밥을 먹으면서 그 月數
를 채우곤 하였다.'라는 말이 나오는데, 이것은 법도로 삼을 만한 일이다.(呂與叔集中一婦
人墓誌, '凡遇功緦之喪, 皆蔬食終其月.' 此可爲法.)"라는 朱子의 말을 염두에 둔 표현임. 與
叔은 宋나라 呂大臨의 자이다. 그는 程頤의 문하생으로 謝良佐, 游酢, 楊時와 함께 '程門四
先生'으로 일컬어졌으며, 특히 禮學에 정통하였다. 상복의 五服에 있어 아홉 달의 大功과
다섯 달의 小功과 세 달의 緦麻를 말한다. 대공은 종형제의 服이고, 소공은 재종형제의
복이고, 시마는 삼종형제의 복이다.
42) 學資(학자) : 서원에 소요되는 자금을 일컬음.
43) 慕齋(모재) : 金安國(1478~1543)의 호. 본관은 義城이고, 자는 國卿이다. 金宏弼의 문인으
로 사림파의 학통을 계승하였다. 대사간·공조판서·경상도관찰사 등을 지내며 성리학
의 실천·보급에 주력하여 각 고을의 鄕校에 ≪小學≫을 보급하고, 각종 농서와 醫書도

十斛, 以爲鄕儒講學之資。厥後廢墜有年, 癸卯, 芮君厥成, 爲訓導[44], 告于邑宰張侯世沈[45], 侯更惠學資, 一依慕齋故例。先生備叙顚末, 請記文于愼齋先生。(記文藏在校中)

十一月, 奉送愼齋先生還朝。

時愼齋先生有召命。

二十五年 明宗大王元年 丙午(先生三十一歲)
二月, 哭外舅李公智源。

李公歿無嗣, 先生庀棺槨祭奠, 盡其情禮, 又擇人立嗣, 無替李氏之祀。

二十六年丁未(先生三十二歲)
四月, 往問姊壻朴公桂樹於赤羅縣[46]獄。

時朴公, 橫罹无妄, 逮繫牢獄, 人莫敢伸理[47], 先生匹馬, 赴愬于方伯, 以直其冤。後三年, 朴公歿, 喪葬凡節, 奔走經紀, 又收其四女一男, 而敎育之, 以時嫁娶, 卒能成立其門戶。

八月, 子忱[48]生。

二十七年戊申(先生三十三歲)
春, 自東都[49]向鶴城[50]觀海。

與鄭公瑜[51], 偕有散步南軒詩一律。

널리 간행하여 향촌민들을 교화시키는 데 힘을 썼다. 仁宗의 묘정에 배향되고, 驪州 沂川書院, 利川 雪峰書院, 의성 氷澤書院 등에 제향되었다.
44) 訓導(훈도) : 지방의 향교에서 교육을 맡아보던 직책.
45) 張世沈(장세심) : 周世鵬의 양자인 周博의 장인. 의성현령을 지냈다.
46) 赤羅縣(적라현) : 경상북도 군위군의 옛 명칭.
47) 伸理(신리) : 이론을 편다는 뜻으로, 소송 사건을 변론하고 심리함을 이르는 말.
48) 忱(심) : 申忱(1547~1615). 자가 喜之이고, 호가 興溪·城軒이다. 임진란 때 의병장으로 추대되어 활동했다.
49) 東都(동도) : 慶州를 일컬음.
50) 鶴城(학성) : 지금의 蔚山을 일컬음.

夏, 赴救靜隱公病於八公山。

時靜隱公, 避癘在八公山房, 因染疾幾殆。先生, 聞卽奔往, 手執湯劑, 廢食與眠。傍人, 以疫勢方熾, 勸其少節, 先生涕泣曰：“分痛之切, 何可念及吾生邪?” 相守數十日, 竟獲痊而歸。○ 平居事之甚謹, 有如溫公之於伯康52)。凡奉先養親之需, 嫁女娶婦之節, 亦皆躬自擔當, 不少貽憂焉。

秋, 刱業儒齋53)。

先生之在竹溪也, 因朴嘯54)皐承任, 得聞榮川55)學制之盛, 至是與鄕人同志, 議定齋規, 一依榮川節目。

二十八年己酉(先生三十四歲)

謁退陶先生于豊基郡衙。

時退陶先生, 自丹陽移, 守豊基。先生往謁焉, 與趙月川 · 金芝山諸賢, 仍棲白雲洞書院, 質疑問難, 勤劬不怠。芝山贈詩云,

   孔訓稱時習56)   湯銘頌日新57)

---

51) 鄭公瑜(정공유) : 鄭瑜(1522～1607). 본관은 烏川(또는 延日)이고, 자는 公瑾이다. 興海에서 거주했다. 임진란 때 창의한 鄭三畏(1547～1615)의 아버지이다. 張顯光의 ＜通政大夫鄭公墓誌銘＞에 자세한 기록이 나온다.

52) 溫公之於伯康(온공지어백강) : ≪小學≫＜善行篇＞에 나오는 고사를 염두에 둔 것임. “사마온공은 그의 형 백강과 우애가 특히 돈독하였다. 백강이 나이가 장차 80이 되려 하였는데, 온공은 받들기를 엄한 아버지와 같이 하고, 보호하기를 어린아이와 같이 하여 매양 밥먹고 나서 조금 지나면 ‘배고프시지 않습니까?’ 하고 물었으며, 날씨가 조금만 추우면 그 등을 어루만지며 ‘옷이 얇지 않으십니까?’ 하였다.(司馬溫公與其兄伯康, 友愛尤篤. 伯康年將八十, 公奉之如嚴父, 保之如兒, 每食少頃則問曰 : ‘得無饑乎?’ 天少冷則其背曰 : ‘衣得無薄乎?’)”는 고사이다.

53) 業儒齋(업유재) : 유생을 모아 수학시킨 곳.

54) 嘯皐(소고) : 朴承任(1517～1586)의 호. 본관은 반남이고, 자는 重圍이다. 李滉의 문인이다. 명종 때 현풍현감으로 백성 구휼에 힘썼고, 宣祖 때 황해도 관찰사 · 도승지 · 춘천부사, 대사간 등을 지냈다. 榮州의 龜山精舍에 제향되었다.

55) 榮川(영천) : 경북 榮州의 옛 명칭.

56) 孔訓稱時習(공훈칭시습) : ≪論語≫＜學而篇＞의 첫 구절 ‘배우고 때때로 그것을 익히면 또한 기쁘지 않겠는가?(學而時習之, 不亦說乎?)”는 구절을 일컬음.

孜孜求道志　　　　　　矢不讓他人

其同門相與之深，如此。

二十九年庚戌(先生三十五歲)
九月，子仡58)生。

三十年辛亥(先生三十六歲)
春，除長水縣訓導。
先生，既屢擧不中，乃歎曰：“古人‘以家貧親老，不爲祿仕，爲不孝.’59) 吾將
赴訓學，以遂負米60)之情.” 於是，月致廩餼，以資親養，有自歎詩一律。
與知縣61)趙龍門62)昱，講定學規。

---

57) 湯銘頌日新(탕명송일신)：≪大學≫＜傳2章＞을 보면, 殷나라 湯王의 ＜盤銘＞에 “나날이 새
롭게 하고 또 나날이 새롭게 하라.(日日新, 又日新)”는 잠언이 새겨져 있었다고 하는데,
이를 일컬음.
58) 仡(흘)：申仡(1550~1614). 본관이 鵝洲이고, 자가 懼之이며, 호가 城隱이다. 아버지 申元
錄의 삼년상을 마친 후 묘 아래에 집을 지어 永慕라는 편액을 달고 애도하였다. 임진란
에 의병을 일으키고 金垓·柳宗介·鄭世雅와 함께 왜군에 대항하여 싸웠다. 1603년 조정
의 명으로 ≪亂中事蹟≫을 편찬하였다.
59) 이 글은 ≪孟子≫＜離婁章句上＞의 “맹자가 말하기를 불효가 셋이 있으니 후사가 없음이
크다고 했다.(孟子曰：‘不孝有三, 無後爲大.’)”는 구절의 註에 “조씨 가로대 예기에 불효하
는 자 세 가지 일이 있으니 이르되 뜻을 아첨하고 굽음을 따르고 어버이를 불의한데 빠
지게 함이 하나요, 집이 가난하고 어버이가 늙었음에 벼슬하여 녹을 받지 않음이 둘이
요, 장가들지 아니하고 자식을 두지 않아 선대의 제사를 끊음이 셋이라. 셋 중에 후사가
없음이 큼이 되니라.(趙氏曰：‘於禮, 有不孝者三事, 謂阿意曲從, 陷親不義, 一也, 家貧親老,
不爲祿仕, 二也, 不娶無子, 絶先祖祀, 三也. 三者之中, 無後, 爲大.)에서 인용함.
60) 負米(부미)：쌀을 등에 지고 옴. 孔子의 제자 子路의 효성에 관한 고사이다. 자로가 옛날
에 어버이를 모시고 있을 적에 집이 가난했기 때문에, 자기는 되는대로 거친 음식을 먹
으면서도 어버이를 위해서는 백 리 바깥에서 쌀을 등에 지고 오곤 하였는데, 어버이가
돌아가시고 나서 높은 벼슬을 하여 솥을 늘어놓고 진수성찬을 맛보는 신분이 되었지만,
당시에 거친 음식을 먹으며 어버이를 위해 쌀을 지고 왔던 그때의 행복을 다시는 느낄
수 없게 되었다고 술회한 고사이다.(≪孔子家語≫＜致思＞)
61) 知縣(지현)：縣의 으뜸 벼슬아치로 縣監이나 縣令을 일컬음.
62) 龍門(용문)：趙昱(1498~1557)의 호. 본관은 平壤이고, 자는 景陽이며, 호는 愚菴·葆眞

時學規廢弛, 先生至則, 不以職慢, 嚴立課程, 日與諸生, 講說經業, 不徒傳
授句讀63), 而必先教之以揖讓周旋之節・孝弟忠信之道, 專以抑浮華・敷本實
爲務64), 傍近學子, 亦多聞風興起而行束脩之禮65)者。○ 龍門, 靜庵66)趙先生
門人, 時爲長水宰, 留意於學政。先生與之, 講定節目。

秋, 訪金河西67)麟厚於長城。

先生, 於河西神交, 蓋有年, 至是, 與趙龍門, 往訪焉。河西, 嘗從慕齋金先
生游, 學識醇正。先生, 一見傾倒, 歡若平生, 因聞慕齋道學淵源之盛, 始有立
祠崇奉之志。

三十一年壬子(先生三十七歲)
秋, 呈病68)還鄉, 歷訪盧玉溪69)禛於咸陽。

齋・洗心堂도 있다. 趙光祖・金湜의 문하에 들어가 공부하였으며, 어머니가 죽은 뒤 3년
상을 마치고 砥平(경기 양평) 용문산에 은거하며 후학을 가르쳐 용문선생으로 불렸다. 명
종 7년에 曺植 등과 賢士로 뽑혀 내섬시주부(內贍寺主簿)가 되고, 長水縣監을 지냈다.

63) 句讀(구두) : 읽기 편하게 하기 위하여 구절에 점을 찍는 일.

64) 專以抑浮華, 敷本實爲務(전이억부화, 부본실위무) : 朱子의 <家禮序>의 "대저 명분을 삼가
고 愛敬을 숭상하는 것으로 근본을 삼았으며 그것을 시행함에 있어서는 부질없는 문식
은 생략하고 근본과 진실을 펴서 외람되게 공자가 先進의 禮를 따른 遺意에 부치고자 하
였다.(大抵謹名分, 崇愛敬, 以爲之本, 至其施行之際, 則又略浮文, 敷本實, 以竊自附於孔子從先
進之遺意.)"는 구절을 활용함.

65) 束脩之禮(속수지례) : 제자가 되려고 스승을 처음 뵐 때에 드리는 예물. 예전에, 중국에서
열 조각의 육포를 묶어 드렸다는 데서 유래한다.

66) 靜庵(정암) : 趙光祖(1482~1519)의 호. 中宗 때의 성리학자・정치가. 본관은 漢陽이고, 자
는 孝直이다. 道學派의 우두머리, 벼슬은 부제학・大司憲에 이르렀다. 사림의 지지를 바
탕으로 도학 정치의 실현을 위해 적극적으로 활동했다. 천거를 통해 인재를 등용하는
현량과를 주장하여 사림 28명을 선발했으며 중종을 왕위에 오르게 한 공신들의 공을 삭
제하는 위훈삭제 등 개혁정치를 서둘러 단행하였다. 1519년 원로들과 충돌하여 사흘 후
己卯士禍가 일어나 綾州로 귀양 갔으며 38세 때에 南袞 일파에게 몰리어 한 달 만에 사
사되었다.

67) 河西(하서) : 金麟厚(1510~1560)의 호. 본관은 울산이고, 자는 厚之이며, 호는 澹齋도 있
다. 전라도 장성현 대맥동리에서 출생하였다. 어려서 총명했으며 당시 전라도 관찰사 김
안국에게도 지도를 받았다. 1528년 성균관에 들어가 李滉과 함께 학문을 닦았다. 1540
년 문과에 합격하고 1543년 홍문관 박사 겸 세자시강원 설서를 역임하여 당시 세자였
던 인종을 가르쳤다. 인종이 즉위하여 8개월 만에 사망하고 을사사화가 일어나자 고향
으로 돌아가 성리학 연구와 후학 양성에만 정진하였다.

三十二年癸丑(先生三十八歲)

四月, 同邑宰, 賑境內飢民。

是歲大侵70), 餓殍相望。先生, 恫悷傷惻, 不啻在己, 邑宰委以分賑之寄, 先生歎曰：“同胞顚連71), 一至於此, 豈可坐視其死而莫之恤乎?” 於是, 隨便經劃, 竭誠撫哺, 一境全活, 鄰邑亦賴之。

冬, 發洛行, 轉入白雲洞書院, 與鄭藥圃72)琢, 講論經義。

是秋又失稔, 有再賑之擧。先生, 以爲賑飢, 亦君子愛人之一事, 而顧其中, 有難容吾心力者, 白母夫人, 束裝向洛, 歷入白雲洞。時鄭藥圃諸賢在院中, 相與訂其所疑。

三十三年甲寅(先生三十九歲)

二月, 自洛歷湖入關東, 訪黃大海73)應淸而還。

---

68) 呈病(정병) : 병으로 휴직 또는 사직을 청함.

69) 玉溪(옥계) : 盧禛(1518~1578)의 호. 본관은 豊川이고, 자는 子膺이다. 조선 중기의 문신으로 경상남도 함양 출신이다. 1571년 노모 봉양을 위해 곤양 군수로 나갔다가 대사간·경상도 관찰사·대사헌을 거쳐 1575년 예조 판서에 올랐으나 사퇴하였다. 기대승, 노수신, 김인후 등의 학자들과 도의로 교유하였다. 효로써 旌閭가 세워졌고, 남원의 창주서원, 함양의 당주서원에 제향되었다.

70) 大侵(대침) : 엄청난 기근. 한 가지 곡식이 흉년 든 해를 歉年이라 하고, 두 가지 곡식이 흉년 든 해를 饑年이라 하고, 세 가지 곡식이 흉년 든 해를 饉年이라 하고, 네 가지 곡식이 흉년 든 해를 荒年이라 하고, 다섯 가지 곡식이 흉년 든 해를 大侵年이라 한다. 그리고 다섯 가지 곡식이 다 풍년 든 해를 有年이라 한다.

71) 顚連(전련) : 잇따라 겪는 기근을 일컬음.

72) 藥圃(약포) : 鄭琢(1526~1605)의 호. 본관은 淸州이고, 자는 子精이며, 호는 佰谷도 있다. 李滉과 曹植에게서 학문적 영향을 받았다. ≪明宗實錄≫ 편찬에 참여하고, 이조좌랑·응교 등을 지냈다. 임진왜란 때 李舜臣·郭再祐·金德齡 등 명장을 발탁했다. 1597년 이순신이 전장에 나서지 않았다는 죄목으로 한산도에서 한양으로 압송되어 목숨이 경각에 처했을 때 선조에게 이순신을 변호하는 1298자의 <伸救箚> 상소문을 올렸다. 이 일로 이순신은 목숨을 건질 수 있었다.

73) 大海(대해) : 黃應淸(1524~1605)의 호. 본관은 平海이고, 자는 淸之이다. 1552년 司馬試에 합격, 천거로 예빈시 참봉(禮賓寺參奉)에 임명되었으나 취임하지 않았다. 임진왜란을 겪은 후에 三綱五倫이 점점 퇴폐되어감으로 대궐에 가서 4가지 時弊를 상소하였는데, 임금이 달갑게 여기고 眞寶縣監에 임명하자 민심을 수습했다. 얼마 후 벼슬을 내놓고 귀향하여 大海堂을 明溪에 세우고, 趙穆·朴惺·李山海 등과 교유하며 독서와 후진 양성으로 낙

是行，歷覽關東諸形勝及還，首尾七箇月。有寄傲亭・風川峽・閑居亭諸詠。

七月，愼齋先生訃至，爲位哭之。

先生，以未及卒業爲恨，遂心喪[74]三年。

九月，同趙月川，哭愼齋先生于武陵喪次[75]。○ 轉拜南冥[76]曹先生于德山別業。

先生，游南冥先生之門，非一再，嘗語人曰：“曹先生平居，不喜向人談經說書，然其言論風采，自然有竦動人處，對之非僻之心，自不敢萌，從 學者多所啓發，蓋有得於觀感之間者也.”

十二月，李舍人友閔[77]來訪。

을 삼으니, 문하에 이름난 선비를 많이 배출했다. 그는 독서와 사물의 이치를 깊이 연구하였고 마음을 차분하게 가다듬어 도를 닦으며 즐겼고, 학문을 깊고 세밀하게 연구하여 세상에서 師範이 되었다. 그는 또 30년간 부모 곁에서 극진히 봉양하다가 모친 喪을 당하여 3년간 여막을 짓고 묘를 지키는 한편 매일 부친의 안부를 살폈다. 그 후 또 부친 喪을 당해 3년을 廬墓하였는데, 6년간 죽만 먹고 지내는 등 남달리 효성이 지극하였다. 그는 생시에 나라로부터 旌閭가 내려지고 사후에 平海의 明溪書院에 배향되었다.

74) 心喪(심상) : 상복은 입지 아니하나 상제와 같은 마음으로 말과 행동을 삼가고 조심함.
75) 喪次(상차) : 상주들이 있는 곳으로 '廬幕'을 가리킴.
76) 南冥(남명) : 曺植(1501~1572)의 호. 본관은 昌寧이고, 자가 楗仲이다. 金宇顒・郭再祐는 그의 문인이자 외손녀 사위이다. 20대 중반까지는 成守琛・成運 등과 교제하며 학문에 열중하였다. 그의 사상은 老莊的 요소도 다분히 엿보이지만 기본적으로는 修己治人의 성리학적 토대 위에서 실천궁행을 강조했으며, 실천적 의미를 더욱 부여하기 위해 敬과 아울러 義를 강조하였다. 이러한 신념을 바탕으로 그는 일상생활에서는 철저한 절제로 일관하여 불의와 타협하지 않았으며, 당시의 사회현실과 정치적 모순에 대해서는 적극적인 비판의 자세를 견지하였다. 그리고 당시 李滉과 奇大升을 둘러싸고 일어난 理氣心性 논쟁에 대해서도 비판적인 시각에서 이를 '下學人事'를 거치지 않은 '上達天理'로 규정하고 '下學而上達'의 단계적이고 실천적인 학문방법을 주장하였으며 제자들에게도 그대로 이어져 경상우도의 특징적인 학풍을 이루었다.
77) 李舍人友閔(이사인우민) : 李友閔(1514~1574). 조선 중기의 문신. 본관은 延安이고, 자는 孝叔이며, 호는 守拙齋이다. 1546년 증광문과에 병과로 급제하였다. 藝文官 檢閱을 거쳐 弘文館著作・副修撰・修撰 등을 지냈다. 司諫院 正言으로 전임되었다가 전라도지방에 암행어사로 나갔었다. 그 뒤 1552년 吏曹佐郎으로 발탁되었고, 1554년 홍문관 應敎 제수에 이어서 경상좌도 救荒敬差官으로 파견되었는데, 경상좌도에 내려가 정황을 살펴 狀啓를 올렸다. 곧, '지난 가을부터 겨울까지 비도 눈도 오지 않아 밀, 보리가 모두 枯死하였으니 백만 생령이 살아날 길이 없습니다. 굶어 죽어가는 백성을 보고만 있자니 너무 한심

李公與先生，有舊時，以敬差官[78]歷訪，共論賑濟之事。

草賑場志。

是歲又大饑，邑宰思先生，賑饋之均，敦勉再任，先生辭不獲。設施之方，比前益加慈詳焉。

三十四年乙卯(先生四十歲)

黃錦溪[79]俊良來訪。

時黃公宰新寧，每於故山之行，必歷訪焉。有時揚扢古今，雅論冰生[80]，聽之者，不覺爽然。

三十五年丙辰(先生四十一歲)

二月，與鄉人，議建書院於長川。

長川，在縣南九成山下，山拱水抱，高廻窈閴，正合藏修[81]之所。先生，自竹

합니다. 조속히 양곡을 보내주시어 백성을 구해 주십시오.' 하였다. 조정에서 그 장계를 보고 즉시 구황미를 보내 굶주린 백성들을 구하여 주었다. 또한 曹佐成均館 司藝・承政院 右副承・司憲府 大司憲 등을 역임하였다. 1564년 경상도관찰사에 임명되었고, 1567년 황해도관찰사에 임명되었으나 拜辭하고 부임하지 않았다. 1572년 함경감사에 임명되었고, 1574년 병졸하였다.

78) 敬差官(경차관) : 지방에 파견하여 임시로 일을 보게 하던 벼슬. 주로 田穀의 손실을 조사하고 민정을 살피는 일을 하였다.

79) 錦溪(금계) : 黃俊良(1517~1563)의 호. 본관은 平海이고, 자는 仲擧이다. 경북 영주시 豊基에서 태어났다. 李滉의 門人으로, 聾巖 李賢輔의 孫壻이다. 어려서부터 文名이 자자하였다. 1550년 호조좌랑으로 春秋館記事官을 겸하고, 《중종실록》・《인종실록》 편찬에 참여하였다. 이해 다시 병조좌랑으로 전직되어서는 불교를 배척하는 소를 올렸다. 이듬해 지평으로 있을 때 인사 청탁을 거절한 일이 있는 言官者의 모함을 당하자, 외직을 자청하여 경상도 新寧縣監으로 나갔다가 1556년 신병으로 사직하였다. 이듬해 丹陽郡守를 거쳐 1560년 星州牧使를 지내다가 1563년 병으로 사직하고 돌아오는 도중 醴泉에서 죽었다. 그가 죽었을 때, 수의마저 갖추지 못해서 베를 빌려서 염을 했으며, 관에 의복도 다 채우지 못할 만큼 청빈했다. 또 퇴계는 애석히 여긴 나머지 祭文을 두 번이나 쓰고 특별히 行狀도 썼다. 풍기의 遇谷書院, 신녕의 白鶴書院에 배향되었다.

80) 冰生(빙수) : 맑고 깨끗함을 일컫는 말. 《荀子》〈勸學〉의 "얼음이 물에서 나되 물보다 차고, 퍼렁이 쪽[藍]에서 나되 쪽보다 푸르다.(氷生於水寒于水, 青出於藍青於藍.)"에서 그 예가 보인다.

81) 藏修(장수) : 책을 읽고 학문에 힘씀.

溪歸, 後有興起斯文之志, 是春約同志, 經紀焉。

七月, 自元興洞, 移卜于陶巖。

陶巖, 在縣東陶唐山下, 近城市而有山林之趣。先生, 爲老親便養, 移卜于此, 因以爲號。

三十六年丁巳(先生四十二歲)

八月, 遇朴龍巖於桃源旅舍。

龍巖, 時向陶山, 滯雨桃源。先生, 遇於旅舍, 講論數日, 龍巖及還, 以起省頹惰等語, 貽書以謝之。

秋, 營建82)書院正堂。

先立十餘架, 因時屈未就。

三十七年戊午(先生四十三歲)

秋, 赴白雲洞講會83)。

時朴嘯皋守豐基, 聚諸生, 講道于白雲洞書院, 書請先生, 先生往赴之。嘯皋書, 有‘如玉其人, 常入夢中, 峽邑84)少事, 政好論量.’ 等語。

三十八年己未(先生四十四歲)

拜退陶先生于陶山。

是行, 奉玩李先生手編鄕約85)。(按《師友錄》, 先生再謁陶山, 在癸卯·己酉, 而先生所撰鄕約識, 有‘往歲在陶山見手編鄕約’之語, 蓋陶山手編鄕約在丙辰, 而先生修定鄕約在庚申, 則是年之復謁陶山無疑, 故補入于此.)

---

82) 營建(영건) : 집이나 건물을 지음.

83) 講會(강회) : 儒生이 배우고 익힌 글을 소리 내어 읽은 후 의미와 원리를 스승과의 문답하며 眞理를 찾아내는 일종의 학술발표를 일컬음.

84) 峽邑(협읍) : 산협에 있는 고을.

85) 李先生手編鄕約(이선생수편향약) : ‘禮安鄕約’을 일컬음. 예안향약은 李滉이 1556년(명종 11) 경북 안동 예안지방에서 시행하기 위해 중국의 《呂氏鄕約》을 본떠 만든 향약이다.

三十九年庚申(先生四十五歲)

春, 修定鄕約。

本縣, 舊有鄕約而中廢。先生, 嘗有意修擧, 自陶山歸後, 盆切欽慕, 與柳義
興86)希潛, 議定規約, 取呂氏四條87)爲之綱, 以李先生所編罰目88)附焉。每歲
春秋, 與同約, 行勸懲如儀, 韶州89)鄕俗之見稱於江左者, 實賴一時倡導之力
也。有鄕約後識及詩一絶。(柳公漢陽人, 時謫居本縣.)

與遠近宗人, 定月朔會。

先生常恨, 種族散處, 不同憂樂, 議修契事, 定吉凶慶弔之規。每月朔會于宗
堂, 謁廟展親, 仍講敦睦勸學之義。

四十年辛酉(先生四十六歲)

四十一年壬戌(先生四十七歲)

---

86) 義興(의흥) : 의흥현감 柳希潛(생몰 미상)을 가리킴. 그의 숙부 松菴公 柳灌의 피화에 연좌
되어 義城에 유배되었다. 그는 유배 도중 삼도관찰사 및 三南 각 고을 수령들의 후원을
얻어 착수 24년만인 1565년에 文化柳氏 嘉靖譜 10권을 편찬했다. 각 고을 관장 191인이
이 사업에 호응하고 경상도 40여 고을에서 刻手 48명이 동원되었다. 이 족보는 도산서
원에 봉안되어 있는데, 내용과 체제가 훌륭하여 우리나라 최고의 족보 연구 자료로서 그
권위를 인정받고 있다. 서자의 기록을 하지 않아 적서의 편견이 없고, 內外孫을 차별 없
이 同格으로 취급하고, 류씨들도 성과 이름을 다 썼으며, 4만 2천명이 등재되어 있는 가
운데 오히려 류씨들은 3% 정도밖에 차지하고 있지 않은 萬姓譜 성격의 족보이며 그 기
록의 정확성이 높은 것으로 알려져 있다.

87) 呂氏四條(여씨사조) : 呂氏鄕約의 네 가지 조목. 여씨향약은 중국 北宋 말에 陝西省 鹽田縣
呂氏門中의 道學으로 명성을 떨친 呂大忠·大防·大鈞·大臨 네 형제가 문중과 향리를
선도 교화하기 위해 주자학을 바탕으로 만든 규약인데, 德業相勸(좋은 일을 서로 권상한
다)·過失相規(잘못을 서로 고쳐준다)·禮俗相交(서로 사귐에 있어 예의를 지킨다)·患難
相恤(환난을 당하면 서로 구제한다)이다.

88) 李先生所編罰目(이선생소편벌목) : 예안향약의 처벌조항을 일컬음. 처벌대상자는 極罰·中
罰·下罰로 구분하여 극벌대상자는 부모에게 불순한 자를 비롯해 6사례, 중벌은 친척과
화목하지 않는 자를 비롯해 16사례, 하벌은 公會에 지각한 자를 비롯해 5사례로 규정하
고 있다.

89) 韶州(소주) : 경북 義城의 옛 명칭.

四十二年癸亥(先生四十八歲)

春, 往問黃錦溪病于中途。

錦溪, 自星州任所辭疾, 歸未及家而歿, 先生深加慟惜。

四十三年甲子(先生四十九歲)

除淸道郡訓導。

先生, 黽勉就職, 未周年, 以親老辭歸。

四十四年乙丑(先生五十歲)

四十五年丙寅(先生五十一歲)

春, 除三嘉縣90)訓導。

先生, 嘗書于壁上曰：「負重涉遠, 不擇地而休, 家貧親老, 不擇祿而仕.91)」
此子路92)之言, 三復以還, 不覺流涕。 觀此, 則知先生之前後赴學, 皆爲親屈
也。 ○ 先生所至, 學子坌集, 戶屨常滿, 而諄諄誨誘93), 不厭不怠, 課誦之暇,
引諸生, 講論古今得失, 以開發其心志, 以故成就者衆。

秋, 與曹梅巖94)湜, 遊大隱山。

先生, 嘗愛大隱山水, 與梅巖乘興, 輒往觴詠以自適, 又與林葛川95)薰・瞻慕

---

90) 三嘉縣(삼가현) : 경남 합천의 옛 명칭.
91) 이 글은 ≪孔子家語≫<致思>의 "자로가 공자에게 '무거운 물건을 지고 먼 곳으로 갈 때
    에는 땅의 좋고 나쁨을 가리지 않고 쉬게 되고, 집이 가난하고 부모님이 늙었을 때에는
    봉록의 많고 적음을 가리지 않고 관리가 됩니다.'고 했다.(子路見於孔子曰 : '負重涉遠, 不
    擇地而休 ; 家貧親老, 不擇祿而仕.')"에서 인용함.
92) 子路(자로) : 공자의 제자 가운데 한 사람. 성질이 순박하고 용기가 있었다.
93) 諄諄誨誘(순순회유) : 간곡하게 가르치고 타이름. ≪詩經≫<大雅・抑>의 "너를 진지하게
    가르친다.(誨爾諄諄)."는 구절에서 활용함.
94) 梅巖(매암) : 曹湜(1526~1572)의 호. 본관은 昌寧이고, 자는 幼淸이다. 咸陽에 거주하였다.
95) 葛川(갈천) : 林薰(1500~1584)의 호. 본관은 恩津이고, 자는 仲成이며, 호는 枯査翁・自怡
    堂도 있다. 효행으로 천거되어 彦陽縣監이 되고 軍資監主簿를 거쳐 掌樂院正 등을 역임했
    다. 1582년 掌隷院判決事에 임명되었으나 사퇴하고 낙향했다. 이조판서가 추증되었으며
    安義의 龍門書院에 배향되었다.

堂96)芸兄弟, 迭相徵逐, 以資麗澤97)。

穆宗隆慶元年丁卯(先生五十二歲)

春, 棄學歸。

先生, 又題壁上曰：「古人一日養, 不以三公換.」98) 卽日遂棄歸。

六月, 明宗昇遐。

二年宣祖大王元年戊辰(先生五十三歲)

春, 構養老堂於東皐。

時母夫人, 年已過八十, 別構草屋三架, 扁之曰'養老.' 雜植奇花異草, 奉母夫人, 日處其中, 以定省溫淸99)爲職, 左右圖書, 翫而樂之, 悠然有獨得之趣。

手箚100)≪溪門諸子問答文義≫

先生, 喜讀≪心經≫·≪近思錄≫·≪朱子書≫等書, 蒐輯退陶先生與門生問答文義, 各於卷頭, 手自逐段箚錄, 以便考據。(筆法亦遒勁101)端嚴, 深得古人求放心102)法.)

---

96) 瞻慕堂(첨모당)：林芸(1517~1602)의 호. 본관은 恩津이고, 자는 彦成이며, 호는 蘆洞도 있다. 李滉의 문인으로 經史를 비롯하여 星曆·地理·律呂·算數에 통달했다. 만년에 行誼로 추천받아 社稷署參奉·延恩殿參奉 등을 지냈으며 형 林薰과 함께 효자로서 고향에 旌門이 세워졌다. 安義의 龍門書院에 배향되었다.

97) 麗澤(이택)：친구 간에 서로 切磋琢磨하여 학문을 강습하는 것. ≪周易≫＜兌卦＞의 "두 못이 서로 붙어 있는 것이 태괘이니, 군자는 이것으로 붕우 간에 강습한다.(麗澤兌, 君子以朋友講習.)"는 구절에서 인용하였다.

98) 이 글은 ≪擊蒙要訣≫＜事親章＞의 "옛사람은 단 하루의 봉양을 삼공의 자리와도 바꾸지 않았다.(古人一日養, 不以三公換.)"고 한 구절을 인용함. 한결같이 뜻을 잘 따르는 것으로써 어버이 섬기는 도리로 삼겠다는 의미이다.

99) 定省溫淸(정성온청)：아침저녁으로 부모의 이부자리를 보살펴 안부를 묻고, 따뜻하고 서늘하게 한다는 뜻으로, 자식이 부모를 섬기는 도리를 이르는 말.

100) 手箚(수차)：경전 등을 손으로 엮음.

101) 遒勁(주경)：그림이나 글씨 따위에서 붓의 힘이 굳셈.

102) 求放心(구방심)：나가버린 마음을 찾아 들임. ≪孟子≫＜告子章句 上＞의 "학문의 도는 다른 것이 아니라 그 놓은 마음을 거두어들이는 것뿐이다.(學問之道無他, 求其放心而已.)"라는 구절을 활용하였다.

三年己巳(先生五十四歲)

秋, 書院成, 聚諸生居齋。

先生, 與同志謀曰 : “書院之設, 蓋將爲興學育才, 而始事十許年, 迄未就緒, 豈吾輩經紀之本意乎?” 遂稟議103)邑宰, 乃更經理, 歲再周畢功。 於是, 依白雲洞院規, 擇鄉人才學俊秀者入齋, 相與講論經旨, 遠近爭慕從之, 至不能容。

四年庚午(先生五十五歲)

春, 與諸生, 會書院, 揭號‘長川’。

院號, 卽巡相李公陽元104)所命也。

十二月, 聞退陶先生易簀105), 爲位哭之。

行加麻之制106)。

五年辛未(先生五十六歲)

三月, 會葬107)退陶先生。 ○ 林葛川薰來訪。

葛川, 時爲比安倅, 過從108)無間。

---

103) 稟議(품의) : 웃어른이나 상사에게 말이나 글로 여쭈어 의논함.

104) 李公陽元(이공양원) : 李陽元(1526~1592). 본관은 全州이고, 자는 伯春이며, 호는 鷺渚·南坡이다. 定宗의 아들인 宣城君 李茂生의 현손이며, 副領 李鶴汀의 아들이니, 곧 왕가의 종친이다. 일찍이 퇴계 이황에게서 배워, 명종 때 문과에 올라 翰林으로 뽑힌 뒤 호당으로 사가독서까지 했다. 선조가 즉위하면서 安東府使를 비롯하여 경상도·전라도·평안도의 관찰사 및 開城府留守 등의 외직과 이조·병조·형조의 참판을 위시하여 大司憲·부제학·副摠管 등의 내직을 두루 역임하고, 1581년 特旨로 형조 판서에 기용됨으로써 판서의 반열에 올랐다. 1591년에 우의정이 되고, 임진왜란 때에 유도대장이 되어 도성에 남아 수도를 방어 할 책임을 맡았다. 그런데 퇴각을 거듭하다가 부원수 申恪, 함경도병마절도사 李渾의 군사와 합세하여 楊州 蟹蹏嶺 싸움에 승리하여 그 공으로 영의정에 올랐다. 義州에 있던 선조가 遼東으로 피란 갔다는 잘못된 소문을 듣고 단식하다가 8일 만에 죽었다.

105) 易簀(역책) : 학덕이 높은 사람의 죽음이나 임종을 이르는 말. ≪禮記≫<檀弓篇>에서 曾子가 죽을 때를 당하여 삿자리를 바꾸었다는 데서 유래한다.

106) 加麻之制(가마지제) : 小殮 때에 상제가 처음으로 首経을 머리에 쓰는 일. 五服 이외에 스승이나 친구 혹은 親盡(8촌 이상을 말함)한 사람을 위해 頭巾과 行纏을 사용하는 복을 말한다.

107) 會葬(회장) : 장례를 지내는 자리에 참여함.

六年壬申(先生五十七歲)

春, 建廟宇於院中, 享文敬公慕齋金先生 · 文元公晦齋109)李先生。

本縣, 卽兩先生遺馥之地也。先生之營建書院, 蓋爲兩先生, 遂立廟以祀
之。(按≪孝友錄≫諸編載廟享事, 單擧慕齋先生, 而<氷溪書院重修記>, 以爲嘉靖丙辰,
悔堂申公, 議建書院于長川, 以祀慕齋晦齋兩先生, 萬曆乙亥賜額, 云爾則晦齋先生奉安,
似在同時, 故以幷享書之.)

四月, 南冥先生訃至, 爲位哭之。

神宗萬曆元年癸酉(先生五十八歲)

作宴親曲八闋。

先生, 閱親之老, 凡可以慰悅親心者, 無不致力。每當節日, 與靜隱公, 歌闋
以獻酌, 盡愛日之誠110), 叙天倫之樂111)(八闋逸不傳)。又嘗於晬席, 口占一絶
曰：

愁裏生涯莫怨嗟　　　　　吾門一樂112)最堪誇

---

108) 過從(과종) : 서로 사이좋게 지냄.

109) 晦齋(회재) : 李彦迪(1491~1553)의 호. 본관은 驪州이고, 자는 復古이고, 호는 紫溪翁도
있다. 시호는 문원공이다. 원래 이름은 迪이었으나 중종의 명령으로 彦迪으로 고쳤다.
그는 조선의 유학이 나아가야 할 방향을 제시함으로써 성리학의 정립에 선구적인 역할
을 하였다. 27세 때 영남지방의 선배 학자인 孫叔暾과 曺漢輔 사이에 벌어진 '無極太極'
논쟁에 참여하여, 主理的 관점에 입각하여 이들의 견해를 모두 비판하였다. 그의 氣보
다 理를 중시하는 주리적 성리설은 李滉에게 계승되어 영남학파의 중요한 성리설이 되
었으며, 조신 성리학의 한 특징을 이루었다.

110) 愛日之誠(애일지성) : 부모가 늙어서도 오래도록 봉양하고 싶어 세월이 가는 것을 애석
히 여기는 효성을 일컬음.

111) 天倫之樂(천륜지락) : 형제들이 한자리에 모여서 즐겁게 연회하는 것을 일컬음. 李白의
<春夜宴桃李園序>에, "복사꽃 오얏꽃이 만발한 꽃다운 동산에 모여, 형제들끼리 천륜
의 즐거운 일을 펴노라니.(會桃李之芳園, 序天倫之樂事.)"라고 한 데서 온 말이다.

112) 一樂(일락) : 맹자가 말한 삼락 중 하나. "군자에게 세 가지 즐거움이 있으나, 천하에 왕
노릇하는 것만은 여기에 들지 않는다. 부모가 두 분 다 생존해 있고, 형제들이 무고한
것이 그 첫째의 즐거움이다. 우러러보아서 하늘에 부끄럽지 않고, 굽어보아서 사람에게
부끄럽지 않은 것이 그 둘째의 즐거움이다. 천하의 뛰어난 인재를 얻어서 그를 교육하
는 것이 그 셋째의 즐거움이다. 군자에게는 이 세 가지 즐거움이 있으나, 천하에 왕 노

七旬兄弟斑衣[113]處　　　　　百歲慈親有幾家

每進食, 必具二品, 請所與而與之, 有得親一歡者, 必厚謝之。親所著褻衣, 常置小槽, 手先澣濯, 然後付之人, 便旋之器, 亦必躬自除穢, 未嘗使人爲之。

二年甲戌(先生五十九歲)

母夫人寢疾。

先生, 晝夜遑遑, 重茵累席, 藉以白絮柔毛, 滑膩之物, 褻衣抱侍, 日復盆謹。母夫人閔其勞苦, 先生惕然曰 : "子職固然, 有何勞焉?"

三年乙亥(先生六十歲)

三月, 母夫人病少間, 先生設酌於東皐。

先是, 朴氏姊來省, 至是將還, 先生曰 : "親病少間, 姊亦臨歸, 值此令節, 可不慰親之心乎." 遂設酌於東皐。陪親攜兄姊, 邀鄰里老嫗, 具酒食以相娛。有一老嫗, 狂歌胡舞[114], 作俳優戲。母夫人爲之一笑, 先生心欣然, 如有所得, 遂成終日之歡。

上書方伯, 請陞書院爲國學。

先生, 倣退陶先生白雲洞故事[115], 與士林, 呈書方伯, 轉達于朝, 遂有宣

릇하는 것만은 여기에 들지 않는다.(孟子曰 : '君子有三樂, 而王天下, 不與存焉. 父母俱存, 兄弟無故, 一樂也, 仰不愧於天, 俯不怍於人, 二樂也, 得天下英才, 而敎育之, 三樂也. 君子有三樂, 而王天下, 不與存焉.')"(≪孟子≫＜盡心章句 上＞)에서 인용.

113) 斑衣(반의) : 나이 70에 색동옷을 입고 재롱을 떨어 어버이를 기쁘게 해 드렸던 고사를 가리킴. 춘추시대 楚나라의 隱士인 老萊子가 어버이를 기쁘게 해드리기 위하여 입었다는 색동옷으로, 노친을 극진히 모시는 효자를 비유할 때의 표현이다.(≪初學記≫＜孝子傳＞)

114) 胡舞(호무) : 고려시대에 추던 몽골 춤의 하나.

115) 退陶先生白雲洞故事(퇴도선생백운동고사) : 退溪 李滉은 풍기 군수로 임명되자, 우선 서원을 공인화하고 나라 안에 그 존재를 널리 알리기 위하여 백운동서원에 대한 사액과 국가의 지원을 요구하였고 이에 명종이 소수서원이라는 어필의 현판과 서적, 노비 등을 하사함으로써 백운동서원이 사액서원의 효시가 되었음을 일컬음.

額116)之命。

謩母夫人影幀。

有影幀識。

六月, 丁母夫人憂。

母夫人, 年九十有三, 氣候日益奄奄。先生, 嘗糞以驗, 每夜仰天祈號, 及喪, 號哭擗踊117), 一如前喪時。

十月甲申118), 合葬母夫人于處士公墓。

先生, 於送終之事, 極力措辦, 情文兩盡119), 無有遺憾。營窆之際, 躬自執役, 靜隱公慮其不堪, 諭止之, 先生曰：“固所自盡120), 不爲疲也.” 至是, 以母夫人影幀, 揭之几筵, 朝夕拜哭, 以致如在之誠121)。

四年丙子(先生六十一歲)

先生, 執禮過苦, 日糜食糜飲, 菜鹹不入口, 幾周年。以此瘠, 立殆不能支, 子弟請進草木之滋122), 先生曰：“毁不滅性123), 古人有戒, 吾豈不自量而爲之乎?” 猶泣諫則曰：“命稟於有生之初124), 豈以此致死乎?”

---

116) 宣額(선액) : 임금이 직접 祠院의 이름을 지어줌.
117) 擗踊(벽용) : 부모의 상사를 만난 상제가 매우 슬피 울며 가슴을 두드리고 몸부림을 침.
118) 甲申(갑신) : 1575년 10월 갑신일은 20일임.
119) 情文兩盡(정문양진) : ≪荀子≫＜禮論＞의 “지극히 잘 갖추어진 예는 감정과 형식을 모두 다하고 있다.(故至備, 情文俱盡.)”는 구절을 활용함.
120) 固所自盡(고소자진) : ≪孟子≫＜滕文公章句 上＞의 “어버이 상이야말로 스스로 극진히 해야 할 일이다.(親喪固所自盡也.)”라는 구절을 인용함.
121) 如在之誠(여재지성) : ≪論語≫＜八佾篇＞의 “제사를 지낼 때에는 조상의 혼령이 계신 것 같이 하라.(祭如在.)”는 구절을 활용함.
122) 草木之滋(초목지자) : 채소와 양념으로 입맛을 돋우어 준다는 뜻. ≪禮記≫＜檀弓＞에 “曾子가 ‘상중에 병이 있으면 고기도 먹고 술도 마시되 초목의 맛이 있어야 한다.’(曾子曰：‘喪有疾, 食肉飮酒, 必有草木之滋焉.’) 말하였다.” 했는데, 그 주에 “초목은 생강·계피 등을 말한다.(以爲薑桂之謂也.)” 하였다.
123) 毁不滅性(훼불멸성) : ≪禮記≫＜喪服四制＞의 “喪中에 슬픔으로 몸을 손상할지라도 목숨을 잃는 데 이르지 않도록 하니, 이는 죽은 사람 때문에 산 사람을 해치지는 않기 위해서이다.(毁不滅性, 不以死傷生也.)”는 구절에서 인용함.
124) 命稟於有生之初(명품어유생지초) : ≪論語≫＜顔淵篇＞의 註에 있는 “명은 태어날 즈음에

三月辛酉[125]，得瘧疾。

先生，柴毁[126]之中，添得瘧證甚重，哭奠之禮，猶不少廢焉。

四月乙丑[127]，病勢漸革。

先生，委身苫塊[128]，轉側須人，而猶以不能與祭爲痛。至觀燈節[129]，令煮薔薇花，將自奠，扶起盥漱而病已革，子弟請歸家調護，先生曰：“喪人，死於墓側，可矣，何事於家？”夫人來省，先生嚬蹙曰：“廬所，非婦人所至，何以來爲？”問後事，不答，但曰：“我平生事親，有未盡，而又不得終孝，用是爲憾.”欲哭不成聲，因嗚咽曰：“我死後，以母氏影幀，揭于棺備。我將奉侍于泉下矣.”

辛未[130]酉時，終于廬所。

是日先生，命取紙筆，書遺戒‘勉以忠孝之道.’ 精神了無差誤。日晡時[131]，請靜隱公，行夕奠于几筵，未及撤而終。

六月，葬于八智山處士公塋下。

從先生遺命也。

十八年庚寅

鄉人，具先生行誼，呈書于邑宰，轉聞于朝。

旋值兵燹[132]，褒典未擧。

받은 것이므로 지금 바꿀 수 있는 것이 아니다.(命稟於有生之初, 非今所能移.)”는 구절을 인용함.
125) 辛酉(신유) : 1576년 3월 신유일은 28일.
126) 柴毁(시훼) : 상을 당하여 너무 슬퍼하여 몸이 몹시 여윔. ≪周易≫<說卦>의 卦象에 의하여 柴에 瘠의 뜻이 있다.
127) 乙丑(을축) : 1576년 4월 을축일은 2일임.
128) 苫塊(점괴) : 寢苫枕塊의 준말. 거적으로 자리를 삼고 흙덩이로 베개를 삼는다는 뜻으로, 居喪하는 예를 말한다.(≪儀禮≫<喪服>)
129) 觀燈節(관등절) : ‘초파일’을 달리 이르는 말.
130) 辛未(신미) : 1576년 4월 신미일은 8일임.
131) 日晡時(일포시) : 저물녘. ≪家禮≫에 ‘저물녘에 조전을 진설한다.(日晡時設祖奠.)’고 했으니, 저물녘은 바로 저녁상식을 할 때이다.

三十一年癸卯

鄕人生員具淵等, 更以先生行誼, 呈書于方伯, 方伯卽爲啓聞, 四月特命復
戶133)。

四十三年(光海七年)乙卯

十月, 命旌門閭, 贈通政大夫134)戶曹參議, 載錄于≪續三綱行實≫。

我孝宗大王八年丙申

五月, 建旌閭閣于元興洞, 立碑以表之。

元興洞, 時有先生舊第。孫司諫135)悅道136)撰碑陰小識, 曾孫衛率137)在138)
書。

九月, 地主139)安公應昌140), 操文祭墓。

---

132) 兵燹(병선) : 兵亂. 여기서는 '임진왜란'을 가리킨다.
133) 復戶(복호) : 조선 시대에, 충신·효자·군인 등 특정한 대상자에게 부역이나 조세를 면
     제하여 주던 일.
134) 通政大夫(통정대부) : 조선 시대에 둔, 정삼품 문관의 품계.
135) 司諫(사간) : 조선 시대에, 사간원에 속한 종삼품 벼슬.
136) 悅道(열도) : 申悅道(1589~1659). 본관은 鵝州이고, 자가 晉甫이며, 호는 懶齋(난재)이다.
     張顯光의 문인이다. 어려서부터 총명하여 10여 세에 經史에 통달하고 1624년 증광문과
     에 을과로 급제, 1606년에 사마시에 합격하여 진사가 되고, 1627년 정묘호란 때에 인
     조를 江華로 호종하였다. 이듬해 書狀官으로 명나라에 다녀온 후 1638년 蔚珍縣監,
     1647년 司憲府掌令, 1648년 綾州牧使가 되었다. 저서에 ≪仙槎志≫, ≪聞韶志≫ 등이 있
     다.
137) 衛率(위솔) : 兵曹의 속아문 관청인 世子翊衛司의 종6품 관직. 정원은 좌우 각 1명이었
     다. 왕세자의 侍衛를 담당하였으며, 세자의 거동 때는 앞에서 인도하고, 會講(사부 및
     여러 관원을 모아놓고 학습을 점검하는 일) 때는 섬돌 아래서 시립하였다.
138) 在(재) : 申在(1609~1663). 본관은 鵝州이고, 자가 文若며, 호는 禾谷이다. 申達道의 아들
     로, 愚伏 鄭經世의 문인이다. 1630년에 생원이 되고, 衛率·泰仁縣監 등을 지냈다.
139) 地主(지주) : 고을수령을 일컫는 말. 곧 의성현령을 말한다.
140) 安公應昌(안공응창) : 安應昌(1603~1680). 본관은 順興이고, 자는 興叔이며, 호는 柏巖이
     다. 安玒의 14세손으로, 張顯光의 문인이다. 1636년 병자호란 때 大君師傅에 제수되어
     청나라 瀋陽에서 불모로 있던 鳳林大君을 1640년부터 3년 동안 모시다가 昭顯世子·봉
     림대군 일행과 같이 환국하였다. 그 뒤 瓦署別提·司憲府監察이 되었다. 1644년 金化縣
     監, 1655년 義城縣令에 각각 임명되었다. 그 뒤 낙향하여 학문 연구에 전념했다.

有‘黔婁[141]奉疾，高子[142]執喪，方喪[143]盡制，食素三年.’等語。

顯宗大王十一年己酉

士林營建書院于尼山。

一鄕士林合辭[144]，以爲先生孝友德學，不可無俎頭[145]之所，就先生所居之東尼山下，卜地營建，議以松隱[146]金先生拜享焉。

十二年庚戌

廟宇成。

時新修聖廟[147]有舊材，邑宰告于巡使，悉付之院役，又出力以助成。

---

141) 黔婁(검루) : 庾黔婁. 梁나라의 효자. 아버지 庾易이 설사병을 앓아 치료를 극진히 하였
　　으나 어쩔 수 없는 지경에 이르자 의원의 말에 따라 대변을 맛보았다. 즉 대변이 달면
　　쉬 죽고 쓰면 산다는 것이었는데, 대변이 달았다. 그래서 부친의 병을 자신이 대신 앓
　　게 해 달라고 매일 밤 北斗星에 빌었더니, “그대 부친의 수명이 이미 다하여 더 이상
　　연장해 줄 수 없으나, 그대의 정성스러운 기도가 갸륵하므로 이달 말까지만 연장해 주
　　겠다.”는 소리가 들려와 그믐날에 부친이 별세했다는 고사가 있다.(≪梁書≫<庾黔婁
　　傳>)
142) 高子(고자) : 高子皐. 공자의 제자 高柴로, 子皐는 그의 字이다. 그는 어버이의 상을 당하
　　여 3년 동안 피눈물을 흘리면서 소리 없이 울었으며, 이를 드러내고 웃은 적이 없었
　　다.(≪禮記≫<檀弓 上>)
143) 方喪(방상) : 부모의 상을 입는 예로 임금의 상을 입는 것을 말함. ≪禮記≫<檀弓 上>
　　에 “임금을 섬기는 데는 直言으로 面爭할 수는 있으나 숨김은 없어야 하며, 좌우에서
　　돌보면서 죽을 힘을 다하여 服勤하고, 方喪 三年을 입는다.”고 한 데서 나왔다. 회당공
　　이 1545년 仁宗의 승하 시에 3년 동안 복을 입고 素饌한 것을 일컫는다.
144) 合辭(합사) : 여러 관청이 합해서 하는 상소. 여기서는 합의하다는 뜻이다.
145) 俎頭(조두) : 俎는 犧牲物을 받치는 나무제기이고, 頭는 고기[肉]를 받치는 나무제기이니,
　　祭禮를 가리킴.
146) 松隱(송은) : 金光粹(1468~1563)의 호. 본관은 安東이고, 자는 國華이다. 1501년 진사에
　　합격하였으나 더 이상 과거를 볼 뜻이 없어 고향인 의성의 북촌에 머물면서 시가를 읊
　　조리며 청빈하게 지냈으며, 효성과 우애가 지극하여 부근의 사람들로부터 존경을 받았
　　다. 죽은 뒤 大谷山에 장사지냈는데, 그 뒤 외손인 柳成龍이 왕의 명을 받아 제사지내고
　　묘를 살펴보았다. 의성의 藏臺書院에 배향되었다.
147) 聖廟(성묘) : 공자를 모신 사당. 우리나라에는 성균관과 향교가 있는데 곳에 따라 四聖,
　　공자의 제자, 역대의 巨儒 및 신라 이후의 우리나라의 큰선비들을 함께 모신 곳도 있다.

肅宗大王十二年乙丑

十月, 道內士林奉安位版于藏待書院景賢祠。(藏待[148], 旅軒[149]張先生所命名)

先是, 士林爲梧峯[150]申先生·敬亭[151]李先生, 建廟于藏待。李副學堂揆[152], 時爲邑宰, 以爲一鄕先賢, 不宜異祠, 使之合奉, 以故尼山廟宇旣成, 而未卽奉安。至是, 與松隱金先生·梧峯申先生·敬亭李先生, 合享于藏待。

三十四年戊子

三月, 立表石[153]于壙南。

五世孫進士德涵[154]撰幷書。

---

148) 藏待(장대) : ‘藏修以待之意’에서 취한 것임.

149) 旅軒(여헌) : 張顯光(1554~1637)의 호. 본관이 仁同, 자늠 德晦이다. 1595년 학행으로 천거되어 報恩縣監을 지내고, 여러 차례 관직에 임명되었으나, 벼슬에 뜻이 없어 모두 사퇴하고 학문 연구에만 전심하여 李滉의 문인들 사이에 확고한 권위를 인정받았다. 1636년 병자호란 때에는 각지에 격문을 보내어 근왕의 의병을 일으키고 군량의 조달에 나섰으며, 패전 후 동해안의 立巖山에서 은거하였다. 영남의 많은 남인 학자들을 길러냈다.

150) 梧峯(오봉) : 申之悌(1562~1624)의 호. 본관은 鵝州이고, 자는 順甫이며, 호는 梧齋도 있다. 1589년 증광문과에 甲科로 급제하여 正言·禮曹佐郞·文學 등을 역임하였다. 임진왜란 때는 禮安縣監으로 縣軍을 이끌고 龍仁싸움에 참전하여 宣武·扈從의 두 原從功臣이 되었다. 1613년 昌寧府使로 나가 백성을 괴롭히던 도적을 토평하고 민심을 안정시켜 그 공으로 通政大夫에 올랐으며, 仁祖 초 同副承旨에 제수되었으나 부임하지 못하고 죽었다. 義城의 藏待書院에 배향되었다.

151) 敬亭(경정) : 李民宬(1570~1629)의 호. 본관은 永川이고, 자가 寬甫이다. 관찰사 李光俊(1531~1609)의 아들이다. 1597년 廷試文科에 갑과로 급제하여 注書·兵曹正郞·正言·修撰 등을 역임하였다. 1617년 廢母論을 반대하다가 삭직 당했고, 1623년 書狀官으로 명나라를 다녀왔으며, 1627년 정묘호란 때는 의병장으로 활약하면서 전주에까지 진출하여 왕세자를 보호했다. 의성의 藏待書院에 배향되었다.

152) 李副學堂揆(이부학당규) : 李堂揆(1625~1684). 본관은 全州이고, 자는 基仲이며, 호는 退村이다. 李晬光의 손자로서, 남인계열의 인사이다. 1668년 의성현령이 되었으며, 별시문과에 급제하였다. 1669년 12월 都堂錄에 올랐으며, 1672년 홍문관 수찬·정언·이조좌랑·이조정랑을 거쳐, 1674년 동부승지에 발탁되는 등 淸要職을 두루 거쳤다.

153) 表石(표석) : 무덤 앞에 세우는 푯돌. 망자의 이름, 생년월일, 행적, 묘주 따위를 새긴다.

154) 德涵(덕함) : 1656년에 태어났으나 졸년은 미상이다. 자는 仲游이고, 호는 聾癡이다. 1684년 생원과에 합격하여 진사가 되었다.

英宗大王十六年庚申

三月，文集成。

　我先祖悔堂先生，孝友行誼，遹追祖武[155]，學問淵源，獨得師傳，當世之人，亦旣知之矣，後來學者，又尊尙而俎豆之矣。至於立言垂後[156]，則先生恆謙，挹不自居[157]，故平生罕有所述，旣述而旋棄者又多，卽今流落於巾箱者，僅同泰山一毫芒。然卽，其所存而伏讀之，則亦可以知先生躬行實踐之大畧矣。盖其沒身孝思，＜影幀識＞備矣，求道誠心，亦＜樂論＞詳之。而興道倡學之功，可考於書院・業儒齋，經始之際，仁民愛物之心，又可見於癸甲[158]賑濟場，施措之間。自餘詩賦諸作，無非出於愛親敬兄，切問近思之意，則噫此足以傳後，又奚貴於多言哉？

　歲已未[159]將刊先生遺稿於本院[160]，正模時在藥城[161]，諸族以遺稿寄示，幷以年譜爲託，噫！藐玆孤蒙，正爾惆約。舊聞新知，百弗存一，何敢當此事耶？顧今距先生之沒，且百有六十年，宗中舊老，彫謝殆盡，失今不爲，更後數十年，求先生警咳音容於髣髴，且不可得，況進乎此者乎！遂敢撥昏考据，輯成年譜，而以孝友錄・行狀・師友錄・墓道文字等，祭文・奉安文，類次而附于後，因又編次遺稿，以俟當世君子之去取，第恨聞見謏寡，無以闡發潛德。記所稱‘不明不仁[162].’ 是又正模之所大懼也。觀者，恕其僭而補其舛，則幸矣。

---

155) 祖武(조무) : 조상 때부터 전하여 내려오는 가르침.

156) 立言垂後(입언수후) : 후세에 모범이 될 만한 글. 立言은 이른바 ‘三不朽’의 하나로, ≪春秋左氏傳≫＜襄公 24년조＞에 “덕을 세우는 것이 최상이요, 공을 세우는 것이 그 다음이요, 말을 세우는 것이 그 다음인데, 이 세 가지는 세월이 아무리 흘러도 없어지지 않으니, 이를 일러 썩지 않는다고 한다.(太上有立德, 其次有立功, 其次有立言, 雖久不廢, 此之謂不朽.)”라는 말이 나온다.

157) 自居(자거) : 自處. 자기를 어떤 사람으로 여겨 그렇게 처신함.

158) 癸甲(계갑) : 계축년(1553)과 갑인년(1554).

159) 己未(기미) : 1739년.

160) 本院(본원) : 藏待書院을 가리킴.

161) 藥城(예성) : 忠州의 옛 이름.

162) 不明不仁(불명불인) : ≪禮記≫＜祭統＞의 “그 선조에게 아름다운 점이 없는데도 이것을 찬양하는 것은 속이는 것이다. 선행이 있는데도 알지 못하는 것은 밝지 못한 것이요, 알고도 전하지 않는 것은 어질지 못한 것이다. 이 세 가지는 군자의 부끄럽게 여기는

歲舍己未163) 正月上浣 六世孫 正模164)謹識

바이다(其先祖無美而稱之, 是誣也 ; 有善而弗知, 不明也 ; 知而弗傳, 不仁也, 此三者, 君子之 所恥也.)"에서 인용함.

163) 歲舍己未(세사기미) : 기미년에 충주에 있었다는 글귀가 있는지라 庚申年의 오기인 듯.

164) 정모(正模) : 申正模(1691～1742). 본관은 鵝洲이고, 자는 景楷이며, 호는 二恥齋이다. 1719년 증광문과에 장원으로 급제하였다. 1720년에 부정자, 1725년에 지평·정언·司 饔院主簿 등에 임명되고, 1727년 병조좌랑·강원도사·병조정랑 등에 임명되었으나 모 두 부임하지 않다가, 거창부사가 되어 부임하였다. 1728년 李麟佐의 난 때, 이를 막지 못했고 노모를 먼저 안전한 곳으로 피난시킨 것이 화가 되어 군위에 정배되었다가 이 듬해 석방되었다. 그 뒤 암행어사 이흡이 전과를 재조사, 보고하는 과정에서 그 죄상을 과장하여, 1735년 다시 湖南興梁으로 유배되었고 錦山에 移配되었다가 忠州로 이배되어 1742년 적소에서 죽었다.

悔堂先生文集　卷之一

三近[1]賦

蹇吾法夫前修兮[2], 究入德之階級。譬登高之自卑[3]兮, 繇下學而上達[4]。攬
三近之微旨兮, 悟誘掖[5]之諄懇。是用力而思企兮[6], 信違道之不遠[7]。天生德
於最靈兮[8], 知仁勇爲良貴[9]。合五倫而包括兮, 該萬善而經緯。緣氣質之不齊

---

1) 三近(삼근) : ≪中庸≫의 "學을 좋아함은 知에 가깝고, 힘써 행함은 仁에 가깝고, 부끄러움을 앎은 勇에 가깝다.(好學近乎知, 力行近乎仁, 知恥近乎勇.)"이라고 한 것을 일컬음.

2) 蹇吾法夫前修兮(건오법부전수혜) : 屈原이 지은 <離騷>의 "아! 나는 전대의 현인들을 본받아서 세속에 굴하지 않으리니, 소인배들과 어울리지 않더라도 원컨대 팽함의 남기신 뜻에 의지하고 싶구나.(蹇吾法夫前修兮, 非世俗之所服. 雖不周於今之人兮, 願依彭咸之遺則.)"는 구절을 활용함.

3) 登高之自卑(등고지자비) : ≪中庸≫의 "군자의 도는 비유컨대 먼 곳을 감에는 반드시 가까운 곳에서 출발함과 같고, 높은 곳에 오름에는 반드시 낮은 곳에서 출발함과 같다.(君子之道, 如行遠必自邇, 如登高必自卑.)"는 구절을 활용함.

4) 下學而上達(하학이상달) : ≪論語≫<憲問篇>의 "나는 하늘을 원망하지도 않고 사람을 탓하지도 않는다. 아래로는 사람의 일을 배우고 위로는 하늘의 이치를 터득하려고 노력하는데, 나를 알아주는 분은 아마도 하느님 뿐일 것이다.(不怨天, 不尤人. 下學而上達, 知我者, 其天乎.)"라는 공자의 말을 인용함.

5) 誘掖(유액) : 말로써 가르치고 인도하는 것을 誘라 하고, 손으로 붙잡아두는 것을 掖이라 함. 아울러 激은 격동하여 진작시키는 것이며, 厲는 권면하고 격려하는 것이다.

6) 是用力而思企兮(시용력이사기혜) : ≪中庸≫의 "군자는 사람으로서 사람을 바르게 다스리다가 그 사람이 과오를 고치면 그만둔다.(君子, 以人治人, 改而止.)"는 구절을 염두에 둔 표현임.

7) 違道之不遠(위도지불원) : ≪中庸≫의 "충서는 도와 멀리 떨어져 있지 않으니, 사신에게 베풀어지기를 원하지 않거든 또한 남에게도 베풀지 않아야 한다.(忠恕違道不遠, 施諸己而不愿, 亦勿施於人.)"는 구절을 활용함.

8) 天生德於最靈兮(천생덕어최령혜) : 趙岐의 <孟子題辭>의 "위령공이 공자에게 진법을 물었을 때 공자가 조두로써 답하시고, 양혜왕이 나라의 이로움을 물었을 때 맹자가 인의로써 대답했으며, 송의 환퇴가 공자를 해하려고 할 때 공자가 하늘이 나에게 덕을 냈다고 말하고, 노나라 장창이 맹자를 훼방하고 이간질하려고 할 때 맹자가 장씨의 자식이 어찌 나로 하여금 (임금을) 만나지 못하게 할 수 있는가 하니, 뜻이 하나로 합하니라. 이와

兮, 更物欲之交牿10)。人鮮能於盡性兮, 斯未及乎達德11)。然工夫之在我兮, 豈企及之無術。苟勉强而不息兮, 庶自邇而行遠。學不措12)於窮格兮, 蔽自祛於愚溷。行無怠於篤實兮, 私可克13)於分寸。如知恥而著力兮, 可起懦而孟晉。斯進德之有序兮, 認不遠而爲近。知無如於好學兮, 固莫尙於力行。孰非

같은 것이 많으니라.(衛靈公問陳於孔子, 孔子答以俎豆, 梁惠王問利國, 孟子對以仁義, 宋桓魋欲害孔子, 孔子稱天生德於予, 魯臧倉毀鬲孟子, 孟子曰臧氏之子, 焉能使予不遇哉? 旨意合同. 若此者衆.)"는 구절에서 활용함.

9) 良貴(양귀) : 사람마다 본래 갖추고 있는 德性과 그 덕성을 자연스럽게 실현할 수 있는 능력. ≪孟子≫<告子章句 上>의 "귀히 되고자 하는 것은 누구나 같은 생각이다. 그러나 사람에게는 누구나 귀한 것이 자기에게 있건만 생각하지 못할 뿐이다.(欲貴者, 人之同心也. 人人有貴於己者, 弗思耳.)"는 구절과 "남이 귀하게 해 준 것은 본래 귀한 것이 아니다. 조맹이 귀하게 해 준 것은 조맹이 천하게 만들 수가 있다.(人之所貴者, 非良貴也. 趙孟之所貴, 趙孟能賤之.)"는 구절을 활용함.

10) 更物欲之交牿(갱물욕지교곡) : 牿은 梏과 같음. ≪孟子≫<告子章句 上>의 "사람 속에 들어 있는 것으로 말하더라도 어찌 인의의 마음이 없기야 하겠는가. 그럼에도 불구하고 그 양심을 放棄하게 되는 까닭은 도끼와 자귀로 날마다 벌목을 하는 것과 같은 이유라고 할 것이니, 어떻게 아름다워질 수가 있겠는가. 밤낮으로 자라나고 또 이른 아침이 되면 맑은 기운이 돋아 나온다고 할지라도 좋아하고 싫어하는 그 양심이 사람들과 서로 비슷한 점이 얼마 남아 있지 않다고 할 것인데, 낮에 일삼는 행위가 그것마저도 짓눌러 없애버리곤 한다. 이렇게 梏亡하는 일을 반복하다 보면 밤사이에 돋아 나오는 기운도 보존할 수 없을 것이요, 그 夜氣마저 보존할 수 없게 되면 짐승이나 별 차이가 없게 되고 말 것이다. 이렇게 짐승처럼 된 것을 보고서 사람들은 일찍이 인간의 性情이 없었으리라고 생각할 수도 있겠지만, 이것이 어찌 인간의 성정이기야 하겠는가. 그러므로 제대로 기르기만 한다면 어느 것이든 자라나지 않는 것이 없고, 제대로 기르지 못하면 어느 것이든 시들지 않는 것이 없는 것이다. 공자가 이르기를 '잡고 있으면 보존되고 놓아 버리면 없어지며 드나드는 일정한 때도 없고 어디로 향하는지 알 수도 없는 것, 그것은 오직 사람의 마음일 것이다.'라고 하였다.(孟子曰 : '雖存乎人者, 豈無仁義之心哉? 其所以放其良心者, 亦猶斧斤之於木也, 旦旦而伐之, 可以爲美乎? 其日夜之所息, 平旦之氣, 其好惡與人相近也者幾希, 則其旦晝之所爲, 有梏亡之矣. 梏之反覆, 則其夜氣不足以存, 夜氣不足以存, 則其違禽獸不遠矣. 人見其禽獸也, 而以爲未嘗有才焉者, 是豈人之情也哉? 故苟得其養, 無物不長, 苟失其養, 無物不消. 孔子曰 : '操則存, 舍則亡, 出入無時, 莫知其鄕, 惟心之謂與.')"는 구절을 염두에 둔 표현임.

11) 達德(달덕) : 천하 사람이 마땅히 지녀야 할 덕.

12) 學不措(학부조) : ≪中庸≫의 "배우지 않으면 모르겠으되, 배운다면 능히 할 수 없는 것을 내버려 두지 말라.(有弗學, 學之, 弗能, 弗措也.)"는 구절을 활용함.

13) 私可克(사가극) : ≪二程全書≫<入關語錄>에 나오는 "경의 자세를 유지하면 이것이 바로 예가 되니, 따라서 극복해야 할 사욕도 없게 될 것이다.(敬則便是禮, 無己可克.)"라는 程頤의 말을 활용함.

恥而能進兮, 亦做勇底工程。終歸仁於不仁[14]兮, 後也知於非知。自能勇於向道兮, 其亦大於懷恥。聿庶幾爲近之兮, 夫何遠之有焉[15]。及其知則同歸兮[16], 信仁得其亦然。氣自配於道義兮, 勇何難於强矯。是以謂之三近兮, 宜念茲而克劭。然先務之最急兮, 要不外於斯恥。宜無恥之是恥兮[17], 效可見於憤悱[18]。苟於焉而或忽兮, 終必歸於自棄。果能此而著力兮, 其進爲也孰禦。柔斯矯而反剛兮, 昏可變而之曙。何彼蒙之罔念兮, 昧一心於奮勵。尙不知於恥恥兮, 矧敢望於慥慥[19]。余創是而惕然兮, 恥不若而思造。踐斯言而服膺兮, 果何難於成德。聊書紳而自詔兮, 企聖賢而爲則。

---

14) 終歸仁於不仁(종귀인어불인) : ≪孟子≫<告子章句 上>의 "인자함과 인자하지 않음을 이 김은 물이 불을 이김과 같다. 요사이 인을 행하는 자들은 한 잔의 물로 한 수레에 가득 실은 섶의 불을 끄는 것과 같다. 그리하여 불이 꺼지지 않으면 물이 불을 이길 수 없다 하고 말하니, 이는 또 불인함에 편드는 것이 심한 것으로 역시 끝내는 반드시 그 인함 마저 잃고야 말 따름이다.(仁之勝不仁也, 猶水勝火. 今之爲仁者, 猶以一杯水, 求一車薪之火 也. 不熄則謂之水不勝火, 此又與於不仁之甚者也, 亦終必亡而已矣.)"는 구절을 활용함.

15) 夫何遠之有焉(부하원지유언) : ≪論語≫<子罕篇>의 "생각을 하지 않아서이지 어찌 멀이 있겠는가.(未之思也, 何遠之有.)"는 구절에서 인용함.

16) 及其知則同歸兮(급기지즉동귀혜) : ≪中庸≫의 "어떤 이는 태어나면서부터 알고 어떤 이 는 배워서 일고 어떤 이는 애를 태운 뒤에 알기도 하나, 그 앎에 미쳐서는 똑같다.(或生 而知之, 或學而知之, 或困而知之, 及其知之, 一也.)"는 구절을 염두에 둔 표현임.

17) 無恥之是恥兮(무치지시치) : ≪孟子≫<盡心章句 上>의 "사람은 부끄러움이 없어서는 안 되니, 부끄러움이 없는 것을 부끄러워한다면 치욕스러운 일이 없으리라.(人不可以無恥, 無恥之恥, 無恥矣.)"는 구절에서 인용함.

18) 憤悱(분비) : 공부하려는 열성이 표정과 말에 나타난다는 뜻. ≪論語≫<述而篇>의 "분발 하지 않으면 깨우쳐 주지 않고 悱하지 않으면 말을 틔워 주지 않는다.(不憤不啓, 不悱不 發.)"는 구절을 활용한 것이다. 분은 마음으로 통하여 해도 되지 않는다는 뜻이고, 비는 입으로 표현하려 해도 되지 않는다는 뜻이다. 배우는 사람의 분발에 따라 가르쳐 준다 는 말이다.

19) 慥慥(조조) : 진실하고 돈독함. 여기서는 독실하게 공부할 곳을 말한다.

霧豹[1]賦

　　宅深山而晦跡兮, 樂渭莘[2]之風月。任上下於溪谷兮, 友麋鹿而得得[3]。忽反顧而騁目兮, 彼何獸兮霧隱。吾固知晦養而思變兮, 認成章而後見。原厥豹之禀生兮, 異尋常之亭毒[4]。長毛蟲之三百[5]兮, 抱猛氣之咆勃。志百獸於一吻兮, 窺九牛於三日。願竢時而著靈兮, 蘊一嘯於風冽[6]。紛旣有此異質兮, 但未著於奇文。爰蹲踞而晦跡兮, 樂翠霧之氤氳。浹七日而休養兮, 跡不外於洞

---

1) 霧豹(무표) : 검은 표범[玄豹]이 자신의 아름다운 터럭을 보전하려고 배가 고픈 것도 참고서 보슬비[霧雨]가 내리는 7일 동안이나 산 밑으로 내려가지 않았다는 전설이 있다.(≪列女專≫<陶答子妻>) 명성을 완전하게 하기 위하여 벼슬하지 않고 은거하는 사람을 비유한다.

2) 渭莘(위신) : 渭水와 莘野. 위수는 太公望 呂尙이 낚시질하다가 文王에게 발탁되어 將相이 된 곳이며, 신야는 伊尹이 농사를 지었다는 곳이다.

3) 友麋鹿而得得(우미록이득득) : ≪莊子≫<齊物論>에 "모장과 여희는 사람들이 아름답게 여기는 미인이지만, 고기가 그들을 보면 물속으로 깊이 들어가고 새가 그들을 보면 높이 날아가고 사슴이 그들을 보면 달아나 버린다.(毛嬙麗姬, 人之所美也, 魚見之深入, 鳥見之高飛, 麋鹿見之決驟.)"는 구절을 염두에 둔 표현임.

4) 亭毒(정독) : 化育. 천지자연의 이치로 만물을 만들어 기름.

5) 毛蟲之三百(모충지삼백) : ≪學語集≫<禽獸魚蟲>의 "금수어충이라. 깃과 날개가 있어 나는 것을 이에 새라 이르고, 발굽과 뿔이 있어 달리는 것을 이에 짐승이라 이르고, 비늘과 껍질이 있어 헤엄치는 것을 이에 물고기라 이르니, 깃 달린 무리와 털 달린 무리와 비늘 달린 무리가 그 종류가 각각 삼백이 있도다.(禽獸魚蟲. 有羽翼飛者, 謂之禽, 有蹄角走者, 謂之獸, 有鱗介游者, 謂之魚, 羽族毛族鱗族, 其類各有三百.)"는 구절을 염두에 둔 표현임.

6) 蘊一嘯於風冽(온일소어풍렬) : ≪漢書≫<王襃傳>의 "호랑이가 울부짖으면 바람이 차갑고, 호랑이가 일어나면 구름을 일으킨다.(虎嘯而風冽, 虎興而致雲.)"는 구절에서 활용함. 또 왕포의 <聖主得賢臣頌>에 "호랑이가 울부짖자 골짜기에 차가운 바람이 일어난다.(虎嘯而谷風冽.)"는 표현이 나오고, 李白의 <鳴皋歌送岑徵君> 시에 "호랑이가 골짜기에서 포효하자 바람이 일어난다.(虎嘯谷而生風.)"는 표현이 나온다. 호랑이가 한번 으르렁거리면 바람이 일고 寒氣가 생긴다는 뜻으로, 전하여 영웅이 때를 만나서 奮起하는 것을 비유한다.

府。掉輕尾於彩雲兮，刷奇毛於淸露。俄幻形而變態兮，鞹自別於犬羊7)。章彬彬而燦爛兮，點斑斑而圓方。表獨立兮山上，儼威儀之可畏。君千獸而最靈兮，雄一聲而高視。前熊羆使慴伏兮，後狐狸俾屛避。誰知南山之暗靄兮，乃豹變之所自。苟非遵養8)之有素兮，奚厥文之如是。援乎物而反觀9)兮，證人中之君子。雖物我之有異兮，蓋所養之一理。當髫齓10)之妙年兮，有嶄然之頭角11)。勤蒙養之以正兮12)，要變化其氣質。騫黃中而通理兮13)，羌內積而外發。學日造於緝熙14)兮，章自成於輝光。儼睟面而盎背兮15)，煥乎其有文章16)。竟一出爲世用兮，展素養而致澤17)。自其變而論之兮，同是豹之霧匿。

---

7) 鞹自別於犬羊(곽자별어견양) : 《論語》<顔淵篇>에서 子貢의 말에 "문채도 바탕과 같고 바탕도 문채와 같아야 하는 것이니, 범이나 표범의 털 벗긴 가죽도 개나 염소의 털 벗긴 가죽과 같다.(文猶質也, 質猶文也, 虎豹之鞹猶犬羊之鞹.)"고 한 구절을 염두에 둔 표현임. 鞹은 털을 제거한 가죽을 말한다.

8) 遵養(준양) : 도에 맞게 심지를 수양하는 것. 《詩經》<周頌·酌>의 "아 성대한 왕사로, 힘을 길러서 때로 더불어 숨겼다가, 널리 밝아진 다음에야, 이에 큰 갑옷을 쓰셨도다.(於鑠王師, 遵養時晦, 時純熙矣, 是用大介.)"는 구절에서 인용한 것이다.

9) 反觀(반관) : 나를 가지고 나를 관찰하는 것. 눈으로 사물을 관찰하지 않고 마음으로 사물을 관찰하는 것이다. 물을 관찰하는 방법으로, 物을 가지고서 물을 관찰하는 것은 無我요, 나를 가지고 물을 관찰하는 것은 窮理요, 물을 가지고 나를 관찰하는 것은 證驗이요, 나는 있고 물은 없는 것은 未發이라 한다.

10) 髫齓(초츤) : 머리를 뒤로 늘어뜨리고 이를 갈 무렵의 7~8세쯤 되는 어린아이를 이름.

11) 嶄然之頭角(유참연지두각) : 韓愈의 <柳子厚墓誌銘>에 "雖少年, 已自成人, 能取進士第嶄然見頭角.)"이라 한 구절에서 활용함.

12) 蒙養之以正兮(근몽양지이정혜) : 《周易》<蒙卦·彖辭>의 "몽매한 이를 바름으로 기르는 것이 성인을 만드는 공이다.(蒙養以正, 聖功也.)"는 구절에서 인용함.

13) 黃中而通理兮(건황중이통리혜) : 《周易》<坤卦·文言>의 "군자는 덕을 속에 감추고 이치를 통달한다.(君子黃中通理.)"는 구절을 인용함.

14) 緝熙(집희) : 《詩經》<周頌>의 "아름답다. 밝은 빛을 이어받아 공경히 행한다.(於緝熙敬上.)"는 구절에서 나옴.

15) 睟面而盎背兮(엄수면이앙배혜) : 덕이 있는 자의 자태를 말함. 《孟子》<盡心章句 上>이 "군자는 타고난 본성인 인의예지의 덕이 마음에 뿌리박혀 있어서 그 드러나는 빛이 맑고 윤택하게 얼굴에 나타나고 넉넉하며 두텁게 등에 나타난다.(君子所性, 仁義禮智根於心, 其生色也, 睟然見於面, 盎於背.)"는 구절을 활용한 것이다.

16) 煥乎其有文章(환호기유문장) : 《논어》<泰伯>에 堯임금을 찬탄하면서 "높고 높은 그 성공이여, 찬란히 빛나는 그 문장이여.(巍巍乎其有成功也, 煥乎其有文章.)"라는 구절에서 인용함. 여기서 문장은 글이 아니라 예악과 법도 등을 가리킨다.

17) 致澤(치택) : 致君澤民. 군주를 堯舜 같은 聖君으로 만들고 仁政을 베풀어 백성들에게 은택

豈以物而觀物兮，可擧一而反三。倘不學而入官兮，等無文之眈眈。信乎殊類
而事一兮，均有養而斯得。夫何擧世之滔滔兮，昧潤身之至德18)。豹有隱霧之
豹兮，人無尙絅之人19)。然不暇於責人兮，盍反求於吾身。期闇然而日章兮20)，
庶無羡於豹文。

을 입힘을 뜻함.

18) 昧潤身之至德(매윤신지지덕)：≪大學≫＜傳6章＞에 曾子가 말하기를, "富는 집을 윤택하게
　　하고, 덕은 몸을 윤택하게 하니, 덕이 있으면 마음이 넓어지고 몸이 펴진다. 그러므로
　　군자는 그 뜻을 반드시 성실하게 하는 것이다.(富潤屋, 德潤身, 心廣體胖. 故君子, 必誠其
　　意.)"는 구절을 염두에 둔 표현임.

19) ≪詩經≫＜衛風·碩人篇＞의 "비단옷을 입고도 위에 엷은 홑옷을 덧입는다.(衣錦尙絅.)"는
　　구절을 염두에 둔 표현임. 그 비단의 문채가 겉으로 나타나는 것을 싫어하는 것으로, 군
　　자의 道는 은은하지만 날로 빛이 나는 것을 의미한다.

20) 闇然而日章兮(암연이일장혜)：≪中庸≫＜제33장＞에서 子思가 이르기를 "군자의 도는 은
　　은하되 날로 밝아지고, 소인의 도는 선명하되 날로 없어진다.(君子之道, 闇然而日章, 小人
　　之道, 的然而日亡.)"는 구절에서 인용함. 군자의 도가 안에 온축되어 점차 겉으로 드러나
　　는 것을 표현한 말이다.

名者造物之所忌賦

潛衡宇[1]而靖處兮, 慕善名而遐矯。悲蛾眉之見妬兮, 懟芳蘭之遇燒。彼世
道不足論兮, 何造物之亦爾。固美器之多猜兮, 認天路[2]之同軌。原茲名之克
著兮, 迨是善之在己。旌性行而製佩兮[3], 襲道藝而爲服。芳與澤其雜糅兮[4],
好修姱以自潔。紛旣有此內美兮[5], 謇[6]積中而外彰。山含輝於玉蘊兮, 潤增彩
於珠藏。騰逷邐而聳觀兮, 在邦國而必達[7]。何脩名之旣立兮, 奄羣謗之隨
集。衆囂囂而議論兮, 好蔽美而稱惡[8]。紛河南[9]之責望[10]兮, 鬧雲臺[11]之詆

---

1) 潛衡宇(잠형우) : 陶潛의 오두막집. 도잠의 <歸去來辭>에 "이에 내 형우를 바라보고 마음
 이 기뻐서 달려가니, 동복들은 나를 반갑게 맞아주고, 어린애들은 문에서 기다리네.(乃瞻
 衡宇, 載欣載奔, 僮僕歡迎, 稚子候門.)"라고 한 데서 나온 말이다. 衡宇는 두 개의 기둥에
 가로나무 하나를 대서 만든 문, 즉 衡門을 단 누추한 집을 말한다.
2) 天路(천로) : 하늘길. 곧 天上의 길로 죽음을 가리킨다.
3) 旌性行而製佩兮(정성행이제패혜) : 張衡의 <思玄賦> "성품과 행실을 밝히어 실천함이여
 夜光과 瓊枝를 차는구나.(旌性行以製佩兮, 佩夜光與瓊枝.)"의 구절을 인용함.
4) 芳與澤其雜糅兮(방여택기잡유혜) : 屈原의 <離騷經> "방향과 악취가 섞여 있는 속에서도,
 깨끗한 천성은 깎이지 않았네.((芳與澤其雜糅兮, 唯昭質其猶未虧.)"에서 인용함.
5) 紛旣有此內美兮(분기유차내미혜) : 屈原의 <離騷經> "날 적부터 고운 성품에 좋은 재주를
 안에다 지녀 겉으로 향초를 몸에다 감고 추란을 엮어 허리를 찼네.(紛吾旣有此內美兮, 又
 重之以脩能. 扈江離與辟芷兮, 紉秋蘭以爲佩.)"에서 인용함.
6) 謇(건) : 屈原의 <離騷經>에 "내 진실로 忠言이 근심이 될 줄 알지만, 차마 그만둘 수 없
 노라.(余固知謇謇之爲患兮, 忍而不能舍也.)"고 한 데서 나온 것임.
7) 在邦國而必達(재방국이필달) : ≪論語≫<顔淵篇>에서 子張이 공자에게 達에 대해서 묻자,
 공자가 "달이란 것은 순진하고 정직하여 의리를 좋아하고, 남의 말을 살피고 얼굴빛을
 관찰해서 생각하여 자기 몸을 낮추는 것이니, 이렇게 하면 나라에 있어도 반드시 달하
 며, 집에 있어도 반드시 달하느니라.(夫達也者, 質直而好義, 察言而觀色, 慮以下人, 在邦必
 達, 在家必達.)"고 한 구절에서 활용함. 達은 곧 德이 남에게 믿음을 주어 행함에 있어 얻
 지 못하는 것이 없음을 이른 말이다.
8) 好蔽美而稱惡(호폐미이칭악) : 屈原의 <離騷經> "세상은 혼탁하여 어진 이를 시기하여 아

折。微雲起而日翳兮，尺霧障而天黑。咨嶢嶢之易缺兮12)，孰能全其姱節。無
完名於世間兮，吾必歸於造物。謂福善而禍淫兮，反扶陰而抑陽。天難諶於勸
戒兮，理亦昧於災祥。名聲著而謗至兮，道德高而毀生。吾知太空之冥冥兮，
亦不免於世情。旣在天而猶然兮，顧於人而何責。遂沿泝乎今古兮，孰名下之
無躓。周公困於管蔡兮13)，仲尼戹於武叔14)。彼聖者猶若兹兮，矧後人之足
說。悲屈子15)之懷沙16)兮，哀賈生17)之賦鵩18)。山斗望之昌黎19)兮，歎朝陽之

　　　름다움을 가리고 악을 들추기를 좋아하네.(時溷濁而嫉賢兮, 好蔽美而稱惡.)”에서 인용함.
　9) 河南(하남) : 河南省. 이 성에 속한 洛陽은 후한 때 明帝가 雲臺를 세운 곳이다.
10) 責望(책망) : 해야 할 일을 책임지고 하기를 기대하는 공론.
11) 雲臺(운대) : 後漢 때 궁중에 높이 쌓은 臺. 光武帝 사후 황제의 자리를 이은 넷째 아들 明
　　帝 劉莊은 60년(永平 3년)에 28장을 추모하여 유명한 화가에게 명해 수도인 낙양에 위치
　　한 南宮의 雲臺에 초상화를 그리게 했는데, 그 28인은 鄧禹, 馬成, 吳漢, 王梁, 賈復, 陳俊,
　　耿弇, 杜茂, 寇恂, 傅俊, 岑彭, 堅鐔, 馮異, 王霸, 朱祐, 任光, 祭遵, 李忠, 景丹, 萬脩, 蓋延, 邳
　　彤, 銚期, 劉植, 耿純, 臧宮, 馬武, 劉隆 등이다. 이렇게 선정할 시에는 의도하거나 의도하
　　지 않거나 간에 折辱이 있었을 수밖에 없었던 것으로 추측된다.
12) 咨嶢嶢之易缺兮(자요요지이결) : ≪後漢書≫<黃瓊列傳>의 “높디높은 것은 허물어지기 쉽
　　고, 희디흰 것은 더럽혀지기 쉽다.(嶢嶢者易缺, 皦皦者易汚.)”라는 구절에서 활용함. 혼자
　　고상한 척 뻐기는 사람들을 풍자하는 말이다.
13) 周公困於管蔡兮(주공곤어관채) : 무왕이 죽고 성왕이 왕위를 계승하자 관숙과 채숙은 ‘주
　　공은 어린 왕에게 불순한 마음을 품고 있다.’라고 요언을 퍼뜨려, 주공의 기도문이 있는
　　金縢을 열어 보니 관숙과 채숙이 무고한 것을 알게 되어 그들을 誅罰하게 된 고사.
14) 仲尼戹於武叔(중니액어무숙) : ≪論語≫<子張篇>의 “숙손무숙이 공자를 비방하니, 자공
　　이 ‘그러지 말라, 공자는 폄하할 분이 아니다. 혹자의 현명함은 구릉과 같아서 넘을 수
　　있지만, 공자는 하늘의 일월과 같아서 누구도 넘지 못한다. 사람이 해와 달과 맞서 싸워
　　보려 한들 해와 달에 무슨 영향을 줄 수 있겠소.’라고 말하였다.(叔孫武叔毀仲尼, 子貢
　　曰 : ‘無以爲也, 仲尼不可毀也. 他人之賢者, 丘陵也, 猶可踰也, 仲尼日月也, 無得而踰焉. 人雖欲
　　自絶, 其何傷於日月乎.)”는 구절을 염두에 둔 표현.
15) 屈子(굴자) : 屈原. 학식이 뛰어나 楚나라 懷王의 左徒(左相)의 중책을 맡아, 내정·외교에
　　서 활약하였으나 법령입안 때 궁정의 政敵들과 충돌하여, 중상모략으로 국왕 곁에서 멀
　　어졌다.
16) 懷沙(회사) : 楚나라 대부 屈原이 쫓겨나 汨羅水에 투신자살하기 전에 지은 <懷沙賦>를
　　말함. 차라리 물에 빠져 죽어 송장을 모래사장에 드러내기를 생각하였다는 데서 나온다.
17) 賈生(가생) : 賈誼. 河南省 洛陽 출생. 시문에 뛰어나고 제자백가에 정통하여 문제의 총애
　　를 받아 약관으로 최연소 박사가 된 인물이다.
18) 賦鵩(부복) : 鵩鳥賦. 周勃 등 당시 고관들의 시기로 長沙王의 太傅로 좌천되었다. 자신의
　　불우한 운명을 屈原에 비유하여 지은 부이다.
19) 昌黎(창려) : 唐나라 문인 韓愈의 호. 懷州 修武縣 출생. 監察御使가 되어 京兆尹 李實의 폭

流落。百世士之東坡20)兮，悵惠州21)之漂泊。于嗟乎大朴22)之日蕩兮，何化翁之效尤。昔上古之無爲23)兮，　渾人心之不渝。人有善而必名兮，　名自全而無缺。揖古風而長欽兮，顧末路而永惜。然沒世而無稱兮，亦君子之所疾24)。願無懼於毁來兮，益懋實於名立。旣內省而無疚兮25)，彼外至其奚病。服葆名之至訓兮，聊作賦而自警。

정을 공격하였다가 도리어 連州 陽山縣 현령으로 좌천되었고, 憲宗이 佛骨(부처의 유골)을 궁중으로 맞아들이려고 하였을 때 반불주의자인 그는 <論佛骨表>를 올려 그것을 막으려 하였지만 그것이 천자의 노여움을 사서 겨우 사형만을 모면한 채 潮州 刺史로 좌천당했던 인물이다.

20) 東坡(동파) : 北宋의 문인 蘇軾의 호. 철종이 신법들을 다시 부활시키자, 소동파는 다시 좌천되어 惠州司馬로 임명되었다. 그를 질시하는 정치인들로 인해 海南島로 유배되어 그곳에 주로 거주하던 黎族과 함께 비침한 생활을 했다. 철종의 죽음으로 徽宗이 즉위하면서 提擧玉局觀이라는 명예직에 봉해져 상경하던 도중, 큰 병을 얻어 常州에서 66세의 생을 마감했다.

21) 惠州(혜주) : 新法黨에 의해 추방되어 2년간 폄적 생활을 했던 곳.

22) 大朴(대박) : 인심이 아주 순박하여 천하에 전쟁이 없이 태평함을 뜻함.

23) 無爲(무위) : 天道는 하는 흔적이 없이 만물을 生養시키는 것.

24) 然沒世而無稱兮, 亦君子之所疾(연몰세이무칭혜, 역군자지소질.) : ≪論語≫<衛靈公篇>의 "군자는 죽은 이후에 이름이 일컬어지지 않을 것을 걱정한다.(君子, 疾沒世而名不稱焉.)"는 구절을 염두에 둔 표현임.

25) 旣內省而無疚兮(기내성이무구혜) : ≪論語≫<顔淵篇>의 "속으로 돌이켜보아 허물이 없다면 무엇을 근심하며 무엇을 두려워하겠느냐?(內省不疚, 夫何憂何懼.)"는 구절을 활용함.

三山賦

閱天下之山經兮[1], 惟五嶽[2]爲崢嶸。紛衆峙之培塿兮, 儘眼底之庚庚。怳起想於方外兮, 意悠揚而莫停。俄蝴蝶[3]之蘧蘧兮, 導塵蹤以遐征。觀三山[4]之奇挺兮, 賴扶持於神明[5]。鎭鰲頭以穹崇兮, 俯鯨波之縹緲。隱映五雲[6]之外兮, 杳靄三天[7]之表。鬱佳氣之葱葱兮, 動瑞光之曖曖。惠風暢於瓊林[8]兮, 靈泉湧於玉海[9]。森八桂[10]之凌霜兮, 秀五芝[11]兮傲雪[12]。樹璀璨[13]於丹崖兮, 花爛熳於紫壑。瑞鳳翔兮交舞, 靈尨[14]吠兮相嬉門。磁石[15]兮梁木蘭[16], 帳雲母兮

---

1) 閱天下之山經兮(열천하지산경혜) : ≪山海經≫에 보이는 南山經・西山經・北山經・東山經・中山經을 염두에 둔 표현임.

2) 五嶽(오악) : 泰山・華山・衡山・恒山・崇山을 일컬음.

3) 蝴蝶(호접) : 莊周가 꿈에서 스스로 변하여 훨훨 날아다녔다는 나비를 일컬음.

4) 三山(삼산) : 三神山. 중국의 전설에 나오는 상상의 세 산으로 蓬萊山・方丈山・瀛洲山이다.

5) 神明(신명) : 天地의 신령.

6) 五雲(오운) : 오색구름. 祥瑞를 뜻하는 말로, 보통 황제의 궁성을 비유하는 표현이다.

7) 三天(삼천) : 道家의 淸微天・禹餘天・大赤天. 또한 仙人의 居所인 玉淸・上淸・太淸을 말하기도 한다.

8) 瓊林(경림) : 仙境의 아름다운 모습을 형용하는 말.

9) 玉海(옥해) : 옥과 같이 맑고 깊은 바다.

10) 八桂(팔계) : ≪山海經≫에 "계림의 八樹는 賁隅의 동쪽에 있다.(桂林八樹, 在賁隅東.)"는 말이 있음.

11) 五芝(오지) : 赤芝(丹芝), 黃芝(金芝), 白芝(玉芝), 黑芝(玄芝), 紫芝(木芝)를 일컫는 말.

12) 惠風~傲雪(혜풍~오설) : 孫綽의 <遊天台山賦>에 있는 "八桂森挺以凌霜, 五芝含秀而晨敷, 惠風仵芳於陽林, 醴泉涌溜於陰渠." 구절을 활용함.

13) 樹璀璨(수최찬) : 孫綽의 <天台山賦>에 "천 길 높이 건목에서 해가 지고 기수에는 반짝반짝 구슬이 매달렸어라.(建木滅景於千尋, 琪樹璀璨而垂珠.)"한 구절을 참고하면, 신선의 세계에 있다는 玉樹이다.

14) 靈尨(영방) : 許蘭雪軒의 <遊仙詞>에 "꼬리 짧은 삽살개가 풀밭에 주저앉아 조네.(短尾靈尨藉草眠.)"라는 구절이 참고가 됨.

簾琉璃。杳風塵之不到兮， 隔幾重之寰區[17]。多僊子於此中兮， 與世緣而全
疎。餌石髓[18]而換胎[19]兮，營紫霞[20]以蛻骨。挹沆瀣[21]之精英兮，攬瓊蘂[22]之
瀝液。紛紅梨與碧藕兮， 爛氷桃與火棗[23]。指萬期於須臾兮[24]， 享長年於不
老。或乘鸞而沖天兮，或飛錫[25]而凌空。時酣醉於醽醁兮，奏仙樂之鏗鎗。是
仙山之勝槩兮，羌難得以備說。噫上帝之臨下兮，睠羣僊之脫俗。嫌人世之僻
陋兮，恐受汚於塵穢。乃拓基於大洋兮，陶別有之眞界。峙奇峯以鼎列兮， 秘
眞人之高躅。曾偓佺[26]之容與兮，又子眞[27]之棲息。遊赤松[28]之玄蹤兮，藏子
喬[29]之奇蹟。倘宿緣之有契兮，願躡蹤乎僊列。嗟塵世之有累兮，執眞訣之我

---

15) 磁石(자석) : 아방궁에 磁石門을 설치하였는데, 칼을 품고 들어오는 사람을 제지하기 위함
    이었음.
16) 磁石兮梁木蘭(자석혜양목란) : 晉나라 潘岳의 <西征賦>에 있는 "門磁石而梁木蘭兮." 구절
    을 활용함.
17) 寰區(환구) : 天地. 天下. 世上.
18) 石髓(석수) : 石鍾乳. 돌 고드름의 異名인데, 仙人들이 곧잘 이것을 복용한다고 한다.(≪本
    草≫<石髓>)
19) 換胎(환태) : 신선이 된다는 말.
20) 紫霞(자하) : 仙境에 떠돈다는 자줏빛의 雲氣를 말함.
21) 沆瀣(항해) : 仙人이 마신다는 밤중의 기[夜半氣]를 말함. ≪楚辭≫<遠遊>에 "육기를 먹
    고 항해를 마심이여, 정양으로 양치질하고 아침 놀을 머금는다.(飱六氣而飲沆瀣兮, 漱正陽
    而含朝霞.)"고 하였다.
22) 瓊蘂(경예) : 신선이 먹는 것.
23) 火棗(화조) : 신선이 먹는 대추.
24) 指萬期於須臾兮(지만기어수유혜) : 晉나라 때 竹林七賢의 한 사람으로 특히 酒豪로 이름이
    높았던 劉伶이 술을 예찬한 <酒德頌>에서 나온 말. 곧, "대인 선생이 있어 천지를 하루
    아침으로 삼고 만 년의 세월을 잠시로 여기며, 해와 달을 지게문과 창으로 삼고 광활한
    천지 사방을 뜰과 길기리로 삼아, 다닐 때는 일정한 수레바퀴 자국이 없고 사는 데는 일
    정한 집이 없어, 하늘을 장막으로 삼고 땅을 자리로 삼아서 마음이 내키는 대로 하며,
    머물러 있을 때는 ㅋ고 작은 술잔을 손에 쥐고 움직일 때는 술통과 술병을 몸에 지녀서
    오직 술만을 일삼거니, 어찌 그 밖의 것을 알겠는가.(有大人先生, 以天地爲一朝, 萬期爲須
    臾, 日月爲扃牖, 八荒爲庭衢, 行無轍跡, 居無室廬, 幕天席地, 縱意所如, 止則操巵執觚, 動則挈
    榼提壺, 唯酒是務, 焉知其餘.)"이다.
25) 飛錫(비석) : 錫杖을 날려 번개같이 다른 곳으로 이동한다는 뜻.
26) 偓佺(악전) : 唐堯 때 중국 槐山에서 약을 캐먹고 살았다는 신선 이름.
27) 子眞(자진) : 鄭子眞. 漢나라의 鄭樸이다. 谷口에 살던 그는 成帝 때에 대장군 王鳳이 예를
    갖추어 맞이했으나 끝내 나가지 않고 곡구의 산 밑에서 농사짓고 살다가 생을 마쳤다.
28) 赤松(적송) : 赤松子. 고대 전설상의 선인 이름이다.

傳。俄黃粱之報熟兮30), 倏廻駕以言旋。望三淸31)兮何許魂, 倘怳其如失唔。
神僊之杳茫兮, 說荒唐於三嶽。嗤燕齊之鬼怪兮32), 鼓無前之詭妄。彼呂兒與
劉郎33)兮, 謾騁望於海上。事旣出於無稽兮, 豈虛僞之足尙。覽聖人之格言兮,
戒君子以山立。又體仁於厚重兮, 吾將取以爲法。祝三壽之作朋兮34), 共遐齡
於無極。是至樂之所在兮, 又何必勞心於世外之靈嶽也哉。

---

29) 子喬(자교) : 王子喬. 周나라 靈王의 태자 쯤이다. 태자 시절에 왕에게 직간하다가 폐해져
   서인이 되었다. 젓대를 잘 불어 봉황새 소리를 냈으며 道士 浮丘公을 만나 흰 학을 타고
   산꼭대기에서 살았다 한다.
30) 俄黃粱之報熟兮(나황량지보숙혜) : 당나라 沈旣濟의 <枕中記>에 "盧生이 邯鄲의 여관에서
   道人 呂翁을 만났다. 노생이 자기의 곤궁한 신세를 한탄하자 여옹은 그에게 목침을 주고
   잠을 자게 하였는데, 노생은 꿈속에서 온갖 부귀영화를 다 누렸다. 꿈을 깨고 나니 여관
   집주인이 짓던 누런 기장밥이 채 익지도 않아 있었다." 하였다. 곧, 인간 세상의 榮辱이
   한바탕 꿈처럼 부질없음을 가리킨다.
31) 三淸(삼청) : 道敎에서 신선이 산다는 玉淸·上淸·太淸을 말함.
32) 嗤燕齊之鬼怪兮(치연제지귀괴혜) : 신선에 대해서 허무맹랑한 이야기를 뇌까리는 方術士
   들을 가리킴. ≪史記≫<封禪書>의 "蓬萊의 安期生을 구하지 못한 상태에서, 해변에 거하
   는 연 나라와 제 나라의 괴탄한 방사들이[海上燕齊怪迂之方士] 몰려와 신선에 대한 일을
   떠들기 시작하였다."고 한 데서 나온 말이다.
33) 呂兒與劉郎(여아여유랑) : 여아는 秦始皇 嬴政이 呂不韋의 아들이었다는 설을 근거하여 일
   컬은 것이고, 유랑은 漢武帝 劉徹을 가리킴. 중국에서는 발해만 동쪽에 있다는 蓬萊山, 方
   丈山, 瀛洲山을 삼신산이라고 부르는데, 진시황과 한무제가 불로장생의 명약을 구하기
   위하여 이곳으로 동남동녀 수천 명을 보냈다고 전해진다.
34) 祝三壽之作朋兮(축삼수지작붕혜) : ≪詩經≫<魯頌閟宮>의 "삼수로 벗을 삼아 뫼처럼 능
   처럼 튼튼하소서.(三壽作朋, 如岡如陵.)"라는 구절에서 인용함. 삼수는 장수한 三卿을 이
   르며, 이 글은 君臣이 경사를 함께함을 축하하는 말이다.

棲白雲洞月夜有感二首(癸卯冬)

雲歛煙消玉宇淸　　　月光如畫十分明
離家兩載思歸客　　　一句新詩萬斛[1]情

溪聲月色一般淸　　　野雪山雲暗復明
人靜院深千古趣　　　肯敎塵滓汚心情

---

1) 萬斛(만곡) : 아주 많은 분량.

贈同志(甲辰)

風定三更[1]夜　　雲窓對月開

幽懷塵外逈　　清景眼前來

語道心無斁　　論詩思不回

精神何所似　　疑是雪中梅

* 時與趙士敬[2]・金伯純[3]・金舜擧[4]諸賢, 同留講業

---

1) 三更(삼경): 밤 11시부터 새벽 1시 사이.

2) 士敬(사경): 趙穆(1524~1606)의 자. 본관은 橫城이고, 호는 月川・東皐이다. 李滉의 문인이다. 집안이 가난했으나 평생을 학문 연구에만 뜻을 두어 대학자로 존경을 받았다. 醴泉의 鼎山書院, 禮安의 陶山書院, 봉화의 文巖書院 등에 배향되었다.

3) 伯純(백순): 金克一(1522~1585)의 자. 본관은 義城이고, 호는 藥峯이다. 青溪 金璡의 맏아들인데, 네 동생이 龜峰 金守一, 雲巖 金明一, 鶴峰 金誠一, 南嶽 金復一이다. 李滉의 문인이다. 일찍이 居敬窮理하니 스승이 "道의 適重함이다."고 칭찬했다. 1546년 文科에 급제하여 承文院正字, 博士가 되었고, 司憲府 監察을 거쳐 성주목사로 재직할 때 ≪啓蒙翼傳≫을 퇴계의 서문으로 간행하였다. 하나같이 주민 교화에 힘써 善政을 남겼다. 泗濱書院에 배향되었다.

4) 舜擧(순거): 金八元(1524~1589)의 자. 본관은 江陵이고, 자는 秀卿이기도 하며, 호는 芝山이다. 周世鵬・李滉의 문인이다. 趙穆・具鳳齡 등과 학문을 닦았고, 조목과 <人心道心圖>를 만들었다.

"

邀康友(明善[1] ○ 戊申)

田村好雨連朝晝[2]　　　軟綠殘紅轉惱思

莫惜遊筇煩一顧　　　憑軒悵望已多時

次康友韻

高枕閒眠傍綠陰　　　無端蝴蝶越千林

飛廉[3]定得掃雲暗　　　且向明朝理屐尋

---

1) 明善(명선) : 康明善. 본관은 信川이고, 康惟善(1520~1549)의 동생이다.
2) 이 시의 1, 2구를 이해하는 데 있어서는 ≪孟子≫<告子章句 上>의 "낮과 밤에 쉬고 상쾌한 아침의 기운을 받음에도 불구하고 자신이 좋아하는 것과 싫어하는 것이 다른 사람들과 서로 가까운 자가 아주 드물다면, 그것은 그가 하루 중에 하는 것이 다시 그 얻은 바를 흩어버리기 때문이다. 이렇게 흩어버리는 일이 반복이 되낀 밤마람의 시원란 기운이 더 이상 보존되지 못하게 된다. 밤바람의 시원한 기운이 더 이상 보존되지 않으면 금수와 다를 바가 거의 없게 된다. 다른 사람들이 그가 금수와 다를 바가 없음을 보고서 그에게 아예 타고난 것이 없었다고 하게 될 것이다. 그런데 이것이 어찌 사람이 참 모습일 수 있겠는가?(其日夜之所息, 平旦之氣, 其好惡與人相近也者幾希, 則其旦晝之所爲, 有梏亡之矣. 梏之反覆, 則其夜氣不足以存, 夜氣不足以存, 則其違禽獸不遠矣. 人見其禽獸也, 而以爲未嘗有才焉者, 是豈人之情也哉?)" 구절이 참고가 됨.
3) 飛廉(비렴) : 신화에 나오는 바람 귀신 이름.

往蔚山散步南軒

春陰掩靄海門昏　　千里遊人獨斷魂

夢入萱堂1)猶定省2)　　身羈旅舍苦馳奔

家書3)幾日來南極　　客子何時到故園4)

休道鶴城5)多勝槩　　愁懷稠疊不堪論

---

1) 萱堂(훤당) : 모부인. 어머니를 높여 일컫는 말.

2) 定省(정성) : 昏定晨省의 준말. 어버이를 제대로 봉양함을 일컬음. ≪禮記≫＜曲禮 上＞의 "자식이 된 자는 어버이에 대해서, 겨울에는 따뜻하게 해 드리고 여름에는 시원하게 해 드려야 하며, 저녁에는 잠자리를 보살펴 드리고 아침에는 문안 인사를 올려야 한다.(凡爲人子之禮, 冬溫而夏淸, 昏定而晨省.)"라는 구절에서 나온다.

3) 家書(가서) : 자기 집에서 온 편지. 또는 자기 집으로 보내는 편지.

4) 故園(고원) : 고향.

5) 鶴城(학성) : 지금의 울산.

自歎(辛亥 ○ 除訓導時)

書生賦命太多奇　蠖屈[1]年來兩鬢絲
學禮豈曾矇進退　仕貧非是閔寒飢
睢陽千筴人誰惠[2]　光範三書[3]世莫知
日暮途窮[4]親已老　强顔干祿[5]涕交垂

1) 蠖屈(확굴) : ‘사람이 때를 만나지 못하여 낮은 지위에 있거나 물러나 은거함’을 이르는 말. ≪周易≫<繫辭傳下>의 “자벌레가 몸을 굽혀 움츠리는 것은 장차 몸을 펴기 위함이요, 용과 뱀이 숨는 것은 자신의 몸을 보전하기 위함이다.(尺蠖之屈, 以求信也, 龍蛇之蟄, 以存身也.)”라는 구절에서 나온다.

2) 睢陽千筴人誰惠(수양천책인수혜) : 唐나라 玄宗 때 安祿山의 난이 일어나자 張巡과 睢陽太守 許遠이 睢陽城을 몇 달 동안 사수하면서 賊將 尹子琦와 전투를 벌였는데, 중과부적에 식량마저 떨어진 상태에서 그의 명성을 시기한 臨淮節度使 賀蘭進明이 고의로 구원병을 보내지 않는 바람에 악전고투하다가 결국 성은 함락되고 적에게 죽임을 당한 사실(≪舊唐書≫ 권187)을, 韓愈가 <張中丞傳後叙>를 지어 그들에 대한 깊은 추모의 정을 표시하고 영웅적인 행위를 칭송한 것을 염두에 둔 표현인 듯. 특히, 한유는 장순이 적에게 죽을 때 南霽雲을 부르며 “남팔아, 남아는 죽을지언정 불의에 굴복해서는 안 된다.”라고 한 대목에 이를 때마다 자주 반복해 읽으면서 눈물을 흘리지 않은 적이 없었다고 한다.

3) 光範三書(광범삼서) : 韓愈가 재상에게 자신을 추천하여 벼슬을 구하는 내용의 편지를 세 차례나 올렸던 데서 나온 말. 광범은 尊顔과 같은 뜻으로 상대방에 대한 존칭이다. 한유가 일찍이 과거에 급제하고 나서 등용을 요구하는 의도로 당시의 재상에게 올린 편지의 첫머리에 “정월 이십칠일에 전 향공진사 한유는 삼가 광범의 문하에 엎드려 두 번 절하고 상공 각하께 글월을 바칩니다.(正月二十七日, 前鄕貢進士韓愈, 謹伏光範門下, 再拜獻書相公閣下.)”는 구절에서 나온 것이다.

4) 日暮途窮(일모도궁) : 날은 저물고, 갈 길은 막힌다는 뜻으로, 늙고 병약하여 앞날이 얼마 남지 않음을 비유해 이르는 말.

5) 干祿(간록) : ≪論語≫<爲政篇>에 나오는 子張의 말을 인용한 것으로, 녹봉을 구하는 방법을 의미함.

赴金景放[1](彦种)酒席與諸友共賦

留連半日醉深盃　　軒外閒看四季開
千里洛城無限抱　　斜陽聯袂浩歌迴

---

1) 景放(경방) : 金彦种의 자. 善山 사람으로 監察을 지냈다.

遊中臺寺[1] (壬子)

蒼茫[2]日暮中臺寺　　　陟屺吟詩[3]愁思長

雲盡東南天宇濶　　　遙遙指點是吾鄕

---

1) 中臺寺(중대사) : 전라북도 鎭安郡 聖壽山에 있는 절 이름.

2) 蒼茫(창망) : 넓고 멀어서 아득하다는 뜻이나, 여기서는 해가 저물어서 어둑어둑한 것을 형용한 것임.

3) 陟屺吟詩(척기음시) : 멀리 나가 있는 자식이 부모를 애틋하게 그리워하는 마음을 비유한 것. ≪詩經≫<魏風・陟岵>는 효자가 부역을 나가서 어버이를 잊지 못하는 심정을 노래한 것인데, 그 둘째 장에 "저 민둥산에 올라가서 어머님 계신 곳을 바라본다.(陟彼屺兮, 瞻望母兮.)"라는 구절이 나온다.

癸丑¹⁾冬在洛陽²⁾不禁思親之淚因占一絶

南望聞韶³⁾問幾許　　回頭天際客愁⁴⁾新

傷心一夜憑軒淚　　白髮慈顔入夢頻

---

1) 癸丑(계축) : 1553년.
2) 洛陽(낙양) : 조선시대에, 한양을 달리 일컫는 말.
3) 聞韶(문소) : 경북 義城의 옛 지명.
4) 客愁(객수) : 객지에서 느끼는 쓸쓸함이나 시름.

贈友人(甲寅[1])

雪滿川林[2]夜正長　　　客中愁思轉茫茫

湖西不是秦京道[3]　　　東望家山暗斷腸[4]

---

1) 甲寅(갑인) : 1554년.
2) 川林(천림) : 山川林藪의 줄임말.
3) 秦京道(진경노) : 秦나라의 都城이었던 咸陽을 가리킨 것으로, 전하여 도성을 말함.
4) 斷腸(단장) : 창자가 끊어질 듯한 슬픔이나 괴로움을 비유하는 말. 더할 수 없는 극심한 슬픔을 표현할 때 주로 쓴다 ≪世說新語≫<黜免篇>의 "晋나라의 桓溫이라는 사람이 촉 땅을 정벌하기 위해 군사를 배에 싣고 양자강 중류의 협곡인 三峽을 지날 때였다. 환온의 부하 한 명이 원숭이 새끼 한 마리를 붙잡아 배에 실었다. 그러자 그 어미 원숭이는 강을 따라오면서 애달프게 울어댔다. 근 백여 리를 가지 않고 쫓아오던 어미 원숭이는 배가 강가로 다가오자 재빠르게 배 안으로 뛰어올랐으나 그만 그 자리에서 죽고 말았다. 사람들이 어미 원숭이의 배를 갈라보니 창자가 마디마디 끊어져 있었다. 이 소식을 들은 환온은 크게 화가 나서, 명령하여 그 붙잡은 사람을 내쫓아 버렸다.(桓公入蜀, 至三峽中, 部伍中有得猨子者. 其母緣岸哀號, 行百餘里不去, 遂跳上船, 至便卽絶. 破視其腹中, 腸皆寸寸斷. 公聞之, 怒命黜其人.)"는 고사이다.

早春月夜登樓有感

階頭未見早梅[1]開　　　　雲外徒聞斷鴈哀

琴歌耐冷登樓久　　　　落月西岑始下來

---

1) 早梅(조매) : 매화꽃이 동지 전에 피기 때문에 일컬음. 참고로, 柳宗元의 <早梅>을 적어
둔다.

일찍 핀 매화 높은 가지에 피니　　　　早梅發高樹
아득히 초나라 푸른 하늘에 비치는구나.　　　　逈映楚天碧
불어오는 북풍에 밤 향기가 날리고　　　　朔吹飄夜香
무성한 서리는 아침에 더욱 희다.　　　　繁霜滋曉白
만 리 먼 곳으로 보내드리고 싶어도　　　　欲爲萬里贈
아득히 산과 물에 막혀있구나.　　　　杳杳山水隔
차가운 꽃송이 곧 시들어 떨어지니　　　　寒英坐銷落
어찌해야 먼 손님을 위로해 드리나.　　　　何用慰遠客

夜聞簷雨

琤琤簷雨聲　　　悽斷遠遊[1]情

無朋可與晤[2]　　無酒可與傾

淸愁不自耐　　　撫琴到五更[3]

---

1) 遠遊(원유) : 멀리 나가 놂. ≪論語≫<里仁>의 "부모님이 살아 계실 때에는 멀리 나가
   놀지 말 것이요, 나가 놀더라도 반드시 일정한 장소가 있어야 한다.(父母在, 不遠遊, 遊必
   有方.)"는 구절에서 나온 말이다. 그런데 여기서는 '나그네'의 의미로 씌었다.
2) 可與晤(가여오) : ≪詩經≫<陳風·東門之池>의 "저 아름다운 숙희여, 더불어 얘기할 만하
   구나.(彼美淑姬, 可與晤言.)"는 구절에서 나온 말. 벗들끼리 뜻이 통하여 서로 만나서 정
   답게 얘기를 나누는 것을 뜻한다.
3) 五更(오경) : 새벽 3시부터 5시까지.

江上贈別韓虞卿

渭北江東[1]幾十秋　　相逢隔岸急招舟

沙頭暫話還分去　　離恨長於洛水[2]流

---

1) 渭北江東(위북강동) : 杜甫와 李白 간의 忘年之友를 보여주는 두보의 <春日憶李白>에서 나오는 구절. 두보는 이백보다 11살 아래다.

이백의 시는 견줄 이가 없으니	白也詩無敵
자유롭게 날아다니니 일반인과 특출나며	飄然思不群
맑고 신선함은 육조의 유신과 같고	清新庾開府
우뚝 빼어남은 포조의 품격이라	俊逸鮑參軍
위수 북쪽에서 하늘을 보니	渭北春天樹
그대 계신 강남에는 해가 구름에 지겠군요	江東日暮雲
어느 때나 함께 술동이 펼쳐 놓고	何時一樽酒
다시 더불어 문학을 논하리오.	重與細論文

이백이 長安에서 나와서 洛陽에 갔을 때 杜甫를 만났다. 실제로 두 사람이 같이 사귄 기간은 잠깐 동안이었다고 한다. 이백의 <沙邱城下寄杜甫>는 이백이 沙邱城에 隱居해 있을 때 南方에 가 있는 杜甫를 생각하며 읊은 것이라 한다.

나는 무슨 까닭으로 여기까지 흘러 왔을까	我來竟何事
사구성 아래 드러누워 있다.	高臥沙邱城
성 변두리 늙은 나무에는	城邊有古樹
밤낮으로 가을바람 끊이지 않고 불어댄다.	日夕連秋聲
노나라의 술은 마셔도 취하지 않고	魯酒不可醉
제나라의 노래는 부질없이 정을 일깨운다.	齊歌空復情
그대를 생각하는 내 마음은 저 문수물과 같으려니	思君若汶水
호탕하게 남으로 흐르는 물에 내 마음 부쳐본다.	浩蕩寄南征

2) 洛水(낙수) : 낙동강.

題寄傲亭

一亭淸絶壓江湄　　　滿目雲煙色色奇

雪浪千層風緊夜　　　金波萬頃月明時

山高西北[1]松聲亂　　　浦遠東南[2]帆影遲

泚筆登臨吟未了　　　無端長笛隔林吹

---

1) 山高西北(산고서북) : 하늘에 닿을 정도로 산이 높이 솟아 있음을 일컫는 말. 先天艮卦之西北方에 後天乾卦를 정한 것은 山高接天之象이기 때문이다.

2) 浦遠東南(포원동남) : 물이 넘쳐 천지를 진동케 하는 것을 일컫는 말. 先天兌卦之東南方에 後天震卦를 정한 것은 澤溢震動之象이기 때문이다.

過風川峽

化媼¹⁾多情辦此巧　　別區奇勝擅名長

凌虛鐵壁千尋許　　凝碧靈湫萬丈强

巢鶴叫雲僊峽爽　　潛龍嘘霧洞天²⁾凉

浮生幸啓東遊路　　信馬歸來到上方³⁾

---

1) 媼(온) : 媼神. 토지의 신.

2) 洞天(동천) : 천하의 勝境. 신선이 산다는 곳으로 十六洞天이니, 또는 三十六洞天이니 하는 따위다.

3) 上方(상방) : 불가에서 주지승이 거주하는 內室을 말하는 것으로 佛寺를 가리키기도 하나, 여기서는 지세가 매우 높은 곳을 말하는 것으로 '절승지'를 일컬음.

過韓伯益閒居亭

我是陶巖處士申　　　　偶經花洞1)訪幽人2)

松杉谷口煙霞趣　　　　梅竹軒前雪月神

塵事不曾驚醉夢　　　　風光長自逗和春3)

何當此地同棲息　　　　養得從來不世身4)

---

1) 花洞(화동) : 강원도 홍천군 북방면에 있는 마을 이름.
2) 幽人(유인) : 어지러운 세상을 피하여 조용한 곳에 숨어 사는 사람.
3) 和春(화춘) : 和氣. 기색이나 분위기가 온화하고 화목함.
4) 何當此地同棲息, 養得從來不世身(하당차지동서식, 양득종래불세신) : 郭輿(1058~1130)의 시에 李資玄(1061~1125)이 화답한 시에서 인용한 구절. 不世身은 不死身으로 어떠한 곤란을 당하여도 기력을 잃거나 낙담하지 아니하는 사람을 비유적으로 이르는 말이다.
　곽여가 符節을 지니고 關東에 왔다가 이자현을 찾아와 다음과 같은 시를 지어주었다.

청평 산수는 상수(湘水)의 물가와 같은데,	淸平山水似湘濱
뜻하지 않게 옛 친구를 만나보네.	邂逅相逢見故人
삼십년 전 함께 급제하였건만,	三十年前同得第
천리 밖에 떨어져 살고 있구나.	一千里外各栖身
뜬구름으로 골짜기에 들어와 세상일 끊으니	浮雲入洞曾無事
시내에 비친 밝은 달 티끌에 물들지 않는다.	明月當溪不染塵
말없이 오래도록 지낸 곳을 눈으로 보니,	目擊無言良久處
욕심 없고 깨끗한 옛 정신이 확연하구나.	淡然相照舊精神

이에 이자현도 다음과 같은 화답시를 지었다.

따뜻한 기운이 시내와 산에 가득하면서 어느새 봄이 되니	暖逼溪山暗換春
홀연 신선의 儀仗을 굽혀 은자를 찾았네.	忽紆仙杖訪幽人
백이와 숙제가 세상 피한 것은 오직 性稟을 보전하기 위함이요	夷齊遁世唯全性
직과 설이 나라 일에 힘쓴 것은 제 몸을 위함이 아니었네.	稷契勤邦不爲身
왕명을 받들고 온 이때에 옥패물이 쟁그랑 거리니	奉詔此時鏘玉佩
어느 날 벼슬을 그만두고 홍진을 떨어낼까?	掛冠何日拂衣塵
어찌하여 이곳에 함께 숨어 살면서	何當此地同棲隱
옛날의 불사신을 기를 수 있을지?	養得從來不死身

謝權夢祥佩酒來慰

春窓牢落與誰伴　　月一觳來[1]笑語稀

賴有情朋珍重意　　松軒對酌送西暉

---

1) 月一觳來(월일구래) : 한 달이 아무 일 없이 찼다는 의미임.

江上卽事[1]

橫槎亂碧流　　　野色屬高樓

嶺黑催詩雨[2]　　江寒滿袖秋

汲淸炊玉稻[3]　　收網膾銀鰷

暫醉方歸去　　　兹行亦勝遊

---

1) 이 시는 周世鵬의 시문집 ≪武陵雜稿≫(권3, 原集)에 실린 <聞慶開鏡院樓>와 동일하다. 이 시의 원작자가 누구인지 규명하는 몫은 후학들의 것이다.

2) 催詩雨(최시우) : 杜甫의 <陪諸貴公子丈八溝携妓納涼晚際遇雨>에 나오는 "조각구름이 머리 위에 모여드니, 알겠노라 비로 시를 재촉하려는 줄을.(片雲頭上黑, 知是雨催詩.)" 구절과, 蘇軾의 <遊張山人園>에 나오는 "세세히 보리에 날아드는 노란 꽃은 요란하고, 시를 재촉하는 소낙비는 우수수 쏟아지네.(纖纖入麥黃花亂 颯颯催詩白雨來.)"라는 구절을 활용함.

3) 汲淸炊玉稻(급청취옥도) : 唐나라 柳宗元의 <漁翁>에 "어옹이 밤에 서암 곁에 묵더니, 새벽에 맑은 상수를 긷고 초나라 땅 대나무를 불 때누나.(漁翁夜傍西巖宿, 曉汲淸湘燃楚竹.)"는 구절을 활용함.

詠金松隱[1](光粹)萬年松

萬年松葉萬年靑　　　幾歲風霜幾歲經

晚翠不渝君子節　　　笑他桃李一時榮

---

1) 松隱(송은) : 金光粹(1468~1563)의 호. 본관은 安東이고, 자는 國華이다. 1501년 진사에 합격하였으나 더 이상 과거를 볼 뜻이 없어 고향인 의성의 북촌에 머물면서 시가를 읊조리며 청빈하게 지냈으며, 효성과 우애가 지극하여 부근의 사람들로부터 존경을 받았다. 죽은 뒤 大谷山에 장사지냈는데, 그 뒤 외손인 柳成龍이 왕의 명을 받아 제사지내고 묘를 살펴보았다. 의성의 藏臺書院에 배향되었다.

修定鄕約有感而作(庚申)

藍田¹⁾遺約映千春　　　　末學猶欽呂氏仁

後世子雲²⁾今幸見　　　　挽回薄俗惠吾人

---

1) 藍田(남전) : 중국 陝西省 藍田縣. 이곳에서 北宋 말 呂氏門中의 道學으로 명성을 떨친 呂大忠·大防·大鈞·大臨 네 형제가 문중과 향리를 선도 교화하기 위해 주자학을 바탕으로 만든 규약이 여씨향약이다.

2) 後世子雲(후세자운) : 漢나라 成帝 때의 학자인 揚雄의 자. 양웅은 사람됨이 소탈하고 젊어서부터 문장을 잘하여 이름을 떨쳤으며, 학문을 좋아하여 ≪揚子法言≫, ≪太玄經≫ 등 많은 저서를 남겼는데 글 뜻이 아주 심오하였다. 한편, '後世子雲'은 양웅이 ≪태현경≫을 지었을 때, 사람들이 비웃자 "후세에 양자운이 있어서 반드시 좋아할 것이다.(後世復有揚子雲必好之.)"라고 했다는 고사에 근거하고 있다.(≪漢書≫ 권87 ＜揚雄傳＞)

次換鵝亭¹⁾韻

斯亭勝槩判無雙　　　　一面蓮池一面江
歎逝²⁾嗅香塵慮少　　　　五更明月滿吟窓

---

1) 換鵝亭(환아정) : 경남 山陰縣(현 산청읍의 옛지명)에 있는 정자 이름. 객관 서쪽에 있으며 강물을 굽어본다. 현감 沈潾이 건축하였고, 花山 權攀이 王羲之의 고사를 취하여 이름하였다. 환아정은 주변의 경호강과 함께 山水가 아름다운 곳으로 유명했으며 조선 중기 선비들이 풍류를 즐기던 곳이었다. 50여명의 선비들이 이곳을 찾아 70여 편의 환아정 찬미 시를 남겼다고 전해진다.
2) 歎逝(탄서) : 孔子가 일찍이 냇가에서 흐르는 냇물을 가리켜 이르기를 "가는 것이 이와 같은저, 밤낮을 쉬지 않는구나.(逝者如斯夫, 不舍晝夜.)" 한 데서 온 말. 이는 곧 잠시도 멈추지 않는 道體의 本然을 감탄한 것이다.(≪論語≫<子罕>)

述懷

與錢誰是蘇司業　　　　遭罵甘爲鄭廣文[1]

扣冰愧乏王祥孝[2]　　　　只切懷英望白雲[3]

---

1) 與錢誰是蘇司業, 遭罵甘爲鄭廣文(여전수시소사업, 조매감위정광문) : 杜甫의 <戲簡鄭廣文兼
呈蘇司業>시에 "광문 선생이 관청에 이르러서, 섬돌 아래에 말을 매어 두었다가, 취하면
곧장 말을 타고 돌아가니, 상관의 욕을 적잖게 먹었다오. 재주와 이름은 삼십 년을 날렸
으되, 빈객은 추위도 앉을 방석이 없네. 다행히도 소 사업이 있어, 때때로 술값을 빌리
는구려.(廣文到官舍, 繫馬堂階下, 醉卽騎馬歸, 頗遭官長罵. 才名三十年, 坐客寒無氈. 賴有蘇司
業, 時時乞酒錢.)"(≪杜少陵詩集≫ 권3)라는 구절을 활용함. 蘇司業은 唐나라 때 集賢殿學士
를 거쳐 國子司業을 지낸 蘇源明을 가리키고, 鄭廣文은 廣文館博士를 지낸 鄭虔을 가리키
는데, 모두 杜甫와는 절친한 사이였다.
2) 扣冰愧乏王祥孝(구빙괴핍왕상효) : ≪晉書≫<王祥列傳>의 "왕상은 성정이 지극히 효성스
러웠다. 부모가 병을 앓으면 옷에서 허리띠를 풀지 않았으며, 부모가 늘 산 잉어를 먹고
싶어 했는데 때는 날씨가 추워 얼음이 얼었다. 왕상이 옷을 벗고 얼음을 깨어 물고기를
잡으려 하자, 얼음이 문득 절로 풀리더니 잉어 두 마리가 튀어 나왔는데 그것을 잡아서
돌아왔다.(王祥性至孝. 父母有疾, 衣不解帶, 父母常欲生鯉, 時天寒氷凍. 王祥解衣, 剖氷求魚,
氷忽自解, 雙鯉躍出, 持之而歸.)"는 고사를 염두에 둔 표현임. 晉나라 때 王祥은 자가 休徵
이고, 太保벼슬을 지냈다.
3) 只切懷英望白雲(지절회영망백운) : 唐나라 때 狄仁傑이 幷州法曹參軍으로 나가 있을 적에
자기 어버이는 河陽에 있었는데, 그가 太行山에 올라가 하양을 돌아보다가 흰 구름이 외
로이 나는 것을 보고는 左右에게 "우리 어버이가 저 밑에 계신다." 하고, 한참 동안 슬
피 바라보다가 구름이 사라진 뒤에야 갔다는 고사를 일컬음.(≪新唐書≫ 권115 <狄仁傑
傳>) 백운은 흰 구름으로 어버이가 계신 고향을 의미한다. 그리고 적인걸은 唐나라 초
太原이라는 곳에 살았는데 자는 懷英이라는 사람으로 당나라 高宗과 則天武后 시대의 유
명한 大臣으로서 여러 관직을 거쳤다가, 후에는 宰相이 되었다.

登樓

謀遣淸愁獨上樓　　　閒呵凍筆[1]放詩眸

詩眸忽作瞻雲苦　　　閣筆[2]還添萬斛愁

---

1) 呵凍筆(가동필) : 꽁꽁 얼어붙은 붓을 입으로 불어 녹인다는 뜻. '凍筆'은 蘇軾의 <謝人見和> 시에 "서생의 사업은 참으로 가소로워라, 추위 참고 외로이 읊자니 붓끝이 막히누나.(書生事業眞堪笑, 忍凍孤吟筆退尖.)"라고 하는 구절에서 나온 말이고, '呵凍筆'은 ≪開元天寶遺事≫<美人呵筆>에 "10월에 李白이 詔書를 작성하려고 하였는데 그 때 날씨가 매우 추워 붓이 꽁꽁 얼어붙었다. 그러자 황제가 궁녀 10명에게 명하여 각각 붓에 입김을 불어 넣으라고 하였다."고 한 구절에서 나온 말이다.

2) 閣筆(각필) : 글 쓰는 붓을 깍지에 꽂는다는 뜻으로, 붓을 놓음을 이르는 말.

贈寄梅村[1]

三年苦阻一千里 　　　雲樹[2]依依[3]意轉深

却憶春風桃李夜 　　　開罇談笑吐幽襟

---

1) 梅村(매촌) : 鄭復顯(1521~1591)의 호. 본관은 瑞山이고, 자는 遂初이며, 咸陽에 거주하였다. 그는 唐谷 鄭希輔 선생의 문인이기도 하며, 그가 남긴 자료는 ≪梅村實紀≫ 2권 1책이 전한디. 1542년에 더천으로 남명선생을 찾아가 며칠간 머무르면서 詩書를 강질講質하였고, 일찍이 남명선생은 '君은 나와 더불어 相長할 만하다.'고 하였다. 1550년에 吳健과 더불어 鏡湖水로 남명선생을 모셨고, 1553년에 盧禛, 姜翼, 오건과 더불어 지리산을 유람하였다. 1561년에는 馬川洞에 雲鶴亭을 지었다. 강익과 너불어 源源相從하었고, 도의로 강마하였다. 1571년에는 남계서원을 배알하고 원근의 선비들이 모였는데, 이때 <백록동규도>를 써서 보여주었다. 1574년에는 葛川선생을 방문하였다. 1777년(정조 1년)에 거창의 瀯濱書院에 배향되었다.

2) 雲樹(운수) : 벗과 헤어진 뒤에 못내 그리워하는 마음을 말함. 또는 그리운 벗을 만나지 못하는 안타까움을 말함. 杜甫의 시 <春日憶李白>에 나오는 "위수 북쪽 봄날의 나무 한 그루, 장강 동쪽 해질녘 구름이로다.(渭北春天樹, 江東日暮雲.)"는 구절에서 나온 것이다.

3) 依依(의의) : 헤어지기가 서운함.

旅館書懷

孤伴寒燈1)到五更　　萱闈2)棣蕚3)惱深情

羨看乳燕相隨樂　　愁聽征鴻獨叫聲

明月入窓常起感　　輕風打葉暗生驚

誰敎驛使移梅樹　　開向寒齋滿意淸

---

1) 寒燈(한등) : 차가운 등불이라는 뜻이나, 쓸쓸한 등불을 의미함.
2) 萱闈(훤위) : 어머니를 일컬음.
3) 棣蕚(체악) : 원래 형제를 일컫는 것인데, 형제간의 우애를 비유한 말. ≪詩經≫<小雅・常棣>에 "활짝 핀 아가위꽃, 얼마나 곱고 아름다우냐. 이 세상에 누구라 해도, 형제가 제일 좋느니.(常棣之華, 鄂不韡韡. 凡今之人, 莫如兄弟.)"라는 구절에서 나온 말이다.

客中

飽喫酸辛客海陬[1]　　西暉[2]入眼涕雙流

誰家有酒身無事　　長對親顔笑未休[3]

---

1) 海陬(해추) : 해변.
2) 西暉(서휘) : 석양. 지는 해.
3) 未休(미휴) : 한없이.

次吾魚寺¹⁾韻

鵑花²⁾初落柳條垂　　九十春光欲暮時

坐愛潺流鳴澗谷　　醉看層壁起煙霏

消愁但飮烏程酒³⁾　　念世寧悲墨子絲⁴⁾

况値昇平⁵⁾烽燧⁶⁾冷　　主賓談笑且忘歸

---

1) 吾魚寺(오어사) : 경북 포항시 烏川邑 雲悌山 동쪽 기슭에 있는 사찰.

2) 鵑花(견화) : 옛날 蜀帝가 죽어서 피게 되었다는 杜鵑花. 즉 진달래의 뜻으로 씌었다.

3) 烏程酒(오정주) : 중국 康樂縣 烏程鄕에서 맑은 물이 나는데, 이 물을 가지고 빚은 술.

4) 墨子絲(묵자사) : 실을 염색하여 물들이는 것을 보고 墨子가 눈물을 흘렸다는 말. 곧 外物에 의해 본질이 변하는 것을 말함. ≪墨子≫<所染>에 "묵자가 실에 염색하는 것을 보고 말하기를 '푸른색에 물들이면 푸르게 되고 노랑색을 물들이면 노랗게 되니, 들어가서 변하는 대로 또 그 색이 변하게 된다. 다섯 가지가 오색이 난다. 그러므로 염색은 가히 삼가지 않을 수 없다.' 했다.(子墨子見染絲者而歎曰 : '染於蒼則蒼, 染於黃則黃, 所入變, 其色亦變, 則爲五色矣. 故染不可不愼也.')"고 하였다.

5) 昇平(승평) : 나라가 태평함.

6) 烽燧(봉수) : 봉은 밤에 드는 烽火. 수는 낮에 드는 봉화.

再用前韻書懷

思親遊子惱方寸[1]　　萬里天涯[2]歲暮時

望裏陰雲沈羃羃　　愁邊凍雨細霏霏

登樓每攬霑襟淚　　對燭空梳滿鬢絲

不識誰敎麼斗祿[3]　　孤形冷榻未言歸

---

1) 方寸(방촌) : 사람의 마음은 가슴속의 한 치 사방의 넓이에 깃들어 있다는 뜻으로, '마음'
   을 달리 이르는 말.
2) 天涯(천애) : 하늘 끝이라는 뜻으로, 여기서는 타향을 의미함.
3) 斗祿(두록) : 박한 녹봉.

旅館書懷

負米¹⁾情難遂　　　天南作遠遊²⁾
留連³⁾經一歲　　　悲淚日雙流

---

1) 負米(부미) : 쌀을 등에 지고 옴. 孔子의 제자 子路의 효성에 관한 고사이다. 자로가 옛날에 어버이를 모시고 있을 적에 집이 가난했기 때문에, 자기는 되는대로 거친 음식을 먹으면서도 어버이를 위해서는 백 리 바깥에서 쌀을 등에 지고 오곤 하였는데, 어버이가 돌아가시고 나서 높은 벼슬을 하여 솥을 늘어놓고 진수성찬을 맛보는 신분이 되었지만, 당시에 거친 음식을 먹으며 어버이를 위해 쌀을 지고 왔던 그때의 행복을 다시는 느낄 수 없게 되었다고 술회한 고사이다.(≪孔子家語≫<致思>)
2) 作遠遊(작원유) : 훈도로 나간 것을 일컫는 말. ≪論語≫<里仁>의 “어버이가 계시거든 멀리 나가 노닐지 말라.(父母在, 不遠遊.)”고 공자가 경계한 말을 염두에 둔 표현이다.
3) 留連(유련) : 객지에 묵고 있음. 차마 떠나지 못함.

思家

永夜思歸意緒悽　　聞韶城畔數椽[1]棲

蕭蕭鶴髮[2]今安否　　甘旨[3]惟憑兄與妻

---

1) 數椽(수연) : 서까래 몇 개로 된 집으로, 작은 집을 이르는 말.
2) 鶴髮(학발) : 두루미의 깃털처럼 희다는 뜻으로, 하얗게 센 머리 또는 그런 사람을 이르는 말.
3) 甘旨(감지) : 어버이가 좋아하는 맛있는 음식이라는 말. ≪禮記≫<內則>에 "새벽에 어버이에게 아침 문안을 하고 좋아하는 음식을 올리며, 해가 뜨면 물러 나와 각자 일에 종사하다가, 해가 지면 저녁 문안을 하고 좋아하는 음식을 올린다.(昧爽而朝, 慈以旨甘, 日出而退, 各從其事, 日入而夕, 慈以旨甘.)"라는 말이 나온다.

次友琴堂韻

萬里天西作遠遊 　 淸溪¹⁾花洞²⁾共淹留

居然³⁾密契成弦矢⁴⁾ 　 此日那堪我恨悠

---

1) 淸溪(청계) : 1914년까지 사용되었던 草溪郡(지금의 경남 합천군 초계면·적중면·청덕면·쌍책면·덕곡면·율곡면 일대)의 별호
2) 花洞(화동) : 경남 합천군 청덕면에 있는 마을이름.
3) 居然(거연) : 슬그머니. 쉽사리.
4) 弦矢(현시) : 활줄에 화살이 얹어지자마자 헤어지 듯 빠른 이별.

次別全菊齋[1](夢奎)由行二首

時菊齋爲本縣訓導

留琴歸去[2]兩情多 　　 何恨龍城[3]萬里賒

手撫朱絃聊自慰 　　 暮林休感獨棲鴉

東籬殘菊[4]影重重 　　 香氣猶存十月中

自恨無人(三字缺) 　　 苔階寂寂暮煙籠

---

1) 菊齋(국재) : 全夢奎(1524~1593)의 호. 본관은 龍宮이고, 자는 子垂이며, 號는 梅菊軒이다.
   어려서부터 총녕하여 뜻이 두텁고 힘써 공부하였고, 어버이를 섬기는데 그 정성을 다하
   였다. 부모상을 당하여서는 侍墓하였다. 몸소 造山하여 묘소의 형국을 보완하였고, 형 夢
   斗과 디불어 우애가 더욱 돈독하여 매사를 반드시 의논한 뒤에 이를 행하였다. 槐山訓導
   를 제수받고 일찍 藥圃 鄭琢과 悔堂 申元祿과 白石 姜霽와 더불어 道義로 맺으니 많은 唱
   酬함이 있었다.
2) 琴歸去(금귀거) : 청렴한 관원의 赴任을 비유할 때 쓰는 표현. 宋나라 趙抃이 成都의 轉運
   使로 부임할 적에 오직 거문고 하나와 학 한 마리를 가지고 떠났다는 고사에서 나온 것
   이다.(≪夢溪筆談≫ 人事1)
3) 龍城(용성) : 지금의 경북 예천군 용궁면.
4) 東籬殘菊(동리잔국) : 陶淵明의 <飮酒> 시에 "동쪽 울 아래에서 국화꽃을 따다가, 유연히
   남산을 바라보노라.(採菊東籬下, 悠然見南山.)"라는 구절이 참고가 됨.

遙贈曹幼淸[1](湜)鄭仲尹[2]

憶昔從遊[3]處　　　　相知幾許深

花壇曾對酌　　　　楓岸且披襟

膠漆情[4]無極　　　　樹雲思[5]不任

何時成邂逅　　　　重與細論心

---

1) 幼淸(유청) : 曹湜(1526~1572)의 자. 본관은 昌寧이고, 호는 梅菴이다. 咸陽에 거주하였다. 1551년 때 겨울 덕천서원으로 가서 남명선생을 찾아뵙고 朱書를 공부하였다. 1542년 봄에 ≪논어≫를 공부하였다. 이때 盧禛, 李後白, 姜翼, 鄭復顯, 盧祼, 都希齡 등과 더불어 切磋講論하였다. 南溪書院 건립에 깊이 관여하였다.

2) 鄭仲尹(정중윤) : 東岡 金宇顒의 시 <西溪唱酬三首>를 보면, 정중윤의 호가 竹軒임을 알 수 있다.

3) 從遊(종유) : 학식이나 덕행이 높은 사람을 좇아 함께 지냄.

4) 膠漆情(교칠정) : 阿膠와 옻의 사귐이라는 뜻으로, 매우 親密한 정을 이르는 말.

5) 樹雲思(수운사) : 杜甫의 <春日憶李白> 시에 "위수 북쪽엔 봄 하늘의 나무요, 강 동쪽엔 해 저문 구름이로다. 어느 때나 한 동이 술을 두고서, 우리 함께 글을 조용히 논해 볼꼬.(渭北春天樹, 江東日暮雲, 何時一樽酒, 重與細論文.)"라고 한 데서 온 말로, 북쪽 나무, 동쪽 구름의 생각이란 곧 친구 간에 헤어져 있으면서 서로 그리워하는 뜻을 의미함.

五月初九日李景明(遑)與其弟(晁¹⁾)會于淨襟堂²⁾酒半, 景明忽吟'一聲歌裏擧盃輕'之句, 要我足成, 故搆拙以呈

李友晁, 以護送官過此, 乃神交之有年者

十年故舊相逢處　　　　喜遇神交策駟輕³⁾

雙柄燭前開抱細⁴⁾　　　　一聲歌裏擧盃⁵⁾輕

1) 李晁(이조, 1530~1580) : 본관은 星州이고, 자는 景升이며, 호는 桐谷이다. 丹城에 거주하였다. 그는 1530년에 산청 원당에서 副司直 李繼裕의 아들로 태어났다. 1561년 10월에 덕천에 가서 남명선생의 문하에서 爲學之要를 듣고 敬義 두 글자로써 힘쓸 것을 배웠으며, 1570년 가을에 남명선생을 찾아뵈었다. 1568년(39세)에 晉州訓導가 되었고 1573년 5월에는 成均館學正에 제수되고 6월에 護送官이 되어 倭使를 東萊에서 호송하였다. 이때 일본 사신이 후추(胡椒) 한 자루를 선물로 주려고 하자, 그는 받지 아니하고 돌려보내며 말하기를, '신하된 자가 사사로이 받을 수 없다.'고 하였다. 일본 사신은 이를 듣고 그의 청렴함에 놀라면서 말하기를 '선생의 청렴함은 한 조각 맑은 얼음과 같아 이 더운 6월에도 서늘하게 느껴집니다.'라고 하였더니 조야에서 이를 傳誦하였다고 한다.

2) 淨襟堂(정금당) : 경남 三嘉縣(지금의 합천)에 있는 누각이름.

3) 策駟經(책사경) : 변변치 못한 지위나 재능을 믿고 우쭐대는 '晏子之御' 고사를 일컬음. "어느 날 안자가 외출을 하게 되었을 때, 마부의 아내가 문틈으로 살며시 내다보니 마부는 큼직한 차양을 받쳐 들고 네 필의 말에 채찍질을 가하며 의기양양하고 흐뭇해했다. 얼마 후에 남편이 돌아오자 아내는 떠나가겠다고 했다. 남편이 그 연유를 묻자 아내가 '안자라는 분은 키가 6척도 안 되건만 재상의 자리에 올라 제후국 사이에서도 이름이 높습니다. 그런데도 그가 외출하는 모습을 보면 매우 사려가 깊어 보이고 늘 자신을 아랫사람으로 여기는 것 같습니다. 그런데 당신은 8척이나 되는 키에 남의 마부로 일하면서도 스스로 흡족해하는 것 같더군요. 이것이 제가 떠나려는 까닭입니다.' 그 후로 마부는 거만하게 굴지 않았다.(晏子爲齊相, 出, 其御之妻從門間而闚其夫. 其夫爲相御, 擁大蓋, 策駟馬, 意氣揚揚, 甚自得也. 旣而歸, 其妻請去. 夫問其故. 妻曰 · '晏子長不滿六尺, 身相齊國, 名顯諸侯. 今者妾觀其出, 志念深矣, 常有以自下者. 今子長八尺, 乃爲人僕御, 然子之意自以爲足, 妾是以求去也.' 其後夫自抑損.)"(≪史記≫<管晏列傳>에서 나옴.

4) 開抱細(개포세) : '懷抱細相開'로 보아 '회포 서로 토로한다.'는 의미로 파악함.

5) 擧盃(거배) : 잔을 권할 사람도 없이 홀로 술잔을 기울이는 것처럼 쓸쓸하고 적막한 처지에 놓여 있다는 뜻의 말. 李白의 <月下獨酌> 시에 "꽃그늘 아래에서 한 병의 술을, 친한 이도 하나 없이 홀로 마시네. 술잔 들어 밝은 달을 마중하노니, 나와 달과 그림자가 세 사람을 이루었네.(花下一壺酒, 獨酌無相親, 擧杯邀明月, 對影成三人.)"라는 구절에서 나온다.

涼侵醉面眠難穩　　　興激詩情⁶⁾筆不停

分付良宵成好會　　　三更話語便忘形⁷⁾

---

6) 詩情(시정) : 시를 짓고 싶은 마음.(詩興)

7) 忘形(망형) : 용모나 지위・나이 등 외적 조건을 문제 삼지 않음을 일컫는 말. 杜甫가 친
   구 鄭虔에게 준 <醉時歌>에 "형식 모두 잊고서 너니 나니 하는 사이, 통음하는 것이야
   말로 진정 나의 스승일세.(忘形到爾汝痛飮眞吾師.)"라는 구절에서 나온다.

贈全菊齋

雨後平臺¹⁾上　　　青山改舊容

淸吟誰與伴　　　惆悵憶丰容²⁾

---

1) 平臺(평대) : 먼 데를 조망하기에 알맞은 臺榭(높고 크게 세운 누각이나 정자)를 말함. 杜甫의 <重過何氏> 시에 "석양의 평대 위에서, 춘풍에 차를 마시는 때로다.(落日平臺上, 春風啜茗時.)"라는 구절에서 나온다.

2) 丰容(봉용) : 토실토실하고 아름다운 얼굴.

病中謝友人來訪

臥病無人問　　　　情懷孰與論

愁看塵滿履　　　　恨見雀羅門[1]

一命危如縷　　　　千憂[2]劇似雲

多君來饋藥[3]　　　何以答慇懃

---

1) 雀羅門(작라문) : 찾아오는 사람이 없음을 뜻함. 漢나라 翟公이 廷尉로 있을 때에는 빈객이 서로 다투어 찾아오는 바람에 門前成市를 이루었다가, 파직된 뒤에는 한 사람도 찾아오지 않아 문 앞에 참새 잡는 그물[雀羅]을 칠 정도가 되었는데, 다시 復官되매 빈객들이 찾아오기 시작하자, 문에다 큰 글씨로 써서 내걸기를 "한번 죽고 한번 살매 우정을 알 수 있고, 한번 가난하고 한번 부유하매 친구의 태도를 알 수 있으며, 한번 귀하고 한번 천해지매 속마음이 다 보이도다.(一死一生乃知交情, 一貧一富乃知交態, 一貴一賤交情乃見.)"라고 했다는 고사를 일컫는다.(≪史記≫ 권120 <汲鄭列傳>)

2) 千憂(천우) : 漢나라 때 민간의 노래인 <西門行>의 "사람이 백년을 채워 살지 못하면서, 항상 천년어치의 근심을 품고 사네.(人生不滿百, 常懷千年憂.)"는 구절을 염두에 둔 표현임. 이 구절은 사람이 아무리 오래 살아야 백 살을 다 살지 못하는데, 언제나 먼 천 년 뒤의 걱정까지 품고 다닌다는 뜻이다.

3) 饋藥(궤약) : 약을 선물로 보냄.

手種黃菊垂楊相對軒窓愛而詠之(二首)

六月東籬花正黃　　　瓊英專不減重陽[1]
雖然自失淸霜節　　　未使幽人[2]嗅晚香

晴窓用意種垂柳　　　影拂蓮池翠色多
風流未縶章臺客[3]　　　時見啼鸎喚友過

---

1) 重陽(중양) : 重陽節. 세시 명절의 하나로 음력 9월 9일을 이르는 말. 이날 남자들은 시를 짓고 각 가정에서는 국화전을 만들어 먹고 놀았다.
2) 幽人(유인) : 어지러운 세상을 피하여 조용한 곳에 숨어 사는 사람.
3) 章臺客(장대객) : 漢나라 때 長安의 거리 이름인데, 京兆尹 張敞이 본래 威儀가 없어 조회를 파하고 나면 장대 거리로 말을 달려가서 娼妓들과 놀곤 했던 데서 온 말.

偶吟

水亭春半老　　　　庭樹落花飛[1]

雨後多淸景　　　　閒窓可詠詩

---

1) 水亭春半老, 庭樹落花飛(수정춘반노, 정수낙화비) : 蘇軾의 <驪山> 시에 "내가 조원각에
오르니 봄이 반이나 지나갔고, 땅에 가득한 떨어진 꽃잎 쓰는 사람 없도다.(我上朝元春半
老, 滿地落花無人掃.)"는 구절을 활용함.

晬席口占一絶

愁裏生涯莫怨嗟　　　　　吾門一樂¹⁾最堪誇

七旬兄弟斑衣²⁾處　　　　百歲慈親有幾家

---

1) 一樂(일락) : 맹자가 말한 삼락 중 하나. "군자에게 세 가지 즐거움이 있으나, 천하에 왕 노릇하는 것만은 여기에 들지 않는다. 부모가 두 분 다 생존해 있고, 형제들이 무고한 것이 그 첫째의 즐거움이다. 우러러보아서 하늘에 부끄럽지 않고, 굽어보아서 사람에게 부끄럽지 않은 것이 그 둘째의 슬거움이다. 천하의 뛰어난 인재를 얻어서 그를 교육하는 것이 그 셋째의 즐거움이다. 군자에게는 이 세 가지 즐거움이 있으나, 천하에 왕 노릇하는 것만은 여기에 들지 않는다.(孟子曰 : '君子有三樂, 而王天下, 不與存焉. 父母俱存, 兄弟無故, 一樂也, 仰不愧於天, 俯不怍於人, 二樂也, 得天下英才, 而敎育之, 三樂也. 君子有三樂, 而王天下, 不與存焉.')"(≪孟子≫<盡心章句 上>)에서 인용.

2) 斑衣(반의) : 나이 70에 색동옷을 입고 재롱을 떨어 어버이를 기쁘게 해 드렸던 고사를 가리킴. 춘추시대 楚나라의 隱士인 老萊子가 어버이를 기쁘게 해드리기 위하여 입었다는 색동옷으로, 노친을 극진히 모시는 효자를 비유할 때의 표현이다.(≪初學記≫<孝子傳>)

送柳義興(希潛¹⁾)放還京城(二首)

賦鵬²⁾居然卄四春　　　　　賜環³⁾今日荷天仁

離亭惜別猶餘事　　　　　深恨鄕無考德人

陰盡陽生萬物春　　　　　吾王聖澤便同仁

長沙⁴⁾一着何須恨　　　　　獻策治安⁵⁾古有人

---

1) 柳希潛(유희잠, 생몰 미상) : 그의 숙부 松菴公 柳灌의 피화에 연좌되어 義城에 유배되었다. 그는 유배 도중 삼도관찰사 및 三南 각 고을 수령들의 후원을 얻어 착수 24년만인 명종 20년(1565년)에 文化柳氏 嘉靖譜 10권을 편찬했다. 각 고을 관장 191인이 이 사업에 호응하고 경상도 40여 고을에서 刻手 48명이 동원되었다. 이 족보는 도산서원에 봉안되어 있는데, 내용과 체제가 훌륭하여 우리나라 최고의 족보 연구 자료로서 그 권위를 인정받고 있다. 서자의 기록을 하지 않아 적서의 편견이 없고, 內外孫을 차별 없이 同格으로 취급하고, 류씨들도 성과 이름을 다 썼으며, 4만 2천명이 등재되어 있는 가운데 오히려 류씨들은 3% 정도밖에 차지하고 있지 않은 萬姓譜 성격의 족보이며 그 기록의 정확성이 높은 것으로 알려져 있다.

2) 賦鵬(부붕) : 먼 곳으로 보냄.

3) 賜環(사환) : 신하가 사면을 받고 다시 조정으로 돌아오는 것을 말함. ≪荀子≫＜大略＞에 "임금이 조정을 떠난 신하에 대해서 용서하지 않고 결별하는 뜻을 보일 때에는 한쪽이 떨어진 패옥을 보내고, 다시 조정으로 불러들일 때에는 고리가 완전히 이어진 옥환을 보낸다.(絶人以玦, 反絶以環.)"라는 구절에서 나온 말이다

4) 長沙(장사) : 漢나라 文帝가 賈誼를 長沙王太傅로 좌천시킨 곳. 가의는 20세에 문제의 부름을 받아 博士가 되고 1년 만에 太中大夫에 이르러 秦나라 때부터 내려온 律令·官制·禮樂 등의 제도를 정비하기를 청하였고, 문제가 그를 公卿의 지위에 임용하려 하자, 周勃·灌嬰 등 당시 고관들의 시기로 長沙王의 太傅로 좌천되었다. 이때 자신의 불우한 운명을 屈原에 비유하여 ＜鵩鳥賦＞와 ＜弔屈原賦＞를 지었다. 4년 뒤에 복귀하여 梁懷王의 太傅로 나갔으나 왕이 낙마하여 급서하자, 그는 울분에 못 이겨 33세에 죽었다

5) 策治安(책치안) : 治安策. 賈誼가 "통곡할 만한 일이 하나 있고, 눈물을 흘릴 만한 일이 두 가지 있고, 장탄식할 만한 일이 여섯 가지 있다."는 治安策을 올렸던 것을 염두에 둔 표현이다.

贈宋而栗[1]

疇昔長安道　　　　相從也有緣

如今咫尺地　　　　弱水便三千[2]

---

1) 而栗(이률) : 宋尙寬(1530~?)의 자. 본관은 龍城이고 호는 南坡이다. 折衛將軍 僉知中樞府事를 지냈다.
2) 弱水便三千(약수변삼천) : 西方에 있는 弱水三千里. 그곳의 물은 부력이 약해서 물건이 뜨지 않으므로 배를 타고 건널 수가 없다 한다.

題金內禁亭子

白雲深處更淸潭　　　止有華亭隱翠嵐[1]
想得主人閒適意　　　堪羞塵世役東南

---

1) 翠嵐(취람) : 먼 산에 끼어 푸르스름하게 보이는 흐릿한 기운.

賀李君鎭[1]_(山岳)魁蓮榜[2]

吾鄉文獻世稱多　　　聯代科名問幾家

蓮榜壯元君又占　　　少年聲價最堪誇

---

1) 君鎭(군진) : 李山岳(1548~?)의 자. 의성에 거주하던 光州李氏로써 1573년 생원시에 장원 급제하였다. 兪槃와 李民寏의 장인이다.
2) 蓮榜(연방) : 小科, 즉 生員과 進士를 뽑던 과거 시험의 합격자 명단을 말함.

贈別全菊齋還鄕

未展驥[1]蹄鬐欲霜　　　聞韶三載坐膠庠[2]

自多一識荊州面[3]　　　豈意重傾渭曲觴[4]

摻手離筵情繾綣　　　停驂去路莫悤忙

都將別後相思恨　　　付與江波一帶長

---

1) 驥(기) : 하루에 천리를 달릴 수 있다는 말.(＝千里馬)
2) 膠庠(교상) : 학교의 이칭. ≪禮記≫<王制>에, "周나라 사람이 國老를 東膠에서 기른다." 하였다. 우리나라의 鄕校나 成均館 같은 기관이다.
3) 荊州面(형주면) : 唐나라 때 名臣 韓朝宗을 말함. <與韓荊州書>에서 李白이 일찍이 자기를 천거해 달라는 뜻으로 당시 荊州刺史로 있던 韓朝宗에게 보낸 편지에 "제가 듣건대 천하의 담론하는 선비들이 서로 모여서 말하기를 '태어나서 만호후에 봉해지기는 군이 원치 않고 다만 한 형주를 한번 알기를 바랄 뿐이다.'라고 한답니다.(白聞天下談士相聚而言曰 : '生不用封萬戶侯, 但願一識韓荊州.')" 한 데서 온 말이다.
4) 曲觴(곡상) : 曲水流觴. 굽이쳐 흐르는 물결에 잔을 띄우며 시를 짓고 노는 잔치. 晉나라 王羲之가 지은 <蘭亭序>에, "이곳에는 높은 산, 험준한 봉우리와 무성한 숲, 길게 자란 대나무가 있고, 또 맑은 시내 여울물이 난정의 좌우에 서로 비치는지라, 이를 끌어들여 굽이쳐 흐르는 물에 술잔을 띄운다.(此地有崇山峻嶺, 茂林脩竹, 又有淸流激湍, 映帶左右, 引以爲流觴曲水.)" 한 데서 온 말이다.

張天樞母夫人輓

天賦貞嘉德	宜家[1]婦道協
無非更無儀[2]	幽閒且靜淑
殫誠奉蘋蘩[3]	推思待僮僕
嬌蕙閨中秀	芳蘭庭際茁
于嗟鳳先逝	幾傷鏡裏哭[4]
人間七十年	光陰如過客
後院春已謝	空閨照寒月
丹旐向何處	邱原風色冽

---

1) 宜家(의가) : ≪詩經≫<周南·桃夭>에 "야들야들 복사꽃, 열매가 주렁주렁. 이분 시집감이여, 가실 화순케 하리로다.(桃之夭夭, 有蕡其實, 之子于歸, 宜其家室.)"라 한 데서 나옴.

2) 無非更無儀(무비갱무의) : ≪詩經≫<小雅·斯干>에, 딸을 낳아 기를 때에는 "잘못하는 일도 없고 잘한다고 나서는 일도 없게 하면서, 오직 술과 밥 같은 것만을 의논하게 한다.(無非無儀, 唯酒食是議.)"고 한 데서 나옴.

3) 蘋蘩(빈번) : ≪春秋左氏傳≫<隱公 3년>에 "진실로 마음이 광명하고 신의가 있으면 시내나 못에서 자라는 水草와 부평이나 마름 같은 야채와 광주리나 솥 같은 용기와 웅덩이나 길에 고인 물이라도 모두 귀신에게 제물로 바칠 수 있고 왕공에게 올릴 수 있다.(苟有明信, 澗溪沼沚之毛, 蘋蘩蘊藻之菜, 筐筥錡釜之器, 潢汙行潦之水, 可薦於鬼神, 可羞於王公.)"라 한 데서 나옴. 시원치 않은 물품이라도 정성만 있으면 제사에 쓸 수 있다는 말이다.

4) 鏡裏哭(경리곡) : 외로운 난새가 거울에 비친 제 형체를 보고는 슬피 운 일을 일컬음. 南宋 范泰의 <鸞鳥詩序>에 "옛날에 서역의 罽賓王은 난새 한 마리를 얻었다. 왕은 난새를 매우 아껴서 금으로 된 새장을 만들어주고, 온갖 진수성찬을 먹이로 주었다. 그러나 난새는 갈수록 수척해지고 삼년동안 도무지 울지를 않았다. 그러자 왕의 부인이 말하기를 '일찍이 제가 듣건대, 새는 같은 종류를 만나면 운다고 합니다. 그러니 거울을 새장에 걸어두시는 것이 어떻겠습니까?'라고 하였다. 왕은 그 말대로 거울을 걸어두었다. 그러자 난새는 너무나도 슬프게 울다가 그만 죽고 말았다고 한다.(昔罽賓王結罝峻祁之山, 獲一鸞鳥. 王甚愛之, 欲其鳴而不能致也. 乃飾以金樊, 饗以珍羞, 對之愈戚, 三年不鳴. 其夫人曰 : '嘗聞鳥見其類而後鳴, 何不懸鏡以映之?' 王從其言. 鸞睹形感契, 慨然悲鳴, 哀響中霄, 一奮而絶.)"는 고사이다.

悔堂先生文集 卷之二

上愼齋周先生(乙巳)

  伏惟先生道體[1]神相萬福。竊以慕齋[2]金相公，卽本縣人也，其遠祖墳塋，在於縣南五土山，以故方其在朝之時，凡所以眷我一鄕者，無所不用其極。歲丁丑[3]，相公啣命，觀風于嶺南，務作成之本，則以小學爲先，敦道齊之方，則以禮敎爲首。嘗巡到于本縣，謁先聖禮畢，坐明倫堂[4]，招諸生，誨之曰：“業精于勤荒于嬉，行成于思毀于隨[5]，惟爾諸生，記我此言，庶幾毋負。” 因題詩壁上，以示之曰：「正路邪歧辨易差，紛紛記誦與詞華[6]．要須佩服程朱訓，小學工夫日日加。」遂惠以粟八十斛，使之存本取息，永爲講學之資，其終始勸誘之意，至矣盡矣。當是時，目其詩口其食，出入庠序之間者，莫不感發而興起，相與戒告曰：“此吾相公所以惠我後學者，若使此資有缺行，將爲相公之罪人矣。” 不幸

---

1) 道體(도체)：道를 닦는 몸이라는 뜻으로, 한문 투의 편지 따위에 쓰여 상대를 높여 이르는 말. 도학자의 안부를 물을 때, 보통 氣體란 말 대신에 도체란 말 쓴다.

2) 慕齋(모재)：金安國(1478~1543)의 호. 본관은 義城이고, 자는 國卿이다. 金宏弼의 문인으로 사림파의 학통을 계승하였다. 대사간·공조판서·경상도관찰사 등을 지내며 성리학의 실천·보급에 주력하여 각 고을의 鄕校에 ≪小學≫을 보급하고, 각종 농서와 醫書도 널리 간행하여 향촌민들을 교화시키는 데 힘을 썼다. 仁宗의 묘정에 배향되고, 驪州 沂川書院, 利川 雪峰書院, 의성 氷溪書院 등에 제향되었다.

3) 丁丑(정축)：1517년.

4) 明倫堂(명륜당)：서울의 성균관이나 지방의 각 향교에 부설되어 있는 講學堂.

5) 業精于勤荒于嬉, 行成于思毀于隨(업정우근황우희, 행성우사훼우수)：韓愈의 <進學解> “국자선생이 새벽에 태학에 들어가 여러 학생들을 불러 교사 아래에 세워 놓고 훈계하길, ‘학업은 부지런히 힘쓰면 정진되고 놀면 황폐해지며, 행실은 생각에 의해 이루어지고 마음대로 하면 허물어진다.’(國子先生, 晨入太學, 招諸生立舘下, 誨之曰 : ‘業精于勤荒于嬉, 行成于思毀于隨.’)”는 구절을 인용함.

6) 紛紛記誦與詞華(분분기송여사화)：≪大學章句序≫의 “이로부터 속유들의 기송(글을 읽어 외움)과 사장(다듬어 지음)의 익힘이 그 공부가 소학보다 배가 되었으나 쓸 데가 없었다.(自是以來, 俗儒記誦詞章之習, 其功倍於小學而無用.)”는 구절을 염두에 둔 표현임.

典守者, 收藏之不謹, 出納之無節, 至于癸巳[7]之凶, 而頓無龠合[8]之餘, 一鄕士子, 莫不慨然。於斯歲癸卯[9], 淸道芮君厥成, 來作邦訓, 有意復古, 以諸生之請, 告于縣令張侯世沈, 侯聞之更惠學資, 一依相公所賜之例, 旣又勅諸生, 以永遵之意。噫! 慕齋之垂惠吾鄕, 固出於尋常萬萬, 吾鄕之得受其賜, 亦豈非興學之一大會也? 況當旣絶之餘而復續於今日, 芮君·張侯之意, 亦不偶然。烏可不叙其顚末, 表盛蹟而警後進乎? 諸生孤陋寡聞, 雖未遵相公之餘敎, 其所以激厲而奮發者, 實有賴於相公之賜, 故敢以記爲請。伏惟先生, 一筆揄揚, 以示來學於無窮, 幸甚。(周先生學資記在校)

---

7) 癸巳(계사) : 1533년.
8) 龠合(약합) : 아주 적은 양의 곡식.
9) 癸卯(계묘) : 1543년.

▋참고자료 : 周世鵬, 〈義城鄕校重立寶粟記〉, ≪武陵雜稿≫ 권7 原集

義城。古召文國。土彫而民醇。名爲縣。實與州若府竝。有大儒。曰慕齋金相國安
國。邑人也。生應中興。當中廟之二十二年。出按辰韓。唱小學以扶豎敎本。王化大
行。以粟六十斛。與邑學。爲學徒講劘費。取息而存本。將爲無窮用。有司之駑者。慢
其守。歲癸巳。值歉而絶。越十年癸卯。淸道人芮君厥成。乃作邦訓。與諸生共議。復
立凡若干斛。今縣令張侯世沈氏。亦聞而補之。鄕人使吾徒申元祿。告我而記之。余謂
慕齋公倡千載之絶學。寵舊邦以學費。其勤至矣。然而自丁丑至癸巳。僅十七年而絶絶之
十年。而又有芮君者續之。張侯者補之。自今而後。吾不知凡幾絶而幾續也。誠使按節
諸公恒存慕齋之心。則吾固知百世無絶。而旣絶之後。又有如芮君之訓。張侯之倅。則
其續也。特反掌耳。何患乎絶而無續。雖然有一說。若愼擇有司之賢者。以主其斂散。
使出納無龠合之私則雖無慕齋公之方伯。張侯之倅。芮君之訓。亦可以無絶也。竝錄
之。以付申生。俾後日爲有司者。庶有所深省也。嗚呼爲有司者。聞吾言。亦可以動心
乎哉。不然。吾恐未免於後日之駑譏也。爲其父兄者。不亦恥乎。爲其子孫者。不亦悲
乎。況於其本身者乎。至於來學之士。亦必體慕齋養賢之心。其孳孳不爲人而爲己。不
以利而以善。然後小者可以保吾守而安一身。大者可以擴吾有而準六合。不然。食而不愧
於斯粟也者幾希矣。嘉靖二十四年十二月初十日。成均館司成商山周某。記。

한국고전번역원 사이트에서

答院中諸君子(庚午)

　　每得書報¹⁾, 辭意珍重, 不鄙愚陋, 傾倒²⁾以示, 寧知晚年有此知遇³⁾? 感幸感幸。元祿姿疎學淺, 無所肖似, 而一段秉彝, 粗不泯沒, 勤勤懇懇於儒宮⁴⁾之事, 固非一二年。蓋自初頭, 犯笑侮・取詆毀者, 不知其幾, 而愚不自量, 强聒不舍⁵⁾, 至于今日, 此心猶不少懈。如學資之復立・業儒齋之新設・書院之經營, 雖不敢自謂己功, 而區區用力, 亦不爲不勤, 試考前後所錄, 則亦可以知其志之所存矣。顧今書院, 雖成而猶未立廟⁶⁾・藏經⁷⁾, 此則有司之罪也。安敢望容貸⁸⁾於諸君子乎? 但物論之乖異已甚, 財貲之窮盡亦極, 則有司雖勤, 將如之何? 當初同志, 寧復有謀, 及於此事者乎? 只有一碩儀時, 以此相勉耳。旣望⁹⁾之報, 備悉示意, 越三日壬寅, 又承許勤勤之招, 穩被指揮, 胸中浩浩, 不啻如披雲霧見天日, 自聞其言, 不覺喜而不寐也。物論之未定者, 自此而定焉, 財貲之未得者, 自此而得焉, 積二十年謀爲而未成者, 自此而成焉。豈時有所俟而然耶? 謹

---

1) 書報(서보) : 편지로 통보함.
2) 傾倒(경도) : 온 마음을 기울여 사모하거나 열중함.
3) 知遇(지우) : 남이 자신의 인격이나 재능을 알고 잘 대우함.
4) 儒宮(유궁) : 儒學을 강하는 집으로 서원 등을 이른 것으로 보임.
5) 强聒不舍(강괄불사) : ≪孟子≫<告子章句 下>의 "≪장자≫ 책을 살피건대 '송견'이란 자가 공격을 금하고 병사를 잠재워서 세상의 싸움을 구하여 위로 설득하고 아래로 가르쳐 억지로 떠들고 그만두지 아니하여늘, 註疏에 제선왕 때의 사람이라 이르니, 일로써 상고해보건대 바로 이 사람인가 의심하노라.(按莊子書, 有宋銒者, 禁攻寢兵救世之戰, 上說下敎, 强聒不舍, 疏云齊宣王時人, 以事考之, 疑卽此人也.)"는 구절에서 나옴.
6) 廟(묘) : 廟宇. 신위를 모시는 집.
7) 藏經(장경) : 藏經室. 향교의 중요한 서책 및 문서 보관 서고.
8) 容貸(용대) : 容恕.
9) 旣望(기망) : 음력으로 매달 열엿샛날.

當竭力盡誠, 以副吾黨之望, 須預筭良規, 備議於會接之初, 幸甚。 許先生又云 ‘先生集板, 當置之院中.’ 此尤幸中之幸也。 單子10)之越呈, 果有其失, 寄書而 勅惡, 亦似已甚。 只此二事, 若非尊敎11), 亦幾乎失矣。 所懷千萬, 難以書, 旣 惟冀鍊玉12)珍重13)。

---

10) 單子(단자) : 부조나 선물 따위의 내용을 적은 종이. 돈의 액수나 선물의 품목, 수량, 보
　　내는 사람의 이름 따위를 써서 물건과 함께 보낸다.
11) 尊敎(존교) : 상대방의 말을 높여서 이르는 말.
12) 鍊玉(연옥) : 切磋琢磨하는 玉體.
13) 珍重(진중) : 아주 소중히 여김.

有朋自遠方來不亦樂乎論(癸卯)

論曰 : "聖人之樂亦多矣." 有仁智之二樂[1], 有益者之三樂[2]。樂則生者[3], 樂其天而神也[4], 樂忘憂者[5], 味於道而樂也。以至於循理, 安命, 樂有餘, 於坦蕩[6], 飮水曲肱, 樂亦在於其中[7], 則聖人之樂亦多矣。

---

1) 仁智之二樂(유인지지이요) : ≪論語≫<雍也>의 "지혜로운 자는 물을 좋아하고, 어진 자는 산을 좋아한다. 지혜로운 자는 움직이고, 어진 자는 고요하다. 지혜로운 자는 즐기고, 어진 자는 오래 산다.(知者樂水, 仁者樂山. 知者動, 仁者靜. 知者樂, 仁者壽.)"는 구절을 염두에 둔 표현임.

2) 益者之三樂(유익자지삼요) : ≪論語≫<季氏篇>의 "유익한 것을 좋아함이 세 가지 있고, 해로운 것을 좋아함이 세 가지가 있다. 절도 있는 예절과 풍류를 좋아하며 남의 착함을 행하기를 좋아하며 현명한 벗을 많이 사귀기를 좋아하면 유익한 것이다. 교만한 것을 즐기기를 좋아하고 절제 없이 쏘다니는 것을 좋아하고 먹고 마시고 잔치하는 것을 즐기기를 좋아하면 해로운 것이니라.(孔子曰 : ‘益者三樂, 損者三樂. 樂節禮樂, 樂道人之善, 樂多賢友, 益矣. 樂驕樂, 樂佚遊, 樂宴樂, 損矣.)"는 구절을 염두에 둔 표현임.

3) 樂則生者(요즉생자) : ≪孟子≫<離婁章句 上>의 "맹자가 말하기를 ‘仁의 실제는 어버이를 섬기는 것이 이것이고, 義의 실제는 兄을 따르는 것이 이것이다. 智의 실제는 이 두 가지를 알아서 거기서 벗어나지 않는 것이 이것이고, 禮의 실제는 이 두 가지를 절도에 맞게 수식하는 것이 이것이다. 樂의 실제는 이 두 가지를 즐거워하는 것이다. 즐거워하면 즐거움이 일어나고, 즐거움이 일어나면 어찌 그만둘 수 있으랴 하게 되고, 어찌 그치리오 하게 되면 자기도 모르는 사이에 발이 절로 덩실덩실 손이 너울너울 춤추게 되는 것이다.’ 하였다.(孟子曰 : ‘仁之實, 事親是也. 義之實, 從兄是也. 智之實, 知斯二者弗去是也. 禮之實, 節文斯二者是也. 樂之實, 樂斯二者, 樂則生矣. 生則惡可已也, 惡可已, 則不知足之蹈之手之舞之.’)"는 구절에서 인용함.

4) 神也(신야) : 神妙. 공자가 ≪주역≫<說卦傳>의 제6장에서, "神은 만물을 妙하게 하는 것을 말한다.(神也者, 妙萬物而爲言者也.)"라고 설명한 데서 나온다.

5) 樂忘憂者(요망우자) : ≪論語≫<述而篇>의 "너는 왜 이렇게 말하지 않았느냐. 그 사람됨은 학문에 발분하면 식사를 잊고, 도를 즐겨 근심을 잊으며, 늙음이 닥쳐오고 있는데도 모르고 있는 그런 인물이라고.(子曰 : ‘女奚不曰? 其爲人也, 發憤忘食, 樂以忘憂, 不知老之將至.)" 구절에서 활용함.

6) 坦蕩(탄탕) : ≪論語≫<述而篇>의 "군자는 평온하여 너그럽고 소인은 늘 초조하고 근심

而獨以朋來自遠爲不亦樂乎者, 奚哉? 蓋人性皆善, 而覺有先後, 我旣明善而人不能明焉, 我旣復初而人不能復焉8), 則中心喜悅, 雖極其至, 而及人之樂, 寧不有欠乎? 夫得五行之秀者人也9), 賦萬善之理者人也, 而人已之所同得10), 物我之所共有11), 則豈一人之所得私, 豈一人之所獨專者哉? 向也, 吾獨知是善, 吾獨行是善, 則徒悅而已, 未足樂也。及夫告人而人信之, 敎人而人從之, 同聲相應, 同氣相求12)。近者旣信而遠者亦信, 近者旣從而遠者亦從13), 則以善及人, 其樂何如也? 信從者衆, 其樂何如也14)?

大抵, 仁義禮智之性, 原於天而寓於人, 在父子而仁之理同得也, 在君臣而義之理同得也。以至於夫婦而別之理均有焉, 長幼而序之理均有焉。吾身之所先

한다.(君子坦蕩蕩, 小人長戚戚.)"에서 인용함.

7) 飯水曲肱 樂亦在於其中(음수곡굉, 요역재어기중) : ≪論語≫<述而篇>의 "거친 밥을 먹으며 물을 마시고 팔을 굽혀 베더라도 즐거움이 또한 그 가운데 있으니 의롭지 아니하면서 부하고 귀함은 나에게 뜬 구름과 같으니라.(子曰 : '飯疏食飲水, 曲肱而枕之, 樂亦在其中矣. 不義而富且貴, 於我如浮雲.')"는 구절에서 인용함.

8) 蓋人性皆善~我旣復初而人不能復焉(개인성개선~아기복초이인불능복언) : ≪論語≫<學而篇>의 "사람의 성품이 누구나 다 선하지만, 그 선한 이치를 깨달음에 선후가 있으니, 미처 깨닫지 못한 자는 반드시 앞서 깨달은 자가 행한 바를 본받아야 본성의 선한 것을 밝혀 그 본래의 모습을 회복할 수 있다.(人性皆善, 而覺有先後, 後覺者必效先覺之所爲, 乃可以明善而復其初也.)"는 구절을 인용함.

9) ≪論語≫<雍也篇>의 "천지가 정기를 이룰 때, 오행의 기운 중에서 가장 빼어난 것을 얻은 것이 사람이다.(天地儲精, 得五行之秀者爲人.)"는 구절을 인용함.

10) 人已之所同得(인이지소동득) : ≪孟子≫<盡心章句 上>의 "하늘이 내려주어 가지고 있는 본성은 사람들마다 똑같이 얻은 것이다.(蓋降衷秉彝, 人所同得.)"는 구절을 활용함.

11) 物我之所共有(물아지소공유) : ≪論語≫<學而篇>의 "무릇 도라는 것은 모두 사물의 당연한 이치로서 사람과 같이 나온 것을 말한다.(凡言道者, 皆謂事物當然之理, 人之所共有者也.)"는 구절을 활용함.

12) 同聲相應 同氣相求(동성상응, 동기상구) : ≪周易≫<乾卦·文言>의 "같은 소리가 서로 응하며, 같은 기가 서로 구하여, 물은 습한 데로 흐르며, 물은 건소한 데도 나가니, 구름은 용을 따르며, 바람은 범을 따르는지라. 성인이 일어나면 만물이 다 보게 된다.(同聲相應, 同氣相求, 水流濕, 火就燥, 雲從龍, 風從虎, 聖人作而萬物覩.)"고 한 데서 나온 말.

13) 近者旣信而遠者亦信, 近者旣從而遠者亦從(근자기신이원자역신, 근자기종이원자역종) : ≪論語≫<子路篇>의 "가까이 있는 자가 기뻐하고 멀리 있는 자가 오는 것이다.(近者悅, 遠者來)"는 구절을 염두에 둔 표현임.

14) ≪論語≫<學而篇>의 "선으로써 남에게 미치게 하면 좇는 자가 많기 때문에 즐거워할 만하다.(程子曰 : '以善及人, 而信從者衆, 故可樂.')"는 구절을 인용함.

知者, 卽人所同得之仁義也, 吾身之所獨得者, 是人所共有之禮智也。人所同
得之仁義, 而吾旣先得於己, 則烏可不推其所得以及於人也? 人所共有之禮智,
而吾旣先有於已, 則烏可不推其所有以裕於人也? 我之所得, 人亦得之, 我之所
有, 人亦有之。自近而遠, 無不信之, 自寡而衆, 無不從之。由前之獨悅而與人
同樂, 由吾之獨悅而與衆偕樂, 則信所謂立必俱立·成不獨成[15], 而其爲可樂,
孰尙於是哉? 酣於仁義, 飫於禮智, 而樂父子君臣之道者, 是樂也, 樂夫婦長幼
之序者, 是樂也。

同類[16]如此, 一家可知, 遠者如此, 近者可知。宮商相宣, 不足以喩其懽忻之
意也, 律呂諧和, 不足以方其宣暢之樂也。然則, 是樂也何樂也? 樂其以善及人
者乎, 樂其信從之衆者乎, 善裕於己而有以及人, 則是固可樂也, 善及於人而信
之者衆, 則是尤可樂也。己之善有以信於人, 人之善有以資於己, 講習相益而
道以之日明, 敎學相長而德以之日進, 則天下無不可化之人, 亦無不信從之人
矣。

原其理, 則我自樂其樂, 彼亦樂其樂, 而究其實, 則我樂其及於人, 而彼樂其
資於我也。斯不亦人間大快活·大懽適事也邪? 因是究之, 樂云樂云[17]者, 非
樂其人而樂也, 樂其善之及人也, 非樂其朋而樂也, 樂其信從者衆也。游聖門
者三千, 通六藝者七十[18], 而成己成物[19], 其樂融融[20], 不厭不倦[21], 其樂愉

---

15) ≪近思錄≫<道體>의 "성은 만물의 모든 근원으로 나만이 사사로이 얻을 수 있는 것이
아니다. 오직 대인이라야 능히 그 도를 다 할 수 있다. 이러한 까닭에 세움에는 반드시
모두 함께 세우고, 앎도 반드시 두루 알고, 사랑도 반드시 겸하여 사랑하고, 이룸도 홀로
이룰 수 없다. 저 스스로 가리고 막혀서 순순히 자신의 이치(성)를 알지 못하는 자는 또
한 어찌 할 수가 없는 것이다.(性者, 萬物之一源, 非有我之得私也. 惟大人爲能盡其道. 是故立
必俱立, 知必周知, 愛必兼愛, 成不獨成, 彼自蔽塞而不知順吾理者, 則亦末如之何矣.)"는 구절을
활용함.
16) 同類(동류) : 벗. ≪論語≫<學而篇>의 "벗은 같은 무리다.(朋, 同類也.)"에서 나온다.
17) 樂云樂云(악운악운) : ≪論語≫<陽貨篇>의 "공자 말씀하시기를, '예라 예라 이르는 것이
옥과 비단을 이르는 것이겠는가? 악이라 악이라 이르는 것이 종과 복을 이르는 것이겠
는가?'고 하였다.(子曰 : '禮云禮云, 玉帛云乎哉? 樂云樂云, 鐘鼓云乎哉?')"는 구절에서 나옴.
18) 游聖門者三千, 通六藝者七十(유성문자삼천, 통육예자칠십) : ≪史記≫<孔子世家>의 "공자
는 시서, 예악으로 제자들을 가르쳤는데, 대략 3천명 가운데 직접 六藝에 능통한 사람은

愉, 則惟厭樂其善之及人而樂其信從之衆也者, 孰有如吾夫子者哉?

噫! 小智自私之人[22], 曷足以語此樂哉? 己有一善, 則沾沾自喜[23]而不肯以告人[24], 己有一能, 則揚揚自多而不肯以語人。其視君子之存心, 廣大物我無間, 推吾之所悅而樂人之有善者, 正不啻百千萬里之相遠, 焉知以善及人之可樂, 又焉知信從者衆之爲尤可樂也哉? 嗚呼! 自夫子以後, 能樂是樂者, 幾何? 戰國之時, 孟子[25]樂之, 其言曰:"得天下之英才而敎育之[26], 一樂也." 宋之

72명이나 되었다.(孔子以詩書藝樂敎弟子, 蓋三千焉. 身通六藝者七十有二人.)"는 구절을 염두에 둔 표현.

19) 成己成物(성기성물) : 자기 자신을 수양하여 타인의 본성을 계발하고 사물의 이치도 성취시킨다는 말. ≪中庸≫<제25장>의 "성은 스스로 자신만을 이루는 게 아니라 다른 사물도 이루어준다. 자신을 이루는 것은 仁이며, 다른 사물을 이루는 것은 知이다. 본성의 덕은 안으로는 자신과 밖으로는 다른 사물을 합한 도이기 때문에 때에 알맞게 조처하는 것이다.(誠者非自成己而已也, 所以成物也. 成己, 仁也;成物, 知也. 性之德也, 合內外之道也, 故時措之宜也.)"는 구절을 인용한 것이다.

20) 其樂融融(기락융융) : ≪春秋左氏傳≫<隱公 원년>의 "큰 땅굴 속에서의 즐거움이 훈훈하구나.(大隧之中, 其樂也融融.)"에서 나온 말.

21) 不厭不倦(불염불권) : ≪論語≫<述而篇>의 "말하지는 않지만 알고 있고, 배우는데 싫증을 내지 않으며, 사람을 가르치는 데 게으름을 피우지 않는다.(默而識之, 學而不厭, 誨人不倦.)"는 구절에서 인용한 말.

22) 小智自私之人(소지자사지인) : 賈誼의 <鵬鳥賦>의 "지혜롭지 못한 자는 이기적이고, 남을 천시하고 자기는 귀하게 여긴다. 통달한 사람은 넓게 보고, 만물에 차별을 두지 않도다. 탐욕스러운 자는 재물로 인해서 죽고, 烈士는 명예를 위해서 죽는다. 권세를 과시하는 자는 권세에 죽고, 평범한 사람은 삶에만 매달린다.(小智自私兮, 賤彼貴我, 達人大觀兮, 物無不可. 貪夫徇財兮, 烈士徇名. 夸者死權兮, 品庶每生.)"는 구절에서 인용함.

23) 沾沾自喜(점점자희) : ≪史記≫<魏其武安侯列傳>의 "위기후는 뽐내기만을 좋아할 뿐으로 경솔한 행동이 많아서 승상이 되어 중임을 맡기에는 어렵다.(魏其者, 沾沾自喜耳, 多易, 難以爲相持重.)"는 구절에서 인용함.

24) 告人(고인) : ≪詩經≫<國風・唐風・揚之水>의 "내 명령이 있음을 듣고도 감히 남에게 말하지 못하노라.(我聞有命, 不敢告人.)"는 구절에서 인용함.

25) 孟子(맹자) : 공자의 유교사상을 子思의 문하생에게서 배운 사람으로 이름은 孟軻인데, 자신의 도덕적인 왕도정치가 제후들에게 받아들여지지 않자 고향에 은거하며 제자교육에 전념하였음.

26) 得天下之英才而敎育之(득천하지영재이교육지) : 맹자가 말한 삼락 중 하나. "군자에게 세 가지 즐거움이 있으나, 천하에 왕 노릇하는 것만은 여기에 들지 않는다. 부모가 두 분 다 생존해 있고, 형제들이 무고한 것이 그 첫째의 즐거움이다. 우러러보아서 하늘에 부끄럽지 않고, 굽어보아서 사람에게 부끄럽지 않은 것이 그 둘째의 즐거움이다. 천하의 뛰어난 인재를 얻어서 그를 교육하는 것이 그 셋째의 즐거움이다. 군자에게는 이 세 가

時, 周程27)樂之, 其言曰：“每令尋仲尼顔子樂處, 所樂何事?28)” 南渡之後, 朱
子29)樂之, 其言曰：“樂菁莪之長育30).” 自是厥後, 樂是樂者, 寥寥31)矣。我
願吾黨, 勵至誠無息32)之道, 探聖賢實地之樂, 不獨有善於已而必思推及於人,
不獨有悅於已而必思同樂於人。使是樂克積而發越, 快適而酣暢, 則聖人之樂
亦吾樂也。夫何遠之有33)哉? 雖然, 非樂道安仁之君子, 富有於已而裕及於人
者, 則不足與於是樂矣。謹論。

지 즐거움이 있으나, 천하에 왕 노릇하는 것만은 여기에 들지 않는다.(孟子曰 : ‘君子有三
樂, 而王天下, 不與存焉. 父母俱存, 兄弟無故, 一樂也, 仰不愧於天, 俯不怍於人, 二樂也, 得天下
英才, 而敎育之, 三樂也. 君子有三樂, 而王天下, 不與存焉.’)”(≪孟子≫<盡心章句 上>)에서
인용.

27) 周程(주정) : 宋나라의 성리학자 周敦頤와 程顥·程頤. 주돈이는 字가 茂叔. 營道縣 濂溪 가
에서 世居하였으므로 세상에서 濂溪先生이라 일컬었다. 太極圖說·通書 등을 지어 理氣學
의 開祖가 되었다. 程顥·程頤 형제는 모두 그의 제자이다. 정호는 字가 伯淳. 號는 明道.
아우 程頤와 같이 周敦頤의 門人이다. 宇宙의 본성과 사람의 性이 본래 동일한 것이라고
보아 道學을 강조하여 道를 먼저 깨닫고 물질세계로 나가야 한다고 주장하였으며, 易에
造詣가 깊었다. 정이는 字가 正叔. 號는 伊川. 程顥의 아우이다. 利川伯을 봉한 까닭에 伊
川先生이라 부른다. 처음으로 理氣의 철학을 제창하여 유교 도덕에 철학적 기초를 부여
하였다.
28) ≪論語≫<雍也篇>의 程子가 “옛적에 주무숙(주렴계)에게 학문을 배울 적에 매양 중니와
안자가 즐거워한 곳에 즐거워한 바가 무슨 일인고?(昔受學於周茂叔, 每令尋仲尼顔子樂處,
所樂何事?)”라는 구절에서 인용함.
29) 朱子(주자) : 南宋의 大儒學者 朱熹. 字는 元晦 또는 仲晦. 號는 晦庵·晦翁. 북송 이래 理學
을 집대성하고 사상체계를 정립하였는데, 程顥·程頤의 理氣論을 계승하여 天理와 人欲의
대립을 강조하면서 私欲을 버리고 천리에 복속할 것을 요구하는 등 理의 先在를 주장하
였다. 그는 經學에 정통하여 宋學을 집대성한 것인데, 그 學을 朱子學이라 일컫는다.
30) 주자가 지은 <白鹿洞賦>의 “廣靑衿之遺問, 樂菁莪之長育.”에서 인용함. 菁莪는 ≪詩經≫
<小雅>의 편명으로, 곧 인재를 길러 내는 것을 읊은 시다.
31) 寥寥(요요) : 매우 적고 드묾.
32) 至誠無息(지성무식) : ≪論語≫<里仁篇>의 “부자의 말씀이 ‘하나의 이치로 혼연하여 범
범히 응하고 곡진히 마땅하다는 것’은 비유하건대 天地의 지극한 정성은 쉼이 없어 만물
이 각각 그 곳을 얻음이라.(夫子之一理渾然而泛應曲當, 譬則天地之至誠無息而萬物, 各得其所
也.)”는 구절에서 인용함.
33) 夫何遠之有(부하원지유) : ≪論語≫<子罕篇>의 “생각지 않기 때문이지 생각한다면 어찌
멂이 있겠느냐?(子曰 : ‘未之思也, 夫何遠之有?’)”는 구절에서 인용함.

業儒齋完議¹⁾(戊申, 後改名三一齋)

吾鄕校, 學資之穀, 始自慕齋²⁾金相公, 其本八十斛, 則其息爲四十斛, 以四十斛而舂精, 則可支十餘員三四朔之供。每居接³⁾之時, 爲有司者, 或稱以散在民間, 或諉以校中移用, 因循推托, 恣意費用, 殆無侖合之餘, 甚非所以仰答慕齋相公勸獎來學之意也。幸以芮君之請, 張侯之惠, 依前復立者, 今五六載, 而典守者, 濫用之弊, 尙未革焉。若此不已, 幾何其不日銷月鑠而無餘也? 方今仁侯新莅, 百廢俱興, 此正惟新學規之秋也。

多士與接中⁴⁾, 有司合辭⁵⁾, 就告于太守⁶⁾, 謀所以永久遵守之道, 太守曰：“凡鄕庠之有學資, 不特此也。曰'學由也.' 曰'資備也.' 無非供學者講劘之資, 而名爲士子者, 不顧本意, 任自耗費⁷⁾, 轉成痼弊, 誠可歎也。況此資乃慕齋相公所刱始者! 非尋常學資之比, 而宿習已痼, 幾至廢墜, 言之可爲寒心。今須一

---

1) 完議(완의) : 宗中·家門·계·洞中 등에서 제사·墓位·계·동중의 일 등에 관하여 의논하고 그 합의된 내용을 적어 그것을 서로 지키도록 약속하는 문서.
2) 慕齋(모재) : 金安國(1478~1543)의 호. 본관은 義城이고, 자는 國卿이다. 金宏弼의 문인으로 사림파의 학통을 계승하였다. 대사간·공조판서·경상도관찰사 등을 지내며 성리학의 실천·보급에 주력하여 각 고을의 鄕校에 ≪小學≫을 보급하고, 각종 농서와 醫書노 넓리 간행하여 향촌민들을 교화시키는 데 힘을 썼다. 仁宗의 묘정에 배향되고, 驪州 沂川書院, 利川 雪峰書院, 의성 氷溪書院 등에 제향되었다.
3) 居接(거접) : 文藝를 숭상하고 여럿이 함께 모여 학문을 익히기를 좋아하던 것. 온 경내의 선비들이 다 모여 들었다. 그리고 다른 지방에서 책을 끼고 오는 자도 많았으나 모두 싫어하지 않고 관청에서 비용을 대주었다고 한다.
4) 接中(접중) : 글방의 학생 동아리.
5) 合辭(합사) : 여러 관청이 합해서 하는 상소. 여기서는 합의하다는 뜻이다.
6) 太守(태수) : 郡의 행정 책임을 맡았던 으뜸 벼슬.
7) 耗費(모비) : 낭비.

依榮川業儒齋之規, 以別其粟, 而擇諸生入格者掌之, 以爲久遠儲養[8]之地, 則其於相公之賜, 豈不永有賴焉乎?” 有司聞命以退, 告于同志。爰定新規, 刱設業儒齋。

賑濟場志

(癸丑[1]甲寅[2], 連歲大饑, 邑宰委先生以分賑之寄, 故有此志)

余於去年夏, 任分賑之寄, 初賑于東村, 再賑于北院, 主賑者一人, 而願賑者其數不貲, 勢不得人人而濟之[3], 而惻怛之念, 則未嘗不切于懷也。是秋又失稔, 將有更賑之擧, 自念賑救飢民, 亦君子愛人之一事, 詎敢以勞且賤爲辭, 而顧其中, 有難容吾心力者。與其受人之牛羊[4]而立視其死殆, 不如反諸其主之爲愈, 故卽趣裝入洛, 轉向湖西關東, 過七朔而返于家。

今秋之饑, 有甚於前, 又不免再縻前任。雖欲見幾而作[5], 老親在堂, 有難每每離出。旣不能離出, 則所以竭誠焦勞, 職思其憂[6]者, 又烏可已耶? 是月之初七, 李舍人友閔[7], 以敬差[8]巡過余, 曾與李有舊旣見, 言及飢民嗷嗷將盡之狀,

---

1) 癸丑(계축) : 1553년.

2) 甲寅(갑인) : 1554년.

3) 得人人而濟之(득인인이제지) : ≪孟子≫<離婁章句 下>의 “어떻게 사람마다 건너게 해볼 수 있을 것인가? 그런 까닭에 정사를 하는 자가 사람마다 만족하게 하려면 시일이 모자랄 것이다.(焉得人人而濟之? 故爲政者, 每人而悅之, 日亦不足矣.)”는 구절에서 인용함.

4) 受人之牛羊(수인지우양) : ≪孟子≫<公孫丑章句 下>의 “이제 남의 소나 양을 받아서 이를 기르는 사람이 있다면 반드시 목장과 꼴을 구해야 하리라.(今有受人之牛羊而爲之牧之者, 則必爲之求牧與芻矣.)”는 구절에서 인용함.

5) 見幾而作(견기이작) : ≪周易≫<繫辭傳 下>의 “군자는 기미를 보고 일어나 하루가 끝나기를 기다리지 않는다.(君子見幾而作, 不竢終日.)”라 한 데서 나온 말. 현명한 이는 시국의 기미를 살펴서 떠남이 옳다고 판단되면 하루도 미적거리지 않고 즉시 떠난다는 뜻을 말하였다.

6) 職思其憂(직사기우) : ≪詩經≫<唐風・蟋蟀>의 “오로지 어려울 때도 생각해야지, 즐거움도 지나치면 안 되니, 훌륭한 사람은 매사 점잖다네.(職思其憂, 好樂無荒, 良士休休.)”라 한 데서 나오는 말.

7) 李舍人友閔(이사인우민) : 李友閔(1514~1574) 조선 중기의 문신. 본관은 延安이고, 자는 孝叔이며, 호는 守拙齋이다. 1546년 증광문과에 병과로 급제하였다. 藝文官 檢閱을 거쳐 弘文館著作・副修撰・修撰 등을 지냈다. 司諫院 正言으로 전임되었다가 전라도지방에 암

李曰：“飢民之就賑者，勿分彼我之境而救之可也.” 余輒依其指揮，而朝夕賑饋，惟謹且九日矣。有人告于邑宰，曰：“歲前就賑，固非上司之命，姑罷以待，開春爲宜.” 邑宰卽命罷之。後數日，旋有營飭[9]云：“可賑者賑之，使無餓莩之患.” 於是，余復往賑濟場，則已有一飢殍矣。不勝慘怛，是日遂告於官，更賑之。

嗚呼! 朝家賑恤之敎，雖至，而奉承者，寡焉，雖欲奉承，而如我之無幹敏者，亦難能焉。若此不已，吾王之所天[10]，幾何其不盡歸於枯魚之肆[11]邪? 舍人之意，雖甚勤摯，而巡西則遺東，趂南則捐北，一人之身，固不能盡周之。余亦事與心違，自多掣肘[12]，無以遂其濟人活物之志，是可慨已。

嘉靖甲寅 季冬 二十有五日 在賑濟場 志之

행어사로 나갔었다. 그 뒤 1552년 吏曹佐郎으로 발탁되었고, 1554년 홍문관 應敎 제수에 이어서 경상좌도 救荒敬差官으로 파견되었는데, 경상좌도에 내려가 정황을 살펴 狀啓를 올렸다. 곧, '지난 가을부터 겨울까지 비도 눈도 오지 않아 밀, 보리가 모두 枯死하였으니 백만 생령이 살아날 길이 없습니다. 굶어 죽어가는 백성을 보고만 있자니 너무 한심합니다. 조속히 양곡을 보내주시어 백성을 구해 주십시오.' 하였다. 조정에서 그 장계를 보고 즉시 구황미를 보내 굶주린 백성들을 구하여 주었다. 또한 曹佐成均館 司藝·承政院 右副承·司憲府 大司憲 등을 역임하였다. 1564년 경상도관찰사에 임명되었고, 1567년 황해도관찰사에 임명되었으나 拜辭하고 부임하지 않았다. 1572년 함경감사에 임명되었고, 1574년 병졸하였다.

8) 敬差(경차) : 敬差官. 지방에 파견하여 임시로 일을 보게 하던 벼슬. 주로 田穀의 손실을 조사하고 민정을 살피는 일을 하였다.

9) 營飭(영칙) : 監營의 申飭.

10) 吾王之所天(오왕지소천) : ≪龍飛御天歌≫ 120장의 "백성이 왕의 하늘이다.(民者王所天.)"라는 구절에서 나오는 말.

11) 枯魚之肆(고어지사) : ≪莊子≫<外物篇>의 "동해의 波臣을 자처하는 물고기 한 마리가 수레바퀴에 파인 얕은 물속에서 허우적대면서 한 말이나 한 되의 물이면 살아날 수 있겠다고 하소연을 했는데도, 西江의 물을 길어다가 구원해 줄 테니 조금만 참으라는 말을 듣고는, '차라리 나를 건어물 가게에서 빨리 찾아보는 것이 나을 것이다.(曾不如早索我于枯魚之肆.)'라고 말했다."는 고사에서 나온 말. 곤경에 처한 사람이 급히 구원을 요청하다가 낙담한 나머지 모든 것을 운명에 맡기고 체념하는 것을 일컫는다.

12) 掣肘(철주) : 사람을 시켜 일을 하게하고 뒤에서 방해한다는 말. 복자천(宓子賤)이 선보(單父) 고을의 원님이 되자 글씨 잘 쓰는 사람을 청하여 글씨를 쓰라 하고 뒤에서 팔목을 끌어당기며 글씨가 잘 되지 않으면 성내니, 글씨 쓰는 자가 돌아가서 魯나라 임금께 고했다. 노나라 임금이 말하기를, "이것은 복자천이 내가 자기 일을 간섭할까 두려워서 한 짓이다." 하였다는 고사이다.(≪說苑≫)

書鄕約後

韶[1]之有鄕約古也, 不幸中廢多年, 風俗日渝, 思與鄕人同志, 復修條約, 古今異宜, 鄭重而未及焉。往歲在陶山, 見先生手定鄕約立條, 本意謹嚴有節度, 不待設敎而敎在其中, 眞厲世之藥石[2]也。余竊忻慕于心, 歸而告柳公希潛[3], 議修鄕約, 取呂氏四條[4]爲之綱, 以陶山所編罰目[5], 附其下。凡罰有三等, 等各有目, 總三十餘條, 約旣成。

余告于衆曰 : "此法, 似疎而實密, 至道寓焉。惟我同約之人, 奉之若神明,

---

1) 韶(소) : 韶州. 聞韶. 경북 의성의 옛 명칭.
2) 藥石(약석) : 藥石之言. 약으로 병을 고치는 것처럼 남의 잘못된 행동을 훈계하여 그것을 고치는 데에 도움이 되는 말.
3) 柳公希潛(유공희잠) : 柳希潛(생몰 미상). 그의 숙부 松菴公 柳灌의 피화에 연좌되어 義城에 유배되었다. 그는 유배 도중 삼도관찰사 및 三南 각 고을 수령들의 후원을 얻어 착수 24년만인 1565년에 文化柳氏 嘉靖譜 10권을 편찬했다. 각 고을 관장 191인이 이 사업에 호응하고 경상도 40여 고을에서 刻手 48명이 동원되었다. 이 족보는 도산서원에 봉안되어 있는데, 내용과 체제가 훌륭하여 우리나라 최고의 족보 연구 자료로서 그 권위를 인정받고 있다. 서자의 기록을 하지 않아 적서의 편견이 없고, 內外孫을 차별 없이 同格으로 취급하고, 류씨들도 성과 이름을 다 썼으며, 4만 2천명이 등재되어 있는 가운데 오히려 류씨들은 3% 성도 밖에 차지하고 있지 않은 萬姓譜 성격의 족보이며 그 기록의 정확성이 높은 것으로 알려져 있다.
4) 呂氏四條(여씨사조) : 呂氏鄕約의 네 가지 조목. 여씨향약은 중국 北宋 말에 陝西省 鹽田縣 呂氏門中의 道學으로 명성을 떨친 呂大忠·大防·大鈞·大臨 네 형제가 문중과 향리를 선도 교화하기 위해 주자학을 바탕으로 만든 규약인데, 德業相勸(좋은 일을 서로 권장한다)·過失相規(잘못을 서로 고쳐준다)·禮俗相交(서로 사귐에 있어 예의를 지킨다)·患難相恤(환난을 당하면 서로 구제한다)이다.
5) 李先生所編罰目(이선생소편벌목) : 예안향약의 처벌조항을 일컬음. 처벌대상자는 極罰·中罰·下罰로 구분하여 극벌 대상자는 부모에게 불순한 자를 비롯해 6사례, 중벌은 친척과 화목하지 않는 자를 비롯해 16사례, 하벌은 公會에 지각한 자를 비롯해 5사례로 규정하고 있다.

信之若金石，行之永久而無替，則將見風淳而俗美，三代[6]之化，自可馴致，亦
無所事罰矣。其各勉之哉.” 咸曰‘諾.’ 遂次爲之說，以備鄕中故事云爾。

---

6) 三代(삼대) : 중국 夏, 殷, 周의 세 왕조를 일컫는 말. 흔히 이상적인 정치가 행해졌던 시
　기로 보고 있다.

慈母影幀識

此吾慈母朴氏之影也。母氏生于成化癸卯[1]，今年九十有三歲矣。頭童背僂，腰下不仁，而形貌辭氣，尙猶康强。子元祿，六十年來，更相爲命[2]，一喜一懼之情，不能自已，命子仡[3]摹之于燭下，粧之以爲幀。體之於目，存之於心，敬慕之，將無已也。

萬曆三年乙亥[4]，三月日，子元祿 謹識

---

1) 成化癸卯(성화계묘) : 성화는 명나라 憲宗의 연호(1465-1487)인데, 이때의 계묘년은 1483년임.

2) 更相爲命(갱상위명) : 李密이 晉武帝에게 올린 <陳情表>의 "다만 조모 유씨가 마치 해가 서산에 이른 듯 기식이 곧 끊어질 지경이니, 목숨이 위태롭고 얕아서 아침에 저녁 일을 예측할 수 없는 형편입니다. 신은 조모가 없었으면 오늘에 이를 수 없었고, 조모도 신이 없으면 여생을 편히 마칠 수가 없으리니, 조모와 손자 두 사람이 서로 생명을 의탁한 처지라, 이 때문에 구구하여 그만두고 멀리 떠날 수가 없습니다. 신 밀은 금년에 44세요, 조모 유씨는 금년에 96세이니, 이는 신이 폐하께 충절을 다할 날은 길고, 유씨에게 보답할 날은 짧은 것입니다. 까마귀의 사사로운 정이 끝까지 봉양할 수 있게 해주시기를 원합니다.(但以劉日薄西山, 氣息奄奄, 人命危淺, 朝不慮夕. 臣無祖母, 無以至今日, 祖母無臣, 無以終餘年, 母孫二人, 更相爲命, 是以區區不能廢遠. 臣密, 今年四十有四, 祖母劉, 今年九十有六, 是臣盡節於陛下之日長, 報劉之日短也. 烏鳥私情, 願乞終養.)"라고 한 데서 나온 말. 이밀은 어려서 아버지를 여의고 어머니 何氏는 개가하여 조모 劉氏의 낭육을 믿고 지갔으므로, 그는 조모에게 효심이 매우 두터웠는데, 晉나라 武帝가 일찍이 그에게 조칙을 내려 太子洗馬로 부르자 그가 陳情表를 올려 이를 사양한 바 있다.

3) 仡(흘) : 申仡(1550~1614). 본관이 鵝洲이고, 자가 懼之이며, 호가 城隱이다. 아버지 申元祿의 삼년상을 마친 후 묘 아래에 집을 지어 永慕라는 편액을 달고 애도하였다. 임진란에 의병을 일으키고 金垓·柳宗介·鄭世雅와 함께 왜군에 대항하여 싸웠다. 1603년 조정의 명으로 ≪亂中事蹟≫을 편찬하였다.

4) 萬曆三年乙亥(만력삼년을해) : 1575년.

長川書院營建顚末

丙辰[1]仲春[2], 設鄕會於黌樓[3], 謀于衆曰 : "自周先生[4]肇創紹修, 永陽[5]之臨皐[6]·華山[7]之白鶴[8], 繼次而起, 吾鄕獨寥寥焉。有養學之資而無講學之所, 抱策彷徨, 徒事悠泛[9], 盍置書院以倡率而激厲之?" 僉曰 : "可." 遂決意營建焉。○ 三月, 與同志相地, 於縣南九成山下, 長川之上, 有古城今廢, 遺堞宛然。距縣纔五里, 山回水抱, 市塵不到, 高而有迴眺之勢, 闃而有物外之趣, 眞學子藏修[10]之所也。但野人田其中, 不可遽然施事, 遂稟于李侯胤韓, 侯卽以公田易之又出力, 以助成規畫, 粗具而方農未卽擧。(基之東畔, 有蔣文友田, 請入以恢之。 文友鄕之篤士也.)

丁巳春, 始院役, 使儒生具由, 告按使兪公某[11], 兪公惠以正鐵[12]五十斤·

---

1) 丙辰(병진) : 1556년.
2) 仲春(중춘) : 봄이 한창인 때라는 뜻으로, 음력 2월을 달리 이르는 말.
3) 黌樓(횡루) : 향교.
4) 周先生(주선생) : 周世鵬(1495~1554). 본관은 尙州. 자는 景遊. 호는 愼齋·巽翁·南皐이다. 시호가 文敏이며, 경남 함안군 漆原에서 태어났다. 사림 자제들의 교육기관으로 백운동서원을 세워 서원의 시초를 이루었다. 서원을 사림의 중심기구로 삼아 향촌의 풍속을 교화하려는 목적이었다. 이후 이황의 건의로 소수서원의 사액을 받아 공인된 교육기관이 된 뒤 풍기 지역 사림의 중심기구로 자리를 잡았다.
5) 永陽(영양) : 경북 永川의 옛 이름. 경북 영천시 임고면 양항리를 가리킨다.
6) 臨皐(임고) : 臨皐書院. 1553년 정몽주의 충절을 기리기 위해서 임고면 고천동 부래산에 창건된 서원이다.
7) 華山(화산) : 경북 永川郡 華南面 白鶴山을 가리킴.
8) 白鶴(백학) : 白鶴書院. 1555년 당시 新寧 현감이었던 錦溪 黃俊良이 지역 유림들과 더불어 건립한 서원이다.
9) 悠泛(유범) : 悠悠泛泛. 무슨 일을 꼼꼼하게 하지 아니하고 느리며 조심성이 없음.
10) 藏修(장수) : 책을 읽고 학문에 힘씀.
11) 按使兪公某(안사유공모) : 兪絳(1510~1570)을 가리킴. 정사년 이때 경상도 관찰사였다.

贖木十五段，牒給夫力以助之，遂起事焉。剗隆以塡側，斲堅以累缺，基地夷
然13)始平，先立正堂十數架，制度宏敞，始事半載，架椽而止。

戊午春，更始院役，值大雨旋停。自是連歲饑饉，不遑土木，殆將十許年，所
建正堂，歸然獨立，於蓬蒿之中，東南行過者，莫不指點興嗟。

戊辰，安侯應鉤，來守是邦，深慨院役之中廢，肩輿14)來往，殫心經理，募緇
徒以輸材，互選皂隷以備役使，不擾損於民，而事自就緒。又定品官一・老吏
二以幹之。起工纔半月，侯遽罷歸，院事之不幸，何至此哉?

己巳仲春，朴侯仁豪15)，來代之。凡係興學勸士之方，靡不用極，而於本院
事，尤眷眷焉。材之腐蠧者，易而新之，瓦之破缺者，燔而補之，糧餉則捐月俸，
役丁則募遊民16)，其措置之方，比前倅益加纖。悉時，李相國陽元17)按本道節，

본관은 杞溪이고, 자는 絳之이며, 호는 肅敏이다. 1541년 별시 문과에 을과로 급제하여
승문원 부정자로 등용되고, 주서를 거쳐 1551년 집의가 되었다. 이듬해 典翰을 거쳐 직
제학이 되었다가 다시 동부승지로 승진하였다. 이후 병조・이조 참의, 대사간, 대사헌,
도승지, 호조・병조 참판을 역임하였고, 외관직으로 경기도・전라도・경상도・평안도・
함경도의 관찰사를 지냈다. 그 뒤 資憲大夫로 승급하고 도승지, 한성부 판윤, 공조 판서,
형조 판서를 거쳐 호조 판서가 되었다. 1558년 평안도 관찰사가 되기 전에 첨지중추부
사로 사은사가 되어 明에 다녀오기도 하였다. 인품이 관후하고 인자하였으나 관직에 있
으면서 업무를 처리할 때는 매우 엄하여 자연히 탐관오리들의 부정부패가 일소되었다.
그가 지방관을 두루 역임하게 된 것은 모두 임금의 특명에 의한 것으로 을묘왜변 후에
는 문무를 겸비한 그의 재주를 높이 평가하여 특별히 영남지방의 관찰사로 임명되었다.
그가 평안도 관찰사로 있을 때 조정에 건의하여 의주성을 축조하였으며, 인재를 모아 가
르치게 하여 文風을 크게 일으켜 관서지방의 유생들이 중앙에 진출할 수 있는 계기를
마련해 주었으며, 문하에 많은 제자를 배출하였다. 호조 판서로 있을 때에는 국고의 절
약에 힘써 비록 권세가 있는 사람이라 할지라도 私情을 두지 않고 법대로 처결하였다.
12) 正鐵(정철) : 무쇠를 불려서 만든 쇠붙이의 하나.
13) 夷然(이연) : 평편한 모양.
14) 肩輿(견여) : 사람 둘이 앞뒤에서 어깨에 메는 가마를 이름.
15) 朴侯仁豪(박후인호) : 朴仁豪. 본관은 務安이고 자는 挺夫이다. 義城縣令을 지냈다.
16) 遊民(유민) : 직업이 없이 놀며 지내는 사람.
17) 李相國陽元(이상국양원) : 李陽元(1526~1592). 본관은 全州이고, 자는 伯春이며, 호는 鷺
    渚・南坡이다. 定宗의 아들인 宣城君 李茂生의 현손이며, 副領 李鶴汀의 아들이니, 곧 왕
    가의 종친이다. 일찍이 퇴계 이황에게서 배워, 명종 때 문과에 올라 翰林으로 뽑힌 뒤
    호당으로 사가독서까지 했다. 선조가 즉위하면서 安東府使를 비롯하여 경상도・전라도・
    평안도의 관찰사 및 開城府留守 등의 외직과 이조・병조・형조의 참판을 위시하여 大司
    憲・부제학・副摠管 등의 내직을 두루 역임하고, 1581년 特旨로 형조 판서에 기용됨으

又惠正租十五斛·正鐵三十斤以益之，木石咸萃，物力[18]俱贍，工衆勸而不告勞。積五箇月而斷手，對正堂而起高樓，分東西以置兩齋，建庖廚，立府庫，繚垣設門，皆覆以瓦，總三十有餘間。於是，升堂而眺，羣峯環立，憑軒而聽，澗水鏘鳴，爽塏明敞，政合羣居肄業之所。旁近學徒，聞風興起，抱墳策[19]，來赴者，日相踵，自是冬，始聚而居齋焉。

庚午[20]春，李相國巡，過本院，諸生請院號，遂以'長川'命名，蓋因其洞名也。因賜海雪三斛，以補養士之需。

吾鄉書院之設，起自丙辰，至己巳而告訖，首尾十四年之間，撤而復始，始而復撤，犯笑侮·取詆毀者，凡幾遭矣。幸賴我仁侯，悉心經理之勤，賢使隨便獎勸之惠，積年垂廢之役，至今日而得完就焉，吁！其盛矣，其幸矣。惟我諸生，昕夕羣居於是，不徒事乎訓詁詞章之末，而專心爲己之學[21]，探賾其義理，砥礪其名行，以不負我仁侯·賢使興學育才之盛意，則豈非又大幸與？ 旣以語諸生，因記顚末，揭諸院壁，使後之從事於是者，知吾輩當日用意之勤，亦如此云爾。

로써 판서의 반열에 올랐다. 1591년에 우의정이 되고, 임진왜란 때에 유도대장이 되어 도성에 남아 수도를 방어 할 책임을 맡았다. 그런데 퇴각을 거듭하다가 부원수 申恪, 함경도병마절도사 李渾의 군사와 합세하여 楊州 蟹蹦嶺 싸움에 승리하여 그 공으로 영의정에 올랐다. 義州에 있던 선조가 遼東으로 피란 갔다는 잘못된 소문을 듣고 단식하다가 8일 만에 죽었다.

18) 物力(물력) : 집 짓는 데 쓰는 돌, 기와, 흙 따위를 통틀어 일컬음.

19) 墳策(분책) : 典籍. 書冊.

20) 庚午(경오) : 1570년.

21) 爲己之學(위기지학) : 스스로를 닦고 돌보는 학문.

祭金侯(士傑[1])文

凜烈霜晨, 風悲月苦。西歸素輀, 發自東土, 丹旐先啓, 滿路薤歌[2], 哭送長途, 我慟如何。言念我侯, 天姿超異, 眞醇氣度, 和易而已, 懇篤心性, 孝友而已。一經品題[3], 名登仕籍。初試[4]殘郵, 疲瘵蒙澤, 繼典名邑, 衆庶懷德, 隨處盡職, 名譽蔚藹。乃宰吾縣, 游刃恢恢[5], 雷封[6]民物, 欣戴二天[7]。莊重如山,

---

1) 金侯士傑(김후사걸) : 金士傑(1505~1567). 본관은 慶州이고, 자는 挺之이다. 資稟이 軒昻하고 才性이 過人하여 성장하면서 文名이 날로 두드러졌다. 명종조에 천거를 받아 조정에 나아갔고 典設司 別提에 제수되었다가, 義城縣令이 되었다. 이후 관직에 있다가 63세의 나이에 병으로 사망하니 사헌부 집의에 추증되었다.

2) 薤歌(해가) : 挽歌. 薤는 부추 종류인데 사람의 목숨이 부추 잎에 맺힌 이슬처럼 쉽게 소멸된다는 뜻에서 나온 말이다.

3) 一經品題(일경품제) : 李白의 <與韓荊州書>의 "한 번 군후의 평가를 거치면 대번에 훌륭한 인물로 인정받게 되는 것이다.(一經品題, 便作佳士.)"는 구절에서 인용함.

4) 初試(초시) : 과거의 첫 시험이나, 여기서는 '初政'의 의미임. 새로 도임한 수령이 집무를 시작하던 일이다.

5) 游刃恢恢(유인회회) : ≪莊子≫<養生主>에 나오는 庖丁解牛의 고사를 빌어, 상대방이 무슨 일이든 여유 있게 잘 처리함을 비유한 것임. 포정은 푸줏간의 백정으로 일찍이 文惠君을 위해 소를 잡았는데, 소 잡는 솜씨가 매우 뛰어나 문혜군을 감탄하게 하였다. 그는 소 잡는 道를 말하면서 "얇은 칼을 틈새가 있는 곳에 넣으니, 널찍하여 칼날을 움직임에 반드시 여유가 있습니다.(以無厚入有間, 恢恢乎其於遊刃, 必有餘地矣.)" 하였다는 고사이다.

6) 雷封(뇌봉) : 자그마한 고을 또는 현령을 뜻함. 보통 사방 100리 정도 되는 고을이 縣이 되는데, 천둥이 치면 그 소리가 100리쯤 진동한다 하여 縣令을 뇌봉이라고 하였다.

7) 二天(이천) : 친구 간에 서로 오랜만에 만나 옛 추억을 이야기하며 우정을 나누는 私的인 술자리를 말하기도 하고, 특별한 은혜를 하늘에 비겨 이르는 말이기도 하고, 監司를 일컫는 말이기도 한데, 여기서는 '현령'을 뜻함. 後漢 順帝 때 蘇章이 冀州刺史로 부임했을 적에 옛 친구가 그의 관할 구역인 淸河의 太守로 있으면서 부정행위를 범한 사실을 적발하고는 그 친구를 불러 술을 같이 마시면서 화기애애하게 옛날의 우정을 서로 나누었다. 그런데 그 친구가 기뻐하며 "사람들은 모두 하나의 하늘을 가지고 있지만 나만은 두 개의 하늘을 가지고 있다.(人皆有一天, 我獨有二天.)"고 하자, 소장이 "오늘 저녁에 내가 自然人으로서 옛 친구를 만나 술을 마시는 것은 私恩이요, 내일 기주 자사로서 사건을 처

望之儼然8), 不怒而威, 威勝斧鑕, 不言而信, 信逾金石9), 況是孝思, 實維民則10), 凡爲人子11), 孰不感服。百里太古, 復覩今日, 龔黃12)德政, 展也相頡。一疾難醫, 九原13)冥漠, 仁言14)和氣, 已矣無復, 吏民含悲, 塡街號哭。鶴髮在堂, 血淚相續, 孤凰失儷, 叫痛天末。靈若有知, 豈肯瞑目, 魂兮其歸15), 龍城16)之北, 宅17)近先塋, 松梓鬱鬱。萬歲千秋, 永保其吉。

리하는 것은 公法이다.” 하고는 마침내 그의 죄를 바로잡아 처벌하였다는 고사가 있다. (≪後漢書≫≪蘇章列傳≫)

8) 望之儼然(망지엄연) : ≪論語≫≪子張≫에서 子夏가 “군자는 세 가지 변함이 있으니, 멀리서 바라보면 엄숙하고, 그 앞에 나아가면 온화하고, 그 말을 들어 보면 명확하다.(君子有三變, 望之儼然, 卽之也溫, 聽其言也厲.)”고 한 구절에서 나오는 말.

9) 不怒而威~信逾金石(불노이위~신투금석) : ≪詩經≫≪周頌·敬之≫의 “그러므로 태학의 예에는 스승은 천자를 만날 때에도 북면하지 않으니, 이는 스승을 존경하고 도를 숭상하기 때문이다. 따라서 말하지 않아도 믿고 성내지 않아도 위엄을 느끼니, 이것이 곧 스승이다.(故太學之禮, 雖詔於天子, 無北面, 尊師尙道也. 故不言而信, 不怒而威, 師之謂也.)”는 구절을 염두에 둔 표현임.

10) 況是孝思, 實維民則(황시효사, 실유민칙) : ≪詩經≫≪大雅·下武≫의 “길이 효도하며 생각하는지라. 효도하며 생각하는 것이 법이 된다.(永言孝思. 孝思維則.)”는 구절을 활용함.

11) 凡爲人子(범위인자) : ≪禮記≫≪曲禮 上≫의 “자식이 된 자는 어버이에 대해서, 겨울에는 따뜻하게 해 드리고 여름에는 시원하게 해 드려야 하며, 저녁에는 잠자리를 보살펴 드리고 아침에는 문안 인사를 올려야 한다.(凡爲人子之體, 冬溫而夏凊, 昏定而晨省.)”라는 말에서 인용함.

12) 龔黃(공황) : 한나라 때 지방 장관으로 선정을 베풀어 治民의 으뜸으로 꼽혔던 渤海太守 龔遂와 潁川太守 黃霸를 아울러 일컬은 말.

13) 九原(구원) : 저승.

14) 仁言(인언) : ≪孟子≫≪盡心章句 上≫의 “어진 말을 하는 것은 어질다는 명성이 사람들에게 깊이 사무치는 것만 못하다.(仁言, 不如仁聲之入人深也.)”고 한 데서 나온 말.

15) 魂兮其歸(혼혜기귀) : ≪楚辭≫≪招魂≫의 “혼이여 돌아오라, 그대는 하늘을 오르지 마소. 호표가 구중문을 엄히 지켜, 아래 인간을 물어뜯는다네.(魂兮歸來, 君無上天些. 虎豹九關, 啄害下人些.)” 구절을 활용함.

16) 龍城(용성) : 지금의 전북 南原의 별호. 김사걸의 아버지 金龜孫(1481~1524)은 자가 禹瑞인데, 어릴 적부터 배움에 뜻을 두고 누차 과거를 보았으나 붙지 못했다고 하며, 남원 거양 땅의 현감 丁汝楫의 딸 무안 정씨와 혼인하면서 거기서 집안을 이루고 살았기 때문이다.

17) 宅(택) : 陰宅. 묘소.

祭趙使君(宗敦[1])文

公自妙年，才德超衆，學古有獲，出爲世用，涖事恢恢[2]，聲大名重，遂典專城，動體上意。七縮郡綬，一念仁愛，視民如傷[3]，撫民若子，不怒而威，奸不得肆，龔黃[4]召杜[5]，奚獨專美，相厥一方，游泳至澤。攢手所祝，五福[6]之一，謂言仁者[7]，必得其壽[8]，何不百年，止六十九，天不可必[9]，理不可詰，吁嗟已矣，

---

1) 趙使君宗敦 : 조종돈(1497년~1565년). 본관은 豊壤이고 자는 叔厚이다. 筮仕로 군자감 첨정을 거쳐 1565년에 청도군수 현직에서 죽었다.

2) 恢恢(회회) : 정사를 다스림에 업무가 많아도 잘 처리함을 뜻함. ≪莊子≫＜養生主＞를 보면, 포정이 文惠君을 위해 소를 잡는데, 소 잡는 솜씨가 매우 뛰어나 문혜군을 감탄하게 하였다. 포정이 소 잡는 道를 말하면서 "두께가 없는 칼을 두께가 있는 틈새에 넣으니, 널찍하여 칼날을 움직이는 데에 있어 반드시 여유가 있습니다.(以無厚入有間, 恢恢乎其於遊刃必有餘地矣.)"고 한 구절에서 나온다.

3) 視民如傷(시민여상) : ≪孟子≫＜離婁章句 下＞에서 孟子가 "문왕은 백성 보기를 상처 난 사람을 보듯이 했다.(文王視民如傷.)"고 한 데서 나오는 말.

4) 龔黃(공황) : 한나라 때 지방 장관으로 선정을 베풀어 治民의 으뜸으로 꼽혔던 渤海太守 龔遂와 潁川太守 黃霸를 아울러 일컫는 말.

5) 召杜(소두) : 召信臣과 杜詩. 당시 백성들은 이들을 칭송하여 "전에는 召父가 있었는데, 뒤에는 杜母가 있었다." 하였다. 소신신은 前漢 때의 良吏이고 두시는 後漢 때의 양리로서 두 사람 모두 南陽太守가 되어 백성을 자식같이 사랑하고 善政을 펴 백성을 위해 이익을 일으키기를 좋아했으며 백성들의 富를 위해 힘썼다. 그리하여 吏民들이 소신신을 사랑하여 召父라 부르고, 두시를 소부의 대칭으로 杜母라 불러서, "앞에는 소씨 아버지가 왔고(前有召父), 뒤에는 두씨 어머니가 왔다(後有杜母)."고 그들의 선정하는 노래를 불렀다고 한다.(≪漢書≫＜循吏傳＞·＜郭杜孔張列傳＞)

6) 五福(오복) : 壽, 富, 康寧, 攸好德, 考終命을 일컬음.

7) 仁者(인자) : ≪論語≫＜顔淵篇＞의 "인이라는 것은 본심의 온전한 덕이라.(仁者, 本心之全德.)"는 구절에서 인용함.

8) 必得其壽(필득기수) : ≪中庸≫의 "큰 덕을 이룬 사람은 반드시 그에 맞는 지위를 얻으며, 반드시 그에 맞는 녹을 얻으며, 반드시 그에 맞는 명성을 얻으며, 반드시 그에 맞는 수명을 얻는다.(大德必得其位, 必得其祿, 必得其名, 必得其壽.)"는 구절에서 인용함.

9) 天不可必(천불가필) : 蘇軾이 지은 ＜三槐堂銘＞의 "하늘의 뜻이 반드시 실현된다고 하겠

曷不痛哭。顧此無似[10]，過蒙容接[11]，撫躬揆分，感荷何極。捐館[12]當日，我
遊遠地[13]，自歛而殯，不躬相事，深有所負，重我涕泗。想象平日，宛其可忘，
寬綽之容，森然在眠，忠厚之言，盈耳洋洋[14]。魂兮其歸[15]，洛北楊原[16]，松風
蘿月[17]，萬古黃昏。

는가? 그렇다면 어찌하여 賢者가 반드시 귀해지지 않고 仁者가 반드시 오래 살지를 못하
는 것인가. 하늘의 뜻은 절대로 실현되지 않는 것인가?(天可必乎? 賢者不必壽 ; 天不可必
乎?)"는 구절에서 인용함.

10) 無似(무사) : 어진 사람을 닮지 못함이라는 뜻으로, 주로 편지에서 글쓴이가 자기를 못난
사람이라고 낮추어 이르는 일인칭 대명사.

11) 容接(용접) : 가까이하여 사귐. 李膺은 後漢 桓帝 때 사람인데 高士란 명성이 있어, 선비들
이 그의 문에 이르러 容接을 받으면 마치 龍門에 오른 것으로 여겼다는 고사(≪後漢書≫
＜李膺傳＞)에서 나오는 말.

12) 捐館(연관) : 살던 집을 버린다는 뜻으로, 사망의 경칭.

13) 我遊遠地(아유원지) : 연보에 의하면, 梅巖 曹湜과 葛川 林薫과 瞻慕堂 林芸을 만나고 돌아
왔음.

14) 盈耳洋洋(영이양양) : ≪論語≫＜泰伯篇＞의 "선생님께서 말씀하시기를, 大師 摯가 처음 임
관하였을 때 關雎의 終章의 음악 소리는 성대하게 귀에 가득 차 있다.(子曰 : '師摯之始,
關雎之亂, 洋洋乎! 盈耳哉.')"는 구절을 활용함.

15) 魂兮其歸(혼혜기귀) : ≪楚辭≫＜招魂＞의 "혼이여 돌아오라, 그대는 하늘을 오르지 마소.
호표가 구중문을 엄히 지켜, 아래 인간을 물어뜯는다네.(魂兮歸來, 君無上天些. 虎豹九關,
啄害下人些.)"는 구절을 활용함.

16) 楊原(양원) : 경상도 仁同縣(지금의 구미시)에 있는 지명.

17) 松風蘿月(송풍라월) : 소나무에 부는 바람과 女蘿 덩굴에 걸린 달빛을 말한 것으로, 전하
여 은자의 처소를 의미하는데, 여기서는 '묘소'를 일컬음.

祭李氏文(代作)

嗟余季兮, 胡遽至此。百年生世, 未半而止。靜言思之, 啜其泣矣[1]。昔我同閨, 兄弟其四, 均被顧復[2], 情切同氣, 長枕大衾, 二十餘祺。于嗟女子, 亦各有行[3], 玆分南北, 慘割中情。參商[4]卅載, 得見者稀, 方謀歸寧[5], 擬見容儀, 玆計未諧, 遽聞蓋棺[6]。此生天地, 無復團歡, 陟岵瞻望[7], 盆痛心肝。余懷之悲, 誰復知之, 靈如有知, 亦應纏悲。展情無路, 遙奠菲薄, 靈其降歆, 諒我悲怛。

---

1) 啜其泣矣(철기읍의) : 《詩經》<國風·王風·中谷有蓷>의 "훌쩍거리며 울기로서니 어찌 돌이킬 수 있으랴?(啜其泣矣, 啜其泣矣, 何嗟及矣?)"는 구절에서 인용함.
2) 顧復(고복) : 부모가 자식을 길러 줌.
3) 于嗟女子, 亦各有行(우차여자, 역각유행) : 《詩經》<邶風·泉水>의 "여자가 시집가면 부모 형제와도 멀어진다던가, 고모들 안부도 묻고 싶고 언니들 얼굴도 보고 싶네.(女子有行, 遠父母兄弟, 問我諸姑, 遂及伯姊.)"라는 구절을 활용함. 이 편명은 멀리 시집간 여인이 친정을 그리워하며 부른 노래이다.
4) 參商(참상) . 시로 보기 못한 參星은 서남방에 있고 商星은 동방에 있어 동서로 서로 등지고 있기 때문에 이별한 뒤에 오래도록 만나지 못할 때의 비유로 쓰인다.(《春秋左傳》<昭公 元年>)
5) 歸寧(귀녕) : 보통 부인이 친정집에 가서 문안하는 것을 가리킴.
6) 蓋棺(개관) : 사람이 죽어 시체를 관에 넣고 뚜껑을 닫는 것을 이름.
7) 陟岵瞻望(척호첨망) : 멀리 나가 있는 자식이 부모를 애틋하게 그리워하는 마음을 비유한 것. 《詩經》<魏風·陟岵>는 효자가 부역을 나가서 어버이를 잊지 못하는 심정을 노래한 것인데, 그 둘째 장에 "저 민둥산에 올라가서 어머님 계신 곳을 바라본다.(陟彼屺兮, 瞻望母兮.)"라는 구절이 나온다.

悔堂先生文集 卷之三

孝友錄

君姓申, 諱元祿, 字季綏, 自號悔堂, 本貫鵝洲, 高麗全羅道按廉使, 諱祐[1]之六世孫也。按廉公, 處昏濁之世, 以廉潔自勵, 遭考版圖判書諱允濡[2]喪, 廬墓泣血三年, 有二竹生于墓前, 當時以爲至孝攸感。事聞旌閭, 具載麗史及三綱行實·輿地誌等書。按廉公生諱光富[3], 中顯大夫內府令。令生諱士廉, 通德郎彦陽縣監, 卽我高祖也。曾祖諱錫命, 成均生員。祖諱俊禎, 從仕郎敎授。考諱壽[4], 隱居求志, 累徵不就, 敎導後進, 有士林重望。妣義興朴氏, 曾祖諱艮, 成均進士, 祖諱惟昌, 通政大夫咸安郡守, 考諱自儉, 承議郎主簿。

君幼而聰穎, 志操耿介, 惇行孝弟, 不由勉強。昔我先君, 素嬰風疾, 歲丙戌[5], 添寒猝欻, 藥餌茂效。時君年纔十一, 登八公山, 手自採藥, 從良醫劑進, 證勢賴以稍降。旋又彌留[6], 不輟湯罏, 君日夜焦煎, 目不交睫, 衣不解帶者, 凡八年。癸巳仲春, 奄遭終天之痛[7], 叫叩皇皇, 絶而復甦。入則善辭慰母氏,

---

1) 祐(우) : 申祐. 아버지 版圖判書 申允濡가 세상을 떠나자 여묘살이 3년을 하였는데, 한 쌍의 靑竹이 돋아나니 당시 사람들은 孝誠에 감동된 것으로 칭송하며 旌閭했다. 고려가 망한 후, 태조가 왕 되기 진의 친구라 하며 형조판서 벼슬을 주었으나 응하지 않았다. 고려조에서 全羅道 安廉使를 지냈다.
2) 允濡(윤유) : 版圖判書로서 국사를 그르치는 일을 당하면 極諫하는 선비라서 宋나라의 唐介에 비유되었으며, 시호는 貞肅이다.
3) 光富(광부) : 조선조 문과에 급제하고, 臺省에 있으면서 剛直하여 權奸들의 뜻을 거슬러 유배를 가기도 했다. 中顯大夫 內府令 軍器寺主簿를 지냈다.
4) 壽(수) : 申壽(1481~1533)가 연산군 때 慶基殿參奉 제수되었으나 나아가지 않았고, 중종 때 獻陵參奉에 제수되었으나 또 나아가지 않았다. 字가 子期이며, 두문불출하여 뜻을 구하고는 관직의 이력을 쓰지 말라고 유언했다.
5) 丙戌(병술) : 1526년.
6) 彌留(미류) : 병이 오래 낫지 않고 위중해짐.

出必號哭於几筵[8]。十一月己酉，葬于八智山乾向之原，廬墓三年，執禮過苦，仍搆齋舍於山下，以爲終身孺慕之所。乙未春，服闋。

戊戌，承母氏命，遊太學，閱歲而還。自是慨然，有求道之志，研精覃思，力學不怠。己亥秋，與余赴漢城試，還途，余遘瘴，未克前，君艱關扶護，至天民川，秋水正漲。人言‘此水有毒蟒害人，不可徒涉.’ 君不爲動，背負以濟，卒無事。

庚子春，君娶星山李氏[9]，秉節校尉智源之女，耕隱先生正言諱孟專[10]之曾孫女，亦有至性，克配君子。

辛丑・壬寅，連歲荒饉，家累往往缺食。而君與夫人，服勤營辦，以供親旨，滌瀡之味，未嘗匱乏。

癸卯冬，愼齋周先生，知豊基郡事，始建書院于竹溪。士子坌集，君贄文[11]往謁，先生以客禮遇之。留數日，出‘有朋自遠方來不亦樂乎’論題，以試諸生，君遂製進。先生見而異之，批其尾曰：「我院有人，其心如玉，天將玉汝，申其祿矣.」凡有問難，築底說去。先生，每以‘德器’稱之，因語以言行相顧之實・東方道學之緒，亹亹不倦。辭歸之日，又贈一絶曰：「爲學師原水，論交取兒舭. 相規惟十字，庶悉百年情.」其眷重也如是。及還，謂余曰：“豊川之有書院，乃是盛事。吾鄕獨無藏修之地乎?” 爲之歆慕不已。

乙巳，仁廟昇遐，君深自悲慟。時人只擧義服[12]之制，而獨以素餐終三年。人或有問之者，但曰：“我有功緦之服[13]，不令人知之.”

---

7) 終天之痛(종천지통) : 하늘이 끝날 때까지의 슬픔이라는 말로 보통 부모상을 가리킴.

8) 几筵(궤연) : 靈位를 모시어 놓는 곳.

9) 星山李氏(성산이씨) : ‘碧珍李氏’의 오기.

10) 孟專(맹전) : 李孟專(1392~1480). 조선 초 생육신의 한 사람. 자는 伯純. 호는 耕隱. 벼슬은 居昌 縣監에 이르렀는데, 청백리로 이름이 높았다. 세조가 즉위하자 눈멀고 귀먹었다는 핑계를 대고 고향인 선산에서 학문을 닦으며 살다가 죽었다.

11) 贄文(지문) : 선생을 처음 뵐 때 바치는 글.

12) 義服(의복) : 상복을 입지 않을 관계에 있는 사람이 친척이나 스승 등 아는 사람에 대해 의리로 입는 복을 말함.

13) 我有功緦之服(아유공시지복) : ≪家禮≫<喪禮・成服條>의 附註에, “여여숙의 문집 중 한

是年[14]春, 君遭婦翁[15]李公喪, 棺槨·祭奠之具, 奔走經紀, 備盡其情禮。

丁未春, 姊婿朴君桂樹, 橫罹縲絏之厄, 君匹馬赴, 愬于方伯, 以直其冤。後朴君歿, 歛藏諸節, 躬自擔當, 又收其四女一男, 而育之敎誨, 嫁娶使不失時。

戊申春, 余避癘, 在八公山房, 因染幾死。君亟來救護, 至廢寢食, 首尾數十日, 余病得差, 君亦無恙。秋, 勵業儒齋, 講定完議。

君蚤有顯親之志, 講究之暇, 兼治程文[16], 屢擧於鄕, 而省闈[17]輒報罷[18], 至是乃歎曰 : "光陰易邁, 立揚無期, 慈闈[19]年深, 甘旨[20]不稱。古人云 : '家貧親老, 不爲祿仕, 一不孝也.'[21] 吾將冒恥笑, 赴訓學[22], 以遂負米[23]之情." 辛

부인의 묘지에 '功服이나 緦麻服을 입어야 하는 상을 당할 때마다 모두 거친 밥을 먹으면서 그 月數를 채우곤 하였다.'라는 말이 나오는데, 이것은 법도로 삼을 만한 일이다.(呂與叔集中一婦人墓誌, '凡遇功緦之喪, 皆蔬食終其月.' 此可爲法.)"라는 朱子의 말을 염두에 둔 표현임.

14) 是年(시년) : 이해. 그러나 연보에 의하면 병오년(1546) 2월로 되어 있는 바, 착란인 듯.

15) 婦翁(부옹) : 아내의 아버지. 장인.

16) 程文(정문) : 과거를 보일 때에, 독권관이 채점을 하기 위하여 만들던 모범 답안.

17) 省闈(성위) : 예부에서 치르는 과거시험. 會試를 이르는데 과장 주위에 병력을 배치하고 가시나무를 둘러치기 때문에 闈라 칭한다.

18) 報罷(보파) : 건의를 윤허하지 않는다는 뜻이나, 여기서는 낙방을 의미함.

19) 慈闈(자위) : 남에게 자기 어머니를 높여 이르는 말.

20) 甘旨(감지) : 어버이가 좋아하는 맛있는 음식. ≪禮記≫<內則>의 "새벽에 어버이에게 아침 문안을 하고 좋아하는 음식을 올리며, 해가 뜨면 물러 나와 각자 일에 종사하다가, 해가 지면 저녁 문안을 하고 좋아하는 음식을 올린다.(昧爽而朝, 慈以旨甘, 日出而退, 各從其事, 日入而夕, 慈以旨甘.)"라는 구절에서 나온다.

21) 이 글은 ≪孟子≫<離婁章句上>의 "맹자가 말하기를 불효가 셋이 있으니 후사가 없음이 크다고 했다.(孟子曰 : '不孝有三, 無後爲大.')"는 구절의 註에 "조씨 가로대 예기에 불효하는 자 세 가지 일이 있으니 이르되 뜻을 아첨하고 굽음을 따르고 어버이를 불의한데 빠지게 함이 하나요, 집이 가난하고 어버이가 늙었음에 벼슬하여 녹을 받지 않음이 둘이요, 장가들지 아니하고 자식을 두지 않아 선대의 제사를 끊음이 셋이라. 셋 중에 후사가 없음이 큼이 되니라.(趙氏曰 : '於禮, 有不孝者三事, 謂阿意曲從, 陷親不義, 一也, 家貧親老, 不爲祿仕, 二也, 不娶無子, 絶先祖祀, 三也. 三者之中, 無後, 爲大.)"에서 인용함.

22) 訓學(훈학) : 글방에서 아이들에게 글을 가르침.

23) 負米(부미) : 쌀을 등에 지고 옴. 孔子의 제자 子路의 효성에 관한 고사이다. 자로가 옛날에 어버이를 모시고 있을 적에 집이 가난했기 때문에, 자기는 되는대로 거친 음식을 먹으면서도 어버이를 위해서는 백 리 바깥에서 쌀을 등에 지고 오곤 하였는데, 어버이가 돌아가시고 나서 높은 벼슬을 하여 솥을 늘어놓고 진수성찬을 맛보는 신분이 되었지만, 당시에 거친 음식을 먹으며 어버이를 위해 쌀을 지고 왔던 그때의 행복을 다시는 느낄

亥春, 除湖南長水學。君黽勉就職, 多有課學成材之功。時致日饋[24]之餘, 以資親養。

癸丑歲, 大侵[25]餓莩相枕。君爲之恫憫傷惻, 邑宰委以分賑之任。君曰："同胞顚連, 一至於此, 其可不盡心焉乎?" 於是, 隨便經畫, 竭誠撫哺, 闔境得以全活, 鄰邑亦賴之。

甲寅秋, 聞周先生易簀[26], 深以未及卒業爲恨, 奔往哭之, 仍服心喪[27]之制。

君自竹溪歸後, 有營建書院之志, 與鄕人同志, 設施措畫, 已有年。丁巳秋, 卜地于長川之上, 先立正堂十餘架, 因時不利, 未及訖功。

庚申, 與柳義興希潛, 修定鄕約節目, 春秋勸懲如儀。又與遠近宗族, 修禊事, 以備吉凶之用, 每月朔, 會宗堂, 謁廟展親, 仍講敦睦勸學之義。

甲子, 除淸道學。丙寅, 又除三嘉學。凡前後赴學, 皆爲親屈也。嘗書壁上曰：「負重涉遠, 不擇地而休 ; 家貧親老, 不擇祿而仕.」[28] 此子路之言, 三復以還, 不覺流涕。旣而, 又書壁上曰：「古人一日養, 不以三公換.」[29] 遂棄學而歸。專以定省溫凊爲職, 身未嘗遠離。

戊辰秋, 與同志謀曰："書院之設, 蓋將爲興學育材, 而始事十年, 迄未就緖, 豈吾輩苦當日經紀之本意乎?" 遂告于邑宰, 專自句管[30], 晨夜展力, 歲再周,

---

수 없게 되었다고 술회한 고사이다.(≪孔子家語≫<致思>)

24) 日饋(일희) : '봉급'인 듯.

25) 大侵(대침) : 엄청난 기근.

26) 易簀(역책) : 학덕이 높은 사람의 죽음을 의미함.

27) 心喪(심상) : 상복은 입지 아니하지만 상제와 같은 마음으로 상을 치르는 것.

28) 이 글은 ≪孔子家語≫<致思>의 "자로가 공자에게 '무거운 물건을 지고 먼 곳으로 갈 때에는 땅의 좋고 나쁨을 가리지 않고 쉬게 되고, 집이 가난하고 부모님이 늙었을 때에는 봉록의 많고 적음을 가리지 않고 관리가 됩니다.'고 했다.(子路見於孔子語 : '致負重涉遠, 不擇地而休 ; 家貧親老, 不擇祿而仕.')"에서 인용함.

29) 이 글은 ≪擊蒙要訣≫<事親章>의 "옛사람은 단 하루의 봉양을 삼공의 자리와도 바꾸지 않았다.(古人一日養, 不以三公換.)"고 한 구절을 인용함. 한결같이 뜻을 잘 따르는 것으로써 어버이 섬기는 도리로 삼겠다는 의미이다.

30) 句管(구관) : 맡아서 관리함.

畢功。於是, 依白雲洞院規, 擇鄕人才學俊秀者, 入齋肄業, 日與之講說經旨, 勤勌不怠。後又立祠廟于院中, 以鄕先正[31]金慕齋文敬公享焉。呈書方伯, 轉聞于朝, 賜額長川。其羽翼斯文, 勉進後學之功, 多類此。

時親年已九十, 君益切喜懼之情[32], 凡可以慰悅親心者, 無所不用其極。嘗搆養老堂於東皐, 雜植奇花異草。每於佳辰令節, 作宴親曲八関, 歌以獻酌, 盡愛日之至誠[33], 叙天倫之樂事[34], 因口占一絶曰:「愁裏生涯莫怨嗟, 吾門一樂最堪誇. 七旬兄弟斑衣處, 百歲慈親有幾家.」凡事親, 以養志爲先, 在側, 和氣滿容, 未嘗少忤其意。進食必具二品, 擇美味而進之, 請所與而與之。親所着褻衣, 嘗置小槽, 必手澣然後, 付之人, 便旋之器, 亦必躬自除穢, 不使人爲之。是年冬, 親癠轉劇, 君日夜飮泣籲天。牀褥, 少不安帖, 則重茵累席, 藉以白絮柔毛, 滑腺之物, 以便其坐臥, 又悶其皮膚糜爛, 裏衣抱侍, 日復益勤, 母氏曰:"我不遄死, 使汝勞苦. 誰知汝之若此乎?" 君惕然曰:"是固子職, 母氏何出此言也? 雖千秋萬歲, 猶爲不足, 有何勞焉?" 乙亥春, 親癠少間, 朴氏姊來侍疾, 將告歸, 君曰:"慈候稍歇, 姊亦臨歸, 値此令節, 可不慰親之心乎?" 於是, 設席于東皐, 奉母氏, 攜兄姊, 且邀鄰里老嫗, 具酒食以相娛。忽有一老媼, 不知自何來, 狂歌胡舞, 作俳優戲。母氏爲之一笑, 君心欣然, 如有所得, 遂成終日之歡。時值國恤[35], 人有議之者, 君聞之曰:"日迫西山[36], 餘景苦短, 是

---

31) 先正(선정) : 先代의 현인.
32) 喜懼之情(희구지정) : 노모의 연세를 떠올리면 기쁜 한편으로 두려운 생각이 든다는 말. ≪論語≫<里仁>의 "부모의 연세에 관심을 두지 않을 수 없나니, 한편으로는 오래 사셔서 기쁘기도 하지만 또 한편으로는 살아 계실 날이 얼마 남아 있지 않을까 두렵기 때문이다.(父母之年, 不可不知也, 一則以喜, 一則以懼.)"라는 공자의 말에서 나온다.
33) 愛日之至誠(애일지지성) : 부모가 늙어서도 오래도록 봉양하고 싶어 세월이 가는 것을 애석히 여기는 효성을 일컬음.
34) 天倫之樂事(천륜지락사) : 형제들이 한자리에 모여서 즐겁게 연회하는 것을 일컬음. 李白의 <春夜宴桃李園序>에, "복사꽃 오얏꽃이 만발한 꽃다운 동산에 모여, 형제들끼리 천륜의 즐거운 일을 펴노라니.(會桃李之芳園, 序天倫之樂事.)"라고 한 데서 온 말이다.
35) 國恤(국휼) : 1575년(선조 8) 1월 2일에 죽은, 明宗妃인 심씨 즉 仁順王后의 국상을 가리킴.
36) 日迫西山(일박서산) : 李密이 晉武帝에게 올린 <陳情表>의 "다만 조모 유씨가 마치 해가

以知過而犯之耳." 未幾, 親癠復㞃, 君嘗糞以知其殆, 祈天請代者屢。

至六月十一日未時, 奄忽棄養, 嗚呼! 尙忍言哉? 君已過不毁之年, 而攀擗37)號哭如前喪。時送終38)之節, 素講于心, 附身39)附棺40), 必誠必愼, 無憾於情禮。十月甲申41), 合窆于先府君墓。營壙之際, 君躬自執役。余慮其致傷, 諭之曰 : "凡爲人子者, 當此大事, 孰不欲竭力爲之? 而誠有所不堪, 且役夫在, 何勞苦乃爾?" 君答曰 : "固所自盡42), 不爲勞也."

旣葬, 居于廬所, 日三上墓, 環繞哀號, 雨雪不廢。嘗作母氏影幀, 揭之几筵, 朝夕哭拜, 以寓如在之誠。祭奠之需, 皆自具不委之人。日糊食糜飮, 不近菜鹹, 幾周年。以此瘠, 立殆不能支, 子弟請進草木之滋, 君蹙然43)曰 : "毁不滅性44), 古人所戒, 吾豈不自量而爲之乎?" 又泣諫, 則曰 : "命稟於有生之初, 豈以此致死乎?"

서산에 이른 듯 기식이 곧 끊어질 지경이니, 목숨이 위태롭고 얕아서 아침에 저녁 일을 예측할 수 없는 형편입니다. 신은 조모가 없었으면 오늘에 이를 수 없었고, 조모도 신이 없으면 여생을 편히 마칠 수가 없으리니, 조모와 손자 두 사람이 서로 생명을 의탁한 처지라, 이 때문에 구구하여 그만두고 멀리 떠날 수가 없습니다. 신 밀은 금년에 44세요, 조모 유씨는 금년에 96세이니, 이는 신이 폐하께 충절을 다할 날은 길고, 유씨에게 보답할 날은 짧은 것입니다. 까마귀의 사사로운 정이 끝까지 봉양할 수 있게 해주시기를 원합니다.(但以劉日薄西山, 氣息奄奄, 人命危淺, 朝不慮夕. 臣無祖母, 無以至今日, 祖母無臣, 無以終餘年, 母孫二人, 更相爲命, 是以區區不能廢遠. 臣密, 今年四十有四, 祖母劉, 今年九十有六, 是臣盡節於陛下之日長, 報劉之日短也. 烏鳥私情, 願乞終養.)"라고 한 데서 나온 말. 이밀은 어려서 아버지를 여의고 어머니 何氏는 개가하여 조모 劉氏의 양육을 받고 자랐으므로, 그는 조모에게 효심이 매우 두터웠는데, 晉나라 武帝가 일찍이 그에게 조칙을 내려 太子洗馬로 부르자 그가 陳情表를 올려 이를 사양한 바 있다.

37) 攀擗(반벽) : 부모의 상사를 만난 상제가 매우 슬피 울며 가슴을 두드리고 몸부림을 침.
38) 送終(송종) : 장례를 치르는 모든 일.
39) 附身(부신) : 殮襲. 시신을 씻긴 뒤 수의를 갈아입히고 염포로 묶는 일.
40) 附棺(부관) : 관에다 물건을 넣음.
41) 甲申(갑신) : 1575년 10월 갑신일은 20일임.
42) 固所自盡(고소자진) : ≪孟子≫<滕文公章句 上>의 "어버이 상이야말로 스스로 극진히 해야 할 일이다.(親喪固所自盡也.)"라는 구절을 인용함.
43) 蹙然(축연) : 근심 걱정 때문에 즐겁지 않은 모양.
44) 毁不滅性(훼불멸성) : ≪禮記≫<喪服四制>의 "喪中에 슬픔으로 몸을 손상할지라도 목숨을 잃는 데 이르지 않도록 하니, 이는 죽은 사람 때문에 산 사람을 해치지는 않기 위해서이다.(毁不滅性, 不以死傷生也.)"는 구절에서 인용함.

至翌年三月, 重添瘴證, 日漸危劇, 猶不廢拜奠之禮。自四月初, 貼塊[45]不能起居, 深以不得與祭爲慟。至初七日, 乃曰：“明日, 是觀燈令節, 不可無別奠[46].” 命取薔薇花來, 將扶起盥漱, 昏仆于地。子弟泣請歸家調護, 君曰：“喪人死於墓側可矣, 何事于家?” 夫人來省, 君揮手却之曰：“廬所非婦人所至, 何以來爲?” 問後事, 不答, 但曰：“我平生, 事親有未盡, 今又不得終制, 以是爲憾.” 欲哭而不能, 因嗚咽曰：“我死之後, 以母氏影幀, 揭我棺備, 我將奉侍于泉壤之下.” 以八日酉時, 乃逝。是日, 命取紙筆, 書遺誡數條, 皆纖悉精當, 無少差誤, 其精神不爽如此。仍促夕奠于几筵, 余承其意而祭之, 未及撤擧, 家號哭, 奔往視之, 已無及矣。

嗚呼! 痛哉。傳曰：“仁者, 必得其壽[47].” 又曰：“爲善者, 天報之以福.[48]” 以吾弟之仁善, 不得享遐齡・膺景福, 又不得持喪終制, 抱千古不瞑之慟, 天之所以報施者, 胡至於此極耶?

嗚呼! 人生天地, 孰無稟賦之良性? 人子事親, 孰非職分之當爲? 而鮮有能全其固有之性, 而盡其當行之職者。君自爲兒時, 已知愛親之道, 所以生事而葬祭者, 靡不曲盡情禮。六十年如一日, 而切切孺慕之慟, 猶不自已於臨絶之除, 君眞所謂出天之孝而能盡人子之職者矣。

平居, 不爲崖岸斬絶之行, 而只就日用彝倫, 上盡其所當爲者, 處兄姊, 友愛篤至, 接宗族, 思義周洽, 待朋友, 必以誠信, 敎子弟, 必以義方, 下至婢僕賤隷, 亦皆嘉其小善而略其細過。所以待之者, 甚恕以忠[49]。且其處心行已之方,

---

45) 貼塊(첩괴) : ‘苫塊’의 오기. 寢苫枕塊의 준말. 거적으로 자리를 삼고 흙덩이로 베개를 삼는다는 뜻으로, 居喪하는 예를 말한다.(≪儀禮≫<喪服>)
46) 別奠(별전) : 조상에게 임시로 지내는 제사.
47) 必得其壽(필득기수) : ≪中庸≫의 “큰 덕을 이룬 사람은 반드시 그에 맞는 지위를 얻으며, 반드시 그에 맞는 녹을 얻으며, 반드시 그에 맞는 명성을 얻으며, 반드시 그에 맞는 수명을 얻는다.(大德必得其位, 必得其祿, 必得其名, 必得其壽.)”는 구절에서 인용함.
48) ≪明心寶鑑≫<繼善篇>의 “공자가 말하기를 ‘착한 일을 하는 사람에게는 하늘이 복을 주시고 악한 일을 하는 사람에게는 하늘이 재앙을 주시느니라.’고 하였다.(子曰 : ‘爲善者, 天報之以福, 爲不善者, 天報之以禍.)”는 구절에서 인용함.
49) 恕以忠(서이충) : ≪論語≫<里仁篇>의 “내 마음과 정성을 다하는 것을 일러 忠이라 하고,

待人接物之誠, 周窮恤貧之義, 無不渾然平實。初無待於勉强修爲, 而原其所自, 皆從孝弟中推出, 兹豈非所謂本立而道生50)者乎?

自少, 出入諸先正之門, 所與遊盡一時名勝51), 相與證其所疑, 而尤用力於心經·近思錄·朱子書等書, 潛心體驗, 不事口耳, 堅厲刻苦, 俛焉孜孜, 不知年歲之晚暮, 卒能成就其德器52)。

而又以敦倫興學爲己任, 設鄉約以扶世敎, 創書院以翼斯文, 奬厲之功, 已著於訓學之日, 仁愛之念, 至發於賑濟之場, 此則不徒出於天分之美, 而其有得於學問之力者, 爲如何哉?

君之孝友德行, 著人耳目, 閭里稱焉, 鄉黨服焉, 固不必待, 余之私自贊揚。至於家庭間, 微細之行, 有非他人所及知而非文無以徵之故, 輒不揆耄拙, 姑以平日所嘗覩驗於家間者, 泣而錄之, 以備後孫貽謨53)之資, 幸勿以辭不達意爲慊, 取其至行懿範, 永世爲式可也。君生于正德丙子十二月癸亥, 歿于萬曆丙子四月辛未。妻李氏, 少君一年, 隔一月而生, 事姑三十五年, 孝心亦純至。有子二人, 知名當世, 亦旣抱子, 俊秀可愛, 得孝子錫類54)之應, 是可慰也已。

萬曆丙子 五月旣望 兄元福泣書 于八智廬所

내 자신의 마음을 미루어 남에게 베푸는 것을 일러 恕라 한다.(盡己之謂忠, 推其及人曰恕.)"는 구절이 참고가 됨.

50) 本立而道生(본립이도생) : ≪論語≫<學而篇>의 "군자는 근본에 힘쓰니, 근본이 서면 도가 생겨날 것이다. 효도와 공경이라는 것이 인을 실천하는 근본일 것이다.(君子務本, 本立而道生, 孝悌也者, 其爲仁之本與.)"는 구절에서 인용함.

51) 名勝(명승) : 名士.

52) 德器(덕기) : 어질고 너그러운 도량을 지닌 사람.

53) 貽謨(이모) : 조상의 끼친 교훈.

54) 錫類(석류) : 효자가 효자를 낳는 등 계속 좋은 일을 내려줌. ≪詩經≫<大雅·旣醉>의 "효자의 효도 다함이 없는지라, 영원히 복을 받으리로다.(孝子不匱, 永錫爾類.)"라는 말에서 나온 것이다.

行狀

申氏系鵝洲者, 自高麗版圖判書允濡[1], 全羅道按廉使祐[2], 連父子有名於時, 其世遂大顯。按廉公有至行, 父喪廬墓, 其拜展處, 有竹雙生, 人以爲孝感。今尙州丹密縣, 有孝子碑・尸祝之所[3], 丹密至今號多孝子。

按廉之後, 世以至行著聞, 詩所謂'孝子不匱, 永錫爾類'[4]者, 其斯之謂歟。六世而至悔堂[5]先生, 公諱元祿, 字季綏, 悔堂其號也。按廉之子曰光富[6], 中

<hr>

1) 允濡(윤유) : 아주 신가 5세손. 원래 초명은 元濡였지만 忠宣王을 諱하기 이름을 고쳤으며, 奉翼大夫 版圖判書 겸 군기시별검교사(軍器寺別檢校事)를 지냈다. 국사를 그르치는 간신배를 베어낼 것을 극간하는 등 목숨을 돌아보지 않는 충성을 보여, 宋나라의 唐介에 비유되었다.

2) 祐(우) : 아주 신가 6세손. 퇴재공은 고려조에서 奉常大夫 司憲府掌令, 全羅道安廉使, 神虎衛保勝, 攝護軍 등을 지냈으나, 고려가 기울자 부친 申允濡, 조카사위 吉再 등과 함께 남으로 내려와 당시 尙州 丹密 萬景山으로 들어가 세거지를 잡았는데, 이는 松京을 바라본다는 뜻을 붙여 望京山으로 새겼기 때문이라고 한다. 고려조에 대한 절의정신을 지녔던 퇴재는 조선조의 太祖로부터 벼슬자리를 제의받았으나 물리치고 오롯이 은둔생활을 하였다. 그와 같은 불사이군의 굳건한 정신을 기리고 있는 開城의 杜門洞書院에 봉안되어 있으며, 涑水書院에도 봉안되어 있다. 그 봉안문을 金應祖가 지었다. 또한 퇴재공의 遺墟碑銘은 樊巖 蔡濟恭이 찬했다.

3) 尸祝之所(시축지소) : 祠宇.

4) 孝子不匱, 永錫爾類(효자불궤, 영석이류) : ≪詩經≫<大雅・旣醉>의 "효자의 효심은 끝이 없는지라, 영원히 그 다른 사람에게까지 끼치노라."에서 인용한 글.

5) 悔堂(회당) : 申元祿(1516~1576)의 호. 성북 義城 출신이며, 退溪・周世鵬의 門人이다. 11살 때 아버지가 병이 들자 八空山 수백 리 길을 걸어 약초를 찾아나서는 등 8년 동안 간호하였으며, 뒷날 長水・三嘉(현 陜川)・淸道 등지에서 學官이 되어 연로한 부모를 봉양하였다. 이러한 그의 효행을 표창하기 위해 旌閭가 세워졌다. 모친상을 당했을 때는 하루에 세 번씩 성묘를 하였다고 한다. 戶曹參議가 추증되었고, 의성의 藏待書院에 배향되었다.

6) 光富(광부) : 조선조 문과에 급제하고, 臺省에 있으면서 剛直하여 權奸들의 뜻을 거슬러 유배를 가기도 했다. 中顯大夫 內府令 軍器寺主簿를 지냈다.

顯大夫內府令, 其後有彦陽縣監士廉, 成均生員錫命, 敎授俊禎, 是爲公高祖・曾祖・祖。 父壽7), 隱居不仕, 敎誨後進, 爲士林望, 母義興朴氏, 主簿自儉之女, 郡守惟昌孫也。

公以正德8)丙子9)十二月癸亥生, 幼聰穎耿介, 孝友出於天性。先公早嬰奇疾, 公十餘歲, 爲覓藥, 上八公山崎嶇數百里, 從醫劑藥, 日湯進。夜不交目, 衣帶不解者, 蓋八年, 而先公疾不瘳。公哭之皇皇10)焉, 如有可救之道而終莫之救者。卜葬八智山, 民多居其下, 公至誠感其心, 得入葬已。廬其側, 三年泣血, 有少連11)之稱。

二十五, 取星山李氏12)正言耕隱先生孟專13)之曾孫女, 以爲配, 亦有至性。當饑, 夫婦服勤供菽水14)惟謹。

旣累擧不中, 歎曰：“光陰晼晚而立揚無期! 古人'以親老, 而不爲祿仕, 爲不孝.'15) 某赴一縣學官16), 遂負米17)願者, 雖受人嗤笑, 不辭也.” 未幾, 除長水

---

 7) 壽(수) : 申壽(1481~1533). 연산군 때 慶基殿參奉 제수되었으나 나아가지 않았고, 중종 때 獻陵參奉에 제수되었으나 또 나아가지 않았다. 字가 子期이며, 두문불출하여 뜻을 구하고는 관직의 이력을 쓰지 말라고 유언했다.
 8) 正德(정덕) : 明나라 武宗의 연호(1506~1521)
 9) 丙子(병자) : 中宗 11년인 1516년.
10) 皇皇(황황) : '遑遑'의 대용. 갈팡질팡 어쩔 줄 모르게 급함.
11) 少連(소련) : 周나라 때 거상을 잘한 인물. ≪禮記≫<雜記下>에 “少連과 大連은 居喪을 잘 하여 3일 동안 태만하지 않고 3개월 동안 해이하지 않고 1년 동안 슬퍼하고 3년 동안 근심하였으니, 東夷의 아들이다.(孔子曰 : '少連大連善居喪, 三日不怠, 三月不解, 期悲哀, 三年憂, 東夷之子也.)”는 공자의 말에서 인용하였다
12) 星山李氏(성산이씨) : '碧珍李氏'의 오기.
13) 孟專(맹전) : 李孟專(1392~1480). 조선초 생육신의 한 사람. 자는 伯純. 호는 耕隱. 벼슬은 居昌 縣監에 이르렀는데, 청백리로 이름이 높았다. 세조가 즉위하자 눈멀고 귀먹었다는 핑계를 대고 고향인 선산에서 학문을 닦으며 살다가 죽었다.
14) 菽水(숙수) : 콩과 물이라는 뜻으로, 변변하지 못한 음식을 이르는 말. ≪禮記≫<檀弓下>에 공자의 제자 子路가 집안이 가난해서 효도를 제대로 못한다고 탄식하자, 공자가 “콩죽을 끓여 먹고 물을 마시더라도 기쁘게 해 드리는 일을 극진 물행한다면, 그것이 바로 효이다.(啜菽飮水盡其歡, 斯之謂孝.)”라고 위로했던 고사가 전한다.
15) 이 글은 ≪孟子≫<離婁章句上>의 “맹자가 말하기를 불효가 셋이 있으니 후사가 없음이 크다고 했다.(孟子曰 : '不孝有三, 無後爲大.')”는 구절의 註에 “조씨 가로대 예기에 불효하는 자 세 가지 일이 있으니 이르되 뜻을 아첨하고 굽음을 따르고 어버이를 불의한데 빠지게 함이 하나요, 집이 가난하고 어버이가 늙었음에 벼슬하여 녹을 받지 않음이 둘이

縣學, 以日餼[18]之餘爲養。後除三嘉[19]淸道學, 嘗書壁上曰：「負重涉遠, 不擇地而休, 家貧親老, 不擇祿而仕.」[20] 蓋有仲氏之感焉。旣而, 以親病辭, 復書壁上曰：「古人一日養, 不以三公換.」[21]

公之事親, 以養志爲先, 其進食, 常具二品, 擇其味美者以進, 有餘請所欲與與之。爲小槽, 將親褻衣, 手瀚濯以付人, 便旋之器自除溉, 不使之人也。凡可以慰悅親心者, 盡力致之, 有得親一歡者, 必厚謝之。嘗雜植奇花異草, 每於佳辰令節, 供具燕樂, 作宴親曲入闋, 以道愛日之誠[22]。又口占[23]一絶, 在遺稿。

甲戌[24]冬, 母夫人病日臻, 公日夜籲天。其坐臥床褥少不安, 必重累之, 藉以白絮柔毛, 凡滑腻之物, 已復不便坐臥, 則自厚衣抱侍日益謹。母夫人曰："我不遄死, 而勞苦汝爲." 公怵然曰："是何言也? 雖千萬歲, 猶恐不足焉."

요, 장가들지 아니하고 자식을 두지 않아 선대의 제사를 끊음이 셋이라. 셋 가운데 후사가 없음이 큼이 되니라.(趙氏曰：'於禮, 有不孝者三事, 謂阿意曲從, 陷親不義, 一也, 家貧親老, 不爲祿仕, 二也, 不娶無子, 絶先祖祀, 三也. 三者之中, 無後, 爲大.)"에서 인용함.
16) 學官(학관)：교육을 맡아 하던 벼슬아치.
17) 負米(부미)：쌀을 등에 지고 옴. 孔子의 제자 子路의 효성에 관한 고사이다. 자로가 옛날에 어버이를 모시고 있을 적에 집이 가난했기 때문에, 자기는 되는대로 거친 음식을 먹으면서도 어버이를 위해서는 백 리 바깥에서 쌀을 등에 지고 오곤 하였는데, 어버이가 돌아가시고 나서 높은 벼슬을 하여 솥을 늘어놓고 진수성찬을 맛보는 신분이 되었지만, 당시에 거친 음식을 먹으며 어버이를 위해 쌀을 지고 왔던 그때의 행복을 다시는 느낄 수 없게 되었다고 술회한 고사이다.(≪孔子家語≫<致思>)
18) 日餼(일희)：'봉급'인 듯.
19) 三嘉(삼가)：경상남도 합천.
20) 이 글은 ≪孔子家語≫<致思>의 "자로가 공자에게 '무거운 물건을 지고 먼 곳으로 갈 때에는 땅의 좋고 나쁨을 가리지 않고 쉬게 되고, 집이 가난하고 부모님이 늙었을 때에는 봉록의 많고 적음을 가리지 않고 관리가 됩니다.'고 했다.(子路見於孔子曰：'負重涉遠, 不擇地而休；家貧親老, 不擇祿而仕.')"에서 인용함.
21) 이 글은 ≪擊蒙要訣≫<事親章>의 "옛사람은 단 하루의 봉양을 삼공의 자리와도 바꾸지 않았다.(古人一日養, 不以三公換.)"고 한 구절을 인용함. 한결같이 뜻을 잘 따르는 것으로써 어버이 섬기는 도리로 삼겠다는 의미이다.
22) 愛日之誠(애일지성)：부모가 늙어서도 오래도록 봉양하고 싶어 세월이 가는 것을 애석히 여기는 효성을 일컬음.
23) 口占(구점)：즉석에서 시를 지어 읊음.
24) 甲戌(갑술)：선조 7년인 1574년.

至明年春, 疾少間, 姊視疾將還, 公曰 : "親瘝少安, 姊氏歸, 又此令節, 可以慰親意矣." 設席于東皐, 奉母夫人, 同兄姊, 邀鄰里老嫗以盡歡。時國恤[25], 人有言, 公曰 : "親日已索[26], 恐不及見明年此日也." 旣而母夫人疾益彌, 公嘗糞, 知其已殆, 仰天號咽。及大故[27], 則所以哭之, 如哭先公, 不知百歲之爲長。

其附身[28]附棺, 若素辦者, 無毫髮恨。祔葬先公, 躬執其役, 伯氏止之曰 : "有役夫矣." 公曰 : "固所自盡[29], 非所勞也." 旣封廬焉。嘗作母夫人影幀, 揭之几筵, 朝夕悲號, 日三省墓哀哭, 不避雨雪, 祭奠之供, 躬自具。日糲食糜飮, 不近菜醬, 轉益柴毀。子弟泣諫, 則曰 : "命稟於有生之初[30], 脩短不以此也."

丙子, 三月被疾, 猶不廢拜奠, 旣劇, 悲不能與祭。至觀燈節[31], 令取薔薇花供具, 將自奠, 扶起盥洗, 而疾已革, 子弟請調攝于家, 不可。夫人來, 艴然曰 : "婦人何爲至此?" 問後事, 不答, 但曰 : "我之事親, 有未至者, 而又不能終孝!" 欲哭而不能擧, 嗚咽曰 : "以母氏影幀, 揭我棺傍! 我將奉侍泉下矣." 促家人上食, 未卒而終。

嗚呼! 孝子事親, 不自知其足, 雖或過於禮, 而不自以爲過, 其心無窮也。公幼齡侍疾, 弱冠遭喪, 血氣未定之日, 而所以岬岬遑遑, 救生而送終者, 足令頑子感動。而及其耆莫[32], 血氣旣衰之後, 而凡其色養[33]而孺慕[34]者, 終身而愈

---

25) 國恤(국휼) : 1575년(선조 8) 1월 2일에 죽은, 明宗妃인 심씨 즉 仁順王后의 국상을 가리킴.

26) 日已索(일이삭) : 늙었다는 의미임.

27) 大故(대고) : '별세'를 이름.

28) 附身(부신) : 殮襲. 시신을 씻긴 뒤 수의를 갈아입히고 염포로 묶는 일.

29) 固所自盡(고소자진) : ≪孟子≫<滕文公章句 上>의 "어버이 상이야말로 스스로 극진히 해야 할 일이다.(親喪固所自盡也.)"라는 구절을 인용함.

30) 命稟於有生之初(명품어유생지초) : ≪論語≫<顔淵篇>의 註에 있는 "명은 태어날 즈음에 받은 것이므로 지금 바꿀 수 있는 것이 아니다.(命稟於有生之初, 非今所能移.)"는 구절을 인용함.

31) 觀燈節(관등절) : 음력 사월 초파일.

32) 耆莫(기막) : '耆暮'의 오기.

33) 色養(색양) : ≪論語≫<爲政篇>에서 子夏가 효에 대해 묻자 공자가 '色難'이라고 대답한

切, 孟子曰：“五十而慕者, 予於大舜見之矣.”35) 若公至矣。不可以不終喪36),
比而論之也。

　公有一兄, 事之如溫公之伯康37)。嘗同赴漢城試, 及歸而伯氏病, 薄天民川,
秋水方漲。人言有‘毒蟒害人, 不可徒涉.’公負而濟, 卒無事。伯氏, 嘗辟癘公
山, 因染幾殆, 公竭誠馳救, 瘳與歸。其女子嫁, 自資具, 不貽勞伯氏。姊壻38)
橫罹在獄, 爲奔走力愬, 直其冤。其歿, 經紀喪葬, 嫁女取子, 俾不失時。外
舅39)亡, 庇棺槨以葬。凡親戚養送之需, 及義所當爲者, 必自誠腆, 忘其力之不
給而爲之也。君師之喪, 爲心喪40)食素三年, 乙巳國恤時, 愼齋周公之喪, 皆
然。凡其篤於人倫如此。

　初以母夫人命, 遊太學, 篤志硏精, 講究不怠。愼齋之守豐川, 首立白雲洞書
院, 敎育人才, 巾袍坌集。公贄文求敎, 愼齋待以客禮41)。留數日, 出論題試諸
生, 得公作異之, 批其尾曰：「我院有人, 其心如玉. 天將玉汝, 申其祿矣.」迺
語東方道學之緒, 而規以言行相顧之實, 亹亹不倦。踰年而歸, 愼齋贈一絶

데에서 나온 것으로, 즐거운 얼굴빛으로 부모님을 섬기는 것, 혹은 부모님의 안색을 잘
　　살펴서 봉양하는 것을 말함.
34) 孺慕(유모) : 舜임금이은 孝誠이 지극하여 50세가 되도록 부모에 대한 생각을, 어린 아이
　　가 어머니를 생각하듯이 하였다는 데서 나온 말.
35) 이 글은 ≪孟子≫<萬章章句 上>의 “진정한 효자는 종신토록 부모를 사모하는 법이다.
　　나이 오십이 되어서도 사모했던 경우를 나는 위대한 순 임금에게서 볼 수 있다.(大孝終身
　　慕父母, 五十而慕者, 予於大舜見之矣.)”라는 구절에서 인용함.
36) 終喪(종상) : 어버이의 삼년상을 마침.
37) 事之如溫公之伯康(사지여온공지백강) : ≪小學≫<善行篇>에 나오는 고사를 염두에 둔 것
　　임. “사마온공은 그의 형 백강과 우애가 특히 돈독하였다. 백강이 나이가 장차 80이 되
　　려 하였는데, 온공은 받들기를 엄한 아버지와 같이 하고, 보호하기를 어린아이와 같이
　　하여 매양 밥먹고 나서 조금 지나면 ‘배고프시지 않습니까?’ 하고 물었으며, 날씨가 조
　　금만 추우면 그 등을 어루만지며 ‘옷이 얇지 않으십니까?’ 하였다.(司馬溫公與其兄伯康,
　　友愛尤篤. 伯康年將八十, 公奉之如嚴父, 保之如兒, 每食少頃則問曰 : ‘得無饑乎?’ 天少冷則其背
　　曰 : ‘衣得無薄乎?’)”는 고사이다.
38) 姊壻(자서) : 매형.
39) 外舅(외구) : 장인.
40) 心喪(심상) : 상복은 입지 아니하나 상제와 같은 마음으로 말과 행동을 삼가고 조심함.
41) 客禮(객례) : 주인으로서 손님을 깍듯이 맞이한다는 말.

曰：“爲學師原水，論交取兕觥[42]. 相規惟十字，庶悉百年情.” 其所惓惓者深矣。

公歸語伯氏曰：“吾東書院，發自竹溪，甚盛擧也。吾鄕，盍倣此爲藏修[43]地乎?” 乃得地長川上，倡建書院，時屈未就。戊辰，與同志聞于邑宰，以竣其役，歷數載而成。立廟，享鄕先正金慕齋先生，事聞賜額長川。公之興學育才，以羽翼斯文，乃其素所蓄也。至於業儒齋之創立，鄕約之立規，族稧之修睦，無非所以敦倫正俗而成就後學也。若夫賑場[44]之志，則又見公不以任微事煩，而盡其撫哺之方，亦仁民濟物之本心也。

公平居，刻意問學，凡經書·洛建[45]·家語，沈潛淹貫，專心體驗，以見於日用行事之間。其事親從兄，立心制行，待人接物，敎子訓人，一循乎常行之則。初無待於勉强修爲而自能暗合乎道。至於尋常筆札，亦皆端嚴有法，可見公性情之一端也。

嗚呼! 孝者百行之源，有若[46]以孝悌爲爲仁之本，本立而道生[47]，以公平日之所行者，詎不信然歟? 世傳公之孝行，無愧按廉公。昊天曰明，及爾出王[48]，公之子孫，宜其蕃昌也。公卒在萬曆丙子四月八日辛未，得年六十一。

夫人父智源，秉節校尉，祖瑞，通禮門通贊。夫人柔婉淑愼，承順無違，事姑三十五年，如公志焉。家貧，無戚容，施與於人，無難也。歿于萬曆癸巳，與公

---

42) 兕觥(시굉)：외뿔소의 뿔로 만든 술잔. 옛날에 특히 罰酒를 따르는 데에 쓰였다고 한다.
43) 藏修(장수)：≪禮記≫<學記>에 나오는 말. 藏은 늘 학문에 대한 생각을 품고 있는 것이요, 修는 방치하지 않고 늘 익히는 것이다.
44) 賑場(진장)：飢民을 구제하기 위한 임시 구호소.
45) 洛建(낙건)：程子와 朱子를 가리킴. 정자는 洛陽에 살고, 주자는 福建에 살았기 때문이다.
46) 有若(유약)：孔子의 제자. 사람됨이 강직하고 박학다식했는데, 옛사람들의 학문을 공부하기를 좋아했다고 한다. 특히 그의 외모가 공자와 매우 닮았다고 한다.
47) 本立而道生(본립이도생)：≪論語≫<學而篇>의 “군자는 근본에 힘쓰니, 근본이 서면 도가 생겨날 것이다. 효도와 공경이라는 것이 인을 실천하는 근본일 것이다.(君子務本, 本立而道生, 孝悌也者, 其爲仁之本與.)”는 구절에서 인용함.
48) 이 글은 ≪詩經≫<大雅·板>의 “하늘은 밝으신지라 그대 어딜 나가든 함께하시고, 하늘은 훤히 아시는지라 그대 노닐 적에도 살펴보시느니라.(昊天曰明, 及爾出王, 昊天曰旦, 及爾游衍.)”는 구절에서 인용함.

同穴, 實八智山先公塋下巽坐之原。

男二人, 長伈司憲府監察, 次仡贈左承旨。監察有五男一女, 男尙道判官, 泳道, 志道, 敏道, 師道, 女察訪李挺南。承旨有三男三女, 男適道祥雲道察訪, 達道弘文館修撰, 悅道司諫院司諫, 女士人金有曄, 奉事任乃重, 僉正朴宗敬。曾孫以下不可勝錄。

癸卯, 鄕人以公孝行, 聞于方伯以啓, 命復戶[49]。乙卯, 命旌閭, 贈通政大夫戶曹參議, 載公三綱行實。肅廟乙丑, 士林合享藏待院祠。

公之志行, 公伯氏參奉元福撰≪孝友錄≫, 鶴峯[50]金先生題一絶云：「從遊三十載, 不識有參乎[51]. 今見難兄狀, 如公志行無.」無以復加矣。

今年, 士林將刊公遺稿, 以公之至行懿德, 不可以無狀, 公之七世孫龍起[52], 以諸父兄之意, 來告於光庭。光庭老無識, 又去公百有餘歲, 其平生蓋有不得而詳者, 以昔從龍起大父上舍濂氏[53], 知公至行遺範, 尙猶在子孫矣。又所編≪孝友錄≫, 言訒[54]而事賅, 訒齋[55]崔公晛爲墓誌, 乃謂'人不間於其言.'[56] 崔

---

49) 復戶(복호) : 賦役을 면제하는 특전.

50) 鶴峯(학봉) : 金誠一(1538~1593)의 호. 본관은 義城이고, 자는 士純이다. 안동 출생. 1556년(명종 11) 도산서원으로 가서 李滉을 만나 그 문하생이 되었다. 일본에 파견되었다가 돌아와 각기 조정에 상소를 올릴 때, 황윤길은 반드시 왜군의 침입이 있을 것이라고 보고하였고, 그는 그렇지 않다고 하였다. 이 발언 때문에 임진왜란을 불러온 장본인으로 각인되었고, 임진왜란이 발발하자 파직되었다.

51) 參乎(삼호) : 효성스럽고 우애로운 사람을 일컬음. 삼은 曾子의 이름으로, 공자가 증자를 부를 때 이렇게 불렀다.

52) 龍起(용기) : 申煜(1705~1774)의 初名. 아주신씨 19세손으로 晩悟派이다. 자는 君晦이고, 호는 升窩이다.

53) 濂氏(염씨) : 申濂(1657~1736). 아주신씨 17세손으로 晩悟派이다. 자는 學源이고, 호는 退澗이다. 1675년에 생원이 되었고, 密庵 李栽(1657~1730)와 蒼雪 權斗經(1654~1726)과 道義交를 맺었으며, 經史를 널리 읽고 性理에 몰두하니 사람들의 중망이 두터워 거듭 천거되기도 했다. 어버이 병환 때 지극한 효행을 보여 까마귀가 날아와서 약을 떨어트리고 가는 기이한 일이 있었으며, 1728년 李麟佐·鄭希亮의 난이 일어나자 네 고을의 사대부들이 대장으로 추대하였다. 司憲府持平에 증직되었다.

54) 言訒(언인) : 말을 아낌. ≪論語≫<顔淵篇>"실천하기가 어려우니 말이 참아지지 않겠는가?(爲之難, 言之得無訒乎?)"라는 말에서 나왔다.

55) 訒齋(인재) : 崔晛(1563~1640)의 호. 본관은 全州이고, 자가 季昇이다. 1588년 司馬試에 급제, 1592년 임진왜란이 일어나자 구국책을 올려 元陵參奉이 되었다. 1606년 增廣別試

公猶及公平生, 以是稱之, 則其言實後世之所傳信也。又奚以狀爲哉? 旣辭之
不得, 則乃就其錄, 悉次其語, 而附以葬墓子孫之錄, 以塞慈孫57)遠逮之意, 非
敢以是爲足以備採擇也。後之君子或垂恕於斯焉。

上之十五年己未58) 孟冬朔日59) 後學 平原60) 李光庭61) 謹狀

생원과에 장원, 檢閱이 되었으며, 광해군 때 遷都論이 거론되자 이를 반대, 그 계획을 중
단시켰다. 仁祖反正 후 副提學을 거쳐 강원도관찰사가 되었다.

56) 人不間於其言(인불간어기언) : ≪論語≫<先進篇>의 "공자가 말하기를 '정말로 효자로다,
민자건이여. 그의 부모형제들이 그를 칭찬하는 말에 대해 사람들이 이의를 달지 못하는
구나.(子曰 : '孝哉! 閔子騫. 人不間於其父母昆弟之言.')" 구절에서 활용함.

57) 慈孫(자손) : ≪孟子≫<離婁章句>의 "아무리 孝子·慈孫이라 할지라도 감히 고치지 못한
다.(名之曰幽厲, 雖孝子慈孫, 百世不能改也.)"라 한 데서 보임.

58) 上之十五年己未(상지십오년기미) : 영조 15년인 1739년.

59) 孟冬朔日(맹동삭일) : 10월 초하루.

60) 平原(평원) : 原州의 옛 지명.

61) 李光庭(이광정, 1674~1756) : 본관은 原州이고, 자는 天祥이며, 호는 訥隱이다. 59세 때,
趙顯命이 경상도관찰사로 있으면서 지방에 학문과 교화를 일으키고자 이광정을 安東府都
訓長으로 삼았다. 62세 때, 조현명이 入對하여 文學과 行誼가 영남 제일이라 칭송하고,
경상 감사에서 막 돌아온 金在魯도 영남 제일의 인물로 일컬어 厚陵 參奉에 제수되다. 부
임하였다가 成守琛과 徐敬德이 제수의 명에 응하지 않았던 사실을 알고 병을 이유로 사
직하다. 80세 때, 이조판서 趙榮國은 그가 문장과 학술에 중망이 있었음에도 여러 차례
의 관직 제수를 사양하고 산림에 묻혀 후학을 교수한 점을 높이 평가하여 6품직 하사를
건의하여 왕의 허락을 얻었다. 영남 文苑의 모범이며 世教를 떨쳤던 인물로 전해온다.

拾遺[1]

先生, 事母至孝。嘗析薪于野, 以供親廚, 有老叟, 解所負柴以進, 先生辭以非其力[2], 遂强與之, 因忽不見。

先生配李氏, 亦事姑孝。姑年高無齒, 李氏日親乳其姑。嘗欲織絲爲褥, 有美姝, 自何至, 織盡一段而去。

右二條, 出外裔孫李象靖[3]家, 象靖祖母, 卽先生玄孫, 其得於傳聞者如此, 今姑附見于此。(李大山先生手錄)

---

1) 晩悟公 申達道의 아들 迂齋公 申圭의 딸이 大山 李象靖(1710~1781)의 할아버지 李碩觀에게 시집갔는데, 그 이상정 조모가 전해들은 말을 수록하고 있다. 이상정의 할머니는 회당공의 현손녀이며, 이상정은 회당공의 外裔孫이다.

2) ≪詩經≫<國風・魏風・伐檀三章>의 "시인이 그 일을 서술하여 탄식하면서 이것은 참으로 능히 공밥을 먹지 않는다 하니 후세에 서치의 무리가 자신이 지은 것이 아니면 먹지 않는 것과 같으니, 그 가다듬은 뜻이 대개 이와 같으니라.(詩人, 述其事而歎之, 以爲是眞能不空食者, 後世, 若徐穉之流, 非其力不食, 其厲志, 蓋如此.)"에서 나오는 말.

3) 李象靖(이상정, 1711~1781) : 본관은 韓山이고, 자는 景文이며, 호는 大山이다. 아버지는 泰和이며, 어머니는 載寧李氏로 玄逸의 손녀이며 栽의 딸이다. 안동 일직현에서 출생하였다. 14세에 외할아버지 이재를 사사하였다. 1735년 사마시와 대과에 급제하여 假注書가 되었으나 곧 사직하고, 학문에 전념하였다. 1739년 連原察訪에 임명되었으나, 이듬해 9월 관직을 버리고 고향으로 돌아와 大夕山 기슭에 大山書堂을 짓고 제자 교육과 학문 연구에 힘썼다. 講學에 힘쓴 결과 280여 명의 湖門學團을 형성하였으며, 당시 사람들로부터 小退溪라는 칭송을 들었다. 문하에서 李宗洙・柳長源・金宗德・鄭宗魯・南漢朝 등이 나왔다. 그는 李滉 이후 기호학파에 비해 상대적으로 침체하던 영남학파에서 이황의 계승을 주창하고 일어난 李玄逸・李栽로 이어진 영남 이학파의 중추적 인물이다. 외할아버지를 통해 영남 이학파의 학풍을 계승하는 한편, 그 근원이 되는 이황의 사상을 계승하고 정의하는 입장에서 사상적 터전을 마련하였다.

墓誌

公姓申, 諱元錄, 字季綏, 號悔堂, 鵝洲人。六世祖諱祐[1], 仕麗季, 爲全羅道按廉使, 時丁昏濁, 獨持廉潔, 以孝行旌其門。歷內府令諱光富[2]。彥陽縣監諱士廉。至成均生員諱錫命, 是公曾祖。祖諱俊禎, 承仕郎敎授。考諱壽[3], 隱居不仕, 有士林重望。妣義興朴氏, 咸安郡守惟昌之孫, 承議郎主簿自儉之女。

公幼而聰穎, 志操耿介, 敦行孝弟, 不由勉强。先公早嬰風漸, 醫治不效。公年十餘歲, 登八公山採藥, 從良醫劑之。日夜湯進, 目不交睫, 衣不解帶者八年。癸巳春, 公年十八而遭憂[4], 哀有過而禮無愆, 自殯至葬, 凡所以附於親者, 盡其誠信, 廬于墓側, 泣血三年, 人稱善居喪[5]。

---

1) 祐(우) : 아주 신가 6세손. 퇴재공은 고려조에서 奉常大夫 司憲府掌令, 全羅道安廉使, 神虎衛保勝, 攝護軍 등을 지냈으나, 고려가 기울자 부친 申允濡, 조카사위 吉再 등과 함께 남으로 내려와 당시 尙州 丹密 萬景山으로 들어가 세거지를 잡았는데, 이는 松京을 바라본다는 뜻을 붙여 望京山으로 새겼기 때문이라고 한다. 고려조에 대한 절의정신을 지녔던 퇴재는 조선조의 太祖로부터 벼슬자리를 제의받았으나 물리치고 오롯이 은둔생활을 하였다. 그와 같은 불사이군의 굳건한 정신을 기리고 있는 開城의 杜門洞書院에 봉안되어 있으며, 涑水書院에도 봉안되어 있다. 그 봉안문을 金應祖가 지었다. 또한 퇴재공의 遺墟碑銘은 樊巖 蔡濟恭이 찬했다.
2) 光富(광부) : 조선조 문과에 급제하고, 臺省에 있으면서 剛直하여 權奸들의 뜻을 거슬러 유배를 가기도 했다. 中顯大夫 內府令 軍器寺主簿를 지냈다.
3) 壽(수) : 申壽(1481~1533). 연산군 때 慶基殿參奉 제수되었으나 나아가지 않았고, 중종 때 獻陵參奉에 제수되었으나 또 나아가지 않았다. 字가 子期이며, 두문불출하여 뜻을 구하고는 관직의 이력을 쓰지 말라고 유언했다.
4) 遭憂(조우) : 근심을 만난다는 뜻으로, 여기서는 부친상을 의미함.
5) 善居喪(선거상) : 少連의 고살을 일컬음. 周나라 때 거상을 잘한 인물. ≪禮記≫<雜記下>에 "少連과 大連은 居喪을 잘 하여 3일 동안 태만하지 않고 3개월 동안 해이하지 않고 1년 동안 슬퍼하고 3년 동안 근심하였으니, 東夷의 아들이다.(孔子曰 : '少連大連善居喪, 三日不怠, 三月不解, 期悲哀, 三年憂, 東夷之子也.')"는 공자의 말에서 인용하였다.

戊戌, 承慈敎, 遊國學, 自是硏精篤志, 講習不怠。嘗與伯氏, 同屈於漢城發解6), 還途, 伯氏遘瘧, 未克前路, 至天民川, 秋水方漲。人言：“此水有毒蟒害人, 不可徒涉.” 公負兄乃克濟。

癸卯冬, 聞豐基守周愼齋世鵬7), 始建竹溪書院。士子坌集, 公贄文往謁, 愼齋出論題試院生, 批公所製文曰：「我院有人, 其心如玉, 天將玉汝, 申其祿矣.」自是, 以德器許之, 因告以言行相顧之實, 東方道學之緖, 亹亹忘倦。辭歸之日, 贈一絶云：「爲學師原水, 論交取兒䑲, 相規惟十字, 庶悉百年情.」其眷重也如是, 而公亦佩服8)終身焉。

乙巳, 遭仁廟國恤, 時人, 只擧義服之制, 公獨以素餐終三年。人或有問, 答以‘功緦之服, 不令人知.’ 辛亥春, 公歎曰：“光陰易邁, 立揚無期, 慈闈年深, 甘旨不稱, 古人稱‘家貧親老, 不爲祿仕, 一不孝也.’9) 吾將冒恥笑, 赴訓學, 以遂負米10)之情.” 未幾, 除湖南長水學, 以資養焉。癸丑, 荒政11)方棘, 邑宰委

---

6) 發解(발해) : 州縣의 考試에 급제한 학생을 그 지방 관청에서 중앙 정부에 貢進하는 일. 공문서를 중앙 정부에 발송하여 擧人을 京師에서 과거에 응시하게 하는 일이다.

7) 周愼齋世鵬(주신재세붕) : 周世鵬(1495~1554). 본관은 尙州. 자는 景遊. 호는 愼齋·巽翁·南皐이다. 시호가 文敏이며, 경남 함안군 漆原에서 태어났다. 사림 자제들의 교육기관으로 백운동서원을 세워 서원의 시초를 이루었다. 서원을 사림의 중심기구로 삼아 향촌의 풍속을 교화하려는 목적이었다. 이후 이황의 건의로 소수서원의 사액을 받아 공인된 교육기관이 된 뒤 풍기 지역 사림의 중심기구로 자리를 잡았다.

8) 佩服(패복) : 마음에 새겨 잊지 않음.

9) 이 글은 ≪孟子≫<離婁章句上>의 “맹자가 말하기를 불효가 셋이 있으니 후사가 없음이 크다고 했다.(孟子曰 : ‘不孝有三, 無後爲大.’)”는 구절의 註에 “조씨 가로대 예기에 불효하는 자 세 가지 일이 있으니 이르되 뜻을 아첨하고 굽음을 따르고 어버이를 불의한데 빠지게 함이 하나요, 집이 가난하고 어버이가 늙었음에 벼슬하여 녹을 받지 않음이 둘이요, 장가들지 아니하고 자식을 두지 않아 선대의 제사를 끊음이 셋이라. 셋 중에 후사가 없음이 큼이 되느니라.(趙氏曰 : ‘於禮, 有不孝者三事, 謂阿意曲從, 陷親不義, 一也, 家貧親老, 不爲祿仕, 二也, 不娶無子, 絶先祖祀, 三也. 三者之中, 無後, 爲大.)”에서 인용한

10) 負米(부미) : 쌀을 등에 지고 옴. 孔子의 제자 子路의 효성에 관한 고사이다. 자로가 옛날에 어버이를 모시고 있을 적에 집이 가난했기 때문에, 자기는 되는대로 거친 음식을 먹으면서도 어버이를 위해서는 백 리 바깥에서 쌀을 등에 지고 오곤 하였는데, 어버이가 돌아가시고 나서 높은 벼슬을 하여 솥을 늘어놓고 진수성찬을 맛보는 신분이 되었지만, 당시에 거친 음식을 먹으며 어버이를 위해 쌀을 지고 왔던 그때의 행복을 다시는 느낄 수 없게 되었다고 술회한 고사이다.(≪孔子家語≫<致思>)

11) 荒政(황정) : 흉년을 구제하는 정책.

公賑恤之任, 公曰：“此乃濟人之事, 豈敢規避?” 竭誠措置, 民賴以存活。

甲寅, 聞周愼齋易簀, 奔往哭之, 心喪三年。公之自竹溪還也, 謂伯氏曰：“豐川之有書院, 乃是盛事, 吾鄉獨無藏修之所乎?” 遂約同志, 營建書院, 卜地于長川之上, 創建十餘間, 因時不利而止。至戊辰秋, 告于邑宰, 專任其事, 晨夜殫力, 歲再周畢功, 立祠廟, 以鄉先正金慕齋奉安。方伯啓聞, 賜額長川。其篤於校塾之事, 勉進後學, 以衛斯文, 乃公素志也。

庚申, 與同鄉姓族, 結約修禊, 講信親睦。又與柳義興希潛, 議立鄉約, 春秋講禮。伯氏嫁女, 勤辦資粧[12], 使不費力於主家。姊夫喪葬, 獨當營辦, 其四女一男, 親自擇人婚嫁, 使不失時, 凡遇窮族婚喪, 類如是。

嘗書壁上曰：「負重涉遠, 不擇地而休, 家貧親老, 不擇祿而仕.」[13] 知公前後除學, 皆爲親屈也。及其親齡益衰, 專以定省[14]自任, 未嘗遠遊。凡可以慰悅親心者, 無不致意, 嘗雜植奇花異草, 每於佳辰令節, 陪親邀兄, 作宴親曲八関, 歌以獻酌, 盡愛日之誠[15], 叙天倫之樂[16], 因口占一絶曰：「愁裏生涯莫怨嗟, 吾門一樂最堪誇, 七旬兄弟斑衣處, 百歲慈親有幾家.」時親年九十餘矣。親之所厚者, 必厚其人, 進食必具二品, 擇其美味而進之, 請其所與而與之, 所著藝衣, 常作小槽, 必手澣然後付人, 便旋之器, 亦必躬自除穢, 不使之人。母

---

12) 資粧(자장) : ‘여자의 몸단장에 관한 준비’라는 뜻이나, 여기서는 시집갈 때 가지고 가는 혼수라는 의미임.

13) 이 글은 ≪孔子家語≫＜致思＞의 “자로가 공자에게 ‘무거운 물건을 지고 먼 곳으로 갈 때에는 땅의 좋고 나쁨을 가리지 않고 쉬게 되고, 집이 가난하고 부모님이 늙었을 때에는 봉록의 많고 적음을 가리지 않고 관리가 됩니다.’고 했다.(子路見於孔子曰：‘負重涉遠, 不擇地而休；家貧親老, 不擇祿而仕.’)”에서 인용함.

14) 定省(정성) : 昏定晨省의 준말. 어버이를 제대로 봉양함을 일컬음. ≪禮記≫＜曲禮 上＞의 “자식이 된 자는 어버이에 대해서, 겨울에는 따뜻하게 해 드리고 여름에는 시원하게 해 드려야 하며, 저녁에는 잠자리를 보살펴 드리고 아침에는 문안 인사를 올려야 한다.(凡爲人子之體, 冬溫而夏凊, 昏定而晨省.)”라는 구절에서 나온다.

15) 愛日之誠(애일지성) : 부모가 늙어서도 오래도록 봉양하고 싶어 세월이 가는 것을 애석히 여기는 효성을 일컬음.

16) 天倫之樂(천륜지락) : 형제들이 한자리에 모여서 즐겁게 연회하는 것을 일컬음. 李白의 ＜春夜宴桃李園序＞에, “복사꽃 오얏꽃이 만발한 꽃다운 동산에 모여, 형제들끼리 천륜의 즐거운 일을 펴노라니.(會桃李之芳園, 序天倫之樂事.)”라고 한 데서 온 말이다.

病轉劇, 遑遑晝夜, 牀褥少不安穩, 則重茵累席, 或藉以白絮柔毛, 務安其體。閔其皮膚糜爛, 裹衣抱坐, 日復益謹, 母曰 : “我不遄死, 使汝勞苦, 誰知汝之至此哉?” 公悚然曰 : “固所子職, 是何言也? 雖千萬歲, 猶爲不足, 有何勞焉?” 乙亥, 親病日篤, 嘗糞以驗之, 飮泣籲天, 食不下咽。

及其終天[17]也, 不以百歲爲長, 而以棄養之促, 爲無窮之痛, 送終之事[18], 素講心上, 家雖貧乏, 辦若預搆, 不及於兄姊, 務合於禮制, 無有遺憾。供奠之具, 躬執其勞, 不食荣醬, 惟糜粥糯飯而已。嘗作慈母影幀, 至是揭之几筵上, 朝夕哭拜, 以致如在之誠。日三省墓, 環繞哀痛, 雨雪不廢。子弟泣諫, 卽曰 : “命稟於有生之初, 豈以此致死乎?”

丙子三月, 得疾彌留[19], 哭奠之禮, 猶不少廢, 至四月初七日, 乃曰 : “明日是觀燈令節, 可設別奠[20].” 命取薔薇花來, 因扶起盥漱, 病旋大作, 已不可爲。內子來省, 顰顧曰 : “廬所, 非婦人所至, 何以來爲?” 問後事, 不答, 但云 : “以母氏遺像, 揭我棺備。吾將奉侍於泉下矣.” 至八日酉時, 乃逝。

嗚呼! 人生天地間, 孰無稟賦之良性? 孰非職分之當爲? 而鮮有全其孝弟之行者。公稟質旣異於人, 而早知踐履之學, 旣孝旣友, 老而彌篤。不爲崖岸嶄絶之行, 只就日用間盡其所當行者, 而其處心行已之正, 待人接物之誠。敎子以義方, 訓人以遜悌, 存諸中者仁, 發於外者恕。堅苦[21]篤行之志, 孜孜焉惟日不足。是其天資洵美自然合道, 初豈待乎勉强修爲之力哉?

顧今知德者鮮[22]而名不顯於世, 然人之知不知, 於公何損? 況孝弟百行之源也! 公能力行於人所不知之處, 克紹接廉公之芳躅, 以立家範, 君子多能乎哉[23]? 此可爲則於後世也。

---

17) 終天(종천) : 終天之痛. 하늘이 끝날 때까지의 슬픔이라는 말로 보통 부모상을 가리킴.
18) 送終之事(송종지사) : 장례를 치르는 모든 일.
19) 彌留(미류) : 병이 오래 낫지 않고 위중해짐.
20) 別奠(별전) : 임시로 지내는 제사.
21) 堅苦(견고) : 뜻을 전일하게 하여 애써 노력함.
22) 知德者鮮(지덕자선) : ≪論語≫<衛靈公篇>의 “공자가 말하기를, ‘유야! 덕을 아는 자가 적으니라.’ 하였다.(子曰 : 由! 知德者鮮矣.)”는 구절에서 인용함.

公生于正德丙子十二月癸亥, 歿于萬曆丙子四月辛未, 春秋周甲。六月某日, 葬于八智山先塋下異坐之原。配星山李氏24), 大提學堅幹25)之後, 司諫院正言孟專26)之曾孫女也, 祖通德郎通禮門通贊諱瑞, 考秉節校尉諱智源。與公同年生, 柔婉淑愼, 承公之志。家貧無戚容, 施與無難色。事姑三十五年, 孝心亦純至矣。歿于萬曆癸巳, 合坤公墓。後贈公通政大夫戶曹參議, 夫人亦贈淑夫人。

生二男, 長曰伈, 司憲府監察, 次曰㐅, 贈通政大夫承政院左承旨。監察生五男一女, 長尙道判官, 女適察訪李挺南, 次泳道, 志道, 敏道, 師道。承旨生三男三女, 長適道祥雲道察訪, 次達道弘文館修撰, 次悅道兵曹正郎, 拜登蓮桂27)不墜前訓, 女長適士人金有曄, 次適奉事任乃重, 次適僉正朴宗敬。曾孫男女四十餘人。噫! 天將以是爲報邪? 李氏卽我從母也。公之懿行, 旣知之詳矣。且得伯氏所撰家狀, 無一字溢美, 所謂父母昆弟之言, 人無間然矣。遂略加增剔, 因以爲誌。

崇禎乙亥 十一月日 通政大夫 前守江原道觀察使 兵馬水軍節度使
兼巡察使 崔晛28) 謹識

---

23) 君子多能乎哉(군자다능호재) : 《論語》<子罕篇>의 "태재, 그 사람이 나를 아는구나! 나는 어렸을 때 천한 사람이었다. 그러기에 비속한 잔일에 재주가 많을 뿐이로다. 군자가 재주가 많아야 할까? 그렇지 아니 하니라.(大宰知我乎! 吾少也賤, 故多能鄙事. 君子多乎哉? 不多也.)"는 구절을 염두에 둔 표현임.

24) 星山李氏(성산이씨) : '碧珍李氏'의 오기.

25) 堅幹(견간) : 李堅幹. 자는 直卿, 호는 菊軒이다. 벽진장군 총언의 둘째 아들 永의 9대손으로 고려 24대 원종 때(1259~1274)에 나서 1330년에 죽었다. 고려의 忠烈, 忠宣, 忠肅 세 왕조에 벼슬하여 通憲大夫, 民部典書, 進賢館大提學, 知密直司事, 弘文館事에 이르렀다.

26) 孟專(맹전) : 李孟專(1392~1480). 조선초 생육신의 한 사람. 자는 伯純. 호는 耕隱. 벼슬은 居昌 縣監에 이르렀는데, 청백리로 이름이 높았다. 세조가 즉위하자 눈멀고 귀먹었다는 핑계를 대고 고향인 선산에서 학문을 닦으며 살다가 죽었다.

27) 蓮桂(연계) : 진사·생원 등의 과거마다 계속 수석으로 급제한 사람. 신열도는 1606년 진사시에 합격하였고, 1624년 증광시에도 을과 3위로 합격한 바 있다.

28) 崔晛(1563~1640)의 호. 본관은 全州이고, 자가 季昇이다. 1588년 司馬試에 급제, 1592년 임진왜란이 일어나자 구국책을 올려 元陵參奉이 되었다. 1606년 增廣別試 생원과에 장원, 檢閱이 되었으며, 광해군 때 遷都論이 거론되자 이를 반대, 그 계획을 중단시켰다. 仁祖反正 후 副提學을 거쳐 강원도관찰사가 되었다.

墓表

公諱元祿, 字季綏, 號悔堂, 鵝洲人。高麗時, 有版圖判書諱允濡, 以淸直名。生按廉使諱祐, 以孝旌閭, 於公間七世。曾祖諱錫命, 成均生員。祖諱俊禎, 從仕郞敎授。考諱壽, 隱居求志, 累徵不起, 愼齋先生, 誌其墓。妣義興朴氏, 郡守惟昌之孫, 主簿自儉之女。

公幼聰穎耿介, 孝友出天性。先府君嬰疾, 公年十一, 上八公山採藥, 從良醫劑進。不解衣, 枕爐而曙者, 八年。及喪, 戚易[1]備至, 廬墓以終制。事母夫人, 左右無違志。嘗搆養老堂, 日以定省溫凊爲職。作宴親曲八関, 每令節, 歌以獻酌, 時親年九十餘。所以將順奉養者, 靡不用極, 褻衣服, 必手澣, 便旋之器, 亦自滌, 不委人。母夫人寢疾, 公夙夜遑遑, 重茵藉白絮柔毛, 以便坐臥, 猶慮其不便。褻衣抱侍, 日益謹, 母夫人憫其勞苦, 公悚然曰：“子職固然。”嘗糞以驗, 夜輒仰天, 祈號竟遭變。公年已過不毀, 擗踊如前喪。時嘗摹母夫人影, 揭几筵, 朝夕哭拜。惟糲食糜飮, 茱鹹不入口, 幾周年, 以此瘠立。子弟請進薑桂[2], 滋曰：“毀不滅性, 古人有戒, 吾豈無自量乎?”至是疾革, 夫人來, 揮却曰：“夫人, 焉得近廬所?”問家事, 不答, 但曰：“我不孝, 不得終制, 以母氏

---

1) 戚易(척이) : 喪禮의 형식적인 예법과 마음속에서 우러나오는 애통함을 이름. ≪論語≫ <八佾篇>의 “예를 행할 때에는 사치스럽게 하기보다는 차라리 검소하게 해야 하고, 상을 당했을 때에는 형식적으로 잘 치르기보다는 차라리 마음속으로 애통한 심정을 가져야 한다.(禮與其奢也寧儉, 喪與其易也寧戚.)”는 공자의 말에서 나온다.

2) 薑桂(강계) : 채소와 양념으로 입맛을 돋우어 주는 음식. ≪禮記≫ <檀弓>에 “曾子가 ‘상중에 병이 있으면 고기도 먹고 술도 마시되 초목의 맛이 있어야 한다.’(曾子曰 : ‘喪有疾, 食肉飮酒, 必有草木之滋焉.’) 말하였다.” 했는데, 그 주에 “초목은 생강·계피 등을 말한다.(以爲薑桂之謂也.)” 하였다.

影, 揭我棺備。 我將奉侍泉下.”

公自少, 遊愼齋・退陶・南冥, 三先生門, 聞爲學大方。 又與趙月川3)・朴嘯皋4)・黃錦溪5)諸賢, 結道義交, 以資麗澤之益6)。愼齋, 嘗守豊基, 創紹修書院, 公贄謁焉。愼齋見公所製論, 批曰：「我院有人, 其心如玉. 天將玉汝, 申其祿矣.」 因語以言行相顧之實, 東方道學之緖, 臨別又贈詩勗之, 其眷重也如此。

公旣抱道, 不售於世, 慨然有敦倫興學之志, 修鄕約, 遵陶山之規, 創書院, 倣紹修之制。又與宗族, 修契事, 設月會, 講信敦睦, 有古韋家7)之遺意。嘗三赴訓學, 爲親屈也, 所至成就者衆。

蓋公生有美質, 又親有道, 篤志力學, 以成其德。平居, 不爲崖異之行, 而只

---

3) 月川(월천)：趙穆(1524~1606)의 호. 본관은 橫城이고, 자는 士敬이며, 호는 東皐도 있다. 李滉의 문인이다. 집안이 가난했으나 평생을 학문 연구에만 뜻을 두어 대학자로 존경받았다. 醴泉의 鼎山書院, 禮安의 陶山書院, 봉화의 文巖書院 등에 배향되었다.
4) 嘯皋(소고)：朴承任(1517~1586)의 호. 본관은 반남이고, 자는 重圍인데, 李滉의 문인이다. 명종 때 현풍현감으로 백성 구휼에 힘썼고, 宣祖 때 황해도 관찰사・도승지・춘천부사, 대사간 등을 지냈다. 榮州의 龜山精舍에 제향되었다.
5) 錦溪(금계)：黃俊良(1517~1563)의 호. 본관은 平海이고, 자는 仲擧이다. 경북 영주시 豊基에서 태어났다. 李滉의 門人으로, 聾巖 李賢輔의 孫壻이다. 어려서부터 文名이 자자하였다. 1550년(명종 5) 호조좌랑으로 春秋館記事官을 겸하고, ≪중종실록≫・≪인종실록≫ 편찬에 참여하였다. 이해 다시 병조좌랑으로 전직되어서는 불교를 배척하는 소를 올렸다. 이듬해 지평으로 있을 때 인사 청탁을 거절한 일이 있는 言官者의 모함을 당하자, 외직을 자청하여 경상도 新寧縣監으로 나갔다가 1556년 신병으로 사직하였다. 이듬해 丹陽郡守를 거쳐 1560년 星州牧使를 지내다가 1563년 병으로 사직하고 돌아오는 도중 醴泉에서 죽었다. 그가 죽었을 때, 수의마저 갖추지 못해서 베를 빌려서 염을 했으며, 관에 의복도 다 채우지 못할 만큼 청빈했다. 또 퇴계는 애석히 여긴 나머지 祭文을 두 번이나 쓰고 특별히 行狀도 썼다. 풍기의 遇谷書院, 신녕의 白鶴書院에 배향되었다.
6) 麗澤之益(이택지익)：붕우가 서로 도와 절차탁마하는 것을 말함. ≪周易≫＜兌卦・象＞에 "두 개의 못이 서로 이어져 있는 것이 태이니, 군자는 이를 보고서 붕우와 함께 강습한다.(麗澤兌, 君子以朋友講習.)"라는 말을 염두에 둔 표현이다.
7) 韋家(위가)：당나라 韋莊의 집안. 위장이 花樹 아래에 친족을 모아 놓고 술을 마신 고사를 가리킨다. 이에 대해 岑參의 ＜韋員外花樹歌＞ 시에 "그대의 집 형제를 당할 수 없나니, 열경과 어사와 상서랑이 즐비하구나. 조정에서 돌아와서는 늘 꽃나무 아래 모이나니, 꽃이 옥 항아리에 떨어져 봄 술이 향기로워라.(君家兄弟不可當, 列卿御使尙書郞. 朝回花底恒會客, 花撲玉缸春酒香.)"는 시가 참고가 된다.

就日用彝倫上，盡其己分，事兄姊友愛篤至。伯氏，嘗在公山遘癘，馳進救護，瘳與歸。姊早寡無依，收育其子女，嫁娶不失時。外舅[8]亡，庀棺槨，盡情禮。凡係周窮濟急之義所當爲者，雖傾匱，不顧也。敎子弟，規模[9]謹嚴，處宗族，恩義周洽，御家衆・接鄕鄰，皆以誠信待之。以至一言一行，渾然平實，無勉强修爲之意。學問之力，雖不可誣，而原其所自，本之事親以誠，玆豈非所謂本立而道生[10]者乎? 乙巳國恤，食素三年，師門之喪，亦心喪加麻[11]。

公生于正德丙子十二月癸亥，歿于萬曆丙子四月八日。配星山李氏，正言耕隱先生孟專曾孫，秉節校尉智源女。少公一歲[12]，歿于萬曆癸巳三月十八日，合堋于義城八智山先塋下。縣人以公孝友德學，轉達于朝，旌閭，贈戶曹參議，奉安藏待書院。

生二男，長曰忚監察，次忔贈左承旨。監察生五男一女，長尙道判官，女適察訪李挺南，次泳道，志道，敏道，師道。承旨生三男三女，長適道察訪，次達道修撰，贈都承旨，卽我曾祖考，次悅道司諫，女長適金有曄，次適奉事任乃重，次適僉正朴宗敬。內外曾玄以下，不能盡錄。

年代寢遠，家世零替，深恐懿德之終泯，且慮邱壟之莫辨，諸孫合議，伐石以表墓，謹考崔訒齋晛所撰誌文及家藏孝友錄・師友錄等書，撮其大槩而刻之。

上之三十一年乙酉[13]，三月日，五代孫，進士 德涵[14] 謹記并書

---

8) 外舅(외구) : 장인.

9) 規模(규모) : 계획성이나 일정한 한도.

10) 本立而道生(본립이도생) : ≪論語≫<學而篇>의 "군자는 근본에 힘쓰니, 근본이 서면 노가 생겨날 것이다. 효도와 공경이라는 것이 인을 실천하는 근본일 것이다.(君子務本, 本立而道生, 孝悌也者, 其爲仁之本與.)"는 구절에서 인용함.

11) 加麻(가마) : 小殮 때에 상제가 처음으로 首絰을 머리에 쓰는 일. 五服 이외에 스승이나 친구 혹은 親盡(8촌 이상을 말함)한 사람을 위해 頭巾과 行纏을 사용하는 복을 말한다.

12) 少公一歲(소공일세) : 회당공보다 한 살이 적은 것으로 되어 있으나, 족보와 최현의 기록을 보면 동갑내기로 되어 있음.

13) 上之三十一年乙酉(상지삼십일년을유) : 숙종 31년 1705년.

14) 德涵(덕함) : 1656년에 태어났으나 졸년은 미상이다. 자는 仲游이고, 호는 聾癡이다. 1684년 생원과에 합격하여 진사가 되었다.

續三綱行實

　　訓導申元祿, 義城縣人, 高麗孝子, 申祐之後也。十一歲父病, 登山採藥, 從醫劑進。目不交睫, 衣不解帶, 至八年不怠。遭憂[1]廬墓, 養偏親四十年, 務悅其心, 作宴親曲八関。母病嘗糞, 及歿哀痛。無節[2]日三上墓, 嘗摹母像, 揭之几筵, 朝夕哭拜。又曰："我死後, 以母像, 揭于棺備。我當奉侍于泉下." 仁廟國恤, 素餐三年。其師周世鵬卒, 亦心喪三年。今上朝[3], 旌門。

---

1) 遭憂(조우) : 걱정을 만나다는 뜻이나, 여기서는 부친상을 일컬음.
2) 無節(무절) : 비가 오나 눈이 오나 한결같다는 뜻으로, 계절을 가리지 않는다는 의미임.
3) 今上朝(금상조) : 광해군의 조정을 일컬음.

聞韶誌[1]

申元祿, 高麗孝子祐後, 號悔堂。從遊李滉・周世鵬門, 深得爲己之學[2]。性至孝, 甫十一歲, 父病, 登山採藥, 從醫劑進, 及喪, 廬墓終制。事母務得歡心, 嘗作宴親曲八闋, 以盡愛日之誠[3], 及歿, 又廬墓哀毁[4], 成疾而卒。嘉靖乙巳, 遭國恤, 獨以素餐終三年, 師門之喪, 亦心喪三年, 弔服加麻[5]。事載≪續三綱行實≫, 朝廷命旌閭, 贈戶曹參議。有遺集[6]行于世, 享藏待書院[7]。

---

1) 전국적 지리지의 편찬은 개별 읍지의 편찬을 기초로 한 것이지만, 개별 읍지의 형태로 남아 있는 조선전기의 읍지는 거의 없다. 기록상으로는 李耔가 義城縣令으로 중종 2년 (1507)에 편찬한 의성 읍지인 ≪聞韶誌≫가 최초의 것으로 확인된다. 각 지방에서 본격 적으로 읍지가 편찬되기 시작한 것은 16세기 후반이다.

2) 爲己之學(위기지학) : 스스로를 닦고 돌보는 학문.

3) 愛日之誠(애일지성) : 부모가 늙어서도 오래도록 봉양하고 싶어 세월이 가는 것을 애석히 여기는 효성을 일컬음.

4) 哀毁(애훼) : 哀毁骨立. 부모의 죽음을 슬퍼하여 몸이 몹시 여윔.

5) 加麻(가마) : 小殮 때에 상제가 처음으로 首絰을 머리에 쓰는 일. 五服 이외에 스승이나 친구 혹은 親盡(8촌 이상을 말함)한 사람을 위해 頭巾과 行纏을 사용하는 복을 말한다.

6) 遺集(유집) : 죽은 사람이 생전에 써서 남긴 원고를 모아 묶은 책.

7) 藏待書院(장대서원) : 경상북도 의성군 봉양면 藏待里에 있는 서원. 1610년 현령 張顯光이 승지 李之悌에게 生徒講學所로 만들 것을 명령하였다. 1669년 申之悌의 학문과 덕행을 추모하기 위해 위패를 모셨다. 1672년 李民宬을 추가로 배향하고, 1685년 인근의 사우에 모셔져 있던 申元祿과 金光粹의 위패를 옮겨와 享祀하였다.

祭墓文

知縣 安應昌[1]

按廉[2]遠胄, 處士[3]胤子, 夙佩庭訓[4], 早述先志, 敦百行源[5], 趾乃家美。黔婁[6]奉疾, 高子[7]執喪, 晚揭慈眞[8], 寓如在誠。臨水遇毒, 負伯涉川。本孝以

---

1) 安應昌(안응창, 1603~1680) : 본관은 順興이고, 자는 興叔이며, 호는 柏巖이다. 安珦의 14세손으로, 張顯光의 문인이다. 1636년 병자호란 때 大君師傅에 제수되어 청나라 瀋陽에서 볼모로 있던 鳳林大君을 1640년부터 3년 동안 모시다가 昭顯世子·봉림대군 일행과 같이 환국하였다. 그 뒤 瓦署別提·司憲府監察이 되었다. 1644년 金化縣監·1655년 義城縣令에 각각 임명되었다. 그 뒤 낙향하여 학문 연구에 전념했다.
2) 按廉(안렴) : 고려조에서 全羅道 安廉使를 지낸 申祐를 가리킴. 아버지 版圖判書 申允濡가 세상을 떠나자 여묘살이 3년을 하였는데, 한 쌍의 靑竹이 돋아나니 당시 사람들은 孝誠에 감동된 것으로 칭송하며 旌閭했다. 고려가 망한 후, 태조가 왕 되기 전의 친구라 하며 형조판서 벼슬을 주었으나 응하지 않았다.
3) 處士(처사) : 아주신가 11세손 '申壽(1481~1533)'를 가리킴. 연산군 때 그는 慶基殿參奉에 제수되었으나 나아가지 않았고, 중종 때 獻陵參奉에 제수되었으나 또 나아가지 않았으며, 文敏公 周世鵬이 그의 묘지문을 지었다. 字가 子期이며, 두문불출하며 뜻을 구하고는 관직의 이력을 쓰지 말라고 유언했다.
4) 庭訓(정훈) : 가정교육을 뜻함. 아버지가 아들에게 주는 교훈인데, ≪論語≫<季氏篇>에서 공자가 아들 伯魚가 정원을 지날 때 가르침을 베풀었다고 하여 過庭之訓이라 한다.
5) 百行源(백행원) : "효란 온갖 행실의 근원이요, 오륜의 머리이다.(孝者, 百行之源, 五倫之首也.)"는 구절을 염두에 둔 표현임.
6) 黔婁(검루) : 庚黔婁. 梁나라의 효자. 아버지 庚易이 설사병을 앓아 치료를 극진히 하였으나 어쩔 수 없는 지경에 이르자 의원의 말에 따라 대변을 맛보았다. 즉 대변이 달면 쉬 죽고 쓰면 산다는 것이었는데, 대변이 달았다. 그래서 부친의 병을 자신이 대신 앓게 해 달라고 매일 밤 北斗星에 빌었더니, "그대 부친의 수명이 이미 다하여 더 이상 연장해 줄 수 없으나, 그대의 정성스러운 기도가 갸륵하므로 이달 말까지만 연장해 주겠다."는 소리가 들려와 그믐날에 부친이 별세했다는 고사가 있다.(≪梁書≫<庚黔婁傳>)
7) 高子(고자) : 高子皐. 공자의 제자 高柴. 子皐는 그의 字이다. 그는 어버이의 상을 당하여 3년 동안 피눈물을 흘리면서 소리 없이 울었으며, 이를 드러내고 웃은 적이 없었다.(≪禮記≫<檀弓 上>)
8) 慈眞(자진) : 어머니의 영정 또는 초상.

悌, 公何勉焉。方喪9)盡制, 食素10)三年, 移孝爲忠11), 公所自然。昏喪需用, 宗族咸資, 皆孝之推, 公則安之。聞風起敬, 庸奠菲薄, 不昧者存, 庶幾歆格12)。

---

9) 方喪(방상) : 부모의 상을 입는 예로 임금의 상을 입는 것을 말함. ≪禮記≫<檀弓 上>에 "임금을 섬기는 데는 直言으로 面爭할 수는 있으나 숨김은 없어야 하며, 좌우에서 돌보면서 죽을 힘을 다하여 服勤하고, 方喪三年을 입는다."고 한 데서 나왔다. 회당공이 1545년 仁宗의 승하 시에 3년 동안 복을 입고 素饌한 것을 일컫는다.
10) 食素(식소) : 素饌. 고기나 생선이 들어 있지 아니한 반찬.
11) 移孝爲忠(이효위충) : 어버이에 대한 효성처럼 국가에 대해서도 충성을 바치리라는 말임. ≪孝經≫의 "군자는 어버이에 대해 효성을 다 바치기 때문에, 나라에 대해서도 그처럼 충성을 다 바칠 수 있는 것이다.(君子之事親孝, 故忠可移於君.)"라는 말에서 나온 것이다.
12) 歆格(흠격) : 하늘과 땅의 신령이 감응함.

藏待書院[1]奉安文

李玄逸[2]

至性天全, 不待勉强, 事生之節, 送終之誠, 人無間然, 可也參孝[3]。 本既立

---

1) 藏待書院(장대서원) : 경상북도 의성군 봉양면 藏待里에 있는 서원. 1610년 현령 張顯光이 승지 李之悌에게 生徒講學所로 만들 것을 명령하였다. 1669년 申之悌의 학문과 덕행을 추모하기 위해 위패를 모셨다. 1672년 李民宬을 추가로 배향하고, 1685년 인근의 사우에 모셔져 있던 申元祿과 金光粹의 위패를 옮겨와 享祀하였다.

2) 李玄逸(이현일, 1627~1704) : 본관은 載寧이고, 자는 翼升이며, 호는 葛庵이다. 형인 徽逸과 함께 嶺南學派의 주요한 인물로 李滉의 理氣互發說을 지지하여, 李珥학파의 설을 비판했다. 1646년과 1648년 초시에 합격했으나 복시에 응시하지 않았다. 1666년 영남유생의 대표로, 효종의 모후인 조대비의 服喪을 만 1년으로 하자고 주장한 송시열의 朞年說을 비판하는 소를 올렸다. 1679년 許穆의 천거로 사헌부지평에 임명되었다. 1689년에는 山林儒賢에게만 제수되는 司業·祭酒를 지내고 예조참판을 거쳐, 대사헌으로 과거를 실시할 때 陞補試·學製·都會·雜科 등을 폐지하고 덕행·문예를 중심으로 한 程子學校의 제도와 貢擧制度를 따르는 과거제도의 개혁을 주장했다. 이조참판·찬선을 거쳐 병조참판·우참찬·이조판서 등을 역임했다. 1694년 갑술옥사로 남인이 추방되자 趙嗣基를 伸救하다가 함경도 홍원으로 유배되었고, 다시 서인 安世徵의 탄핵을 받아 종성에 圍籬安置되었다. 1697년 광양으로 移配되었고, 田里放歸의 명이 내린 뒤 안동의 錦陽에 집을 짓고 후학을 양성했다.

3) 參孝(삼효) : 曾參의 효란 뜻으로, 養志를 일컬음. 양지는 부모의 뜻을 받들어 지극한 효도를 다함을 말한다. ≪孟子≫<離婁章句 上>의 "맹자가 부모 모심에 관하여 말하면서 '曾子가 그의 아버지 曾晳을 봉양할 때 반드시 술과 고기를 드려, 다 들고 나서 물릴 때에는 어김없이 방금 당신이 먹고 남은 것은 누구한테 줄 것인지를 물어 보고, 또 당신이 나중에 드실 게 있겠는지를 물으면 반드시 있다고 말하였다. 증석이 죽고 나서 증자의 아들인 曾元이 아버지인 증자를 봉양할 때 역시 반드시 술과 고기를 드렸는데, 다 들고 나서 물릴 때에 증원은 아버지께 먹고 남은 것을 누구한테 줄 것인지를 물어 보지 않았고, 남은 것이 있느냐고 물어도 짐짓 없다고 하여 장차 그것을 다시 드시게 하려는 것이니, 이것은 이른바 입과 몸으로 봉양하는 것[養口體]이다. 앞서 증자와 같이 하면 뜻으로 봉양하는 것[養志]이니, 부모 모심을 증자와 같이 하는 것이 맞다.'고 하였다.(孟子曰 : '曾子養曾晳, 必有酒肉 ; 將徹, 必請所與 ; 問有餘, 必曰有. 曾晳死, 曾元養曾子, 必有酒肉 ; 將徹, 不請所與 ; 問有餘, 曰亡矣 ; 將以復進也. 此所謂養口體者也. 若曾子則養志. 事親若曾子者可也.')"는 고사를 염두에 둔 표현이다.

矣4), 隨事逢源5), 行惇于家, 善推於外。乍就微祿, 負米6)之心, 竭誠賑飢, 濟
人之惠。贄文往謁, 愼齋之門, 屢蒙賞嗟, 許以德器, 研精篤學, 言行相符, 飽
德7)來歸, 佩服終始。閔我後學, 無處藏修, 愍斯勤斯, 庠塾之事, 勉勖後進, 以
衛斯文。遺澤在人, 百歲如昨, 沒世愈久8), 仰德滋深。睠彼崇阿, 有儼廟貌,
日辰之吉, 于以妥靈。青衿9)鼎來, 籩豆有楚10), 千秋無替, 歆我馨香。

---

4) 本旣立矣(본기립의) : ≪論語≫<學而篇>의 “군자는 근본에 힘쓰니, 근본이 서면 도가 생
   겨날 것이다. 효도와 공경이라는 것이 인을 실천하는 근본일 것이다.(君子務本, 本立而道
   生, 孝悌也者, 其爲仁之本與.)”는 구절을 염두에 둔 표현임.
5) 逢源(봉원) : 左右逢源. 가까이에 있는 것을 취해 그 근원까지 파악한다는 뜻으로, 가까이
   에 있는 사물이 학문의 근원이 되거나 또는 모든 일이 순조로워짐을 뜻하는 말로 의미
   가 확대되었다. ≪孟子≫<離婁章句 下>의 “맹자가 말하기를, ‘군자가 올바른 도리로 깊
   이 탐구하는 것은 스스로 그 도리를 얻고자 해서이다. 스스로 얻게 되면, 일에 대처하는
   것이 편안하게 된다. 일에 대처함이 편안하게 되면, 그 일에서 얻는 것 역시 깊이가 있
   게 된다. 그 일에서 얻은 것이 깊이가 있게 되면, 자신의 좌우 가까운 곳에 있는 것을
   취해 그 근원까지 알게 된다. 그런 까닭에 군자는 스스로 얻고자 하는 것이다.’ 하였다.
   (君子深造之以道, 欲其自得之也. 自得之, 則居之安, 居之安, 則資之深, 資之深, 則取之左右逢其
   原, 故君子欲其自得之也.)”는 구절에서 인용한 것이다.
6) 負米(부미) : 쌀을 등에 지고 옴. 孔子의 제자 子路의 효성에 관한 고사이다. 자로가 옛날
   에 어버이를 모시고 있을 적에 집이 가난했기 때문에, 자기는 되는대로 거친 음식을 먹
   으면서도 어버이를 위해서는 백 리 바깥에서 쌀을 등에 지고 오곤 하였는데, 어버이가
   돌아가시고 나서 높은 벼슬을 하여 솥을 늘어놓고 진수성찬을 맛보는 신분이 되었지만,
   당시에 거친 음식을 먹으며 어버이를 위해 쌀을 지고 왔던 그때의 행복을 다시는 느낄
   수 없게 되었다고 술회한 고사이다.(≪孔子家語≫<致思>)
7) 飽德(포덕) : 덕택을 많이 입은 것이 음식을 배부르게 먹여 준 것과 같다는 말. ≪詩經≫
   <大雅・旣醉>에 “이미 술에 실컷 취하고, 이미 베푸신 덕에 배불렀네.(旣醉以酒, 旣飽以
   德.)”에서 나온다.
8) 沒世愈久(몰세유구) : ≪大學章句≫의 “문왕과 무왕이 ‘백성을 새롭게 교화한 것’이 ‘지극
   한 선에 머물러’서 천하의 후세 사람들로 하여금 한 사람이라도 자신의 위치를 얻지 않
   은 자가 없었기 때문에 두왕이 고인이 되었어도 사람들은 그들을 생각하고 그리워함이
   더욱 더해 잊지 못하는 것이다.(此言前王所以新民者止於至善, 能使天下後世無一物不得其所,
   所以旣沒世而人思慕之, 愈久而不忘也.)”는 구절을 활용함.
9) 靑衿(청금) : 학생. 서생.
10) 籩豆有楚(변두유초) : 제사 때 쓰는 그릇인 籩과 豆를 이르는 말. ≪詩經≫<小雅・賓之初
   筵>에 “손님이 처음 자리에 나갈 때는 좌우가 질서 정연하거늘, 변두가 나란히 놓이고
   안주와 과일이 진열되어 있으며 술이 이미 조화롭고 아름다워, 술 마시기를 크게 함께하
   도다.(賓之初筵, 左右秩秩, 籩豆有楚, 殽核維旅, 酒旣和旨, 飮酒孔偕.)”라고 한 데서 나온다.
   여기에서는 師弟가 질서정연하게 예를 지키며 즐겁게 학습하는 것을 뜻한다.

常享祝文

李惟樟[1]

心存孝弟, 學務踐實。 表裏相符, 無憾存歿。

---

1) 李惟樟(이유장, 1624~1701) : 본관은 全義이고, 자는 夏卿이며, 호는 孤山이다. 경북 安東에서 태어났다. 1689년 學行으로 천거되어 瓦署別提・工曹佐郎・安陰縣監・翊贊 등을 지냈다. 李滉을 私淑하였으며, 李徽逸・丁時翰・柳元之 등과 교유하였다. 성리학뿐만 아니라 禮學에도 밝았으며, 단군 이후 우리나라의 주요 사적을 간추려 ≪東史節要≫를 편찬하였다.

風詠樓上樑文

洪萬朝[1]

一鄕有所矜式, 旣設俎豆之儀。多士得以依歸, 載新樓觀之制, 道其不墜, 仰之彌高。顧茲安靈之遺祠, 寔出象賢之美意。有若悔堂[2] · 梧峯[3]之學問孝友, 同出乎名家, 亦越松隱[4] · 敬亭[5]之踐履文章, 倂稱於前代。流風猶在宛然, 桑

---

1) 洪萬朝(홍만조, 1645~1725) : 본관은 豊山이고 자는 宗之이며, 호는 晩退이다. 1669년 성균관 유생이 되고, 1678년 증광문과에 병과로 급제한 뒤 검열을 거쳐 지평 · 정언을 지냈다. 1688년 부수찬, 이듬해 부응교를 거쳐 1690년 충청도관찰사로 나갔다가 다음해에 돌아와 승지 · 전라도관찰사 · 도승지가 되었다. 1693년 강화유수가 되고, 1696년 謝恩副使로 청나라에 다녀온 뒤 다시 전라도 · 강원도 · 함경도 · 경상도의 관찰사 및 경기도 관찰사를 역임하였고, 대사간 · 형조참판 · 한성부판윤 · 좌참찬 · 형조판서를 거쳐, 1718년 우참찬을 지낸 뒤 이듬해 耆老所에 들어갔다. 1721년 판의금부사 · 좌참찬을 역임하고 이듬해 판돈녕부사에 이르렀다.

2) 悔堂(회당) : 申元祿(1516~1576)의 호. 경북 義城 출신이며, 退溪 · 周世鵬의 門人이다. 11살 때 아버지가 병이 들자 八空山 수백 리 길을 걸어 약초를 찾아나서는 등 8년 동안 간호 아버지가 뒷날 長水 · 三嘉(현 陜川) · 淸道 등지에서 學官이 되어 연로한 부모를 봉양 걸어 이러한 그의 효행을 표창하기 위해 旌閭가 세워졌어 약모친상을 당했을 때는 하루에 세 번씩 성묘를 하였다. 戶曹參議가 추증되었고, 의성의 藏待書院에 배향되었다.

3) 梧峯(오봉) : 申之悌(1562~1624)의 호. 본관은 鵝州이고, 자가 順甫이며, 호가 梧齋이다. 1589년 증광문과에 甲科로 급제하여 正言 · 禮曹佐郎 · 文學 등을 역임하였다. 임진왜란 때는 禮安縣監으로 縣軍을 이끌고 龍仁 싸움에 참전하여 宣武 · 扈從의 두 原從功臣이 되었다. 1613년 昌寧府使로 나가 백성을 괴롭히던 도적을 토평하고 민심을 안정시켜 그 공으로 通政大夫에 올랐으며, 仁祖 초 同副承旨에 제수되었으나 부임하지 못하고 죽었다. 義城의 藏待書院에 배향되었다.

4) 松隱(송은) : 金光粹(1468~1563)의 호. 본관은 安東이고, 자는 國華이다. 1501년 진사에 합격하였으나 더 이상 과거를 볼 뜻이 없어 고향인 의성의 북촌에 머물면서 시가를 읊조리며 청빈하게 지냈으며, 효성과 우애가 지극하여 부근의 사람들로부터 존경을 받았다. 죽은 뒤 大谷山에 장사지냈는데, 그 뒤 외손인 柳成龍이 왕의 명을 받아 제사지내고 묘를 살펴보았다. 의성의 藏臺書院에 배향되었다.

5) 敬亭(경정) : 李民宬(1570~1629)의 호. 본관은 永川이고, 자가 寬甫이다. 관찰사 李光俊(1531~1609)의 아들이다. 1597년 廷試文科에 갑과로 급제하여 注書 · 兵曹正郎 · 正言 ·

梓[6]之連陰，後學追思久矣，苾芬[7]之齊饗。惟其礪俗之道，有賴於斯，庶幾肄業之徒，爰得其所。弟緣儒林之力詘，尚闕書樓之踵成。登茲遠望，旣乏觀物之具，入此羣處，安得庇士之歡。衿紳[8]合謀而同聲，般倕[9]趨事而殫技。山腰陡絶半割，交翠[10]之閒庭，榜額高縣快覩，流丹之飛閣[11]。峰巒環列，似效拱揖之形，欄檻高明，實表正大之體。想像百載之下，頓覺水丘之增輝，指點一區之中，無非杖屨之留跡。所謂地因人而擅勝，況有名與義之相符。藏而待之[12]，此正吾黨，自强之處，道所存也[13]。奚翅門人親炙[14]之時，登高自卑[15]，宜思積累之訓，揣本齊末[16]，寧昧輕重之分。不但邑人之觀瞻[17]，蓋欲文風之振作，茲涓吉日，將擧脩樑。才實慚於郢人[18]，縱乏絶響，頌竊效於張老[19]，可免後

修撰 등을 역임하였다. 1617년 廢母論을 반대하다가 삭직 당했고, 1623년 書狀官으로 명나라를 다녀왔으며, 1627년 정묘호란 때는 의병장으로 활약하면서 전주에까지 진출하여 왕세자를 보호했다. 의성의 藏待書院에 배향되었다.

6) 桑梓(상재) : 부모가 살았던 고향을 말함. ≪詩經≫ <小雅·小弁>에 "부모가 심은 뽕나무와 가래나무도, 반드시 공경해야 하거든, 우러러볼 건 의당 아버지이며, 의지할 건 의당 어머니임에랴.(維桑與梓, 必恭敬上, 靡瞻匪父, 靡依匪母.)"라는 구절에서 나온 말이다.

7) 苾芬(필분) : 향기나는 제수.

8) 衿紳(금신) : 선비와 벼슬아치.

9) 般倕(반수) : 고대의 유명한 목수인 魯般과 工倕를 일컬음.

10) 交翠(교취) : 풀이 무성하게 우거짐을 말함. 주돈이가 살던 곳의 창 앞에 풀이 무성히 자라도 베지 않기에 어떤 사람이 그 까닭을 물었더니, "나의 의사와 같다.(與自家意思一般.)" 하였는데, 이 말은 풀의 살려는 뜻[生意]이 자신의 살려는 뜻과 같기 때문에 베지 않는다는 뜻을 담고 있는 고사를 염두에 둔 표현이다.

11) 流丹之飛閣(유단지비각) : 王勃의 <滕王閣序>의 "나는 듯한 누각에 단청이 흐르고, 아래를 보니 땅이 보이지 않을 정도로 깊었다.(飛閣流丹, 下臨無地.)"는 구절을 활용함.

12) 藏而待之(장이대지) : 取藏修以待之意也.

13) 道所存也(도소존야) : 韓愈가 지은 <師說>의 "도가 있는 곳은 스승이 있는 곳이요, 스승이 있는 곳은 도가 있는 곳이다.(道之所存, 師之所存 ; 師之所存, 道之所存也.)"는 구절에서 나온 말.

14) 親炙(친자) : 스승에게서 직접 가르침을 받음.

15) 登高自卑(등고자비) : 높은 곳에 오르려면 낮은 곳에서부터 출발해야 한다는 뜻으로, 모든 일에는 순서가 있다는 말.

16) 揣本齊末(췌본제말) : 뿌리를 가지런하게 놓고 나서 나무의 끝부분을 비교하라는 말.

17) 觀瞻(관첨) : 여러 사람이 다 같이 봄.

18) 郢人(영인) : 전국시대 楚나라의 高雅한 가곡으로, 일반적으로 고상하고 아취 있는 곡을 말한다. ≪文選≫ 권45 <對楚王問>에 "초나라 서울 郢에서 어떤 사람이 처음에는 보통 유행가인 下里巴人을 부르니 합창하여 부르는 자가 수천 명이었고, 陽阿薤路를 부르니 따

譏。

拋樑東, 茫茫原野四望通, 圖書左右渾無事, 時有床頭一陣風。

拋樑西, 坐看殘照下山低, 傍人莫道黃昏近, 透得20)玄關21)路不迷。

拋樑南, 藹然和氣蒲松杉22), 元龍百尺23)空中起, 月窟天根24)坐可探。

拋樑北, 聖人猶有寸陰惜25), 少壯幾時26)須讀書, 窮廬歎息亦何益。

라 부르는 자가 그래도 수백 명이 있었다. 그러나 陽春白雪을 부르니 따라서 합창하는 자가 수십 명에 지나지 않았고 품격이 높은 최고급의 노래를 부를 적에는 따라 부르는 자가 몇 사람에 지나지 않았다.” 하였다.

19) 張老(장로) : 춘추시대 晉나라의 대부인 張孟의 별칭. ≪禮記≫<檀弓 下>의 “진나라 憲文子가 저택을 짓자 진나라의 대부들이 가서 축하하였는데, 장로가 ‘규모가 크고도 아름답고, 장식이 화려하고도 아름답도다. 제사에는 여기에서 음악을 연주하고 춤추며 喪事에는 여기에서 哭泣하고 宴禮에는 여기에서 國賓과 宗族들을 모을 것이다.’ 하였다.”는 고사를 일컫는다.

20) 透得(투득) : 막힘없이 환하게 깨달음.

21) 玄關(현관) : 현묘한 도에 들어가는 문.

22) 蒲松杉(포송삼) : 韓愈의 <南山詩>에 “소나무와 대나무는 부들과 잡풀의 번잡하고 무성함을 질타한다.(杉篁咤蒲蘇.)”는 구절을 활용함.

23) 元龍百尺(원룡백척) : 元龍은 삼국시대 魏나라 陳登의 자. 그는 지모가 출중하고 해박한 지식을 지녔으며 廣陵太守와 東城太守를 역임하면서 남다른 치적을 이루었는데, 호방한 기상이 있어 손님이 찾아와도 거들떠보지 않고 자기 멋대로 행동하였다 한다. ‘원룡백척’은 劉備가 천하의 인물을 논하는 자리에서 許汜가 진등에 대해 “전에 下邳를 지나다가 원룡을 찾아가니, 그는 손님을 접대하는 예절이 없어 한참동안 말을 하지도 않았으며 자기는 큰 침상에 올라가 눕고 손님은 아래 침상에 눕게 하였소.” 하자, 유비가 말하기를 “만일 나였더라면 백척 누각 위에 눕고 그대는 땅바닥에 눕히려 했을 것이니, 어찌 높은 침상과 아래 침상의 간격뿐이겠소.”라고 하였다는 데서 유래한 말이다.(≪三國志≫<陳登傳>)

24) 月窟天根(월굴천근) : 邵雍이 周易의 伏羲八卦를 보고 읊은 “눈과 귀가 총명한 남자 몸을, 홍균께서 내게 주시니 궁색지 않도다. / 월굴을 살펴본 연후에야 만물이 드러나는 이치를 알 것이요, 천근을 밟지 못한다면 어찌 사람의 근원을 안다 하랴. / 하늘이 바람을 만날 때 비로소 월굴을 볼 것이요, 땅이 우레를 만나는 곳이 곧 천근처이다. / 천근과 월굴을 한가로이 왕래하니, 삼십육궁이 모두 봄이더라.(耳目聰明男子身, 洪鈞賦予不爲貧. 須探月窟方知物, 未躡天根豈識人. 乾遇巽時觀月窟, 地逢雷處見天根. 天根月窟間往來, 三十六宮都是春.)”는 觀物詩를 염두에 둔 표현. 朱熹는 <康節先生畵像贊>에서 이 시를 “손으로 월굴을 더듬고, 발로는 천근을 밟았도다.(手探月窟, 足躡天根.)”라 했다. 곧, 음양이 한가로이 왕래하니 소우주인 육체가 모두 봄이 되어 완전하다는 뜻이다.

25) 聖人猶有寸陰惜(성인유유촌음석) : 聖人은 禹임금을 일컬음. 禹임금이 舜임금의 명을 받아

抛樑上, 綠水靑山看氣像, 香火四時瞻拜地, 靑衿27)濟濟森相向。

抛樑下, 詩書講習無冬夏, 試看活水源頭來28), 混混29)何曾晝夜舍。

伏願上樑之後, 儒敎丕盛, 士趨益端, 攝齊而前, 函丈30)之禮如在, 詠歸其上, 舞雩之風31)可迎。祀事孔明, 長薦春秋之享, 賢才迭出, 蔚爲邦國之楨。

治水할 적에 시간이 흘러가는 것을 아까워하면서 부지런히 하였다.
26) 少壯幾時(소장기시) : <秋風辭>는 漢武帝가 일찍이 河東에 행차하여 后土에 제사를 지내고 나서 帝京을 돌아보고는 기쁘게 여겨 배를 타고 中流에서 신하들과 宴飮하면서 지어 부른 노래인데, 그 노래에 나오는 구절임. "가을바람이 일고 흰 구름이 나니, 초목은 시들어 떨어지고 기러기는 남으로 돌아가도다. 난초는 빼어나고 국화는 향기로우니, 아름다운 임이 그리워 잊을 수가 없도다. 누선을 띄워서 분하를 건너가니, 중류를 가로질러 흰 물결을 날리도다. 퉁소와 북 소리 울려 퍼지고 뱃노래 부르니, 환락이 극에 이르러 슬픈 정이 많아지도다. 소장 시절이 얼마나 되랴 늙어 감을 어이할꼬.(秋風起兮白雲飛, 草木黃落兮雁南歸. 蘭有秀兮菊有芳, 懷佳人兮不能忘. 泛樓船兮濟汾河, 橫中流兮揚素波. 簫鼓鳴兮發棹歌, 歡樂極兮哀情多. 少壯幾時兮奈老何?)"라는 노래이다.
27) 靑衿(청금) : 儒生을 달리 이르는 말. 고대 태학의 유생들이 푸른 옷을 입었던 데서 유래한다. ≪詩經≫의 '靑靑子衿'에서 나온 말이다.
28) 試看活水源頭來(시간활수원두래) : 朱子의 <觀書有感>에 "한 좁은 뜰에 거울 같은 연못이 하나 열려 있으니, 그 맑은 물엔 하늘 빛깔과 구름 그림자가 함께 오락가락 한다. 내 저에게 묻기를 어찌하여 맑기가 이와 같을 수 있는가 하였더니, 대답하는 말이 근원에 생생한 물이 있어서 계속 흘러 들어오기 때문이라 한다.(半苗方塘一鑑開, 天光雲影共徘徊. 問渠那得淸如許, 爲有源頭活水來.)"는 구절을 활용함.
29) 混混(혼혼) : 샘물이 용솟음쳐 나오는 모양.
30) 函丈(함장) : 스승을 가리킴.
31) 詠歸其上, 舞雩之風(영귀기상, 무우지풍) : ≪論語≫<先進篇>의 "늦은 봄철에 봄옷이 만들어지거든 어른 5,6인과 아이들 6,7인과 더불어 沂水에 목욕하고 舞雩에 올라 바람이나 쐬다가 시나 읊으면서 돌아오겠나이다.(莫春者, 春服旣成, 冠者五六人, 童子六七人, 浴乎沂, 風乎舞雩, 詠而歸.)"는 구절을 활용함.

尼山舊院廟宇上樑文

南夢賚[1]

崇厥德, 不掩爾善, 旣有秉彝之天, 祭於社, 其在斯人[2], 可無妥靈之地。有
侐[3]數間之廟宇[4], 聿新四方之瞻聆。粵自徐羅舊邦, 有此義城新府, 二水分流
於前後, 會于洛江[5], 朝于九溟, 諸山環鎭乎東西, 起爲金城[6], 結爲五土[7]。扶
輿靈淑之氣, 亭育豪傑之才, 當麗祖創業之時, 有洪術[8]洪儒[9]之武, 建聖祖興

---

1) 南夢賚(남몽뢰, 1620~1682) : 본관은 英陽이고, 자는 仲遵이며, 호는 伊溪이다. 처는 鵝州
申氏로 申之義의 딸이다. 어릴 때부터 총명하여 13세에 백일장에서 수석 입상했고, 23세
인 1642년에 생원시에 합격하였고 성균관에서 학문을 닦았다. 32세인 1651년에 증광문
과에 급제하였다. 이후 成均館學諭, 典籍 및 병조와 예조의 正郞, 함양군수, 通禮院右通禮,
선산부사를 지냈다. 1666년에는 晋州牧使가 되었으나 禮制의 개혁을 상언했다가 왕의 노
여움을 당해 파직되었다. 1659년 효종이 죽자 자의대비의 복상 기간을 기년(朞年 : 만 1
년)으로 할 것인가 3년(만 2년)으로 할 것인가에 대한 논란이 있었는데, 이때 眉叟 許穆,
孤山 尹善道와 더불어 서인들의 논거에 반대하는 의논을 폈다. 1680년 庚申換局 때 남인
이 실각하자 전라도 興陽으로 유배되었고, 서인들의 공격으로 이듬해 서울로 호송되던
도중에 南原 객사에서 스스로 목숨을 끊었다.
2) 祭於社, 其在斯人(제어사, 기재사인) : 韓愈가 지은 <送楊少尹序>의 "옛날부터 말하던, '고
향선배로서 죽은 다음 사에 제사를 모실 수 있는 사람'이란 바로 이런 사람이었을 것인
저.(古之所謂鄕先生沒而可祭於社者, 其在斯人歟.)"라는 구절을 활용함.
3) 有侐(유혁) : ≪詩經≫<魯頌·閟宮>의 "깊게 닫혀 있는 사당이 고요하기도 하다.(閟宮有
侐.)"는 구절에서 나오는 말.
4) 廟宇(묘우) : 신위를 모신 집.
5) 洛江(낙강) : 낙동강.
6) 金城(금성) : 의성군 금성면.
7) 五土(오토) : 오토산.
8) 洪術(홍술) : 929년 가을 7월에 견훤이 무장한 군사 5천 명으로 義城府를 공격했을 때 지
키다가 전사한 城主. 태조는 통곡하면서 "나는 양손을 잃었다"고 하였는데, 후에 홍술의
殉死를 오래 기억하기 위해 이곳을 '義로운 城' 곧 의성이라 명명한 것으로 전해진다.
9) 洪儒(홍유) : ≪高麗史≫<洪儒列傳>의 "홍유의 처음 이름은 洪術이니 의성부 사람이다.
궁예 말기에 배현경, 신숭겸, 복지겸과 함께 기병대장[騎將]으로 되었는데 이들이 밀모
하고 밤에 태조(왕건)의 집으로 찾아 가서 말하기를 '삼한이 분열되고 뭇 도적이 봉기하

平之日, 稱金淳10)金末11)之文。言功名而固難勝枚, 語眞儒則請姑舍是。伏惟
松隱12)金先生, 情高意逸,行安學成。用而行, 舍而藏13), 浮雲富貴。入則孝,
出則悌, 餘事文章14)。警心十章箴, 蓋有得於三綱領八條目15), 豐城16)一片劍,

였을 때 지금 임금이 용기를 분발하고 크게 호통 침으로써 그만 도적들을 쳐 없애고 遼
左 지방의 3분의 1에서 그 절반 이상을 점유한 후 나라를 건설하고 도읍을 정한 지도
이미 2紀가 넘습니다.(洪儒, 初名術, 義城府人. 弓裔末年, 與裴玄慶·申崇謙·卜智謙, 同爲騎
將, 密謀夜詣太祖第, 言曰 : ‘自三韓分裂, 群盜競起, 今王奮臂大呼, 遂夷滅草寇, 三分遼左, 據有
大半, 立國定都, 將二紀餘.’)”는 구절에서 나온다.

10) 金淳(김순, ?~1462) : 본관은 義城이다. 1432년 식년문과에 급제하여 헌납·지평·성균
사예·형조 참의 등을 지냈으며, 헌납 재직 시에는 量田의 시행에 관한 策을 올렸고, 성
균 사예로 있을 때인 1450년에는 종사관이 되어 충청·전라·경상도 체찰사 鄭苯과 함
께 변방의 방위체계를 점검하였다. 1455년 형조참판으로 賀正使가 되어 명나라를 다녀
온 뒤 대사헌·이조참판·병조참판·慶昌府尹 겸 경상도 관찰사를 거쳐 1459년 11월 漢
城府尹에 임명되었다. 부윤으로 있을 때 경기도에 유민이 많아 普濟院·梨泰院·弘濟院에
賑濟場을 설치하여 진휼하였다.

11) 金末(김말, 1383~1464) : 본관은 義城이고, 자는 幹之이다. 1415년 식년문과에 급제하여
성균관 학유에 제수되었다. 1427년 副司正, 1449년 司成이 되었다. 이때 대사성 金泮, 사
성 尹祥과 경서에 관하여 논쟁하다가 김반은 파직되고, 그는 종학으로 옮겨졌다. 1451년
첨지중추원사가 되었고, 1453년 嘉善大夫가 되어 慶昌府尹에 제수되었고, 예문 제학·중
추원사·판중추원사를 역임하였다. 그는 經史와 성리학에 정통하였으며 후진 교육과 경
학 발전에 공로가 컸으므로 金鉤·金泮과 더불어 ‘三金’ 또는 ‘經學三金’·‘館中三金’이라
불리었다. 당시 조정의 많은 儒士들이 그의 문하에서 배출되었다.

12) 松隱(송은) : 金光粹(1468~1563)의 호. 본관은 安東이고, 자는 國華이다. 1501년 진사에
합격하였으나 더 이상 과거를 볼 뜻이 없어 고향인 의성의 북촌에 머물면서 시가를 읊
조리며 청빈하게 지냈으며, 효성과 우애가 지극하여 부근의 사람들로부터 존경을 받았
다. 죽은 뒤 大谷山에 장사지냈는데, 그 뒤 외손인 柳成龍이 왕의 명을 받아 제사지내고
묘를 살펴보았다. 의성의 藏臺書院에 배향되었다.

13) 用而行, 舍而藏(용이행, 사이장) : ≪論語≫＜述而篇＞의 “공자가 안연에게 말하기를, ‘등용
되면 도를 실천하고 등용되지 않으면 덕을 수양하는 것은 나와 너만이 할 수 있을 것인
저.’ 했다.(子謂顏淵曰, 用之則行, 舍之則藏, 惟我與爾有是夫.)”는 구절을 활용함.

14) 入則孝, 出則悌, 餘事文章(입즉효, 출즉제, 여사문장) : ≪論語≫＜學而篇＞의 “들어와서는
효도하고, 나가서는 공손하며, 삼가소서 미쁘게 하며, 널리 뭇사람을 사랑하되 어진 이
를 가까이할지니, 행함에 남은 힘이 있거든 글을 배울지라.(入則孝, 出則弟, 謹而信, 汎愛
衆而親仁, 行有餘力, 則以學文.)”는 구절을 염두에 둔 표현임.

15) 三綱領八條目(삼강령팔조목) : ≪大學≫의 기본이 되는 세 가지 강령과 여덟 가지 조목.
삼강령은 明明德·新民·止於至善이고, 팔조목은 格物·致知·誠意·正心·修身·齊家·
治國·平天下이다.

16) 豐城(풍성) : 천하의 보검인 龍泉劍과 太阿劍이 묻혀 있던 곳으로, 江西省 南昌縣의 남쪽.
≪晉書≫＜張華傳＞에 “장화가 ‘붉은 기운이 언제나 북두성에 뻗쳐있으니 이것이 무슨

亦何害於二鳥賦·九辯歌。作模楷於當時，樹風聲於來世，如今百年之後，猶髣髴於羹墻[17]。未作九原[18]之前，孰覬覦[19]其門戶。嗟乎追而莫及，是以久而不忘。曁惟悔堂[20]申先生，孝友出天，踐履實地。有日用當行之路，惟孝惟忠，而早得依歸之師，載欣載悅。生三事一[21]，克盡方心之喪[22]，有知輒行，勿失服膺之訓。體先儒精詣之見，驗平生篤信之心，人無得以間焉，亦有子騫之昆弟。吾必謂之學矣[23]，寧無卜商[24]之文辭，旣作則於惟家，可爲法於斯世。惟

기운인가?' 하고 묻자, 천문에 밝은 雷煥은 '寶劍의 기운이 하늘에 비쳐서입니다.' 하였다. 몇 해 뒤에 장화는 풍성 원이 되어 獄의 터를 파다가 두 자루의 칼을 얻었는데, 하나는 龍泉, 하나는 太阿라 새겨진 보검이었다. 이 보검을 발굴한 뒤로는 북두성 사이의 붉은 기운이 보이지 않았다."고 하는 고사이다.

17) 羹墻(갱장) : 죽은 사람에 대한 간절한 추모의 정을 말함. ≪後漢書≫＜李固傳＞의 "舜이 堯를 사모하여, 앉아 있을 적에는 요 임금을 담에 뵙는 듯하고, 밥 먹을 적에는 요 임금을 국에서 뵙는 듯했다."고 한 데서 나온 말이다.

18) 九原(구원) : 九泉. 저승.

19) 覬覦(개유) : 분수에 넘치는 야심으로 기회를 노리고 엿봄.

20) 悔堂(회당) : 申元祿(1516~1576)의 호. 경북 義城 출신이며, 退溪·周世鵬의 門人이다. 11살 때 아버지가 병이 들자 八空山 수백 리 길을 걸어 약초를 찾아나서는 등 8년 동안 간호하였으며, 뒷날 長水·三嘉(현 陜川)·淸道 등지에서 學官이 되어 연로한 부모를 봉양하였다. 이러한 그의 효행을 표창하기 위해 旌閭가 세워졌다. 모친상을 당했을 때는 하루에 세 번씩 성묘를 하였다. 戶曹參議가 추증되었고, 의성의 藏待書院에 배향되었다.

21) 生三事一(생삼사일) : 백성은 세 가지에 의해 삶을 꾸려가므로 그 세 가지를 하나같이 섬긴다는 뜻. 세 가지는 아버지와 스승, 임금인데, 아버지는 낳아 주고 스승은 가르쳐 주고 임금은 먹여 주므로 한 말이다.

22) 方心之喪(방심지상) : 方喪과 心喪을 일컫는 것으로, 부모의 喪事와 마찬가지로 居喪하는 것. 단, 같은 삼년이라도 아버지에게는 몸과 마음을 다 바치는 致喪 3년을, 임금에게는 아버지 상에 준하는 方喪 3년을, 그리고 스승에게는 衰麻 등의 복은 갖추지 않고 마음으로 哀戚의 징을 갖는 心喪 3년을 입는 것이다. ≪禮記≫＜檀弓＞의 "임금을 섬김에 방상 3년 한다 하였는데, 주씨는 말하기를, '어버이의 상사에 비교하여 의리로 은혜를 같이하는 것이다.' 하였다(事君方喪三年, 朱氏曰 : 方喪 比方於親喪, 而以義並恩也.)"는 구절에서 나온다.

23) 吾必謂之學矣(오필위지학의) : ≪論語≫＜學而篇＞의 "어진 이를 어질게 여기되 색을 좋아하는 마음과 바꿔 하며, 부모를 섬기되 능히 그 힘을 다하며, 인군을 섬기되 능히 그 몸을 바치며, 붕우와 더불어 사귀되 말함에 성실함이 있으면 비록 배우지 않았다고 할지라도 나는 반드시 그를 배웠다고 이르겠다.(賢賢易色, 事父母能竭其力, 事君能致其身, 與朋友交, 言而有信, 雖曰未學, 吾必謂之學矣.)"는 구절에서 인용함.

24) 卜商(복상) : 춘추시대 魏나라 사람으로, 공자의 제자인 子夏의 본명. 魏나라 文侯가 자신의 스승으로 삼고자 했으나 받아들이지 않았다. 유가의 경전을 전승하는 데 지대한 공이

兹兩賢之出，不待作半千年期，咸萃一縣之中，亦在數十里內。夫非上穹[25]之意，於赫間氣之鍾，一時之困屯[26]寧論，長夜之日星昭揭。準四海而不忒，雖擧國可以師宗，生一里而必聞，在吾鄕宜益親切[27]。想像欣慕之已久，影響聲臭之可尋，肆篤崇報之誠，乃諏俎豆之典。好是懿德[28]，驗人心之攸同，樂哉斯丘[29]，覺天作之非偶。方伯悉心而綱紀，特捐聖廟之舊材，地主殫力於經營，首擧賢祠之新政。同聲相應，多釋經敦事之靑衿[30]，咸勸自來，萃承風趨役之白叟。徵三代[31]法宮[32]之制，用兩下[33]厦屋[34]之規，旣工善而材良，亦吏勤而力

있었다. 특히 詩와 藝에 능통했다. 唐나라 현종 때 '공문십철'에 列入되었고 魏侯로 봉해졌으며, 宋나라 때 東阿公으로 가봉되었다가 魏公으로 개봉되었다.

25) 上穹(상궁) : 하늘.

26) 困屯(곤둔) : 困卦와 屯卦. 곤괘는 彖辭에 "무엇을 말해도 남이 믿지 않는다. 말이 많으면 궁지에 빠진다." 하였듯 困苦危難의 상태를 상징하는 괘이며, 둔괘는 하늘과 땅의 기운이 서로 통하지 않는 괘로 난세일수록 영웅호걸로서는 자기의 뜻을 펼치며 큰일을 할 수 있는 절호의 기회가 되는 괘이다.

27) 益親切(익친절) : 《論語》<憲問篇>의 "(주자)가 말하기를 자기의 사사로움을 이겨 예에 회복하면 사욕이 머무르지 않고 천리의 본연을 얻거니와, 만약 다만 제어하여 행하지를 않기만 하면 이것은 병의 뿌리를 뽑아 버리는 뜻은 있지 않고 가슴 속에 잠장 은복함을 허용하게 되니, 어찌 극기구인이라고 이르랴. 배우는 자가 두 가지 사이에 살피면 구인의 공이 더욱 친절해지고 새나가는 것이 없으리라.(克去己私, 以復乎禮, 則私欲不留, 而天理之本然者得矣, 若但制而不行, 則是未有拔去病根之意, 而容其潛藏隱伏於胸中也, 豈克己求仁之謂哉? 學者, 察於二者之間, 則其所以求仁之功, 益親切而無滲漏矣.)"는 구절에 나온다.

28) 好是懿德(호시의덕) : 《詩經》<大雅·烝民>의 "하늘이 모든 백성을 내시니, 사물이 있으면 법칙이 있도다. 백성들이 타고난 본성이 있어, 이렇게 미덕을 좋아하네.(天生烝民, 有物有則. 民之秉彝, 好是懿德.)" 구절에서 인용함.

29) 樂哉斯丘(낙재사구) : 《禮記》<檀弓 上>의 "공숙문자가 하구에 올랐는데, 거백옥이 이에 따르니, 문자가 말하기를 '안락하도다. 이 언덕이이여. 죽으면 나는 여기에 묻히기를 원한다.'고 했다.(公叔文子升瑕兵, 蘧伯玉從文子, 曰 : '樂哉斯丘也. 死則可欲葬焉.)"는 구절에서 인용함.

30) 靑衿(청금) : 儒生을 달리 이르는 말. 고대 태학의 유생들이 푸른 옷을 입었던 데서 유래한다. 《詩經》의 '靑靑子衿'에서 나온 말이다.

31) 三代(삼대) : 《論語》<衛靈公篇>의 "이 백성은 삼대 시대에 곧은 도를 실행했다.(斯民也, 三代之所以直道而行也.)"고 한 구절을 염두에 둔 표현임.

32) 法宮(법궁) : 천지의 상서로운 기운을 모으는 곳.

33) 兩下(양하) : 가옥의 지붕 양식이 맞배지붕 양식. 용마루를 중심으로 하여 양쪽으로 처마가 늘어져 있는 지붕을 말한다.

34) 厦屋(하옥) : 처마가 처들지 않은 집. 앞쪽이 다섯 칸이고 뒤쪽이 네 칸이다.

瞻, 荊榛初闢, 怳爾山川之改觀, 日月幾何, 隆然棟宇之如跂。室堂也, 戶牖也, 階墊也, 秩秩斯干[35], 楣庋邪, 楹翼邪, 廉阿邪, 噲噲其正[36]。控挹[37]乎奇峰秀岳, 如見所立之嵬嵬, 襟帶[38]乎細流長川, 知是有本之混混[39]。倣典刑於白鹿[40], 天慳地閟之名區, 幷腏食[41]於文龜[42], 異世同符之至樂。猗歟, 一鄉之盛事, 美哉, 百世之宏規。抑昔有聞於先賢, 言豈耄也, 請今廣諗於同志, 聽無譁兮。天之所與我者[43], 如何希之則是, 井而不及泉[44]則, 爲棄學而後能。或高山景行[45]之可幾, 在積銖累寸之不怠, 在我而已[46], 待人乎哉。請賡呼邪許

---

35) 秩秩斯干(질질사간) : ≪詩經≫<小雅·斯干>의 "질펀히 흐르는 물가요, 그윽한 남산이로다. 대나무가 떨기로 난 듯하고, 소나무가 무성한 듯하도다. 형과 아우 다 모여서, 서로 잔 권하며 좋아하고, 서로 딴마음 없으리로다.(秩秩斯干, 幽幽南山. 如竹苞矣, 如松茂矣. 兄及弟矣, 式相好矣, 無相猶矣.)"라는 구절에서 인용함. 이 노래는 터가 공고하다는 것을 말한 것으로, 새로 집 지어 落成할 때 연회를 베푼 자리에서 그 집에 거처하는 형제간에 서로 화목하게 잘 살기를 축원한 노래이다.

36) 噲噲其正(쾌쾌기정) : ≪詩經≫<小雅·斯干>의 "평평하고 고른 그 뜰이며, 높고 큰 기둥이며, 밝고 밝은 그 남향이며, 깊고 넓은 그 방안이니 군자가 편안한 곳이다.(殖殖其庭, 有覺其楹, 噲噲其正, 噦噦其冥, 君子攸寧.)"는 구절에서 인용함. 이 노래는 집채가 견고하고 빈틈이 없음을 말한 것이다.

37) 控挹(공읍) : '拱揖'의 오기.

38) 襟帶(금대) : 옷깃[襟]처럼 감싸고 강물은 띠[帶]처럼 둘린 험한 산세라는 뜻. 요충지 또는 요해처이다.

39) 混混(혼혼) : 샘물이 용솟음쳐 나오는 모양. ≪孟子≫<離婁章句 下>의 "근원이 있는 샘물이 퐁퐁 솟아나서 밤낮으로 그치지 않는지라, 구덩이를 가득 채운 뒤에 전진하여 바다에 이르는 것이다.(原泉混混, 不舍晝夜, 盈科而後進, 放乎四海.)"는 구절에서 인용함.

40) 白鹿(백록) : 白鹿洞書院. 송나라 4대 서원의 하나로, 江西省 星子縣에 있다. 1179년 朱子가 南康軍太守로 부임하여 예전의 학관을 중수하고, 직접 강학을 하던 곳이다.

41) 腏食(철식) : 여러 신에 제사 지낼 때 각 신을 동시에 제사하는 일.

42) 文龜(문귀) : 孔子를 모신 文廟를 가리킴. 金富軾이 <仲尼鳳賦>에서 공자를 "반듯하고 긴 눈에 거북 무늬의 위대한 모습(河目龜文之偉表)"이라 묘사한 것이 참고가 된다.

43) 天之所與我者(천지소여아자) : ≪孟子≫<告子章句 上>의 "마음과 같은 기관은 생각을 하니, 생각하면 얻고 생각하지 않으면 얻지 못한다. 이것은 하늘이 우리에게 부여한 것으로, 먼저 큰 것을 세우면 작은 것이 빼앗을 수 없다.(心之官則思, 思則得之, 不思則, 不得也. 此天之所與我者, 先立乎其大者, 則其小者不能奪也.)"라는 구절에서 인용함.

44) 井而不及泉(정이불급천) : ≪孟子≫<盡心章句 上>의 "일을 해 나가는 것은 우물을 파는 것과 같다. 9 길이나 우물을 파 내려갔다 하더라도 샘물에 이르지 못할 것 같으면 그것은 우물 파기를 포기한 것과 마찬가지이다.(有爲者抗若掘井, 掘井九靭而不及泉, 猶爲棄井也.)"는 구절에서 인용함.

45) 高山景行(고산경행) : 높은 산과 큰 길처럼 훌륭한 인품의 소유자를 우러러 사모하는 마

之歌, 敢唱兒郞偉之頌。

抛樑東, 仁里⁴⁷⁾旌閭這箇中, 從此儻知人子職, 許君親見悔堂翁。

抛樑西, 雉岳岏峰眼下低, 雲暗雨昏渾不管, 屹然千劫護幽棲。

抛樑南, 上有銅堤下碧潭, 霜落霧凝元不惡, 却嫌狂雨打晴嵐。

抛樑北, 夫子宮墻高百尺⁴⁸⁾, 羣弟長環七十三, 也應時來許參席。

抛樑上, 霽月光風⁴⁹⁾無盡藏⁵⁰⁾, 景物依依道在斯, 斐然狂簡嗟吾黨⁵¹⁾。

抛樑下, 柳色靑靑⁵²⁾連縣舍⁵³⁾, 鈴閣⁵⁴⁾時聞宓子琴⁵⁵⁾, 太平煙月閒多暇。

음. ≪詩經≫<小雅·車輦>의 "높은 산을 우러르고, 큰 길을 따라가네.(高山仰止, 景行行止.)"에서 인용한 것이다. 산은 덕, 길은 행실에 비유하였다.

46) 在我而已(재아이이) : ≪孟子≫<梁惠王章句 上>의 "이 마음이 진실로 있어서 밖에 구함을 기다리지 않으니 넓혀 채워나가는 것은 내게 있을 뿐이거늘 무슨 어려움이 있으리오?(是心固有, 不待外求, 擴而充之, 在我而已, 何難之有?)"라는 구절에서 인용함.

47) 仁里(인리) : 상대방이 사는 마을을 높인 말.

48) 夫子宮墻高百尺(부자궁장고백척) : ≪論語≫<子張篇>에서 子貢이 말하기를, "부자의 문장은 두어 길이나 되는지라, 그 문을 통하여 들어가지 않으면 종묘의 아름다움과 백관의 풍부함을 볼 수가 없다.(夫子之墻數仞, 不得其門而入, 不見宗廟之美, 百官之富.)"는 구절을 염두에 둔 표현. 공자의 道가 끝없이 높고 큼을 논한 데서 온 말이다.

49) 霽月光風(제월광풍) : 北宋의 시인이자 서예가인 黃庭堅이 周惇頤의 인품을 존경하여 쓴, "그의 인품이 심히 고명하며 마음결이 시원하고 깨끗함이 마치 맑은 날의 바람과 비갠 날의 달과 같도다.(其人品甚高, 胸懷灑落, 如光風霽月.)"(≪宋書≫<周敦頤傳>)는 구절에서 인용함.

50) 無盡藏(무진장) : 蘇軾의 <赤壁賦>의 "오직 강 위의 맑은 바람과 산간의 밝은 달은 귀로 들으면 소리가 되고 눈으로 보면 빛을 이루는데, 이를 취하여도 막는 사람이 없고, 아무리 써도 없어지지 않으니, 이것이 바로 조물주의 무진장한 보배이다.(惟江上之淸風, 與山間之明月, 耳得之而爲聲, 目寓之而成色, 取之無禁, 用之不竭, 是造物者之無盡藏也.]"는 구절에서 인용함.

51) 斐然狂簡嗟吾黨(비연광간차오당) : ≪論語≫<公冶長篇>의 "돌아가자! 돌아가자! 내 고향 젊은이들은 뜻은 크나 일에는 치밀하지 못하고, 아름답게 문물제도를 이루어온 편이지만 그것을 제대로 활용할 줄 모른다.(歸與歸與, 吾黨之小子狂簡, 斐然成章, 不知所以裁之.)"는 구절을 활용함. 광간이란 뜻은 높지만 일에는 아직 간략한 사람을 말한다.

52) 柳色靑靑(유색청청) : 王維가 지은 <送元二使安西>(일명 : 渭城曲 또는 陽關曲)의 "위성의 아침에 비 내려 가벼운 먼지 적시니, 객사 앞의 버들 파릇파릇 더욱 산뜻하구려. 그대에게 권하노니 한 잔 더 들게나, 서쪽으로 양관을 나서면 벗도 없으리.(渭城朝雨浥輕塵, 客舍靑靑柳色新. 勸君更進一杯酒, 西出陽關無故人.)"라는 구절에서 인용한 것임.

53) 縣舍(현사) : 戶長이 사무를 보던 곳.

伏願上樑之後, 地孕其秀, 神呵不祥。惠我光明, 惟新一代之化, 爲人矜式, 共欽百行之源。人無異師, 奮希賢慕聖56)之心, 王多吉士57), 獻經國匡世之猷。

---

54) 鈴閣(영사) : 한림원 혹은 장수나 지방 장관이 집무하는 곳을 말함.
55) 宓子琴(복자금) : 춘추시대 魯나라 宓子賤(이름 : 宓不齊)이 거문고를 타며 교화했다는 고사. 공자의 제자였던 복자천은 선보(單父)의 원이 되어 거문고를 타면서 관아의 堂 아래로 내려가지 않고도 고을을 잘 다스렸다.
56) 希賢慕聖(희현모성) : ≪近思錄≫을 보면 北宋의 周濂溪가 말하기를 "성인은 하늘을 본받기를 바라고, 현인은 성인을 본받기를 바라고, 선비는 현인을 본받기를 바란다.(聖希天, 賢希聖, 士希賢.)"고 한 구절을 활용함.
57) 王多吉士(왕다길사) : ≪詩經≫<大雅·小雅·卷阿>의 "봉황이 훨훨 날아, 날개깃을 탁탁 치며, 앉을 자리에 앉는도다. 왕에게는 길사가 하 많으시니, 군자가 부리는지라, 천자께 사랑을 받는도다.(鳳凰于飛, 翽翽其羽, 亦集爰止. 藹藹王多吉士, 維君子使, 媚于天子.)"는 구절에서 인용함. 吉士는 賢人을 의미한다.

▌참고자료 : 鄭經世, 〈道南書院廟上樑文〉, 《愚伏先生文集》 권16

群賢起南服。有大功於繼往開來。廈屋峙上游。表盛代之崇儒重道。樹風聲於天壤。聳瞻聆於冠紳。洪惟嶺南一邦。有稱海東千古。諸山西北乎環鎭。起爲太白結爲頭流。百川左右而奔趨。會于洛水朝于瀛海。扶輿淑靈之氣。亭育豪傑之才。功名文翰之臣。往往而能綱綸一時潤色辭命。氣節忠義之士。斑斑乎其壁立千仞扶植彝倫。嗚前後者固難勝枚。語道德則請姑舍是。恭惟圃隱先生。英姿三代人物。絶學千聖音徽。出言成章。契先儒精詣之見。善道而死。驗平生篤信之心。寒暄堂先生。學有淵源。功在踐履。魯齋歿後豈無其人。小學書中先立大者。一蠹齋先生。入山求志。麗澤資仁。聚辨居行。接武烏川之遺緒。造次顚沛。服膺洙泗之微言。晦齋先生。致知居敬之功。修辭立誠之業。以孔孟爲可學。五箴植志於靑陽。歷險難而益堅。三省辨德於窮髮。退溪先生。集成一代諸子。世適千載晦翁。深探妙契之知。貫精粗合內外而靡欠。勇往力行之效。建天地質鬼神而無疑。於赫間氣之鍾。豈非上穹之意。迭興數百里之內。不待半千年之期。君子居之。是邦所以爲鄒魯。吾道南矣。斯人得免於盲聾。暫時之亨否寧論。長夜之日星有在。言爲法行爲則。雖擧國罔不宗師。食見羹立見墻。在吾黨宜益親切。近賢人之居若此。被君子之澤尤深。嗟嘆之不足。故詠歌想像欣慕者已久。祭祀而如在。其左右影響聲臭爲可尋。肆篤尊道之誠。乃諏妥靈之典。地與我所。樂哉斯丘。人有秉彝。好是懿德。方伯悉心以綱紀。地主殫力於經營。多士不憚釋經。晨夕敦事。庶民咸勸趨役。遠近承風。旣工善而吏勤。亦材良而力贍。荊榛初闢。怳爾山川之改觀。日月幾何。隆然棟宇之如跂。內廟外堂之大壯。竹苞松茂乎斯干。階級峻嚴。循序而未容躐等。宮墻深廣。覬入者先須得門。藏修息游之於斯。美哉輪美哉奐。登降灌薦之有位。得其度得其宜。長江大川襟帶東西。是取有本之混混。秀嶽奇峯拱揖前後。如見所立之巍巍。占天作地藏之名區。得異世同符之至樂。嗟昔有受於先覺。請今廣誌于同人。天之所以與我者何如。希聖希賢自是本分。井而不能及泉則爲棄。知至知終勿安小成。但苦入室之難能。莫嘆摳衣之不逮。果誦詩讀書而有獲。卽合堂承誨之何殊。困知勉行其成功則同。氣質可以學變。誠立明通必養心而至。賢聖豈皆性生。苟不自力于治躬。且道何面於當坐。勿謂今日不學。衆人當惜分陰。毋曰小過何傷。細行終累大德。惟寸積銖累之不怠。或高山景行之可幾。是爲吾輩本圖。願與諸君共勉。一言相勖。六偉齊陳。兒郎偉抛梁東。浩浩天淵正派通。若到此中眞得樂。許君親見退陶翁。兒郎偉抛梁西。萬丈屏山黛色低。雲暗雨昏渾不管。屹然千劫護巖棲。兒郎偉抛梁南。千頃天雲一鏡涵。解到鳶魚飛躍處。卷中賢聖靜中參。兒郎偉抛梁北。二嶺微茫隣紫極。虹橋易斷綵雲深。萬古閑愁人不識。兒郎偉抛梁上。山月江風無盡藏。欲知胸次一般淸。須向靈臺除慾障。兒郎偉抛梁下。門外通津連大野。試問南征北去人。幾人不是迷途者。伏願上梁之後。壑遁蛟龍。林遠虎豹塵梦隔斷。永益淸而山益高。經史沈潛。晝有爲而宵有得家絃戶誦之風作。入考出悌之俗成。正學明而邪詖不行。如日方昇而魍魅屛跡。賢才興而治化以賴。若天將雨而山川出雲。斯文在玆。小子有造。世有先後。地有遠近。揆則一於東夷之人西夷之人。道無邊際。理無顯微。推以放諸北海而準南海而準。千秋道脈。一畝儒宮。

한국고전번역원 사이트에서

* 우복 정경세 선생의 윗글과 다음 글은 남몽뢰 선생이 상량문을 쓰면서 참고한 글로 여겨지는 바, 비교연구에 도움이 되기를 희망하면서 수록한다.

▌참고자료 : 鄭經世,〈文嚴書院上梁文〉,≪愚伏先生文集≫ 권16
“乙卯爲春川府伯申叔正作”병기되어 있다.

天未喪斯文。正學繼絶於昭代。民之好是德。大賢揭虔於明宮。新一時之瞻聆。定萬世之趨向。猗歟東土夫子。寔惟退溪先生。自圃隱至晦齋。集成諸子之條理。由閩洛達洙泗。遡洄千聖之淵源。博文約禮之功程。繼往開來之事業。自東西南北而無思不服。如麒麟鳳凰之皆指爲祥。凡在過化之邦。擧稱宗祀之典。矧伊壽春大府。素稱文獻名鄕。山川毓靈。建安爲祝母之貫。巖洞帶馥。衡岳留晦翁之題。旣有慕德之儒林。可無尊道之盛擧。時必有待。禮不自行。伏惟府伯明公。詩禮治躬。博雅好古。玉筍班裏兩朝陳善藎臣。松桂林中一麋讀書仙宰。政已勤於民隱。念先敦於化源。遂建興學之謨。竝議安靈之禮。風聲所動。奔釋經敦事之靑衿。神鬼與能。發天慳地祕之靈境。徵三代法宮之制。用兩下廈屋之規。棟宇楣庋栱翼廉阿觀於外而儀表整飭。室堂房序戶牖階塾入其中而摸範森嚴。登降祼薦之攸宜。噲噲其正。藏修息游之有所。秩秩斯干。誰知榛莽之場。蔚爲絃誦之地。千回翠壁。神刓武夷之岡巒。三面晴虹。天作泮宮之形勢。修明中古文物。賁飾第一江山。宜萬目之聳觀。詫一代之奇事。聊陳偉唱。助擧修梁。抛梁東。水繞山回意未窮。從此侚成仁智趣。許君親見退陶翁。抛梁西。潭影澄明抱曲堤。霜落霧凝元不惡。最嫌狂雨送黃泥。抛梁南。劃裏峯巒玉立三。只怕古人心未獲。風光眞似濯纓潭。抛梁北。山勢騰騰來不極。請看雲煙變滅中。蔚然萬古靑蒼色。抛梁上。山月江風無盡藏。欲敎胸次一般淸。須向靈臺消翳障。抛梁下。突兀眼前看大廈。權輿從此養賢材。濟濟鹿鳴歌小雅。伏願上梁之後。神呵不祥。地孕其秀。靜地詩書禮樂。今人與居古人與稽。明廷黼黻笙鏞。達時所施窮時所養。士奮希賢慕聖之志。家有彈琴讀書之聲。人無異師。邪說者不得作。國生多士。治化之所由隆。右文餘風。左海終古。

悔堂先生文集 卷之四

師友錄

退溪李先生, 諱滉字景浩, 禮安人, 生於弘治辛酉[1]。戊子進士, 甲午文科, 官至判中樞府事, 贈領議政, 謚文純公。道德文章, 爲百世師。○ 先生, 於退溪先生, 少十五歲。癸卯冬, 自竹溪轉, 拜于溪上。己酉夏, 又拜于豐基郡廨, 與趙月川諸賢, 同捿白雲洞, 讀書從容函丈之間[2], 丁寧授受之訣, 必多可傳於後者。而家藏文蹟, 蕩失於兵火中, 今無隻字片言, 可以攷尋其緖餘。然先生, 嘗與柳公希潛, 講鄕約也, 立條設敎, 一遵陶山所編。平居, 喜讀《心經》·《近思錄》《朱子書》等書, 蒐輯先師與門生問答文義, 逐段懸註, 手澤尙新。卽此數者, 可見平日篤信之意。蓋先生之學, 發端啓關於愼齋。而知誠身本於窮理, 上達由於下學, 從事於日用彝倫之間, 而俛焉孜孜, 不知年歲之晚暮, 則實溪門往來, 薰陶之力也。

愼齋周先生, 諱世鵬字景游, 漆原人, 生於弘治乙卯[3]。壬午生員·文科, 官至參議。學問醇正, 踐履篤實, 爲一世儒宗。○ 辛丑, 周先生守豐基郡, 始建書院于竹溪, 育養多士。癸卯冬, 先生贄文往謁, 周先生以客禮待之。留數日, 出論題試諸生, 得先生作異之, 批其尾曰：「我院有人, 其心如玉. 天將玉汝, 申其祿矣.」酒語以東方道學之緖·言行相顧之實, 亹亹不倦。先生自是, 益切求

---

1) 弘治辛酉(홍치신유) : 홍치가 명나라 효종의 연호(1488-1505)이니, 신유는 1501년임.
2) 函丈之間(함장지간) 《禮記》<曲禮>의 "만일 음식 대접이나 하려고 청한 손이 아니거든, 자리를 펼 때에 자리와 자리의 사이를 한 길 정도가 되게 한다.(若非飮食之客, 則布席, 席間函丈.)"라고 한 데서 나온 말. 서로 묻고 배우는 師生의 사이를 말한다.
3) 弘治乙卯(홍치을묘) : 1495년.

道之志, 仍留請益, 質疑問難, 潛心力究, 如是者歲餘。周先生對諸生, 必稱先生德器。及辭歸, 又贈一絶, 勗之其終始, 眷重也如是, 而先生亦佩服終身焉。

　　　附愼齋先生贈詩

　　　爲學師原水,　　　　　　　論交取兒觥

　　　相規惟十字,　　　　　　　庶悉百年情

　　南冥曹先生, 諱植字楗仲, 三嘉[4]人, 生於弘治辛酉。應遺逸, 官至宗親府典籤。朝廷虛位以待者累年, 竟不就。贈領議政, 謚文貞公。器局峻整, 材氣豪邁, 用功親切著明, 要自確實頭做來。常佩金鈴, 以自警省, 號曰惺惺子[5]。○先生, 從曹先生遊已有年。甲寅秋, 同趙月川, 往哭武陵周先生喪次[6], 因轉拜于德山[7]別業[8]。先生嘗語人曰 : "曹先生, 不喜向人談經說書, 然其言論風采, 自然有竦動人處, 對之非僻之心, 自不敢萌, 從學者多所啓發, 蓋有得於觀感之間也."

　　朴龍巖諱雲, 字澤之, 善山人, 生於弘治癸丑[9]。己卯進士, 以孝旌閭。嘗從松堂[10]朴先生, 得聞爲學大方。與退溪先生, 爲道義交, 往復論辨, 多印可焉。有所著《擊蒙編》·《紫陽心學至論》。○　先生, 自少往來, 質疑殆無虛歲。公嘗稱先生曰 : "申君, 居家行義, 今世罕見, 在古蕫召南[11], 其人也." 丁

---

4) 三嘉(삼가) : 조식은 삼가 토동(兎洞) 외가에서 태어남.

5) 用功親切著明, 要自確實頭做來. 常佩金鈴, 以自警省, 號曰惺惺子(용공친절저명, 요자확실도주래. 상패금령, 이자경성, 호왈성성자.) : 東岡 金宇顒의 <南冥先生行狀>에서 인용함.

6) 喪次(상차) : 상주들이 있는 곳.

7) 德山(덕산) : 경남 산청군 사천면에 있는 마을의 이름.

8) 別業(별업) : 별장.

9) 弘治癸丑(홍치계축) : 1493년.

10) 松堂(송당) : 朴英(1471~1540)의 호. 본관은 密陽이고, 자는 子實이며, 시호는 文穆이다. 성종 때 兼司僕, 宣傳官을 지냈다. 중종반정 뒤에는 의주목사, 同副承旨, 경상도병마절도사 등을 역임하였다. 善山의 金烏書院에 배향되었다.

巳秋, 龍巖爲訪退溪先生, 向宣城[12], 遇先生於桃源旅舍, 關雨信宿[13], 講論經旨。 及還, 以'起省頹惰等'語, 貽書致意, 可見其推詡之深也。

附龍巖書

節近重陽, 侍奉學履何如? 逆旅苦雨中, 得奉面誨, 傾倒無餘, 起省頹惰者, 深矣。 多謝多謝。 僕頃行, 未遂積願, 到處阻水, 六日而返。 始知人生一會合, 亦自有天定, 恨且奈何? 拙撰二編, 送溪上[14]未還, 姑竢斤正[15], 當一塵高覽也。 崔太源[16], 方向高軒, 撥忙草候。 不宣。

金眞樂堂諱就成, 字成之, 善山人, 生於弘治壬子[17]。 隱居樂道, 不求聞達。 以明正學‧闢異端爲己任, 與朴龍巖齊名。 旅軒[18]張先生, 嘗稱爲眞儒。 ○ 先生, 自少從遊[19]。 凡有問難, 深見敬重。

林葛川薰, 字仲成, 安陰人, 生於弘治庚申[20]。 庚子生員, 以館薦[21], 官至判

---

11) 董召南(동소남) : 唐나라 때 安豊 사람으로 隱士. ≪小學≫<善行>에 의하면, 韓愈가 <董生行>이라는 노래를 지어, 동소남이 晝耕夜讀하며 부모에게 효도하고 처자식을 사랑하는 것을 읊었으니, "수주 속현에 안풍이 있으니, 당나라 정원 연간에 이 고을 사람 동소남이 그곳에 은거하여 의를 행했다.(壽州屬縣有安豊, 唐貞元年時, 縣人董生召南, 隱居行義於其中.)"고 하였다.
12) 宣城(선성) : 안동 예안의 별칭.
13) 信宿(신숙) : 이틀 밤을 머무름.
14) 溪上(계상) : 퇴계 선생이 사는 곳으로 지금 陶山書院이 있는 곳.
15) 斤正(근정) : 고쳐줌. 바로잡아줌.
16) 崔太源(최태원) : 崔深의 자. 현령과 사간원 대사간을 지냈으며, 訒齋 崔晛의 부친이다.
17) 弘治壬子(홍치임자) : 1492년.
18) 旅軒(여헌) : 張顯光(1554~1637)의 호. 본관이 仁同, 자가 德晦이다. 1595년 학행으로 천거되어 報恩縣監을 지내고, 여러 차례 관직에 임명되었으나, 벼슬에 뜻이 없어 모두 사퇴하고 학문 연구에만 전심하여 李滉의 문인들 사이에 확고한 권위를 인정받았다. 1636년 병자호란 때에는 각지에 격문을 보내어 근왕의 의병을 일으키고 군량의 조달에 나섰으며, 패전 후 동해안의 立巖山에서 은거하였다. 영남의 많은 남인 학자들을 길러냈다.
19) 從遊(종유) : 학식이나 덕행이 높은 사람을 좇아 함께 지냄.
20) 弘治庚申(홍치경신) : 1500년.
21) 館薦(관천) : 성균관에서 인재를 천거함.

決事。生質粹美，　德器夙就。與退溪・南冥・玉溪[22]諸先生，　相善。以孝旌
閭。○ 公與先生, 素相善。及先生爲天嶺[23]學, 公爲比安倅也。以時相從, 遂
爲忘年之契。

金松隱光粹，字國華，義城人，生於成化戊子[24]。辛酉司馬。厚重有德器。
嘗遊太學, 見時象乖亂, 揖諸生而歸。杜門樂道, 享有遐齡。○ 先生自少從遊
最深。有詠萬年松詩一絶。

金河西麟厚，字厚之，長城人，生於正德庚午[25]。辛卯進士, 庚子文科。仁
宗朝, 官至校理, 後遂不仕。贈領議政, 諡文靖公。嘗遊慕齋[26]金先生門, 以儒
術文章名, 亦善草隸。○ 先生與公, 嘗有知己之感。辛亥, 赴長水學, 與主倅
趙龍門昱, 訪公於長城, 一見傾倒, 歡若平生。至是, 得聞慕齋道學淵源之正,
始有立祠崇奉之意。

趙月川穆, 字士敬, 禮安人, 生於嘉靖甲申[27]。壬子生員, 以銓薦累, 官至參
判。早登師門, 得傳旨訣, 配享[28]陶山尙德祠。○ 甲辰冬, 公從[29]愼齋周先生
于白雲洞, 與先生。連床對討，日有更攻互磨之益。周先生，以文學推公・德
器稱先生, 待之異於諸生。己酉夏, 退溪先生, 自丹陽移守豐基。公往從之, 與

先生, 同接白雲洞。甲寅秋, 與先生, 赴哭周先生于武陵。蓋與先生遊從, 殆將三十年, 道義之交, 最爲深密。有先生留竹溪時一律。○ 先生之孫, 晚悟30)達道, 嘗從月川先生學。月川先生, 每稱先生, 曰︰"悔翁一生, 用工惟在本分上, 眞古人所謂爲己之學也." 又曰︰"昔在愼齋之門, 從學者常數百人, 多以詞章製述爲務, 而公能切問近思, 專用心於內, 師門之屢加推獎, 蓋以此也."云。

金七峯希參31), 字師魯, 星州人, 生於正德丁卯32)。辛卯生員, 庚子文科, 官至牧使。嘗從南冥曹先生遊, 文辭經術, 見重當世。曹先生, 知公欲歸田, 贈詩有'駣駣之子路, 頭玉何亭亭'之句。○ 公與先生, 從遊於德山, 情好最甚。

金後凋堂富弼, 字彥遇, 禮安人, 生於正德丙子33)。丁酉司馬, 早登溪門, 甚見敬重。乙巳, 國恤後, 除寢郎不就。退溪先生贈詩, 有'後凋主人堅素節, 除書到門心不悅'之句。○ 公與先生同庚34), 氣義相合, 過從無間。

---

30) 晚悟(만오) : 申達道(1576∼1631)의 호. 본관은 鵝洲이고, 자가 亨甫이다. 月川 趙穆과 旅軒 張顯光의 문인이다. 1610년 사마시에 입격하였으나, 정계가 혼란하여 광해군 때는 벼슬에 나아가지 않았다. 1623년 명나라 熹宗의 등극을 기념하여 치러진 儒生庭試에 갑과로 장원급제하여, 文翰官을 거쳐 1627년 사간원 정언에 이어 곧 持平으로 승진하였다. 이해 6월 병조판서 李貴의 전횡을 배척하는 상소를 올려 이귀의 미움을 사서 부사직으로 전보되었다. 1627년 정묘호란 때 尹煌과 함께 斥和論을 적극적으로 주장하다가 파직되었다. 또 1629년 사헌부장령이 되었을 때, 內需司가 進上을 과다하게 강요하는 폐단을 없애라는 상소를 올렸다. 도승지에 추증되었고, 시문집에 ≪만오문집≫이 있다.

31) 金七峯希參(김칠봉희삼) : 칠봉 김희삼은 東岡 金宇顒의 아버지임. 임금이 소원을 묻는 말에, 김희삼은 대답하기를 "소신의 집은 성산에 있는데 일곱 봉우리들이 앞뒤로 둘러싸고 있으며, 그 안에는 작은 내가 흐르고 있습니다. 저는 벼슬에서 물러나 칠봉산 아래에서 나물이나 캐고, 물고기나 낚으면서 일생을 마치기를 원합니다."고 하자, 국왕은 김희삼에게 '칠봉'이라는 호를 내리면서, "나중에 거기 가서 살라."고 했다는 것이다. 1540년에 과거에 급제했는데, 당시 시험관이었던 金安國은 그의 답안을 보고 "반드시 선비일 것이다"라고 찬사를 보냈다고 한다. 김안국의 천거로 승무원으로 들어갔는데, 거기서 金麟厚와 함께 정자로 임명되었고 서로 도의로 사귀었다. 敬差官(지방에 임시로 보내던 벼슬)으로 경상우도를 시찰할 때, 三嘉縣에 이르러 溪伏堂으로 찾아가서 남명 조식을 만났던 그는 네 아들을 모두 남명의 문하에서 공부를 시켰다.

32) 正德丁卯(정덕정묘) : 1507년.

33) 正德丙子(정덕병자) : 1516년.

朴嘯皐承任, 字重甫, 榮川人, 生於正德丁丑35)。庚子連占大小科。以弘文正字, 賜暇東湖, 官至大司諫。凝重寡言, 喜怒不形。爲文藻, 筆立成。嘗從退溪先生, 講質論語・禮經・朱書等疑義。○ 公少先生一歲, 自少交義, 最深。戊午, 莅豊基, 嘗書請先生, 講論于白雲洞。

附嘯皐詩札

小筒冒炎至	開看李果盈
團圓黃赤具	咀嚼齒牙清
見物知君意	看書慰我情
涼生江閣晚	何日更論經

歸臥郡齋, 如玉其人, 常入夢中, 駕還終不可徐邪。俗物36)纏人, 更未就, 別可悵, 春來日長。峽邑少事, 政好相對論量。兄亦留念無負, 羣玉峯37)頂, 把酒時約, 如何忘此。不宣。(戊午, 先生自白雲洞還時)

黃錦溪俊良, 字仲擧, 順興人, 生於正德丁丑。辛酉38)生員, 庚子文科, 官至持平。明敏有風標, 才調華贍39)。始以文辭名, 後從退陶先生, 得聞性理淵源之說, 回頭轉腦40), 從事爲己之學。○ 乙巳, 公以尙州敎授, 踰竹嶺, 訪愼齋

---

34) 同庚(동경) : 동갑내기.

35) 正德丁丑(정덕정축) : 1517년.

36) 俗物(속물) : 속된 사람을 일컬음. ≪世說新語≫<排調>를 보면, 晉나라 竹林七賢 가운데 阮籍・嵆康・山濤・劉伶이 대숲에서 술에 취해 있는데, 王戎이 오자 "속물이 다시 와서 사람의 기분을 망쳐 놓는구나." 하였다 한다.

37) 羣玉峯(군옥봉) : 群玉山. 仙女인 西王母의 거처가 있는 산에 玉石이 많아서 이 산을 群玉山이라 이름했다는 데서 온 말인데, 여기서는 일반적인 산을 미화하여 한 말이다.

38) 辛酉(신유) : '丁酉'의 오기. 1537년.

39) 明敏有風標, 才調華贍(명민유풍채, 재조화섬) : 퇴계 이황이 쓴 <星州牧使黃公行狀>에 나오는 구절. 그가 죽었을 때, 수의마저 갖추지 못해서 베를 빌려서 염을 했으며, 관에 의복도 다 채우지 못할 만큼 청빈했다. 퇴계가 이를 애석히 여긴 나머지 祭文을 두 번이나 쓰고 특별히 行狀도 썼던 것이다.

周先生, 于豐基, 因與先生, 結道義交。辛亥, 宰新寧, 秩蒲而歸。每於故山之
行, 歷訪先生, 情好彌篤。有時揚扢古今, 雅論氷生[41], 聽之者, 不覺爽然自
失。癸亥春, 錦溪自星州辭疾還, 先生往問于中道。未幾, 竟不起, 先生深加痛
惜。

金藥峯克一[42], 字伯純, 安東人, 生於嘉靖壬午[43]。官至內資寺正。風神秀
發, 文學華贍。○ 甲辰冬, 公從愼齋先生, 于白雲洞, 與先生同業分深。

金鶴峯誠一, 字士純, 藥峯之弟, 生於嘉靖戊戌[44]。甲子進士, 戊辰文科, 官
至監司。贈吏曹判書, 諡文忠公。早登退溪先生之門, 得聞心學之要。德行勳
業, 輝映百代[45]。○ 公少先生二十二歲, 嘗題先生孝友錄, 有'從遊三十載'之
句。

       附鶴峯先生題孝友錄詩

       從遊三十載   不識有參乎

       今見難兄狀   如公志行無

李龜巖楨[46], 字剛而, 泗川人, 生於正德壬申[47]。丙申文科, 官至副提學。

---

40) 回頭轉腦(회두전뇌) : 머리를 돌리고 뇌를 굴린다는 뜻이나, 여기서는 '깨닫다'는 의미임.
41) 冰生(빙수) : 맑고 깨끗함을 일컫는 말. ≪荀子≫<勸學>의 "얼음이 물에서 나되 물보다
    차고, 퍼렁이 쪽[藍]에서 나되 쪽보다 푸르다.(氷生於水寒于水, 靑出於藍靑於藍.)"에서 그
    예가 보인다.
42) 金藥峯克一(김약봉극일) : 김극일은 鶴峯 金誠一의 맏형.
43) 嘉靖壬午(가정임오) : 1522년.
44) 嘉靖戊戌(가정무술) : 1538년.
45) 德行勳業, 輝映百代(덕행훈업, 휘영백대) : 鄭逑가 쓴 <金鶴峯墓表>에 나오는 구절.
46) 李龜巖楨(이구암정) : 李楨(1512~1571). 17세 때 성균관에 입학하여 학문에 힘썼으며, 24
    세 때 규암 송인수를 만나 스승으로 삼고 학문을 익혔다. 또 灌圃 魚得江(1470~1550)에
    게도 공부를 배웠다. 25세 때 문과에 장원급제하여 이듬해 書狀官으로 명나라에 다녀왔
    다. 29세 때 예조정랑을 지내고, 30세 때 永川 군수에 제수되었다. 이때 고을 일을 처리

受業於宋圭菴麟壽, 嘗爲成均司成。與退溪先生, 爲長貳, 庠舍諸生, 多興於學藝。所撰性理遺編·景賢錄, 傳於世。○ 壬寅, 公宰榮川, 常從愼齋先生講學, 與先生, 遇於白雲洞, 道義之契最深。

曹梅菴湜, 字幼淸, 三嘉人, 生於正德戊辰48)。以文學行誼, 見重於世。○ 先生, 爲三嘉學時, 日與之講論經史, 契分最深。及歸, 有送行詩幷序。

附梅菴詩(幷序)

申悔堂, 愼齋周先生門人也。余久聞, 愼齋道德文章, 柱石乎邦家, 蓍龜49)乎士林, 竊有負笈請益之志, 顧無其便, 願莫之遂。不幸今者, 愼齋遽爾易簀50)。吁! 愼齋, 今不可見矣。而余觀愼齋之門人, 於愼齋不在世之日, 則其爲喜幸, 當何如也耶。向之慕愼齋, 願親炙51)汲汲之心, 得移於悔堂, 則自不覺, 敬之重之。其所以敬之重之者, 豈徒然哉? 悔堂之爲親養, 來屈吾校, 此天也, 人之云乎。數年之間, 攜手來往, 于大隱山中, 飮罷瓢罇, 風乎浴乎者幾何, 申誦師說, 以規以勖者幾何。於其東爲也, 遂用一詩爲別。

함에 공평하고 공정하게 함으로 관원들이 잘 따르고 백성이 편안하였다 한다. 32세 때 가을 도산에서 처음 퇴계 선생을 만나 제자의 예를 갖추었다. 이때 豐基 군수로 온 주세붕을 만나기도 하였다. 35세 때 善山 군수로 갔다가 1년 만인 9월 향리 泗川으로 돌아왔다. 39세 때 부친상을 당하자, 3년 동안 시묘살이를 하였다. 41세 때 공주 목사에 제수되었으나 병으로 나아가지 않았다. 9월에 성균관 司成으로 부임하였다. 이때 대사성이 퇴계 선생이었는데, 구암은 퇴계 선생을 도와 성균관 유생들에게 학문을 권장하는 일에 힘썼다. 한 달 후 淸州 목사로 나아갔다. 47세 때 남명 선생을 따라 두류산을 유람하였다. 49세 때 우승지, 이해 9월에는 慶州府尹에 제수되었다. 50세 때 도산으로 퇴계 선생을 만나러 갔다. 이때 장마로 인해 퇴계의 집이 물에 막혀 갈 수 없었는데, 퇴계가 직접 예안까지 나아가 맞이하여 함께 자고 그 다음날 시 2수를 주었다는 기록이 전한다. 55세 때 남명 선생을 청하여 단속사에서 만났다.

47) 正德壬申(정덕임신) : 1512년.
48) 正德戊辰(정덕무진) : 1508년. 사단법인 남명학연구원의 '연원가 탐구'에는 출생년도 1526년도로 되어 있어 서로 상이하다.
49) 蓍龜(시귀) : 점 칠 때 쓰는 시초와 거북껍질을 말하는 것으로, 여기서는 師表의 의미임.
50) 易簀(역책) : 학덕이 높은 사람의 죽음이나 임종을 이르는 말. ≪禮記≫<檀弓篇>에서 曾子가 죽을 때를 당하여 삿자리를 바꾸었다는 데서 유래한다.
51) 親炙(친자) : 스승에게서 직접 가르침을 받음.

西來結交問幾人 　　 我是廣文52)知己者

黌堂53)講罷白日長 　　 廣文眼靑54)來共坐

欣然攜手卽呼酒 　　 唱余和汝無不可55)

醉來浩氣塞宇宙 　　 眼前泰山眞么麼

可憐和氏56)泣璞玉 　　 璞玉由來知者寡

書生不得育妻子 　　 何事謾自憂天下

廣文不答意悠然57) 　　 德宇粹□天所赭58)

數載幾訪大隱山 　　 幸有白酒與山菓

尙德無人同今古 　　 廣文翻爲物外墮

何圖遽被造物戲 　　 卷却前歡送于野

---

52) 廣文(광문) : 杜甫가 자기의 벗인 鄭虔을 높여서 부른 광문 선생의 준말이다. 唐나라 玄宗이 정건의 재질을 사랑한 나머지, 그를 위해 廣文館을 설치하고 博士로 임명했다는 고사가 있다. 그러나 광문관의 선생은 봉급이 박하고 들어오는 것이 없었으므로 가난한 학자 또는 곤란히 지내는 관리를 가리키는 뜻으로 쓰인다.

53) 黌堂(황당) : 향교.

54) 眼靑(안청) : 반가워하는 눈빛. 晉나라 竹林七賢의 한 사람인 阮籍은 예교에 얽매인 속된 선비가 찾아오면 흰 눈[白眼]을 뜨고, 맑은 高士가 찾아오면 靑眼을 뜨고 대했다고 한다.

55) 無不可(무불가) : ≪論語≫<微子篇>에 孔子가 이르기를 "세상에 버려진 채 은거한 어진 백성은 伯夷, 叔齊, 虞仲, 夷逸, 朱張, 柳下惠, 少連이었다. …(중략)… 나는 그 사람들과 다르니, 가함도 없고 불가함도 없노라."라고 한 데서 나온 구절. 이는 어느 한 가지 道理에 얽매이지 않고 때에 따라서 適中한 도를 행하는 것을 말한다.

56) 和氏(화씨) : 춘추시대 楚나라 卞和. 그가 荊山에서 직경이 한 자나 되는 璞玉을 얻어 厲王과 武王에게 바쳤으나, 옥을 감정하는 사람이 보고 돌이라 하여 두 발이 잘리고 말았다. 그 후 文王이 즉위하자 화씨는 형산 아래서 박옥을 안고 사흘 밤낮을 울어 피눈물이 흘렀다. 문왕이 이 사실을 듣고 사람을 보내 "천하에 발이 잘린 사람이 많은데 그대만이 유독 이렇게 우는 것은 어째서인가?" 하고 묻자, 그가 대답하기를 "나는 발이 잘린 것을 슬퍼하는 게 아니라 보배로운 옥을 돌이라 하고 곧은 선비를 미치광이라 하니, 이 때문에 슬피 우는 것입니다." 하였다. 이에 왕이 玉工을 시켜 박옥을 다듬게 하니, 직경이 한 자나 되고 티 한 점 없는 큰 옥이 나왔다 한다.

57) 不答意悠然(부답의유연) : 李白의 <山中答人> 시에, "나더러 무슨 일로 청산에 사느냐고 묻기에, 웃고 대답 않으니 마음 절로 한가롭네.(問余何事棲碧山, 笑而不答心自閑.)" 한 구절을 염두에 둔 표현임.

58) 天所赭(천소자) : 蘇軾의 <司馬溫公獨樂園> 시에 "명성이 우리를 좇은 것이니, 이러한 병을 얻은 것은 하늘이 붉은 표식을 한 것이네.(各聲逐我輩, 此病天所赭.)"라는 구절을 염두에 둔 표현임.

他年定作參與商59)　　　我在嶺右君嶺左
茫茫歸路別恨迷　　　　夕陽凌競馱羸馬
寄語君歸須勉㫋　　　　莫敎平生徒坎坷60)
君不見　　　　　　　　聖朝方鳩61)棟樑材
爲庇天下寒士　　　　　經營千萬間廣厦62)

盧玉溪禛, 字子膺, 咸陽人, 生於正德戊寅63)。丁酉生員, 丙午文科, 官至判書。錄淸白吏。金東岡宇顒祭, 吳德溪文云, ‘玉溪寬平, 時臨函丈.’ ○ 先生, 爲長水學時, 往來歷訪, 情好最篤。

吳德溪健, 字子强, 山陰人, 生於正德辛巳64)。壬子進士, 戊午文科, 官至舍人。遊退溪·南冥, 兩先生之門。學問堅苦65), 表裏輝光, 有忠孝大節。○ 辛酉, 公爲星州敎授, 與先生, 以時相從, 道契最深。

柳龜村景深, 字太浩, 安東人, 生於正德丙子。丁酉俱中生進, 甲辰文科, 丙

---

59) 參與商(삼여상) : 參星과 商星. 삼성은 서남방에, 상성은 동방에 서로 등져 있어 동시에 두 별을 볼 수 없는 데서, 친한 사람과 이별하여 만나지 못함을 비유한다. 杜甫의 <贈衛八處士> 시에, “인생이 서로 만나지 못하는 것이, 걸핏하면 삼성과 상성 같구려. 오늘 저녁이 그 어느 날 저녁인고, 그대와 함께 촛불 아래 마주하다니.(人生不相見, 動如參與商 今. 夕復何夕? 共此燈燭光.)”라고 한 데서 온 말이다.
60) 坎坷(감가) : 行路가 평탄하지 못한 것을 이름. 전하여 때를 만나지 못한 것을 말하기도 한다.
61) 方鳩(방구) : ≪書經≫<堯典>의 “인심도 얻고 많은 공로를 갖추었다.(方鳩僝功.)”는 구절에서 인용함.
62) 材爲庇天下寒士, 經營千萬間廣厦(재위비천하한사, 경영천만간광하) : 杜甫의 <茅屋爲秋風所破歌> 시에 “어이하면 너른 집 천만 칸을 얻어 천하에 가난한 선비들 크게 비호하여 모두 즐거운 얼굴로 풍우에도 움직이지 않고 산처럼 편안히 있을런가.(安得廣厦千萬間, 大庇天下寒士俱歡顏, 風雨不動安如山.)”라고 한 구절을 활용함.
63) 正德戊寅(정덕무인) : 1518년.
64) 正德辛巳(정덕신사) : 1521년.
65) 堅苦(견고) : 뜻을 전일하게 하여 애써 노력함.

午重試, 官至大司憲。性元直, 不畏强禦66), 屢典州郡, 俱有聲績。世稱經濟才。○ 公與先生, 庚同居近, 契許最深。丁酉春, 與先生及金公富弼, 同入禮闈67), 先生獨見漏。有二公別章68), 及先生和韻, 而幷佚不傳。

柳立巖仲郢, 字彦遇, 安東人, 生於正德乙亥69)。庚子文科, 官至觀察使。任眞秉直, 表裏如一, 曉達時務, 長於裁決。○ 戊戌, 公與先生, 同遊泮中70), 相與講劘資益71), 爲莫逆交, 閱歲而還。

鄭藥圃琢, 字子靖, 安東人, 後居醴泉, 生於嘉靖丙戌72)。壬子生員, 戊午文科, 官至左議政, 諡貞簡公。早從退溪・南冥兩先生, 知有爲己之學。有壬辰中興功73)。○ 癸丑冬, 公讀書于白雲洞, 先生因洛行, 歷入與之, 講論數日。

林瞻慕堂芸, 字彦成, 葛川之弟, 生於正德丁丑。以銓薦, 官至參奉。以孝旌閭。篤於人倫, 博學多通74)。○ 先生, 爲天嶺學時, 遊公伯仲之間, 多所資益。

---

66) 不畏强禦(불외강어) : ≪後漢書≫＜黨錮傳序＞의 "천하의 모범인 우리 이원례, 강포한 자겁낼까 우리 진중거.(天下模楷李元禮, 不畏强禦陳仲擧.)"라는 구절에서 인용함. 元禮는 後漢 李膺의 字이고, 仲擧는 陳蕃의 자이다. 진번은 윗사람에게 바른 소리를 잘 했고, 이응은 아랫사람을 엄하게 단속했다는 평가에서 나온 말이다.

67) 禮闈(예위) : 과거 會試를 말함.

68) 別章(별장) : 이별을 하면서 주고받는 글.

69) 正德乙亥(정덕을해) : 1515년.

70) 泮中(반중) : 예전에, 성균관을 중심으로 한 근처의 동네를 이르던 말. '태학'을 달리 이르는 말이기도 하다.

71) 資益(자익) : 친구간의 학문을 면려함.

72) 嘉靖丙戌(가정병술) : 1526년.

73) 壬辰中興功(임진중흥공) : 1592년 좌찬성으로 왕을 의주까지 호종하였고, 1594년에는 郭再祐와 金德齡 등의 명장을 천거하여 전란 중에 공을 세우게 했으며, 1597년에는 72세의 고령으로 스스로 전장에 나가서 군사들의 사기를 앙양시키려고 했으나 왕이 연로함을 들어 만류하였는데 이해 3월에는 옥중의 李舜臣을 극력 신구하였다. 이런 사실들을 염두에 둔 표현으로 보인다.

74) 博學多通(박학다통) : '博學多通'의 오기. 孫武와 吳起의 병법을 배우고 諸子百家까지 모아서 曆法, 地理, 音樂, 律呂, 算數 등 여러 부문에 뛰어났던 사실을 언급한 것임.

金惟一齋彦璣，　字仲瑱，　安東人，　生於正德庚辰[75]。丁卯生員。潛心力學，教導後進，一時名士，多出其門[76]。○　與先生分深。

金芝山八元，　字舜卿，　安東人，　生於嘉靖甲申。乙酉[77]俱中生進，仍登文科，官至縣監。嘗從周愼齋學，　又遊退溪李先生之門。李先生爲詩獎之。○　甲辰冬，公與先生及趙月川，同棲白雲洞，數月講學，契分彌篤。己酉，又與先生‧月川，從退溪先生，留白雲洞。先生，每稱金舜卿，安貧樂道，今世一人而已。有贈先生詩一絶。

附芝山詩

孔訓稱時習　　　　　　　　湯銘頌日新

孜孜求道志　　　　　　　　矢不讓他人

全菊齋夢奎，字文應，龍宮人。嘗爲義城訓導。○　與先生，交分甚密，有唱酬諸作。

附菊齋詩

牟惚斜日意何多　　　　　　回首龍城路更賒

箇裏閒情人不識　　　　　　但看庭樹亂歸鴉

雪晴南澗亂峯重　　　　　　多少詩材客眼中

村屧[78]來尋巖底舍　　　　　隔林籬落澹烟籠

李鶴洞光俊, 字俊秀, 義城人, 生於嘉靖辛卯79)。壬戌文科, 官至觀察使, 贈禮曹參判。剛方有操守, 絶跡權貴之門。壬辰之亂, 有功績80)。○ 公少先生十五歲, 契分最密。中歲自軍威, 移卜于縣南金鶴洞81), 亦爲先生晚景, 相從也。

權公審行, 字可立, 冲齋82)先生之從子也, 生於正德丁丑。壬子司馬。好賢樂善。常以愛人, 濟物爲事。○ 與先生相善。

朴公承侃, 字子悅, 嘯皐之兄也, 生於正德壬申83)。辛卯生員, 庚子與弟嘯皐, 共登文科, 官至府使。

周公博, 字約之, 愼齋先生之子也, 生於嘉靖辛卯。戊午進士, 戊辰登文科, 官至校理。○ 甲辰, 公侍愼齋先生, 于豐基任所, 學業夙就。先生與之相從。

李公國柱, 字卓卿, 漢陽人, 蔭官至郡守。五峯84)好閔, 卽其子也。

---

78) 村屨(촌구) : '杖屨'의 오기.

79) 嘉靖辛卯(가정신묘) : 1531년.

80) 壬辰之亂, 有功績(임진지란, 유공적) : 임진왜란 때 의병을 일으켜 전공을 세운 사실을 일컬음.

81) 金鶴洞(금학동) : 경북 의성군 옥산면에 있는 동네 이름.

82) 冲齋(충재) : 權橃(1478~1548)의 호. 자는 仲虛이고, 호는 萱亭이다. 경기도 관찰사·형조 참판·한성부 판윤 등을 지냈으며, 어린 명종이 즉위하자 院相에 임명되었고, 명종 2년 (1547) 양재역 벽서 사건에 연루되어 유배된 후, 그곳에서 죽었다.

83) 正德壬申(정덕임신) : 1512년. 金晉秀가 지은 <忍庵 承侃 墓碣銘>에는 출생년이 1508년 (중종 3)으로 나와 있어 서로 어긋나며, 몰년은 밝히지 않았다.

84) 五峯(오봉) : 李好閔(1553~1634)의 호. 본관은 延安이고, 자는 孝彦이다. 1579년 진사가 되고, 1584년 문과에 급제하였다. 이듬해 史官으로 뽑히고 그 후 1592년 吏曹佐郎으로 임진란이 일어나자 의주에 왕을 호종하고, 遼陽에 가서 명나라에 지원을 요청하여 李如松의 군대를 이끌어 들이는데 크게 활약했다.

李拙齋友閔85), 字孝叔, 國柱之子。丙午文科, 官至右尹。○ 癸丑86)冬, 公以敬差官, 巡過本縣, 與先生, 論賑濟事。

金公冲, 字和吉, 尙州人, 生於正德癸酉87)。辛酉文科, 官至司成。有文行, 鄭愚伏88)先生, 撰墓碣。○ 與先生善。

李公暹, 字景明, 丹城人。○ 公與先生分厚, 淨襟堂89)之會, 忽吟‘一聲歌裏擧盃輕’之句, 要先生足之, 先生因搆, 成四韻一篇。

李公晁90), 字□□, 暹弟, 生於嘉靖庚寅91)。丁卯文科, 官至典籍。○ 公嘗

---

85) 李友閔(이우민, 1514~1574) : 본관은 延安이고, 자는 孝叔이며, 호는 守拙齋이다. 1546년 증광문과에 병과로 급제하였다. 藝文官 檢閱을 거쳐 弘文館著作·副修撰·修撰 등을 지냈다. 司諫院 正言으로 전임되었다가 전라도지방에 암행어사로 나갔었다. 그 뒤 1552년 吏曹佐郎으로 발탁되었고, 1554년 홍문관 應敎 제수에 이어서 경상좌도 救荒敬差官으로 파견되었는데, 경상좌도에 내려가 정황을 살펴 狀啓를 올렸다. 곧, ‘지난 가을부터 겨울까지 비도 눈도 오지 않아 밀, 보리가 모두 枯死하였으니 백만 생령이 살아날 길이 없습니다. 굶어 죽어가는 백성을 보고만 있자니 너무 한심합니다. 조속히 양곡을 보내주시어 백성을 구해 주십시오.’ 하였다. 조정에서 그 장계를 보고 즉시 구황미를 보내 굶주린 백성들을 구하여 주었다. 또한 曹佐成均館 司藝·承政院 右副承·司憲府 大司憲 등을 역임하였다. 1564년 경상도관찰사에 임명되었고, 1567년 황해도관찰사에 임명되었으나 拜辭하고 부임하지 않았다. 1572년 함경감사에 임명되었고, 1574년 병졸하였다.
86) 癸丑(계축) : 연보에는 ‘甲寅’으로 되어 있어 오기인 듯. 갑인년이 옳기 때문에 번역문에는 갑인년으로 번역했다.
87) 正德癸酉(정덕계유) : 1513년.
88) 愚伏(우복) : 鄭經世(1563~1633)의 호. 본관은 晉州이고, 자는 景任이며, 호는 一黙·荷渠이다. 경북 尙州에서 출생했고, 柳成龍의 문인이다. 1582년 진사를 거쳐 1586년 謁聖문과에 급제, 승문원 副正字로 등용된 뒤 검열·奉敎를 거쳐 1589년 賜暇讀書를 하였다. 1592년 임진왜란이 일어나자 의병을 일으켜 공을 세워 修撰이 되고 정언·교리·정랑·司諫에 이어 1598년 경상도관찰사가 되었다. 광해군 때 鄭仁弘과 반목 끝에 削職되었다. 예론에 밝아서 김장생 등과 함께 예학파로 불렸다. 시문과 서예에도 뛰어났다.
89) 淨襟堂(정금당) : 경남 三嘉縣(지금의 합천)에 있는 누각이름.
90) 李晁(이조, 1530~1580) : 본관은 星州이고, 자는 景升이며, 호는 桐谷이다. 丹城에 거주하였다. 그는 1530년(중종 25년)에 산청 원당에서 副司直 李繼裕의 아들로 태어났다. 1561년(32세) 10월에 덕천에 가서 남명선생의 문하에서 爲學之要를 듣고 敬義 두 글자로써 힘쓸 것을 배웠으며, 1570년(41세) 가을에 남명선생을 찾아뵈었다. 1568년(39세)에 晉州 訓導가 되었고 1573년(44세) 5월에는 成均館學正에 제수되고 6월에 護送官이 되어 倭使를

以護送官歷訪, 參淨襟堂會, 先生詩序, 有'神交有年'之語。

崔松湖海, 字太涵, 善山人, 生於正德戊辰[92]。丙午司馬。早從松堂朴先生遊。嚴威正直, 勤於敎誨。○ 與先生善, 遊從最密。

崔松菴深, 字太源, 松湖弟, 生於正德壬申。遊朴松堂門, 聞爲學之方。以子晛貴, 贈左參贊, 旅軒張先生, 銘其墓。○ 公與先生, 出入同門, 情好彌篤。

朴公灝, 字泗仲, 龍巖之子, 生員。有文行。不幸早歿, 先生深痛惜之。

朴公演, 字濟仲, 灝之弟, 生於嘉靖己丑[93]。從事家庭之學。爲諸友所推重, 自號喚醒堂。○ 先生, 每對龍巖言, 公侍立終日, 無倦色。先生以此敬重。

趙龍門[94]昱, 字景陽, 漢陽人, 生於正德□□[95]。以館薦, 官至郡守。嘗遊靜菴[96]趙先生之門, 有訓蒙成就之功。筆法亦妙。○ 先生, 爲長水學時, 公適

東萊에서 호송하였다. 이때 일본 사신이 후추(胡椒) 한 자루를 선물로 주려고하자, 그는 받지 아니하고 돌려보내며 말하기를, '신하된 자가 사사로이 받을 수 없다.'고 하였다. 일본 사신은 이를 듣고 그의 청렴함에 놀라면서 말하기를 '선생의 청렴함은 한 조각 맑은 얼음과 같아 이 더운 6월에도 서늘하게 느껴집니다.'라고 하였더니 조야에서 이를 傳誦하였다고 한다.

91) 嘉靖庚寅(가정경인) : 1530년.
92) 正德戊辰(정덕무진) : 1508년.
93) 嘉靖己丑(가정기축) : 1529년.
94) 龍門(용문) : 趙昱(1498~1557)의 호. 본관은 平壤이고, 자는 景陽이며, 호는 愚菴・葆眞齋・洗心堂이다. 趙光祖・金湜의 문하에 들어가 공부하였으며, 어머니가 죽은 뒤 3년상을 마치고 砥平(경기 양평) 용문산에 은거하며 후학을 가르쳐 용문선생으로 불렸다. 명종 7년에 曺植 등과 賢士로 뽑혀 내섬시주부(內贍寺主簿)가 되고, 長水縣監을 지냈다
95) 正德□□(정덕□□) : '弘治戊午'의 오기 및 결락.
96) 靜菴(정암) : 趙光祖(1482~1519)의 호. 본관이 漢陽이고, 자가 孝直이다. 벼슬은 부제학・大司憲에 이르렀다. 유생들을 중심으로 한 사림파의 절대적 지지를 바탕으로 도학정치의 실현을 위해 적극적으로 활동했다. 천거를 통해 과거 급제자를 뽑는 현량과의 실시를 주장하기도 했으며, 그의 사상의 핵심은 덕과 예로 다스리는 유학의 이상적 정치인 왕도를

爲邑宰, 與先生, 修明學規, 講論經旨。又訪金河西於長城, 契許最深。有贈酬
諸什。

附龍門詩

春色三三近　　　　　　他鄕日日愁

病來方制酒　　　　　　恨不與同遊

* 祇受惠酒肴, 深謝深謝, 仍占短句, 以報雅意, 兼示諸生[97]

共作池亭飮　　　　　　還悲湖嶺別

但憑靑眼在　　　　　　餘事何須說

(申敎官季綏辭任歸義城)[98]

黃大海應淸, 字淸之, 平海人, 生於嘉靖甲申。壬子司馬, 應遺逸, 官至縣
監。以孝旌閭。力學勵行, 訓誨後進, 使海曲[99]爲禮義之鄕。○ 甲寅春, 先生
自畿湖轉入關東, 與公通觀名勝而還。

柳公希潛, 字□□, 漢陽人, 官至義興縣監。○ 公謫居本縣二十四年, 與先
生, 同閈契深。庚申, 議修鄕約。及放還, 有先生贈別詩。

盧厚齋克愼, 字無悔, 尙州人, 蘇齋[100]之弟也, 生於嘉靖甲申。蔭官至僉

현실에 구현하려는 것이었다. 그러나 원로들과 충돌되어 1519년 己卯士禍로 綾州로 귀양
　　갔다가 38세 때에 南袞 일파에게 몰리어 처형되었다.

97) ≪龍門先生集≫ 권4, <甲寅三月踏靑後二日, 贈敎官申君季綏, 兼示諸生>으로 되어 있음.

98) ≪龍門先生集≫ 권4, <凝碧亭, 送申敎官季綏滿任歸義城>으로 되어 있음.

99) 海曲(해곡) : 경북 울진지역의 옛 지명.

100) 蘇齋(소재) : 盧守愼(1515~1590)의 호. 본관은 光州이고, 자는 寡悔이며, 호는 伊齋·暗
　　室·茹峰老人도 있다. 인종이 즉위하자 大尹으로서 正言이 되어 李芑를 논핵, 파직시켰
　　다. 그러나 1545년 명종이 즉위하자 小尹 尹元衡이 이기와 함께 을사사화를 일으켜 그
　　는 이조좌랑에서 파직, 1547년 順天에 유배되었다. 良才驛 壁書事件으로 가중 처벌되어
　　珍島로 이배, 19년 동안 귀양살이하였다. 1565년 다시 槐山으로 옮겼다가, 1567년 선조
　　가 즉위하자 풀려서 校理에 기용되어 대사간·부제학·대사헌·이조판서·대제학을

正。天資仁厚, 篤於孝友。○ 與先生相善。

鄭竹軒, 字仲尹, 三嘉人。○ 公與先生, 交契甚深。先生贈詩, 有‘憶昔從遊處, 相知幾許深’之句。

曹公淑, 字善卿, 號竹軒, 安陰人, 生於弘治甲子。生進文科重試, 官至府使。

隱約齋(姓名行蹟未攷)。○ 先生, 爲天嶺學時, 與之從遊, 有所贈長律一篇。

附隱約齋詩

德秀鴻儒表	名居吉士[101]先
淵源傳立雪[102]	見識悟流川[103]
著意窺仁[104]奧	潛心味道玄

거쳐, 1573년 우의정, 1578년에 좌의정, 1585년에 영의정에 이르렀다.

101) 吉士(길사) : 어진 선비를 가리킴. ≪詩經≫<大雅·卷阿>의 "봉황이 훨훨 날아, 날개깃을 탁탁 치며, 앉을 자리에 앉는도다. 왕에게는 길사가 하 많으시니, 군자가 부리는지라, 천자께 사랑을 받는도다. 봉황새가 울어 대니, 저 높은 뫼이로다. 오동나무가 자라니, 저 볕바른 곳이로다. 무성한 오동나무에, 봉황새 노래 평화롭도다.(鳳凰于飛, 翽翽其羽, 亦集爰止. 藹藹王多吉士, 維君子使, 媚于天子. 鳳凰鳴矣, 于彼高岡. 梧桐生矣, 于彼朝陽. 菶菶萋萋, 雝雝喈喈.)"는 구절에서 인용한 말이다.

102) 立雪(입설) : 널리 同門修學의 뜻으로, 스승으로 모신다는 의미. 宋나라 때 游祚와 楊時두 사람이 程子를 처음 뵈러 갔을 때, 정자는 눈을 감고 조용히 앉아 있었다. 그러나 두 사람은 그대로 侍立한 채 정자가 눈을 뜨기만을 기다렸는데, 얼마 후 정자가 눈을 뜨고서는 "아직까지 있었는가. 우선 나가서 쉬라." 하므로, 문을 열고나오니, 밖에는 그사이 눈이 한 자가량이나 쌓였다고 하는 고사이다.

103) 見識悟流川(견식오류천) : 孔子가 일찍이 냇가에서 흐르는 냇물을 가리켜 이르기를 "가는 것이 이와 같은저, 밤낮을 쉬지 않는구나.(逝者如斯夫, 不舍晝夜.)" 한 구절을 염두에 둔 표현임. 이는 곧 잠시도 멈추지 않는 道體의 本然을 감탄한 것이다.(≪論語≫<子罕>)

104) 窺仁(규인) : 司馬光의 <獨樂園記>에 "나 우수는 평소 독서함에, 위로는 성인을 스승삼고, 아래로는 여러 어진 이을 벗하며, 인과 의의 근원을 살피고, 예와 악의 실마리를

行身師孔子

事一同君父106)

學堪陶後進

良貴107)方酣若

飢寒元不閔

訓士今何陋

任同埋匣劍109)

鹿洞111)絃歌盛112)

好學慕顔淵105)

參三建地天

道亦邁前賢

浮榮自藐然

菽水108)奈難延

爲貧古亦傳

難作濟川船110)

龍湖113)敎化宣

탐색한다.(迂叟平日讀書, 上師聖人, 下友群賢, 窺仁義之原, 探禮樂之緒.)"는 구절을 인용함.

105) 顔淵(안연) : 顔回의 자. 魯나라의 현인. 학문과 덕이 특히 높아서, 공자도 그를 가리켜 학문을 좋아하는 사람이라고 칭송하였고, 또 가난한 생활을 이겨내고 道를 즐긴 것을 칭찬하였다.

106) 事一同君父(사일동군부) : 사람은 세 존재, 즉 어버이, 스승, 임금 덕분에 살게 되었으니, 이 셋을 섬기기를 똑같이 하라는 뜻에서 나온 말. 《國語》<晉語>에 이르기를, "난공자가 말하기를, '사람은 세 분에게서 살게 되었으니, 이들을 섬기기를 한결같이 하여야 한다. 아버지는 나를 낳아 주시고, 스승은 나를 가르쳐 주시고, 임금은 나를 먹여 주셨으니, 아버지가 아니면 태어나지 못하고 임금이 먹여 주지 않으면 자라지 못하고, 스승이 가르쳐 주지 않으면 알지 못하니 낳아 주신 것과 똑같다. 그러므로 한결같이 섬겨서 오직 그 있는 곳에서 죽음을 바쳐야 한다.(欒公子曰 : '民生於三, 事之如一. 父生之, 師敎之, 君食之, 非父不生, 非食不長, 非敎不知, 生之族也. 故一事之, 唯其所在, 則致死焉.)'라고 하였다."는 구절에서 보인다.

107) 良貴(양귀) : 사람마다 본래 갖추고 있는 덕. 내 속에 본래 가지고 있는 것으로서, 남이 결코 줄 수 없는 가장 고귀한 것을 말한다. 《孟子》<告子章句 上>의 "남이 귀하게 해 주는 것은 양귀가 될 수 없다. 조맹(趙孟)이 귀하게 해 준 것은 조맹이 아무 때나 천하게 할 수가 있는 것이다.(人之所貴者, 非良貴也. 趙孟之所貴, 趙孟能賤之.)"는 구절에서 나온다.

108) 菽水(숙수) : 《禮記》<檀弓 下>에 공자의 제자 子路가 집안이 가난해서 효도를 제대로 하지 못한다고 탄식하자, 공자가 "콩 죽을 끓여 먹고 물을 마시더라도 기쁘게 해 드리는 일을 극진히 행한다면, 그것이 바로 효이다.(啜菽飮水盡其歡, 斯之謂孝.)"라고 위로했다는 고사에서 나오는 말.

109) 任同埋匣劍(임동매어검) : 龍泉과 太阿의 두 보검이 감옥 밑에 묻혀 있었다는 고사를 염두에 둔 표현임. 인재가 재능을 발휘하지 못하게 함을 비유한 것이다.

110) 難作濟川船(난작제천선) : 《書經》<商書·說明 上>의 "조석으로 좋은 말씀을 들려주어 나의 덕치를 보좌하도록 해주오. 만약 내가 쇠라면 그대는 숫돌이 되고, 만약 내가 큰 내를 건너려 할 때는 그대는 내와 노가 되어 주오.(朝夕納誨 以輔台德. 若金 用汝作礪 若濟巨川 用汝作舟楫)"라는 구절을 염두에 둔 표현임.

長時勤導育　　　　　　餘日暢幽悁

聲病114)工居後　　　　　進修業必前

筆峯時展到　　　　　　濡澗幾裳褰115)

野曠幽還逈　　　　　　林脩斷復連

花朝光倍麗　　　　　　月夕態增姸

玩物聊遣興　　　　　　吟詩輒掃牋

新篇怕迭唱　　　　　　舊病自能痊

芝宇116)深懷古　　　　　塵談或失旋

自憐畸習痼　　　　　　分作俗人捐

結屋淸溪側　　　　　　開荒碧岀邊

---

111) 鹿洞(녹동) : 白鹿洞書院을 일컬음. 江西省 星子縣 북쪽의 廬山五老峯 밑에 있었는데, 唐
이래로 國學을 두었고 宋나라 초에 서원을 두었다. 남송의 朱熹가 南康軍의 知事가 되
었을 때 복구하여 스스로 백록동서원 원장이 되어, 三綱五倫과 ≪中庸≫을 학생에게 강
의하는 동시에 천하의 학자를 초청하는 등 유교의 이상 실현에 힘썼다.

112) 絃歌盛(현가성) : 현가는 거문고·비파 등을 연주하며 詩歌 읊는 것을 일컬음. 공자의
제자 子遊가 武城이란 고을의 邑宰로 있으면서 현가로 백성을 교화하는 수단을 삼았음
을 ≪論語≫<陽貨篇>의 “공자가 무성에 가니 현가의 소리가 들렸다.(子之武城, 聞弦歌
之聲.)”는 구절을 통해 알 수 있다. 무성은 춘추시대 魯나라의 縣邑으로 지금의 山東省
費縣이다. 子游가 백성들에게 예악을 가르쳤으므로, 곳곳마다 현가의 소리를 들을 수
있었다 한다.

113) 龍湖(용호) : 경남 함양군 안의면의 용추폭포가 거침없이 쏟아내는 폭포수를 받아내는
곳을 일컬음. 龍湖란 이름을 가진 호수가 여러 곳 있지만 天嶺이 함양의 옛 명칭임을
감안하면 이곳이 맞는 듯하며, 구체적 지명이라기보다는 함양을 일컫는 통칭의 의미로
쓰인 듯하다.

114) 聲病(성병) : 平仄·聲律이 맞지 않는 詩賦를 일컬으나, 여기서는 성률(聲律)이 있는 시부
의 통칭으로 쓰임

115) 裳褰(상건) : 褰裳. 舜이 禹에게 임금 자리를 물려주면서 “정화가 이미 고갈되었으니 이
제 나는 바지를 벗고 물 건너가련다.(精華已竭, 褰裳去之.)”라고 노래를 불렀다는 고사와
≪孟子≫<盡心章句 上>의 “순 임금은 천하에 군림하는 일을 그만두기를 마치 헌신짝
벗어 버리듯 하시는 분이다.(舜視棄天下, 猶棄敝屣也.)”에서 유래한 것으로 왕위를 전하
는 것을 말하나, 여기서는 꼭 필요한 상황에서 해야 할 일을 의미함.

116) 芝宇(지우) : 상대방을 존칭하는 말. 唐나라 元德秀는 자가 紫芝인데, 宰相 房琯이 항상
덕수를 볼 적마다 찬탄하며 말하기를, “자지의 눈썹을 보면 사람으로 하여금 名利의
마음이 다 사라지게 한다.”고 하였다고 한 데서 유래한다.

衆芌117)趨渤海　　　　　獨瑟任華顚118)

驥伏猶千里119)　　　　　蝸藏但數椽

誰能呑井渫120)　　　　　長自作匏縣

已絶君平121)杖122)　　　難存子敬123)氈124)

今辰看海令　　　　　　末俗有賢騫125)

---

117) 衆芌(중후) : 뭇 군자들의 집. ≪詩經≫<小雅·斯干>의 “비바람 이제는 막게 되고 새나 쥐들도 모두 떠났나니 이곳은 군자가 사는 곳이라오.(風雨攸除, 鳥鼠攸去, 君子攸芌.)”라고 한 데서 참고할 수 있다. <小雅·斯干>은 새 집을 지은 기쁨을 노래한 시이다.

118) 華顚(화전) : 백발의 머리. 노인을 비유적으로 이르는 말이다.

119) 驥伏猶千里(기복유천리) : 말이 마판에 엎드려 있다는 말로 사람이 숨어 있는 것을 비유함. ≪桓溫詩≫의 “늙은 기마가 마판에 엎드렸어도 뜻은 천리 길에 있다.(老驥伏櫪志在千里.)”는 구절을 염두에 둔 표현임.

120) 井渫(정설) : 스스로 몸가짐을 깨끗이 함의 비유로, 聖君 시대에 다시 등용되어 經國濟世의 뜻을 펼쳐보고 싶다는 말. ≪周易≫<井卦·九三>의 “우물을 깨끗이 쳤는데도 먹지를 않으니 내 마음이 슬프다. 임금이 밝아서 길어다 먹기만 하면 모두 복을 받으리라.(井渫不食, 爲我心惻. 可用汲, 王明, 並受其福.)”라는 말에서 유래한 것이다. 곧, 훌륭한 재능을 갖춘 인재가 세상에 쓰이지 못함을 슬퍼하는 것이다.

121) 君平(군평) : 前漢 嚴遵의 자. 그는 蜀 땅에 은거하여 成都의 저잣거리에서 점을 쳐 주며 먹고살았는데, 늘 충효와 신의를 사람들에게 가르치고 하루에 100錢만 벌면 점치는 것을 그만두고 가게의 문을 닫고 발을 내린 채 저술을 일삼았다 한다.

122) 杖(장) : 阮杖. 晉나라의 阮修가 외출을 할 때마다 지팡이 끝에 돈 백 냥을 걸고 다니다가 주막이 보이면 곧바로 혼자서 술을 사 마시며 즐겼다.(阮修常以百錢掛杖頭, 遇酒店就買酒獨飮, 世稱其杖爲阮杖.)는 고사에서 유래한다. 여기서는 100전을 의미한다.

123) 子敬(자경) : 晉나라 王獻之의 자. ‘子敬氈’은 왕헌지가 밤에 서재에서 자다가 도둑이 들어 방 안의 물건을 다 훔쳐서 짐을 꾸리는 것을 보고 “푸른 모포[靑氈]는 우리 집의 오랜 물건이니 그것만은 놓아두라.”라고 한 고사에서 유래한 말로, 일반적으로는 家業을 뜻한다.

124) 已絶君平杖, 難存子敬氈(이절군평장, 난존자경전) : 杜甫의 <秋日夔府詠懷奉寄鄭監李賓客一百韻>에 있는 “卜羨君平杖, 偸存子敬氈.”을 참고함.

125) 騫(건) : 張騫. 漢武帝 때 흉노를 친 공으로 博望侯에 봉함을 받고 大夏에 사신 갔다가 黃河의 근원을 찾아 天河에 이르렀다는 고사가 전한다. 곧, ≪荊楚歲時記≫에 의하면, 장건이 뗏목[槎]을 타고 河源을 찾다가 은하수에 올라 織女를 만나서 支機石을 받아 嚴君平에게 보였더니, 그가 말하기를 “아무날 客星이 斗牛星을 범하더니 그대가 은하에 올랐었군.” 했다는 고사이다. 後漢의 班超가 관청의 代書 일을 하며 가난한 살림을 꾸려 나가다가 붓을 던지며 탄식하기를 “대장부가 별다른 智略이 없으면, 마땅히 傅介子나 張騫처럼 異域에 나가 공을 세워 封侯가 된 일이라도 본받아야 할 것이다.” 하고는 마침내 西域의 사신으로 가 큰 공을 세워 定遠侯에 봉해졌던 고사가 있다.(≪後漢書≫<班超傳>)

適意論膠漆126)　　　　寬心度歲年

典衫127)紅杏里　　　　陳席綠楊阡

益友攜三四　　　　芳醪貯十千128)

最宜文字飲129)　　　　遊翰弄雲煙

　鄭魯村久良,　字元佐,　永川人。早登退溪先生之門,　講質經義。築紫陽書堂130),　讀書養後進,　永之多文學之士,　自公始。嘗除寢郞不就。○　公與先生,　有從遊講磨之益。

　鄭公琚, 字公璐, 永川人。

　鄭公瑜, 字公瑾, 永川人, 後家興海131),　生於嘉靖壬午。處心醇正, 奉身淸儉132), 見重於鄕里。○　戊申, 先生與公, 遊於鶴城133), 觀海而還。

---

126) 膠漆(교칠) : 아교와 칠처럼 不可分의 긴밀한 관계를 뜻하는 말인데, 보통 교분이 두터운 우정을 가리킬 때 쓰임. 後漢의 陳重과 雷義가 돈독한 우정을 발휘하자, 사람들이 "교칠이 굳다고 하지만, 진중과 뇌의의 우정만 할까.(膠漆自謂堅, 不如雷與陳.)"라고 칭찬했다는 고사에서 유래한다.

127) 典衫(전삼) : 두보의 <曲江> 시에, "퇴청해서는 나날이 봄옷을 전당 잡혀, 날마다 강 머리에서 실컷 취해 돌아오네.(朝回日日典春衣, 每日江頭盡醉歸.)"라는 구절이 참고가 됨.

128) 十千(십천) : 萬錢의 돈을 가리킴. 王維의 <少年行>에 "신풍의 맛 좋은 술은 한 말에 십천인데, 함양의 유협들은 대부분이 소년이로세.(新豐美酒斗十千, 咸陽游俠多少年.)"라 한 데서 온 말이다.

129) 文字飮(문자음) : 詩文을 짓고 담론하면서 술을 마시는 것을 이름. 唐나라의 韓愈가 <醉贈張祕書>에서 장안의 부호집 자식들을 조롱하며, "문자음할 줄은 알지 못하고서 오직 연분홍 치마폭에서 취하는 게 고작이지.(不解文字飮, 惟能醉紅裙.)" 하였다는 데서 나온다.

130) 紫陽書堂(자양서당) : 경북 영천시 임고면 삼매리에 있는 서당.

131) 興海(흥해) : 포항의 옛 지명.

132) 處心醇正, 奉身淸儉(처심순정, 봉신청검) : 張顯光이 지은 <通政大夫鄭公墓誌銘>에 나오는 구절.

133) 鶴城(학성) : 울산의 옛 지명.

盧公遂134), 字汝成, 永川人。進士。有文名。○ 與先生相善。

孫公盡忠, 字子敬, 慶州人。進士。

張公文輔135), 字伯勳。丙午文科, 官至牧使。
張公文佐, 字叔勳。二公, 皆安東人。

金公宇宏136), 字勉夫, 七峯之子, 生於嘉靖壬午。丙午俱中生進, 癸丑文科, 官至府使。○ 與先生分深。

梁公喜, 字懼而, 生於正德乙亥。丙午文科, 官至參判。
梁公欣, 字懼夫。
梁公澹, 字士恬。三公, 皆咸陽人。

李公景明137), 字如晦, 星州人。壬戌文科, 官至承旨。○ 先生, 最與交密。

李公克恭, 字□□。

金公鷟, 字孝伯。

---

134) 盧公遂(노공수) : 盧遂. 일찍부터 학문에 뜻을 두고 金大有에게 수학하였으며, 이어 李滉의 문인이 되었다. 사마시에 급제했으나 영천에서 후진양성에만 진력했다. 1553년 金應生, 鄭久良과 함께 鄭夢周를 제향한 臨皐書院을 영천의 浮來山 아래에 창건하였다.
135) 張文輔(장문보, 1516~1566) : 자는 伯勳이고, 호는 星南이다.當時 '花山三傑' 중 1인이다. 1546년 生員에 합격하고 같은 해 문과에 급제하였으며, 관직은 博士, 豊基郡守, 察訪, 掌令, 司成 등을 거쳐 晋州牧使에 이르렀다. 惠政을 베풀어 칭송이 높았다.
136) 金宇宏(김우홍) : 호는 知足堂이다. 나주(羅州) 목사와 永興牧使를 지냈다.
137) 李景明(이경명, 1517~?) : 본관은 固城이고, 자는 如晦이다. 1562년 별시 병과에 급제하여 宣略將軍, 승정원 주서, 예조 좌랑, 東萊府使 등을 역임하였다.

徐公泂138), 字淸源。進士。有文行。

蔡公无咎, 字汝悔。

郭公趪, 字君靜。壬子文科, 官至郡守。
郭公超, 字泰靜, 號禮谷, 生於嘉靖辛卯。戊午司馬, 以館薦, 官至郡守。嘗遊南冥曹先生之門, 與鄭寒岡·金東岡, 結道義交, 以資麗澤之益。
郭公趨, 字景野。丙辰文科, 官至縣監。○ 三公, 皆玄風人也。與先生, 交契甚厚。

李公山岳, 字君鎭, 義城人, 生於嘉靖戊申。癸酉生員。隱居邱園, 無進取意。○ 有先生賀蓮榜詩。

李公伋, 字思卿。
李公倪, 字磬叔。

李公聃龍, 字聖言, 密陽人。庚午文科。
李公德龍, 字應雲, 密陽人。文科。

友琴堂(姓名行蹟未攷)
附友琴堂詩
　　　相攜物外作淸遊　　　　　豈料君還我獨留
　　　此會明年何處共　　　　　去留心事兩悠悠

金公彦种, 字景放, 善山人。官至監察。先生在漢陽時, 赴公酒席, 有'千里

---

138) 徐泂(서형) : 樂齋 徐思遠의 백부이자 양부이다.

洛城無限抱, 斜陽聯袂浩歌廻'之句。

康公明善, 字□□, 舟川[139]之弟。 ○ 有先生贈詩。

元公凱, 字德佐。生員。

先生考, 悔堂先生師友錄, 總七十有四人。竊想當時交遊, 宜不止此。且其往還講劘之實, 必有鑿鑿可据者, 而中因兵火, 文籍蕩然無存。先人, 嘗有意收拾, 而未克就。不肖孤, 深懼夫愈久而愈失其傳。乃敢以得於家庭者列書。而輯錄之無徵[140]不取, 有聞輒書, 隨闕隨塡, 粗成一通。蓋竭一生之力, 而後來徵信, 猶不能爲三之一, 是重可恨已。然因是錄而論其世, 亦足以知先生淵源交遊之盛云。

丙申[141]四月下澣, 孫悅道[142]敬書

---

139) 舟川(주천) : 康惟善(1520~1549)의 호. 본관은 信川이고, 자는 元叔이다. 창원도호부사 顗의 아들. 1537년 사마시에 합격하여 성균관의 유생이 되고, 文章이 출중하여 宋麟壽의 사랑을 받았다. 1545년 성균관 유생들을 이끌고 상소하여 趙光祖를 伸寃하게 하였으며, 충주에서 李洪胤의 獄事가 있을 때 연루되어 杖殺되었다.
140) 無徵(무징) : 세대가 멀고 典章이 갖추어져 있지 않아 보고 들을 길이 없다는 말.
141) 丙申(병신) : 신열도의 생몰연간(1589~1659)을 감안하면 1656년임.
142) 悅道(열도) : 申悅道(1589~1659). 본관은 鵝州이고, 자가 晉甫이며, 호는 懶齋(난재)이다. 張顯光의 문인이다. 어려서부터 총명하여 10여 세에 經史에 통달하고 1624년 증광문과에 을과로 급제, 1606년에 사마시에 합격하여 진사가 되고, 1627년 정묘호란 때에 인조를 江華로 호종하였다. 이듬해 書狀官으로 명나라에 다녀온 후 1638년 蔚珍縣監, 1647년 司憲府掌令, 1648년 綾州牧使가 되었다. 저서에 ≪仙槎志≫, ≪聞韶志≫ 등이 있다.

■ 跋

右師友錄, 先生之孫, 懶齋公所編也。始伯氏靜隱公[143], 撰先生孝友錄, 訒
齋[144]崔公, 因孝友錄而爲之誌, 故於先生淵源授受之旨, 金蘭[145]講劘之實, 并
未之詳焉。此師友錄之所以作也。謹按, 嘉靖癸卯, 先生贄拜愼齋先生於竹溪,
是年冬, 自竹溪, 拜退陶先生於溪上, 後六年己酉, 拜退陶先生於豐基郡廨, 甲
寅, 自武陵, 拜南冥先生於德山別業。先生, 蓋嘗出入於三先生之門, 而於退陶
先生, 則文蹟[146]之可據者止此, 當日單傳密付[147]之訣, 莫得以徵焉。然試就
先生原稿, 而夷考平日言行之間, 則先生之學, 發端於愼齋, 觀感於南冥, 而晚
年進德, 有得於溪門, 薰陶之餘者, 實深。且一時名勝, 如黃錦溪[148]·朴嘯

---

143) 靜隱公(정은공) : 申元福(1509~1584)의 호. 자는 仲綏. 參奉 申壽의 아들이자, 悔堂公의
  兄이다. 지극한 孝行으로 將仕郎 獻陵參奉에 除授되었다.

144) 訒齋(인재) : 崔晛(1563~1640)의 호. 본관은 全州이고, 자가 季昇이다. 1588년 司馬試에
  급제, 1592년 임진왜란이 일어나자 구국책을 올려 元陵參奉이 되었다. 1606년 增廣別試
  생원과에 장원, 檢閱이 되었으며, 광해군 때 遷都論이 거론되자 이를 반대, 그 계획을
  중단시켰다. 仁祖反正 後 副提學을 거쳐 강원도관찰사가 되었다.

145) 金蘭(금란) : 金蘭之交. 깊은 우정을 나누는 벗. 금란은 ≪周易≫＜繫辭傳 下＞의 "두 사
  람이 마음을 같이하면 쇠도 자를 수 있고 그들의 말은 난초 향기와 같다.(二人同心, 其
  利斷金, 同心之言, 其臭如蘭.)"는 구절에서 나온 말이다.

146) 文蹟(문적) : 나중에 詳考할 文書와 帳簿.

147) 單傳密付(단전밀부) : 單傳은 불교의 문자로서, 경전에 의지하지 않고 以心傳心한다는 말
  이고, 密付는 密着이란 말과 같음. 그러나 여기서는 혼자에게만 전하여 은밀히 부탁한
  다는 말이다.

148) 錦溪(금계) : 黃俊良(1517~1563)의 호. 본관은 平海이고, 자는 仲擧이며, 호는 錦溪이다.
  경북 영주시 豐基에서 태어났다. 李滉의 門人으로, 蘗巖 李賢輔의 孫壻이나. 어려서부터
  文名이 자자하였다. 1550년 호조좌랑으로 春秋館記事官을 겸하고, ≪중종실록≫·≪인
  종실록≫ 편찬에 참여하였다. 이해 다시 병조좌랑으로 전직되어서는 불교를 배척하는
  소를 올렸다. 이듬해 지평으로 있을 때 인사 청탁을 거절한 일이 있는 言官者의 모함을
  당하자, 외직을 자청하여 경상도 新寧縣監으로 나갔다가 1556년 신병으로 사직하였다.
  이듬해 丹陽郡守를 거쳐 1560년 星州牧使를 지내다가 1563년 병으로 사직하고 돌아오
  는 도중 醴泉에서 죽었다. 그가 죽었을 때, 수의마저 갖추지 못해서 베를 빌려서 염을
  했으며, 관에 의복도 다 채우지 못할 만큼 청빈했다. 또 퇴계는 애석히 여긴 나머지 祭
  文을 두 번이나 쓰고 특별히 行狀도 썼다. 풍기의 遇谷書院, 신녕의 白鶴書院에 배향되

皐149)・趙月川150)・金芝山151)諸先輩, 或以道義相推, 或以翰墨相酬。夫執非同門講學之伴, 而至若河西152)金先生, 別有知己之感。蓋先生之三年疏食, 河西之七月痛哭, 同出於至誠惻怛之情。及其爲長水學也, 與趙龍門昱153), 卽往訪焉。則大易所謂, 同聲相應・同氣相求154), 先生以之。此又先生大節之不可泯者, 此師友錄之不得不作也。間者, 後孫諸人, 得是編於懶翁巾衍中, 將謀附刊, 於原稿之下, 要不佞155)一言以識之。竊念懶翁, 以先生親孫, 汙不阿好, 所撰年譜諸編, 俱有考據, 可以徵信於來後, 奚容不佞之贅言哉。但摩挲欽慕之餘, 不能無所感, 于中者, 茲綴數語, 以補狀誌之闕, 兼寓微顯闡幽156)之義

었다.

149) 嘯皐(소고) : 朴承任(1517~1586)의 호. 본관은 반남이고, 자는 重圃인데, 李滉의 문인이다. 명종 때 현풍현감으로 백성 구휼에 힘썼고, 宣祖 때 황해도 관찰사・도승지・춘천부사, 대사간 등을 지냈다. 榮州의 龜山精舍에 제향되었다.

150) 月川(월천) : 趙穆(1524~1606)의 호. 본관은 橫城이고, 자는 士敬이며, 호는 東皐도 있다. 李滉의 문인이다. 집안이 가난했으나 평생을 학문 연구에만 뜻을 두어 대학자로 존경받았다. 醴泉의 鼎山書院, 禮安의 陶山書院, 봉화의 文巖書院 등에 배향되었다.

151) 芝山(지산) : 金八元(1524~1589)의 호. 본관은 江陵이고, 자는 舜擧・秀卿이다. 周世鵬・李滉의 문인이다. 趙穆・具鳳齡 등과 학문을 닦았고, 조목과 <人心道心圖>를 만들었다.

152) 河西(하서) : 金麟厚(1510~1560)의 호. 본관은 울산이고, 자는 厚之이며, 호는 澹齋도 있다. 전라도 장성현 대맥동리에서 출생하였다. 어려서 총명했으며 당시 전라도 관찰사 김안국에게도 지도를 받았다. 1528년 성균관에 들어가 李滉과 함께 학문을 닦았다. 1540년 문과에 합격하고 1543년 홍문관 박사 겸 세자시강원 설서를 역임하여 당시 세자였던 인종을 가르쳤다. 인종이 즉위하여 8개월 만에 사망하고 을사사화가 일어나자 고향으로 돌아가 성리학 연구와 후학 양성에만 정진하였다. 문인 정철은 "동방에서 출처가 정대한 사람이 없는데 오직 하서 선생이 있어 매년 7월 1일이면 인종대왕을 사모하여 산중에 들어가 통곡한다."고 하였다.

153) 趙龍門昱(조용문욱) : 龍門 趙昱(1498~1557). 본관은 平壤이고, 자는 景陽이며, 호는 愚菴・葆眞齋・龍門・洗心堂이다. 趙光祖・金湜의 문하에 들어가 공부하였으며, 어머니가 죽은 뒤 3년상을 마치고 砥平(경기 양평) 용문산에 은거하며 후학을 가르쳐 용문선생으로 불렸다. 명종 7년에 曺植 등과 賢士로 뽑혀 내섬시주부(內贍寺主簿)가 되고, 長水縣監을 지냈다.

154) 同聲相應, 同氣相求(동성상응, 동기상구) : 같은 소리끼리 서로 응하고 같은 기운끼리 서로 찾는다. ≪周易≫<乾卦・文言>에 나오는 구절이다.

155) 不佞(불녕) : 재주가 없다는 뜻으로 자신을 겸칭하는 말.

156) 微顯闡幽(미현천유) : ≪周易≫<繫辭傳 下>에 "역은 과거를 드러내고 미래를 보여 주며 은미한 것을 드러내고 숨겨진 것을 밝혀 준다.(夫易, 彰往而察來, 而微顯闡幽.)"라는 말에서 인용함.

云爾。

上之二十六年[157]庚午, 南至日[158] 後學 安東 權相一[159] 謹識

---

157) 上之二十六年(상지이십육년) : 英祖 26년을 가리키는 것으로 1750년임.

158) 南至日(남지일) : 동짓날.

159) 權相一(권상일, 1679~1760) : 본관은 안동이고, 자는 台仲이며, 호는 淸臺이다. 상주 출생이다. 1710년 증광문과에 급제하여, 承文院正字 등을 거쳐, 1727년 萬頃縣令, 이어 掌令에 임명되었으나 사퇴하고, 그 후 홍문관의 啓請에 의해 經筵에 참석했다. 軍資監正·蔚山府使 등을 역임하고, 1745년 봉상시정·사헌부헌납·동부승지·형조참의 등을 역임하고, 1748년 우부승지로 사직, 낙향하였다. 80세에 中樞府知事에 임명되고, 耆老所에 들어갔다. 학문은 李滉을 좇았으며, 이황이 수정하기 전의 四七說을 조술하였다.

悔堂先生墳山圖

同隴三塋。上塋，　即先生考位，　處士公[1]塋，　次先生塋，　次先生伯氏參奉公[2]塋。三塋，皆有碑石，而外階[3]南畔，橫竪面北。

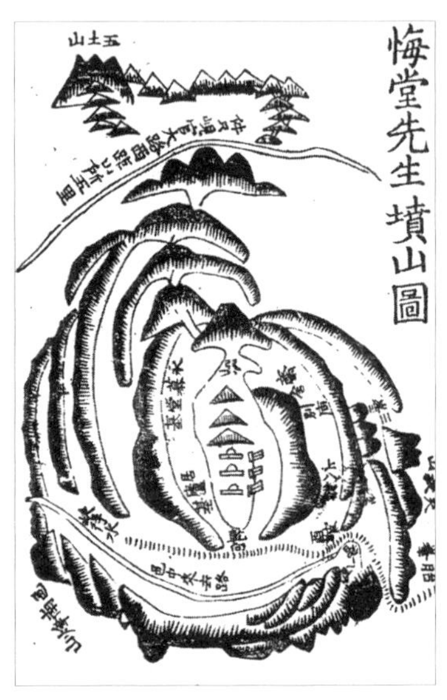

右墳山圖之鋟，附于卷後者，竊恐，世代邈遠，事變無窮，洒後雪，仍或不免，有東西南北之人之歎，則過是原者，必將靡所的知，彷徨怵惕矣。茲於先祖遺稿之繡于梓[4]也，　並摹墳山，附諸卷之下方。雖世隔萬而地距千，庶幾文籍有徵，瞭然知先祖，衣屨之託在於斯云爾。

崇禎甲申後再己未[5]　正月日　六世孫　彦模[6]　謹識

---

1) 處士公(처사공) : 아주신가 11세손 '申壽'를 가리킴. 그는 慶基殿參奉에 제수되었으나 나아가지 않았으며, 文敏公 周世鵬이 그의 묘지문을 지었다.

2) 參奉公(참봉공) : 申元福(1509~1584)을 가리킴. 자는 仲綏이다. 參奉 申壽의 아들이자, 悔堂公의 兄이다. 지극한 孝行으로 將仕郎 獻陵參奉에 除授되었다.

3) 外階(외계) : 階節보다 낮추어, 절하기 위해서 만든 무덤 앞의 평평한 자리를 말함.

4) 繡于梓(수우재) : 간행함.

5) 崇禎甲申後再己未(숭정갑신후재기) : 明나라 毅宗의 연호(1628-1644)인데, 명나라가 멸망한 이후에도 사용된 연호로 그 후 두 번째의 기미년은 1739년임.

6) 申彦模(신언모, 1689~1749) : 아주신가 18세손 호계파. 자는 景範이고, 호는 晚香齋이다.

愼齋 周先生 遺墨

我院有人

其心如玉

天將玉汝

申其祿矣

　右一十六字, 愼齋周先生之書贈悔堂申先生者也。周先生肇刱白雲, 育養多士, 遠邇坌集, 髦譽如雲。而先生特蒙其獎許, 則其天資之溫潤[1]近道, 亦可想見於辭旨之間矣。從容函丈[2]之際, 所以琢磨磋切以成其德器者, 必有其方而今無所證嚮焉。然先生卒以孝友成德, 令聞亹亹, 旣沒而棹楔[3]煒煌, 廟享百世。天之所以玉汝而申其祿者, 如持左契[4]交符, 詎不偉歟! 逮于曾玄, 多以賢孝聞, 胎光趾美, 世濟厥休, 是則天之申其祿, 不獨在其身而施其孫子矣。

　聞孫[5]弘敎[6], 以其父兄之命, 褙起作帖, 屬余識一言, 其用心已勤矣。然以

---

1) 溫潤(온윤) : 《禮記》〈聘義〉에서 공자가 "대저 옛날에 군자는 덕을 옥에 비겼으니, 온윤하되 윤택함은 仁이요.(夫昔者君子, 比德於玉焉, 溫潤而澤仁也.)라 한 데서 인용함.

2) 函丈(함장) : 《禮記》〈曲禮〉에 "만일 음식 대접이나 하려고 청한 손이 아니거든, 자리를 펼 때에 자리와 자리의 사이를 한 길 정도가 되게 한다(若非飮食之客, 則布席, 席間函丈.)"라고 한 데서 온 말. 즉 서로 묻고 배우는 師生의 사이를 말하는데, 전하여 스승의 별칭으로도 흔히 쓰인다.

3) 棹楔(도설) : 紅箭門이라고도 하는데, 忠臣 孝子 烈女들을 표창하여 임금이 그 집이나 마을 앞, 陵, 園, 廟, 宮殿, 官衙 등에 세우도록 한 붉은 門. 또 다른 명칭으로는 旌閭, 旌門, 綽楔, 紅門이라고도 한다. 正面 입구에 세우는 붉은 문이다.

4) 左契(좌계) : 계약을 두 장으로 쪼개어 하나는 좌계로 하고, 하나는 우계로 하였다가, 나중에 마주 붙여보아 증거로 하는 것. 좌계는 채무자가 소유하고 우계는 채권자가 소유한다. 전하여 약속의 증거로 씌었다.

"

是而謂足以嗣守先烈則未也。須勉力於古人所謂'爲仁之本'7)者， 修己則玉潤而無玷, 持心則執玉而恐墜, 以無忝于爲先生之孫, 則天之降祿於申氏者殆鄭重焉。 姑書于卷端以竢。

歲己丑8) 十月 下浣 先生外後孫 韓山 李象靖9) 拜手書

---

5) 聞孫(문손) : 명망 있는 손자.

6) 弘敎(홍교) : 申弘敎(1740~1785). 아주신가 19세손으로 본관은 鵝州이고, 자는 寬汝이며, 호는 南園이다. 벼슬은 通德郎을 지냈으며, 孝友文行으로 명망을 받았다.

7) ≪論語≫<學而篇>에 孔子의 제자 有子가 "군자는 근본이 확립되도록 노력해야 하니, 근본이 확립되면 도가 나오게 마련이다. 그런데 효와 제야말로 인을 행하는 근본이다.[君子務本 本立而道生 孝弟也者 其爲仁之本]"고 한 말에서 나옴.

8) 己丑(기축) : 1769년.

9) 李象靖(이상정, 1711~1781) : 본관은 韓山이고, 자는 景文이며, 호는 大山이다. 아버지는 泰和이며, 어머니는 載寧李氏로 玄逸의 손녀이며 栽의 딸이다. 안동 일직현에서 출생하였다. 14세에 외할아버지 이재를 사사하였다. 1735년 사마시와 대과에 급제하여 假注書가 되었으나 곧 사직하고, 학문에 전념하였다. 1739년 連原察訪에 임명되었으나, 이듬해 9월 관직을 버리고 고향으로 돌아와 大夕山 기슭에 大山書堂을 짓고 제자 교육과 학문 연구에 힘썼다. 講學에 힘쓴 결과 280여 명의 湖門學團을 형성하였으며, 당시 사람들로부터 小退溪라는 칭송을 들었다. 문하에서 李宗洙・柳長源・金宗德・鄭宗魯・南漢朝 등이 나왔다. 그는 李滉 이후 기호학파에 비해 상대적으로 침체하던 영남학파에서 이황의 계승을 주창하고 일어난 李玄逸・李栽로 이어진 영남 이학파의 중추적 인물이다. 외할아버지를 통해 영남 이학파의 학풍을 계승하는 한편, 그 근원이 되는 이황의 사상을 계승하고 정의하는 입장에서 사상적 터전을 마련하였다.

찾아보기

부 록

悔堂先生文集 影印

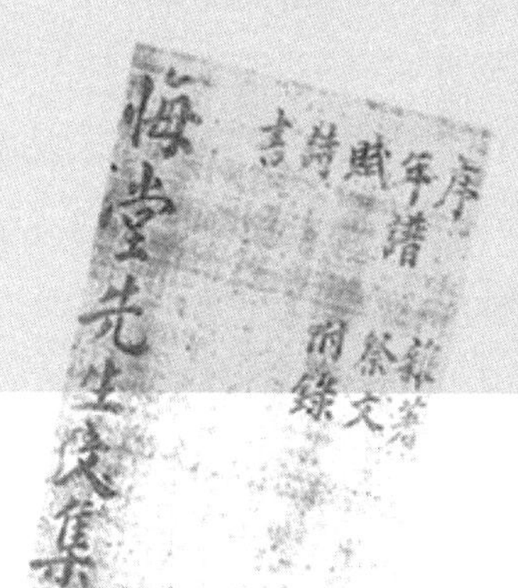

여기서부터는 影印本을 인쇄한 부분으로 맨 뒷 페이지부터 보십시오.

覺生之孫則天之降羅彦申氏
者殆鄭重寫姑書于春端以竢
歲己丑十月下澣　覺生外後
孫韓山李象靖彝舜甫書

命褙起作帖屬余識一言其用
心已勤矣然以是而謂呂以嗣守
先烈則末也頊勉力於古人所謂
爲仁之本者修之則玉潤而無玷
持心則執玉而恐墜以無忝于爲

之所以玉海而申其祿者必持全
契交符詎不偉歟遝于魯多多
以賢孝聞胎先趾義必濟厥休是
則天之申其孫不獨在其身而施
于其孫子矣聞孫弘教以其父兄之

可想見於辭色之間矣渥容函

文之際所以琢磨礪切以成其德器

耆必有其芳而今毋所一所證響焉然

先生率以孝友成德令聞闇靈

旣沒而棹楔煒煌廟享百世矣

右一十六字愼齋周先生之書贈

悔堂申先生者也周先生

肇闢白雲育養多士遠通室

集髦譽如雲而先生特蒙其

實謝則其天資之溫潤近道也

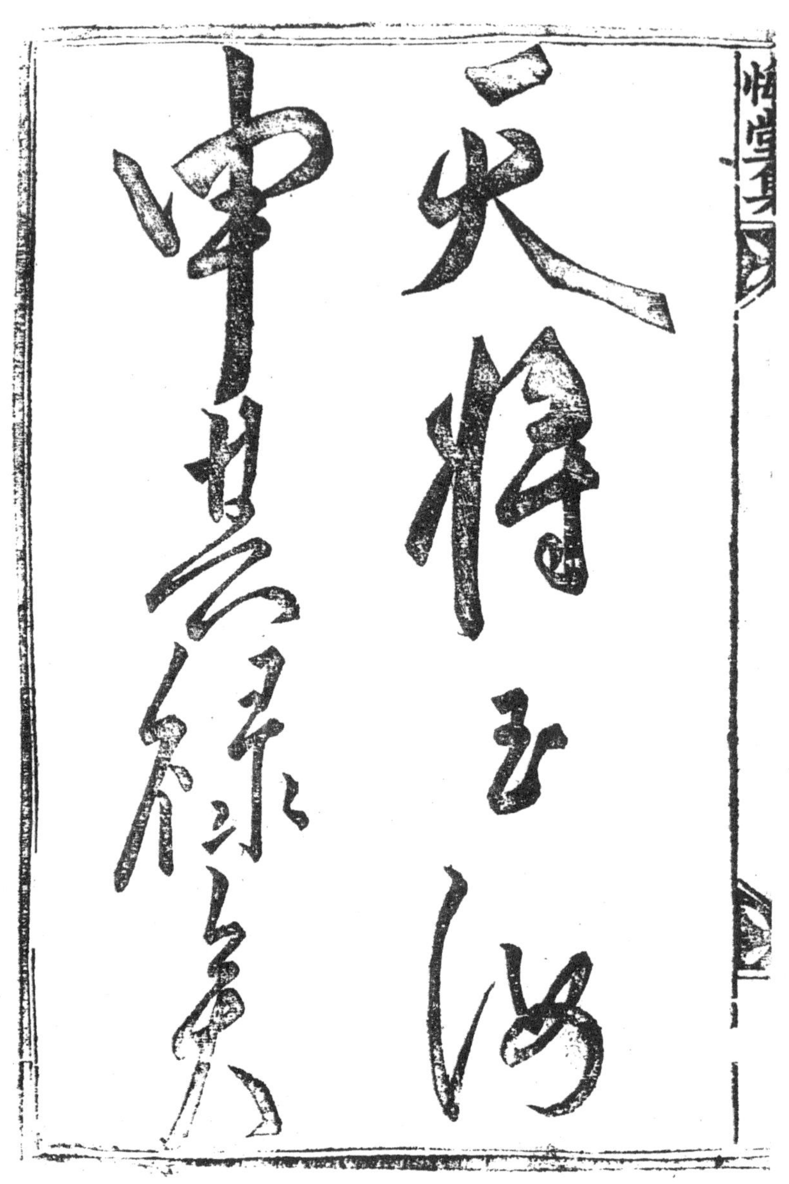

右墳山圖之錄附于卷後者竊恐世代逖遠
事變無窮逈後雲仍或不免有東西南北之
人之歎則過是原者必將靡所的知彷徨怵
惕矣玆於先祖遺稿之繡于榟也並墓墳山
附諸卷之下方雖世隔萬而地距千庶幾文
籍有徵瞭然知先祖衣覆之託在於斯云爾
崇禎甲申後再已未正月日六世孫彥模謹識

悔堂先生文集卷之四

悔堂先生墳山圖

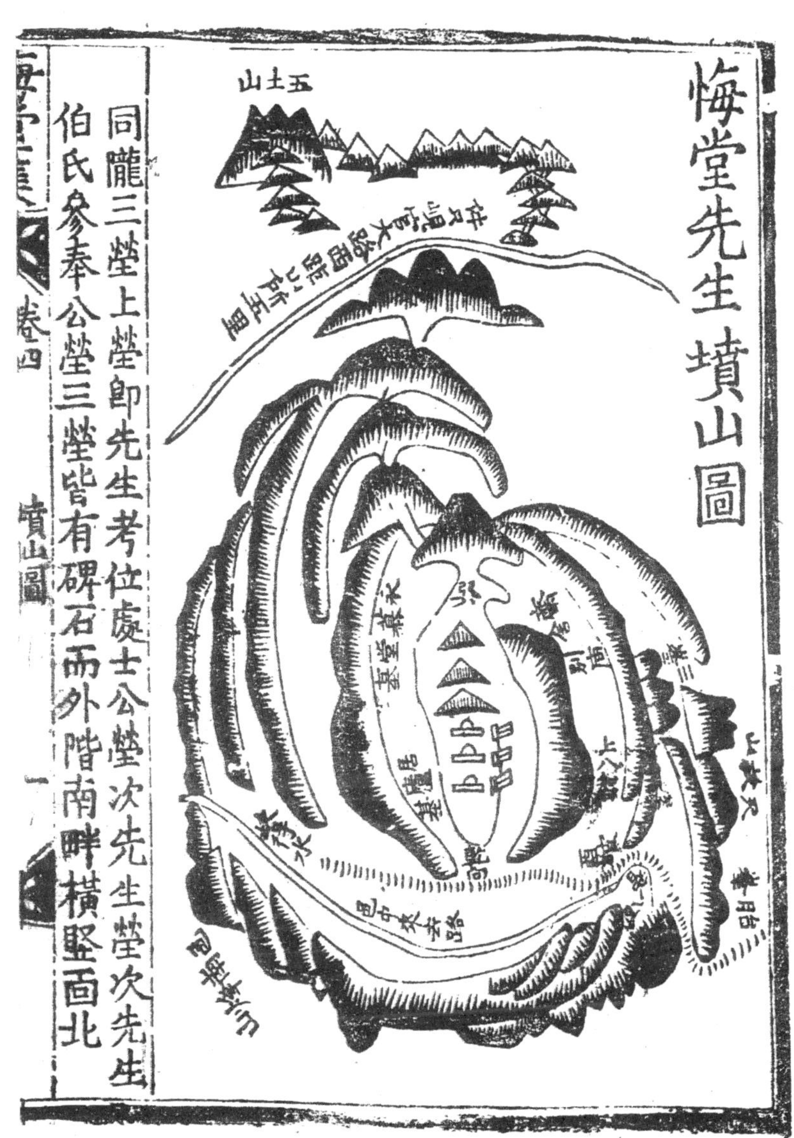

同隴三塋上塋卽先生考位處士公塋次先生塋次先生
伯氏參奉公塋三塋皆有碣石而外階南畔橫竪面北

親孫汙不阿好所誣年譜諸編俱有考據可
以徵信於來後奚容不俟之贅言哉但摩挲
欽慕之餘不能無所感于中者兹綴數語以
補狀誌之闕兼寓微顯闡幽之義云爾
上之二十六年庚午南至日後學安東權相
謹識

悔堂先生文集卷之四

名勝如黃錦溪朴嘯皋本趙月川金芝山諸先
輩或以道義相推或以翰墨相酬夫豈非
門講學之伴而至若河西金先生別有知己
之感蓋先生之三年疏食河西之七月痛哭
同出於至誠惻怛之情及其爲長水學也與
趙龍門昱卽往訪焉則大易所謂同聲相應
同氣相求先生以之此又先生大節之不可
泯者此師友錄之不得不作也間者後孫諸
人得是編於懶翁巾衍中將謀附刊於原稿
之下要不俟一言以識之竊念懶翁以先生

廟之實幷未之詳焉此師友錄之所以作也

謹按 嘉靖癸卯先生贄拜愼齋先生於竹
溪是年冬自竹溪拜退陶先生於溪上後六
年己酉拜退陶先生於豐基其郡解甲寅自武
陵拜南冥先生於德山別業先生蓋嘗出入
於三先生之門而於退陶先生則文蹟之可
據者止此當日單傳密付之訣莫得以徵焉
黙試就先生原稿而熟考平日言行之間則
先生之學發端於愼齋觀感於南冥而晚年
進德有得於溪門薰陶之餘者實溪直一時

列書而輯錄之無徵不取有聞
輒書隨闕隨塡粗成一通蓋錄
一生之力而後來徵信猶不能
爲三之一是重可恨已然因是
錄而論其世亦足以知先生淵
源交遊之盛去丙申四月下辭
孫悅道敬書

右師友錄先生之孫懶齋公所編也始伯氏
靜隱公撰先生孝友錄詗齋崔公因孝友錄
而爲之誌故於先生淵源授受之旨金蘭講

斜陽聯袂浩歌迴之句

庫公明善字　舟川之弟○有先生贈詩

元公凱字德佐生員

先王考悔堂先生師友錇總七
十有四人竊想當時交遊空不
止此且其往還講劘之實必有
鑒鑒可据者而中因兵火文籍
蕩然無存先人當有意收拾而
未克就不肖孤滾懼夫愈久而
愈失其傳乃敢以得於家庭者

李公伋字忠卿

李公俔字馨叔

李公聃龍字聖言密陽人庚午文科

李公德龍字應雲密陽人文科

友琴堂　姓名行蹟未玟

附友琴堂詩

相携物外作清遊豈料君還我獨嵒此

會明年何處共去嵒心事兩悠悠

金公彦种字景放善山人官至監察先生

在漢陽時赴公酒席有千里洛城無限抱

郭公趩字君靜壬子文科官至郡守

郭公超字泰靜號禮谷生於 嘉靖辛卯戊
午司馬以館薦官至郡守嘗遊南冥曹先
生之門與鄭寒岡金東岡結道義交以資
麗澤之益

郭公趙字景野丙辰文科官至縣監○三公
皆玄風人也與先生交契甚厚

李公山岳字君鎭義城人生於 嘉靖戊申
癸酉生員隱居邱園無進取意○有先生
賀蓮窩詩

梁公喜字懼而生於　正德乙亥丙午文科
官至參判
梁公欣字懼夫
梁公澹字士恬三公皆咸陽人
李公景明字如晦星州人壬戌文科官至承
旨○先生最與交密
李公克恭字
金公騫字孝伯
徐公泂字清源進士有文行
蔡公无咎字汝悔

靖壬午處心醇正奉身淸儉見重於鄉里

○戊申先生與公遊於鶴城觀海而還

盧公遠字汝成永川人進士有文名○與先

生相善

孫公盡忠字子敬慶州人進士

張公文輔字伯勳丙午文科官至牧使

張公文佐字叔勳二公皆安東人

金公字弘字勉夫七峯之子生於　嘉靖壬

午丙午俱中生進癸丑文科官至府使○

與先生分澆

己絕君平杖屨存　子教種人今辰看海令

末俗有賢寮適意　論膠漆添寬心度歲年

典刑紅杏里陳席　絳楊阡益友舊三四

芳醪貯十千最空　文字飲遊翰弄雲煙

鄭魯村元良字元佐永川人早登退溪先生之門講質經義築染紫陽書堂讀書養後進永之多文學之士自公始嘗除寢郎不就

○公與先生有從遊講磨之益

鄭公琚字公璐永川人

鄭公瑜字公瑾永川人後家興海生於嘉

任同埋圓劒難作濟川船鹿洞絃歌盛
龍湖教化宣長時勤導育餘日暢幽悄
聲病工居後進修業必前筆峯時展到
潘澗幾棠寨野曠幽還迴林脩鋤復連
花朝光倍麗月夕態增姸玩物聊遣興
吟詩輒掃成新篇怕迷唱舊病自能痊
芝宇淡懷古塵談或失旋自憐畸習痼
分作俗人捐結屋清溪側開荒碧峀邊
泉芋趨渤海獨琴任華顯驥伏猶千里
蝸藏但數椽誰能吞井溧長自作魬縣

甲子生進文科重試官至府使

隱約齋姓名行蹟未攷〇先生爲天嶺學時

與之從遊有所贈長律一篇

附隱約齋詩

德秀鴻儒表名居古士先淵源傳立雪

見識悟流川著意窺仁奧潛心味道玄

行身師孔子好學慕顏淵事一同君父

參三建地天學堪陶後進道亦邁前賢

良貴方酬若浮榮自貌然飢塞元不閟

蔽水奈難延訓士今何陋爲貧古亦傳

柳公希潛字　漢陽人官至義興縣監○
公謫居本縣二十四年與先生同閈契澯
庚申議修鄉約及放還有先生贈別詩
盧厚齋克愼字無悔尚州人藕齋之弟也生
於　嘉靖甲申蔭官至僉正天資仁厚篤
於孝友○與先生相善
鄭竹軒　字仲尹三嘉人○公與先生交
契甚澯先生贈詩有憶昔從遊處相知幾
許澯之句
曹公淑字善卿號竹軒安陰人生於　弘治

春色三近他鄉日日愁病來方制酒
恨不與同遊　祇受惠酒肴澆謝澆謝仍
占短句以報雅意兼示諸生
共作池亭飲還悲湖嶺別但憑青眼在
餘事何須說　申教官季綬辭任歸義城
黃犬海應淸字淸之平海人生於　嘉靖甲
申壬子司馬應遺逸官至縣監以孝
閭力學勵行訓誨後進使海曲爲禮義之
鄉○甲寅春先生自幾湖轉八關東與公
遍觀名勝而還

事家庭之學為諸友所推重自號嘎醒堂

○先生每對龍巖言公侍立終日無倦色

先生以此敬重

趙龍門旵字景陽漢陽人生於　正德

以館薦官至郡守嘗遊靜菴趙先生之門

有訓蒙成就之功筆法亦妙○先生為長

水學時公適為邑宰與先生修明學規講

論經旨又訪金河西於長城契許最深有

贈酬諸什

附龍門詩

崔松湖海字太涵善山人生於　正德戊辰
丙午司馬早從松堂朴先生遊嚴威正直
勤於敎誨○與先生善遊從最密
崔松菴溪字太源松湖弟生於　正德壬申
遊朴松堂門聞爲學之方以子覡貴　贈
左參贊旅軒張先生銘其墓○公與先生
出入同門情好彌篤
朴公灝字泂仲龍巖之子生員有文行不幸
早歿先生溪痛惜之
朴公演字濟仲灝之弟生於　嘉靖己丑從

與先生論賑濟事

金公冲字和吉尚州人生扵　正德癸酉辛
西文科官至司成有文行鄭愚伏先生撰
墓碣○與先生善

李公暹字景明丹城人○公與先生分厚淨
襟堂之會忽吟一聲歌裏擧盃輕之句要
先生足之先生因搆成四韻一篇

李公晁字　暹弟生扵　嘉靖庚寅丁卯
文科官至典籍○公嘗以護送官歷訪於
淨襟堂會先生詩序有神交有年之語

壬申辛卯生員庚子與弟嘯皐共登文科

官至府使

周公愽字約之愼齋先生之子也生於　嘉
靖辛卯戊午進士戊辰登文科官至校理

○甲辰公侍愼齋先生于豐基任所學業
夙就先生與之相從

李公國柱字卓卿漢陽人蔭官至郡守五峯
好閔卽其子也

李拙齋友閔字孝叔國柱之子丙午文科官
至右尹○癸丑冬公以敬差官巡過本縣

李鶴洞光俊字俊秀義城人生於 嘉靖辛
卯壬戌文科官至觀察使 贈禮曹參判
剛方有操守絕跡權貴之門壬辰之亂有
功績○公少先生十五歲契分最密中歲
自軍威移卜于縣南金鶴洞亦爲先生晚
景相從也

權公審行字可立冲齋先生之從子也生於
正德丁丑壬子司馬好賢樂善常以愛
人濟物爲事○與先生相善

朴公承侃字子悅嘯皐之兄也生於 正德

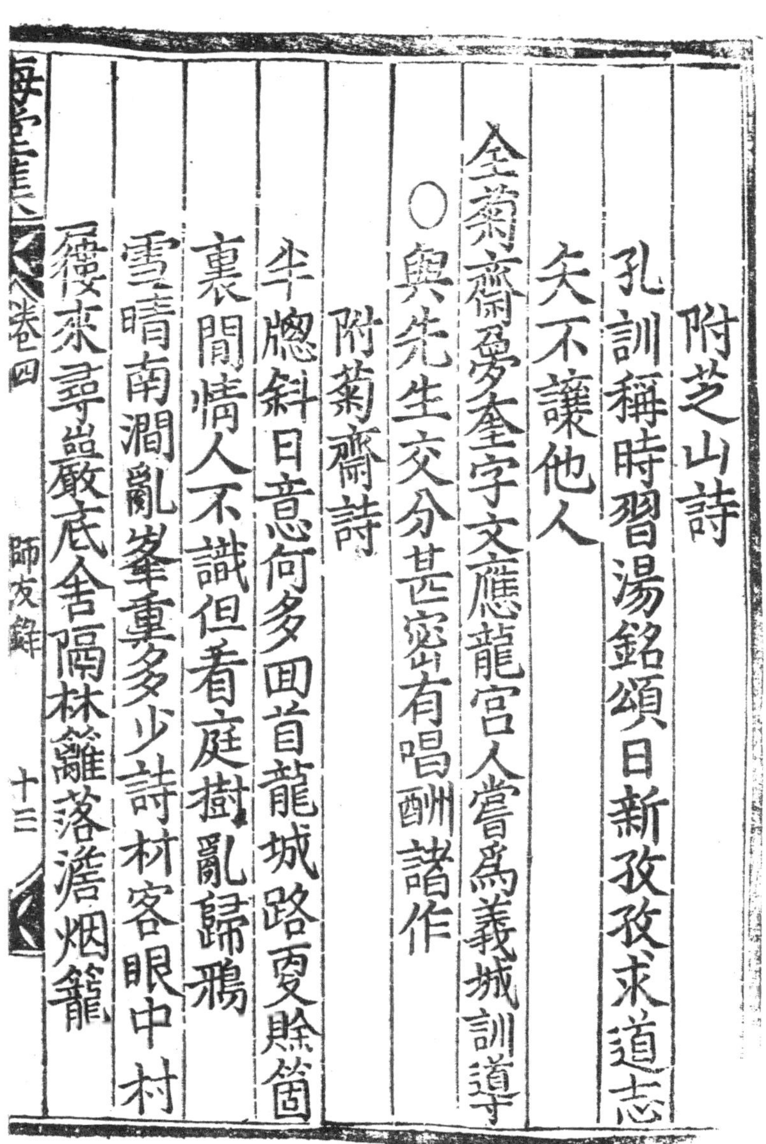

附芝山詩

孔訓稱時習湯銘日新孜孜求道志

矢不讓他人

全菊齋夢奎字文應龍宮人嘗爲義城訓導

○與先生交分甚密有唱酬諸作

附菊齋詩

牛憁斜日意何多回首龍城路更賖箇

裏閒情人不識但看庭樹亂歸鴉

雪晴南澗亂峯重多少詩村客眼中村

穩來尋崑嚴底全舍隔林籬落澹烟籠

庚辰丁卯生員潛心力學教導後進一時
名士多出其門○與先生分溪
金芝山八元字舜卿安東人生於 嘉靖甲
申乙酉俱中生進仍登文科官至縣監嘗
從周愼齋學又遊退溪李先生之門李先
生爲詩獎之○甲辰冬公與先生及趙月
川同棲白雲洞數月講學契分彌篤已酉
又與先生月川從退溪先生畱白雲洞先
生每稱金舜卿安貧樂道今世一人而已
有贈先生詩一絕

嘉靖丙戌壬子生員戊午文科官至左議
政諡貞簡公早從退溪南冥兩先生知有
爲己之學有壬辰中興○癸丑冬公讀
書于白雲洞先生因洛行歷入與之講論
數日

林瞻慕堂芸字彦成葛川之弟　生於正德
丁丑以銓薦官至參奉以孝　旌閭篤於
人倫愽學多通○先生爲天嶺學時遊公
伯仲之間多所資益

金惟一齋彦璣字仲昷安東人生於　正德

有聲績世稱經濟才 ○公與先生庚同居
近契許最溪丁酉春與先生及金公富弼
同八禮闈先生獨見漏有二公別章及先
生和韻而并佚不傳

柳立巖仲郢字彥遇安東人生於 正德乙
亥庚子文科官至觀察使任眞秉直表裏
如一曉達時務長於裁決 ○戊戌公與先
生同遊泮中相與講劘資益爲莫逆交閱
歲而還

鄭藥圃琢字子精安東人後居醴泉生於

臨泂丈○先生爲長水學時往來歷訪情
好最篤
吳德溪健字子強山陰人生於　正德辛巳
壬子進士戊午文科官至舍人遊退溪南
冥兩先生之門學問堅苦表裏輝光有忠
孝大節○辛酉公爲星州教授與先生以
時相從道契最淡
柳龜村景澄字太浩安東人生於　正德丙
子丁酉俱中生進甲辰文科丙午重試官
至大司憲性元直不畏強禦屢典州郡俱

幸有白酒與山菜尚德無人同今古廣
文翻爲物外墮何圖邊被造物戲卷却
前歡送于野他年定作參與商我在嶺
右君嶺左茇茇歸路別恨迷夕陽凌嶠
駄羸馬寄語君歸須勉葆莫教平生徒
坎坷君不見　聖朝方鳩棟樑材爲庥
天下寒士經營千萬間廣廈
盧王溪稹字子膺咸陽人生於　正德戊寅
丁酉生員丙午文科官至判書鋒清白吏
金東岡宇顥祭吳德溪文云王溪寬平時

中飲罷瓢罇風乎浴乎者幾何申
誦師說以規以勖者幾何於其東
為也遂用一詩為別
西來結交問幾人我是廣文知己者豐
堂講罷白日長廣文眼青來共坐欣然
攜手即呼酒唱余和汝無不可醉來洁
氣塞宇宙眼前泰山眞么麼可憐和氏
泣璞王璞王由來知者寡書生不得育
妻子何事謾自憂天下廣文不答意悠
然德宇粹　天所賦數載幾訪大隱山

龜子士林竊有負笈讀益之志顧
無其傮顧莫之遂不幸今者愼齋
遠爾易簀呼愼齋今不可見矣而
余觀愼齋之門人於愼齋不在世
之日則其爲喜幸當何如也耶向
之慕愼齋願親炙汲汲之心得移
於悔堂則自不覺敬之重之其所
以敬之重之者豈徒然哉悔堂之
爲親養來屈吾校此天也人之云
乎數年之間攜手來往于大隱山

錄傳於世○壬寅公宰榮川常從愼齋先
生講學與先生遇於白雲洞道義之契最
溪
曹梅菴湜字幼淸三嘉人生於　正德戊辰
以文學行誼見重於世○先生爲三嘉學
時日與之講論經史契分最溪及歸有送
行詩幷序
　附梅菴詩幷序
申梅堂愼齋周先生門人也余久
聞愼齋道德文章柱石平邦家著

得聞心學之妙德行動業輝映百代○公

少先生三十二歲嘗題先生孝友錄有從

遊三十載之句

附鶴峯先生題孝友錄詩

從遊三十載不識有參乎今見難兄狀

如公志行無

李龜巖禎字剛而四川人生於　正德壬申

丙申文科官至副提學受業於宋圭菴麟

壽嘗爲成均司成與退溪先生爲長貳庫

舍諸生多與於學藝所槪性理遺編景賢

生聽之者不覺爽然自失癸亥春錦溪自
星州辭疾還先生往問于中道未幾竟不
起先生沒加痛惜

金藥峯克一字伯純安東人生於　嘉靖壬
午官至內資寺正風神秀發文學華贍○
甲辰多公從愼齋先生于白雲洞與先生
同業分溪

金鶴峯誠一字士純藥峯之弟生於　嘉靖
戊戌甲子進士戊辰文科官至監司　贈
吏曹判書謚文忠公早登退溪先生之門

雷念無負羣玉峯頂杷酒時約如何㐫

此不宣戊午先生自白雲洞還時　正德丁

黃錦溪俊良字仲擧順與人生於正德丁

丑辛酉生員庚子文科官至持平明敏有

風標才調華贍始以文辭名後從退陶先

生得聞性理淵源之說回頭轉腦從事焉

己之學○乙巳公以尚州敎授踰竹嶺訪

愼齋周先生于豐基因與先生結道義交

辛亥宰新寧秋浦而歸每於故山之行歷

訪先生情好彌篤有時楊扢古今雅論水

經朱書等疑義〇公少先生一歲自少交

義最涘戊午莅豐基嘗書請先生講論于

白雲洞

附嘯皋詩札

小笥冒炎至開看李果盈團圓黃赤其

咀嚼齒牙清見物知君意看書慰我情

凉生江閣晚何日夏論經

歸臥郡齋如玉其人常入夢中駕還終

不可徐邪俗物纏人夏未就別可悵春

來日長峽邑少事政好相對論量兄亦

最甚

金後凋堂富弼字彦遇禮安人生於　正德

丙子丁酉司馬早登溪門甚見敬重乙巳

國恤後除寢郎不就退溪先生贈詩有

後凋主人堅素節除書到門心不悅之句

○公與先生同庚氣義相合過從無間

朴嘯皐承任字重甫榮川人生於　正德丁

丑庚子連占大小科以弘文正字　賜暇

東湖官至大司諫凝重寡言喜怒不形焉

文操筆立成嘗從退溪先生講質論語禮

月川先生每稱先生曰悔翁一生用工惟
在本分上眞古人所謂爲己之學也又曰
昔在愼齋之門從學者常數百人多以詞
章製述爲務而公能切問近思專用心於
內師門之屬加推奬蓋以此也云
金七峯希參字師曾星州人生於　正德丁
卯辛卯生員庚子文科官至牧使嘗從南
冥曹先生遊文辭經術見重當世曹先生
知公欲歸田贈詩有駪駪之子路頭王何
亭亭之句○公與先生從遊於德山情好

壬子生員以銓薦累官至參判早登師門
得傳旨訣配享陶山尚德祠○甲辰冬公
從愼齋周先生于白雲洞與先生連床討
討日有夏攻互磨之益周先生以文學推
公德器稱先生待之異於諸生己酉夏退
溪先生自丹陽移守豐基公往從之與先
生同棲白雲洞甲寅秋與先生赴哭周先
生于武陵蓋與先生游從殆將三十年道
義之交最爲湥密有先生醉竹溪時一律
○先生之孫晚悟達道嘗從月川先生學

金河西麟厚字厚之長城人生於 正德庚
午辛卯進士庚子文科 仁宗朝官至校
理後遂不仕 贈領議政諡文靖公嘗遊
慕齋金先生門以儒術文章名亦善草隷
○先生與公嘗有知己之感辛亥赴長水
學與主倅趙龍門旦訪公於長城一見傾
倒歡若平生至是得聞慕齋道學淵源之
正始有立祠崇奉之意
趙月川穆字士敬禮安人生於 嘉靖甲申

林葛川薰字仲成安陰人生於　弘治庚申
庚子生員以薦薦官至判決事生質粹美
德器夙就與退溪南冥至溪諸先生相善
以孝　旌閭○公與先生素相善及先生
爲大嶺學公爲比安倅也以時相從遂爲
忘年之契
金松隱光粹字國華義城人生於　成化戊
子辛酉司馬厚重有德器嘗遊太學見時
象乖亂揖諸生而歸社門樂道享有遐齡
○先生自少從遊最溪有詠萬年松詩一

多謝多謝僕頊行未遂積顧到處阻朮
六日而返始知人生一會合亦自有天
定恨且奈何拙撰二編送溪上未還姑
竢斤正當一塵高臨覽也崔太源方向高
軒掇扎草候不宣

金眞樂堂諱就成字成之善山人生於弘
治壬子隱居樂道不求聞達以明正學闢
異端爲己任與朴龍巖齋名旅軒張先生
嘗稱爲眞儒○先生自少從遊凡有問難
溪見敬重

往復論辨多印可焉有所著撃蒙編紫陽
心學至論○先生自少往來質疑殆無虚
歲公嘗稱先生曰申君居家行義今世罕
見在古董召南其人也丁巳秋龍巖為訪
退溪先生向宣城遇先生於桃源旅舍關
兩信宿講論經旨及還以起省頼惰等語
貽書致意可見其推詡之溪也

附龍巖書

節近重陽侍奉學履何如逆旅苦雨中
得奉面誨傾倒無餘起省頼惰者溪矣

明要自確實頭做來常佩金鈴以自警省
號曰惺惺子○先生從曹先生遊己有年
甲寅秋同趙月川往哭武陵周先生喪次
因轉拜于德山別業先生嘗語人曰曹先
生不喜向人談經說書眺其言論風采自
眺有竦動人處對之非僻之心自不敢萌
從學者多所啓發蓋有得於觀感之間也
朴龍巖諱雲字澤之善山人生於　弘治癸
丑己卯進士以孝　旋間嘗從松堂朴先
生得聞爲學大方與退溪先生爲道義交

歲餘周先生對諸生必稱先生德器及辭
歸又贈一絕勗之其終始眷重也如是而
先生亦佩服終身焉

附愼齋先生贈詩

爲學師原水論交取兒戲相規惟十字
庶悉百年情

南冥曹先生諱植字楗仲三嘉人生於弘
治辛酉應遺逸官至宗親府典籤 朝廷
虛位以待者累年竟不就 贈領議政諡
文貞公器局峻整材氣豪邁用切親切著

愼齋周先生諱世鵬字景游恭原人生於
弘治乙卯壬午生員文科官至參議學問
醇正踐履篤實爲一世儒宗○辛丑周先
生守豐基郡始建書院于竹溪啇養多士
癸卯冬先生贄文往謁周先生以客禮待
之雷數日出論題試諸生得先生作異之
批其尾曰我院有人其心如王天將王汝
中其辭矣迺語以東方道學之緒言行相
顧之實亹亹不倦先生自是益切求道之
志仍雷講益質疑問難潛心力究如是者

傳於後者而家藏文蹟蕩失於兵火中今
無隻字片言可以孜尋其緒餘然先生嘗
與柳公希潛講鄉約也立條設教、導陶
山所編平居喜讀心經近思錄朱子書喜尋
書蒐輯先師與門生問答文義逐段懸註
手澤尚新卽此數者可見平日篤信之意
蓋先生之學發端啓關於愼齋而知誠身
本於窮理上達由於下學從事於日用彝
倫之間而倪焉孜孜不知年歲之晚暮則
實溪門往來薰陶之力也

附錄

師友錄

退溪李先生諱滉字景浩禮安人生於弘
治辛酉戊子進士甲午文科官至判中樞
府事　贈領議政謚文純公道德文章爲
百世師○先生於退溪先生少十五歲癸
卯冬自竹溪轉拜于溪上己酉夏又拜于
豐基郡廨與趙月川諸賢同棲白雲洞讀
書從容函丈之間丁寧授受之訣必多可

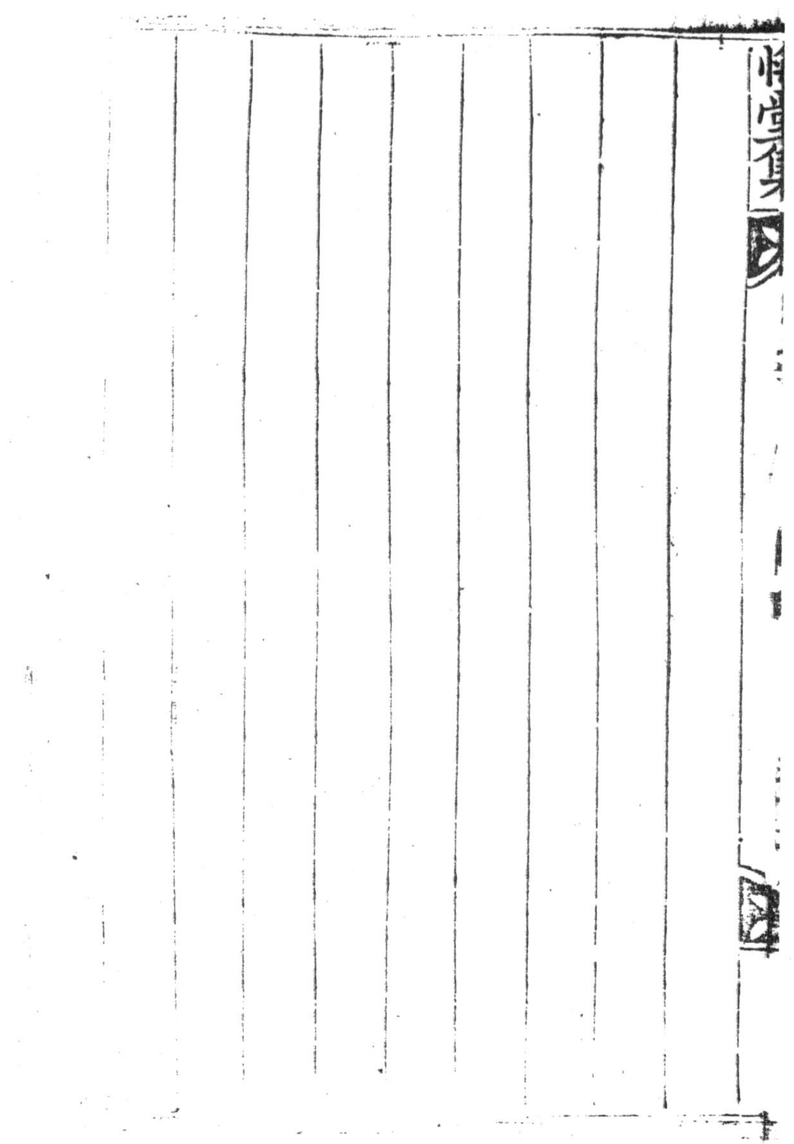

十三也應時來許參席拋樑上霽月光風無

盡藏景物依依道在斯斐然狂簡嗟吾黨拋

樑下杨邑青青連縣舍鈴閣時聞突子琴太

平煙月間多暇伏願上樑之後地孕其秀神

呵不祥惠我光明惟新一代之化爲人粢式

共欽百行之源人無異師奮希賢慕聖之心

王多吉士獻經國匡世之猷

有聞於先賢言豈豈耄也講今廣談於同志聽

無譁兮天之所與我者如何希之則是井而

不及泉則為棄學而後能或高山景行之可

幾在積銖累寸之不怠在我而已待人乎哉

請賡呼邪許之歌敢唱兒郎偉之頌抛樑東

仁里　旌閭這箇中從此儻知人子職許君

親見悔堂翁抛樑西雄岳堀峰眼下低雲暗

雨昏渾不管屹然千刧護幽棲抛樑南上有

銅堤下碧潭霜落霧凝元不惡却嫌狂雨打

晴嵐抛樑北夫子宮墻高百尺羣弟長環七

新政同聲相應多釋經敦事之青衿咸勸自
來華承風趨役之白叟徵三代法宮之制用
兩下厦屋之規旣工善而材良亦吏勤而力
贍荆榛初闢悅爾山川之改觀日月幾何隆
然棟宇之如政室堂也戶牖也階塾也秩秩
斯干楯庋邪楹翼邪廉阿邪噲噲其正控把
乎奇峰秀岳如見所立之崗崑襟帶乎細流
長川知是有本之混混做典刑於白鹿天慳
地閟之名區拜腏食於文齷異世同符之至
樂猗歟一鄉之盛事美哉百世之宏規抑昔

學矣寧無卜商之文辭既作則於惟家可為
法於斯世惟茲兩賢之出不待半千年期咸
萃一縣之中亦在數十里內夫非上穹之意
於赫間氣之鍾一時之困屯寧論長夜之日
星昭揭奎四海而不惑雖舉國可以師宗生
一里而必聞在吾鄉宜益親切想像欣慕之
己久影響聲臭之可尋肆篤崇報之誠乃諏
俎豆之典好是懿德驗人心之攸同樂哉斯
丘覺天作之非偶方伯悉心而綱紀特捐
聖廟之舊材地主殫力於經營首舉賢祠之

餘事文章警心十章箴蓋有得於三綱領八
條目豐城一片劒亦何害於二鳥賦九辯歌
作模楷於當時樹風聲於來世如今百年之
後猶髣髴於羹墻未作九原之前覘觀其
門戶嗟乎追而莫及是以久而不怠暨惟悔
堂申先生孝友出天踐後實地有日用當行
之路惟孝惟忠而早得依歸之師載欣載悅
生三事一克盡方心之奧有知覷行勿失服
膺之訓體先儒精詣之見驗平生篤信之心
人無得以間焉亦有子甇之昆弟吾必謂之

崇厥德不揜爾善既有秉彛之天祭於社其
在斯人可無妥靈之地有俎豆數間之廟宇丰
新四方之瞻盼粤自徐羅舊邦有此義城新
府二水分流於前後會于洛江朝于九淵諸
山環鎮乎東西起爲金城結爲五土扶輿靈
淑之氣亭育豪傑之才當麗祖創業之時有
洪術洪儒之武達
聖朝與平之日稱金淳
金末之文言功名而固難勝挍語眞儒則講
姑舍是伏惟松隱金先生情高意逸行安學
成用而行舍而藏浮雲富貴八則孝出則悌

和氣蒲松杉元龍百尺空中起月窟天根坐
可撲拋樑北聖人猶有寸陰惜少壯幾時須
讀書窺廬歎息亦何益拋樑上絳水青山看
氣像香火四時瞻拜地青衿濟濟森相向拋
樑下詩書講習無冬夏試看活水源頭來混
混何曾晝夜舍伏願上樑之後儒教丕盛士
趨益端攝齊而前董丈之禮如在詠歸其上
舞雩之風可迎祀事孔明長薦春秋之享賢
才迭出蔚爲邦國之楨

尼山舊院廟宇上樑文　　　　　南夢賚

增輝揩點一區之中無非杖屨之舊跡所謂
地因人而檀勝況有名與義之相符藏而待
之此正吾黨自強之處道所存也奚翅門人
親炙之時登高自卑安患積累之訓揣本齊
末寧昧輕重之分不但邑人之觀瞻蓋欲文
風之振作茲涓吉日將舉修樑才實嘶扵郢
人縱乏絕響普頌竊效扵張老可免後議抛樑
東茫茫原野四望通圖書左右渾無事時有
床頭一陣風抛樑西坐者殘照下山低偽人
莫道黃昏近透得玄闢路不迷抛樑南謁然

峯之學問孝友同出乎名家亦越松隱敬亭
之踐履文章併稱於前代流風猶在宛然粲
樺之連陰後學追惠兀矣蕊芬之齊饗惟其
礪俗之道有賴於斯庶幾肄業之徒爰得其
所茅綠儒林之力詘尚關書樓之踵成登茲
遠望旣之觀物之其八此羣處安得庇士之
歡衿紳合謀而同聲般倕趀事而殫技山腰
陡絕半割交翠之間庭楯額高縣快觀流丹
之巋閣峰巒環列似効拱揖之形欄檻高明
實秉正大之體想像百載之下頓覺水丘之

之事勉勖後進以衛斯文遺澤在人百歲如
昨汲世愈久仰德滋溪晬彼崇阿有儼廟貌
日辰之吉于以妥靈青衿彙來籩豆有梦之千
秋無替歆我馨香

常享祝文

心存孝弟學務踐實素裏相符無憾存殁

李惟樟

風詠樓上樑文

一鄉有所矜式旣設俎豆之儀多士得以依

洪萬朝

載新樓觀之制道其不墜仰之彌高顧茲
嫠靈之遺祠寔出象賢之美意有若悔堂梧

公所自歉昏衰需用宗族咸資皆孝之推公
則安之聞風起敬庸奠菲薄不昧者存庶幾
歆格

藏待書院奉安文　　李玄逸

至性天全不待勉強事生之節送終之誠人
無間然可也參孝本旣立矣隨事逢源行惇
于家善推於外作就微禋負米之心竭誠賑
飢濟人之惠贄文往謁愼齋之門屢蒙賞嗟
許以德器研精篤學言行相符飽德來歸佩
服終始閒我後學無處藏修殷斯勤斯庠塾

及歿又廬墓泉毀成疾而卒 嘉靖乙巳遭

國恤獨以素餐終三年師門之喪亦心喪

三年吊服加麻事載續三綱行實 朝廷命

莊間 贈戶曹參議有遺集行于世享藏待

書院

祭墓文

知縣安應昌

按廉遠胄處士胤子鳳佩庭訓早述先志敦

百行源趾乃家美黔婁奉疾高子執喪晚揭

慈貞寓如在誠臨水遇毒負伯涉川本孝以

悌公何勉焉方喪盡制食素三年移孝爲忠

四十年務悅其心作宴親曲八關母病嘗糞
及歿京痛無節日三上墓嘗擧母像揭之几
遞朝夕哭拜又曰我死後以母像揭于棺傍
我當奉侍于泉下　仁廟國恤素餐三年其
師周世鵬卒亦心喪三年今　上朝雄門

聞韶誌

申元禕高麗孝子祐後號梅堂從遊李滉周
世鵬門潨得爲已之學性至孝甫十一歲父
病登山採藥從醫劑進及喪廬墓終制事母
務得歡心嘗作宴親曲八關以盡愛日之誠

世零督溪恐懿德之終泯且慮邱壠之莫辨
諸孫合議代石以表墓謹考崔訒齋晛所撰
誌文及家藏孝友鋒師友鋒等書撮其大槩
而刻之
上之三十一年乙酉三月日五代孫進士德涵
謹記幷書

續三綱行實

訓導申元祥義城縣人高麗孝子申祐之後
也十一歲父病登山採藥從醫劑進目不交
嬻衣不解帶至八年不怠遭憂廬墓養偏親

節校尉智源女少公一歲歿于　萬曆癸巳
三月十八日合堋于義城八智山先塋下縣
人以公孝友德學轉達于　朝旌閭　贈戶
曹參議奉　安葬待書院生三男長曰恂監察
次伦　贈左承旨監察生五男一女長尚道
判官女適察訪李挺南次泳道志道敏道師
道承旨生三男三女長適道察訪次達道修
撰　贈都承旨卽我曾祖考次悅道司諫女
長適金有燁次適奉事任乃重次適僉正朴
宗敬內外曾玄以下不能盡錄年代寢遠家

依权育其子女嫁娶不失時外舅匹庀棺槨
盡情禮凡係周窮濟急之義所當爲者雖傾
匱不顧也敎子弟規模謹嚴處宗族照義周
洽御家衆接鄉鄰皆以誠信待之以至一言
一行渾然平實無勉強修爲之意學問之力
雖不可誣而原其所自本之事親以誠玆豈
非所謂本立而道生者乎乙巳　國恤食素
三年師門之喪亦心喪加麻公生于　正德
丙子十二月癸亥歿于　萬曆丙子四月八
日配星山李氏正嬉耕隱先生孟專曾孫薰

玉天將玉汝申其祥矣因語以言行相顧之
實東方道學之緒臨別又贈詩助之其眷重
也如此公既抱道不售於世慨然有敦倫興
學之志修鄉約遵陶山之規剏書院倣紹修
之制又與宗族修契事設月會講信敦睦有
古韋家之遺意嘗三赴訓學爲親函也所至
成就者眾蓋公生有美質又親有道篤志力
學以成其德平居不爲崖異之行而只就日
用彝倫上盡其已分事兄姊友愛篤至伯氏
嘗在公山邅瘝馳進救護瘳與歸妹早寡無

嘗奉母夫人影揭几筵朝夕哭拜惟糲食糜
飲菜鹹不八口幾周年以此瘠立子弟請進
薑桂滋曰毀不滅性古人有戒吾豈無自量
乎至是疾革夫人來揮却曰婦人焉得近廬
所問家事不答但曰我不孝不得終制以母
氏影揭我棺傍我將奉侍泉下公自少遊愼
齋退陶南冥三先生門聞爲學大方又與趙
月川朴嘯皐本黃錦溪諸賢結道義交以資麗
澤之益愼齋嘗守豐基劍紹修書院公齋謁
焉愼齋見公所製論批曰我院有人其心如

山採藥從良醫劑進不解衣枕爐而曙者八
年及棗戚易備至廬墓以終制事母夫人在
右無違志嘗構養老堂日以定省溫凊爲職
作宴親曲八闋每令節歌以獻酌時親年九
十餘所以將順奉養者靡不用極襲衣服必
手澣優旋之器亦自滌不委人母夫人寢疾
公夙夜遑遑重茵藉白絮柔毛以優坐臥猶
慮其不優裹永抱侍日益謹母夫人憫其勞
苦公悚然曰子職固然嘗糞以驗夜輒仰天
祈號竟遭變公年已過不毀擗踊如前棗時

崇禎乙亥十一月日通政大夫前守江原道觀
察使兵馬水軍節度使兼巡察使崔睍謹識

墓表

公諱元禅字季綏號梅堂鵝洲人高麗時有
版圖判書諱允濡以清直名生按廉使諱祐
以孝旌間於公間七世曾祖諱錫命成均生
員祖諱俊禎從仕郎教授考諱壽隝居求志
累徵不起慎齋先生誌其墓妣義興朴氏郡
守惟昌之孫主簿自儉之女公幼聰頴耿介
孝友出天性先府君嬰疾公年十一上八公

院左承旨監察生五男一女長尚道判官女
適察訪李梃南次泳道志道敏道師道承旨
生三男三女長適道祥雲道察訪次達道弘
文館修撰次悅道兵曹正郎幷登蓮桂不墜
前訓女長適士人金有曄次適奉事任乃重
次適僉正朴宗敬曾孫男女四十餘人噫天
將以是爲報邪李氏卽我從母也公之懿行
旣知之詳矣且得伯氏所撰家狀無一字溢
美所謂父母昆弟之言人無間然矣遂略加
增剔因以爲誌

德丙子十二月癸亥歿于　萬曆丙子四月
辛未春秋周甲六月某日葬于八智山先塋
下巽坐之原配星山李氏大提學堅幹之後
司諫院正言孟専之曾孫女也祖通德郎通
禮門通贊諱瑞考秉節校尉諱智源與公同
年生柔婉淑愼承公之志家貧無儲容施與
無難邑事姑三十五年孝必亦純至矣歿于
萬曆癸巳合堋公墓後　贈公通政大夫
戶曹參議夫人亦　贈淑夫人生二男長曰
沁司憲府監察次曰伦　贈通政大夫承政

優之學既孝既友老而彌篤不爲崖岸斬絶
之行只就日用間盡其所當行者而其處心
行已之正待人接物之誠教子以義方訓人
以遜悌存諸中者仁發於外者恕堅苦篤行
之志孜孜焉惟日不足是其天資洵美自然
合道初豈待乎勉強修爲之力哉顧今知德
者鮮而名不顯於世然人之知不知於公何
損況孝弟百行之源也公能力行於人所不
知之處克紹按廉公之芳躅以立家範君子
多能乎哉此可爲則於後世也公生于正

京瘠雨雪不廢子弟泣諫即日命稟於有坐
之初豈以此致死乎丙子三月得疾彌留哭
奠之禮徇不少廢至四月初七日乃日明日
是觀燈令節可設別奠命取薔薇花來因扶
起盥漱病旋大作已不可爲丙子來省顰顧
曰盧所非婦人所至何以來爲問後事不答
但云以母氏遺像褐吾棺衙吾將奉侍於泉
下矣至八日酉時乃逝嗚呼人生天地閒親
無稟賦之良性孰非職分之當爲而鮮有全
其孝弟之行者公稟賦其淸異秀於人而早知踐

糜爛裹衣抱坐目復盒謹母曰我不遠死後
汝勞苦誰知汝之至此哉公悚歎曰固所子
職是何言也雖千萬歲猶爲不足有何勞焉
乙亥親病日篤爲嘗養其以驗之飲泣籲天食不
下咽及其終天也不以百歲爲長而以棄養
之促爲無窮之痛送終之事素講心上家雖
貧乏辦若預搆不及於兄姊務合於禮制無
有遺憾供奠之具躬執其勞不食菜醬惟糜
粥糲飯而已嘗作慈母影幀至是揭之几筵
上朝夕哭拜以致如在之誠日三省墓環繞

卷三　　附錄　　二十

嘗雜植奇花異草每於佳辰令節陪親邀兄
作宴親曲八闋歌以獻酌盡愛日之誠敘天
倫之樂因口占一絕曰愁裏生涯莫怨嗟吾
門一樂最堪誇七旬兄弟班衣處百歲慈親
有幾家時親年九十餘矣親之所厚者必厚
其人進食必具二品擇其美味而進之請其
所與而與之所著裏衣常作小褚必手澣然
後付人傻旋之器亦必躬自除穢不使之人
母病轉劇遑遑晝夜袵褥以不安穩則重茵
累席或藉以白氄柔毛務安其體閔其皮膚

奉安方伯　啓聞賜額長川其篤於校邨之
事勉進後學以衛斯文乃公素志也庚申與
同鄉姓族結約修禊講信親睦又與柳義興
希潛議立鄉約春秋講禮伯氏嫁女勤辦資
粧使不費力於主家姉夫歿葬獨當營辦其
四女一男親自擇人婚嫁使不失時凡遇窮
族婚喪類如是嘗書壁上曰負重涉遠不擇
地而休家貧親㦲不擇禄而仕知公前後除
學皆爲親㞢也及其親齡益衰專以定省自
任未嘗遠遊凡可以慰悅親心者無不致意

禪仕一不孝也吾將冒恥笑赴訓學以遂頁
米之情未幾除湖南長水學以資養焉癸丑
荒政方棘邑宰委公賑恤之任公曰此乃濟
人之事豈敢規避竭誠措置民賴以存活甲
寅聞周愼齋易簀奔往哭之心喪三年公之
自竹溪還也謂伯氏曰豐川之有書院乃是
盛事吾鄉獨無藏修之所乎遂約同志營建
書院卜地于長川之上創建十餘間因時不
利而止至戊辰秋告于邑宰專任其事晨夜
殫力歲再周畢切立祠廟以鄉先正金慕齋

文往謁愼齋出論題試院生批公所制文曰
我院有人其心如王天將王汝申其辭矣自
是以德器許之因告以言行相顧之實東方
道學之緒亹亹忘倦辭歸之日贈一絶云爲
學師原水論交取兒戲相規惟十字庶悉百
年情其眷重也如是而公亦佩服終身焉乙
巳遭　仁廟國恤時人只舉義服之制公獨
以素餐終三年人或有問答以切總之服不
令人知辛亥春公歎曰光陰易邁立揚無期
慈闈年深甘旨不稱古人稱家貧親老不爲

醫治不效公年十餘歲登八公山採藥從良
醫劑之日夜湯進目不交睫衣不解帶者八
年癸巳春公年十八而遭憂京有過而禮無
慈自殯至葬凡所以附於親者盡其誠信廬
于墓側泣血三年人稱善居憂戊戌承慈教
遊國學自是研精篤志講習不怠嘗與伯氏
同屈於漢城發解還途伯氏遘癘未克前路
至天民川秋水方漲人言此水有毒蜂害人
不可徒涉公負兄乃克濟癸卯冬聞豊其守
周愼齋世鵬始建竹溪書院士子坌集公前賢

墓誌

公姓申諱元祿字季綬號晦堂鵝洲人六世
祖諱祐仕麗季爲全羅道按廉使時丁昏濁
獨恃廉潔以孝行旌其門歷內府令諱光冨
彦陽縣監諱士廉至成均員諱錫命是公
曾祖祖諱俊禎承仕郎教授考諱壽躡居不
仕有士林重望妣義興朴氏咸安郡守惟昌
之孫承議郎主簿自儉之女公幼而聰穎志
操耿介敦行孝弟不由勉强先公早嬰風漸

謹狀

拾遺

先生事母至孝嘗析薪于野以供親厨有
老客辭所負柴以進先生辭以非其力遂
强與之因忽不見
先生配李氏亦事姑孝姑年高無齒李氏
日親乳其姑嘗欲織絲爲祷有美殊自何
至織盡一段而去
　右二條出外裔孫李象靖家象靖祖
母即先生玄孫其得於傳聞者如此

公百有餘歲其平生蓋有不得而詳者以書
從龍起大父上舍濂氏知公至行遺範尚猶
在子孫矣又所編孝友錄言詞而事賤詞齋
崔公覬爲墓誌乃謂人不間於其言崔公猶
及公平生以是稱之則其言實後世之所傳
儒也又奚以狀爲哉既辭之不得則乃就其
錄慈次其語而附以葬墓子孫之錄以塞慈
孫遠建之意非致以是爲足以備採擇也後
之君子或乖恕於斯焉
上之十五年己未孟冬朔日後學平原李光庭

人金有曄奉事任乃重僉正朴宗敬曾孫以
下不可勝錄癸卯鄉人以公孝行聞于方伯
以啓 命復戶乙卯 命旌閭 贈通政大
夫戶曹參議載公三綱行實 肅廟乙丑士
林合享藏待院祠公之志行公伯氏參奉元
福撰孝友錄鶴峯金先生題一絕云從遊三
十載不識有參乎今見難兄狀如公志行無
無以復加矣今年士林將刊公遺稿以公之
至行懿德不可以無狀公之七世孫龍起以
諸父兄之意來告於光庭光庭老無識又去

孫宬其蕃昌也公卒在 萬曆丙子四月八
日辛未得年六十一夫人父智源秉節校尉
祖瑞通禮門通贊夫人柔婉淑愼承順無違
事姑三十五年如公志爲家貧無戚容施與
恭人無難也歿于 萬曆癸巳與公同穴實
八智山先公塋下兌坐之原男二人長似司
憲府監察次亿 贈左承旨監察有五男一
女男尚道判官泳道志道敏道師道女案訪
李挺南承旨有三男三女男適道祥雲道察
訪達道弘文館修撰悅道司諫院司諫女士

以任微事煩而盡其撫哺之方亦仁民濟物
之本心也公平居刻意問學凡經書洛建家
語沈潛淹貫專心體驗以見於日用行事之
間其事親從兄立心制行待人接物教子訓
人一循乎常行之則初無待於勉強修爲而
自能暗合乎道至於尋常翰札亦皆端嚴有
法可見公性情之一端也嗚呼孝者百行之
源有若以孝悌爲爲仁之本本立而道生以
公平日之所行者詎不信歟世傳公之孝
行無愧按廉公昊天曰明及爾出王公之子

齋贈一絶曰烏學師原水論交取兄醗相規
惟十字庶悉百年情其所惓惓者溪矣公歸
語伯氏曰吾東書院發自竹溪甚盛舉也吾
鄉盍倣此爲藏修地乎乃得地長川上倡建
書院時屈未就戊辰與同志聞于邑宰以竣
其役歷數載而成立廟享鄉先正金慕齋先
生事聞 賜額長川公之興學育才以羽翼
斯文乃其素所蓄也至於業儒齋之割立鄉
約之立規族禊之修睦無非所以敦倫正俗
而成就後學也若夫賑場之志則又見公不

葬凡親戚養送之需及義所當爲者必自誠
腆恐其力之不給而爲之也君師之棗爲心
棗食素三年乙巳 國恤時愼齋周公之棗
省然凡其篤於人倫如此初以母夫人命遊
太學篤志研精講究不怠愼齋之守豐川首
立白雲洞書院教育人材巾袍盈集公費文
求教愼齋待以客禮畧數日出論題試諸生
得公作異之批其尾曰我院有人其心如王
天將王汝申其辭矣遂語東方道學之緒而
規以言行相顧之實亹亹不倦踰年而歸愼

及其耆莫血氣既衰之後而凡其色養而獨
慕者終身而愈切孟子曰五十而慕者予於
大舜見之矣若公至矣不可以不終喪比而
論之也公有一兄事之如溫公之伯康嘗同
涉人言有毒蟲害人不可徒涉公負而濟卒
赴漢城試及歸而伯氏病薄天民川秋水方
無事伯氏嘗辟癘公山因染幾殆公竭誠馳
救瘯與歸其女子嫁自資具不貽勞伯氏姊
壻橫耀在獄爲奔走力懇直其寃其歿經紀
棗蒡嫁女娶子俾不失時外舅凶庀棺槨以

廢拜奠既劇悲不能與祭至觀燈節令取薔
薇花供具將自奠扶起盥洗而病已革子弟
請調攝于家不可夫人來顧眄曰婦人何爲
至此問後事不答但曰我之事親有未至者
而又不能終孝欲哭而不能舉嗚咽曰以母
氏影幀揭我棺衛我將奉侍泉下矣促家人
上食未卒而終嗚呼孝子事親不自知其足
雖或過於禮而不自以爲過其心無窮也公
幼齡侍疾弱冠遭棗血氣未定之日而所以
邮邮遑遑救生而送終者足令頑子感動而

言公曰親曰己索恐不及見明年此日也旣
而母夫人疾益彌公嘗糞知其已殆仰天號
咽及犬故則所以哭之如哭先公不知百歲
之爲長其附身附棺若素辦者無毫髮恨耏
葬先公躬執其役伯氏止之曰有役夫矣公
曰固所自盡非所勞也旣封廬焉嘗作母夫
人影幀揭之几遷朝夕悲號曰三省墓哀哭
不辟雨雪祭奠之供躬自具曰糯食糜飲不
近菜醬酉轉盆柴毀子弟泣諫則曰命稟於有
生之初脩短不以此也丙子三月被疾猶不

草每於佳辰令節供具燕樂作宴親曲八闋
以道愛日之誠又口占一絶在遺稿甲戌冬
母夫人病日臻公日夜籲天其坐臥牀褥少
不安必重累之藉以白絮柔毛凡滑腠之物
已復不便坐臥則自厚衣抱侍日益謹母夫
人曰我不遄免而勞苦汝爲公怀歉曰是何
言也雖千萬歲猶恐不足焉至明年春疾少
間姊視疾將還公曰親癠少安姊氏歸又此
令節可以慰悅意矣設席于東皐奉母夫人
同兄姊遍鄰里老嫗以盡歡時　國恤人有

官途召采願者雖受人哂笑不辭也未幾除
長水縣學以日饌之餘爲養後除三嘉茄清道
學嘗書壁上曰召重涉遠不擇地而休家貧
親老不擇禄而仕蓋有仲氏之感焉既而以
親病辭復書壁上曰古人一日養不以三公
換公之事親以養志爲先其進食常具二品
擇其味美者以進有餘請所欲與與之爲小
槽將親裹衣手澣濯以付人優旋之器自除
溉不使之人也凡可以慰悅親心者盡力致
之有得親一歡者必厚謝之嘗雜植奇花異

性先公早嬰奇疾公十餘歲爲覓藥上八公
山崎崛數百里從醫劑藥日湯進夜不交目
衣帶不解者蓋八年而先公疾一不瘳公哭之
皇皇焉如有可救之道而終莫之救者卜葬
八智山民多居其下公至誠感其心得八葬
己盧其側三年泣血有少連之稱二十五取
星山李氏正言耕隱先生孟專之曾孫女以
爲配亦有至性當饑夫婦服勤供菽水惟謹
旣累舉不中歎曰光陰晼晚而立揚無期古
人以親老而不爲祿仕爲不孝某赴一縣學

坐人以爲孝感今尚州丹密縣有孝子碑尸
祝之所丹密至今號多孝子按廉之後世以
至行著聞詩所謂孝子不匱永錫爾類者其
斯之謂歟六世而至悔堂先生公諱元禪字
季綏悔堂其號也按廉之子曰光富中顯大
夫內府令其後有彦陽縣監士廉成均生員
錫命敎授後禎是爲公高祖曾祖祖父壽隱
居不仕敎誨後進爲士林望母義興朴氏主
簿自儉之女郡守惟昌孫也公以　正德丙
子十二月癸亥生幼聰頴耿介孝友出於夫

範永世爲式可也君生于　正德丙子十
月癸亥殁于　萬曆丙子四月辛未妻李氏
少君一年隔一月而生事姑三十五年孝心
亦純至有子二人知名當世亦旣抱子俊秀
可愛得孝子錫頹之應是可慰也已　萬曆
丙子五月旣望兄元福泣書于八智盧所

　　行狀

申氏系鵝洲者自高麗版圖判書元濤全羅
道按廉使祐連父子有名於時其世遂大顯
按廉公有至行父棗盧墓其拜展處有竹雙

成就其德器而又以敦倫與學爲已任設鄕
約以扶世敎剏書院以翼斯文奬廉之功己
著於訓學之日仁愛之念至發於賑濟之場
此則不徒出於天分之美而其有得於學問
之力者爲如何哉君之孝友德行著人耳目
閭里稱焉鄕黨服焉固不必待余之私自贊
揚至於家庭間微細之行有非他人所及知
而非文無以徵之故輒不揆荛拙姑以平日
所嘗觀驗於家間者泣而錄之以備後孫貽
謨之資幸勿以辭不達意爲慊取其至行懿

篤至接宗族恩義周洽待朋友必以誠信教
子弟必以義方下至婢僕賤隷亦皆喜嘉其小
善而略其細過所以待之者甚恕以忠且其
處心行己之方待人接物之誠周窮恤貧之
義無不渾默平實初無待於勉強修爲而原
其所自皆從孝弟中推出茲豈非所謂本立
而道生者乎自少出入諸先正之門所與遊
盡一時名勝相與證其所疑而尤用力於心
經近思錄朱子書等書潛心體驗不專口耳
堅厲刻苦僶焉孜孜不知年歲之晚暮卒能

不得享遐齡膺景福又不得持棗終制抱千
古不瞑之慟天之所以報施者胡至於此逈
耶嗚呼人生天地孰無稟賦之良性人子事
親孰非職分之當爲而鮮有能全其固有之
性而盡其當行之職者君自爲兒時已知愛
親之道所以生事而葬祭者靡不曲盡情禮
六十年如一日而切切孺慕之慟俗不自己
於臨絕之際君眞所謂出天之孝而能盡人
子之職者矣乎居不爲崖岸斬絕之行而只
就日用彝倫上盡其所當爲者處兄姊友愛

于家夫人來省君揮手却之曰盧所非婦人
所至何以來為問後事不答但曰我平生事
親有未盡今又不得終制以是為慽欲哭而
不能因嗚咽曰我死之後以母氏影幀揭我
棺傍我將奉侍于泉壤之下以八日酉時乃
逝是日命取紙筆書遺誡數條皆繼悉精當
無少差誤其精神不爽如此仍促夕奠于几
筵余承其意而祭之未及撤舉家號哭奔往
視之已無及矣嗚呼痛哉傳曰仁者必得其
壽又曰為善者天報之以福以吾弟之仁善

誠祭奠之需皆自具不委之人曰糯食糜飲
不近菜鹹幾周年以此瘠立殆不能反子弟
請進草木之滋君慶黙曰毀不滅性古人所
戒吾豈不自量而爲之乎又泣諫則曰命禀
於有生之初豈以此致死乎至翌年三月重
添瘧證日漸危劇猶不廢拜奠之禮自四月
初貼塊不能起居澟以不得與祭爲慟至初
七日乃日明日是觀燈令節不可無別奠命
取薔薇花來將扶起盥漱昏仆于地子弟泣
請歸家調護君曰喪人死於墓側可矣何事

其殆祈天請代者屢至六月十一日未時奄
忽棄養嗚呼尚忍言哉君已過不毀之年而
攀擗號哭如前棗時送終之節素講于心附
身附棺必誠必愼無憾於情禮十月甲申合
窆于先府君墓塋壙之際君躬自執役余慮
其致傷諭之曰凡爲人子者當此大事豈不
欲竭力爲之而誠有所不堪且役夫在何勞
苦乃爾君答曰固所自盡不爲勞也旣葬居
于廬所日三上墓環繞哀號雨雪不廢嘗作
母氏影幀揭之几筵朝夕哭拜以寓如在之

乎君惕然曰是固子職母氏何出此言也
千秋萬歲猶爲不足有何勞焉乙亥春親癠
少間朴氏姊來侍疾將告歸君曰慈候稍歇
姊亦臨歸値此令節可不慰親之心乎於是
設席于東皐奉母氏攜兄姊且邀鄰里老嫗
具酒食以相娛忽有一老嫗不知自何來往
歌胡舞作俳優戲母氏爲之一笑君心欣然
如有所得遂成終日之歡時値　國恤人有
議之者君聞之曰日迫西山餘景苦短是以
知過而杞之耳未幾親癠復祟君嘗糞以知

愁裏生涯莫怨嗟吾門一樂最堪誇七旬兄
弟斑衣處百歲慈親有幾家凡事親以養志
爲先在側和氣滿容未嘗少忤其意進食必
具二品擇美味而進之請所與而與之親所
着襄衣嘗置小槽必手瀚熙後付之人優旋
之器亦必躬自除穢不使人爲之是年多親
癠轉劇君日夜飮泣籲天牀褥少不安帖則
重茵累席籍以白絮柔毛滑腻之物以優其
坐臥又悶其皮膚糜爛裹衣袍侍曰復益勤
母氏曰我不遄死使汝勞苦誰知汝之若此

告于邑宰專自句管晨夜展力歲再周畢功
於是依白雲洞院規擇鄉人才學俊秀者八
齋肄業日與之講說經旨勤劬不怠後又立
祠廟于院中以鄉先正金慕齋文敬公享焉
呈書方伯轉　聞于朝賜額長川其羽翼斯
文勉進後學之功多頼此時親年已九十君
盆切喜懼之情凡可以慰悅親心者無所不
用其極嘗搆養老堂於東皐雜植奇花異草
每於佳辰令節作宴親曲八関歌以獻酌盡
愛日之至誠叙天倫之樂事因口占一絕曰

懲如儀又與遠近宗族修稧事以備吉凶之
用每月朔會宗堂謁廟展親仍講敦睦勸學
之義甲子除清道學丙寅又除三嘉學凡前
後赴學皆為親屈也嘗書壁上曰貧重涉遠
不擇地而休家貧親老不擇祿而仕此子路
之言三復以還不覺流涕旣而又書壁上曰
古人一日養不以三公換遂棄學而歸專以
定省溫凊為職身未嘗遠離戊辰秋與同志
謀曰書院之設蓋將為興學育材而始事十
年邈未就緒豈吾輩當日經紀之本意乎遂

成材之功時致日餼之餘以資親養癸丑歲
大侵餓莩相枕君爲之恫憪傷惻邑宰委以
分賑之任君曰同胞顛連一至於此其可不
盡心焉乎於是隨便經畫竭誠撫哺闔境得
以全活鄰邑亦賴之甲寅秋聞周先生易箐
溪以未及卒業爲恨奔往哭之仍服心喪之
制君自竹溪歸後有營建書院之志與鄉人
同志設施措畫已有年丁巳秋卜地于長川
之上先立正堂十餘架因時不利未及訖功
庚申與柳義與希潛修定鄉約節目春秋勸

寃後朴君歿歛藏諸郞船自擔當又叹其四
女一男而育之教誨嫁娶使不失時戊申春
余避癘在八公山房因染幾死君亟來救護
至廢寢食首尾數十日余病得差君亦無恙
秋㓪業儒齋講定完議君䍏有顯親之志講
究之暇兼治程文屢舉於鄉而省闈輒報罷
至是乃歎曰光陰易邁立揚無期慈闈年淺
甘旨不稱古人云家貧親老不爲祿仕一不
孝也吾將冒耻笑赴訓學以遂負米之情辛
亥春除湖南長水學君黽勉就職多有課學

學之緒亹亹不倦辭歸之日又贈一絶曰爲

學師原水論交取兄䚦相規惟十字庶悉百

年情其眷重也如是及還謂余曰豐川之有

書院乃是盛事吾鄉獨無藏修之地乎烏之

歆慕不已已　仁廟昇遐君溪自悲慟時

人只舉義服之制而獨以素餐終三年人或

有問之者但曰我有功緦之服不令人知之

是年春君遭婦翁李公棗棺槨祭奠之具奔

走經紀備盡其情禮丁未春姊婿朴君桂樹

橫罹縲紲之厄君匹馬赴愬于方伯以直其

三

耕隱先生正言諱孟專之曾孫女亦有至性
克配君子辛丑壬寅連歲荒饉家累逩逩鈌
食而君與夫人服勤營辦以供親旨瀡瀡之
味未嘗匱乏癸卯冬愼齋周先生知豐基郡
事始建書院于竹溪士子坌集君贄文往謁
先生以客禮遇之畱數日出有朋自遠方來
不亦樂乎論題以試諸生君逡製進先生見
而異之批其尾曰我院有人其心如玉天將
玉汝申其辭矣凡有問難等底說去先生每
以德器稱之因語以言行相顧之實東方道

遭終天之痛叫皇皇絕而復甦八則善辭
慰母氏出必號哭於凡逵十一月己酉菆于
八智山乾向之原廬墓三年執禮過苦仍搆
齋舍於山下以為終身孺慕之所乙未春服
闋戊戌承母氏命遊太學閱歲而還自是慨
然有求道之志辭精覃思力學不怠己亥秋
與余赴漢城試還途余遘瘧未克前君艱關
扶護至天民川秋水正漲人言此水有毒莫蝶
害人不可徒涉君不為動背負以濟卒無事
庚子春君娶星山李氏秉節校尉智源之女

縣監卽我高祖也曾祖諱錫命成均生員祖
諱俊禎從仕郎敎授考諱壽懲居求志累徵
不就敎導後進有士林重望姚義興朴氏曾
祖諱良成均進士祖諱惟昌通政大夫咸安
郡守考諱自儉承議郎主簿君幼而聰頴志
操耿介惇行孝弟不由勉强昔我先君素嬰
風疾歲丙戌添寒粹從藥餌茂效時君年纔
十一登八公山手自採藥從良醫劑進證契
賴以稍降旋又彌留不輟湯鑪君日夜焦煎
目不交睫衣不解帶者凡八年癸巳仲春

附錄

孝友錄

君姓申諱元禕字季綏自號悔堂本貫鵝洲
高麗全羅道按廉使諱祐之六世孫也按廉
公處昏濁之世以廉潔自勵遭考版圖判書
諱允濡喪廬墓泣血三年有二竹生于墓前
當時以爲至孝攸感事　聞旌閭且載麗史
及三綱行實輿地誌等書按廉公生諱光富
中顯大夫內府令令生諱士廉通德郎彥陽

藏待書院奉安文

常享祝文

風詠樓上樑文

厄山舊院廟宇上樑文

悔堂先生文集卷之三目錄

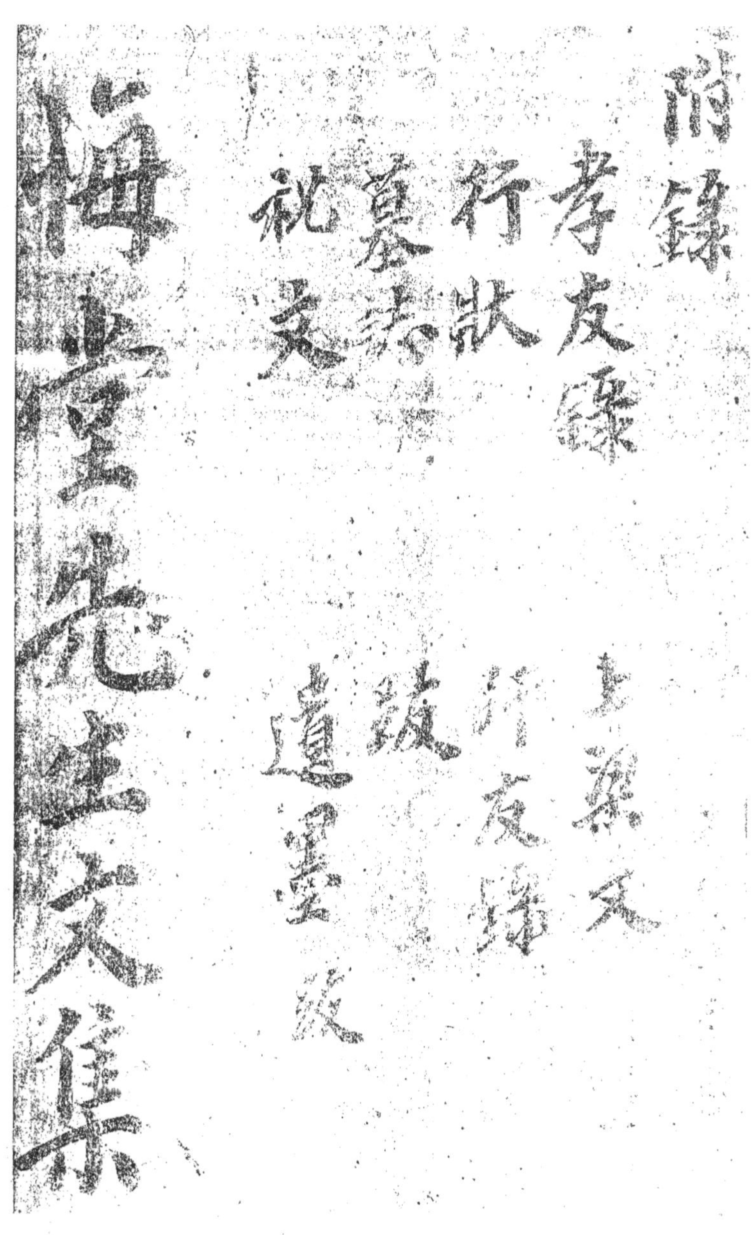

方謀歸寧擬見容儀玆計未諧遠聞盖棺此生
天地無復圓歡陟岵瞻望昊益痛心肝余懷之悲
誰復知之靈如有知亦應纏悲展情無路遙奠
菲薄靈其降歆諒我悲怛

西紀一九九〇年 庚午三月日 後孫 基胤 再版 呈

悔堂先生文集卷之三

矣曷不痛哭顧此無似過蒙容接撫躬挼分感
荷何極捐舘當日我遊遠地自歉而殯不躬相
事淺有所負重我涕泗想象平日宛其可恣寬
緯之容森然在眶忠厚之言盈耳洋洋魂兮其
歸洛北楊原松風蘿月萬古黃昏

祭李氏文 代作

嗟余季兮胡遽至此百年生世未半而止靜言
思之啜其泣矣昔我同閨兄弟其四均被顧復
情切同氣長枕大衾二十餘禩于嗟女子亦各
有行茲分南北慘割中情參商卅載得見者稀

堙街號哭鶴髮在堂血淚相續孤凰失儷叫痛
天末靈若有知豈肯瞑目魂兮其歸龍城之北
宅近先塋松梓鬱欝萬歲千秋永保其吉

祭趙使君 宗敦文

公自妙年才德超衆學古有獲出爲世用涖事
恢恢聲大名重遂由專城動體 上意七縮郡
綏一念仁愛視民如傷撫民若子不怒而威奸
不得肆龍荒黃召杜奚獨專美相厭一方游泳至
澤攬手所祝五福之一謂言仁者必得其壽何
不百年止六十九天不可必理不可詰吁嗟已

凜烈霜晨風悲月苦西歸素輤發自東土丹旐
先啓滿路薤歌哭送長途我慟如何言念我侯
天姿超異眞醇氣度和易而已懇篤心性孝友
而已一經品題名登仕籍初試殘郵疲瘵蒙澤
繼典名邑衆庶懷德隨處盡職名譽蔚藹乃宰
吾縣游刃恢恢雷封民物欣戴二天莊重如山
望之儼然不怒而威勝斧鑕不言而信信途
金石況是孝思實維民則凡爲人子孰不感服
百里太古復覩今日龍峴黃德政展也相頡一疾
難醫九原冥漠仁言和氣已矣無復更民含悲

心經理之勤賢使隨僚興勤之惠積年垂
廢之役至今日而得完就焉吁其盛矣其
辛矣惟我諸生昕夕羣居於是不徒事乎
訓詁詞章之末而專心爲己之學撲賾其
義理砥礪其名行以不負我仁侯賢使興
學育才之盛意則豈非又大幸與旣以語
諸生因記顚末揭諸院壁使後之從事於
是者知吾輩當日用意之勤亦如此云爾

祭文

祭金侯士傑文

門皆覆以瓦總三十有餘間於是升堂而眺臺
峯環立憑軒而聽澗水鏘鳴爽塏明敞政合羣
居肄業之所芴近學徒聞風興起抱墳策來赴
者日相踵自是多始聚而居齋焉
庚午春李相國巡過本院諸生請院號遂以長
川命名蓋因其洞名也因賜海雪三斛以補養
士之需
吾鄉書院之設起自丙辰至己巳而告訖
首尾十四年之間撤而復始而復撤犯
笑侮取詆毀者凡幾遭矣幸賴我仁侯悉

老吏三以幹之起工繞半月侯遽罷歸院事之
不幸何至此哉
已巳仲春朴侯仁豪求代之凡係與學勸士之
方靡不用極而於本院事尤眷眷焉村之腐蠹
者易而新之瓦之破敗者矯而補之糧餉則捐
月俸役丁則募遊民其措置之方比前倍益加
纖悉時李相國陽元按本道節又惠正租十五
斛正鐵三十斤以益之木石咸萃物力俱贍工
眾勸而不告勞積五箇月而斷手對正堂而起
高樓分東西以置兩齋建庖廚立府庫繚垣設

公惠以正鐵五十斤贖木十五段牒給夫力以
助之遂起事募刻隆以填側斷堅以累陂基地
夷瞰始平先立正堂十數架制度宏敞始事半
載架椽而止
戊午春夏始院役值大雨旋停自是連歲饑饉
不遑土木殆將十許年所建正堂歸瞰獨立於
蓬蒿之中東南行過者莫不指點與嗟
戊辰安侯應鉤來守是邦潊慨院役之中廢肩
輿來往殫心經理募緇徒以輸材瓦選皂隸以
備役使不擾損於民而事自就緒又定品官一

策彷徨徒事悠泛去盃置書院以倡率而激厲之

僉曰可遂凌意營建焉○三月與同志相地於

縣南九成山下長川之上有古城今廢遺堞宛

然距縣繞五里山回水抱市塵不到高而有迴

眺之勢聞而有物外之趣眞學子藏修之所也

但野人田其中不可遽然施事遂稟于李侯愿

韓侯卽以公田易之又出力以助成規畫粗具

而方農未卽舉基之東畔有蔣丈友田請入以

恢之文友鄉之篤士也

丁巳春始院役使儒生具由告按使兪公其僉

今年九十有三歲矣頭童背僂腰下不仁而形
貌辭氣尚猶康強子元祿六十年來復相爲命
一喜一懼之情不能自已命子仡舉之于燭下
粧之以爲幀體之於目存之於心敬慕之將無
已也

萬曆三年乙亥三月日子元祿謹識 後移氷山

長川書院營建顚末

丙辰仲春設鄉會於嚳樓謀于衆曰自周先生
肇剙紹修泳陽之臨皋華山之白鶴繼次而起
吾鄉獨寥寥焉有養學之資而無講學之所抱

石也余竊忻慕于心歸而告柳公希潛議修鄉
約取呂氏四條爲之綱以陶山所編罰目附其
下凡罰有三等等各有目總三十餘條約既成
余告于衆曰此法似疎而實密至道寓焉惟我
同約之人奉之若神明信之若金石行之永久
而無替則將見風淳而俗美三代之化自可馴
致亦無所事罰矣其各勉之哉咸曰諾遂次爲
之說以備鄉中故事云爾

　慈母影幀識

此吾慈母朴氏之影也母氏生于　成化癸卯

王之所天幾何其不盡歸於枯魚之肆邪舍人
之意雖甚勤摰而延西則遺東趍南則捐北一
人之身固不能盡周之余亦事與心違自多制手
肘無以遂其濟人活物之志是可慨已
嘉靖甲寅季冬二十有五日在賑濟塲志之

　　書鄉約後

詔之有鄉約古也不幸中廢多年風俗日渝患
與鄉人同志復修條約古今異宜鄭重而未及
焉往歲在陶山見先生手定鄉約立條本意謹
嚴有節度不待設教而教在其中眞屬世之藥

舍人友閔以敬差巡過余曾與李有舊既見言
及飢民嗷嗷將盡之狀李曰飢民之就賑者勿
分彼我之境而救之可也余輒依其指揮而朝
夕賑饋惟謹且九日矣有人告于邑宰曰歲前
就賑固非上司之令姑罷以待開春為空邑宰
卽命罷之後數日旋有營飭云可賑者賑之使
無餓莩之患於是余復往賑濟場則已有一飢
殍矣不勝慘怛是日遂告於官更賑之嗚呼
朝家賑恤之敎雖至而奉承者實為雖欲奉承
而如我之無幹敏者亦難能焉若此不已吾

北院主賑者一人而顧賑者其數不貲勢不得
人人而濟之而惻怛之念則未嘗不切于懷也
是秋又失稔將有憂賑之舉自念賑救飢民亦
君子愛人之一事詎敢以勞且賤爲辭而顧其
中有難容吾心力者與其受人之牛羊而立視
其阨殆不如反諸其主之爲愈故卽趣裝入洛
轉向湖西關東過七朔而返于家今秋之饑有
甚於前又不免再縻前任雖欲見幾而作老親
在堂有難每每離出既不能離出則所以竭誠
焦勞職思其憂者又烏可已耶是月之初七李

之資而名爲士子者不顧本意任自耗費轉成
痼弊誠可歎也況此資乃慕齋相公所刱始者
非尋常學資之比而宿習已痼幾至廢墜言之
可爲寒心今須一依榮川業儒齋之規以別其
糶而擇諸生八格者掌之以爲久遠儲養之地
則其於相公之賜豈不永有賴焉乎有司聞命
以退告于同志爰定新規刱設業儒齋

先生以分賑之寄故有此志

賑濟塲志 癸丑甲寅連歲大饑邑宰委

余於去年夏任分賑之寄初賑于東村再賑于

十餘員三四朔之供每居接之時爲有司者或
稱以散在民間或誘以校中移用因循推托恣
意費用殆無會合之餘甚非所以仰答慕齋相
公勸獎來學之意也幸以芮君之請張侯之惠
依前復立者今五六載而典守者濫用之弊尚
未革焉若此不已幾何其不日銷月鑠而無餘
也方今仁侯新莅百廢俱興與此正惟新學規之
秋也多士與接中有司合辭就告于太守謀所
以永久遵守之道太守曰凡鄉庠之有學資不
特此也曰學田也曰資備也無非供學者講劇

言曰樂菁義之長育自是厥後樂是樂者家家
矣我願吾黨勵至誠無息之道援聖賢實地之
樂不獨有善於己而必患推及於人不獨有悅
於己而必患同樂於人使是樂克積而發越快
適而酣暢則聖人之樂亦吾樂也夫何遠之有
哉雖照非樂道安仁之君子富有於己而裕及
於人者則不足與於是樂矣謹論

業儒齋完議戊申後改名三一齋

吾鄉校學資之穀始自慕齋金相公其本八十
斛則其息爲四十斛以四十斛而春精則可支

孰有如吾夫子者哉噫小智自私之人曷足以
語此樂哉己有一善則沾沾自喜而不肯以告
人己有一能則揚揚自多而不肯以語人其視
君子之存心廣大物我無間推吾之所悅而樂
人之有善者正不啻百千萬里之相遠焉知以
善及人之可樂又焉知信從者眾之爲尤可樂
也哉嗚呼自夫子以後能樂是樂者幾何戰國
之時孟子樂之其言曰得天下之英才而敎育
之一樂也宋之時周程樂之其言曰每人令尋仲
尼顏子樂處所樂何事南渡之後朱子樂之其

以信於人人之善有以資於己講習相益而道
以之日明教學相長而德以之日進則天下無
不可化之人亦無不信從之人矣原其理則我
自樂其樂彼亦樂其樂而究其實則我樂其及
於人而彼樂其資於我也斯不亦人間大快活
大懼適事也耶因是究之樂云樂云者非樂其
人而樂也樂其善之及人也非樂其朋而樂也
樂其信從者眾也游聖門者三千通六藝者七
十而成己成物其樂融融不厭不倦其樂愉愉
則惟厥樂其善之及人而樂其信從之眾也者

衆無不從之由前之獨悅而與人同樂由吾之
獨悅而與衆偕樂則信所謂立必俱立成不獨
成而其爲可樂孰尚於是武酬於仁義飲於禮
智而樂父子君臣之道者是樂也樂夫婦長幼
之序者是樂也同類如此一家可知遠者如此
近者可知宮商相宣不足以喻其懽忻之意也
律呂諧和不足以方其宣暢之樂也黙則是樂
也何樂也樂其以善及人者乎樂其信從之衆
者乎善裕於己而有以及人則是固可樂也善
及於人而信之者衆則是尤可樂也己之善有

如也信從者衆其樂何如也大抵仁義禮智之
性原於天而寓於人在父子而仁之理同得也
在君臣而義之理同得也以至於夫婦而別之
理均有焉長幼而序之理均有焉吾身之所亦
知者即人所同得之仁義也吾身之所獨得者
是人所共有之禮智也人所同得之仁義而吾
既先得於己則烏可不推其所得以及於人也
人所共有之禮智而吾既先有於己則烏可不
推其所有以裕於人也我之所得人亦得之我
之所有人亦有之自近而遠無不偁之自寡而

而獨以朋來自遠爲不亦樂乎者奚哉蓋人性
皆善而覺有先後我既明善而人不能明焉我
既復初而人不能復焉則中心喜悅雖極其至
而及人之樂寧不有欠乎夫得五行之秀者人
也賦萬善之理者人也而人己之所同得物我
之所共有則豈一人之所得私豈一人之所獨
專者哉向也吾獨知是善吾圖行是善則徒悅
而己未足樂也及夫告人而人信之敎人而人
從之同聲相應同氣相求近者既信而遠者亦
信近者既從而遠者亦從則以善及人其樂何

幸甚許先生又云先生集板當置之院中此尤
幸中之幸也單子之越呈果有其失寄書而勑
惡亦似己甚只此二事若非尊敎亦幾乎失矣
所懷千萬難以書旣惟冀錬玉珍重

雜著

有朋自遠方來不亦樂乎論 癸卯

論曰聖人之樂亦多矣有仁智之二樂有益者
之三樂樂則生者樂其天而神也樂忘憂者味
於道而樂也以至於循理安命樂有餘於坦蕩
飲水曲肱樂亦在於其中則聖人之樂亦多矣

司之罪也安敢望容貸於諸君子乎但物論之
乖異已甚財貨之竭盡亦極則有司雖勤將如
之何當初同志寧復有謀及於此事者乎只有
一碩儀時以此相勉耳既望之報備悉示意越
三日壬寅又承許先生之招穩被指揮留中浩
浩不啻如披雲霧見天日自聞其言不覺喜而
不寐也物論之未定者自此而定焉財貨之未
得者自此而得焉積二十年謀爲而未成者自
此而成焉豈時有所俟而然耶謹當竭力盡誠
以副吾黨之望須頒筆良規備議於會接之初

每得書報辭意珍重不鄙愚陋傾倒以示寧知
晚年有此知遇感幸感幸元祿姿疎學淺無所
肖似而一段秉彝粗不泯没勤勤懇懇於儒官
之事固非一二年蓋自初頭犯笑侮取詆毁者
不知其幾而愚不自量強聒不舍至于今日此
心猶不少懈如學資之復立業儒齋之新設等
院之經營雖不敢自謂己切而區區用力亦不
為不勤試考前後所錄則亦可以知其志之所
存矣顧今書院雖成而猶未立廟藏經此則有

成來作邦訓有意復古以諸生之請告于縣令
張侯世況侯聞之夏惠學資一依相公所賜之
例既又勑諸生以永導之意噫慕齋之垂惠吾
鄉固出於尋常萬萬吾鄉之得受其賜亦豈非
與學之一大會也況當既絶之餘而復續於今
日芮君張侯之意亦不偶然烏可不叙其顛末
表盛蹟而警後進乎諸生孤陋寡聞雖未導相
公之餘敎其所以激厲而奮發者實有賴於相
公之賜故敢以記爲請伏惟先生一筆揄揚以
示來學於無窮幸甚周先生學資記本校

隨惟爾諸生記我此言庶幾毋負因題詩壁上
以示之曰正路邪政辨易差紛紛記誦與詞華
要須佩服程朱訓小學工夫日日加遂寬以要
八十斛使之存本取息永爲講學之資其終然
勸誘之意至矣盡矣當是時目其詩口其食出
八庫序之間者莫不感發而與起相與戒告曰
此吾相公所以惠我後學者若使此資有缺行
將爲相公之罪人矣不幸典守者收藏之不謹
出納之無節至于癸巳之凶而頓無會合之
一鄕士子莫不慨然於斯歲癸卯淸道尚

書

上愼齋周先生 乙巳

伏惟先生道體神相萬福竊以慕齋金相公即
本縣人也其遠祖墳塋在於縣南五土山以故
方其在 朝之時凡所以眷我一鄉者無所不
用其極歲丁丑相公嗍 命觀風于嶺南爲作
成之本則以小學爲先敦道齊之方則以禮教
爲首嘗巡到于本縣謁先聖禮畢坐明倫堂招
諸生誨之曰業精于勤荒于嬉行成于思毀于

悔堂先生文集卷之八

来展驥蹄鬢欲霜聞韶三識坐膠庠自多一識
荊州面豈意重傾渭曲觴摻手離遲情繾綣停
驂去路莫恩忙都將別後相思恨付與江波一
帶長

張天樞母夫人輓

天賦貞嘉德室家婦道協無非夏無儀幽間且
靜淑彈誠奉蘋蘩推恩待僮僕嬌蕙閨中秀芳
蘭庭際茁于嗟鳳先逝幾傷鏡裏哭人間七十
年光陰如過客後院春已謝空閨照寒月丹旐
向何處邱原風色列

贈宋而栗

疇昔長安道相從也有緣如今咫尺地弱水便
三千

題金內禁亭子

白雲深處夏清潭上有華亭隱翠山嵐想得主人
間適意堪羞塵世役東南

賀李君鎭山岳魁蓮榜

吾鄉文獻世稱多聯代科名問幾家蓮榜壯元
君又占少年聲價最堪誇

贈別全葡齋還鄉

水亭春半老庭樹落花飛雨後多清景間窓可

醉席口占一絶

愁裏生涯莫怨嗟吾門一樂最堪誇七旬兄弟
斑衣處百歲慈親有幾家

送柳義興 希潛 放還京城 二首

賦鵬居然廿四春賜環今日荷天仁離亭惜別
猶餘事淡恨鄉無考德人
陰盡陽生萬物春吾 王聖澤優同仁長沙一
着何須恨獻策治安古有人

臥病無人問情懷 乳與論愁看塵滿履恨見雀

羅門 一命危如縷 千憂劇似雲 多君來饋藥 何

以答慇懃

首

手種黃菊垂楊相對軒窻愛而詠之

六月東籬花正黃 瓊英專不減重陽 雖脈自[…]

清霜節 未使幽人嗅晚香

晴窻用意種垂柳 影拂蓮池翠色多 風流未[…]

章臺容 時見啼鸎喚友過

偶吟

輕之句要我足成故攏拙以呈　李友晁
以護送官過此乃神交之有年者

十年故舊相逢處喜遇神交策馭經雙柄燭前
閑抱細一聲歌裏舉盃輕涼侵醉百眠難穩興
激詩情筆不停分付良宵成好會三夏話語優

忘形

　　　贈全菊齋

雨後平臺上青山改舊容清吟誰與伴惆悵憶

丰容

　　　病中謝友人來訪

雷琴歸去兩情多何恨龍城萬里餘手撫朱絃

聊自慰暮林休感獨棲鴉

東籬殘菊影重重香氣猶存十月中自恨無人

三字缺苔階寂寂暮煙籠

遙贈曹幼清湜鄭仲尹

憶昔從遊處相知幾許溪花壇曾對酌楓岸且

披襟膠漆情無極樹雲恩不任何時成邂逅近重

與細論心

五月初九日李景明邐與其弟晁會于

淨襟堂酒半景明忽吟一聲歌裏舉盃

負米情難遂天南作遠遊疊連經一歲悲淚日
雙流

思家

永夜思歸意緒悽聞韶城畔數椽棲蕭蕭鶴髮
今安否甘旨惟憑兄與妻

次友琴堂韻

萬里天西作遠遊清溪花洞共淹留居默密契
成弦矢此日那堪我恨悠

次別全菊齋夢奎由行二首　時菊齋為本縣訓導

鵑花初落柳條垂九十春光欲暮時坐愛潺流
鳴澗谷醉看層壁起煙霏消愁但飲烏程酒念
世寧悲墨子絲況値昇平烽燧冷主賓談笑且
忌歸

再用前韻書懷

患親遊子惱方寸萬里天涯歲暮時望裏陰雲
沈罨罨愁邊凍雨細霏霏登樓每攬霑襟淚對
燭空梳滿鬢絲不識誰教縻斗祿孤形冷榻未
言歸

旅舘書懷

桃李夜開樽談笑吐幽襟

旅舘書懷

孤伴寒燈到五更萱闈桂蕚惱溪愔羡春乳燕
相隨樂愁聽征鴻獨叫聲明月八窓常起感輕
風打葉暗生驚誰敎驛使移梅樹開向寒齋滿
意清

客中

飽喫酸辛客海賒西暉八眼涕雙流誰家有酒
身無事長對親顏笑未休

次吾魚寺韻

斯亭勝槩判無雙二面蓮池一面江歎近噴香
塵慮少五夏明月滿吟窓

遂懷

與錢誰是蘇司業遺罵甘爲鄭廣文扣冰愧之
王祥孝只切懷英望白雲

登樓

謀遣淸愁獨上樓間呵凍筆放詩眸詩眸忽作
瞻雲苦閣筆還添萬斛愁

贈寄梅村

三年苦阻一千里雲樹依依意轉溪却憶春

橫槎亂碧流　野色屬高樓　嶺黑催詩雨　江寒滿
袖秋　汲清炊玉稻　收網膾銀鱸　暫醉方歸去　茲
行亦勝遊

詠金松隱光粹　萬年松
萬年松葉萬年青　幾歲風霜幾歲經　晚翠不渝
君子節　笑他桃李一時榮

修定鄉約有感而作庚申
蓋田遺約映千春　末學猶欽呂氏仁　後世子雲
今幸見挽回薄俗　惠吾人

次換鵝亭韻

過韓伯益閒居亭

我是陶巖處士申　偶經花洞訪幽人　松杉谷口
煙霞趣　梅竹軒前雪月神　塵事不曾驚醉夢　風
光長自逗和春　何當此地同棲息　養得從來不
世身

謝權夢祥佩酒來慰

春窓牢落與誰伴　月一觳來笑語稀　賴有情朋
珍重意　松軒對酌送西暉

江上卽事

還分去離恨長於洛水流

題寄傲亭

一亭清絕壓江灣滿目雲煙色色奇雪浪千層
風緊夜金波萬頃月明時山高西北松聲亂浦
遠東南帆影遲泚筆登臨吟未了無端長笛隔
林吹

過風川峽

化媼多情辦此巧別區奇勝擅名長凌虛鐵壁
千尋許凝碧靈湫萬丈強巢鶴呌雲僑峽爽潛
龍噓霧洞天凉浮生幸啓東遊路信馬歸來到

雲滿川林夜正長客中愁思轉茫茫湖西不是
泰京道東望家山暗斷腸

早春月夜登樓有感

登樓久落月西岑始下來
階頭未見早梅開雲外徒聞斷鳳哀琴歌耐冷

夜聞簷雨

琮琤簷雨聲悽斷遠遊情無朋可與晤無酒可
與傾清愁不自耐撫琴到五更

江上贈別韓虞卿

渭北江東幾十秋相逢隔岸忽招舟沙頭暫話

閼連半日醉餘盃　軒外聞着四季開千里洛城
無限抱斜陽聯袂浩歌迴

遊中臺寺 壬子
蒼茫日暮中臺寺　陟屺吟詩愁思長雲盡東南
天宇濶遙遙指點是吾鄉

絶
癸丑冬在洛陽不禁思親之淚因占一
南望聞韶問幾許　回頭天際客愁新傷心一夜
憑軒淚白髮慈顏入夢頻

贈友人 甲寅

春陰掩靄海門昏千里遊人獨斷魂夢入萱堂
猶定省身羈旅舍苦馳奔家書幾日來南極客
子何時到故園休道鶴城多勝躱愁懷稠疊不
堪論

自歎 辛亥 〇 初除訓導時

書生賦命太多奇蠖屈年來兩鬢絲學禮曾曾
瞳進退仕貧非是閔寒飢睢陽千篋人誰惠光
範三書世莫知日暮途窮親已老强顏干祿涕
交垂

赴金景放 彥种 酒席與諸友共賦

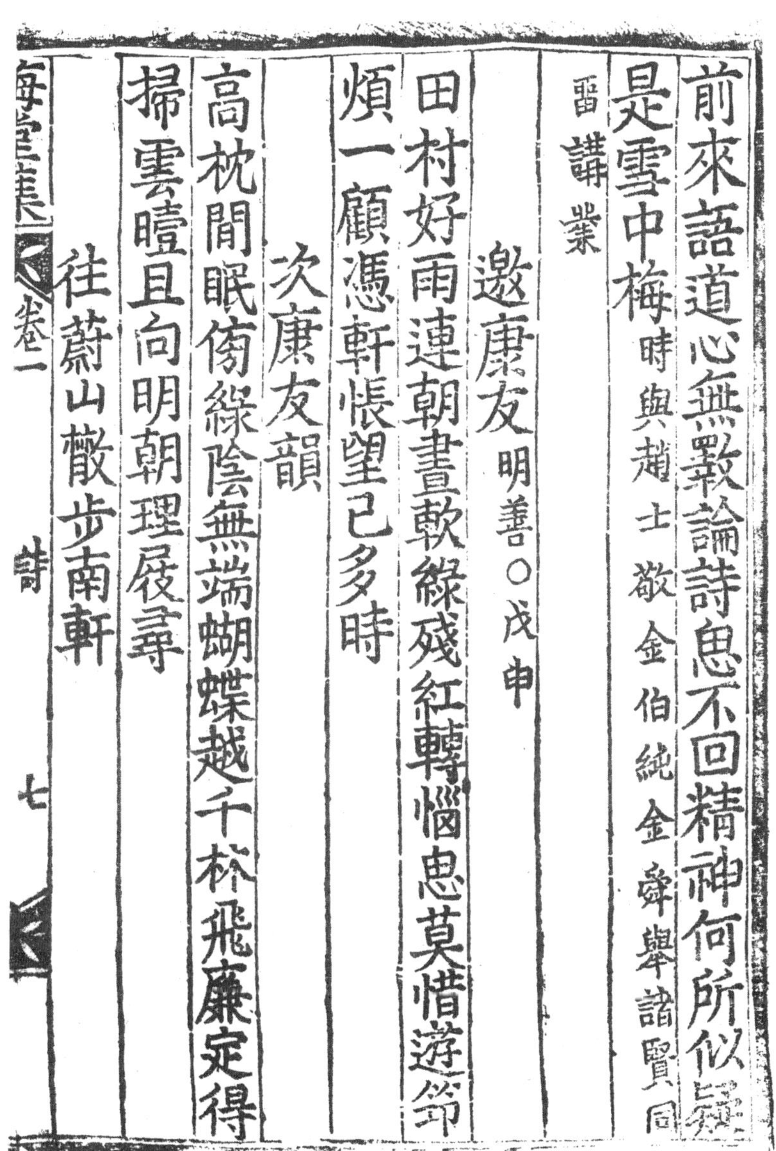

前來語道心　無數論詩息不回　精神何所似　疑是雪中梅　時與趙士敬金伯純金舜擧諸賢同講業

邀康友　明善○戊申

田村好雨連朝畫　軟綠殘紅轉惱患　莫惜遊節煩一顧　憑軒悵望已多時

次康友韻

高枕閒眠衙綠陰　無端蝴蝶越千林　飛廉定得掃雲瞳　且向明朝理屐尋

往蔚山散步南軒

無極是至樂之所在兮又何必勞心於世外之

靈嶽也哉

詩

棲白雲洞月夜有感二首 癸卯冬

雲斂煙消玉宇淸月光如晝十分明離家兩載
患歸客一句新詩萬斛情

溪聲月色一般淸野雪山雲暗復明人靜院滾
千古趣肯敎塵滓汚心情

贈同志 甲辰

風定三夏夜雲窓對月開幽懷塵外迥淸景眼

界崿奇峯以鼎列兮秘眞人之高躅曾偓佺之容與兮又子眞之棲息遊赤松之玄蹤兮藏子喬之奇蹟倘宿緣之有契兮願躡蹤乎儼列嗟塵世之有累兮執眞訣之我傳俄黃粱之報熟兮倏廻駕以言旋望三清兮何許魂倘悅其如失喟神僊之杳茫兮說荒唐於三嶽嗤燕齊之鬼怪兮鼓無前之詭妄彼呂兒與劉郎兮謾騁望於海上事旣出於無稽兮豈虛僞之足尙覽聖人之格言兮戒君子以山立又體仁於厚重兮吾將取以爲法祝三壽之作朋兮共遐齡於

鳳翔兮交舞靈龍吠兮相嬉門磁石兮梁木蘭
帳雲母兮簾琉璃杳風塵之不到兮隔幾重之
寰區多僊子於此中兮與世緣而全疎餌石髓
而換胎兮營紫霞以蛻骨抱沆瀣之精英兮攬
瓊蘂之瀝液紛紅梨與碧藕兮爛冰桃與火棗
指萬期於須更兮享長年於不老或乘鸞而冲
天兮或飛錫而凌空時酣醉於醴釀兮奏仙樂
之鏗鏘是仙山之勝槩兮羌難得以備說噫上
帝之臨下兮睠羣僊之脫俗嫌人世之僻陋兮
恐受汚於塵穢乃拓基於大洋兮陶別有之眞

訓兮聊作賦而自警

三山賦

閱天下之山經兮惟五嶽爲峥嶸紛衆峙之培
壘兮儘眼底之庚庚倏起想於方外兮意悠揚
而莫停俄蝴蝶之遽遽兮道塵蹤以遐征觀三
山兮奇挺兮賴扶持於神明鎭鰲頭以窮崇兮
俯鯨波之縹緲隱映五雲之外兮杳雲藹三天之
表鬱佳氣之葱葱兮動瑞光之暖暖惠風暢於
瓊林兮靈泉湧於玉海森八桂之凌霜兮秀五
芝兮傲雪樹璀璨於丹崖兮花爛熳於紫壑瑞

人而何責遂沿沂乎今古兮孰名下之無蹟周
公困於管蔡兮仲尼危於武叔彼聖者猶若茲
兮翔後人之足説悲屈子之懷沙兮哀賈生之
賦鵬山斗望之昌黎兮歎朝陽之流落百世士
之東坡兮悵惠州之漂泊于嗟子大朴之日斲
兮何化翁之效尤昔上古之無爲兮渾人心之
不渝人有善而必名兮名自全而無缺揖古風
而長欽兮顧末路而永惜眽没世而無稱兮亦
君子之所疾顧無懼於毀來兮盍懋實於名立
既內省而無疚兮彼外至其奚病眼祿名之至

潔紛旣有此內美兮譽積中而外彰山舍輝於
玉蘊兮澗增彩於珠藏騰遐邇而聲觀兮在邦
國而必達何倩名之旣立兮奄羣誚之隨集衆
賢譽盛而議論兮好蔽美而稱惡紛河南之責望
兮鬧雲臺之詆折微雲起而日翳兮尺霧障而
天黑咨嶢嶢之易缺兮孰能全其姱節無完名
於世間兮吾必歸於造物謂福善而禍淫兮反
扶陰而抑陽天難諶於勸戒兮理亦昧於災祥
名聲著而謗至兮道德高而毀生吾知太空之
冥冥兮亦不免於世情旣在天而猶黙兮顧於

頗而事一兮均有養而斯得夫何舉世之滔滔
兮昧潤身之至德豹有隱霧之豹兮人無尚絅
之人熙不暇於責人兮盡反求於吾身期闇然
而日章兮庶無羨於豹文

名者造物之所忌賦

潛衡宇而靖處兮慕善名而遯矯悲蛾眉之見
妬兮對芳蘭之遇燒彼世道不足論兮何造物
之亦爾固美器之多猜兮認天路之同軌原茲
名之克著兮適是善之在己旌性行而製佩兮
襄道藝而爲服芳與澤其雜糅兮好修姱以自

後狐狸俾屛避誰知南山之暗靄兮乃豹變之
所自苟非遵養之有素兮奚厭文之如是援乎
物而反觀兮證人中之君子雖物我之有異兮
蓋所養之一理當髟齓之妙年兮有嶄然之頭
角勤蒙養之以正兮要變化其氣質塞黄中而
過理兮羌內積而外發學日造於緝熙兮章自
成於輝光儼眸面而盎背兮煥乎其有文章竟
一出爲世用兮展素養而致澤自其變而論之
兮同是豹之霧匪豈以物而觀物兮可舉一而
反三倘不學而入官兮等無文之眈眈信乎殊

兮霧隱吾固知晦養而思變兮認成章而後見
原厥豹之禀生兮異尋常之亭毒長毛蟲之三
百兮抱猛氣之咆嘲志百獸於一吻兮窺九牛
於三日願竢時而著靈兮蘊一嘯於風冽紛皏
有此異質兮但未著於奇文爰蹲踞而晦跡兮
樂翠霧之氤氳浹七日而休養兮跡不外於洞
府掉輕尾於彩雲兮刷奇毛於清露俄幻形而
變態兮鞹自別於犬羊章彬彬而燦爛兮點斑
斑而圓方表獨立兮山上儼威儀之可畏君子
獸而曰最靈兮雄一蟄而高視前熊羆使懾伏兮

發可見於憤悱苟於焉而或忽兮終必歸於自
棄果能此而著力兮其進為也孰禦寔斯矯而
反剛兮昏可變而之曙何彼蒙之固念兮昧一
心於奮勵尚不知於恥恥兮矧敢望於慥慥余
劃是而暢然兮恥不若而思造踐斯言而服膺
兮果何難於成德聊書紳而自詔兮企聖賢而
為則

霧豹賦

宅溪山而晦跡兮樂渭莘之風月任上下於溪
谷兮友麋鹿而得忽反顧而騁目兮彼何獸

邇而行遠學不措於竊格兮蔽自袪於愚澗行
無怠於篤實兮私可克於分寸如知恥而著力
兮可起懦而孟晉斯進德之有序兮認不遠而
爲近知無如於好學兮固莫尚於力行孰非恥
而能進兮亦做勇底工程終歸仁於不仁兮後
也知於非知自能勇於向道兮其亦大於懷恥
辜庶幾爲近之兮夫何遠之有焉及其知則同
歸兮信仁得其亦厭氣自配於道義兮勇何難
於強矯是以謂之三近兮安念茲而克勵黙先
務之最急兮要不外於斯恥空無恥之是恥兮

悔堂先生文集卷之一

賦

三近賦

謇吾法夫前修兮究八德之階級譬登高之自
卑兮歸下學而上達攬三近之微旨兮悟誘掖
之諄懇是用力而思企兮信達道之不遠天生
德於最靈兮知仁勇為良貴合五倫而包括兮
該萬善而經緯緣氣質之不齊兮夐物欲之交
猶人鮮能於盡性兮斯未及乎達德然工夫之
在我兮豈企及之無術苟勉強而不息兮庶自

悔堂集　卷一　賦　一

贈寄梅村

旅館書懷

客中

次吾魚寺韻

再用前韻書懷

旅館書懷

患家

次友琴堂韻

次別人全菊齋夢奎由行二首

遙贈曹幻清湜鄭仲尹

次康友韻、

往蔚山散步南軒

自歎

赴金景放芳种酒席與諸友共賦

遊中臺寺

癸丑冬在洛陽不禁思親之淚因占一絶

贈友人

早春月夜登樓有感

夜聞簷雨

江上贈別韓虞卿

賦

三近賦

霧豹賦

名者造物之所忌賦

三山賦

詩

棲白雲洞月夜有感二首

贈同志

邀康友 明善

汲且百有六十年宗中舊老彫謝殆盡失今不
爲憂後數十年求先生警欬音容於髣髴且不
可得況進于此者乎遂敢撥昏考据輯成年譜
而以孝友錄行狀師友錄墓道文字等祭文奉
安文類次而附于後因又編次遺稿以俟當世
君子之去取第恨聞見謏寡無以闡發潛德記
所稱不明不仁是又正模之所大懼也觀者恕
其僭而補其舛則幸矣歲舍巳未正月上浣六
世孫正模謹識

悔堂先生年譜終

山一毫芒然卽其所存而伏讀之則亦可以知
先生躬行實踐之大畧矣盖其沒身孝思影幀
識備矣求道誠心亦樂論詳之而與道倡學之
功可考於書院業儒齋經始之際仁民愛物之
心又可見於癸甲賑濟場施措之間自餘詩賦
諸作無非出於愛親敬兄切問近患之意則噫
此足以傳後又奚貴於多言哉歲已未將刊先
生遺稿於本院 正模時在藥城諸族以遺稿寄
示幷以年譜爲託噫藐玆孤蒙正爾惴約舊聞
新知百弗存一何敢當此事耶顧今距先生之

宇旣成而未卽奉安至是與松隱金先生
梧峯申先生敬亭李先生合享于藏待
三十
四年戊子三月立表石于壙南
五世孫進士德涵撰幷書
英宗大王
十六年庚申三月文集成
我先祖悔堂先生孝友行誼適追祖武學問
淵源獨得師傳當世之人亦旣知之矣後來
學者又尊尚而俎豆之矣至於立言垂後則
先生恆謙抱不自居故平生罕有所述旣述
而旋棄者又多卽今流落於巾箱者僅同志

無俎豆之所就先生所居之東尼山下卜地

營建議以松隱金先生幷享焉

十二庚戌廟宇成

時新修　聖廟有舊材邑宰告于巡使悉

付之院役又出力以助成

肅宗大王
十二年　乙丑十月道內士林奉安位版于

藏待書院景賢祠　藏待旅軒張先生所命名

先是士林爲梧峯申先生敬亭李先生建

廟于藏待李副學堂捿時爲邑宰以爲一

鄉先賢不宜異祠使之合奉以故尼山廟

通政大夫戶曹參議載錄于續三綱行實

我

孝宗大王八年 丙申五月建 雄間閣于元

興洞立碑以表之

元興洞時有先生舊甞苐孫司諫悅道撰碑

陰小識曾孫衛率在書

九月地主安公應昌操文祭墓

有黔婁奉疾高子執枣方枣盡制食素三

年等語

關宗大王十一年 己酉士林營建書院于尼山

一鄉士林合辭以爲先生孝友德學

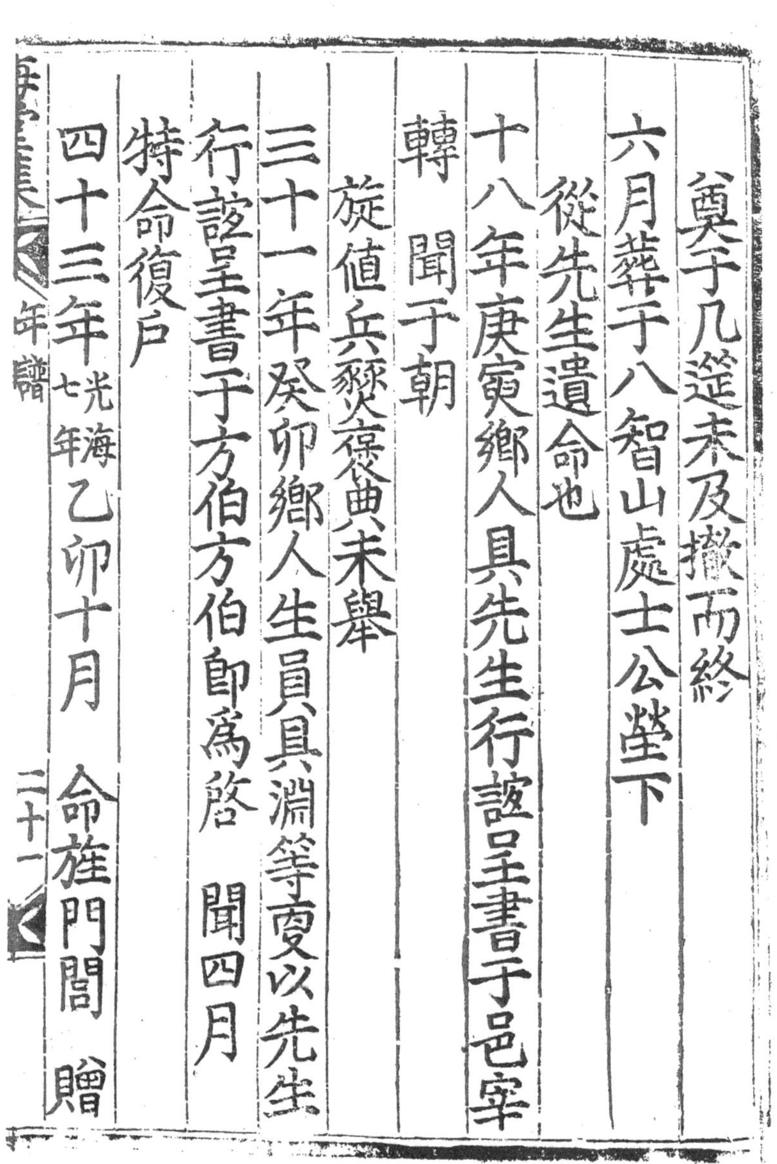

奠于几遷未及撤而終

六月葬于八智山處士公塋下

從先生遺命也

十八年庚寅鄉人具先生行誼呈書于邑宰

轉　聞于朝

旋値兵燹褒典未舉

三十一年癸卯鄉人生員具淵等復以先生

行誼呈書于方伯方伯卽爲啓　聞四月

特命復戶

四十三年光海七年乙卯十月　命旌門閭　贈

起盥漱而病已革子弟請歸家調護先生
曰棗人宛於墓側可矣何事於家夫人來
省先生嚬戚曰盧所非婦人所至何以來
爲問後事不答但曰我平生事親有未盡
而又不得終孝用是爲憾欲哭不成聲因
嗚咽曰我宛後以母氏影幀揭于棺傍我
將奉侍于泉下矣
辛未酉時終于盧所
是日先生命取紙筆書遺戒勉以忠孝之
道精神了無差誤曰晡時請靜隱公行夕

幾周年以此瘠立歿不能支子弟講進草

木之滋先生曰毀不滅性古人有戒吾豈

不自量而爲之乎猶泣諫則曰命稟於有

生之初豈以此致夭乎

三月辛酉得癃疾

先生柴毀之中添得癃證甚重哭奠之禮

猶不少廢焉

四月乙丑病勢漸革

先生委身苫塊轉側須人而猶以不能與

祭爲痛至觀燈節令賣薔薇花將自奠扶

嘗糞以驗每夜仰天祈號及喪號哭辯踊
一如前喪時
十月甲申合葬母夫人于處士公墓
先生於送終之事極力措辦情文兩盡無
有遺憾營窆之際躬自執役靜隱公慮其
不堪諭止之先生曰固所自盡不爲疲也
至是以母夫人影幀揭之几筵朝夕拜哭
以致如在之誠
四年丙子 先生六十一歲
先生執禮過苦日糜食糜飮菜鹹不入口

嫗具酒食以相娛有一老嫗狂歌胡舞作
俳優戲母夫人爲之一笑先生心欣然如
有所得遂成終日之歡
上書方伯請陞書院爲 國學
先生倣退陶先生白雲洞故事與士林呈
書方伯轉達于 朝遂有宣額之 命
葦母夫人影幀
有影幀識
六月丁母夫人憂
母夫人年九十有三氣候日益奄奄先生

器亦必躬自除穢未嘗使人爲之

二年甲戌 先生五十九歲 母夫人寢疾
先生晝夜遑遑重茵累席藉以白絮裘毛
滑腻之物褻衣抱侍日復益謹母夫人悶
其勞苦先生惕然曰子職固然有何勞焉

三年乙亥 先生六十歲 三月母夫人病少間先生
設酌於東皐
先是朴氏姊來省至是將還先生曰親病
少間姊亦臨歸值此令節可不慰親之心
乎遂設酌於東皐陪親攜兄姊邀鄉里老

四月南冥先生訃至爲位哭之

神宗萬曆元年癸酉（先生五十八歲）作宴親曲八関

先生閔親之老凡可以慰悅親心者無不
致力每當節目與靜隱公歌関以獻酌盡
愛日之誠叙天倫之樂八関逸不傳又嘗
於晬席口占一絶曰愁裏生涯莫怨嗟吾
門一樂最堪誇七旬兄弟班衣處百歲慈
親有幾家每進食必具二品請所與而與
之有得親一歡者必厚謝之親所著藝衣
常置小槽手先澣濯然後付之人偉旋之

葛川時爲此安俾過從無間

六年壬申 先生五十七歲 春建廟宇於院中享文敬

公慕齋金先生文元公晦齋李先生

本縣卽兩先生遺馥之地也先生之營建

書院蓋爲兩先生遂立廟以祀之按孝友

錄諸編載廟享事單舉慕齋先生而冰溪

書院重修記以爲 嘉靖丙辰晦堂申公

議建書院于長川以祀慕齋晦齋兩先生

萬曆乙亥 賜額云爾則晦齋先生奉

安似在同時故以并享書之

周畢切於是依白雲洞院規擇鄉人才學
俊秀者八齋相與講論經旨曰遠近爭慕從
之至不能容

四年庚午先生十五歲春與諸生會書院揭號長
川

院號卽巡相李公陽元所命也

十二月聞退陶先生易箐貫爲位哭之
行加麻之制

五年辛未先生十六歲三月會葬退陶先生○林
葛川薰來訪

之悠默有獨得之趣

手劄溪門諸子問答文義

先生喜讀心經近思錄朱子書等書蒐輯

退陶先生與門生問答文義各於卷頭手

自逐段劄錄以便考據筆法亦遒勁端嚴

渶得古人求放心法

三年己巳先生五十四歲秋書院成聚諸生居齋

先生與同志謀曰書院之設蓋將爲興學

育才而始事十許年迄未就緒豈吾輩經

紀之本意乎遂稟議邑宰乃夏經理歲再

迭相徵逐以資麗澤

穆宗隆慶元年丁卯 先生五十二歲 春棄學歸

先生又題壁上曰古人一日養不以三公

換卽日遂棄歸

六月 明宗昇遐

二年王 宣祖元年 戊辰 先生五十三歲 春構養老堂於

東臯

時母夫人年已過八十別構草屋三架扁

之曰養老雜植奇花異草奉母夫人日處

其中以定省溫清爲職左右圖書觀而樂

先生嘗書于壁上曰負重涉遠不擇地而
休家貧親老不擇祿而仕此子路之言三
復以還不覺流涕觀此則知先生之前後
赴學皆爲親屈也○先生所至學子必集
戶屨常滿而諄諄誨誘不厭不怠課誦之
暇引諸生講論古今得失以開發其心志
以故成就者衆
秋與曹梅巖湜遊大隱山
先生嘗愛大隱山水與梅巖乘興輒往徜
詠以自適又與林葛川薰瞻慕堂芸兄弟

四十年辛酉　先生十六歲　四

四十一年壬戌　先生十七歲　四

四十二年癸亥　先生十八歲　四　春往問黃錦溪病于
中途
錦溪自星州任所辭疾歸未及家而歿先
生溪加慟惜

四十三年甲子　先生十九歲　四　除清道郡訓導
先生黽勉就職未周年以親老辭歸

四十四年乙丑　先生五十歲　五

四十五年丙寅　先生五十一歲　五　春　除三嘉縣訓導
十五

自陶山歸後益切欣慕與柳義興希瀣

定規約取呂氏四條爲之綱以李先生所

編罰目附焉每歲春秋與同約行勸懲之

儀韶州鄉俗之見稱於江左者實賴先生

倡導之力也有鄉約後識及詩一絕 柳公漢陽人時謫居本縣

與遠近宗人定月朔會

先生常恨宗族散處不同憂樂議修契事

定吉凶慶吊之規每月朔會于宗堂謁廟

展親仍講敦睦勸學之義

語

十八年己未〔先生四十四歲〕拜退陶先生于陶山

是行奉玩李先生手編鄉約〔按師友錄先

生再謁陶山在癸卯己酉而先生所撰鄉

約識有往歲在陶山見手編鄉約之語盖

陶山手編鄉約在兩辰而先生修定鄉約

在庚申則是年之復謁陶山無疑故補入

于此

三十九年庚申〔先生四十五歲〕春修定鄉約

本縣舊有鄉約而中廢先生嘗有意修擧

源旅舍

龍巖時向陶山滯雨桃源先生遇於旅舍
講論數日龍巖及還以起省頮憒等語貽
書以謝之

秋營建書院正堂
先立十餘架因時屈未就

三十七年戊午先生四十三歲秋赴白雲洞講會
時朴嘯皋守豐基聚諸生講道于白雲洞
書院書請先生先生往赴之嘯皋書有如
玉其人常入夢中峽邑少事政好論量等

二十五年丙辰〔先生四十一歲〕二月與鄉人議建書
院於長川
長川在縣南九成山下山拱水抱高迴窈
閟正合藏修之所先生自竹溪歸後有興
起斯文之志是春約同志經紀焉
七月自元興洞移卜于陶巖
陶巖在縣東陶唐山下近城市而有山林
之趣先生爲老親優養移卜于此因以爲
號
三十六年丁巳〔先生四十二歲〕八月遇朴龍巖於桃

李公與先生有舊時以敬差官歷訪共論

賑濟之事

草賑場志

是歲又大饑邑宰忠先生賑饋之均敦勉

再任先生辭不獲設施之方比前益加慈

詳焉

三十四年乙卯 先生四十歲　黃錦溪俊良來訪

時黃公宰新寧每於故山之行必歷訪焉

有時揚扢古今雅論氷生聽之者不覺爽

然

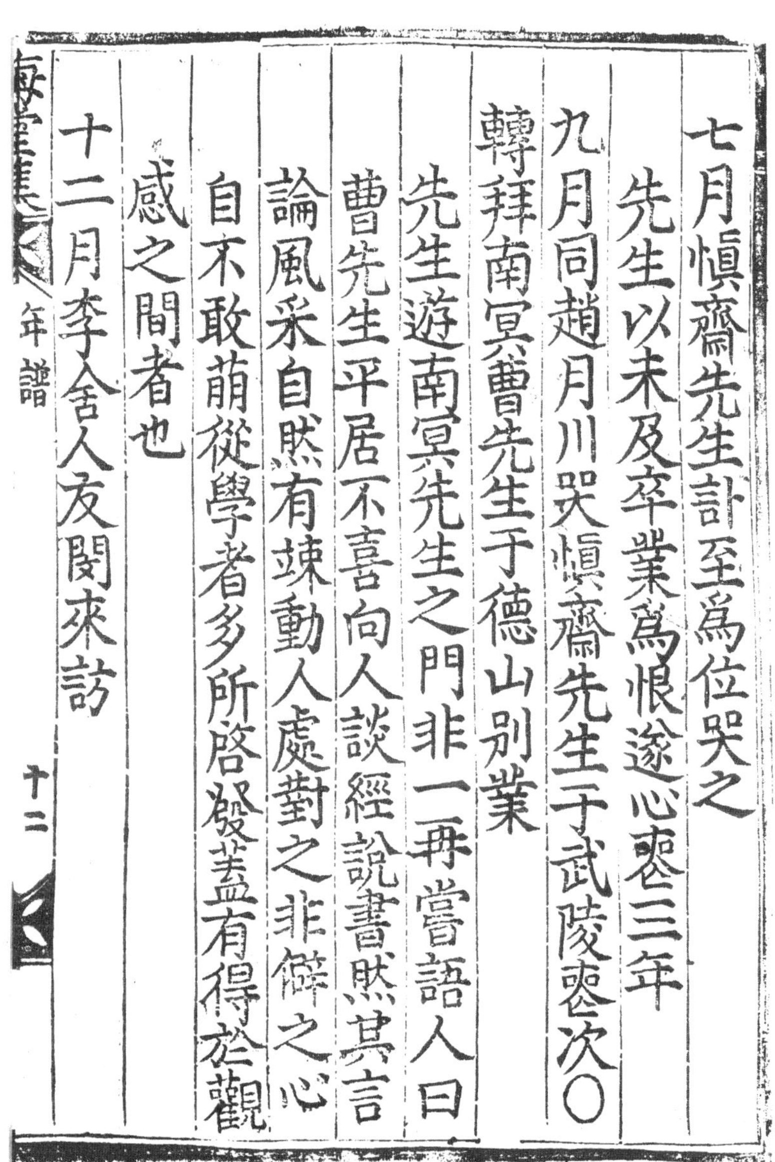

七月愼齋先生訃至爲位哭之

先生以未及卒業爲恨遂心喪三年

九月同趙月川哭愼齋先生于武陵喪次○

轉拜南冥曹先生于德山別業

先生遊南冥先生之門非一再嘗語人曰

曹先生平居不喜向人談經說書默其言

論風采自然有竦動人處對之非鮮之心

自不敢萠從學者多所啓發蓋有得於觀

感之間者也

十二月李舍人友閔來訪

冬發洛行轉八白雲洞書院與鄭藥圃琢講

論經義

是秋又失稔有再賑之擧先生以爲賑飢

亦君子愛人之一事而顧其中有難容吾

心力者白母夫人束裝向洛歷八白雲洞

時鄭藥圃諸賢在院中相與訂其所疑

三十三年甲寅（先生三十九歲）二月自洛歷湖八關

東訪黃大海應清而還

是行歷覽關東諸形勝及還首尾七箇月

有寄傲亭風川峽關居亭諸詠

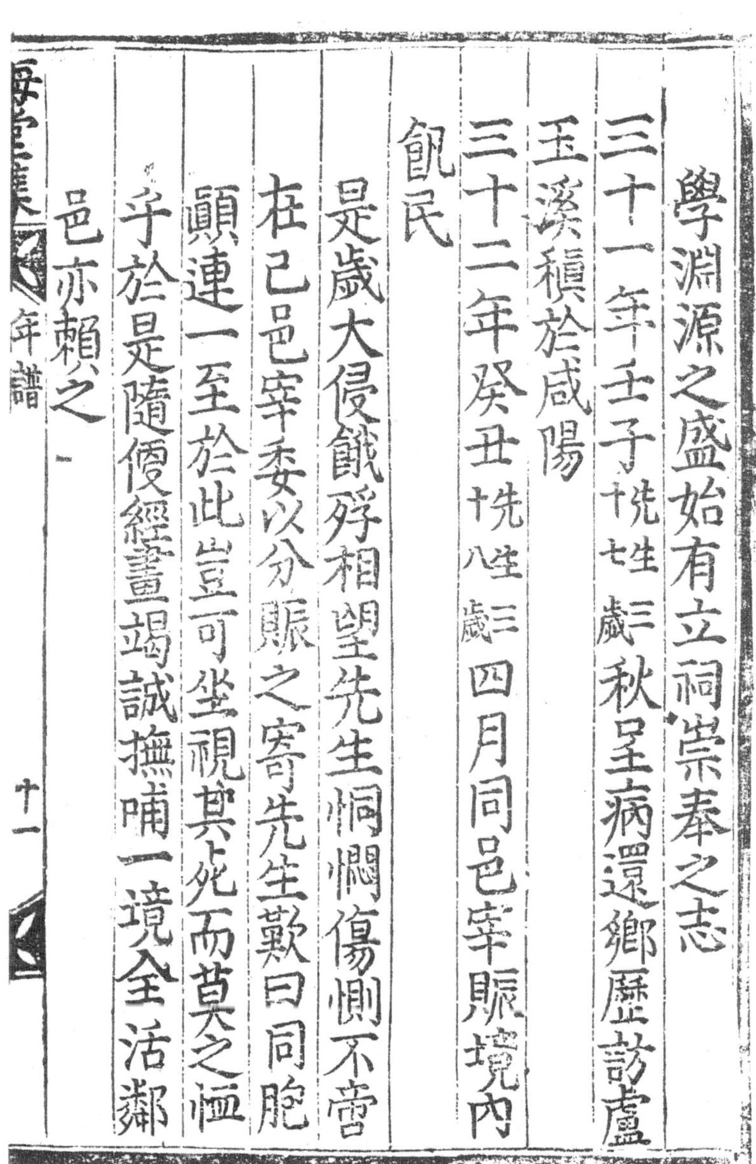

學淵源之盛始有立祠崇奉之志

三十一年壬子[先生三十七]歲　秋呈病還鄉歷訪盧
玉溪積於咸陽

三十二年癸丑[先生三十八]歲　四月同邑宰賑境內
飢民

是歲大侵餓殍相望先生惻憫傷慘不啻
在己邑宰委以分賑之寄先生歎曰同胞
顚連一至於此豈可坐視其死而莫之恤
于於是隨便經畫竭誠撫哺一境全活鄰
邑亦賴之

十一

程曰與諸生講說經業不徒傳授句讀而
必先教之以揖讓周旋之節孝弟忠信之
道專以抑浮華敦本實爲務傷近學子亦
多聞風興起而行束脩之禮者○龍門馨
庵趙先生門人時爲長水宰寓意於學政
先生與之講定節目
秋訪金河西麟厚於長城
先生於河西神交蓋有年至是與趙龍門
往訪焉河西嘗從慕齋金先生游學識醇
正先生一見傾倒歡若平生因聞慕齋道

稱時習湯銘頌曰新孜孜求道志矢不讓

他人其同門相與之溪如此

二十九年庚戌〔先生三十五歲〕九月子亿生

三十年辛亥〔先生三十六歲〕春　除長水縣訓導

先生既屢與榜不中乃歎曰古人以家貧親

老不爲祿仕爲不孝吾將赴訓學以遂負

米之情於是月致廩餼以資親養有自歎

詩一律

與知縣趙龍門昱講定學規

時學規廢弛先生至則不以職慢嚴立課

皆躬自擔當不少貽憂焉

秋物業儒齋

先生之在竹溪也因朴嘯皐承任得聞榮
川學制之盛至是與鄉人同志議定齋規
一依榮川節目

二十八年己酉 先生三十四歲 謁退陶先生于豊基
郡衙

時退陶先生自丹陽移守豊基先生往謁
焉與趙月川金芝山諸賢仍棲白雲洞書
院質疑問難勤勤不怠芝山贈詩云孔訓

二十七年戊申先生三十三歲春自東都向鶴城觀
海
夏赴救靜隱公病於八公山
與鄭公瑜偕有散步南軒詩一律
時靜隱公避瘧在八公山房因染疾幾殆
先生聞即奔往手執湯劑廢食與眠傍人
以疫勢方熾勸其少節先生涕泣曰分痛
之切何可念及吾生邪相守數十日竟獲
痊而歸○平居事之甚謹有如溫公之於
伯康凡奉先養親之需嫁女娶婦之節亦

李公殁無嗣先生庀棺槨祭奠盡其情禮

又擇人立嗣無替李氏之祀

二十六年丁未〔先生三十二歲〕四月往問姊壻朴公

桂樹於赤羅縣獄

時朴公橫罹无妄逮繫牢獄人莫敢伸理

先生匹馬赴愬于方伯以直其冤後三年

朴公歿塟葬凡節奔走經紀又收其四女

一男而敎育之以時嫁娶卒能成立其門

戶

八月子佖生

本縣之有學資始於慕齋金先生慕齋本
義城人爲本道方伯時給粟八十斛以爲
鄉儒講學之資厥後廢墜有年癸卯芮君
厥成爲訓導告于邑宰張侯世沉侯夏惠
學資一依慕齋故例先生備叙顛末請記
文于慎齋先生 記文藏在校中
十一月奉送慎齋先生還　朝
時慎齋先生有　召命
二十五年 明宗大王元年 丙午 先生十一歲 二月哭外
舅李公智源

先生常以葬未及埋誌爲恨至是請于愼
齋先生愼齋先生爲之揄揚無餘憾先生
曰吾之至願畢矣

七月　仁宗昇遐素餼三年

先生聞變哀慟曰生逢堯舜年未及周而
遭此閔凶臣民情理寧不悲絶乎遂以素
饌終三年人或怪而問之先生但曰余方
有功總之憾雖家庭間亦莫知其微意之
所在也

十月上愼齋先生書請記學資顚末

十一月　中宗昇遐〇十二月還家省親

先生留竹溪已周年進而講之於師退而

辨之於友堅固刻厲孜孜向道慎齋先生

每以德器稱之臨歸贈一絶曰爲學師原

水論交取兄覘相規惟十字庶悉百年情

其眷重也如是〇先生既還謂靜隱公曰

豐川之有書院乃是斯文盛事吾鄉獨無

藏修之地子途有營建書院之志

二十四年〔仁宗元年乙巳先生三十歲〕三月受處

士公墓誌文於慎齋先生

讀書

與趙月川穆金藥峯克一金芝山八元諸
賢結道義交連袂對討曰有愛攻豆磨之
益先生贈詩有語道心無數論詩患不回
之句○先生之孫晚悟達道嘗從月川先
生學月川先生每稱先生曰悔翁一生用
工惟在本分上眞古人爲已之學也又曰
昔在愼齋之門從學者常數百人多以詞
章製述爲務而公能切問近思專用心於
內愼齋之屢加推奬蓋以此也

以客禮待之畱數日出論題以試諸生及
見先生所製異之批其尾曰我院有人其
必如玉天將玉汝申其祿矣因告以言行
相顧之實東方道學之緒盖盡忩倦焉

十一月謁退陶李先生于温溪

先生欽慕李先生嘗有執經之願至是聞
李先生解職還鄉自白雲洞即往拜之

自溪上還棲白雲洞

有月夜有感詩二絶

二十三年甲辰　先生十九歲　仍畱白雲洞約同志

今世罕見在古蓋召南其人也
二十一年壬寅先生二十七歲
時連歲荒饉家累往往艱食而先生與夫
人服勤營辦以供親旨庶閣漮癰之味未
嘗匱之
二十二年癸卯先生二十八歲十月執贄謁慎齋周先
生于白雲洞書院
東方舊無書院慎齋先生時爲豐基守始
創建于安文成公故居竹溪之上教育人
村遠邇盦全集先生因贄文求教慎齋先生

及還靜隱公中途遘瘧先生扶護艱關至
天民灘秋水正漲人言此水有毒蟒不可
徒涉先生不爲動背負以濟卒無事
十九年庚子先生十五歲聘夫人李氏
秉節校尉智源之女耕隱先生孟專之曾
孫事姑孝承順供奉惟恐不如先生志及
姑年老養之以乳人此之崔山南家範云
二十年辛丑先生十六歲往拜龍巖朴公雲
時龍巖以經學重一世先生往來質疑殆
無虛歲龍巖常稱先生曰申君家居行義

母夫人嘗語先生曰汝生晚窮鄉朋遊未
廣吾聞太學賢士所關禮義相先之地盡
往取則焉先生於是抱墳策往赴之齋居
諸儁見先生言行有度莫不歛袵推重時
柳立巖仲郢在泮中同榻研業情好彌篤
十八年己亥先生二十四歲春還鄉省親
自是慨然有求道之志研精覃思力學不
怠
秋與伯氏靜隱公赴漢城試

十四年乙未〔先生十歲〕　四月服闋

服既闋哀慕猶切踰月後始自盧所還事

母夫人日晨與省起居怡愉順以樂其

心安其體蔼裘無或違節寢房與樵亦省

量多少以蓺

十五年丙申〔先生十一歲〕　秋中鄉解

先生以親命從事場屋之間而亦不以得

失縈慇

十六年丁酉〔先生十二歲〕

十七年戊戌〔先生十三歲〕　二月承母夫人命遊泮

十一月葬處士公於八智山乾向之原
旣葬廬于墓側八則善辭慰母夫人出必
具経帶繞墓哀號不以風雨凍暑或廢仍
欐齋舍五架於墓下以爲永世寓慕之所
○山下舊多居民知先生有八葬意相謂
曰吾等亦人耳不忍違孝子之願遂許八
葬焉
十三年甲午先生十九歲
先生痛慕先公勸學之語讀禮之暇日取
四子諸經次第尋究以涵泳義理爲主

處士公倜儻有氣節値世昏濁隱德潛修
以訓誨後進爲事　弘治甲子除慶基殿
參奉不就丙寅後　除獻陵參奉又不起
○先生侍湯不少懈目不交睫衣不解帶
者凡八年旣屬纊勺水不入口絶而甦者
數四斂襲等節一遵文公家禮無少餘憾
當題銘旌執禮者請書職銜先生泣曰吾
聞事凶如事存大人平日所不願者其忍
施之於送終之際乎遂以處士書之當時
知禮家皆許之

虞士公嘗謂先生曰吾病非朝夕可已空
使汝失讀書時先生溫辭對曰湯憂中讀
書誠有所未遑且非古人餘力學文之義
也猶重違親意時或在旁披閱亦不成聲
朗讀

八年己丑 先生十四歲

九年庚寅 先生十五歲

十年辛卯 先生十六歲

十一年壬辰 先生十七歲

十二年癸巳 先生十八歲 二月丁虞士公憂

五年丙戌〔先生十一歲〕處士公有疾彌留先生上

八公山採藥

處士公素患風當寒添劇人言八公山有
靈藥一日先生忽不知去處既而自八公
山採藥而還求良醫劑進證遂少愈見者
莫不感歎○先生夙夜憂遑不離左右所
以扶護將順者靡不用極嘗置小鍋于鑪
所進藥餌粥飲手自烹胹不委之人

六年丁亥〔先生十二歲〕

七年戊子〔先生十三歲〕

十五年庚辰 先生五歲

十六年辛巳 先生六歲

自幼聰穎耿介惇行孝弟

世宗嘉靖元年壬午 先生七歲 始受小學

讀至半卷乃歎曰人子事親之道其在是

書乎不煩程督日漸開益一言一動皆倣

而行之

二年癸未 先生八歲

三年甲申 先生九歲

四年乙酉 先生十歲

悔堂先生年譜

皇明武宗正德十一年〈中宗十一年〉丙子十二月

二十日癸亥〈酉時〉先生生于義城縣元興洞里

第

先生之先世居尚州丹密縣官洞至曾祖

生員公始移居義城縣南元興洞子孫因

居焉

十二年丁丑〈先生二歲〉

十三年戊寅〈先生三歲〉

十四年己卯〈先生四歲〉

附錄

卷之四

附錄

愼齋盧先生遺墨

海堂先生文集總目終

悔堂集　總目

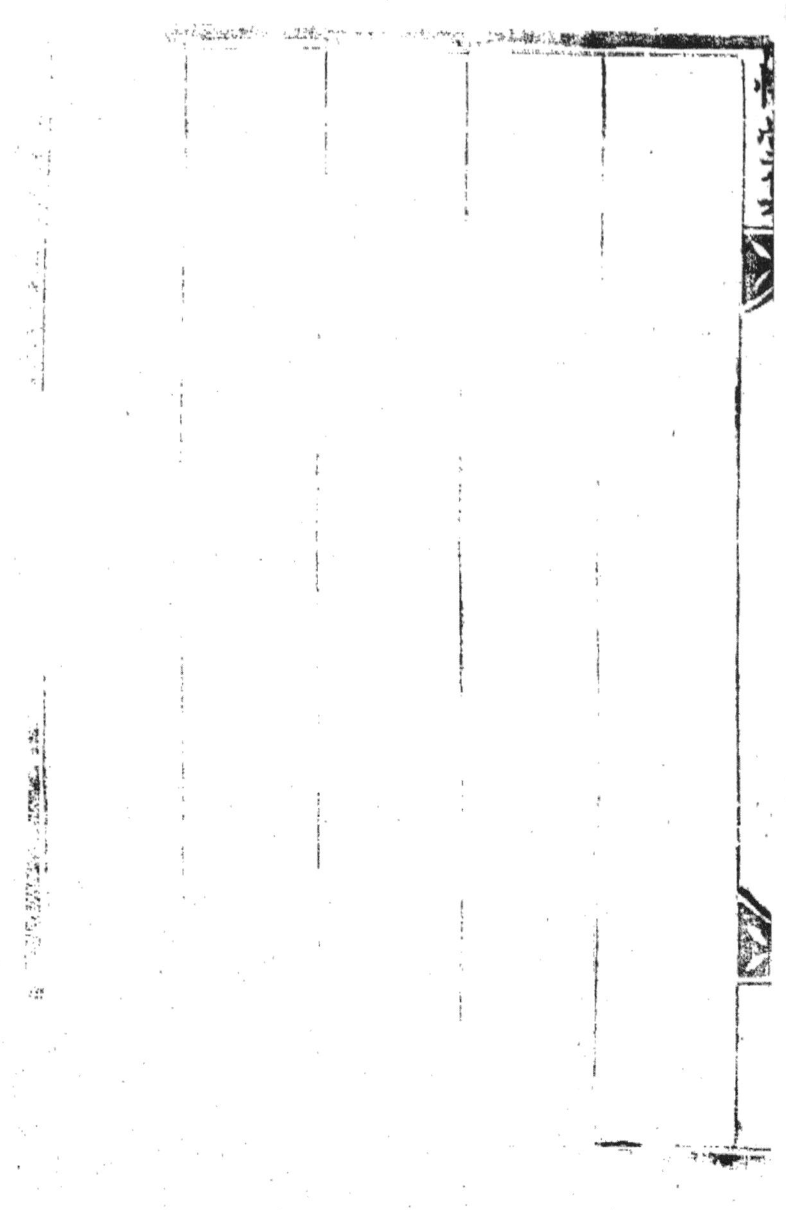

阮為加僞之書而藏慨其

以為梅堂先生蓋檃

己未季夏李勘亭跋

學平原李光虛謹叙

岌上介專必岌獨又屬以此行岁

為子賣以弁岌首字承倭何人舞砚

可以為儒學之賣為為儒的之

穌辈茅空平日京岁之五行曰謂

執鞭馬口皷五華多平敞以圖題俓繹

安宅集　序　　　　　　　五

地之文章　深於篤厚　而存爲……
……勸令名不偏於一言一字之……
……無能出於性情而考藝……
……花竹生意以浮泛平生……
……枝葉之芽孫龍起以門

之光之如鰥子不侯瀆孝友錄之

以淳姻不恭復濟以孟子之編公

豈不可曰是以失舜之德也夫

君子之道也中庸曰孝子之

歃不兄弟之行車化物

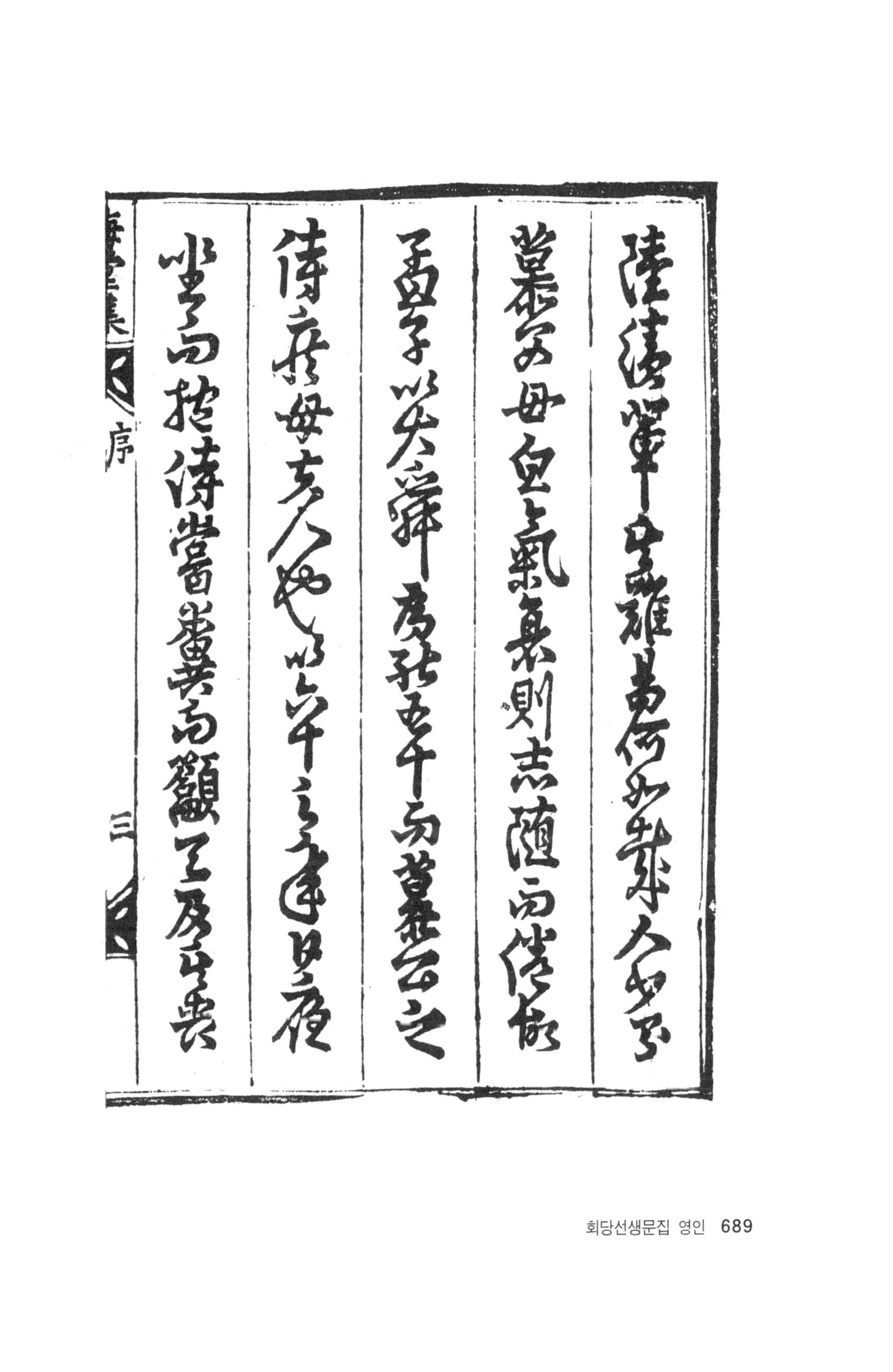

於近張究員論之終身子樂俱

存孝申雅岂以稱宗庵先生知矣

至行孝以示爲是之儒庵近讀

申振堂先生之稿及伯氏孝友

公之閘孝友錄嘗先生之孝友

悔堂先生文集序

讀聖賢書能了一句語鮮矣
吾夫子嘗言弟子入則孝出則
弟謹而信汎愛衆而親仁行有
餘力則以學文此一事禮治而

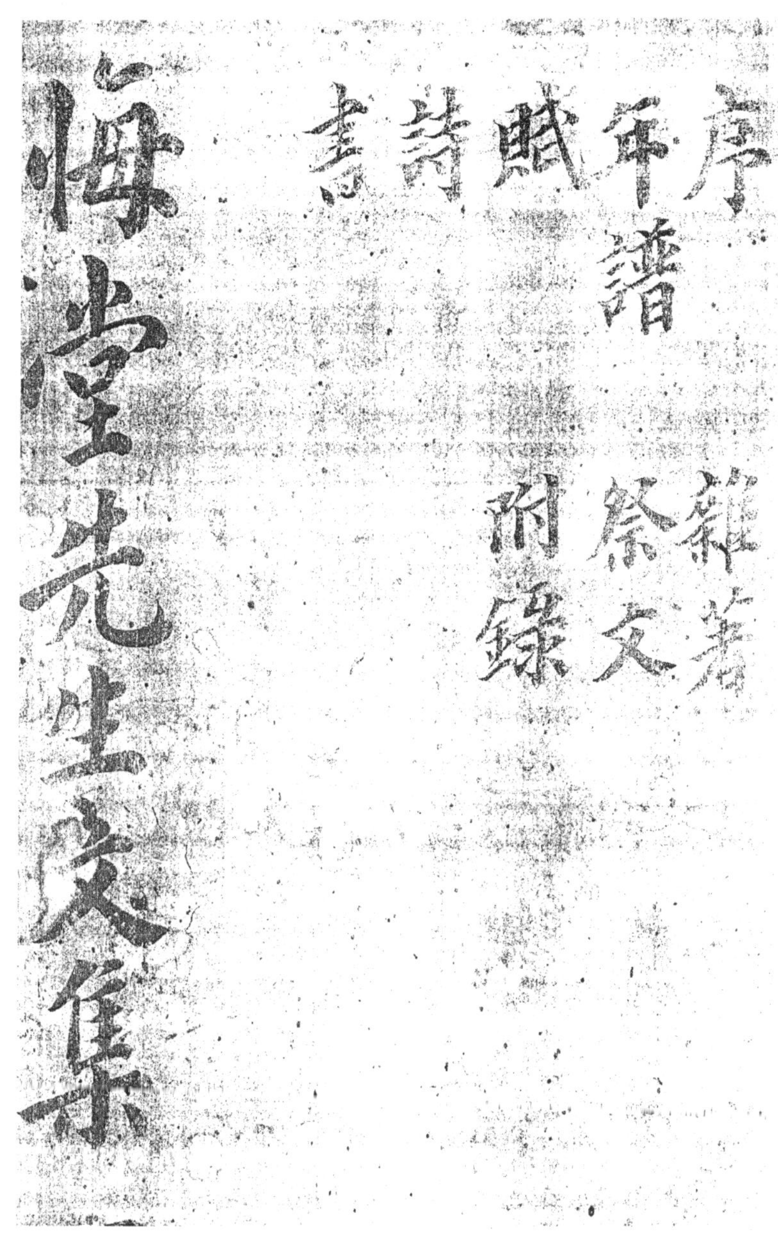

悔堂先生文集

序　年譜　賦　詩　書
雜著　祭文　附錄

悔堂先生文集 影印

장대서원 : 경북 의성군 봉양면 장대리

여기서부터 영인본을 인쇄한 부분입니다. 이 부분부터 보시기 바랍니다.

부록

悔堂 申元祿 先生 事蹟碑文

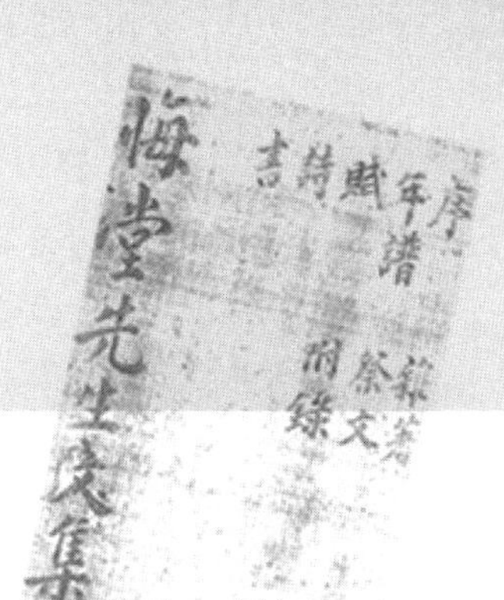

회당 아주 신원록 선생 사적비 : 경북 의성군 의성읍 도동리

悔堂 申元祿 先生 事蹟碑文

문학박사 麗州 李佑成 謹撰

여기 우리 영남 선현의 한 분으로 향토 의성의 풍교와 문물에 거룩한 자취를 남긴 회당 신원록 선생의 행의(行誼)와 업적을 기록하여 지난 옛일에 대한 우리의 인식을 새롭게 하고, 나아가 장래의 세상에 대한 훌륭한 교훈으로 길이 일깨움을 주고자 한다.

조선 오백년 유교문화의 발상지는 곧 영남이고, 영남은 다시 상도(上道)와 하도(下道)로 나누어 그 문화의 특색을 살필 수 있다. 일찍이 우리나라의 인문(人文)을 평한 선철(先哲 : 星湖 李翼을 가리킴)의 말씀에 의하면, 백두산(白頭山)의 정맥(正脉)이 뻗어 내려 영남 쪽으로 대소백(大小白)이 되고 지리(智異)가 되었는데, 퇴계(退溪)는 소백산(小白山) 아래에서 그리고 남명(南冥)은 지리산(智異山) 아래에서 학(學)과 덕(德)을 닦아, 상도(上道)는 인(仁)을 위주하고 하도(下道)는 의(義)를 위주하여, 한쪽의 덕화(德化)를 해활(海濶)에 비긴다면 한쪽의 기절(氣節)은 산고(山高)에 견줄 만하다. 이리하여 우리나라의 유교문화는 그 정점에 도달한 것이라고 한다. 이 시기는 대체로 16세기 중엽으로 중종조(中宗朝) 내지 명종조(明宗朝)에 해당한다.

조선 왕조의 건국과 더불어 유교가 국교화 되었지만 초기의 유교는 국가의 정치이념의 지향과 전장제도(典章制度)의 마련에 그치고 있었고, 널리 사회 전반에 침윤하여 국민의 생활규범을 확고히 세우게 된 것은 16세기에 들어와서 부터이다. 이러한 세운(世運)의 추세 속에 각 지방에서 선진적 인사들이 등장하여 향리를 이끌고 계발함으로써 그 고장의 예속(禮俗)과 문염(文艶)이 찬연하게 되었다. 영남에 있어서는 퇴계·남명 두 유종(儒宗)의 영향 아래 안동(安東)과 진주(晉州)가 각기 상도와 하도의 문화의 중심으로 되었거니와, 안동에 인접한 의성(義城) 또한 좋은 본보기이다. 의성은 소문국시대(召文國時代)로부터 역사적 유서가 깊은 곳이지만, 유교적 생활규범이 토착화되고 사림의 풍운(風韻)이 떨쳐 영남 유수의 문향(文鄕)으로 발전한 것은 회당(悔堂) 신원록(申元祿) 선생으로부터 시작되었다.

선생은 본관(本貫)이 아주(鵝洲)이지만, 이미 그 선대(先代)로부터 의성현(義城縣) 남쪽 원흥동(元興洞) 지금의 의성읍 도동동(道東洞)에 자리를 잡아 자손이 세거하였고, 선생은 1516년(병자년, 중종 11)에 바로 이 이제(里第)에서 탄생하였다. 총명경개(聰明耿介)한 자질과 효우의 지성(至性)을 타고난 선생은 7세에 소학(小學)을 배우면서 벌써 일언일동(一言一動)을 준행(遵行)하려 하였다. 11세에 부친의 병환이 쾌유되지 아니하매 자의로 혼자 팔공산(八公山)에 들어가 약초를 캐어오고 주야로 병침(病枕) 곁에서 손수 미음을 이바지하였다.

8년간의 시탕(侍湯)과 3년간 여묘(廬墓)의 극진한 도리를 다하고 어언 20대에 접어든 선생은 모부인의 명으로 상경하여 성균관(成均館)에서 입암(立巖) 유중영(柳仲郢)을 위시한 재거유생(齋居儒生)들과 함께 학업을 연마했는데, 유생들은 모두 선생의 법도 있는 언동에 경복(敬服)하였다. 24세로부터 개연히 구도(求道)의 길을 걷기 시작하여 담사역학(覃思力學)으로 부단히 정진하는 한편, 당시 선산(善山)에서 경학(經學)으로 명망이 높은 용암(龍巖) 박운(朴雲)에게 왕래하면서 질의난문(質疑難問)하였다. 이 무렵 신재(愼齋) 주세붕(周世鵬)이 풍기군수(豐基郡守)로서 순흥백운동(順興白雲洞)에 서원을 짓고 학도를 모아 교육하니, 이것이 우리나라 최초의 서원이다. 선생은 즉시 그

곳으로 부급(負笈)하여 가르침을 청하니, 신재는 선생을 중대(重待)하여 "我院有人, 其人如玉, 天將玉汝, 申其祿矣."라는 글을 써 주면서 격려하였다.

그러나 선생의 일생에 있어서 가장 중요한 사실은 퇴계 남명 두 유종(儒宗)을 찾아 도산(陶山)과 덕천(德川)에서 상도와 하도의 주인(主仁)과 주의(主義)의 학풍에 직접 훈도를 입었던 것이다. 특히 퇴계문정(退溪門庭)에서 얻은 바가 컸었다. 퇴계는 당시 중앙의 학관아카데미즘의 퇴화추락(退化墜落)과 지방의 신진사림파철학의 대두에 주의하면서 사림파 젊은 자제들에게 새로운 교육환경을 조성시키기 위하여 서원창설운동을 적극적으로 전개하는 한편, 지방사회에 있어서의 윤리질서의 재정립을 위하여 향약(鄕約)의 실시와 보급을 권장하였다.

선생은 의성에서 진작 서원의 영건(營建)에 뜻을 두고 동지들과 의논하여 그 구체화에 착수하였다. 이에 앞서 선생은 의성고을에 원래 모재(慕齋) 김안국(金安國)이 설치해둔 학자(學資)를 읍재(邑宰)에게 요청하여 부활시키고 위에 영천(榮川)의 학제(學制)를 도입하여 업유재(業儒齋)를 만들기도 했으나, 자나 깨나 오직 한 가지 생각으로 이 고을의 흥학육재(興學育才)의 바탕이 될 서원의 꿈을 실현시키기에 진력하여 현남(縣南) 구성산(九成山) 아래 장천(長川) 위에 기지(基址)를 정하고 무려 14년간에 걸쳐 만난을 무릅쓰고 추진하여 마침내 낙성을 보았다. 장천서원(長川書院)이 그것이다. 향약(鄕約)은 원래 이 고을에 있어 왔는데 중간에 폐지된 채 아무도 수학하지 않았다. 선생은 평소에 향약의 필요함을 느끼고 있었는데 도산(陶山)에서 퇴계의 수편(手編)인 향약입조(鄕約立條)를 보고 온 뒤에 유희잠(柳希潛)과 상의하여 남전여씨(藍田呂氏)의 사조(四條)에다가 퇴계의 벌칙(罰則)을 첨부하여 매년 봄가을에 동약자(同約者)들과 권징(勸懲)을 행하였다. 이것과는 별도로 종족간에 월삭회(月朔會)를 조직하여 숭조(崇祖)와 목족(睦族)의 정신을 배양하기도 하였다.

선생의 향토애와 동족애는 이에 그치지 않았다. 문적(文籍)에서 상고할 수는 없지만 부로(父老)의 구전에 따르면 업유재(業儒齋) 내에 연계소(蓮桂所)가 있어, 진사 및 문과합격자들의 집합소로서 국초(國初) 유향소(留鄕所)의 구실을 했는데 이것도 선생의 창솔(倡率)과 주선으로 이루어진 것이라 한다. 뿐만 아니라 당시 연이어 흉년이 들어 고을 백성들이 굶주림으로 사망하는 등 말 못할 지경에 빠졌는데 선생은 읍재(邑宰)와 함께 진제(賑濟)의 책임을 지고 살뜰한 보살핌과 계획성 있는 조처로써 경내(境內)를 완전 구활(救活)하게 되었다. 이 진제사업(賑濟事業)이 해를 거듭함에 따라 군자(君子)의 인민애물지심(仁民愛物之心)이라 하여 칭송이 자자하였다. 위의 사실들은 선생의 수기(手記)인 <업유재완의(業儒齋完議)>, <장천서원영건전말(長川書院營建顚末)>, <서향약후(書鄕約後)>, <진제장지(賑濟場志)> 등이 문집에 수록되어 있어서 저간의 상황을 잘 말해준다.

이와 같이 고을을 위해 백성들을 위해 많은 어려운 일을 하신 선생이 자신의 생애에 있어서는 불우를 면치 못하였다. 일평생 과거와 환달(宦達)에 인연이 없고 오직 노모를 위한 백리부미(百里負米)의 뜻으로 장수(長水), 청도(淸道), 삼가(三嘉) 등의 향교의 훈도(訓導)로 전전하다가 모부인의 춘추가 팔순에 이르자 표연히 직을 버리고 귀향하여 동고(東皐)에 양로당(養老堂)을 짓고 모부인을 기쁘게 모시는 것으로 직분을 삼았을 뿐이며 모부인이 93세의 천년(天年)으로 서거하시자 집상(執喪)의 과애(過哀)로 병이 침중하여 모부인의 묘측(墓側) 여소(廬所)에서 61세를 일기로 세상을 떠났다. 모부인의 영정을 자기의 관 곁에 걸어두게 한 그의 지극한 효심은 천추에 모든 인자(人子)의 옷깃을 적시게 한다.

조가(朝家)로부터 정려(旌閭)의 특전이 있고 다시 호조참의(戶曹參議)의 증직(贈職)이 있었으며 사림으로부터 원사(院祠)의 봉향(奉享)이 있어 공의(公議)의 불민(不泯)을 알 만하지만, 선생의 그 지행순덕(至行純德)으로 한번도 묘당에 앉아 일세(一世)를 도용(陶鎔)할 기회를 갖지 못함이 어찌 슬프지 않으리오. 그러나 선생이 오로지 이 고장에 봉사할 수 있음으로써 선생의 불행은 이 고장의 다행이기도 한 것이다.

선생은 두 아들을 두셨으니 장자 심(伈)은 사헌부감찰(司憲府監察)이요, 차자 흘(仡)은 증좌승지(贈左承旨)이다. 장방손(長房孫)은 다섯이니 장(長)상도판관(尙道判官)과 차(次)영도(泳道)지도(志道)민도(敏道)사도(師道)이고 차방손(次房孫)은 셋이니 장(長)적도(適道)는 정병호란시(丁丙胡亂時) 창의장(倡義將)으로 찰방(察訪) 증이조참의(贈吏曹參議)이고 차(次)달도(達道)는 문과장원(文科壯元)으로 수찬(修撰) 증도승지(贈都承旨)이고 차(次)열도(悅道)는 문과장령(文科掌令)으로 중계(仲季)와 함께 남한(南漢)에 호종(扈從)하였다. 선생의 불식지보(不食之報)가 또한 이에 있다고 할 것이다.

끝으로 몇 마디 말씀을 붙여 명사(銘辭)에 대신한다. 노(魯)나라에 군자(君子)가 없으면 무엇을 취하랴 했거니 아름다운 이 소주(韶州)에 선생이 아니 계실 수 있었으랴. 우뚝 솟은 이 정민(貞珉) 천백대(千百代)에 증언해 주리라.

1986. 4. 1